浙江大学
竺可楨學院
CHU KOCHEN HONORS COLLEGE
ZHEJIANG UNIVERSITY

竺可桢学院
荣誉课程
Honors Course

Stories and Interpretations
An introduction to the world literature classics

故事与解释
——世界文学经典通论
（修订版）

◉ 潘一禾　著

ZHEJIANG UNIVERSITY PRESS
浙江大学出版社

图书在版编目（CIP）数据

故事与解释：世界文学经典通论 / 潘一禾著. —
杭州：浙江大学出版社，2014.2
ISBN 978-7-308-12895-7

Ⅰ.①故… Ⅱ.①潘… Ⅲ.①世界文学－文学作品研
究－高等学校－教材 Ⅳ.①I106

中国版本图书馆 CIP 数据核字（2014）第 027429 号

故事与解释：世界文学经典通论

潘一禾 著

责任编辑	黄兆宁	
封面设计	刘依群	
出版发行	浙江大学出版社	
	（杭州市天目山路 148 号　邮政编码 310007）	
	（网址：http://www.zjupress.com）	
排　版	杭州中大图文设计有限公司	
印　刷	杭州日报报业集团盛元印务有限公司	
开　本	710mm×960mm　1/16	
印　张	20.25	
字　数	346 千	
版印次	2014 年 2 月第 1 版　2014 年 2 月第 1 次印刷	
书　号	ISBN 978-7-308-12895-7	
定　价	39.00 元	

目　录

《俄狄浦斯王》：国王何以伟大？

《神曲》：人间神圣的喜剧

《巨人传》：民间狂欢

《堂吉诃德》：永远的骑士

《哈姆莱特》：忧郁的王子

导语:经典不厌读

选读"经典"

美国思想家爱默生在谈到"书籍"时曾说:"我必须提供的三条实用准则是:1.决不读任何一部写出来不到一年的书;2.不是名著不读;3.只读你喜欢的书。"(《书籍》)许多伟人都鼓励后人"阅读巨著"或"寻找有价值的书来读",爱默生的建议更强调名著需经过时间的考验。每个时代、每个时期都会有一些名噪一时、荣登排行榜的畅销书,这些大红大紫的书往往更容易让人着迷,更容易让人感到与自己的生活和想法很贴近;但随着岁月流逝,它们大多数都被人们忘却了。由于生命的短暂和时间的有限,我们每个人都必须在类似大图书馆的书山书海里进行必要的选择,而爱默生的建议就告诉我们:这个选择的标准应该结合客观和主观、他人和自己两方面,既选择那些已有世人定评的"世界名著",又在这些名著里选择你所喜欢的名著进行阅读。事实上,我们每个人平时经常阅读的并不是我们最喜欢的书籍,我们的日常阅读更多的是根据环境或心境的变化,而在随意和不经意中进行的。我们挑选书籍也常像选择朋友一样,在不同的时期自然地发生不同的变化。阅读的兴趣既应是自然生发的,也是需要有一定的强制性的,关于这一点,美国小说家马克·吐温曾幽默地说过:

> 所谓经典作品,是那些每一个人都希望已经读过,但没有一个人想去读的作品。(《文学的消失》)

名著常常在第一次阅读时还不如那些红极一时的流行小说来得精彩,有的名著在最初的接触中还可能给我们留下极为糟糕的印象,比如它们枯燥、冗长、琐碎、东拉西扯、人物过多、含义晦涩等等。比如我们在初中的某个暑假,受老师、父母或朋友的影响,试图阅读俄国作家列夫·托尔斯泰的四部长卷《战争与和平》,这时我们很可能是"硬着头皮"把那些页面翻完,当时我们也许会觉得自己这一辈子再也不想去读这部文学巨著了。但经过高中、大学几年的学习和生活之后,或经过一段时间的工作之后,当我们对人生有了许多新的体验和想法时,我们又会不由地产生重读的愿望。在重读中,我们会真实地体验到阅读名著的快感,会发现中学时的我们在读书时追求的是新鲜和刺激,总希望在故事中读到自己意想不到的变化和结局,但现在,我们已能体会到实际的生活进程正像列夫·托尔斯泰所展示的那样:有时生机勃勃、精彩纷呈,你看得见人们在狂奔疾驰,你听得到人们在欢呼鼓噪,但更多的时候,生活给人的感觉是缓慢、古板、拖沓的,许多应该发生的事没有发生,许多确定了的事还会变化,而正在变化的小事却已经孕育着许多事后才能懂得的巨变……

所谓经典名著,它们并不像大商场里的那些名牌电器,有着各项可以检测的符合国际技术的标准。名著需要我们用心去体验和选择,而不仅仅是用眼睛去读。名著的质量体现在它们的精神品味和思想穿透力上。众多名著之所以是永恒的宫殿,是因为其广度包括了我们生活的整个世界,而其深邃又往往穿越了有限的时空。美国作家梭罗曾说:

> 经典作品是什么? 它们是人类思想的最崇高记录。它们是唯一预示性的、不朽的作品。(《华尔腾》)

另一位英国现代作家斯特拉比也说:

> 那些对人类追求真理有永恒贡献的书,我们称之为巨著。只要能对重大的事情,给多数人的思想以久远而深刻影响的书,便是伟大的著作,这样的著作可以为任何年纪的人提供精神食粮,使人们能以其他时代、其他人的行为作参考,从而真正深刻地洞察今日,以至未来所发生的一切。(《名著研读计划》)

如果你觉得阅读名著是枯燥的,它不是一般的枯燥,而是你在得到最好的礼物前必须亲手打开的坚实外壳;如果你觉得阅读你喜爱的名著是快乐的,它又不是简单的快乐,名著所描述的生活和传达的思想能帮助我们触摸生活的核心、了解前人的情感,促使我们检验自身的德行和情操,重新权衡自己生活的方式和目的。一般的教科书也能向我们教授一些实用的知识和自下而上的技能,而名著则是在开启我们的智慧,沟通我们与他人、与世界的密切的联系,尤其是文学名著,它们不同于其他哲学名著、历史名著和科技名著的地方主要在于它们更多、更集中地表现人类的极

为丰富的基本人性和情感生活。比如英国小说家菲尔丁在他的《汤姆·琼斯》里就写道:

> 作家不应该把自己看作是阔人,在设私宴请客,或在施舍粥饭,他应当把自己看作是开便饭馆的老板,只要出钱,欢迎人人来吃。那么,我们在这儿卖的是什么饭菜呢?不是别的,乃是人性。我只提供了这么一道菜,爱吃山珍海味的、懂道理的读者我想一定会因此大吃一惊,吹毛求疵,感觉不高兴。……厨子可以把世界上各种各样的肉类和蔬菜都做成菜,但是要作家来写人性这样一个广阔的题目,却是无论如何也写不尽的。(《汤姆·琼斯》第一卷)

由于"人性"是一个最为丰富多变也最为恒定不变的艺术对象,因而一方面我们通过阅读可以了解每个时代每个民族的生活方式和共同情感,我们会惊叹人们的心灵是如此不同,各自走着属于自己的生活道路,但另一方面,正如英国诗人济慈所说:

> 许多心灵各自向相反的方向出发,途中来来往往,在无数点上互相交臂而过,最后竟又重聚在旅途的终点。(《致雷诺的信》1818.2.19)

从文学名著的阅读中我们不难发现:人类文明的进步并不像科技进步所显现的坐标图,以一种不断取代和淘汰的方式择选出最新最佳的方案;相反,"人们老是在说着和做着前人所已经说过和已经做过的事情","书籍的多样性"反而验证了培根所说的"那直到现在还盘踞并占有人心的一些题目是何等贫乏"(《新工具》)。人类的本性在人类漫长的千年文明发展中,既以不断进步和开放的形式表现为一种本性升华和释放,也同时以一种不断反省和认清自己的努力表现为一种本性的回归和复原。所以阅读文学名著既让我们走出"自我",理解他人,理解古人,也让我们走入"自我",真正地在比较中认识我们自己。德国文学家、思想家歌德说过:"逃避这个世界,再没有比从事艺术更可靠的途径,而要想与世界紧密相关,也没有比艺术更有把握的途径。"(《格言和感想录》)当我们通过阅读名著与历史和他人进行对话和沟通的时候,我们很容易感到自己固有的思想、感情或心态被扰乱和被震撼。名著往往不像一般畅销书那样让我们马上感到快乐或刺激,而是让我们更多地涌发复杂而纷乱的思绪,更不可回避地面对一些尖锐而关键的重大人生难题,即便是许多以讽刺幽默为主体的名著,也总是在让你嘲笑世态的同时也发现自己浑身上下的笑柄。

由于伟大的文学作品常常使我们感到自己正置身于比自己现有或已知生活更宽、更广的场景之中,感到自己正在遭遇比已有阅历更深更广阔的思绪狂潮之中,因而我们在阅读中必须不断拓展自己、拉长自己,渴望全力地延伸自己的思绪和感受,才能面对这样的遭遇和挑战。这样的阅读经历与坐下来看电影相比,常常是显得痛苦而艰难的,但也是真正具有"发现"和创造,真正可以感动你、摇撼你的游戏过程。在这个过程中,你不可能简单地接受和观赏,你也不是去解开一个别人设计好的密码或谜团程序,你必须依靠自己的心灵去探索,去解脱自己面对强手时的窘迫,去体验自己发现和创造意义的惊喜。在这个过程中,你获得帮助你成长的致命养素,获得对人生和自我的新的认识,你不仅走出自己的过去,进入更宽广的生活,而且还亲自建设和创新了自我;你不仅慢慢体验到巨大的快乐,培养了一种终身的习惯,而且还在自己的心底发现和开掘了欢乐的源泉。

阅读"经典"

围绕着"人性"这样一个永远写不尽又永远前进的课题,文学艺术家坚持不懈地、忠诚地、苦心地创造出我们能读到的诸多名著。在这些文学名著的写作历史中,也经历了诸多艺术观点和方法的变迁。若以小说为例,起初,小说主要是以记录历史、反映生活为己任的,作家就像手拿画纸外出写生的风景画家,他的笔下将尽可能逼真地再现某地的山水风光,或尽可能惟妙惟肖地再现人间蒙娜丽莎式的笑容;随后,作家就不仅准确地传达生活的全息图像,而且刻意在画像上体现自己的个人风格和个人印象,甚至有意以一个相同的历史风景为背景,邀请同时代的不同风格作家来共同记录各自的印象。可以说第一种写法是比较客观的、模仿和再现的,作家的口吻往往是上帝式"全知全能"的,即假想读者是阅历不深、孤陋寡闻的,从阅读效果上看,读者基本上是被控制、被指引的学生,作家是他应该信任甚至崇拜的引路人。

第二种写法则是主客观交织的、表现与再现互补的。作家有时是隐藏在人物和场景背后的现场总指挥,有时则是忍不住自己亲自登台朗诵大段大段内心独白的主要演员。读者一方面很难分辨故事是实际如此,还是作家感觉到事实是如此,另一方面则越读越感到自己比书中的人物更高明、更了解事态的发展和众人内心世界的真实隐秘。因而从阅读效果看,读者已不再是简单的接受者,而是作者的独特友人,他们在共同思考、共同探索中结下深厚友情,并为书中的人物命运生发出相似的共鸣和类同的情感。

第三种写法是更为现代的方法,即作家日益意识到每个人对生活的理解和关注都是相对的、盲人摸象似的,因而任何一个故事由不同的人来叙述,想必会出现说不清楚的万千图景,因此还需用超越传统的客观或主观方法,更充分地调动读者自己的创造性,从而使文学对读者有更大的吸引力,因为读者自己还可以是这些作品的半个作者。正像法国现代作家戴维·洛奇所说:"从某种意义上说,小说是一种游戏,一种至少需要两个人玩的游戏:一位读者,一位作者。作者企图在文本本身之外控制和指导读者的反应,就像一个玩牌者不时从他的座位上站起来,绕过桌子去看对方的牌,指点他该出那一种。但愿尚未因这样的错误而扫了读者的兴。"(《小说的艺术》)——从另一方面讲,由于语言的特殊功能,不论作家具有多么强烈的自觉意识,作品也会产生超出作家意识的某些意义;这些意义取决于读者,读者通过阅读过程不仅可以理解作家的意识,而且可以根据文本和自己的意识投射,建构新的意义,从而获得一种审美活动的享受或快感。

由此可以看到,文学写作风格的演变发展,一方面使文学名著的阅读变得越来越容易,因为最初你只能像一个不懂事的孩子一样全盘接受阅读,随后你会变得越来越随心所欲地让自己不受作者的控制,但另一方面也使文学名著的阅读难度变成对读者素质越来越高的要求,因为一开始你只要主动聆听,而后是主动参与,后来则要主动创造,甚至不参与创造就不知所云了。比如,接受的读者说:"像真的一样!"参与的读者说:"我认为既像又不像。"深度参与或者说也在创作的读者说:"让我来决定像还是不像!"

其次,就文学名著的阅读和欣赏方法而言,也经历了从古典到现代、从固定到开放的显著变迁。简单地讲,我们曾经特别重视文学作品与时代背景的关系,重点欣赏文学名著对"时代精神"、"民族特征"或历史焦点问题的反映和再现,从人物典型和人物命运中感性地认识社会历史的演变和更新。19世纪初的文学受浪漫主义思潮影响,推崇个性和研究特性的风气逐渐形成,作者个人风格与作品的关系得到广泛的重视,心理学、精神分析学的许多研究成果逐步渗入文学评论。20世纪初,专注于"文本"的"新批评派"出现,他们认为文学作品一旦完成后出版,就有了自己的命运和故事。文学作品本身的结构、人物、语言风格是一个自足体,许多古典名著经过后人几千年的阐释分析,都始终没有显露其"庐山真面目",而且还将被继续解释或误解,因而文学作品与其写作年代和现当代的关系并不重要,与其写作者的关系也不重要,重要的是能够有效地解释文本。随后,又涌现了另一种特别关注读者重要性的"接受美学"或称"读者反应批评",这一派把研究的中心和侧重点转向读者的参与性、创造性读解上,同时也特别关注作者、作品和读者三者之间的关系。总之,围绕着背景、作家、作品和读者,文学的阅读和欣赏方法也呈现出愈来愈自由开放、丰富多变的发展趋势,这种趋势使过去"背景、主题、人物、艺术特色"之传统分析框架可能导致的机械、冷漠评阅方式不再成为读者的束缚,读者在文学名著阅读中的个人喜好、亲身体会和随意联想都更加得到作者、出版商和批评家的尊重、关注和细心研究。同时,任何一个读者若想在今天对自己特别喜欢的名著进行进一步研读的话,他也极易得到各种资讯、参考和比较材料。可以说,一个现代的文学名著读者,也拥有人类历史上更为普遍的良好物质条件和社会文化资源。

中国当代作家张炜认为:"好的书值得反复读,最初读的是故事,然后读的是本身,读到最高境界,就是作家本人。"(《中华读书周报》1998.7.29)进入文学名著天地的第一步往往是通过故事。但真正进入它的神殿,往往要超越故事而体验作品的底蕴。所以,读者在名著阅读时先品尝故事是不是精彩非常自然,与其先看别人的介绍评论,不如先快速阅读原作,哪怕是一些简写本、改编后的电影、电视片也值得一读或一看,知道自己是否喜欢,让自己对名著先有第一感觉、第一印象,可能这些最初的感悟是朦胧、微弱或说不出来的,但它们也可能是最具个性和最精彩的。每个人在有了第一印象后的第二次细读,就像是长大后去了小时候玩过的地方,有一种故地重游的感觉。第二次阅读的速度更可能随心所欲,看看停停,在有兴趣的地方琢磨一下,在记忆犹新的地方跳跃一下,或在困惑不解的地方重读几遍等等。真正要喜欢上一本书,需要用"心"去阅读,也即投入地、感性地阅读,这样的阅读会通过文学家的"语言"媒介发生心灵与心灵的碰撞、思想与思想的沟通、发现与发现的交流。歌德曾说:"将你从先祖那里继承来的一切,吸收消化成为自己的所有。"名著总是鼓励我们从不同的角度看生活,学会更从容地接近自己以前不了解的事情,所以我们也更容易在名著的阅读中建立与过去智慧的创造性联系,这样的阅读不仅使你对已知世界和未知世界都产生新的感悟,而且这些被触动的感悟和冲动又会在你的亲身体验和自由想象中逐渐内化为你的精神气质,成为你的修养和禀赋。

新的困难

对一个现代读者来说,阅读名著的困难不仅在于人们一般所说的慵懒、缺乏毅力或理解力不够,而且还在于现代信息社会对传统生活方式的猛烈冲击。在我们今天生活的这个历史上最"文明"的时代,成千上万的广告语和铺天盖地的广播影视无孔不入地占领着我们的日常生活空间,我们无时无刻不受到各种享乐性文化商品的诱惑和影响。尤其是在当代计算机技术突飞猛进、数字化生存迫在眉睫的流行趋势下,我们传统的印刷文明和古典名著的书本阅读已经变得不再那么受人推崇或迷恋了。比如你只要一上网络,或购买一张《莎士比亚全集》的光盘,就可以图文并茂、音像俱佳地"阅读"莎士比亚的所有原著,甚至你可以随意键入一个类似"爱情"、"决斗"或"哀痛"的词组,让电脑帮你在莎士比亚的所有作品中迅速扫描、肢解、择录出你所选定的"主题"下的一段相关"摘录",你还有必要去翻阅墨迹和纸张印刷的《莎士比亚全集》吗? 你还有必要去聆听莎士比亚的选修课或与朋友交流阅读体会吗?

电子媒体的广泛应用不仅挑战了我们传统的阅读,而且正在嘲笑着我们曾经有过的交流方式。比如今天的青年坠入爱河时,已不再像他们的父辈那样,借一支笔和难以驾驭的语言文字,去奋笔疾书饱含情感的书信,而是借用一根电话线,用口语的方式更直截了当地向对方表白一切。于是在一切都变得脚步匆匆、来去无踪的现实中,人们对经典的崇拜敬畏也更易土崩瓦解,代之以转瞬即逝的当下享受和任意挪用。没有人还会去捻断胡须,为找到"春风又绿江南岸"的"绿"字,而"为伊消得人憔悴",现代的歌手更容易也更迅捷地选择"春风又过"、"春风又到"等多少有些微殊的歌词,让可能制作精品的素材稀释到众人可以共享的数量。于是你会唱"只要你过得比我好",他会唱"但愿你活得比我好一点",另一个他还要唱"我觉得我今天很开心"……与其在台下崇拜一个巨星,不如一起到台上轮唱一通卡拉 OK,现代人的生活方式特点之一就是不想面对过于神圣的"经典",而更想让生活的多元化为每个人留出发展空间。关于现代生活的诸多变化,生活在 20 世纪初的英国作家高尔斯华绥说:

> 我懂了,《俄狄浦斯王》、《哈姆莱特》和《浮士德》不能与星期日副刊和描写密探的低级读物相提并论。反正西方各国每年出版的书籍的数量经常接近于人口的数量。每一件事和每一个问题都成为广大

读者的财富。剧院、电影院、无线电甚至演说，都促进了这种进步。然而这些都不能也不应该代替读书，因为读书时我们可以歇下来再想一想；而听或用眼睛看时，我们不能歇下来再想一想，因为有那么一个人不断地阻止你这样做。我们这个时代的危险并不在于我们仍旧是无知无识的人，而在于我们本身丧失了思考的能力。在我们面前常常出现某些问题，然而除了像在纵横字谜和侦探小说之外，我们自己是否企图找到答案呢？愈来愈少。我们愈来愈倾向于更轻松、更简单。但是通往知识的轻松的路往往是最长的。任什么也比不上自学得来的知识。

读书是治疗我们高度机械化时代所固有的标准化和简单化的良药。读书扩大我们对别人的生活、性情与需要的认识；书籍绝妙地帮助人走出"自我"的圈子。（《见闻与回忆》）

高尔斯华绥虽然还没有亲历电脑和电讯对现代生活的更猛烈的冲击，但他表述的基本观念却并不过时，那就是不管资讯电信如何发达，每个人的独立思考和亲身体验都无法替代或取消。我们不会因为自己的父母恋爱过，自己就不再去恋爱了，我们也同样无法因为前人已经思考过、做过，就可让别人或电脑来替代我们理解生活。一个工科的硕士也许可以在他导师的最新研究上再稍稍发展一点，就获取一项新的发明证书或申请他的博士学位；但是一个文学的导师无论怎样地学富五车、德高望重，都无法减免他的每个学生从头读起，在重复他师长的阅读经历中找到新的研究起点和研究目标。学习知识和学会做真正的人并不一定是相得益彰的，成功和成"人"也不是可以互换的语词。现代生活的节奏再快，还需要"歇下来想一想"，成败的压力再大，也需要自己去找出答案。正是在这个意义上，英国当代小说家劳伦斯说：

小说的最大好处是能够极大地帮助你，它能够帮助你不做生活中的死人。（《小说为什么重要》）

文字更能够帮助一个现代人在机械化的社会里保持自身的直觉、体验和思想，这些感性的、体验性的东西既是个体的、独特的，也是我们与生活中自然的、本源的快乐相联通的最可靠的难以被剥夺的媒介。正像英国小说家康拉德描述的那样，文字艺术有一种"极其困难而又稍纵即逝的目的"，即：

让忙于尘世劳动的手暂时停下来，让迷恋于长远目标的人们看一看周围世界的形状和颜色，看一看光明和阴暗。让人们为着这一瞥，为着舒一口气，为着微笑而停下来。（《水仙号上的黑家伙·序言》）

语言是人类的基本存在方式之一，交流是人类不可或缺的精神活动，只要人类还要用语言进行交流，进行最基本的说和写，语言文字的魅力就会长存，文学著作的精华就会传承。电脑电讯会给我们带来更多的方便和舒适，但不会取代我们与纸张、与树木、与草在一起的亲近感和舒适感；电视电影的精彩绝伦，也会更加令我们回味自身阅读时的寂静，以及这寂静中发生的心灵震撼。生活可能会变得愈来愈丰富多彩和令人感到不可思议，但阅读经典的目的与我们生活的基本目的总是会重合在一起：提高我们的精神质量和生活质量，使我们成为更好的"人"。

《伊利亚特》:爱欲与文明的冲突

荷马史诗《伊利亚特》①是古希腊神话文学、口传文学和文人创作交流汇合的文学结晶。这部 15000 余行的诗体巨作,描写了公元前 1200—公元前 900 年左右战乱纷起的古希腊社会生活。传说中双目失明的诗人荷马,虽被后来的学者普遍认为并无此人,但在这个传说中的名字里的确并存着一个早期文明民族的集体意识和一些个体诗人的惊人才华。《伊利亚特》得以永恒的奥秘之一,就是它所表现的波澜壮阔的民族往事和描写这些往事的极其丰富而又强烈的表现力。

十年争战的祸因:海伦的美和阿基琉斯的盛怒

《伊利亚特》表现的是迈锡尼文明时期古希腊人和特洛亚人的一场十年争战。② 故事发生在公元前 12 世纪初,当时的特洛亚城由于上承克里特文化成果,地处欧亚海陆交通要道,因而无论是城邦的经贸商旅,还是百姓的日常起居饮食,都曾是一幅忙碌、充裕的繁荣景象。这种繁荣历史上曾多次因外敌入侵而被毁灭。著名的特洛亚战争实际就是古希腊人发动的一次进犯,是诸多争战中的一次。希腊人自称是“阿开奥斯人”,他们进犯的实际目的是为了获取特洛亚的财富和奴隶,但在荷马的笔下,战争的目的却仿佛是因为一个女人的美貌和一个男人的火气。

特洛亚王子帕里斯在肩负使命去希腊做客的时候,由于天上美神阿芙罗狄忒的帮助,认识并爱上了当时世上“最美的女人”海伦,海伦是希腊城邦之一的斯巴达国王墨涅拉奥斯的妻子。在帕里斯与海伦双双坠入

---

① 〔古希腊〕荷马:《伊利亚特》,罗念生、王焕生译,人民文学出版社 1994 年版。文中引用仅注明诗行数。

② The Trojan War,在中文中译法比较多,如特洛亚战争、特洛伊战争。由于“伊利昂”是“特洛亚”的别称,所以《伊利亚特》亦被译为《伊利昂纪》。

爱河、海伦半推半就地随帕里斯离开斯巴达之后，希腊人曾希望用和平谈判的方式向特洛亚讨回"被拐走的"或"被偷走的"海伦。但古希腊人的傲慢无理和特洛亚人的富庶狂妄使他们都更关注国家的名誉而不愿作任何放弃。于是战争就有了借口。希腊人以墨涅拉奥斯的兄长、迈锡尼国王阿伽门农为主帅，成立了希腊联军。军中有天下无敌的阿基琉斯、足智多谋的奥德修斯、萨拉弥斯岛首领大埃阿斯、著名箭手小埃阿斯、著名将领狄俄墨得斯、阿基琉斯的好友帕特洛克罗斯等，他们以复仇的名义挑起战争。特洛亚方面奋起应战的主要将领是主将赫克托尔、美神阿芙罗狄忒之子埃涅阿斯、赫克托尔的兄弟帕里斯、盟军将领潘达洛斯等。

　　《伊利亚特》的艺术表现力"在两个方面尤为人们赞叹，一是它的叙述角度，一是它的人物塑造"。自从亚里士多德在他的《诗学》里这样分析了《伊利亚特》的"情节整一性"之后，人们就清楚地理解了荷马对一场十年征战的艺术性叙述。他通过十年战事最后阶段中的一件约50天的战争插曲，围绕着一个主人公"阿基琉斯的愤怒"而展开描述，在愤怒的起因、结果和消解转化过程中，荷马为我们讲述了一个完整而又开放的故事。不过"故事"之于《伊利亚特》，就像"故事"之于我们今天戏剧舞台上的古典剧目一样，戏迷看戏，看的是他们熟悉故事的"演法"，听《伊利亚特》吟诵的古希腊人，欣赏的是他们祖先故事的经典"说法"。荷马虽集中描绘了著名希腊英雄阿基琉斯与希腊联军主帅阿伽门农的一段争执和怄气，但整个特洛亚战争的故事在当时的古希腊人中间尽人皆知，因而荷马总是在诗的韵律和节拍里，适当地提示故事的前缘或交代事件的后续，从而使《伊利亚特》与整个古希腊神话体系和荷马时期的希腊社会生活结合在一起，成为希腊文化的百科全书。

　　史诗开篇已是十年战争的第十个年头，离特洛亚城沦陷约50来天。希腊联军的帐营里正在发生一起个人争端。由于希腊人扎营在特洛亚城和海岸之间，因而他们在战争间隙也不断骚扰特洛亚区域的周边城邦。这一天希腊兵士们就攻克了小城克律塞。在分配"战果"时，联军统帅阿伽门农首先挑选的那个女俘是该城阿波罗（日神）祭司克律塞斯的女儿。克律塞斯为此赶到希腊人的快船前请求释放，并随身带来许多赎礼。但阿伽门农气势汹汹地喝退了那个焦急万分的父亲，逼使他在回家的路上向日神阿波罗一番痛嚎，乞求众神将瘟疫降临于希腊联军。一时间希腊军营里的将士们纷纷染疾，因瘟疫致死的尸首迅速堆积成山。在突降的灾难前，主将阿基琉斯借众将领聚首之际，先是强迫先知卡尔卡斯说出了"事情的真相"，再是要求主帅阿伽门农立即"归还"他的女俘。代表最高权力的阿伽门农听后,阴暗的心底充满愤怒,他一边指责先知卡尔卡斯专门预告苦难和坏事,一边要求阿基琉斯必须偿还一份"价值相等的荣誉礼物"以换取他让走的"礼物"。阿基琉斯听后怒目而视,骂他"无耻",但阿伽门农坚持下令让兵士去阿基琉斯的帐营里房取他之前的选择、另一个被称为"美颊的布里塞伊斯"女俘。阿基琉斯的"盛怒"由此引发,他欲拔出刀箭来与阿伽门农斗武,却被天上的智慧女神雅典娜用眼神劝住,于是阿基琉斯宣布不再参战,他的盛怒也惊动了他的母亲——天帝之女、海神忒提斯,她出面向宙斯求助,天帝宙斯因此答应惩罚阿伽门农和希腊联军。

整部史诗的前半部写的是战争打了九年多仍胜负难测,由于阿基琉斯的"盛怒"勃发、按兵不动,而使特洛亚军队在最近的战事中频频得手。先是帕里斯与墨涅拉奥斯决斗,帕里斯因爱神相助逃脱死亡,墨涅拉奥斯没有获胜。尔后希腊将领狄俄墨得斯被潘达洛斯射伤,小埃阿斯与赫克托耳决斗又胜负难分,特洛亚人的攻势显然一浪高过一浪。战斗的失利使阿伽门农心生悔悟,派人与阿基琉斯讲和。阿基琉斯盛怒难消,依然静坐帐中。随后,狄俄墨得斯、奥德修斯、阿伽门农相继出征,逐个负伤退出,赫克托耳放火烧船使希军危在旦夕。危难中,阿基琉斯的密友帕特洛克罗斯代友出战,他身披阿基琉斯的铠甲、骑着阿基琉斯的战马,但其实他却没有阿基琉斯的身手,于是赫克托耳杀死了前来参战的帕特洛克罗斯,还拖走了他的尸体。

阿基琉斯的"盛怒"到此发生转移,史诗也进入后半部。阿基琉斯大哭一场后以惊天撼地之势冲上疆场,在夺回战友尸首后又穿上了母亲请匠神给他制造的第二副新的盔甲和新制的盾牌。他的怒火不仅融化了与阿伽门农的旧恨,而且猛烈地扑向特洛亚人的士兵。可怕的神谕早就预言赫克托耳将死于阿基琉斯的刀下,但特洛亚人的主将赫克托耳不听父母劝阻,仍主动与阿基琉斯决战。虽然赫克托耳被阿基琉斯杀死并惨遭凌辱,赫克托耳的双亲昏倒在特洛亚人的城楼,但阿基琉斯的"盛怒"还是无法在胸中完全平息,他在为帕特洛克罗斯举行的葬礼上无限伤心地哭泣。众将领为抚慰和转移他的哀痛而举行比武大赛。

史诗结尾是赫克托耳年迈的父亲、特洛亚老王遵循神的旨意,只身潜入阿基琉斯的厅堂,以一个父亲的名义向他请求赎买儿子的尸首,这两个都怀念亲人的人在一起流下了滚滚热泪,同时刚硬如铁的阿基琉斯也发现一个白发父亲的勇气竟也像钢浇铁铸,他敢于放下自己的身份和荣誉独自来见一个杀死他英勇儿子的仇人,个人的尊严和国家的荣誉又一次在这个父亲深爱儿子的情怀里完全失去了它们单纯的含义。于是希腊的英雄阿基琉斯收下了特洛亚老王带来的赎品,当面向他应允了 12 天的休战,然后让悲痛的特洛亚人民也为他们自己的英雄赫克托耳举行了隆重的祭礼。

作为史诗,《伊利亚特》的叙述是以循环和对称的方式进行的,拼杀与畅饮、激战与休战、出征与告别、牺牲与葬礼、复仇与失手、战况的传递与感情的详叙,常在有节奏的对应中轮番上演。特洛亚开初的渐占上风和希腊人后来的反败为胜,只是史诗大势上的脉络。而就每一场战斗和每一位英雄的命运而言,他们实际上都在喜怒哀乐的交替循环中承受命运的赏赐和磨难。如果没有阿基琉斯的盛怒,以及这个盛怒的起因、结果和消解,我们实际看到的是一场无休无止的生命抗争:部队一次又一次集结,战斗在不断重新部署,今日的胜将很快又成为明日四下逃离的败兵,战争像无法抑制的风暴一样一阵阵响彻在我们耳边,长枪和盾牌在我们眼前呼啸,英雄和士兵的鲜血在字里行间喷溅……从这个角度看,一场血腥的战争本不是后人希望欣赏的东西,但是阿基琉斯的盛怒和海伦的美却使这十年争战的历程被人们传唱至今。是阿基琉斯不同寻常的怒火和海伦国色天香的容颜使古希腊人借艺术超越了战争,借艺术升华了自己的现实生活。

阿基琉斯的"盛怒":为"荣誉"而怒

神明的后裔阿基琉斯,像我们今天电影银幕上最帅的青年男主角一样,二三十岁、高大挺拔、相貌俊美、气质高贵。他身手矫健,步履如飞,体魄强健而又无所畏惧。在他人和自己的心中,他都是一个真正的英雄。他心中的自信和高傲使他在平时的言谈举止中也充满将帅之气,被他所强烈鄙视的是那些"懦夫和无用的人",而被他所不屑一顾的还有那些滥用权力且贪心不足的人。当权力广泛、傲慢而又贪婪的阿伽门农对阿基琉斯说:

> 你是宙斯养育的国王中我最恨的人,
> 你总是好吵架、战争和格斗。
> 这是我对你的威胁:
> 既然福波斯·阿波罗
> 从我这里夺去克律塞斯的女儿

> 我会用我的船只让伴侣把她送回去,
> 但是我却要亲自去到你的营帐里,
> 把你的礼物、美颊的布里塞伊斯带走,
> 好让你知道,我比你强大,别人也不敢
> 自称和我相匹敌,宣称和我相近似。(第一卷第 187 行)

满腔怒火的阿基琉斯曾因智慧女神雅典娜的劝阻而"控制住自己的怒气",随后让密友帕特洛克罗斯把自己的女俘交给了他人,自己却流着眼泪,远远地坐在灰色的大海边,遥望那酒色的海水。他向母亲祈祷:

> 母亲啊,你既然生下我这个短命的儿子,
> 奥林匹斯的大神,在天空鸣雷的宙斯
> 就该赐我荣誉,却没有给我一点,
> 那统治广大人民的阿伽门农侮辱我,
> 他亲自动手,抢走我的荣誉礼物。(第一卷第 356 行)

正像阿基琉斯说过的那样,他并不想为一个女子与别人争斗,但如果这个女子是他卓越战绩的一种证明,是在众英雄战斗胜利后一起平分的一份"荣誉礼物",那么无论谁夺走了她,都是他这个英雄战士的奇耻大辱,因而他祈求母亲转告父亲宙斯实情,并助特洛亚人一臂之力,让阿开奥斯人的遭屠杀成为阿伽门农愚昧"乐趣"的代价。

阿基琉斯的盛怒和特洛亚人在史诗前半段的暂时胜利,的确是让我们震惊的事情。阿基琉斯的愤怒一旦激起,就难以平息。战争中的任何将领间的龃龉都会导致难以逆转的败局,然而阿基琉斯的盛怒为什么会是一种英雄的怒火呢?为什么他不是一个自私自大、虚荣而又可笑的古希腊人呢?当他因为个人的荣誉而宁愿让整个希腊联军遭殃的时候,为什么我们不可以认为他也是一个极端任性而又幼稚的自恋者呢?

相对于阿基琉斯的"盛怒"和对荣誉的珍爱,阿伽门农的贪婪、傲慢和滥用权力虽然无耻,但他个人毕竟是希腊联军的统帅,阿基琉斯对他的背叛,其结果并非是背叛这个不称职的主帅,而是使"整个民族和国家的利益"(用现代的术语讲)蒙受灾难。因而荷马一方面在阿基琉斯的"盛怒"中注入了他对一个个体英雄的同情和爱戴,另一方面也通过整个战争进程的描述对阿基琉斯的任性表示了某种焦虑和不安,甚至是批评和不满。这种明显的双重态度表明当时的古希腊社会已经由于连年的战乱和经常面对的财产分配问题而感到建立秩序的重要和维护权威的必要。尊重国家权威、严守等级秩序在这个时候代表的是西方人早期的理性意识和文

明正在成形中的社会,但是建立这种权力体系的可能代价就是纵容少数执法者滥施淫威,并同时胁迫许多优秀的个人在"民族"和"集体"的名义下,不得不屈服于这种淫威;甚至他们为民众利益英勇捐躯的举止,最终也成为昏君们坐稳自己的权威的基石。

由此,阿基琉斯的盛怒,以及这种怒火的久久难以平息,就为我们建立了一种个体与社会、私欲与文明之间的紧张冲突和抗争张力。在这个迟迟不能熄灭的英雄怒火中,不仅有着古希腊人对个体价值的肯定和对个人英雄的崇拜,还有着他们对个体尊严的极端重视和对命运的独特理解。在阿伽门农眼看希腊联军战况不佳、战争形势十分不利的时候,曾后悔莫及,他一边诅咒宙斯向自己施下恶毒的诡计,一边亲自派足智多谋的奥德修斯到阿基琉斯的营帐试图讲和,但阿基琉斯回答他说:

> 像憎恶通向死亡的入口一样,我憎恶那个男人,
> 他藏在心底的是一件事,嘴上说的又是另一件。
> 但我会以我看来最好的方式告诉你:
> 我既不认为阿特尤斯或阿伽门农的儿子能说服我,
> 也不认为其他达那奥斯的后人能办到,因为没人会因为你
> 永无休止地和你的敌人拼战而感激。
> 命运对那些退后的人和对那些奋力战斗的人都一样。
> 同一种承允把持着我们,不管是勇敢还是软弱。
> 一个无所作为的人会悄然而死,一个大有作为的人也一样。
> 我什么也赢不来,现在我的心已不因
> 未把我的生命置于战场的危险中而苦恼了。
> 母鸟寻遍四方为她的小鸟带回一口口食物,
> 而对她来说这意味着遭受苦难,
> 我也是这样,我躺在帐中度过了这么多无眠之夜,
> 我想我和斗士们一起日以继夜地
> 浴血奋战不过是为了这些男人的女人。(第九卷第 306—327 行①)

阿基琉斯的盛怒虽然难以平息,但是这种怒火也燃起了他反思战争和荣誉的滚烫思绪。这个从来自信天下无敌的勇士,虽不惧怕战场上的残酷激战,但他一旦沿着联想的无情纽带,想到战场上无数生命夭折,却突然为思想的残酷性而感到心惊胆战。在他独自一个人静坐在营帐中拒

---

① 此段引文转引自〔美〕大卫·丹比:《伟大的书》,曹雅学译,江苏人民出版社 1998 年版。

绝出战的日子里,他对这个战争的必要性和死亡的含义发生了从未有过的怀疑,他对自己曾视若性命的"荣誉"和"高贵身份"也因此而发生了质疑。于是这个英雄成了一个有自觉意识的英雄,一个企图质问社会权威和众人意识的英雄。当然这种质疑没有我们现代人走得那么远,这种质问也没有在史诗中寻访到可能的答案,因为历史在当时就根本不可能提供答案。阿基琉斯很快就听到了密友惨死的噩耗,于是他把自己的盛怒转向了赫克托耳,转向了所有的特洛亚人。

当阿基琉斯带着极度的愤怒和沮丧终于中止愤怒、冲进战场时,天地为之动容、海啸与之伴随,他首先如一团烈火从深邃的峡谷里燃起,把整个森林燃着,然后像一头宽额公牛,在平整的大地践踏着雪白的麦粒,他的眼前已不再是惊险失措的特洛亚人,而不过是一群群喧嚷挣扎的"蝗虫"。他恶煞般挥舞长枪,在特洛亚人的队伍里到处追杀。当滚滚的人流被赶进波涛汹涌的河水,阿基琉斯又用手中的长剑,在乱纷纷的人群中左右砍杀,被他砍着的人们发出恐怖的惨叫,鲜血顿时染红了湍流不息的水流……阿基琉斯已不再是在盛怒中思索的阿基琉斯,他又变成原来那个所向披靡、英勇无畏、战功卓绝的将领。

生命的价值虽然无法衡量,所有的生命虽然都将逝去,任何一个人都不会因为他人的死而得到补偿,但是阿基琉斯为了他自己的荣誉和尊严,还是要把他所有的能量都投入灼热的沙场。对古希腊人而言,战死沙场与其说是悲剧,不如说是一种宿命,他们还不习惯用善恶苦乐的现代伦理观念考虑人生,他们更坦然地面对强弱的纷争、生死的转换和神或命运的任意安排,他们更含混地看待苦难;同时他们留出更多的时间关注自己的耻辱和尊严,关注自己的行为是否具有神的品性或具有神一样的高贵气派。由此,美国学者大卫·丹比说:"西方有文字记载的文明始于这个英雄,他既体现又质疑了这一正在成形中的文明的性质。"换言之,这种文明从一开始也同时为他的优秀成员提供了英雄和反叛的双重机会。

海伦的美:不属于她,而是国家荣誉的象征

《伊利亚特》中的诸多人物贯通天界人间,出入冥府神殿,不仅如黑格尔所说"个个性格鲜明"①,而且有着诸多文化学家、神话学家所说的"原

---

① 〔德〕黑格尔:《美学》(第1卷),商务印书馆1979年版,第303页。

型"或"祖型"的特征。荷马史诗作为以后人类文学创作的"不可企及的典范"(马克思语),总是在内容和形式上体现出神秘的"基因"色彩和"源头"特征。

也许是因为"阿基琉斯的愤怒"在《伊利亚特》里得到了最集中的体现,所以对"帕里斯和海伦的爱情",这一导致特洛亚战争的主要原因和中心人物,人们反而不甚谈起。"阿基琉斯的愤怒"只是《伊利亚特》构成矛盾发展的一条明线,而帕里斯和海伦的爱情,则是内在地决定这部史诗情节进程的一条暗线。

> 很像森林深处爬在树上的知了,
> 发出百合花似的悠扬高亢的歌声,
> 特洛亚的长老们坐在望楼上,
> 他们望见了海伦来到瞭望楼上面,
> 便彼此轻声说出有翼飞翔的话语:
> "特洛亚人和胫甲精美的阿开奥斯人,
> 为这样一个妇女长期遭受苦难
> 无可抱悲,看起来她很像永生的女神……"(第三卷第 150—160 行)

长达十年、死伤无数的特洛亚战争是为海伦的美貌而打的吗? 其实不是。特洛亚战争虽与海伦和帕里斯的爱情有关,但战争的起因主要涉及三个女神争夺金苹果的古希腊神话故事:天后赫拉、智慧女神雅典娜和美神阿芙罗狄忒在奥林匹斯山的一次盛大婚礼里,为一个写有"赠给最美的女神"的金苹果而发生争执,互不相让。面对这场引发长久潜在嫉恨的激争,宙斯既不想,也无力调停,他请来一位生活在人间的情窦初开的美少年帕里斯作评判。虽然高大而骄傲的赫拉向帕里斯许诺权力和富有,庄严而美丽的雅典娜许诺智慧和成功,但热情而亲切的美神只是整理了一下自己的衣衫,她的许诺是获得一个最美的女子为妻,拥有快乐和幸福。于是帕里斯不由自主地将金苹果递给了美神。美神许诺给帕里斯的女子,就是希腊人熟知的美女海伦,海伦虽是宙斯的女儿,但她在人间的生活一如常人,她在遇到帕里斯之前早已不是处女,她是希腊联邦斯巴达国王墨涅拉奥斯的妻子,而且还为他生了一个女婴。由此可见古希腊人心目中的美人,是她本身的天姿国色,而较少在意她的所属和所有。

帕里斯的选择引起了赫拉、雅典娜两位女神的嫉恨,她们发誓要向帕里斯的家人和特洛亚人报复。她们的预言不仅成为特洛亚战争爆发的警告,而且成为这场争战原因的一种文化解释。首先,从三位女神的争吵目的看,她们并不是在进行选美比赛,她们各自的美貌都已经通过帕里斯的眼神传达给了后人,而是为了争夺"谁最美"的荣誉和口碑。两位女神为自己失去的带有形而上意味的荣誉耿耿于怀、誓不甘休,从一个侧面反映了古希腊人对战争起因的思辨性理解。对当时尚处连年征战的古希腊人来说,每一次战斗胜利后的战利品分配和荣誉划分,都会引出类似三位女神对金苹果的争吵。象征着荣誉的金苹果上虽凝聚着众人羡慕敬仰的目光,但它也是不和女神厄里斯抛向人间的一只"潘多拉的魔盒"。其次,随后爆发的为夺回海伦而战的特洛亚战争,也不仅是为了夺回海伦这个绝代美人,而是夺回由海伦所代表的国家荣誉。倾国倾城的海伦不仅是墨涅拉奥斯的妻子,也是希腊人的骄傲。希腊人在战争上为之献身的,不是美的物质身影,而是美的一种精神形象——荣誉和尊严。在这一点上,海伦的美与阿基琉斯的盛怒具有内在的密切联系。

在《伊利亚特》里,海伦是一个受爱神控制的弱女子,与后来西方文学中的许多脆弱女子一样,她在爱情面前"上了当",做了不该做的事,成为不贞不洁的女人。但海伦的特殊性还在于她的美不属于她自己,而是属于希腊城邦,她是希腊的一种象征和一件不可或缺的珍品。

海伦出嫁前,因其扬名四方的美色,求婚者络绎不绝。她的继父斯巴达国王恐引起纷争,左右为难。机敏的奥德修斯建议:每位求婚者先发誓用他的武器保护被选作女婿的人,使之不为任何因未选中而怀恨在心的人所危害。于是海伦平安地嫁给了阿耳戈斯国王阿特柔斯的二儿子墨涅拉奥斯(后来他继承了斯巴达的王权)。可见海伦的美色从一开始就带给她和其他人以灾难的威胁。由于她的继父是国王,因而她的出嫁就必须符合国家的形象,而如果她是平民的后代,则不过是将领们互相争夺的女俘。海伦的初嫁,完全是她父母的一次政务,墨涅拉奥斯赢得了她,赢得了围绕着她的声名和荣誉,却不一定也同时赢得她的感情。如前所述,海伦与帕里斯出走前曾充满犹豫和克制,但爱情的巨大力量仿佛借助了神力,使他俩忘记了一切,坠入爱河。帕里斯与海伦一见钟情,建立了一种纯粹个人间的性关系,但从一个国家的王子与另一个国家的王后的结合来看,他们建立的是一种新的社会关系。从爱情角度看,他俩的奇遇是美的象征;从城邦社会的公共利益角度看,他俩的结合是罪孽的行为。

在《伊利亚特》里,海伦从出场说出的第一句话,到收场吐出的最后一道心声,都是同一个意思,即"早就乐于遭受不幸的死亡的命运"。在漫长的十年争战中,谁都知道"谁胜了谁就将拥有海伦",但谁也不知道海伦想拥有谁。在海伦随帕里斯返回特洛亚时,她曾向王后表示自己是真心爱着自己的新夫。但一旦两国开战,她又只能在矛盾和自责的深渊里流泪和憔悴。她用温和的话语鼓励帕里斯意志坚强,不要懒于出征,但谁也说不出她是希望帕里斯战胜还是战死。她真心乞求的不要因她而战,就像她日日乞求的死亡一样,总是不会到来。

海伦最后还是让国家的荣誉战胜了自己的私欲,她与乔装打扮潜入城中的希腊英雄奥德修斯一起商量了攻陷特洛亚城的计划,并最终与原配丈夫墨涅拉奥斯一起辗转回到了斯巴达。在海伦后来的故事里,她已不再是多情善感的绝世美女,而是一个渴望恢复贞洁和名誉的贵妇人。谁也无法知道在她晚年的梦境里会怎样回忆起自己的青春和爱情。

帕里斯的宿命:成不了文化英雄

当帕里斯与海伦的爱情及私奔最终导致一场城邦和族群大战时,实际上是帕里斯得到的幸福与他无意造成的社会影响之间产生了冲突。虽然神话和史诗都热情讴歌了以阿基琉斯、赫克托耳为代表的为城邦荣誉而战的英雄,但史诗也没有诋毁和谴责帕里斯的爱情。就像古希腊人对待宙斯的六次结婚和无数次外遇一样,他们对帕里斯和海伦,也采取了今人未必能做到的欣赏、理解和宽容。帕里斯与赫克托耳、阿基琉斯比起来,是另一类英雄,是更普通的凡人英雄、世俗名人。帕里斯的爱情与阿基琉斯的愤怒在《伊利亚特》中始终悄悄地构成一种尖锐的紧张感,构成古希腊人在思考自己历史时的一种内在冲突和思想张力。即帕里斯为个人的幸福而忘记了国家的荣誉和安危,阿基琉斯为了个人的尊严而轻视了比个人得失更重要的集体危机;反过来,国家间的争斗和流血无非是因为一些个人不能理性地处理自己的欲望、处理彼此间的世俗利益分配;连年的争战和遍地尸首常常成为少数人私欲的沉重代价。在帕里斯的爱情故事里,我们可以清楚地看到古希腊社会已具有的鲜明个体意识,以及伴随着这种自我意识追求产生的内在不安和社会整合需求。

特洛亚战争的祸因,并不仅仅是帕里斯和海伦的爱情或私欲,或阿基琉斯的盛怒,而主要是个人幸福与国家荣誉的冲突,也即个人与社会的冲突,以及个人与个人的冲突。这是一切社会必然存在、必然产生的矛盾冲突。法国著名古希腊研究专家让-皮埃尔·韦尔南指出:"希腊理性不是在人与物的关系中形成的，而是在人与人的关系中形成的。"①帕里斯与海伦的爱情既使正面的矛盾冲突形象化、故事化了，也使社会的矛盾感性化和可理解了。当人们将社会的矛盾和困惑与一些活生生的人物性格和命运联系在一起时，生活的矛盾也因此而具有了内在的联系和丰富的意味。

古希腊人相信一切重大事件的发生都是神的旨意，也即神的意志和安排。美国神话学家戴维·利明谈道："古代诗人是人神之间的媒介。……古希腊人在力求揭示神和英雄的神秘交往，而且正是荷马和赫西荷德能突破人类生存的界限，用语言把'道'说出来。由于诗人具备这些神圣的品性，所以就成为神话故事的主题了。"②特洛亚王后在生帕里斯时就在梦里得到神谕，说这即生的孩子将来会使特洛亚被大火烧尽。于是帕里斯一生下来就被抛弃。但一只母熊哺乳了他，一位牧人收养了他。长大后的他因身体的俊美和过人的臂力而受人注目，由于他经常帮助牧人反抗出没于山林的强盗，人们称他是"救星"。提前降临的神谕并没能阻止帕里斯的健康成长，在见到海伦之前，他还与另一位由河神和仙女生下的女儿俄诺涅结过婚。在与海伦私奔后，他俩在外乡度过三年甜蜜的生活。回到特洛亚、面对战乱后，两人仍有爱情女神的厚爱。在特洛亚失陷、腹部中箭时，帕里斯曾遵另一道神谕去找俄诺涅哀求原谅，俄诺涅当时心如铁石，但却在帕里斯的葬礼上悲痛欲绝，纵火跃入燃烧中的灰炉。帕里斯的一生，与围绕着他的可怕神谕比起来，仍是十分辉煌的。如果说神谕就是他的命运，那么他已经在生活的恣情纵欲中抗拒了自己的命运和神的旨意。

反抗神谕和轻视神谕的现象在古希腊神话和史诗里层出不穷，最著名的例子莫过于反抗宙斯、为人类盗取火种的普罗米修斯。另外在《伊利亚特》里，阿基琉斯在被阿波罗的暗箭射中前也曾受到太阳神的威吓："丢开特洛亚人！终止这场大屠杀！当心，否则有一个神祇会要你的命！"阿基琉斯完全听出了这是神祇的声音，但他并不畏惧，他漠视这警告。在古希腊文学里，不仅阿基琉斯、帕里斯的头上笼罩着神谕，而且普罗米修斯心中还藏有宙斯必然灭亡的神的秘密，因而神的命运与人的命运是同形同构的。神谕所代表的命运具有超越一切的"道"的色彩，它常是一种抽象的本质和超验的逻辑，但同时它也是可以被预知、被漠视、被抗拒和被

① 〔法〕让-皮埃尔·韦尔南：《希腊思想的起源》，三联书店1996年版，第119页。
② 〔美〕戴维·利明：《神话学》，上海人民出版社1992年版，第132页。

验证的。古希腊文字中的神谕既是超越人欲的意志和安排，也是沟通现实世界和渴望境界的人类智能体现。在被安排的命运和主动追求的欲望之间，古希腊人用自己丰富的生活体验和大胆的创造精神，解释着生活的复杂性和多变性。

当命运是可以被实现或摆脱时，神谕就是具体的、喜剧性的，比如帕里斯侥幸逃脱了被父母抛弃的厄运，并获得了海伦和爱情的幸福；当命运是无法逃避的时候，它就成为抽象和一般的存在，神谕就不仅是生活中的磨难和灾害，而是与具体生活场景相脱离的、具有形而上意义的悲剧感和英雄气息。帕里斯的命运与他的死敌阿基琉斯一样，无法逃避。他无意娶别人的妻子为妻，但命运安排了他与海伦的相遇。在特洛亚战争爆发后，他第一次试图与墨涅拉奥斯单独决斗，以避免两个城邦联盟为他的私人生活受灾，但神的旨意让他在失败中脱身。他第二次试图归还一切随海伦带来的财产，并愿加倍补偿以求和平，但希腊人的荣誉与海伦的回归不可分离，希腊人的尊严必须与他个人的幸福交换。事实上，阿基琉斯拒绝向阿伽门农出让自己心爱的女俘，与帕里斯拒绝交出海伦在心理上是同构的，维护和捍卫的都是自己的尊严。阿基琉斯的拒绝尚带抽象色彩和习性特点，而帕里斯的拒绝就更具抽象意味和个人理想追求。阿基琉斯的拒绝可以改变，改变反而使他建立更大的战功；而帕里斯的拒绝无法更改，更改只会使他成为无耻小人。

帕里斯难以自制的爱欲或好色，对古希腊人而言是一种带有神性的弱点，这个弱点就像"阿基琉斯的脚踵"，致命而又必然存在。帕里斯坚持自己的爱欲追求，在可怕的神谕面前像灯蛾扑火般地追求幸福，于是他在自己反抗神谕的活动中确立了爱欲的价值。不仅如此，帕里斯的追求也来自一种神意，即阿芙罗狄忒的许诺。美神的诺言和赫拉的诅咒，同时以神谕的形式包围了帕里斯的一生，一种神谕体现了社会本位，另一种神谕肯定个体本位，于是帕里斯的幸福追求既反抗了神谕又遵循了神意，神的矛盾构成了他的内心矛盾和他与其他人的冲突，他一个人身上同时体现了人的神性和人企图超越神性的理性。在帕里斯身上，我们可以从另一个侧面认识希腊人是如何将必然的命运与必然的抗争放在一起，他们以原始文明时代人类所具有的混沌和纯朴，同时拥抱宿命和抗争、悲剧和喜剧、幸福和荣誉，并从中孕育出人类骄傲的理性和健康的哲思。

在海伦美丽而忧愁的脸上和帕里斯的坟前，我们不由地会想到马尔库塞的这段论述："西格蒙特·弗洛伊德认为，文明以持久地征服人的本能为基础，这个观点现在已被视为当然了。但是他提出的问题，即个人由此遭受的苦难是否相当于文化的恩典,却一直没有得到认真的探讨。"①
帕里斯与海伦的爱情的确表明:文明的进程是以牺牲人的爱欲为代价的,
爱常常是与社会需求对立的。当帕里斯的爱情不被认为是合情合理的性
关系,而主要是一种不合适的社会关系时,这个社会对他的诋毁就在所难
免。在社会尚未能达到对大多数个体的需求整体满足时,即便是这个社
会中的统治阶级,也会在其特定的历史阶段,对自己正常的个人生活充满
负罪感和羞耻心。《伊利亚特》开篇,两名希腊名将为一个女俘触发的肝
火已经表明:当时的人们常在爱欲的满足中体现自己的高等地位,但当这
个地位与国家的统治事务发生冲突时,位低者的私欲就必须服从位高者
的私欲,因为后者更能代表国家利益。顺着这个逻辑,我们也可以发现帕
里斯与其他一些古希腊神话和史诗中的人物对比,理解他们之间地位差
异的形成原因。与帕里斯相比,为人类偷盗神火的普罗米修斯是最符合
社会整体需求的理想化人物,他的私欲已完全地与社会和他人的利益化
为一体,故而成为人类的"文化英雄"。与帕里斯相比,苦苦逃避杀父娶母
命运的俄狄浦斯是自觉具有负罪感的理性人类代表,他虽最终没能逃脱
神谕的安排,但他的逃避本身得到了社会的同情和尊敬。与帕里斯相比,
对着河水顾影自怜的、最后变为水仙花的那喀索斯,终日苦恋的只是自
己,虽然背离了社会的需求,但毕竟这种自恋的性关系不危害他人和社
会,因而反而显得可笑和可怜。相形之下,帕里斯既没有完全的献身精
神,又没有主动或消极地逃避爱欲,他的特点是他从未拒绝过正常的爱
欲。他一生接触过的三位女性,都得到他正常爱欲的自然倾慕,即便是他
临死前对前妻作出的哀求,也是出于对生命的一种爱欲。帕里斯的"脚
踵"是他的意志薄弱,他既想逃避战争,也想逃避社会,他想摆脱的不是流
血的命运,而是被别人指责和仇恨的宿命。

帕里斯和海伦都不可能成为"文化英雄",他们不会被讴歌,但也不会
被人们所遗忘,他们是故事的暗线,但却更牢固地站在荷马记忆的中心。
我们无论是理解古希腊还是理解今天,都绕不开这一对形象,绕不开这段
曾引起十年争战的爱情。可敬的荷马!他并没有硬去解决他那个社会尚
不能解决的个人与社会的冲突问题,而是把他理智的目光清醒地放在由
阿基琉斯贯穿的社会主题上,但他也用自己感性的手指拨动着个人情感
的心弦。我们对海伦的同情全都来自荷马对这对恋人的同情。可贵的古

① 〔美〕赫伯特·马尔库塞:《爱欲与文明》,上海译文出版社 1987 年版,第 18 页。

希腊人！他们既歌颂普罗米修斯的责任感和牺牲精神,也肯定帕里斯和海伦的爱欲和自由。更重要的是,他们如此坦然地肯定了冲突、肯定了矛盾和对立,他们以同等的方式对待着希腊人和特洛亚人,也以平等的观念对待着所有不同个性的人。

我们如何可能欣赏荷马?

《伊利亚特》是战争的诗篇,荷马的弹唱充满了昂扬的颂词和热情的讴歌,即便是表达哀痛和思念,也都是声调高昂、语词铿锵。我们可能为此而感到震惊和感叹,因为战场永远是残酷和恐怖的疆土,尤其是古战场上的刀枪血刃、尸首横飞,交战的双方必须在那么近的距离里,凭借自己的血肉之躯,在几分钟的短兵相接中决出胜负,这不仅是惊心动魄、气氛骇人,而且是疯狂严酷、野蛮残忍！当你在现代居室柔和的灯光下,翻开荷马留下的诗章,你的眼前就风暴般地翻卷起战争的滚滚烟尘:希腊联军的船只蔚为壮观,强劲的狂风或熊熊的烈火时不时刮过或燃起;特洛亚的城墙巍然耸立,空气中永远充满着敌意和硝烟,愤怒的勇士发了狂似的策马前行,受了伤的英雄像高大的望塔般轰然倒地……尽管我们也目不转睛地看过很多好莱坞的枪战片或警匪片,但是荷马的口语不仅向你如实地描述战争的景观,而且你还同时从一个盲诗人的喉咙里听出他诵诗时的昂扬情怀,你还同时顺着他的目光像他一样的观察和体验,带着一种如痴如醉的浓烈兴趣和自然而然的迷狂心态。于是你发现自己不能用伦理道德去评判这种人类的早期战争,不能用常用的术语去评判荷马的神情,也不能把古代当作未发展完善的现代去鄙夷荷马的野蛮。对荷马那个时代的古希腊人来说,战争还没有与和平分解,生命也无法与野蛮区别。我们不是要去欣赏荷马的野蛮或残酷,而是要去体验一下荷马时期的人类生存——

> 他们杀死阿瑞斯般英勇的皮莱墨涅斯,
> 心高志大的帕佛拉贡盾兵的首领。
> 阿特柔斯的儿子、名枪手墨涅拉奥斯见他
> 站在那里,一投枪击中他的锁骨;
> 安提洛科斯趁皮莱墨涅斯的侍从和御者
> 阿廷尼奥斯的儿子米各转动单蹄马,
> 投出大石头,击中肘子,嵌白象牙的缰绳

　　从他的手上落到地上,滚进尘埃里。

　　安提洛科斯向他扑去,一剑刺进

　　他的太阳穴,他从精致的战车上翻下来,

　　脑袋和肩膀立在尘土里,正在喘气。

　　他陷进很深厚的沙子里,倒立在那里,

　　直到他的马踢他,使他翻身倒地;

　　安提洛科斯扬起鞭使劲抽打那些马,

　　把它们一起赶进阿开奥斯人的阵里。(第五卷第576—589行)

　　在这样的诗行里,我们难免要惊讶荷马面对恐怖时的镇静和从容,他那么细致地向我们描述特洛亚勇士皮莱墨涅斯被击中的样子,那么准确地告诉我们利剑怎样在一瞬间刺入了他的"太阳穴"——一个在现代电影中不宜出现的暴力恐怖镜头,这个画面的力量是这样的强悍,尤其是英雄的战马在惊吓中踢中了只剩最后一丝残喘的英雄,使他从倒立的非常状态中猛烈翻转过来,成为又一具沙场上尚有余温的尸首……这一切都极为的异常和令我们震惊,这种画面中赤裸裸的残忍和特有的高贵似乎同时组成了荷马史诗中的震撼力量。英雄赫克托耳在临死前曾说:

　　天啊,显然命运已经降临。

　　我不能束手待毙,暗无光彩地死去,

　　我还要大杀一场,给后代留下英名。(第二十二卷第303—305行)

　　但当赫克托耳被阿基琉斯的长枪击中喉部、翻倒在地后,他用最后的虚弱央求他的仇敌:

　　我求你,以你的心灵,双膝和双亲的名义,

　　不要把我丢给阿开奥斯船边的狗群,

　　你会得到许多黄金、铜块作为赎金,

　　我的父王和母后会给你送来厚礼

　　把我的身体运回去,好让特洛亚人

　　和他们的妻子给我的遗体行火葬祭礼。(第二十二卷第336—

343行)

　　令人回味的是,荷马不仅带着许多感性的趣味记载那些疯狂的杀戮、脑浆的四溅和心脏的最后几下残喘,而且常常在残酷的厮杀刚刚结束的时候,忽然弹唱起狂热的乡愁,弹唱父母的苍苍白发、牵肠挂肚,妻子的柔肠寸断、晶莹泪珠,情人的彼此安慰和凄然告别。荷马对日常感情的感人抒怀总是让那些充满野性的生命力猛然间又坠入最绝望的伤悲深渊,对功名荣誉的极度珍惜和对日常生活的极度向往,是荷马史诗中从不发生真正冲突的行为动机。最刚烈的勇士阿基琉斯会为自己童年好友的失去而悲伤至发疯,最为清醒自己宿命的赫克托耳会在死期临近时毅然告别自己的城邦,他们浑身上下充满了激情和愤怒,但从不贪婪那些苟且偷生的良机。正因为这沙场上驰骋的都是神一样的壮士,所以即使是阿基琉斯和赫克托耳这样的仇敌也会为对方的高贵和勇气而相互无比欣赏。荷马的世界充满了现代人所说的“二元对立”,但对荷马来说,没有真正的人间仇敌;什么是胜利者?谁是失败者?在荷马的笔下,战争的胜败是经常轮流转换的,但如果一个人不能得到对手的尊敬,那他就是真正的失败者。荷马认为希腊人、特洛亚人都要歌颂,生活有艰难却没有两难。虽然每个人在荷马时代不是强者就是弱者,不是征服就是被征服,不是被神佐助就是被神诅咒,荷马那个时代的人没有平等或民主,但他们活着,可以是一种胜利;死亡,也可以是一种高贵。他们拼杀可能是为了争夺,但他们通过拼杀也为自己建立了荣誉,并逃离了可能的耻辱和卑俗。这种荣誉的获得不会是对他人的剥夺,这种荣誉感只使人像神一样生活。

由此,荷马的史诗既是遥远的、野蛮的、重复的、冗长的,也是令我们感到恐怖和振奋,同时感到残忍和高贵的人类早期文学经典,它那种跨越神人、超越生死的气度和无遮无拦的壮丽生活,对我们今天的舒适、柔弱、伦理、安静……总是一种挑战、一种质疑。我们每个人都应是潜在的英雄,英雄是人类的一种“原欲”,它在我们的童年幻想中更多更快地频繁出现,但在我们的日渐“成熟”中却往往逐渐褪色。从这个意义讲,荷马史诗是我们感情心灵世界的“易燃易爆品”,它是那么直接地让我们个人的童年梦想与人类的童年生活相撞,并随即点燃我们生命中的热能,震颤我们极易麻痹的现代神经。

《奥德赛》:"家"的故事

回家！ 回家！

与《伊利亚特》相似,荷马在吟咏他的《奥德赛》①时,也是一开篇就点出全诗的中心悬念:神一样的希腊英雄俄底修斯②已经熬过了十年苦难,失去了所有的朋伴,还未能实现他回家的梦想。

从故事的连续性讲,在《伊利亚特》结尾的两大葬礼之后,又经过数次恶战,阿基琉斯攻入特洛亚城,自己却被帕里斯的箭所刺杀。埃阿斯和俄底修斯一起救回战友的尸体。俄底修斯获得阿基琉斯的铠甲,埃阿斯却因疯狂而自杀。尼培俄斯设计了木马,俄底修斯化装入城与海伦密谋了攻陷特洛亚城的计划。阿开奥斯人假装撤兵,诱使特洛亚人搬回了城外的木马,结果冲出木马的阿开奥斯人里应外合,攻占了特洛亚。墨涅拉奥斯夺回了海伦,俄底修斯杀死了赫克托耳的爱子,阿基琉斯之子带走了赫克托耳的妻子,阿开奥斯人还放火烧了整座城市。在回家的途中,阿伽门农与墨涅拉奥斯发生争执,墨涅拉奥斯最后偕海伦回到了斯巴达。阿伽门农则在回到自己家乡后,被妻子与情人合谋害死。俄底修斯的家乡在伊萨卡岛的巴赛勒斯,他在与同伴回家的路上,首先漂到了一个盛产"忘果"的地方,许多同伴吃了"忘果"后,就忘却一切,不再想念家乡。然后剩余的人又漂到了海神波塞东之子、一个独眼巨怪波吕裴摩斯的洞里,俄底修斯依靠智慧弄瞎了巨怪的独眼,使大家死里逃生,但也因此得罪了海神。于是波塞东与他作对,使他十年回不了家乡。正如史诗开头所吟:

---

① 〔古希腊〕荷马:《奥德赛》,陈中梅译,花城出版社 1994 年版。文中引用仅注明页码。

② 该译本中的主人公"俄底修斯",即《伊利亚特》罗念生、王焕生译本中的"奥德修斯",英文是 Odysseus;他的妻子裴奈罗佩(Penelope),亦译"珀涅罗珀"、"潘尼洛普"等;他的家乡"伊萨卡岛",亦被译为"伊塔卡岛"、"伊塔克岛"等。

告诉我，缪斯，那位聪颖敏睿的凡人的经历，
在攻破神圣的特洛亚城堡后，浪迹四方。
他见过许多种族的城国，领略了他们的见识，
心忍着许多痛苦，挣扎在浩森的大洋，
为了保全自己的性命，使伙伴们得以还乡。但
即使如此，他却救不下那些朋伴，虽然尽了力量：
他们死于自己的愚蠢，他们的肆狂，这帮
笨蛋，居然吞食赫利俄斯的牧牛（指太阳神的神牛），
被日神夺走了还家的时光。开始吧，
女神，宙斯的女儿，请你随便从哪里开讲……（P1）

荷马用简洁的诗句先点出俄底修斯此刻的处境：孤身一人，远离家乡，同伴们相继因各种原因而一一散去、离去、死去，当那些躲过特洛亚灭顶之灾的壮士们都已逃离战场和海浪、尽数还乡的时候，还有“此君一人，怀着思妻的念头，回家的愿望，/被卡鲁普索拘留在深旷的岩洞，雍雅的女仙，/女神中的俊杰，意欲把他招作夫郎？”也就是说，此刻的俄底修斯只身漂流到了一个岛上，被这个岛上的女仙卡鲁普索拘留。他因为思乡而“愁容满面”。荷马告诉我们，俄底修斯的磨难和哀伤引起了天上诸神的怜悯，趁着海神波塞东的出门远访，雅典娜正为俄底修斯在宙斯面前求情。她说：

我的心灵还为聪颖的俄底修斯煎痛，
可怜的人，至今远离亲朋，承受悲愁的折磨，
陷身水浪拥围的海岛，大洋的脐眼，
一位女神的家园，一个林木葱郁的地方。
她……滞留了那个愁容满面的不幸之人，
总用甜柔、赞褒的言词迷蒙他的
心肠，使之忘却伊萨卡——但俄底修斯
一心企望遥望家乡的炊烟，盼愿死亡……（P2—3）

值得注意的情节是：卡鲁普索女神不仅意欲让俄底修斯当夫郎，而且还许愿他有“永生”的补偿。这位女神的名字“卡鲁普索”原意为“斗篷”，是西方文学评论家们十分注意的一个象征寓意性形象，俄底修斯被软禁在她的岛上，被她的甜言蜜语和永生许愿所拘留，实际也指俄底修斯此刻已被他人“罩”上了，被这个女仙控制了。他被裹在了“大洋的脐眼”中，就像被羊水浸泡着的胎儿一样，变得不再是自己。他与自己的王国、自己的

亲人之间的所有联系都中断了,他真实的身份被遮蔽了;卡鲁普索既无微不至地护守他、侍候他,也实际利用自己的身份纠缠他、娱乐他,逼迫他与自己一起过起慵懒的日子。荷马刻意指出这个特殊情况:当朋伴们或是忘却往事或是因贪婪而丧生之后,当俄底修斯获得安定而又舒适的他乡生活之后,他依然泪流满面,遥望家乡,意欲归去,甚至宁愿死亡,这是一种超乎常人的英雄本色和高贵品性,所以他能够引起诸神的关注和获得神祇的帮忙。

在诸神帮助下,俄底修斯终于又重新踏上归途,不过这次他只能是孤身一人启程。他离开卡鲁普索,乘木筏顺利地航行了 17 天,渐渐地接近了家乡的海岸。但是海神又发现了他,波塞东掀起的猛烈风暴打散了那只木筏,俄底修斯又一次被抛入层层海涛,被巨浪砸向岩壁。由于神的佐助和他自己的足智多谋,他终于攀上了另一个叫斯刻里亚的海岛,在一个河口附近的灌木丛中沉沉睡去。……斯刻里亚岛的主人热情款待了他。在听了他的故事之后就派水手把他送到家乡伊萨卡。

"俄底修斯"这个名字的意思是"制造麻烦",他在整部史诗中的确是历经磨难。但从另一方面讲,所有的磨难又主要是由他"制造"的。在卡鲁普索岛的他,之所以不愿留下,是因为他想家;在回家的路上,他之所以刺瞎巨怪的独眼、得罪了海神波塞东,也是因为他不愿像其他同伴那样,借他乡之果忘却往事、入乡随俗。"家"是俄底修斯制造麻烦的根源。回家之事对俄底修斯而言,之所以有生死攸关的重要性,原因很多,既可以说他是要回家夺回属于他自己的私有财产,也可以说他是要回家与妻子、亲子团聚,还可以说他是要到乡下去叩见他白发苍苍的父亲;但借助卡鲁普索女仙"斗篷"的寓意,荷马更明显地挑出西方文化中的"人的身份"(identity)问题,即:你是谁? 你的生命特质是什么? 你从哪里来,属于哪里? 俄底修斯不想让卡鲁普索控制不是因为他厌恶那岛上生活的荒凉或寂寞,作为仙女的卡鲁普索在物质环境和对生命的支配力上都远胜过俄底修斯自己,而且愿意与他分享一切;但俄底修斯却不想为享乐和永生而失去自己的本来,失去自己的特洛亚战争之英雄的身份。由此,"家"对于俄底修斯而言,既是财富和家人,更是精神的依托和生活的本源,人只有在自己的"家"里或自己感到是"家"的地方才有可能有自己的生活。

伊萨卡是俄底修斯的"家",卡鲁普索不是。一个人的家在哪里,只能问他自己,只能问他内心的感觉。所以,荷马不仅让俄底修斯历经磨难才回到家乡,而且让他历经磨难才认出家乡和被家乡认出。

当俄底修斯踏上伊萨卡时,他已经由于劳累睡着了。从斯刻里亚岛

护送他来的水手把他抬上岸就离开了。醒来后的他并没有马上认出家
乡。当他遇到一个由智慧女神雅典娜幻化而成的年轻牧人、告诉他这就
是声名赫赫的伊萨卡时,他一面心里高兴,欣喜于重归故土,另一面却用
长了翅膀的话语向他已认出的雅典娜说了一番隐瞒真相的话语,再次强
调自己对脚下大地的深深质疑。雅典娜只好现出原形,对这位凡人中的
辩才、喜诈不疲的顽倔汉子说:

> 你的胸中总有此般心计,而正因为这样,
>
> 我不能见你遭受不幸,丢下不管;
>
> 你说话流畅,心智敏捷,头脑冷静——
>
> 换成别人,浪迹归来,早就会迫不及待,
>
> 冲向厅堂,见视妻儿,但你
>
> 却不乐于急着询盘,提出问题,直到你试探过妻子……
>
> 女神一番说道,驱散迷雾,显现出(伊萨卡)山野的貌态。
>
> 历经磨难的俄底修斯心花怒放,高兴地
>
> 眼见自己的乡园,俯首亲吻盛产谷物的大地
>
> 高举双手,向水仙们祈告……(P247)

在这样的诗句里,荷马不断地用细节描写和戏剧性的手法,讲述俄底
修斯找到家乡之"难",不仅路途艰险、九死一生,而且即便踏上故土,也有
"迷雾"遮住了伊萨卡的原貌,使他难以认出家乡的港湾和叶片修长的橄
榄树。另外在俄底修斯终于见到自己的妻子和儿子之后,他也不是与他
们简单相认,而是先打扮成乞丐,向爱妻自称克里特人,并告诉她那个叫
"俄底修斯"的人"没死",自己如何见到过"那个人"。俄底修斯之妻裴奈
罗佩听到后十分激动,吩咐老女仆给"乞丐"洗脚,表示感谢。结果这位俄
底修斯小时候的乳母在他的脚上看到自己熟悉的记号,差点喊出声来,但
俄底修斯要求她严守秘密……俄底修斯不仅认出家乡十分困难,而且说
出自己的身份也十分困难。俄底修斯一直在讲述,讲述与自己的经历相
似但又不完全一样的故事。最后荷马为了让俄底修斯说出自己是谁,还
安排了宫中的一次射箭比赛,裴奈罗佩让人从库中取出俄底修斯的弓箭,
宣布谁取得胜利,她就选谁做自己的丈夫。结果她的 108 个求婚者没有
一个人能拉开那张弓。依旧被众人认为是乞丐的俄底修斯在众人的耻笑
声中接过儿子递给他的箭,毫不费力地拉开了他熟悉的弓,一箭中的。于
是所有的人都在瞬间明白了站在他们面前的是俄底修斯。俄底修斯的身
份不是直接说出来的,而是水到渠成地显现出来的。

但是裴奈罗珮此刻却在卧室里,对刚才发生的事一无所知,尽管仆人已经告诉她客厅里发生的事情,她依然表示怀疑。于是她假称要把自己的床移到院子里,让俄底修斯单独睡,结果勃然大怒中的俄底修斯说出这张床的重要"关节",即这是他20年前亲手制作的婚床,其中有一条床腿建在一颗橄榄树干上,这是张不能轻易移动的特制的属于他的床。于是裴奈罗珮顿时热泪盈眶,终于不再怀疑、不再彷徨。在裴奈罗珮的固执和顽强里,表现的是家人、家乡人认出俄底修斯也是多么的艰难。而荷马在"回家"的主题下,围绕着归途之难、认出之难、说出之难、被认出之难,让我们一起经历和体验了俄底修斯迟迟回不了家的哀伤和困苦,并最终让我们一起分享俄底修斯回家和与亲人团聚的狂喜和热泪。在叙述手法上,荷马有意借助失去身份、恢复身份、确认身份的漫长过程,造成一种拖延的效果,一种反复争取、反复挣扎、反复观察、又反复被测验的叙述节奏,这是一种咏叹调式的叙述方式,一种小说与歌咏相结合的回旋式叙述风格。与《伊利亚特》的紧张激烈、高亢昂扬、热血浓重相比,《奥德赛》更显得舒缓、从容,像温水一般沐浴人的身心。

荷马借俄底修斯回家之"难"(如上所述:归途之难、认出之难、说出之难、被认出之难),实际强调人的身份和人的归属不是一个简单仓促的寻找和结合,而是人与他向往、他追求的东西逐渐磨合、克服万难逐渐互相认可的过程,这个过程是人们卸下假面具,抛却表面的物欲和凡俗的享乐生活,发现自我、展示自我的过程,是使人具有身份和拥有归属感的过程,而这个过程的结果是一个人终于从外到内地完全拥有了自己的家园、妻儿、财产和友人。

回与迎

亚里士多德当年对《奥德赛》的内容进行过这样的概括:有一个人离家多年,被海神波赛东紧盯不放,变得孤苦伶仃。此外,家中的境况也不妙,一些求婚人正挥霍他的家产,并试图谋害他的儿男。他在历经艰辛后回到家乡,使一些人认出他来,然后发起进攻,消灭敌人,保全了自己。[①]这个简介虽不及波澜壮阔的荷马长诗本身读起来那样多姿多彩,但却极为明确地总结了《奥德赛》的回乡主题和这个主题所牵动的两条双向对应

---

① 〔古希腊〕亚里士多德:《诗学》,罗念生译,商务印书馆1996年版,第59页。

的情节线索。

在《奥德赛》里有两条双向发展的主线,即俄底修斯的回乡与其子忒勒马科斯的迎父,是充满智慧的女神雅典娜将这两条主线牵到一起。天上诸神趁海神缺席召开会议后,雅典娜奉宙斯之旨到人间帮助俄底修斯回乡。她没有立即去俄底修斯被拘留的卡鲁普索岛,而是径直来到了俄底修斯的家乡,假扮受托照管俄底修斯家事的门托耳找到尚且年幼的忒勒马科斯。在忒勒马科斯对自己生父是否存活人间、是否还渴望回家表示怀疑时,雅典娜说:

> 就我自己而言,我宁愿历经磨难,
>
> 回返家乡,眼见还乡的时光,然后
>
> 踏进家门,被人杀死在自己的炉灶边……(P42)

雅典娜不仅以言辞鼓励俄底修斯的儿子保持信心和等待,还指点忒勒马科斯寻找曾与俄底修斯一起踏上归途的旧友,让他们的回忆唤起忒勒马科斯对父亲回乡努力的崇敬和仰慕。曾感身单力薄的英雄之子终于鼓起勇气,踏上寻父之途。

如果说俄底修斯式的"回家"是每个人一生中不可回避的课题,每个人都必须找到自己精神的归宿和自己满意的栖身场所;那么忒勒马科斯式的"寻父"则是每个青年人或自感尚未"成熟自立"的人必须经历的过程。与俄底修斯一开始在卡鲁普索岛上英雄身份被遮蔽不同,忒勒马科斯的问题是:他的身份一开始就是明确的,他是希腊英雄俄底修斯的儿子,但是这个身份在现实面前却是一种嘲讽:因为他实际正与他的母亲在一起面对势单力薄、孤立无援,甚至生死危机。100多个无耻的求婚者在他的家里狂饮滥食、与女仆同床,并谋划霸占他母亲、刺杀他这个继承人的阴谋。这些无耻的言行不仅在吞噬着属于他的财产,也实际在吞噬他的"本质",剥夺他的身份。而此刻的忒勒马科斯由于年幼、力单、未谙世事而内心紧张,满腹迟疑。他对自己生父是否还活着,是否还可能回来的怀疑,实际也表明他无意识中想在严峻的现实面前回避或隐藏自己的真实身份。

不过从另一方面而言,忒勒马科斯是年轻的,因而他也是不确定的、可塑的,他内心渴望成为父亲的儿子,他只是不知道应该怎样去做。所以雅典娜的指点就是他迈向自我、开始承担自己使命的开端。他的启程寻父,使俄底修斯的回乡与迎他回乡的家人之间有了许多相互的呼应和对应。

第一层对应围绕着"回乡"。一方面俄底修斯身在异乡为异客,有家难回,另一方面俄底修斯的妻儿身在家乡却当不了主人,家已形同虚设,108 个求婚者的无耻放肆使俄底修斯妻儿的性命和家产都岌岌可危。对缚在他乡的俄底修斯来说,远方的家是一个实体的存在,是真正的心之所系、神之所往,而此的女神美貌和诸多许诺都非"我"所求。对留守家园的俄底修斯妻儿来说,充满危机的家是一个即将消失毁灭的实体,是灾难和祸害之源。俄底修斯与他的家乡之间之所以有内在的关联和永难分离的依恋,是因为俄底修斯是这个"家"的本质和灵魂,不仅由于他的缺席将使他的家园最终旁落他人,而且他也需要这个家来证实自己的生存价值之所在。人与家的对应向我们暗示了人与物的复杂关系:家乡虽是一个明确的地名、一片土地或一个庄园,但只有在人与物互相认可的呼应中才会各自具有最本质的含义和最完整的所在。

第二层对应围绕着"苦难"。一方面俄底修斯为了回乡而等待着,甚至期待着继续受苦受难,另一方面他的妻儿却无时无刻不在竭力地逃避日益深重的灾难和离乱。对俄底修斯来说,苦难在所难免,他或是在无边的海边失声痛哭,日夜忍受内心的悲哀,或是在海上遭受磨难,让自己凡人的躯体承受海神波塞东盛怒不息的报复。苦难是俄底修斯唯一通往家乡的归途,只有内心之苦才使他始终不会像昔日的伙伴那样忘却往事,沦落他乡,只有躯体之苦才使他始终有希望回到亲朋身边,目睹还家的时光。一旦俄底修斯逃避苦难,享受女仙无偿赐予的享乐和宁静,他就成了羁绊中的奴隶和只贪求存活的凡人,他将失去自己的尊严和自由,而唯有这种尊严和自由,才能使他忘却死的恐惧和苦难的残酷,成为荷马史诗中千古吟唱的民族英雄。

另一方面,俄底修斯的妻儿一直努力躲避着灾难:柔弱的妻子面对求婚者的强占和女仆的叛变;年幼的儿子则面临强大的势力和被谋害的陷阱。他俩一旦屈服就必死无疑,而尽力逃脱,则使他们在苦难的威胁前保存了继续生存的希望,也只有在这种希望里他们才能保存自己的尊严和自由,保留他们与屈服和死亡抗争的勇气。荷马笔下的苦难是一种切肤的感受,是一种亲身的经历,通过双方的"苦难"遭遇,才使俄底修斯与他日夜思念的家人之间获得了关联和依存。这种苦难的历程把人的内在心理活动与外在行为过程融为一体,把人的"思"与他的"行"视为一体,并使之成为人与家互相对应的一种基石:只有在思乡与回乡、思父与寻父的思行一体活动中,父子才成为父子,伊萨卡才成为俄底修斯的家乡,俄底修斯和他的儿子才在分离的状态中彼此成为一个和谐的整体,各自拥有独立而不孤立的生活空间。

第三层对应还围绕着"信念"。在五至八卷里,荷马让俄底修斯详细描述了自己的回家历程,在这一苦难历程中,第一批同伴吃了"忘果",抛却了往事,第二批同伴未能控制自己强烈的好奇心而窥视了风袋的秘密,结果受到风神的严惩,第三批伙伴因无法战胜拉摩斯吃人的巨人而损失大半,第四批伙伴因无法抑制食欲而变成猪群……回家的愿望人人都有,但回家的信念并不仅仅是一种强烈的愿望,多数人有愿望而难以实现,就像俄底修斯的昔日伙伴,还有许多人被自己的欲望所支配而无法自持,他们的举止就像强占在俄底修斯家园的 108 位求婚者。唯有俄底修斯以"神一样"的抱负让回乡的信念超越于自己的各种愿望之上,因而他成了思维和行动的自由人,他拥有了智慧和才干,拥有战胜一次次险境的勇气和计谋。一路上俄底修斯不断地用他激昂的语调鼓励自己的同伴,这些鼓励之言并不表明他没有与同伴们相似的恐怖和极度的哀伤,而是表明他拥有一种更高的抱负,他时刻意识到自己是特洛亚战争中的勇士、凡人中的精英,他时刻意识到奥林匹斯山上的诸神在关注自己的一言一行。他与诸神对话和会面,与天地万物对话,与时间历史交往,也与自己最内在的精神世界交流。正如欧洲著名美学家塔塔科维兹所言:古希腊人认为诗歌最恰当的题材是"神和人的命运",诗神缪斯要求诗人吟唱"过去和未来"。[①] 荷马式的英雄俄底修斯总是生活在由过去、未来、人、神四维一体的开阔空间里,他们的视线不为山川景物所遮,他们的胸襟不为人间俗事所隔,他们的想象驰骋千里,就像俄底修斯不仅向往回返家乡,而且像"神一样"地建立卓越的功绩。

围绕着信仰,荷马表现了欲望与信念的关系、成熟与幼稚的差异。忒勒马科斯在寻父的过程中也逐渐形成自己的信念,由幼稚变得成熟,由凡人走向英雄;俄底修斯则在艰辛的磨难中不断经受命运和神旨的考验,依靠回家的信念完成由英雄成为神的仪式。他们都依靠坚定的信念,让自己超越于凡俗欲念之上,既成为自己欲望的主人,也成为自己思与行的主人;既使自己与神相通,也使自己与物相合,在物性、人性、神性的互通互应之中,他们终于能够自由地活动和骄傲地生存。

不过,成熟后的忒勒马科斯也许让现代青年吃惊,因为他在帮助父亲用弓箭"说"出身份、向求婚者宣战之后,就与父亲一起展开了怒火冲天的

---

① 〔波〕塔塔科维兹:《古代美学》,杨力等译,中国社会科学出版社 1990 年版,第 49—51 页。

复仇行动。虽然荷马已经向我们交代:众多求婚者既没有玷污裴奈罗珮,
也没有杀过任何人,但是俄底修斯还是在雅典娜的帮助下杀死了所有裴
奈罗珮的求婚者——

> 只见他们一个不剩,全都躺倒泥尘,
> 挺尸血泊,像一群海鱼,被渔人
> 抓捕,用多孔的线网,悬离
> 在蓝色的水波,撂上空广的滩沿,
> 堆挤在沙面,盼想奔涌的大海,
> 无奈赫利俄斯(太阳神)的光线,焦烤出它们的命脉。(P418)

然后俄底修斯又迫使那些和追求者睡过觉的宫女埋葬他们的情人,
在她们做完之后,又让忒勒马科斯去杀了这些女人,于是——

> 他们把女仆带出精固的房居,
> 押往一个狭窄的去处,谁也不得逃脱,
> 善能思考的忒勒马科斯开口发话,说道:
> "我要结果她们的性命,这帮女子,不让她们死得
> 痛痛快快——她们把耻辱泼洒在母亲和
> 我头上;不要脸的东西,睡躺在求婚人身旁!"
> 言罢,他抓起绳缆,乌头海船上用物,
> 一头绕紧在粗大的廊柱,另一头连系着圆形的建筑,
> 围绑在高处,使女人们的双脚腾空,
> 像一群翅膀修长的乌鸦,或像一群鸽子,
> 试图栖身灌木,扑入抓捕的
> 线网,睡眠的企图带来悲苦的结果。
> 就像这样,女仆们的头颅排成一行,每人一个活套,
> 围着脖围,她们的死亡堪属最可悲的样式,
> 扭动着双腿,时间短暂,只有那么几下。(P420—421)

我们当然无法欣赏这种原始的复仇,虽然残忍与每个民族的早期历
史相连。也许在荷马那个时代的人看来,俄底修斯和忒勒马科斯有权严
厉惩罚侵犯他们私有财产的人,忒勒马科斯也急于承担一个成年男人对
自己家园的捍卫职责,他此刻把自己置身于一个只有厮杀没有姑息的战
场,一个勇敢战士显试身手的地方,正像他后来对俄底修斯说的:

> 你将会看到,心爱的父亲,只要你愿意;凭着眼下

的性情,我绝不会羞辱自己的血统,你所提及的荣烈!(P455)

不仅忒勒马科斯特别想让俄底修斯感到自己是称职的英雄之子,就是裴奈罗珮也尽力让俄底修斯感到她是一个英雄的妻子,她不仅在整整20年里拒绝向任何其他男人屈服,而且说过自己宁死也不"取悦一个次等丈夫的心"。所以她一直在考查和试探归来后的俄底修斯,假装不认识他或认不出他来,直到俄底修斯拉开自己的弓,说出了那张亲手制作婚床的秘密,她才在自己亲自设定的最严肃、庄重,也最激动的仪式中张开双臂与丈夫最后相认。

在俄底修斯扫除一切障碍与他的家人、忠实的仆人们重新相认之后,荷马让我们极为感性地体验了"大团圆"的快乐。《奥德赛》所表现的家之舒适、亲切和人在自己的土地能得到的感官上的享受都不是在大团圆之后,而是在争取回家和亲人相认的途中,而且主要体现在"物人合一"、"神人不分"的境界之中。

归与离

俄底修斯想回乡是因为他与家乡的分离,分离是一种空间距离,也是一种精神和心理的隔离。当代德国思想家海德格尔在谈到距离的问题时曾说:"当代时间和空间中的一切距离都在缩小。过去人们要以数周和数月的时间才能到达的地方,现在坐飞机一夜之间就可以到了。早先人们要在数年之后才能了解到或根本就了解不到的事情,现在通过无线电随时就可以立即知道了……不过,这种对一切距离的匆忙消失并不带来任何切近(Nähe);因为切近并不在于距离的缩小。"[1]以海德格尔提醒我们的用现代信息社会眼光看《奥德赛》,荷马则仿佛在有意地夸大距离,他强调俄底修斯从被拘留的卡鲁普索岛到他的家乡伊萨卡这段现代人感到并不遥远的距离里竟整整走了十年。在这漫长的十年里,在荷马仿佛十分不经意的弹吟语调里,有着对"人与家分离究竟意味着什么"的刻意描述和耐心解释。被马克思誉为"人类正常儿童"的古希腊生活,常常被一些学者认为有"神人合一"的特点,并与中国"天人合一"思想形成对照;但从现代思想文化视野看,古希腊世界还具有"物人合一"的特点,正像海德格尔所说:古希腊人把世界视为"天地神人"构成的"四位一体"或"四重整

---

① 《海德格尔选集》(下),孙周兴选编,上海三联书店 1996 年版,第 1166、1179 页。

体"。这个特点在《奥德赛》中的表现就是强调俄底修斯与他家乡的分离，是他独立的思绪与他所心爱的"物"的分离。

中国古老汉字在"物"的组词上有"事物"、"景物"、"人物"、"财物"、"生物"等不同组合，实际也借中国文字音形结合的特点将人与物、思与物的丰富联系生动地表达了出来。但这种丰富联系在荷马史诗中有更为细致独到的体味。

首先在对"事物"的刻画上，荷马写《伊利亚特》时就曾长篇咏叹一副天神为阿基琉斯铸造的"甲胄"，同样在《奥德赛》里也以极为精绝的诗句歌颂俄底修斯亲手制作的一张"婚床"。由于这张床是俄底修斯根据自己的意愿设计，融入了自己对爱妻和未来家庭的热情和对一棵叶片修长的橄榄树根的精心利用，因而只有他知道这张床的"关节"，只有他最愿捍卫这张床的全部价值。除此，俄底修斯的"弓箭"由于只有他拉得开而成为他之不可分离的一部分，当他毫不费力地拉开自己熟悉的弓时，他的箭很快就以正义的名义射中了试图强占他家的求婚者安提诺俄。在人与物的分离中，人由于与心爱之物的分离而不再是本来的人，物也由于与人之相"识"相"知"的分离而失去物之为物的本质。

在"景物"描写上，荷马安排俄底修斯在熟睡中被友人所派的水手送回家乡，刚一醒来的他，没有认出自己的故乡。为什么俄底修斯在踏上故乡眼见自己乡园时却不敢相认？因为那曾经阻隔十余年的距离并不会因为突然的缩小而真正消失，俄底修斯的心在不断地"切近"中既使故乡"近化"，也使故乡保持在那遥远的所在。因而在他终于返回故土时，他要用与大地的狂吻来亲身实现距离的缩小，他要继续用勇气和力量去使故乡的人们认出他来。

在"人物"的叙述上，荷马反复吟诵的是人之忠诚。俄底修斯对家园故土的赤诚使他也只对忠诚的旧友表示崇敬。那些背叛了他的男女仆人都遭到了可怕的惩罚，而他的老保姆在为他洗脚时认出了脚上的疤痕，从而发现主人已经归来，这一情节已成千古绝唱。荷马时期的古希腊人，还很自然地将他们人与人之间的情感维系，依托于具体的物象和场景，在同一个人面前，不同的"人物"因"熟悉"而亲近，因"忘却"而疏离，因强弱而分高下，因恩怨而产生间隙。人与人既可以成为真正的人的交往，通过忠诚保持不渝的友情，也可以成为完全的生物界交往，彼此为争夺财物或宠物而刀光剑影、血溅沙场。

荷马对"财物"的描写尤为深邃。足智多谋的俄底修斯不仅是战场上的勇士和谋士，也"最晓聚财的门道，比谁都精通"。当他的财物被诸多求婚者强夺豪取时,荷马愤怒地谴责他们干的是"禽兽之举"。这些人对财物的兽欲甚至引导他们试图谋害年幼的忒勒马科斯以绝俄底修斯的后代。财物使这些人成了俄底修斯愤怒的对象。由于这些贪财者在整日的挥霍和荒淫中度日,成为财物的奴隶,因而俄底修斯与他们的争斗,不仅是夺回被抢占的私产,而且是使他的财物摆脱纯粹物化的挪用。当他夺回自己的所有、保护了自己的家园时,他使自己和自己的国家、自己的物都拥有了归宿。

总之,在荷马的《奥德赛》里,一方面双线情节在不断强化和突出俄底修斯与他家乡之间的那段令人痛苦的"距离",表现缩小这种距离的艰难;另一方面荷马的叙述方式又始终表现出古希腊天地人神之间的浑然一体,古朴和谐。无论是俄底修斯的回乡还是荷马的弹唱,都不是在追求或反映外在于人的现实世界,而是在体味自己介入物质世界的切身感受。这一原始文学特点使《奥德赛》中触目可见的事物景物都不是现代科学思维中的"客观存在",它们始终不脱离人的情思和行为过程;同样,俄底修斯的财物虽被众人哄抢,却也尚未完全成为今天通用货币似的外化于人的物力;史诗中人与人的友谊和忠诚也不是为了展示可被"欣赏"的生活艺术,一切都只有在真实的体验和"亲历"的过程中才让人感到如诗如画。因而对古希腊人而言,人与天地万物之间本应是自然和谐的共处,一旦"距离"产生就造成了人与物、思与行、信念与欲念的分离,也造成人之神性与物性的分离。在这种使人痛苦的距离里,俄底修斯的非凡,就在于他不竭地努力,努力消除各种分离,使自己重返家园。由于俄底修斯感到的痛苦是一种主客体都无家可归的痛苦,因而在他的痛苦里展示了人与物分离状态下的各种真情。在这种人与万物所共同感到的痛苦里,俄底修斯争取的不仅是"人"的拥有和得到,也是一切物体在天地间的和谐、归附和共存。通过俄底修斯式的回乡,也即通过俄底修斯式的磨难,古希腊人向往的幸福,终于在人与物的自然归宿中快乐地得到。

回与永回

我们第一次见到俄底修斯时,"心志豪莽"的他正坐在海边,"生活的甜美伴随着思图还家的泪水枯哀,水仙的爱慕早已不能使他心欢"。此刻的他忍受的是人与家的分离,也是灵与肉、情与爱的分离:

夜里,出于无奈,他陪伴女神睡觉,在

> 宽敞的洞穴,违心背意,应付房侣炽热的情爱,
>
> 而白天,他却坐在海边的石岩,
>
> 泪流满面,伤苦哀嚎,心痛欲裂
>
> 凝望着苍贫的大海,哭淌着成串的眼泪。(P90)

现实生活的"甜美"无法弥补精神无处所在的哀怨,俄底修斯失去的不仅是他富庶的家园,更是他精神的家园,这个家园通过他对往事的回忆和不变的信念而维护在他忧郁的心底。正像戴维·利明先生在《神话学》里指出的,在俄底修斯的"探索"里有"探求的使命"。[①] 他寻找的不仅是回家之路,而且是一个整体的真正的家园;他寻的不仅是他个人生活的一个支点,而且代表人类竭尽全力地寻求自己的生活中心。他不仅在历经磨难之后缩小了自己与家园的时空距离,而且在回归自我、回归人之精神本体需求的顽强搏斗之中,缩小了自己与天神的精神距离。

在俄底修斯回到家乡、夺回财产并重新拥有妻儿之爱和仆人之忠诚后,《奥德赛》的故事夏然而止。神的指令制止了俄底修斯血腥的复仇之火,但神的意志也指令俄底修斯继续浪迹四方,永远处在回乡的途中:

> 足智多谋的俄底修斯对妻子说道:
>
> "我们的磨难,我的爱妻,还没有
>
> 结了。今后,还有许许多多难事,
>
> 艰巨、重大的事情,我必须做完——
>
> ……(神)要我浪迹许多凡人的城市
>
> 手握造型美观的长桨,带着上路,
>
> 直至抵达一方地界,那里的生民
>
> 不知有海,吃用无朴的食餐……
>
> 将来,死亡会从远海袭来
>
> 以极其温柔的形式,值我衰疲的
>
> 岁月,富有、舒适的晚年;我的人民将
>
> 享过幸福美满的生活。"(P432—433)

也许荷马在《奥德赛》之后将把视野由航海转向农耕,从人与土地的联系来继续歌颂俄底修斯晚年的成就。重返家园的愿望对俄底修斯来说,最终成为一种永无止境的使命,他的一生都将走在"回乡"的途中。俄

---

① 〔美〕戴维利明等:《神话学》,李培荣等译,上海人民出版社 1992 年版,第 115 页。

底修斯的伊萨卡之家在人与物各得其所的团圆之后就失去了原有的光泽,逐渐成为人生旅途上的一个站牌,俄底修斯的归宿仍在漫漫征途的那一端:清晰而有距离,令人向往而又尚待努力。

关于俄底修斯"磨难"在回了家后还没有了结,并且永不会了结的情节,在理解或解释上引出了许多设想。比如,认为这种结论是西方"生存伦理学"的源头,强调人的一生不仅要追求善,而且要拼搏抗争,最大限度地发挥自己的才能智慧,百折不挠地为更好的生存而奋斗。有的评论认为《奥德赛》的主题是歌颂人在苦难中求生存的意志和精神。在《奥德赛》中,俄底修斯的苦难不仅是回不了家,而且回去了也是面临灾难,他还活着就有人希望他已经死去,希望他永远回不了家,还密谋绝了他的后代。裴奈罗珮的苦难是她弱小、孤立无援(儿子尚且年幼),时刻面临丧夫丧子的危险和自己最终的悲剧。忒勒马科斯的苦难是他既无父亲这个依靠,又无力帮助势单力薄的母亲。但最终俄底修斯及家人通过自身努力摆脱了苦难和被动,掌握了命运,通过不竭追求不断重新认识自己,最大限度地发挥了自身潜能,同时也通过永无止境的探险为自己创造更好的未来。另一种评论认为这个结局表明西方人很早就视享乐与危险是密不可分的,现成的享乐生活不是毁灭了你,如阿伽门农被他那贪图财富的妻子与人合谋杀死,这个经历在《奥德赛》中被不断提出来与俄底修斯的经历对比,就是想侵蚀你的意志,比如卡鲁普索岛的女神就用享乐和永生来诱惑和销蚀俄底修斯。所以西方人很早就感到人生其实只有短暂的激战间隙和匆忙的恢复性歇息,骑在战马上的勇士其实永远也不该告别自己的坐骑,若想真正获得神的佐助和世人的认可,就必须永远经受磨难,永远无法休息。所以与其他民族比起来,西方人也许有更不得安宁的灵魂,这一点后来在歌德的《浮士德》中也有进一步的探索。

在俄底修斯还将出门探险这个结局中我们还可以看到,俄底修斯是一个"荷马式的英雄",他的命运体现了古希腊人的根本处境:即古希腊时期不仅神人合一,而且物人合一,人们总是在不停的工作和劳动中发现神与人的性情互通,以及物与人的亲切依恋。黑格尔在总结这种古代现实时曾说:"英雄时代已不复像牧歌情况中那样只有很贫乏的心灵方面的旨趣,而是受到更深刻的情欲和旨趣的鼓舞;另一方面,个人的最近的环境,他的直接需要的满足,却仍是他自己工作的成绩。"在这种情况下,"到处都可见新发明所产生的最初欢乐,占领事物的新鲜感觉和欣赏事物的胜利感觉"①。正像俄底修斯的一生都将走在"回乡"之途上,古希腊人也把生活视为一种不断的创造过程,在社会分工尚未达到脑体分离的性质变化时,俄底修斯和一切希腊人一样,尚需自己亲自动手做床、拉弓、航海和农耕,他们在思与行的统一中与天地万物保留着"原初的联系",并在这种联系中使自己的人性保持自由、和谐和健康。

以海洋的描写为例,忒勒马科斯乘船踏上寻父之航线时,希腊人用酒水祭奠着仙神,拉船帆借力于海风,海船在劈开自己的水路,浪花唱起了"轰响的歌",人与海是一种互为一体的平等交往,人既渴望得到自然的帮助,也竭力利用自然的伟力。在荷马眼里,海洋充满了有生命的生灵,有如大地上的森林和兽群,海浪恐惧而又迷人,它们有时助人有时也害人。性情多变的海浪就像人之习性,人必须了解海洋的生活方式,甚至叩问海浪的智慧和想法,与它们真诚勇敢地对话,寻求它们的指点和保佑,才能真正成为自然世界中被认可的一员。俄底修斯足智多谋,就在于他不仅在海洋的行为方式里领悟时间的运转、生命的规律,而且从中了解物与物之间的交往规则和共存方式。荷马始终把他所描述的万事万物看作一个整体。人是这个自然整体中的一环,人与万物及诸神一样,在参与中体现自己,在共同的协作和调整中彼此成为整体。

出于这种拟人化的自然理解,荷马对人的理解也更为自然,比如俄底修斯面对海神波塞东掀起的疾风狂飙和沉沉积云,常常"吓得双膝发软,心志涣散",他宁愿"战死"疆场也不愿"暴死"海上,因而除非他确认神的许诺和道路可行,他只是在卡鲁普索岛上痛哭流涕。不仅如此,俄底修斯既是无畏的勇士,也是血腥的掠夺者。荷马从不忌讳人之弱点,就像他也常讽刺神的弱点,荷马既把所有人形的神和人都看作凡人,也把所有的人和天地万物都描写为物之本身。

如果说俄底修斯回乡途中主要与三种敌对力量发生了冲突,即怀有敌意的神、异己的人和大自然的冲击,那么这三种势力并不是绝对的敌人。比如,特别帮助俄底修斯的智慧之神雅典娜是亲近人的神,在背叛的仆人之外还有忠心不渝的猪倌和老保姆,海浪在史诗中也始终体现为一个美丽与凶残的张力,大海无声地顺从过人的意志,也无言地惩罚过人的狂妄。因而,在俄底修斯与神斗、与人斗和与天地斗的活动中,并不存在两极完全对立的作战,天、地、神、人的共同活动构成了自我维持和自我进

---

① 〔德〕黑格尔:《美学》,朱光潜译,商务印书馆 1979 年版,第 332 页。

化的宇宙系统,人在这个系统中既是冲突的,也是和谐的,他通过冲突找到突破非人所愿生存方式的可能,又通过抗争走向自己需要的和谐。由此,俄底修斯的回乡和永远的回乡行为之所以在《奥德赛》里具有了如此中心的位置,就是因为通过回乡的自觉行为,俄底修斯体现了古希腊人心目中生存的本质意义:即通过人的参与和探求活动,使人与天、地、神都"现身于存在之庇护所中"(海德格尔语),并建立起彼此的关系,最终促使人成为世界本质的一部分。

古希腊人特有的神人不分、物人不分的生活方式,使他们与自然万物、与时间岁月有着一种混沌的和谐,同时他们自身丰富的人性也有着混沌古朴的和谐。这种和谐与中国传统文化中的"天人合一"不同,这种和谐不是通过静观和冥思得到的,也不认为本性自然的万物之间应该是彼此无冲突的,相反,希腊式的"合一"世界是天、地、神、人的四位一体或四重整体,也是彼此互动、不断进化的整体。中国"天人合一"的传统不仅将自然视为物质上的人的依靠,而且在精神生活中也视自然为人类母体,当人与自然交流时更强调接受自然之"道"和"体认"人自身。如果说中国式"天人合一"表达的是一种恒定的自然之"道",那么古希腊式的"物人合一"则是一种变动中的无限可能性,人在从事、发现和抗争等各种活动中与万物共同实现彼此的"合一"。在各种行为和实践中,神、人和天地万物各自呈现出自己的存在方式和原始伟力,并在相互的作用和调整中成为他们自己希望的样子。

古希腊世界正如马克思所说是人类正常童年的世界,不管这个世界是多么朴素完善混沌和谐,都不可能证明我们必须"回"到那个世界去。在这方面,海德格尔对西方文明史的总体观点值得我们注意。简单地说,海德格尔把前苏格拉底的早期希腊视为非形而上学的"思"与"诗"的时代,把随后出现的转折,即从柏拉图、亚里士多德直到黑格尔、尼采等都视为哲学和科学的形而上学时代。他认为当代人类正面临着又一次伟大的转折,即形而上学趋于终结,非形而上学的诗与思将重新兴起,语言与大地将重新归属一体,人与万物也将重新归属一体。在海德格尔所预言的这个当代转折里,中国历史悠久的"天人合一"传统正日益受到西方世界的重新关注,而同时我们也应该看到:古希腊神人不分、物人合一的古朴世界也有了许多现代参照价值,俄底修斯永远的"回乡"之路,还将延续在现代西方人逃避技术时代厄运的探求之中。

《俄狄浦斯王》:国王何以伟大?

古希腊三大悲剧家之一的索福克勒斯(Sophocles,前496—前406)被希腊人尊为世界和谐与安宁的歌手,因为他忠于雅典和他的理想,他在雅典的危机中看到了人类的共同危机,并在这种危机的描述中创造了净化人们心灵以避免永恒危机的良药。《俄狄浦斯王》①是他最著名的悲剧之一,这个取材于古希腊神话的故事经过索福克勒斯的重新解释之后,变成了人类文明的一个原型故事,一个不可能完全被破解的谜底,以及一些演绎不完的永恒情节。

悲剧以四场和一个"开场"、一个"退场"组成。悲剧开场说忒拜城瘟疫蔓延,国王俄狄浦斯决定祈求神谕,解救民众。第一场,失明的先知忒瑞西阿斯不愿说出真相,被俄狄浦斯逼迫说出俄狄浦斯就是灾难的祸首,因为他犯了杀父娶母的罪行。俄狄浦斯在突降的罪名下,惊恐地怀疑内兄克瑞翁出于嫉妒而诬陷自己。第二场,克瑞翁为自己辩护,但怒火难消的俄狄浦斯仍准备杀他,王后伊俄卡斯忒闻讯赶来调解,王后为安慰俄狄浦斯而说出前国王拉伊俄斯的儿子刚生下三天就死了,他自己则被一群强盗所杀,不可能牵涉到俄狄浦斯。但俄狄浦斯听后反而更惊恐,也对王后说出自己的身世:他原是科任托斯国王波吕波斯的"儿子",在一次宴会上听一醉汉说他不是父亲的亲生之子,后又从阿波罗神谕中得知自己将会杀父娶母,因此被迫离开自己的城堡,后来他曾在路上杀过一个傲慢的老人。现在听起来这位老人可能就是前国王拉伊俄斯。俄狄浦斯面对真相,伤心欲绝。王后则提出杀死拉伊俄斯的不是一个单身旅客,不如把那个幸存的路人找回来再加核实。第三场,科任托斯国的一位报信人来请俄狄浦斯回国任国王,因为波吕波斯国王刚寿尽而死,说明他的儿子俄狄浦斯不可能弑父。但俄狄浦斯因为母亲还健在不愿回去,使得送信的老

---

① 〔古希腊〕索福克勒斯:《俄狄浦斯王》,载《古希腊悲剧经典》(上),罗念生译,作家出版社1998年版,以下文中引用仅注明页码。

仆人说出他并非波吕波斯亲子而是养子的事实。王后听到这里,希望报信人不要再说下去,但俄狄浦斯此刻怀疑高傲的王后惧怕听到他有一个不高贵的出身而坚持要追查自己的血统。第四场,拉伊俄斯家的牧人被唤来,说明自己当年没有遵嘱杀死却送给波吕波斯仆人的婴儿正是俄狄浦斯。俄狄浦斯最终发现"一切都应验了",自己"成了不应当生我的父母的儿子,娶了不应当娶的母亲,杀了不应当杀的父亲"。在最后的"退场"中,我们得知王后已上吊自尽,俄狄浦斯刺瞎了自己的双眼,请求新国王克瑞翁将他逐出城堡,让他流浪他乡。

正像美国学者大卫·丹比所说:"索福克勒斯的剧本有一种令人惊惧的结构,疑念被唤起,然后被减轻,然后又被唤起,最后真相大白。"他认为这样的模式"不仅创造了一种戏剧性的反讽——观众知道俄狄浦斯所不知道的——而且产生了一种对生活本身的讽刺感。我们成为我们想避免成为的,我们是我们所厌恨的"[①]。的确,《俄狄浦斯王》是一个人竭力避免他不能避免之罪的故事,他既是无辜的,又是有罪的,他是什么都不知道的,又是知道一切的。他不仅是他,而且可能是我们一切人。

一个骄傲的君王

不过我们首先要注意到俄狄浦斯是一个过分自信而又仓促行事的国王。他的过分自信来自于他曾猜出了斯芬克斯之谜,解救了忒拜城的上一次灾难,所以他取代了克瑞翁当上了忒拜国王,并娶了伊俄卡斯忒。他为这个经历而无比骄傲,并且因为这个经历才把这个国家和这个国家的人民当作自己不可推卸的责任。当先知忒瑞西阿斯暗示他既是这个城邦的恩人,也是这个城邦的罪人时,俄狄浦斯傲慢地对他说:

> 喂,告诉我,你几时说明过你是个先知?那只诵诗的狗在这里的时候,你为什么不说话,不拯救人民?它的谜语并不是任何过路人破得了的,正需要先知的法术,可是你并没有借鸟的帮助、神的启示显出这种才干来。直到我无知无识的俄狄浦斯来了,不懂得鸟语,只凭智慧就破了那谜语,征服了它。你想推倒我,站在克瑞翁的王位旁边。你想和那主谋的人一块清除这污染,我看你是一定会后悔的。要不是看你上了年纪,早就叫你遭受苦行,叫你知道你是多么狂妄无礼!(P146)

---

① 〔美〕大卫·丹比:《伟大的书》,曹雅学译,江苏人民出版社 1998 年版,第 116 页。

一个曾经有过功绩的人，并且这功绩不是由于神助，不是由于民助或他助，而只是因为他自己的智慧，因为一个人的智慧性突破而建立业绩，那么这个有功之人就会把以智慧换得的权力或利益看成是神圣不可侵犯的东西，他会仗着这种智慧和权力行使自己不可阻挡的意志。由于他曾一个人拯救过一个国家，所以他也会相信只要惩治一个人就可以解救一个国家。当俄狄浦斯诅咒那个不知名的凶手，发誓要把他赶出忒拜城的时候，这个君王以不可战胜的姿态，以盛气凌人的口气君临一切。索福克勒斯正是扣住了这个傲慢国王的本性，使得一场追踪凶手的人间狩猎以忽张忽弛、忽松忽紧的形式逐渐展开。

要使一个像俄狄浦斯这样骄傲的国王认识自己不可能是一件容易的事情。他首先逼迫先知说出真相，然后把说出真相的先知臭骂一顿，并无端怀疑克瑞翁有阴谋诡计。克瑞翁的自我辩解虽然合情合理，他说自己现在无忧无虑地享受国王的权力，又不必承当一个真国王的担惊受怕，在这种待遇中，"头脑清醒的人是不会做叛徒的"，并且对神发誓。但是，俄狄浦斯无法相信他的每一句话，并且说"我不想把你放逐，我要你死，好叫人看看嫉妒人的下场"。当科任托斯国报信人来请他去当国王时，他既轻蔑，又十分得意。在王后赶来劝说他俩以城邦为重，不要再纠缠于私人恩怨时，俄狄浦斯的怒火暂时得到抑制；但随后他又把王后的"高傲"视作真相的障碍，高声说："谁去把牧人带来？让这个女人去赏玩她的高贵门第吧！"并坚持要让信使和仆人找来当面对质，验明结果。事实上，索福克勒斯的故事情节总是语义双关的，俄狄浦斯既是在一路不弃不舍地追踪，也是在一路连推带搡地逃避。他想找出国家瘟疫的元凶，但他也认定那不可能是自己。他想找出一个有罪的他者，但他找出的证据都指向自己。他即便不是注定要弑父娶母的那个婴儿，他也会因为过分的骄傲自信而使一个国家岌岌可危。阿波罗果然应验的神谕给了这个人间之子一种令人同情的命运，而这场人间的悲剧也使得人们得以看到：在人之力量日益强盛的人类文明发展历程中，出现了很多人间豪杰、智者、仁者、勇士。人变得像神一样伟大、智慧、多才多艺，但他们仍有许多与生俱来的缺陷和与人类才智同步增长的精神迷失。在索福克勒斯的笔下，埃阿斯勇敢但自负，最终变得粗野（《埃阿斯》）；安提戈涅坚定但缺乏深入的思考，最后才被人理解（《安提戈涅》）；赫剌克勒斯虔诚敬神，但一旦坠入情网就无所顾忌（《特剌喀斯少女》）；俄狄浦斯热爱人民，但容不得别人对他才智的怀疑。索福克勒斯一再试图劝说人类保持清醒，看到仍有许多人力不可及的深广时空需要我们永远保留敬畏和真诚。

其次我们也会承认,俄狄浦斯是伟大的"英雄",是最勇敢的君主,他"力排众议,勇往直前,一直走到自己闯开的道路的尽头"①。"他正直、勇敢、诚实,爱护他的城邦和人民。他所做的一切都是为人民谋求福利。他不是以自己的意志为城邦意志的暴君,也决不独揽大权,而同伊俄卡斯忒、克瑞翁共同治理城邦。"②"俄狄浦斯之所以伟大是因为他不停地寻找真相,尽管找出的真相会损害他。无知是毁灭性的,知识也是毁灭性的,这是无论行动者还是思考者终极的困境。"③由于俄狄浦斯是一个国王,所以他寻找国家灾难之因的行为是具有崇高道德含义和高尚人格色彩的,他的明智和聪明在于他明白:他要寻找的真相不仅属于他自己、他的家庭,也属于他的城邦和他的人民。虽然他目前是城邦之主、人民之王,但正像先知忒瑞西阿斯所说,"知道真情就有力量","只要知道真相就是力量",因为真情的力量来自于人所不知的神意或命运,并会借助于时间的魔力突然爆发,让人措手不及,无处躲藏。从这个角度讲,"真情"代表的是比一切人都更高更强的力量,它与笼罩在俄狄浦斯头上的"神谕"既是同一的,也是不完全相同的,"真情"的内容更丰富,更具有象征意味。面对这个"真情",首先获知它的忒瑞西阿斯说:"做一个聪明人真是可怕呀!"随后对它敏感的王后说:"别再追问下去了,我求你,要是你还在意自己的性命的话。"他们两都在预感中产生灾难临头的恐惧和绝望,并想回避这"真情"带来的恐惧和绝望。唯有俄狄浦斯坚持自己的追踪,坚持一追到底,仿佛无论发生什么结果,他都无所畏惧。所以世人们都感慨他的勇气和豪迈,但是他真的不知道吗? 真的没有预感吗? 俄狄浦斯高人一等的地位帮助他具有一种特权,即他可以阻止调查追踪,他可以拖延真情的出现,而他没有行使这份特权的原因,或是由于恐怖,或是由于勇敢,或是二者同时存在于他的胸间。大卫·丹比认为,看这出悲剧的时候,"勾住我们的是耸人听闻的恐怖,抓住希腊人的则是英雄主义"。因为一方面希腊人不会以为你能"认识"生活你就能赢得生活,另一方面现代人更容易把认识自身的终身课题转化为爱护自己、鼓励自己的每日生存策略。

① 《古希腊悲剧经典》(上),罗念生译,作家出版社1998年版,第132页。
② 薛远林:《古希腊悲剧故事全集》,北岳文艺出版社1996年版,第81页。
③ 〔美〕大卫·丹比:《伟大的书》,曹雅学译,江苏人民出版社1998年版,第117页。

国王如何变得伟大？

最能体现俄狄浦斯之勇敢和伟大的，是他在得知最终真情之后的表现。索福克勒斯借助一个传报人的口，也就是借用语言的间接性来向我们演示俄狄浦斯残酷的认罪方法：他大喊大叫地冲进宫去，在疯狂中仍用智性打开了卧房的房门，亲手解下经上吊自尽的母亲和妻子，从她袍子上摘下两只她佩戴着的金别针，举起来朝自己的眼珠刺去，并且这样嚷道："你们再也看不见我所受的灾难、我所造的罪恶了！你们看够了你们不应当看的人，不认识我想认识的人；你们从此黑暗无光！"俄狄浦斯毁坏了自己的双眼，却留下了自己的性命。当歌队说他与其瞎眼活着，不如死去时，他却认为面对真相而活着更好，一来假如他此刻去冥土，不知用怎样的眼睛去见自己的父母，二来自己既然公开暴露了污点，就不再配集中眼光看他人，三来"我的罪除了自己担当以外，别人是不会污染的"。他要求克瑞翁把自己"扔出境外"，然后继续听从"命运"的安排。由此不难看出，俄狄浦斯留下自己的生命是为了让自己继续听从"命运"的安排，也是为了让自己处于苦难的赎罪状况之中，尽管观众心中为他的无辜而盈满同情，但他却没有任何为自己开脱的企图，而是勇敢地走入了一场大灾难中的"双重的痛苦"（永远面对过去的精神痛苦和承受失明的肉体痛苦）。

当歌队问他："你怎么忍心弄瞎了自己的眼睛？是哪一位天神怂恿你的？"俄狄浦斯答："是阿波罗，朋友们，是阿波罗使这些凶恶的、凶恶的灾难实现的；但是刺瞎了这两只眼睛的不是别人的手，而是我自己的……"对俄狄浦斯来说，既然证实真情之前他的活动都是由神谕或命运决定的，那么在认识了自己之后的行为总可以算作是自己的选择，所以他把自己的双眼代替过去的生命，让它们彻底结束，而让自己余下的生命重新确立一个起点、一个双重痛苦的起点，也是重新证明自己清白、崇高和勇敢的起点。我们最初认识俄狄浦斯的时候，他是傲慢的、过分自信的，在经历了这段非常骇人的痛苦之后，他仍保持着自己的骄傲和自信，但也抛弃了原有的盲目和独断。在索福克勒斯的另一部悲剧《俄狄浦斯在科罗诺斯》里，他沦落街头，乞讨度日，但他却拒绝了重获权力的诱惑，平静地等待命运的安排，他终于又一次感到了阳光，听到了神的召唤，在大地慈祥地裂开接收他之前，他对周围的人说：

最亲爱的朋友啊，祝福你，祝福你的城邦，祝福你的人民；你们在快乐的日子里,要念及死去的我,那你们就会永远幸福。①

这段台词意味深长,莎士比亚后来也在哈姆莱特倒下前让他说:希望后人记取他的故事。俄狄浦斯可以被后人"念及"的方面很多,每一种念及方法不一定会像他生前希望的那样给后人直接带来"幸福",因为幸福的理解千差万别,但每一种"念及"都会给人们带去某种净化心灵的良药和反思人类自身的新途径。

一个深思熟虑的故事

俄狄浦斯的故事是深思熟虑之作,让人读后铭心镂骨、见微知著,同时也让后人仁者见仁、智者见智。首先,这个故事可能表现了文明的进步和早期西方人对自身行为的理性解释,因为俄狄浦斯的传说产生于初民社会。在当时,弑父和乱伦不足为奇,新王杀旧王而代之,那么族长或巫王的一切遗产,包括妻子在内,势必落入新王的手中。但在希腊人由野蛮跨入"文明的门槛"的时候,俄狄浦斯就成了罪人。于是他的后裔——忒拜人,就开始替祖先洗罪,说他杀父娶母是在不知不觉中做下的坏事,把所有不合理的变为合理的、不可理解的变为易于明白的,进而把一切归咎于命运和神。②

俄狄浦斯的故事也可能表现人类必须共同面对的危机,因为忒拜城面对的瘟疫和死亡是集体的悲剧。如果说俄狄浦斯的罪在弑父娶母,那么他的苦难不在弑父娶母,而在于难逃宿命。这也是一切人的悲剧,尤其是一切"好人"的悲剧。作为国王和人间权威者,俄狄浦斯重视荣辱,但极少私欲,他与王后都是"好人",家庭和谐、热爱孩子、尊重神谕,愿意为民除害,甚至不惜牺牲自己。俄狄浦斯周围的人和手下的民众也是"好人",克瑞翁为自己的清白辩护,科任托斯国派人来请俄狄浦斯去当国王,所有上场的牧人、仆人、歌队,都是忠诚、善良的人,所以在这出悲剧里,主要戏剧冲突是人的意志与命运也即神谕的冲突,而不是人间强者与弱者、邪恶与正义的交锋。这出悲剧之所以能引起更广的共鸣,因为它让所有的人感到悲哀,它是永恒的人类生活悲剧。正如歌队所唱:

谁的幸福不是表面现象,一会儿就消失了? 不幸的俄狄浦斯,你

---

① 《古希腊悲剧经典》(上),罗念生译,作家出版社1998年版,第234页。

② 参见薛远林:《古希腊悲剧故事全集》,北岳文艺出版社1996年版。

的命运,是啊,你的命运警告我,不要说凡人是幸福的。(P170)

歌队唱到的"凡人幸福"往往是"帝王"和其他"贵人"在大起大落的人生中幡然醒悟、痛心忏悔时都会渴望"回归"的日常人生,俄狄浦斯也一样,当他毅然放弃至高无上的国王地位和权力、决然舍尽特权生活和一切世俗利益之后,唯一让他痛彻心扉、不忍放下的,是那一对哭喊着不让他离去的、尚且年幼的孩子。但是,当观众们必然要为这个勇敢国王的"儿女情长"而唏嘘不已的时刻,新王克瑞翁却站在一个"旁观者"或可能更客观、更高地看透人生的位置上,冷冷地对痛哭失声的俄狄浦斯说道:

> 走吧,放了孩子们!别想占有一切,你所占有的东西没有一生跟着你的。(P179)

俄狄浦斯的绝境和悲剧体现了古希腊人集体意识中的悲剧感。人类文明的进程并非由低级向高级、由痛苦向幸福的直线进化过程,社会进步的步伐往往愈朝前迈进,也愈增添一种集体悲剧意识,并且这种悲剧感往往在社会精英身上首先感悟出来。索福克勒斯所处的时代显然已与古希腊第一位悲剧诗人埃斯库罗斯有许多差别,写有《普罗米修斯》三部曲的埃斯库罗斯在写他的英雄被迫走向绝望时,一定会写他们的反抗和不屈,因为普罗米修斯心中藏有反抗神谕和命运的秘密;但是索福克勒斯笔下的英雄在被迫走向绝望时却无法回避,他们只能无可奈何地望着一切沦落、衰退,看着伟大变为渺小,看着智者沦为乞丐,看着王后公主转眼间失去一切、与凡人一样化为尘土。埃斯库罗斯的英雄总是"必胜"的,而索福克勒斯的英雄有胜有哀,埃斯库罗斯的英雄能看穿一切,索福克勒斯的英雄却无法认清自己和世界,尤其是不通过完整的一生无法看破人生。

人与命运的对峙

俄狄浦斯的故事更多地被人们引用来解释命运。但大卫·丹比认为每个人的"身份"就是每个人的命运,身份不光指你的出身,还指你所处的环境,你接受的信息和接受信息的方式等等,每个人都有一种命。"这出剧之所以令人不安,除了其他的原因外,还因为它暗示说你可以既聪明又强硬,但你仍然会弑父娶母。非理性的力量控制着宇宙,非理性控制着人的欲望。……盲目，而不是命运，是《俄狄浦斯王》的中心比喻。"①

这个"盲目"或者"非理性"的所指是极为丰富的，在俄狄浦斯的故事里我们不难看到，命运和被命运主宰的人这两方面都带有盲目性和非理性色彩。先从俄狄浦斯这方而言：他的一生经历了两项逃避和两次流浪，每一次都是为了逃避可怕的神谕，但也同时为了求得合法的生存。作为王子的第一次逃避是因为他听到了醉汉的醉语，对命运产生恐惧，但这种恐惧并不足以使他失去智性和理性，所以他破解了斯芬克斯之谜，为自己建立了新的生存空间。他的逃避与寻求是一体的，实际他并没有真的逃避命运，而是在渴求成功的本能驱使下最终有所获得而且几乎无所不成。作为国王的第二次逃避是因为他终于看到证据确凿之后，毅然承担了罪责，他的陷入双重苦难与逃脱命运仍是一体的，对命运的敬畏（求生存的意义）与人与自然的拼搏（求生存）仍是一体的。故而第一次流浪使他变得更伟大、更有成就，第二次流浪则使他重新认识自己的伟大和成就，并自愿放弃这些伟大的过去，重新开始新的追求。流浪总是让人类自己再次体验寻求生存的艰难困苦，从而更改自己的精神向度。索福克勒斯正是借助俄狄浦斯的两次流浪暗示我们每个人命运中的盲目性和非理性就是我们幸福的最大障碍。特别是每个有所成就或有所作为的人，往往在生活中对外界和他人有更多的了解，而对自己却茫然无知，这并不是因为他们不探求自我，而是因为自我的真相会断送他们已有的成就和现存的利益，他们会本能地回避自我之真相。

关于这一点，尼采的著名分析不能不引起我们的注意。尼采认为，《俄狄浦斯王》中存在着神秘的三重厄运，俄狄浦斯是杀父凶手、娶母奸夫和斯芬克斯之谜的解破者。作为自然之谜的破译者，俄狄浦斯代表了人类反抗自然的成功，他依靠非自然的手段，即运用人的理性智慧，使自然暴露了它的秘密，但他身上的三种厄运表明：他必须还作为弑父娶母的罪人，在打破了最神圣的自然秩序之后，才能破解大自然这双重性质的斯芬克斯之谜。反过来，谁用知识把自然推向毁灭的深渊，他必身受自然的解体。于是，智慧之锋芒反过来伤了智者，人的智慧也是人破坏大自然、放弃对大自然的敬畏之心、放弃敬神禁忌之传统的罪恶之源。

在俄狄浦斯的故事里，解破自然之谜的确与应验阿波罗神谕是相互关联的，换言之，俄狄浦斯若不解开斯芬克斯之谜，也就不会最终验明自

---

① 〔美〕大卫·丹比：《伟大的书》，曹雅学译，江苏人民出版社1998年版，第124页。

身身份,他运用自身智慧能洞穿自然之谜,获得成功和权势,却不可能用相同的智慧认清自己的真相,看到自己最值得担心的不是他人的嫉妒和阴谋,而是自己的伟大将毁灭自己。英国学者韦伯斯特认为:"在索福克勒斯看来,第一重要的品德是敬信神明,其次就是谨慎。他的主要人物的这种品格并不完美。他们往往在这方面或那方面达不到这种理想,不过他们偏离这种理想的时候,我们看得出来,他们自己(后来)往往也知道有这缺点。"①由此,韦伯斯特认为索福克勒斯笔下主人公的不幸"都是咎由自取"。② 换言之,有可能毁灭人类的力量不是神谕或命运,而是人自身的理性和非理性,"命运"、"苦难"、"偶然"只不过是帮助我们认识"真相"的另一种生活智慧之源。

再从命运这方面看,笼罩在俄狄浦斯头上有两个神谕:一是俄狄浦斯亲生父亲拉伊俄斯在祈求阿波罗答应给他儿子的时候,就得知这个将要有的儿子会杀父娶母;二是忒拜城遭瘟疫后,先知告诉俄狄浦斯一个负有杀父娶母之罪的人是城邦的祸首。所以这两个神谕一个宣布了拉伊俄斯的罪,一个宣布了俄狄浦斯的罪。天神既把俄狄浦斯的命运告诉拉伊俄斯,又把它告诉俄狄浦斯,既惩罚拉伊俄斯,又惩罚俄狄浦斯。于是乎,天神既决定谁将作恶,又决定作恶者必亡。后者解脱了前者。在这种人间原罪的任意安排之中,唯有天神自己是无罪的,是永远正确的。这就不能不让人想到"命运"的专横和天神之权威的独裁性质。

在这种专横的命运面前,人既无法完全知情,又无法完全逃离,更无法奋起抗争,因而人就成了命运肆意摆弄的对象。德国学者 G. A. 施克认为:索福克勒斯"所有的悲剧都是以这样一点为中心的,这就是让人的举止行为面对一个为人所无法洞悉的、使人即使怀着最善良的愿望仍要归于失败的某种力量或原则所控制的世界"。由于俄狄浦斯只能靠自己的力量去理解、去逃脱命运,而无法求救于更高的权威,所以"索福克勒斯让俄狄浦斯双目失明登场,以此使人类悲剧性的独立在一个象征性的场面上出现"③。

由此,我们可以将俄狄浦斯视为"命运"或神谕面前的人类代表。

首先,他是一个受命运惩罚和控制的受难者。命运惩罚的是他的恃才自傲和轻举妄动,就"敬信神明"和"谨慎"这两大美德而言,俄狄浦斯虽

---

① 《古希腊悲剧经典》(下),罗念生译,作家出版社1998年版,第494页。
② 《古希腊悲剧经典》(下),罗念生译,作家出版社1998年版,第496页。
③ 《古希腊悲剧经典》(下),罗念生译,作家出版社1998年版,第609页。

是好国王,但也有缺点。他恐惧神谕(实际也就是不敬畏神明),仓促行事。索福克勒斯实际借他的命运警示古希腊人不要在物质生活的日益富足中忘记了敬畏神明和大自然。西方人正是在类似的"命运"和"神谕"故事里阐述了他们最初对"神律"的敬畏,并继而逐渐演化出对"法律"至高无上地位的确定和敬畏之情。在俄狄浦斯的故事里,诗人索福克勒斯还希望人们看破权贵、财富、美色等世俗利益,更加自觉地关心公共事务及背后的生活原则。

其次,俄狄浦斯是一个苦难"命运"的首先反抗者和集中承受者。虽然俄狄浦斯的命运中包含有一切人的共同命运,但在人类的共同宿命中,少数人承担了更多的责任,所以他们被人们视为"英雄"。俄狄浦斯也体现了西方文化传统中的"精英意识"和人类自身的行为法则,即对大自然和命运而言,人类中的少数精英不会畏惧和妥协,他们势必要破解自然之谜、命运之谜,也势必要替众人受罚,并让后来人在他们的艰难跋涉之中认识世界和认识人类自身的极限。

最后,俄狄浦斯还是一个理解命运的智者,是命运的接纳者和命运意蕴的传言人。索福克勒斯是一个理想主义作家,他"按照人应当有的样子来描写"[①]。古罗马作家西塞罗称他是戏剧界的荷马,因为索福克勒斯也以对比和共鸣的手法同时歌颂集体的利益和个人的权益,同时赞美大自然的神秘和人类对解密的永恒冲动,同时敬畏神明的主宰和敬重人类的理性。虽然俄狄浦斯的智慧最终无法与命运抗衡,但已足以使他有勇气而无畏地面对命运。虽然索福克勒斯式的英雄没有破除所有神谕的致命武器,人类精英在一个个相关或相互矛盾的"神谕"或终极"奥秘"面前肯定是奋不顾身而又知之有限的,但他们若能靠人自身的理性和意志面对自己的命运,并承担自己的责任,则已经将命运牢牢地掌握在了自己的手中。所以我们同情埃斯库罗斯式的英雄普罗米修斯是因为我们尊敬他所代表的正义,而我们尊敬索福克勒斯式的英雄俄狄浦斯是因为我们同情他的无辜和无奈,我们理解他的悲哀,并不能不分享他的双重苦难。在《俄狄浦斯在科罗诺斯》的归宿中,我们不仅看到他由轻举妄动终于变得老成持重,由坚毅、坦率变得更加具有肃穆的高贵、神圣,我们还看到了他与命运的"和解",与自然及自然人生的和谐。他的无痛而终和被裂开的大地接纳,象征着索福克勒斯心中的理想:人敬畏神明,谨慎人生,则人也

---

① 《古希腊悲剧经典》(下),罗念生译,作家出版社1998年版,第485页。

会受到神无所不在的关爱和协助。

从艺术表现手法上讲,首先,俄狄浦斯王的"故事"堪称世界文学史上构思最完美成熟的文学故事,不仅在每一个人物的性格逻辑、每一处情节的重大转折和具体的细节处理上都经得起后人的仔细推敲和深入品味,而且在如何调动观众的想象力来"间接"展现悲剧场面的"惨不忍睹"、如何运用歌队演唱和简洁对话来反复激活和不断深化观众的理性思考上,都给予后人以崇高美学品质的榜样和丰富的舞台实践启示。其次,索福克勒斯和埃斯库罗斯一样,都喜欢在开场不久就把所有必要的线索都巧妙地交代,从而使得观众比剧中人物了解自己更多,因而他们能长时间地为主角的命运担忧,同时在情感体验上与剧中人物的苦难和行为始终保持同步,这种感同身受、贯穿全剧的美学体验就像经历一场强烈而又充沛的心灵洗礼。再次,由于索福克勒斯剧中的故事大都取自民间传说或古希腊神话,故事结局尽人皆知,故而再用戏剧去展现,实际就是用作家的智慧去"点化"故事,去重新解释和评述故事,所以索福克勒斯的悲剧更多地体现了"理解是美"、"知识是美"的高雅艺术特点。我们通过这个故事能理解的东西很多,但正如雅斯贝尔斯在《悲剧的超越》中所说,"不幸并不是悲剧",俄狄浦斯"把人类的种种可能性推展到极限,并会明知故干地被它们毁灭——这正是他的伟大之所在。"①俄狄浦斯是一个决意要洞悉一切的人。他运用卓越的智慧,征服了斯芬克斯,也招致了自己的毁灭。他完全意识到他的探索所带来的福泽和诅咒,为了追求真理他甘愿承受起这两者。作为后人,我们应该真诚而且深刻地理解他的"洞悉"所带给人类的福音与危险。

---

① 〔德〕卡尔·雅斯贝尔斯:《悲剧的超越》,亦春译,工人出版社 1988 年版,第 106、45 页。

《神曲》：人间神圣的喜剧

意大利作家但丁(Dante,1265—1321)是一个连接中世纪与近代的伟大诗人。他的《神曲》①一方面是中世纪 1000 余年基督教思想的集大成者，是"中世纪文学和哲学总汇"，另一方面也是近代文艺复兴和宗教改革运动的先声，是最早的人文主义作品之一。但丁的这一承上启下的历史地位，使他长期以来受到西方思想界和文艺界的高度重视。《神曲》(La Divina Commedia)既是但丁倾全身心血写成的传世之作，也是世界文学史上的一部"奇书"，因为它不仅几乎包罗了中世纪的一切学问，而且写作手法上也采用了中世纪文学的寓意和象征手法，内涵密实、寓意深奥，许多地方寓意比表层的叙述语义更为重要，但这些隐含的寓意又是集想象与思辨于一体的哲思，因而在阅读和传播过程中引发了后人各式各样的阐述。

在我们再一次尝试读解这部伟大作品之前，先去了解一下中世纪的欧洲生活和但丁本人的一些特殊经历。

中世纪生活的三个特点

欧洲中世纪(Medieval)历史上是指公元 380 年罗马帝国定基督教为国教至 1453 年土耳其占领君士坦丁堡之间约整整 1000 年的教会和封建统治时期。"Medieval"这个词意指过度的、缺乏弹性的权威，是个贬义词，强调中世纪生活是黑暗、恐怖、封闭和禁锢的。不过从另一方面讲，中世纪也是西方古代思想与近代思想的一种过渡，是对其的一种继承和发展。中世纪还是欧洲各项社会体制的萌芽时期，比如西方学校制度主要来自中世纪，从中世纪初期的修道院学校到 12 世纪的教会学校，欧洲"知

---

① 〔意〕但丁:《神曲》，王维克译，人民文学出版社 1982 年版。以下文中引用仅注明页码。

识分子"和高等多学科专业教育事业就诞生并成熟于中世纪。再比如许多民族都是在中世纪相继建国的,如英国、德国、法国等,都是在这一时期逐渐拥有自己的城市、政府、公民、民间音乐、民俗故事,许多大众方言、土词也随之而成为通用的民族语言。另外,中世纪时期虽然一切知识都以"神学"为中心,科学和哲学都是神学的"仆人",但同时城邦的建设、科学的研究、哲学的思考、手工业的进步、民间艺术的发展都在各自的领域逐渐积累和拓展,所以中世纪的生活画面也是场面宏大、人物众多的,除了牧师、教士、修道士外,还有吹笛手、管风琴手、玻璃工匠,声名显赫的王侯、君主,他们周围的骑士、诗人、医生、学者以及平民、农民、女巫、赌徒……我们经常耳熟能详的中世纪历史人物有圣女贞德、罗密欧与朱丽叶、爱洛依丝、阿拉贝尔、沙特尔……

中世纪生活的第一大特点是基督教一统天下。就像俯视任何一个中世纪古城都可以看到教堂总是城镇里最高的建筑、它主宰着附近的一切景观一样,中世纪的君主、王侯不管如何显贵豪富,都不过是上帝的臣民,教会和教士是所有人与上帝之间的唯一中介,基督教义是人们审视一切的途径。无论是善恶美丑、恨爱哀愁,凡是学问或娱乐都只有通过基督教教义的原则来认识和理解,否则就是"异教"或"邪教",就要受到严酷的惩罚。由于基督教主宰了人们精神和物质生活的一切细节,因而不管基督教如何从神学理论的角度,说明学习和遵循基督教是为了使人们的生活变得更统一和完美,实际这种生活都充满了专制的恐怖和盲目的迷信。

中世纪生活的第二个特点是"原爱"和"原罪"思想深入人心。基督教教义强调世界之所以美和善,是因为上帝。上帝创造了在整体上和谐的宇宙,也创造了近乎完美的人和宇宙万千生物。但人类的始祖亚当、夏娃因为违背了上帝的旨意,偷食了智慧之果,因而使得以后的人类一生下来就带着"原罪"。这种上帝对人有不尽的"原爱",而人在上帝面前带有抹不去的"原罪"思想,使得中世纪人们的生活既充满恐怖又充满希望,他们既可以通过"赎罪"的言行接近或感受上帝对自己的关爱,也可以通过善的灵魂最终将被上帝"拯救"的幻想来解脱或减轻生活的苦难感。中世纪人的生活与现代比起来是悲苦的,物质贫乏和疾病横行使得中世纪的生活画面上充斥着泥泞的道路和满是污水的街巷,恶臭和瘴气四下弥漫,蹒跚跛行的病人和残障人触目可见。生活资源的匮乏和普遍的愚昧、迷信,也使得荣誉和尊贵带给人以更大的兴奋和刺激感。贪婪是中世纪最为集中的一种世俗之罪,它既体现了最直接、最原始的人类欲求,也由于物质生活的普遍艰难而如烈火吞噬干柴。权力和财富是人们互相羡慕或嫉妒

的梦寐以求的东西,挥霍和浪费又是暴发户们迫不及待的享受方式,由此
引发的血腥报复、行贿欺骗和冷酷无情又使世俗生活和宗教生活的每个
角落都沾染着中世纪的腐败和迫害。荷兰文化史学家约翰·赫伊津哈在
《中世纪的衰落》一书中这样描述中世纪生活:

> 人们只能从无穷尽的罪恶中看到他们的命运,这难道不奇怪吗?
> 昏君、迫害、贪婪、野蛮、战争、土匪、抢劫、同情、告解等等,都是人们
> 眼中看到的历史。人们害怕战争爆发,害怕正义沉沦,时刻有一种不
> 安全感,并且因害怕地狱、魔鬼及世界末日的来临而加剧。所有的生
> 活都是黑色的。每个地方都有仇恨和不义,撒旦用他的双翼遮蔽了
> 整个地球。教堂在无力地战斗着,牧师们在无力地布道着,但情况并
> 未有所改观。[①]

中世纪的生活不仅在外在现实中是混乱和痛楚的,而且在人们的内
心中更是动荡不安的,所以人们怀着对上帝的敬畏和对人间恶的仇恨,相
信"天堂"和"地狱"的存在,相信每个人最终要接受代表上帝惩罚或拯救
的"最后审判"。从这个角度讲,但丁《神曲》写的就是中世纪人心中的真
实世界图景。

中世纪生活的第三个特点是秩序严整和等级森严。多数人生下来就
被定下了身份,并被指认必须效忠于他的封建领主。整个国家被精细地
划分和排列成各种等级,这些等级被宣称为是万古不易的。围绕着这些
等级制度,有各种大大小小的仪式,每种仪式都必须执行得庄严堂皇、一
丝不苟。教会实际上就是通过这层层的仪式进行统治的。中世纪的人们
除了周末上教堂听布道、饭前睡前祈祷之外,还要参加频繁的游行活动和
各种公共的宗教活动。他们不仅经常能听到感人至深的布道词和"上帝
的声音",而且还经常在广场上看公开行刑,围观那些残忍的刑罚,从中领
略由教会宗教裁判所执行的"上帝的惩罚"。由此,中世纪人们对一切事
物的看法比今天更泾渭分明,对悲苦善恶的理解都更直接和更绝对。尘
世的森严等级使他们更狂热地依恋上帝面前人人拥有的"原爱"和"原
罪",中世纪人往往有着一种特有的疯狂情绪,他们或者在有才华的传教
士的讲台下挥泪如雨、捶胸号哭,或者在重刑犯的刑场上振臂乱吼、欢呼
雀跃。这种浓厚的围观热情和喜看酷刑的特有乐趣,既表现了中世纪式
的野蛮、迷信,也反映中世纪人在极为死板的等级生活中更寻求感官刺激

---

① 〔荷兰〕约翰·赫伊津哈:《中世纪的衰落》,中国美术学院出版社1997年版,第20页。

和偶尔拥有的发泄情绪的机会。

后人之所以认为《神曲》是"中世纪的综合",是因为这部作品的整体布局、结构特点、细节描写和各种人物的行为活动实际为我们提供了中世纪人们思想和文化生活的概要,它既帮助我们了解西方文明的一段真实历程,也使我们能够借助但丁的思想和体验,以回味和超越的双重态度去认识历史。

诗人渴望成为不朽之人

但丁1265年出生于一个平凡的商人家庭,父亲在佛罗伦萨从事家庭放债业务。12岁生母死后,父亲又娶了第二个妻子。他很小就开始接触拉丁文经典、阿奎那的神学著作,并有幸得到意大利教皇党领袖布鲁内托·拉蒂尼的亲自指导,使他懂得了"人如何变成不朽"的道理。但丁后来在《新生》一书中写道,他9岁时初次见到了他一生的精神恋人贝亚德。她比他小几个月,"衣着色调极为文雅,是一种柔和、朴素的红色,打扮与她幼弱的年龄极为相称"。但丁回忆自己看到她时心跳加快、开始颤抖,不由想起了荷马的话:"她似乎不是凡人所生,而是上帝之女。"9年之后,他才第二次见到她,这次他"心中的美妙情人""穿一身最纯洁的白色服装……给了我充满贞淑的问候,我心想,我已经得到了无限的幸福"。事实上这是一位银行家的女儿,从未与但丁有过真正的接触,在她嫁给了另一位银行世家的后代之后,不久便得病死去了。

不过但丁说自己从未停止过想念她,不停地梦见她,在她死后也因此而整天郁闷不乐。家人因此以为他到了结婚的年龄,就为他筹办了一件门当户对的婚事。在另一位意大利文学家薄伽丘写的《但丁传》里,这桩婚姻给但丁带来的痛苦才让他真正无法忍受。他觉得自己因此不再能自由地研究经典、参加诗人聚会、与哲学家辩论、与王子王孙对话、在名流学士中间通过思想沟通享受求知之乐,而必须成天陪女人们聊天,礼貌而又分寸地表达自己的观点,将自己的一言一行都对极会猜疑的妻子坦白,最终一天一天地衰老、死去。但丁与这位妻子有四个孩子,但在他的书中从不提及,在他被流放之后,也再没想要见她。

1300年但丁35岁时,由于显著的才华、旺盛的办公精力和良好的社会关系,得到了佛罗伦萨共和国最高执行官的位置。但这是一次"不幸的入选",因为他很快就成了教皇和国王争权夺势的牺牲品,1302年即被以莫须有的罪名"逐出"佛罗伦萨。在以后的20年里,他从未有可能重归故

里。但丁在被放逐期间,开始还想联合别的逐臣一起做推翻政府的工作,
但很快就轻蔑这种阴谋诡计,认为一个人不能因个人原因而危及公众幸
福,从而退出政治活动,专心诗歌创作,静候未来的正义的钟声。1315
年,佛罗伦萨传来一个消息,说被逐的诸臣只要肯付一笔罚金,再头上顶
灰、颈下挂刀、游行街市一周,就可以返国。但丁听后义愤地说:"要是损
害我但丁的名誉,那么我决计不再踏上佛罗伦萨的土地!"之后,他更把读
书与作诗视为生活的精神支柱。在许多痛苦、愤慨和忧伤之中,他感到贝
亚德的影子一直在伴随着他,于是《神曲》也成为但丁立誓用来纪念"她"
的艺术纪念碑。

但丁的《神曲》讲的是一个人灵魂的旅行,即但丁自己某夜入睡后在
梦中游历了可怖的"地狱"、神奇的"炼狱",最后终于来到了"天堂",并由
贝亚德指引见到了"上帝"。这个心灵进程十分生动地反映了中世纪基督
教徒所希望的死后生活,同时也是但丁在流放过程中将自己被"放逐"的
亲身感受融入其中的一种象征性描述。因而这个作品既充满戏剧性、史
诗感,又充满说教性和寓意。但丁在解释为什么叫"神圣的喜剧"这个题
目时曾说:

> 这部作品的目的是要让这个世上生活的人,摆脱痛苦状态,指引
> 他们走向幸福状态……如果我们审视其主题,开头它是可怕的、罪恶
> 的,因为它是地狱;结尾处是幸运的、称心的、欢快的,因为它是天国;
> 而如果我们审视其语言风格,它的风格是卑微、低下的,因为它是俗
> 语,是家庭主妇谈话时也使用的语言。由此可见为什么这部作品叫
> 作喜剧。[1]

而但丁在解释这部作品的寓言性主题时说:

> 人,或因其功,或因其过,在行使其自由选择之时,或应受奖,或
> 应受罚。

灵魂的旅程

《神曲》开篇说"我"在"人生的中途"35 岁左右,在昏昏欲睡的状况
中,忽然失去了正道,迷途于一个黑暗之林。"我"在这片严肃而广漠的荒

---

[1]　转引自〔美〕布尔斯廷:《创造者》,上海译文出版社 1997 年版,第 384—385 页。

野中竭力寻找出路,心中泛起一阵严过一阵的恐惧,不亚于死亡的光临。黎明时分,我在一山脚下望见山顶上普照旅途的"阳光",于是一步步向荒凉的山坡攀登。突然,跳出了三只五彩斑斓的猛兽,一只是豹(象征淫欲),一头是狮(象征强权),一匹是狼(象征贪婪)。"我"进退维谷,高声呼救。古罗马诗人维吉尔出现,对惊慌失措、面红耳赤的"我"说:

> 假使你要离开这块荒野的地方,你应当另寻一条出路;……我将做你的引导人,引导你经历永劫之邦……再去看那些洗练中的灵魂……还有一个比我更高贵的灵魂来引导你,那时我就和你分别了,因为我没有信仰他,所以我不能走进上帝所住的城。(P5)

于是维吉尔引领但丁参观了地狱、炼狱(亦译净界),之后贝亚德出现,引领他进入天堂,最终还见到了上帝。

《神曲》全曲约 14000 余行诗,分地狱、炼狱、天堂三篇,每篇 33 歌,加序曲,共 100 歌。《神曲》的结构是建筑似的,地狱是 9 个渐次下降的圈,以冰湖为圈底。炼狱是 9 层渐次上升的坡,"地上乐园"是炼狱的顶部。天堂是由"九重天"构成的极大球面形,每重天都是透明的气体,行星随气体运动,包裹着不动的地球宇宙,而最外面则是上帝和其他精灵的居地,也是永恒不动的天府。这个构想结合了多禄谋(Ptolemy)的天文学、托马斯·阿奎那(Saint Thomas)的神学和亚里士多德(Aristotile)的伦理学,他们都是但丁那个时代最伟大的科学家和思想家。

为什么但丁会对付不了豹、狮、狼这三兽呢? 因为他陷入一片"黑暗之林",这片荒林有人认为是指当时意大利之党争和社会腐败,也有人认为是指世俗欢乐之林,因为维吉尔问惊恐万分的但丁:"为什么不爬过这座明媚的山,这是一切幸福的源头吗?"(P4)所以但丁对付不了这三兽,既可指他一人势单力薄,体力和智力都有限,也可指任何人都需要一些"他人"的指点和引导,才能从生活的困境或迷途中跳出来,走上一条更有希望的新路。这个"他人"在诗中是指维吉尔和贝亚德,而为什么他俩能够引导但丁踏上灵魂之旅呢? 一般认为维吉尔和贝亚德分别代表理性和爱,或者说认为他俩分别代表人的智慧(理性)和神的智慧(爱)。维吉尔是但丁生前极为钦佩的智者和精神导师,但他是中世纪之前的伟人,当时还没有基督教,所以他无力进入上帝的领地,作者借维吉尔之口说贝亚德是比他"更高尚的灵魂"的确暗示他与她之间的差别或各自承担着不同的使命,从以后的诗行中我们不难看到,他们分别代表了自由意志和神的旨意,他们分别是行动的和指点的、个体的和超俗的、怀疑的和完美的。在这一对引领人的安排中,我们不难感到这首诗的思辨色彩和但丁的哲学诗人追求。

"地狱"里的罪与罚

九层地狱是上大下小,直至地心冰湖的旅程。但丁按罪孽的轻重程度,将最可恶的罪人放置在最低层。在地狱的大门外,关着一些"无声无息的懦夫"和"自私自利的骑墙派",他们求死不得,又不可能有幸福,"过着盲目的平庸生活"。地狱的第一圈是一个候判所,里面是没有信基督教的人和著名的异教徒。这里的灵魂"虽然郁郁不乐,但也没有痛苦"(P16)。我们在这里可以见到荷马、贺拉斯、苏格拉底、柏拉图、奥维德、亚里士多德、德漠克里特、西塞罗、多禄谋等古希腊罗马时代著名的科学家、哲学家、医药家和诗人。维吉尔告诉但丁,他自己也身处此层,这里的人"并没有罪过,他们中间虽也有立过功劳的,但仍旧不够,因为他们没有受过洗礼,这一桩是达到你的信仰之门"。"我们唯一的悲哀是生活于愿望之中而没有希望。"(P17)在这一层的安排中,但丁既严格遵循基督教的"洗礼"仪式要求,又因为这些伟大的人不能有见到上帝的"希望"而感到"非常伤心",从而暗示基督教义在现实生活中制造的矛盾。

真正的地狱开始于第二层,在这里都是一些"屈服于肉欲而忘了理性"的人。比如埃及艳后克里奥佩特拉、古斯巴达王后海伦……但丁因为同情这些殉情而死的古代勇士、古王后和妃子,特意用爱神的名义请求那些在断崖绝壁上被狂风吹得四处飘荡的灵魂停一下,和他们俩说说话,于是一对叫"法朗赛斯加和保罗"的著名恋人停了下来,向但丁诉说了他俩怎样因为看一本爱情小说而不由自主地坠入爱河,由于爱煽动了一颗软弱的心,使青年人迷恋于漂亮的肉体,所以"甜蜜的思想和热烈的愿望就引诱他们走上了悲惨的道路"(P24)。但丁在这对苦苦哭诉自己遭遇的灵魂前一时因为感动,而"昏倒在地,好像断了气一样"。

基督教在中世纪不仅以统一的神学思想替代世俗文化教育,而且向人们宣传禁欲主义和来世思想,认为现世如孽海,灵魂坠落是因为肉体的要求和邪欲,唯有归入神的怀抱才是人生的终极目的。但丁的这一段描写则有意将情欲与物欲作了区别,贪图物欲的人将被关在更底层的狱中煎熬;同时也将情欲与肉欲作了区别,因为与后来引领他入天堂的贝亚德比起来,法朗赛斯加还是属于"纵欲"的。在描写引导这两个青年人误入歧途的那个爱情故事书时,但丁也表现出了他作为一个中世纪智者,提倡有寓意的文艺、反对引起感官享乐的作品的思想。不过但丁在听了法朗赛斯加的哭诉后竟昏倒在地，这个情节处理引起了后人的诸多评论。这可以是因为但丁有相似的热恋经历，因同情而昏倒；也可以是因为惊叹而昏倒，因为这对青年人竟这样缺乏节制、迅速地毁灭了自己的一生；但还可能是因为关怀，因为震动而昏倒……总之，但丁对基督教教义的解释由于加入了个人亲历的冤屈和一生的精神之恋，因而在他所提示的伟大人生目标上有温暖的人情和纯洁同情的包裹。但丁对贝亚德的爱，不是什么青春"早恋"，而是一种宗教性的情感，一种柏拉图式的精神之恋，一种恋爱者的艺术。这种恋爱者艺术具有结合个体之爱和普遍大爱的特殊价值，是从自然萌发、精细微妙的爱的亲身体验出发，感受伟大的"原爱"的存在，并通过扩大爱的目标，来保持自身永远不衰的激情。正是从这样的特质和价值而言，个体间的世俗爱情、现实世界的个人意志追求也可以是神圣的。由于当时的环境所限，但丁对这层意思的表达是十分含蓄和隐蔽的。

地狱的第三层是一些贪食者，他们被放在恶臭的泥中，遭风雨的袭击，还有一个有三个头的凶狠恶魔在那里不断把贪图口腹之欲的灵魂撕得四分五裂。

地狱第四层关的是贪利者，维吉尔指着一群剃光头发的人对但丁说："那些顶上精光没有头发的教士、主教，是教皇，因为他们是特别的贪得无厌。"这些人被分成两组，各自大呼大喊，胸前推滚着一个重物，面对面挺进，相逢时就冲撞、打架，然后转过头走回去再来一次。维吉尔因此说："命运给人类财富是多么的愚弄他们，而人类对财富的追逐又是多么剧烈！月亮下面的金钱，从没有使劳碌的人类有片刻的安静。"于是，但丁和维吉尔在一起讨论了财富流通与人们常常感觉"命运无常"这二者之间的关系。

地狱的第五层是许多易怒的灵魂，这些妄自高大、喜欢报复的狂人被关在一起，他们在墨汁一样的沼泽里互相咬啮，皮开肉绽。当维吉尔和但丁来到一座污水绕着的城边时，高塔下忽然出现了三个身上绕着毒蛇、沾着血迹的复仇女神，维吉尔让但丁闭上双眼，并用自己的手再把但丁的脸挡住，因而"理性"挡住了复仇女神所代表的固执和恶意。此时，一位天使以正义的愤怒喝退了复仇女神和其他妖魔，但丁和维吉尔也因此坐小舟渡过了名叫"死的隔"的湖，进入城门。

城里高低不平的地面上坟墓林立，坟墓之间都燃烧着火焰，在盖子还开着的棺材里传出阵阵悲泣的声音，这里是地狱第六层，关的是邪教徒，他们在烈火中哀号。古希腊著名哲学家伊壁鸠鲁（Epieuro）因为不承认死后有灵魂生活，推荐现世享乐，因而也被放在这里受难。当但丁他俩离开这片火坟，继续向中心走去，就来到了深渊的边际，看到了关在地狱第七层的"强暴者"。维吉尔告诉但丁，在损害别人的罪恶中，有人用强力，有人用诈术。"诈术是人类特有的恶性，更为上帝所痛恨，所以欺诈的人还在强暴的人下面，受苦更大。"（P48）而强暴者又可分为三类：施于邻人、施于自己和施于上帝。所以第七层地狱又分三环：第一环沸腾的血湖里是历史上臭名昭著的迫害人民的暴君；第二环是因信仰不坚定而自杀的人，他们死后在这里都变成了长满毒瘤的灰树；第三环是在火雨和热沙中挣扎的亵渎上帝者、不劳而获者和当时佛罗伦萨的一些大暴发户。

在地狱第八层，是各种欺诈者的受刑处，他们分别关在七条沟里。拿女人做买卖的男人或出卖肉体的妓女裸着身子被许多头上生角的魔鬼鞭打。他们中间有伊阿宋和美狄亚。买卖圣职的教皇（去世的及在世的）被倒钉在石头缝里，小腿和脚上燃着火。贪官污吏在煮沸的沥青里煎熬，谁把头偷伸出来，就会被魔鬼用铁耙子压回去，就像厨师把猪肉压入锅底。伪君子们穿着铅做的沉重衣帽，在狭隘的道路上举步维艰，因为"这些灵魂的负担太重了"。偷盗者被各种毒蛇缠住全身，一旦被蛇咬住喉咙就着火成灰，而尸灰一旦落地就又聚集起来回复原形，这是人形与蛇形的混合互变。荷马史诗中足智多谋的英雄俄底修斯因为在攻打特洛亚时合谋了"木马计"，犯了"劝人为恶"罪，也被关在第八层。他在火团中向但丁诉说了自己追求知识的热情和航海的历险（P119—121）。但丁对俄底修斯命运的处理引起后人的极大兴趣，因为他实际在阐明基督教"罪恶观"的同时，也展示了这种宗教评判标准的功过是非。俄底修斯意欲"浪迹世界，历览人间善恶"，但像他这样的求知热情在基督教世界里必然遭受苦难，这种苦难并非指他所要经历的肉体磨难，而是指他在精神上必然与更高的理想生活失之交臂。诗中写道：俄底修斯回到家乡伊萨卡后，又与他的新伙伴开始新的航行，他们绕过了非洲的海岸，在大海里航行了5个月后看见了一座巨大的山，这就是炼狱岛的山。然而就在俄底修斯想到那儿登陆时，一阵暴风倾覆了他，他的帆船船头朝下地沉入了这人迹不至的大海里。俄底修斯受惩罚因此而具有悲剧意味，作为一个"异教徒"，他虽有玄妙难解的冲动要投向一个新世界（指炼狱），但他没有得到应有的拯救，他的迷失也许不能完全归罪于他个人，也有外力的作用（如一阵风暴），但他个人却因此要承担罪责，受到惩罚。对于这样的悲剧，维吉尔对但丁说：在地狱里"不应当再有怜悯。对于上帝的判决表示一种伤感，岂不有罪？"（P89）

在地狱的第九层，是罪大恶极的谋杀者、暗算者、叛国卖主者，他们没在冰里面色发青，牙齿战栗作声，眼泪也立即成冰。在冰湖的中心是巨大无比的恶魔撒旦，嘴里咬着出卖耶稣的犹大和另两个叛徒。维吉尔说：

"我们应当去了,因为我们已经全看过了。"(P164)然后,维吉尔背起但丁,通过一个隧道来到炼狱。

在整个《地狱篇》里,重点表现了但丁及西方人对"罪"的理解和认识。首先,在罪的分类中,我们不难看到,主要是三类:个人欲望、暴力和欺诈。不能节制个人欲望的罪,如贪图色、食、财,放纵本性的人"罪"不重,对他人、自己或上帝施"暴力"的人要罪加一等,但最重的罪是破坏社会安定、扰乱社会秩序,而最卑鄙的人是政治上的背叛者,所以但丁所记录的"罪"的座次反映了中世纪以社群利益决定惩罚程度的社会系统。美国作家大卫·丹比认为《神曲》也反映了中世纪人的"公民热情"。但丁一层一层地观看受罚灵魂的痛苦和哀号,他为之刺痛、惊骇,也为之思考和求学,因而"苦难是为他提供一种精神上的教育和提示,也是为了提示读者"[1]。

其次,中世纪对社会罪恶更多地采用恐怖的惩罚,而非我们现代人式的慈悲伦理观。比较起来现代人相信"宽容"不相信"罪",同意适当的"惩罚",但不同意永久的惩罚,因此我们也可能对《地狱篇》中但丁对各种惩罚方式的想象和激情感到无法"欣赏"。另一位美国学者乔治·桑塔亚那认为:"但丁并非一位单纯的热爱善的人,他也是一位强烈地憎恨恶的人。"[2]就像但丁在地狱黑沉沉的大门上看到的那段题词:

> 从我这里走进苦恼之城,从我这里走进罪恶之渊,从我这里走进幽灵队里。正义感动了我的创世主:我是神权、神智、神爱的作品。(P12)

是"原爱",即正义与力量,建立了地狱中的残酷惩罚。是原初之"爱",借助于对蔑视她的人的严厉惩罚,使自己得到尊敬、得到证明,得以发出太阳一样的光芒。这一思想在但丁的笔下,还进一步成为受罚者自身的愿望和追求。比如刚到地狱的鬼魂都"挤着渡河","他们急于要渡过这条河,因为神的正义刺着他们,他们的害怕就变为自愿了"(P14)。但丁希望人们能够从对苦难的切身体验中受到刺激和教育,在"地狱"的可怕图景中同时看到罪恶外在与内在心理上的真实性,看到罪恶为什么与毁灭同在,恐惧为什么与希望同在。他希望人们从身不由己的恐惧上升到心甘情愿地洗涤罪恶。

比较而言,中国式的神灵更明确地代表权威和力量,更明显地引导服从的意志;但丁的神界代表的是正义和秩序,必须在其中同时建立惩罚的

---

① 〔美〕大卫·丹比:《伟大的书》,江苏人民出版社1998年版,第29页。

② 〔美〕乔治·桑塔亚那:《诗与哲学:三位哲学诗人卢克莱修、但丁及歌德》,北京大学出版社1991年版,第94页。

概念和散播希望的种子。从自甘忏悔中逐渐产生自觉的向上的意识，这正是但丁看到的人性与最高理想的联系和路径。所以他敢于充满激情地去写"罪"与"罚"，写种种苦刑和折磨，想让他的读者感到震惊和体验恐怖。"只有被灵感所激动的诗人才能是这样敏感的道德家，也只有严肃的道德家才能是如此具有悲剧性的诗人。"[①]

"炼狱"和"天堂"：悔悟和升腾

在但丁描述的炼狱（亦译"净界"）里，关的是与地狱中的人同样有"罪"的人，只不过他们的罪程度较轻或已经悔悟，得到了上帝的宽恕，允许他们通过修炼，让自己的灵魂层层上升。地狱里是恶人受罚，炼狱里是向善之人知错而改。如果说"地狱"是苦恼的海、陈腐的幽窑，那么炼狱门外就是宁静的苍穹下澄蓝的大海。一位银白胡须的圣人守护着海岸，他的额头上照耀着神圣的四星：正义、谦逊、毅力和节制。依照这位老人的要求，维吉尔和但丁用草上露珠洗净地狱的污迹，用象征谦逊诚实的灯心草做了缚腰的带子，开始去参观"涤罪的灵魂"。经过狭窄的悔过之门之后，他们沿着炼狱之山坡一级级向上攀登。

炼狱分三部分：外部、本部和顶部（地上乐园），也分九层。第一、二层是曾被教会逐出门庭的人和临终才知道忏悔的灵魂，他们不得不在大门外长久地等待。第三至九层是"七宗罪"的罪人依照不同的方式荡涤自己的罪行，比如骄傲者背负重物，不断地大口吐出他们心中的傲气；妒忌者背靠着背，眼睛被铁丝缝住；易怒的灵魂被沉重的、厚毛巾一样的黑烟遮蔽；懒惰的人在"没命地奔跑"；贪财的人面朝黄土；贪食的人面对果树甘泉却饱受饥渴，瘦得不成样子；贪色的人则在烈焰中洗涤着自己的身心。炼狱中的"罪"是根据"爱"来分类的："爱"的反常，如喜欢别人不如自己，是"骄"，喜欢别人有祸是"妒"，喜欢把错误都推给别人是"怒"。"爱"的欠缺就是"惰"，这样的人对一切都冷淡而无热情。"爱"的太过则是"贪"，贪财、贪食或贪色。（P259—360）炼狱中的人虽也受罚受苦，但这些痛苦都是有限的。但丁和维吉尔在游历炼狱时，更多的是听其中的灵魂的自责、悔悟、忏悔辞、祈祷辞和赞美歌，并讨论各种严肃深奥的人生问题，总之是教诲和忏悔的结合。《地狱篇》的基调是恐怖和黑暗，《炼狱篇》则是忍耐

---

① 〔美〕乔治·桑塔亚那：《诗与哲学：三位哲学诗人卢克莱修、但丁及歌德》，北京大学出版社1991年版，第98页。

和企盼。但丁在《炼狱篇》中更多地掺入自己的经历和政治见解,同时也更多地叙述基督教的主要教义。

比如炼狱本部第一层,但丁发现13世纪后半期著名的画家阿台里西"在重物之下转着头看我,他认识我,他喊我,把一双眼睛用力盯着我,那时我弯着腰伴他走。"他忏悔说他自己生前野心很大,总想把与人一起创作的画说成是自己的。"人力所能得的真是虚荣呀!绿色能够留在枝头的时间多么短促呀!……尘世的称颂只是一阵风,一时吹到东,一时吹到西,改变了方向就改变了名字。人的声名无异草之生、草之衰,使他青的也就使他黄。"(P225)这是对"名"的超越。

又比如炼狱本部第三层,一个名叫"马克"的威尼斯人对但丁说:"老兄啊!世人原是瞎子,你从哪里来,你是知道的。天给我们一种原始运动,也给我们一种辨别善恶的光和自由意志;我们若善用之,则可以掌握自身命运。上帝创造的灵魂开始总是天真烂漫,除寻求欢乐外一无所知,所以要在人类社会中确立统治者和法律进行约束。但是人民很快看不到他们的领导人,只想着积累和收敛自家的财产、不暇远求,因而世人渐趋下流,不是由于人类性质上变坏了,而是因为这些坏的领导人。过去罗马有两个太阳,照明两条路径,一是尘世的,一是上帝的。现在宝剑和十字架都拿在一个人手里,这个便不怕那个了。"(P254)这又是对"利"的超越。

"自由意志"是但丁《神曲》中的一个中心论题。在"炼狱"里但丁通过自己与维吉尔和其他赎罪灵魂的对话,强调自由意志就像天体运动一样,是上帝赋予人类的一种特有智慧和能力。但人类在年轻时会因年幼无知而任性纵欲,在成年后也会因为迷恋尘俗的享乐而滥用自由意志。在炼狱18篇中,维吉尔告诉但丁:人见到使自己欢乐的东西就会惊醒了一般地冲上去,这种一见"倾心"的表现就是人心之"爱"的表现。"爱"作为一种精神活动包括了心和欲的双重运动,着了迷的心必入于欲,并且非达到享乐的目的而不停止追求。所以"爱"本身并不值得称赞,智慧和欲望的原初不值得称赞和斥责。唯有在爱欲升起的同时,你的内心还生出思考的能力,表示许可和阻止;当你从最高原则推出理由,作为这样爱的善恶标准,你才值得称赞,因为你运用了内心选择的自由。(P262)

炼狱的山麓很高,似乎昂首月空之中,出于人间风雨之上。炼狱的顶部是一个宽阔的平台,也即人间伊甸乐园。伊甸园内有两条河流,一条河可治痛苦的回忆,一条河使所有的美德更有生气。在这个伊甸园里,维吉尔完成使命悄然返回,但丁在与导师分手的涕泪涟涟之中看到了一只半鹰半狮的怪物拉着一辆神车(象征教堂)。花雨缤纷之中,众天使歌唱之际,贝亚德蒙着白雨纱、披着绿披肩,身着鲜红如火的长袍,头戴橄榄枝花冠(白、绿、红分别代表信仰、希望、慈爱)降临到但丁面前。她像皇后一般凛然不可侵犯,像母亲指责孩子一样指责了但丁在她死后,"脚就踏在邪路上,追逐欢乐的虚影",因为但丁"迷误得太远,悔悟得太迟",故而让他去参观堕落的罪人,洒下忏悔的眼泪。但丁在贝亚德的指引下,先喝了累德河的忘川水,神志逐渐清醒,尔后又用优乐埃的圣水使自己再生,最后随贝亚德"准备上升于群星"。

天堂是由"九重天"构成的,在这些天宇里分别住着行善者、虔诚的教士、立功德者、神学者、殉宗教之难者、正直的君主、潜心修道者、基督和众天使。九重天之上是"天府","天府"是一个大而无边的圆形剧场式的所在,所有的幸福灵魂都穿着白袍,各就其座,沐浴在上帝的光和爱之中。但丁漫游天堂实际是由此岸达到"彼岸",由此天过渡到"彼天",引导他完成这种过渡或超越的是贝亚德的"目光"。贝亚德美丽而带着微笑的目光使但丁不知不觉地在云层中一级级升腾,他每上升一层都感到无上的光芒让他目眩,但贝亚德引导他逐渐适应和习惯光辉夺目的天堂。最后但丁还在圣母的允许下一窥上帝的神秘容颜,他"抬起头来向着那永久的光",接近了所有心愿之终点,完成了欲望上的最高努力;"我早已准备了这种姿态,因为我的眼力逐渐精一,透入那高光逐渐深刻,此高光的本身就是真理。"(P544)"在那高光之深沉灿烂的本体里,我瞥见了三个圈子……当我的眼睛看在上面的时候,似乎现出他的本色而绘出我们人类的图形;我的眼光全然贯注在他上面。"在但丁瞥视到神本体、智慧和爱"三位一体"的上帝,在神圣的光圈中看到神性与人性相融合、故而具有人形的基督之后,他的欲望和意志都与上帝的"原爱"和谐了,他由此看到了人性与神性关系的秘密,看到了许多人之所以在天堂中拥有神一样的地位,是因为他们生活的目的就是投入上帝的怀抱,而心仪上帝也就是投身于生活的"真理"。

《神曲》的"晦涩难懂",主要在《天堂篇》。在这第三部分里,但丁是在向着不可知、不可解、不可言传的境界探索,因而最值得欣赏的不是这一篇中大量的典故、神学思考和历史的重述,而是他想象的恢宏和奇丽,诗情的愈来愈热忱和圣洁,以及胸襟的宽广和超越。正像美国学者桑塔亚那所说:"无论是在但丁之前还是之后,都没有一个诗人像他一样生活在如此巨大的景观中。但丁的空间是充实的,在人能想象的范围内,它们扩展了人类的住所和命运。"①当但丁说天堂里的灵魂都像"光点",折射上

---

① 〔美〕乔治·桑塔亚那:《诗与哲学:三位哲学诗人卢克莱修、但丁及歌德》,北京大学出版社1991年版,第102页。

帝的美和光时,他是希望人类能放弃具有具体物质形式的存在目的,转而向往超越俗尘的人生;当他在七重天上偶然回望地球的时候,"对于它的渺小而可怜的状态,不觉微笑了",他为人类竟如此激烈地争夺蝇头小利而感到惊奇和遗憾,并坚信"那些把思想转向别处的可说是真正的智者"(P486)。在《天堂篇》的第三章里,但丁还借在天堂第一层的灵魂追问人是否在天堂里也要追求更高的、更接近上帝的"位置"?那里的灵魂告诉他:

> 假使我们希望更高的,这种愿望便不与上帝的意志相符合,上帝指定我们就在这里……在天上到处都是天堂,而且至善所赐的恩惠并非同样。(P371)

人在向往"上帝"或追求真理的途中,既应该是谦卑的、忠诚的,也应该是独立的、恪守自己天性的,因为分享神的意志,就是将天性与神性真正融为一体。

理解但丁

但丁的《神曲》体现了中世纪文学的典型特征:幻游形式、象征表达、寓意方法和追求哲理。但丁自己曾说他希望在作品中能传达四层意义:字面的、寓意的、哲理的和秘密深奥的意义。所以《神曲》的含义不是单纯的而是多层的,尤其是寓意的内涵"不同于字面或历史的意义"。

首先,但丁赋予中世纪基督教一统天下的社会秩序以想象和激情,使解说基督教的神学、哲学重新具有了诗意和感觉,成为诗意的思想,成为能为所有人理解的思想。"但丁在表现一切生活和自然的同时把它们诗化了,他的想象力支配和注意着整个世界。从而,他达到了一位诗人能够追求的最高目标;他为所有可能的行为建立了标准,变成了最高诗人的典型……如果给予某种事物以想象的价值是一位诗人的最低任务,那么给予一切事物,以及这些事物构成的体系以想象的价值,显然就是他的最伟大的任务了。"①但丁用充满诗意和爱的语言作为他思想的天然面纱,让梦幻般的激情与明晰的理性成为不可分割的一体,他的诸多深思虽充满音乐般朦胧的意蕴,但全诗清晰完美的结构,又使得简单朴实的直觉与深广渊博的学识自然而然地交织在一起。虽然有创意的建筑结构充满诗

---

① 〔美〕乔治·桑塔亚那:《诗与哲学:三位哲学诗人卢克莱修、但丁及歌德》,北京大学出版社 1991 年版,第 110 页。

意,有特色和韵味的各种设计也具有诗意,但但丁提供给我们的诗意不是外在的、装饰性的、物质感的,但丁借助语言这一特殊的媒介,让我们直接进入或介了广阔深邃的精神生活,当他用诗句引领我们领略地狱的罪与罚、净界的悔与悟和天堂的耀眼光芒时,他让我们在想象和幻觉中看到"善",让我们对这种人类社会应有的善产生向往和热情,并让我们在这种向善的热情中生发出轻蔑现世、超越世俗的渴望。但丁《神曲》的写作与14世纪早期的《马可·波罗游记》基本同期,与马可·波罗一样,但丁进行了一次思想的远航和历险,他在试图重新解释现实、描绘未来。

其次,但丁的想象和激情体现了一种新的生活方式的即将诞生。但丁让人们在幻觉中见到了"善",也就同时反映了中世纪人们心中除旧革新的热情。但丁的幻想表明:人可能在一个理想国度里达到完美境界。虽然实现这个境界的努力一直延续到今天,但看到和承认这种境界,是人们发明和创造新生活的精神之源。

但丁的地狱、净界、天堂虽然并没有在具体构思上被后来的科学家发现证实,但在这个图景中所体现的秩序却成为后来哲学和社会科学家们的精神资源,因为这个秩序是外在于人的一种管理和控制体系,其核心是体现正义和公正,它后来就演变为以法律为中心的西方社会结构。而由贝亚德所体现的"神学"解释,也成为西方社会宗教及伦理道德观念的象征,即贝亚德引导但丁的"目光",不仅是"善"的指引,而且反射的是神圣的上帝之光,即"原爱"之光,爱把一切人吸引到善周围,社会的建构和个人的追求都不能脱离对这种"爱"的朝圣和崇拜。这种"爱"体现的是一种集自爱、真善美之爱和博爱于一体的精神,是后来西方人生活和工作的中心原则之一。

但丁曾说:虽然《神曲》是属于哲学的,但这哲学是"属于道德活动或伦理那个范畴的,因为全诗和其中各部分都不是为思辨而设的,而是为可能的行动而设的。如果某些章节的讨论方式是思辨的方式,目的却不在思辨而在实际行动"。"作品的善在于思想,美在于辞章雕饰……这首歌的善是不易了解的,我看一般人难免更多地注意到它的美,很少注意到它的善。"很显然,但丁本人是渴望后人能自觉向善,并把向善作为一种"可能的行动",付诸于每个人自身的生活实践。但丁的这种创作愿望对现代人而言,也许是"老生常谈",或者说有太多的幻想及迷信色彩,当古代和中世纪的人们还缅怀特洛亚战场上阿基琉斯、赫克托耳那样的"英雄",还崇拜和渴望有"神性"的人的时候,他们也因此会相信想象中的地狱和恶魔;当他们寻找人间的天使般的智者时,他们也因此而看到具有"人"形的低级动物。划分善恶的等级和认识人的最终本质,是古代文明的特别侧重和基本内核,这种侧重在今天,因为科技的飞速发展和人们对天体地理的不断认识,已经变得愈来愈像是不谙世事的少年臆想。但是现代人在上晓天文下知地理的"通识"中,在不求永恒但求一时拥有的匆忙奔波中,也愈来愈无奈地发现:长寿的人是懒惰的人,笑口常开的人是喜欢看肥皂剧的人。现代人的生活一方面越来越容易、轻松、无畏无惧、自由自在,另一方面现代人的精神世界并不因为眼界的开阔、信息的高度流通传播而比古人更宽阔豪迈。卑微琐屑、寂寞无聊、歇斯底里或随波逐流仍是现代生活的日常景观,在这种景观中对照但丁笔下的想象世界,尤其是把地狱、净界、天堂作为一个整体去观照时,我们就能分享到作者博大的胸怀和无边的思路,我们就会感到某种震撼和警醒。

最后,《神曲》既是一部充满激情和追求的作品,也是一部充满矛盾和郁闷的作品。理论家的条理、清晰、体系常令人仰慕,但思想家的矛盾、困惑和冲破迷雾的努力更令人向往、给人启蒙和让人获益。解决问题的人和提出问题的人为世界作着不同的贡献,但丁的追求和矛盾也为我们的理解同时提供了养分和挑战。

但丁所代表的向善和追求新生活的诗一样的热情,也体现为清理和强调基督教教义的宗教热情。当但丁以更清醒、更开阔的哲思看世界的时候,宗教的迷信、腐败及伪善就不可避免地引起他的反感,这种反感同时又促使他竭力渲染基督教"原理"的各种关键概念。但丁对"国家"的理解是极端理想主义的,他渴望的是符合天意的普遍政体,他对这样的"国家"的爱是绝对的、充满激情的,因而他憎恨背叛,仇视毁灭神权的异教邪教思想,悲哀现实中的腐化堕落。不仅他在深刻剖析现实的旅途中也充满偏见或个人偏好,而且他所憧憬的未来及行动方法都是从一个动乱和过渡时期构思出来的,这种未来和方法充满了乌托邦的幻想色彩和浪漫的虚构形式,他歌颂善和爱的音乐里也充满了对魔鬼的恐惧和对现实世界的悲剧性体验。但丁的诗是需要从整体上去阅读和体验的(他的许多细节经不起推敲)。"在这里,正如在某些伟大的交响乐中,每一事物都是渐进的:各种运动齐心协力,强度不断增加,规模不断扩大,强烈的乐曲越来越高;所有的一切的终结不是戛然而止,不是结束于某个偶然事件,而是结束在持久的反思中,在一种感受中。它还没有完结,而是由我们整体保留下去,这是一种永远的启示的泉源。它教导我们去爱去恨、去评判去尊敬。"①

---

① 〔美〕乔治·桑塔亚那:《诗与哲学:三位哲学诗人卢克莱修、但丁及歌德》,北京大学出版社 1991 年版,第 110 页。

《巨人传》:民间狂欢

"文艺复兴"与拉伯雷这个作家

弗朗索瓦·拉伯雷(Flancols Rabelais,1493—1553)是 16 世纪法国文艺复兴运动的一个杰出代表,一个学识广博、多才多艺的"巨人",一个十分独特的人文主义作家。一般认为"文艺复兴运动"是 14—16 世纪西欧新兴资产阶级反对封建统治的一次思想文化运动。在这场两百余年的历史运动中,不仅西欧各国都出现了伟大的思想观念的变革,而且整个社会的经济结构和政府体制也都发生了转变。文艺复兴时期是西方历史上的一个重要转折时期,也是欧洲许多国家"现代化"的开端时期。城市的兴起和"地理大发现"是当时社会的两大新迹象,一方面 11 世纪之后欧洲各国的手工业与农业逐渐分家,手工业由个体家庭作坊向有规模的工场发展,加上银行的兴起和商业贸易的发达,使原有封建制度普遍解体,城市不断扩展和繁荣,市民阶级成为从封建社会内部产生出来的新阶级和新式生活代表。另一方面,14—16 世纪是许多航海家完成伟业的时期,1492 年,哥伦布航抵美洲,1498 年达伽马发现了绕非洲好望角通往印度的新航路,1519 年至 1522 年麦哲伦率领的船队完成了第一次环球航行……一系列的海上发现不仅为欧洲人开辟了市场和殖民地,开拓了生产原料及资本来源,在物质上促进了工商业的发展,而且使西欧人看到了世界之大、文明之多样、未来发展空间之广垠和新的国家制度之可能,从而精神视野空前开阔,心智和想象力被空前地激活,冒险精神和求知创新精神被普遍地引发,逐渐形成一种全新的精神面貌和社会心理。

城市的繁荣使市民阶级的经济地位和社会地位都大大提高,当贵族和市民必须在城市里进行各种社交活动时,中世纪的传统等级和严格仪式逐渐被人们轻视。不讲究血统、出身,更注意"有钱、有闲",使这一时期的社交形式建立于一个不追问等级差别而更具现代意义的"受教育阶级"

的基础上,一种基于文化和财产的现代尊荣观,使得市民和贵族有可能在"平等的条件下"相处,并在寻求新知、改革旧制的重大社会需求中展开激烈的竞争和论争。

航海探险和跨国贸易,也破除了欧洲人过去的闭关自守和封建蒙昧,提高了他们的好奇心和进取的斗志。在人们搏击海浪、描画海图、征服自然、了解宇宙的努力中,外在世界和内在世界都得到了全新审视。不仅教会和神学作为人类强大的异己力量受到了最猛烈的抨击和反抗,自然科学的蓬勃兴盛与自然美的首次肯定冲击了原有基督教的创世说和上帝神话,而且人自身的智慧及力量在实践中获得了证明之后,个性的张扬和理性的复苏就势不可当,成为打破"原罪"假说、肯定世俗生活的社会心理基础。

由于文艺复兴时期的欧洲人要求自由、反对控制、推崇理性、反对盲从,所以真理不再被认为是权威的占有物,而成为个人理性思索及实践探索的结果,人类历史也从此不再是上帝拯救人类的历史,而是人自身的历史,是人自身的智慧和力量推动的历史。总之,在这一时期,人们的目光从但丁更关注的天上转向拉伯雷更关注的人间,"人"替代了神的位置,成了一切思考的中心。

"文艺复兴"(Renaissance)意指"古典学术的再生",其中"古典学术"是指古希腊罗马文化。由于中世纪是基督教神学一统天下,科学和艺术均为附属品,古希腊罗马文化则完全被抛弃,因而在航海贸易促进东西方交往,欧洲古典文化古籍通过商船与西亚、北非、中东的诸多新学识一起被送回到欧洲后,古罗马帝国的后裔意大利人首先掀起了重新整理、翻译古代文明的高潮。古希腊罗马文化成了欧洲人"现代化"的一个"向导",他们在这个"向导"的指点下发现了一个与中世纪迥然不同的古代世界。而这个古代世界与新时代之间是一种相互作用、相互发现的关系,最后引出的是一种新的思想体系:人文主义思想的诞生。

一般革故鼎新有两条途径,或创造生活、艺术和思想的全新形式,或复归古代以求范本。意欲脱离中世纪的欧洲人因长期受教权和神学传统束缚,不能立即开辟新途,因而文化改革者的目光就转向古典文化,到古希腊罗马文化中去重新发现人性,重新肯定现世生活。文艺复兴时期的文学之所以称"人文主义文学"是因为这种文学的基本特点就是反封建、反教会,提倡精神解放。在人文主义文学中,作家们不仅尊重人,推崇人类天才、人类成就及学识才能,而且不再表现中世纪艺术中常有的厌世、苦难和死亡,他们热衷于表现的是现实人生的自然快乐和个体生活的悲欢喜乐,他们也已经有意识地将城市市民和普通民众视为自己的读者群。

文艺复兴时期具有人文主义思想的杰出人物,就被后人称为"人文主义者",这些"人文主义者"的主要特点是心胸开阔、知识渊博、积极进取、敢于反抗和勇于创新。正像恩格斯说过的那样,文艺复兴时期"是一个需要巨人而产生了巨人的时代",人文主义者就是那些"在思维能力上、热情上和性格方面,多才多艺和常识广博的巨人"。他们既是那个时代最先进的思想家、最聪明的学者,也是与中世纪文化和社会恶势力进行坚决斗争的战士,他们的学识和人格创造性地开拓了历史,对欧洲文化的丰富及发展作出了巨大贡献。"人文主义者"在科学领域里最著名是意大利的达·芬奇、伽利略,波兰的哥白尼,德国的凯普勒等;在社会科学和哲学领域里有法国的蒙田、英国的托马斯·莫尔、意大利的马基雅维里、德国的马丁·路德等;在艺术上有大名鼎鼎的达·芬奇、米开朗基罗和拉斐尔;在文学上则有意大利的彼得拉克、薄伽丘,法国的拉伯雷,西班牙的塞万提斯和英国的莎士比亚等。

拉伯雷出生于法国希农城一个富裕的律师家庭,成长于父亲的田庄,从小熟悉了农民的生活,对下地、收获、欢庆丰收的农村生活仪式了如指掌,所以他的作品充满了地方风味和方言特色。拉伯雷开始读书是在修道院,因为当时有一种民俗规定,三个儿子中最小的那个一定要修道(亦有说拉伯雷为了求知而自愿修道)。在那里他学会了拉丁文,并在同院修士阿弥的帮助下学习希腊文。从1520年起他与一些希腊学者及人文学家有了联系,1523年后他担任一个有人文思想的戴提萨主教的书记员,陪伴他出巡教区,广泛结识各类学者,研究了当时的一切学问:哲学、数学、法律、音乐、绘画、天文、地理、考古等等。

1527年拉伯雷33岁时,突然更换服装离开修道院,成了一个到各处游学访道的神甫。在去巴黎的路上,他一连串地访问了很多的人文学者。1530年,37岁的他又正式考入一大学,选读医学,并很快取得学士学位。1532年11月就任里昂公立医院医师。当时里昂是通向瑞士、意大利和德国的要道,政治上进步,经济上发达,文化出版界著名人士云集,有一种追求新知识的兴奋氛围。这期间,拉伯雷在陆续发表医学论文的同时,于1532年突然化名出版了长篇《巨人传》①的第二部《庞大固埃》,该书全名很奇特,可译为:《渴人国国王庞大固埃及其惊人的英勇事迹,经精华的发

---

① 〔法〕拉伯雷:《巨人传》,罗岚译,上海译文出版社1993年版。以下文中引用仅注明页码。

掘者已故的阿尔高弗里巴斯编纂恢复原样》,书名之长之怪已经显示了这部小说的骇世惊俗特征。

《庞大固埃》出版后大受欢迎,风靡一时。但1533年巴黎神学院决定将其列为禁书,而此时书已再版了5次。由于拉伯雷是红衣主教杜贝莱的私人医师,受到他的保护,因而未被直接迫害,并随同主教到了罗马。1534年月10月拉伯雷回国后,又出版《巨人传》第一部《高康大——一本充满乐观主义的作品》,更加轰动。拉伯雷后来说这本书两个月的销售量超过《圣经》9年的销售总数。但巴黎文学院认定它是"异端邪说",基督教会组织也称拉伯雷是应该被烧死的叛徒,但由于《巨人传》第一、二部拉伯雷都是用化名出版的,因而在教会朋友的庇护下逃脱了厄运。此间拉伯雷再次到蒙帕利埃大学学医,获得了硕士和博士头衔。当他在巴黎周围行医十分出名时,突然又回到家乡。1546年在获得国王的准许之后,他以真名出版《巨人传》第三部。小说虽在开头加上了献给王后的诗和许多温良恭顺的言辞,但实际的批判锋芒和反抗力度并无丝毫减弱。因而这部小说又被巴黎议会裁决为禁书。出版商、拉伯雷的好友埃季艾姆还因此被烧死,陈尸示众。拉伯雷不得不逃到国外。1548年,拉伯雷又完成了第四部。《巨人传》的第五部是后人整理的残本,于1562年出版。1564年即拉伯雷死后11年之际,五卷本的《巨人传》才第一次出版。拉伯雷晚年曾在名义上管理过两个教区,1553年临去世时他对旁边的人说:"我没有财产,欠人不少,请把我留下的东西都送给穷人。"在死神终于降临之时,他出现了很长一阵的沉寂和几乎失去一切意识的症状,但突然,他张开眼睛,对死亡大声发笑说:"拉幕吧,戏演完了!"

拉伯雷生活在一个重大的社会历史转折时期,他一生将教士、名医和作家三种身份集于一身,教士的身份使他能在险恶的社会条件中得到某种掩护,同时他在《巨人传》中勾勒的一个乌托邦式的理想社会"特莱美修道院",又把改造宗教与改造社会的重任巧妙地结合为一体。拉伯雷在30多岁爱上医学后才进入大学,仅两个月就获得毕业资格,因而他实际是靠自己勤奋求知自学而成的。他生前医术高明、远近闻名,翻译过古希腊医学论文,也撰写过医学著作,但医生的职位不仅是他用科学思维叛逆宗教迷信的法宝,而且也是他广泛接触社会各阶层人士、熟悉人间各种隐秘痛疽的最佳渠道。一旦他拿起笔来进行文学创作时,汹涌澎湃的大胆想象和源源不断的滑稽故事就冰崩雪化般一发不可收。他的《巨人传》猛一读来光怪陆离、滑稽突梯、热闹刺激,让人止不住地捧腹大笑。但捧腹之余我们又处处发现作者对社会人生的敏锐洞察和广泛了解,他漫无边际的笑话,实则信守着生理、解剖、药物等方面的科学理论,他自由驰骋的想象体现的是一个兴趣广泛的人文主义者的思想活力,而他无穷无尽的诙谐幽默更是再现了一个"文艺复兴"时期社会精英的战斗热情。拉伯雷不仅无情鞭笞当时以巫术、迷信和偏见为基础的伪医学,而且"以老大不敬的态度几乎亵渎了社会上一切似乎威严神圣的东西,其思想之解放,揭露之大胆,语言之泼辣,挖苦之刻薄实属前所未有"[①]。

巨人的出生和受教育

《巨人传》前两部写的是巨人国国王父子高康大和庞大固埃的出生、教育、游学及各种经历。后两部写庞大固埃与他的朋友巴奴日的漫游,第五部写他们如何最终找到"灯笼国"和传说中的"神瓶",获得生活的答案。

让我们先来看巨人的"出生":拉伯雷在开篇前《给读者》的一首小诗里,告诉读者要"先消除一切成见",这本书既无邪恶、毒素,也无完善美好,只求让诸位开怀一笑,因为亚里士多德说过:只有人类会笑。拉伯雷在作品中经常不断地引用古典文化的代表或名篇,但无论是苏格拉底、柏拉图、亚里士多德,还是荷马、奥维德、贺拉斯……都不会被简单地引用,而总是被创造性地运用,成为他"快活笑料的奶酪形的脑汁"的一部分。(P9)

随后拉伯雷在第一章"高康大的谱系和古老家世"里说每个人虽都巴不得弄清自己的出身,但今天的许多国王、教皇出自砍柴挑担的祖先,今天路上的乞丐和穷人也很可能是往日国君皇室的后代,由此暗示了高康大虽是国王的儿子,但其祖上则不一定是显赫名门。事实上,"巨人"高康大的传奇早在拉伯雷写作之前就广泛流传于法国民间故事之中。巨人的"父亲"或祖先可以是任何渴望自由解放、开心生活的平民百姓。为此,拉伯雷还不失时机地介绍了"作者"的来历,强调自己与巨人父亲之间的精神上的联系:

> 我想我就是从前什么富贵的国王或贵人的后裔,原因是你们从没有看见过比我更喜欢做皇帝或富人的了,这样我便可以大吃大喝,百事不做,自在逍遥,并且叫我的朋友和一切有道德和有学问的人都成为富人。(P12)

---

① 〔法〕拉伯雷:《巨人传》,罗岚译,上海译文出版社1993年版,译本序。

拉伯雷介绍说:高康大的父亲高朗古杰是当时的一个乐天派,爱喝酒,酒到杯干,世无敌手,同时还热爱咸肉。他的妻子美丽健壮,怀上高康大 11 个月还不生,这天吃多了牛大肠而出现脱肛,直肠从下身滑了出来。一个据说医道高明的丑婆子赶来接生,灌下一服收敛性药后,胎盘的包皮被撑破了,胎儿跳出来,钻进大脉管,通过胸部横膈膜,最后从左边耳朵里钻了出来。高康大的诞生过程奇怪吗?拉伯雷引经据典地证明:他完全正常!这个非同寻常的时代新生儿虽然经过了"长时期"的孕育和混乱的"催生",但他是必定要降生的,他会以不同往常的途径闯入社会,给人们一个极大的惊喜。

新生儿一出世就会说话,他大声喊着要"喝呀!喝呀!喝呀!"像是在劝酒。于是父亲脱口而出:"高康大!"(好大的喉咙!)众人为了平息这个婴儿的喊叫,给他喝了许多酒,并为他马上行了天主教的洗礼。这个情节与后来高康大之子庞大固埃的出生有密切联系,因为"庞大固埃"的名字意指"天下普渴"。拉伯雷说庞大固埃出生前天下已经一片干枯,草都干了,河也枯了,泉水也枯竭了;不幸的鱼类无水可游,干得在地上乱蹦乱跳;天空里因为没有水分,鸟都自己摔下来;各种动物张口伸舌地死在田地里,人则一个个伸着舌头,像跑过六个小时的猎犬一样。(P233)所以巨人父子诞生于一个充满热望与渴求的时代,这个时代的人们在经过漫长的世纪禁锢之后,像久旱逢甘霖似的迎来了一个"明显的预兆":一个渴人国的新国王,一个在生理上和心理上都极为快乐和自然放松的世俗之人——

> 他在鞋子上小便,在内衣里大便,用袖子擤鼻涕,让鼻涕流到汤里,到处弄得一团脏,用拖鞋喝酒,用筐子蹭肚皮,用木鞋刷牙,在菜汤里洗手,用碗梳头,样样东西都要,什么也拿不住,看不见自己的差错,吃着菜汤要喝酒,无中生有,吃着东西笑,笑着吃东西,在募捐盘子里吐唾沫,在油里放屁,朝着太阳撒尿,坐在水里躲雨,耽误时间,想入非非,假装老实,到处呕吐,胡说八道……(P52)

拉伯雷《巨人传》的惊世骇俗之处,也在于它表面上的荒诞不经和粗俗不堪。作者不仅将雅词洁句与粗俗俚语混杂乱用,而且有意突出人们吃喝玩乐的世俗欲望,以及他们拉屎拉尿的日常功能。在描写人们的正常欲望时,他有意强调肉欲,男性的裤裆和女人的性欲在拉伯雷的笔下屡屡成为玩笑的把柄,在叙述人们的一般生活需求时,他又有意宣扬美酒佳酿,认为畅畅快快地多喝两杯,所有的人都会"尝到天堂的乐趣"。比如高康大在未满月时就有个神奇的怪癖,只要一听见酒杯、酒罐、酒瓶发出的碰撞声音,"就喜得浑身颤抖、摇头晃脑、手指乱舞,屁放得像吹大喇叭"(P38)。

关于巨人父子的童年,拉伯雷不仅说明他们需要成千上万头奶牛的供给,上万尺布做衣,而且5岁的高康大试了几十种擦屁股的方法发现用小鹅揩下身最舒服,于是他父亲"看出他惊人的智慧"。摇篮中的庞大固埃则因为仆人忙于一次宴会而忘了喂他,于是挣脱了用铁链做成的摇篮,一拳头把它打成了50万块。这两个巨人都具有无限的欲望、旺盛的精力和无法控制的叛逆性。高康大的父亲称赞他的儿子"理解能力是如此敏锐、精明、深刻、聪明",因为5岁的高康大通过用各种质地材料的"擦屁股"尝试,发现"别以为极乐世界的那些英雄和神仙的享受,只是百合花、仙丹或是花蜜,他们的享受(照我的看法),就是用小鹅擦屁股。"换言之,天堂的欢乐也应该基于人体的起码的舒适感,人的肛门快感也可以通过大小直肠,上贯心脏和大脑。人的现实享乐可以让人更自然地、更自觉地追求精神生活。拉伯雷正是用这么一种深刻的幽默写出人乃万物之本,人以现实生活为本的人文主义思想。

再来看看巨人的"教育":高康大刚开蒙入学,就碰到了个诡辩学大博士,他用了5年零3个月教高康大读方块字母,又用了13年6个月又2个星期教他读用拉丁文写成的中世纪各种圣典。高康大每天练花体字,背诵和抄写课文,文具盒有7000多公担重,墨水瓶容量为1吨,在又用了16年零2个月读了《历书》之后,大博士就死了。一个新的叫"愚蠢的鹅"的老师又接着教他读书,最后终于使这个有高度智慧和惊人理解力的孩子变成了一个"老实人",见了人就用帽子遮住脸,说不出一句话,就像死驴子放不出屁来一样。

正是基于这样的受教育经历,高康大骑着一匹大牡马去了巴黎,去学习城里的新知识和新的学习方法。他借一副泻药先忘却所有旧识,然后跟着新教师和当地学者建立联系,他利用自己好胜的心理,启发自己的才智,引起发愤读书、与人竞争的愿望。他早上4点起床,洗脸时听别人朗诵《圣经》,上厕所时把刚才朗诵的内容重读一遍,并弄懂难点。然后观察天象,看与昨晚的观测有何不同,从而预测天气。然后是整整3个小时的读书。读完后师徒一起打球,锻炼身体。不久食欲大开时就饱餐一顿。在饭桌上学习菜肴的品种、类别、性能和功用,学习古典名著中所有关于饮食功用的论述。饭后是通过打牌学习数学和计算方法,在消化食物的过程中还学画几何图案和学天文定律。练唱4部或5部的大合唱及各种乐器的学习使高康大懂得了音乐。中午排便之后又是 3 小时的主功课，随后是骑马、打枪和各种军事、武艺的操练，游泳、驾船、铅球、双杠，直至回家路上辨识各种植物花木……高康大的时间是一点也不耽误，全部都用在学习实用知识上。

在这里，拉伯雷实际展示的是新型人文主义教育的宗旨和方法，即探索一切知识的领域，书本和实践知识齐头并进，脑力锻炼和体力训练并行不悖，让每个个体成为健康、乐观、学识广博而又多才多艺的受教育者。在《巨人传》第二部里，高康大直接把庞大固埃送到了巴黎求学，并给他写去了一篇长信。在信中他言辞恳切地鼓励儿子"把青春好好地用在学业和品德上"，要学好各种语言、各种学科，研究自然界的一切事物，同时还要学习骑马和武术，保卫自己的家乡。在学有所成之后还要接受各种人的挑战和争辩，并且警惕世界上的欺诈，心里不贪恋虚荣，要敬师长，爱人如己。在这样的一种几乎"十全十美"的要求中，拉伯雷实际写出了新时代的新人理想和理想君主形象。渴求知识是早期人文主义思想的重要体现，而全智全能、全面发展、知识与品德的结合才真正符合人文主义的人生理想。

特莱美修道院

"特莱美修道院"是小说的一个重要情节：《巨人传》第一部写了高康大的刻苦求学，终于成为天下第一博学之人后，说高康大国家的邻国列尔内在其国王毕可罗寿的率领下袭击高康大的牧羊人，于是高康大也率领国民奋起反抗，其间修道院的一个叫约翰的修士也领导修道士们一起抵抗外敌侵犯，保卫修道院。高康大的父亲努力寻求和平、避免战争，毕可罗寿的大臣则出谋划策，继续挑起战事。危急中，老国王只好把在巴黎读书的高康大召回家打保卫战。高康大刀枪不入，视炮弹如葡萄，乱枪如苍蝇，事后梳头时还从头发中梳出无数炮弹。在战争终于结束，高康大处理战后事宜、评功论赏时，他为约翰修士建立了"特莱美修道院"。

这个特莱美修道院，实际是拉伯雷所描写的理想社会缩影。院门上的题词规定：伪君子、腐化的法官、重利盘剥的守财奴、懒散成性的寄生虫和各种威胁人民幸福的恶徒都不准进，只有正直的骑士、正确的传播福音者和高尚的夫人才是这"神圣园地"的主人。这里的人们将不再信奉中世纪的禁欲主义、来世思想和其他任何清规戒律，他们可以尽情享受现世生活，自由结婚、自由发财和像院规所说的那样："随心所欲，各行其是。"
(P207)

　　拉伯雷所写的这个修道院是与当时的正统教规教义针锋相对的新思想的飞地。当时一般修道院男女绝对分开,女修道院男的如果不偷偷摸摸就没法进去,而特莱美修道院规定:有男人的地方,必须有女人;有女人的地方也必须有男人。进特莱美修道院的人,女的若不是容貌秀丽、体质健全、性情善良的,一概不要。男的也只要那些五官端正、身体各部位都健全、性情温和的人。当时一般的修道士入修道院,经一年试修期后,需终身当教士,而特莱美修道院规定:无论男女,入院以后,只要自己愿意,随时可以进出,完全自由。当时一般的修道院还让所有的修道士发"三愿":贞洁不淫、贫穷自安、遵守教规,而特莱美修道院则规定:所有的人都可以正大光明地结婚,称心如意地发财,自由选择和创造自己的生活方式。(P192)另外,特莱美修道院没有围墙,修道士的工作不是按钟点安排或支配的,而是按能力和需要来分配。这个修道院的生活内容主要有喝酒、竞赛、打猎、放鹰等,这里的受教育内容主要有六国语言、读、写、唱、奏的能力,及男子的善骑、女子的女红等。这个修道院的图景不管多么"乌托邦",她都是人间的乐园,与中世纪那种把人引向"彼岸"他乡的玄学比起来,这个特莱美修道院体现了人文主义者基于现实的理想追求,体现了这种理想追求中的思想解放、个性自由的精神实质。

给封建社会疾病开刀

　　拉伯雷还是个给封建社会疾病开刀的医生:《巨人传》是用新的人文主义思想和形象来蔑视教会权威、揭露僧侣罪恶的一部奇书,拉伯雷在揭露当时封建制度的种种丑恶、卑鄙、伪善、寄生时,总是不遗余力、大刀阔斧、疾恶如仇。他就像是一个为社会疾病开刀的外科医生,把当时法国社会的每一处烂疮、每一处溃疡都用锋利坚韧的钢刀予以解剖、予以曝光,并用他特有的笑声当作强力药粉沾在创口上,让病魔现出原形。

　　《巨人传》第一部曾写到高康大与约翰修士谈论"修道人为什么为世人所嫌弃"的问题,高康大说:

　　　　主要原因,是因为他们靠世界的粪污过活,我说粪污,是指人类的罪过……如果你懂得一只猴子为什么老是受人家玩弄和欺负,你就会明白为什么不分老少全都嫌弃教士了。猴子不像狗一样会守家,不像牛一样会拉犁,不像羊一样会生产羊毛和羊奶,不像马一样会驮东西。它光会拉尿惹祸,这就是大家都要欺负它、都要打它的缘故。教士也是如此(我说的是那些游手好闲的教士),既不像农人一样耕地,也不像战士一样保卫国土,既不像医生那样为人治病,也不像博学的宣教士和教育家来教导和训诫世人,连为国家输送必要的商品和货物的商人都不如。这就是人人斥责和厌恶教士的缘故。(P153—154)

接着高康大说:许多教士的祈祷、做弥撒、打钟,都是假的,他们心不往那里想,也不懂,只是"担心怕丢掉面包和浓汤"。其实"一切真正的信徒,不分行业,不分地区,随时都可以祈祷天主,圣神自会为他们转达,让天主保佑他们"(P154)。

对教会腐败内幕的揭露和改革宗教的愿望是当时人文主义思想的基本特征之一,拉伯雷的讽刺不仅直指教会教士的不劳而获,欺骗人民,而且还大胆深入教会统治的理论基础,揭露被教会奉为圣典的神学体系和经院哲学的真实面目。《巨人传》第二部第7章,庞大固埃在奥尔良发愤读书后,就决定到巴黎的大学院去开开眼界。在巴黎时,他把中世纪神学的七种分科"学了个透熟",觉得"圣·维克多的藏书楼的确不错",因为这个藏书楼以藏书丰富并且多属善本秘籍而闻名当世,而且它也是当时大神学家、大经院哲学家们平时潜修学问的地方。于是拉伯雷开出了这里秘藏的100多种书单,其中有:

> 救命竿子〔故意与"救赎之本"混淆〕
> 法学裤裆
> 讲经者的狐狸尾巴
> 马尔莫莱图斯的《论猴》并附注释
> 勇士大象一般的睾丸
> 巴黎大学有关女人如何梳洗打扮的通令〔亦译"淫妇媚术规章"〕
> 在大庭广众间放屁的艺术
> 宫内被骗的丈夫
> 学校的去污器
> 大便法
> 鞭打屁股
> 赦罪的烧饼
> 乡下法官挂羊头卖狗肉
> 饮食篇(名人名作)
> 酒的刺激

饭后茶末篇(共十四卷)

律师关于报酬的贪婪

法官的贪污欺诈

红衣主教的蝙蝠翅膀〔指红衣主教总是晚上出动〕

论头发上需设卫兵(三卷)

少女的笑脸

寡妇的头巾

修士的风帽

神学家的捕鼠器

神学大师弗里波沙司(意指喝汤大师)著《关于教内日课的分析》(四十卷)

受古庸(意"裤裆发热")著:"《神学士及博士的饮宴篇》(八卷)内容诲淫。"

患风湿痛及花柳病人的万年历

诡辩学家的儿戏

行医者反反复复、里里外外、上上下下、反反正正的争辩

塞拉提斯教士汇编《募捐秘诀》

考究裤子的人的生活与品德

善饮主教的秘方

贵夫人的淫逸生活

为大便方便的马丁格尔裤子〔前后有活动开裆的裤子〕

良知的梦幻者〔指托马斯·阿奎那的作品充满了幻想〕

法官的大肥肚子

教士们的驴鸡巴

药房里的灌肠器

外科手术用撬肛门器……

庞大固埃最后说:"这些书有的已经出版,有的还在图宾根这座出名的城市里印刷。"(P267)18世纪法国启蒙思想家伏尔泰特别欣赏这一章,因为这一长串书目光怪陆离、诲淫诲盗,使教会及神学的伪善面目在这些书目中一目了然,昭然若揭。

在《巨人传》的第三、四、五卷里,拉伯雷还就封建教会统治的各种侧面,尤其是制度层面进行了广泛的揭露和批判。如第三部第39章,法官勃里德瓦用掷骰子的方法来判案。第四部第13章,在一个"诉讼岛"上,

执法官靠挨打过日子,他们在教会、律师或放高利贷者的唆使下,去这些人憎恨的某贵族家进行传讯,叫那个贵族出庭听审,并尽可能恶语伤人,侮辱责骂这个贵族,一直到他忍无可忍,起身打他,或用力砍他,从窗口把他扔出去。于是这个被打的执法官就可以在以后的四个月里发财,因为贵族得赔偿一大笔钱,甚至破产;还有对唆使他人侮骂贵族的教士,律师也要给他高额的报酬。在第五部第11章里,拉伯雷还写庞大固埃一行到了"机舍关",刚走到那儿,就被"穿皮袍的猫"(意指穿貂皮镶边法衣的法官)关了起来。这些"穿皮袍的猫""残忍凶恶,十分怕人,它们吞吃小孩,在铺着云石的地方(意指法庭)狼吞虎咽"(P961)。有个叫格里波里诺的法官直截了当地对庞大固埃一行说:"我们的法律和蜘蛛网一样,小苍蝇小蝴蝶全跑不了,只有大个的牛牤才能破网而出,所以,我们并不要大盗、暴君,他们太难消化,会把我们撑死的。"(P967)庞大固埃一行被告知如果不向法官夫人及全体"穿皮袍的雌猫"赠送厚礼,就别想脱身,他们还看见码头上正开来68艘划桨船、帆船和快船,上面装满山珍海味、绫罗绸缎,这些都是送给"穿皮袍的公猫和雌猫"的。约翰修士不禁说道:"他们以贿赂为生,子孙后代将死于贿赂。天主在上,情形就是如此!"(P971)

　　正像拉伯雷的特莱美修道院既是理想之国,也是充满幻想色彩和改良意愿的乌托邦,拉伯雷对教会统治的批判也不旨在"彻底"推翻这整个旧的制度,而是表达一种自由主义和怀疑主义的态度。在写到教会的腐败现状和伪善面目时,他同时认为教会里也有好人和清白的修士,比如约翰修士"他既不顽固不化,也不使人讨厌;他爽直、活泼、有主意、平易近人、爱工作、肯劳动,保护被压迫的人,安慰受苦痛的人,援助有急需的人,还会保卫修道院。"(P155)约翰修士平时带领民众做祈祷时,一边念经一边还做各种手工活。他喜欢喝酒吃肉,不拘泥死板的教义,不假充"学者",不忘民间疾苦,哪怕被迫向"穿皮袍的猫"交钱时也不忘留下"穷人的酒钱"(P970)。正是通过约翰修士这样的形象,拉伯雷既无情揭露封建教会统治,又提出了改革教会、崇尚宗教信仰自由和确信人类自有善良品性的人文主义思想。

巴奴日是个"好百姓"

　　巴奴日这个人物在小说中特别令人费解,他是庞大固埃最好的朋友,也是《巨人传》中除巨人父子、约翰修士之外另一个重要形象。第三部分第3章庞大固埃路遇一个"身材适中、相貌惊人,只是身上有好几个地方受了重伤、浑身衣衫零乱、好像刚被狗咬过似的"人,便主动上前关切地询问,这个路人一连说出 13 种语言,庞大固埃勉强听出是拉丁化的德文、阿拉伯文、意大利文、苏格兰方言、荷兰文、西班牙文、丹麦文、希伯来文、古希腊语、拉丁语等等,但对其中的意思一点没听懂,待确定这个通晓各国语言的路人是法国人后,庞大固埃马上表示愿与这个名叫"巴奴日"的人结为最忠实的朋友。巴奴日说自己刚从惨败的土耳其战场归来,此刻最急需的是要吃东西,于是庞大固埃马上让人把他领回寓所,让他尽量吃饱。巴奴日这晚吃了个痛快后就像老母鸡似的去睡觉,一觉睡到第二天中午。起来的第一件事就是坐到饭桌前再次开吃——可见巴奴日与巨人父子在最主要的一点上是完全相通的:无比饥渴。

第二部第 16 章谈到"巴奴日的生活习惯"时,拉伯雷说:巴奴日是一个骗子、酒鬼、闹事者、奸夫、恶棍、小偷……"除此之外,要算是'天下最老实的好百姓'了;心眼里总是想尽方法给警察和守夜的更夫找点麻烦。"(P315)他经常组织一些喝醉的粗汉作弄守夜巡逻的警察,在街上给路过的神学大师帽顶上放一条粪或在他们背后拴一条狐狸尾巴,在神学大师开会的场所涂满用蒜、大便、脓血、臭树胶混合制成的"蛋糕",让他们在大庭广众之中大吐特吐,好像狐狸剥了皮,事后还得瘟疫、麻风或长疥疮、梅毒。巴奴日的外套有 26 个以上的小口袋,里面装满细针、酸水、虱子、跳蚤、别针、打火石、照火镜等无数鬼把戏,专门作弄贵妇人、阔小姐、大法官和教士。巴奴日还"天生地爱害一种叫作'没有钱是无比痛苦'的病,不过,在他需要的时候,他总有 63 种方法可以把钱弄到手,其中最能说出口,同时也最常用的一种就是偷"(P315)。他的一个小口袋里放着能把所有门户和箱柜打开的撬锁工具,他的另一个口袋装满小杯小碗,能在众目睽睽之下,毫无破绽地使五六块银币不翼而飞。这个足智多谋、手指灵巧的江湖之人尽管能偷会骗,但平时口袋里还是空空如也,因为"尽管他有 63 种弄钱的法子,可是又有 214 种花钱的门路,填补鼻子底下那个东西的费用还不算"(P326)。可见巴奴日说到底还是个能挣更会花、最会在世界上找乐子的"穷人"。

关于巴奴日这个市民形象,有人说是"人民的代表",或言是"资产者形象",或云此时期"人民"与"新兴资产阶级"有共同心声。还有评论认为拉伯雷"原本要表现人物的机智,实际上却反映了他心狠手辣的剥削者的本质","正面宣传了资产阶级的世界观"。在《巨人传》第二部第 21—22 章里,巴奴日调动 600014 条狗去袭击一个拒绝他求爱的贵妇人。第四部第 6—7 章,他让一个不肯卖给他羊的卖羊人惨遭报复,他诱使领头羊纵身大海,结果整个羊群和卖羊人也只好随之葬身海底。巴奴日的性格从表面上看,是横七竖八、优缺点杂拌,让人褒贬不一,甚至更容易在粗略扫视一遍后觉得他寡廉鲜耻、为所欲为。但拉伯雷有意从这个人物不断为社会制造麻烦,从他做恶作剧的事实中发掘一种新时代、新人物的精神面貌。即从性格核心上讲,巴奴日浑身上下都充满"地理大发现"时代和"文艺复兴"时期特有的冒险精神,在反叛教会神权、确立"以人为本"的人文主义思想运动中,每个个体都应该解放思想、乐享现实、纵欲纵情、纵才纵智、扩张个性、无畏无惧。正像巴奴日所说:"我认为冒险是宇宙的灵魂……一切东西都因此而欣欣向荣。"通过巴奴日大逆不道、离经叛道的言谈举止,拉伯雷首先强调生活本无什么神圣不可更改的常规、定律,那些长期窒息人们精神和情感的教规、教义尤其需要大无畏的人来摧枯拉朽、浮云富贵、锄强扶弱。其次,拉伯雷通过巴奴日的游戏人间、露才扬己、弘扬一种创新改制的个人激情和豪气,歌颂一种敢说敢为的勇气、品性和生命活力。《巨人传》第二部第 18 章,一位博学的英国学者与庞大固埃论战,结果被巴奴日用"手势语"击败。虽然巴奴日通晓各国语言,但他的"手势语",也就是身体的语言就是让一切现有神学相形见绌的生活智慧。与现实生活的需求和活力比起来,不仅神学大师的引经据典可能是迂腐害人的,而且贵妇人基于名节、等级观念的"贞洁"、"节制"也可能是虚假的、违反人性的;更何况,卖羊人视羊如命也可能就是视钱如命,就是一种"羊吃人"的反常和滑稽。

再次,巴奴日这个形象基本是一个通晓现实社会、熟谙生活底细实况的"恶棍+小人物",拉伯雷既称赞这类人物的才智双全、落拓不羁、明察秋毫、直情径行,又全面真实地展示这类人物性格中的鱼龙混杂、百无禁忌,从而强调生命活力中总也夹杂着诸多粗俗野蛮的成分,强调生命力对现成的秩序具有违背、颠覆和催生、创新的双重含义。像巴奴日这样的形象,其主要意义不仅在于反封建和教会成规,也在于反衬懦夫的平庸、卑琐,嘲笑平淡无奇的"小康生活",讥讽苟且偷安的无聊小人。在任何时代,革故鼎新的运动都会受到两种完全不同的评价,有人视社会异端为洪水猛兽,痛心疾首,有人看改革浪潮如火如荼、生气勃勃,而拉伯雷借巴奴日这样的人物把这两种成分和两种评价视为一体,呼唤社会和民众的理性辨别和变革热情。

人生悬念:要不要结婚?

在小说的后半部,作者还提出了一个奇怪的悬念:巴奴日要不要结婚?《巨人传》第三至五部写的是庞大固埃与巴奴日、约翰修士的海上漫游,而他们漫游的目的是第三部第9章,巴奴日向庞大固埃请求结婚,但又拿不定主意。而庞大固埃说他也不甚明了,于是决定两人一起出门向他人咨询。拉伯雷借巴奴日之口比较了植物、动物和人类传宗接代的不同方法,发现人类生来不是为了战争,而是为了和平,是为了享受一切蔬菜和百果,和平统治一切禽兽的动物,故而只要"天底下的窟窿眼儿还没有不幸全都被堵上、关上、塞上,我就要结婚"。但巴奴日在与庞大固埃的讨论中也发现,找一个端庄的女人容易被管得过严,而找个风流女人又怕当"乌龟"。巴奴日和庞大固埃因此请教了古典文学名家荷马和维吉尔、女卜算家、哑巴、法兰西老诗人、行乞教士、约翰修士、神学家、医学家、法学家、怀疑论哲学家,得到了奇奇怪怪的各种各样的答案,所以在第四部里,他们决定去航海探险,了解其他各国的奇风异俗,了解其他民族的社会制度,帮助自己决定是不是要结婚这个大难题。他们到了无鼻岛、诉讼国、混沌岛、玄虚岛、长寿岛、鬼祟岛、荒野岛、香肠人岛、吃风岛、反教皇岛、伪善岛、盗窃岛、钟鸣岛、骗人岛、愚人岛、皮桶岛、"第五元素国"、丝绸岛……最后终于到达他们寻找的、传说中的"灯笼国"。在这个神秘的国度里,泉水散发着酒的香味,人民富足而又善良。他们还找到了传说中的"神瓶",得到了神瓶的谕示。

引导他们的巴布祭司从神瓶取出一本银子做的厚书,而实际是一个酒瓶。巴奴日饮下"书"中之物后连说"非常满意,非常满意"。因为这"书"中的答案是一个"全世界通用的"、"谁都听得懂的"字:"喝。"于是不仅巴奴日找到了要不要结婚的最终答案。整部《巨人传》也从高康大一落地就高喊"喝呀! 喝呀!"庞大固埃表明"天下普渴",到神瓶谕示"喝吧!"形成一种思想和精神气质上的前后呼应、一脉贯通。

巴奴日本是个万事不愁、足智多谋也博学多识之人,为什么会对"要不要结婚"这样简单的问题感到束手无策,而且兴师动众,要直挂风帆、飘扬四海去咨询呢? 实际巴奴日的个人疑问也是整个文艺复兴时期人文主义的人生悬念,即在宣扬个性自由、思想解放、乐享现世生活的同时,会不会同时引发更多的现实罪孽和社会弊端? 如果辞旧迎新是一种蓬勃向上和泥沙俱下的双向主体运动,那么人类是否应该义无反顾地勇往直前呢? 如果旧的制度里也不乏优秀的个人和人们已经习惯了的法则,那么人类是否应该为了建设理想的国度而彻底荡涤旧的根基呢？拉伯雷借庞大固埃一行的四海漂流，让我们见识了各种国度和民俗爱好，一方面指桑骂槐，讽刺当时的法国社会，另一方面也表现世界之大、生活方式之众，早已不存在因循守旧之徒想象的闭关自守之境。航海大发现既是人对自然宇宙的重新发现，也是人对自身世界的重新发现，人类只有以比以往更高更广的力量和智慧去迎接新空间，迎接新的生活世界，才能对人类日常行为方式的基本问题产生新的合理观念。这种新观念用法国评论家法朗士的话来解释神瓶谕文就是："请你们畅饮，请你们到知识的源泉那里去……研究人类和宇宙，理解物质世界和精神世界的规律……请你们畅饮知识，畅饮真理，畅饮爱情。"①

拉伯雷的《巨人传》是法国长篇小说的开山之作。从艺术风格上讲，这部长篇还带有口头文学和民间文学的诸多特点，既生动活泼、大胆泼辣，又略嫌粗糙、风格粗犷。尤其从结构上讲，拉伯雷不像后来的小说家那样精心布局，小说中充满了不合逻辑的情节、不合情理的细节，作者常显得粗心大意，前后矛盾重复的地方比比皆是。有时高康大、庞大固埃是巨人，有时则是常人；巴奴日有时诚实可靠、机智勇敢，有时则没完没了地恶作剧。这种结构更多地表现了拉伯雷混合式的、粗犷的写作风格。正像美国评论家亨利·托马斯和黛娜·莉·托马斯所说的那样：拉伯雷的作品是"疯狂与道德、粗俗与优雅、不敬与忠诚、形而上学的谬论与富于哲理的智慧、无稽的空谈与诗意的庄严的一种奇异混合。像生活那样没有情节，也像生活那样充满意外"②。拉伯雷式的结构和风格，从精神气质上来讲，是文艺复兴时代精神的表现，他那种天马行空、放纵不羁、挥洒自如的文风和奔腾气势本身，就给人以开朗、解放的感染力。

拉伯雷的结构只在表面上松散，实际却紧扣破旧立新的内在逻辑，对拉伯雷而言，生命和生活本身就是一场充满意外和冲突的戏剧，人生的舞台与手术台一样充满光明与黑暗、健康与病魔的搏击和抗争。所以人生从来无定规，是由无数难以预料、突如其来，又不知其何往的轶事、故事、丑事、趣事、异事构成，作家需从这些表面繁杂的现象中注入启发性的智慧，激励人们的思想和火热的生活激情。拉伯雷的作品既鞭挞旧制，又鼓吹新生。他那种勇于洗心革面、笑看人生的大无畏精神使小说充满大气磅礴的思想感情、夸张机智的语言文字、极为丰富的想象力和给人以诸多

① 〔法〕拉伯雷：《巨人传》，罗岚译，上海译文出版社1993年版，译者序。
② 〔美〕亨利·托马斯、黛娜·莉·托马斯：《外国名作家传》，陕西人民出版社1983年版，第22页。

启迪的奇特人物。

拉伯雷的《巨人传》不仅是一部讽刺之作,也是一部"狂欢"之作,它使我们捧腹,让我们忍不住放声大笑。拉伯雷有意采用民间"笑"文化与"严肃的"官方文化相对立,以根植于人民意识的狂欢精神和体现在农村民俗和民间游艺形式中的狂欢形式来表现"文艺复兴"时期特有的时代精神。从结构上,拉伯雷故意用暂时的胜利、瞬间的快意和随意的言谈举止来反叛精英文化或官方制度的恒定、绝对和不可冒犯。从语言上讲,《巨人传》故意采用诸多"广场语言"(民间俗语、方言等),故意借谐音和误解来嘲弄大人物的雅语,故意用骂人的话、发誓的话或诅咒语来造成口头语对书面语的戏谑。拉伯雷用他特有的结构方式、语言风格和人物故事来引我们大笑,这些笑正像俄国当代著名评论家巴赫金所说,起码有着三层深刻的含义:

1. 这是包罗万象的笑。被嘲笑的是一切事物和一切人,包括说笑话的人自己。

2. 这是全民的笑、大众的笑。

3. 这是双重含义的笑,这笑声既具有欢乐、兴奋、肯定的含义,是"催生"的笑;也具有讥笑、冷嘲热讽、否定的含义,是"埋葬"的笑。[①]

巴赫金还认为这种笑的特性在于"与自由不可分离的和本质的联系"。因为拉伯雷的笑,瓦解了人们本能欲望与社会道德律令之间的紧张对峙,使人们在醉酒、绝食、胡言乱语的笑声中,或者在放纵情感欲望、开恶作剧玩笑的刺激中,甚至在谈论放屁、拉屎、撒尿的本能快感中忍俊不禁、放声狂笑,获得精神上的自由感和宣泄感,并在多样变幻的切身感受中保持生命的活力。拉伯雷的笑是真正欢乐的笑,是西方人刚刚摆脱"神"的束缚,从天上到地上后充满自信和自傲的笑,这样的笑声颠覆了等级制,建立了人群与人群的平等对话,建立了开放的、未完成的、建设性的交流方式。它直接体现了文艺复兴时期的人文主义思想意识和崇尚变更交替的狂欢精神。用巴赫金的话说就是"文艺复兴是意识、世界观和文学的直接狂欢化"[②]。西方人在《巨人传》之后虽然也有许多讽刺幽默名著和脍炙人口的喜剧流传,但后来的阵阵笑声总没有拉伯雷来得豪爽和乐观,总没有拉伯雷那种如释重负般的一往无前和对人自身的满怀自信。

---

① 参见〔俄〕巴赫金:《巴赫金文论选》,佟景韩译,中国社会科学出版社1996年版,第8—9,318页。

② 同上。

《堂吉诃德》:永远的骑士

《堂吉诃德》①是西班牙文艺复兴时期的杰出作家塞万提斯 (Cervantes,1547—1616)的传世之作。西班牙在 15 世纪末 16 世纪初曾显赫一时,一方面是国家完成统一大业,建立起专制君主制,另一方面是在发现美洲大陆之后靠殖民性掠夺获得大量黄金。1519 年西班牙国王查理一世当选神圣罗马皇帝之后,西班牙几乎称霸了欧、美两洲。但是这个殖民大国的强盛转瞬即逝。侵略扩张的野心、重税政策和教会对异端的残酷压制,使一度繁荣的资本主义经济很快受阻,到 16 世纪中叶,"西班牙的自由在刀剑的铿锵声中、在黄金的急流中、在宗教裁判所火刑的凶焰中消失了"②。在这种大起大落的形势中,西班牙的人文主义运动产生得较迟,大约在 16 世纪后半叶才出现人文主义文学的"黄金时期"。塞万提斯的《堂吉诃德》代表了这一时期西班牙小说的顶峰。在人文主义文学达到繁荣之前,西班牙文坛主要被贵族骑士文学、田园传奇所占领,就像我们在读《堂吉诃德》时会看到的那样,当时的西班牙人,无论是受了良好教育的绅士、教士、贵族青年、小姐,还是没有受过什么教育的商人、帮工、农民、公差、犯人等等,对骑士文学都或多或少地了解一些。他们或者对其中的人物、情节烂熟于心、不绝于口,或者在道听途说中对这些传奇有了印象,闲谈议事时就不免加入一点,聊上几句。尤其在听说"书"上的"骑士"经过本地或就在不远处时,更是忍不住要去围观、对话,甚至忍不住要捧杀一下或攻击一番,那情景,与我们现代人议论热门电影、争睹影视歌明星风采的热情,堪称相似。

---

① 〔西〕塞万提斯:《堂吉诃德》,杨绛译,人民文学出版社 1979 年版。以下文中引用仅注明页码。

② 马克思:《革命的西班牙》,《马克思恩格斯全集》(第 10 卷),人民出版社 1965 年版,第 461 页。

骑士与骑士文学

骑士(英国人称 Knight,法国人称 Chevalier)在今天是一种荣誉称号,但最初在中世纪是指正式受过训练的骑兵。中世纪的骑士是一些职业的骑马战士,他们为封建领主服役,这种服役主要是指为保有土地而履行的军事义务,其可能是打仗或远征,也可能是骑马护驾或守护城堡。领主为取得这种服务会向骑士授予土地。因而骑士是封建等级制中最低一级的"上层人士",也是一种可以世袭的出身或阶级地位。骑士的男性后代一般在七八岁就给父亲当随从,12 岁左右到父亲的领主家接受进一步教育,包括"骑士道"和军事训练。以后在跟随领主一起作战并被认为"合格"后,会被领主授予"骑士"称号,并举行极为庄严的授封仪式。十字军东征后,骑士的地位大为提高,11—14 世纪是欧洲骑士制度的全盛时期,之后则随着封建制的解体而逐渐消失。"骑士"也逐渐脱离原来的军事意义而演化成一种纯粹荣誉称号。在塞万提斯时代,西班牙王权就用骑士的荣誉和骄傲去美化歌颂封建等级关系,鼓励贵族们努力建立世界霸业,所以文坛上的"骑士文学"也受到封建王权的欣赏。

"骑士道"是在骑士制的发展过程中逐渐形成的,曾经是一种严肃的道德规范,其主要内容是忠君、护教、尚武、礼节、爱情和荣誉。由于骑士与领主及教会之间,是"封主"和"附庸"的关系,因而必须绝对忠君和护教。也由于骑士不仅要善战于沙场,还要得体地出入于宫廷或沙龙,不仅要维护领主的利益,还要尽可能赢得贵妇人的好感,于是就有了尚武精神、规范礼仪和所谓"典雅的爱情"的结合,后者指对"心爱的贵妇人"有纯洁而又强烈的精神恋爱,并视为她们冒险是骑士的最高荣誉和高尚品德。

骑士文学以描写骑士爱情和冒险为基本内容,以宣传和赞美骑士精神为主要追求,其积极因素在于肯定尘世生活的幸福,对禁欲主义和出世思想有反叛的倾向。骑士道在骑士文学中往往是以荒唐的夸张方式来歌颂的,这些骑士精神相对于中世纪的残忍、粗暴、尔虞我诈总是显得更"高尚"一些,也更受读者欢迎。但骑士文学的致命弱点是反映的生活面狭窄,故事情节大都脱离现实,人物形象也纯属虚构,表现手法又公式化、套路化,语言追求"高雅"而实际是堆砌辞藻,内容空洞。

塞万提斯在《堂吉诃德》的《自序》和第二部结尾时都一再声明:"我除了要使人们憎恨那些虚妄荒诞的骑士小说之外,并没有别的愿望。"塞万提斯的这个愿望是完全实现了的。1605 年《堂吉诃德》第一版出版后,骑士小说就成了西班牙人民共同的笑柄,新的骑士小说一本也没有再出版过。不过,正如德国诗人海涅所说:"天才的那支笔总比执笔的人来得伟大,笔锋所及总在作品预计之外。塞万提斯不知不觉之中,用对人类那种激昂奋发的热情,写了一部最伟大的讽刺作品。这是他没料到的,他这人自己就是位英雄,大半世光阴都消磨在骑士游侠的交锋里。"①塞万提斯既无情嘲讽了骑士小说,也同时帮助人们重新认识了"骑士精神"或"骑士道"。塞万提斯在写作中逐渐拓展了自己最初的构想和主题,他把自己的性格和对待人生的态度添加了进去,把自己对时代社会状况的见识充实了进去,他把一个"骑士"真正应有的品德、学识、修养和社会对这种"模范骑士"的评价、接纳方法融入了进去。所以他笔下的人物最后成为一个既让人发笑又让人泪下,既让人敬佩、感动,又让人可怜、深思的非同寻常的角色。堂吉诃德是世界文学上最令人难以置信的角色之一。

塞万提斯:战士和诗人

他出身没落贵族家庭,父亲是个不得志的乡村医生。塞万提斯小时随父到处奔波,书读得很少,但生活的经验丰富。1568 年进中学后,由于他的好学(据他说连地上的烂纸片也捡起来读读),他接触了许多古希腊、罗马古典名著及其他作品。1569 年即 23 岁时到了意大利,在那里他游历了各个文化名城,拜访文人学士,但仅一年后,就应征入伍,参加了西班牙驻意大利的陆军。当时信奉伊斯兰教的奥斯曼帝国(土耳其人)在地中海集结了强大的海军,准备向这一地区的基督教国家大举进攻。在雷邦多(Lepanto)战役中,带病上阵的塞万提斯胸口和左臂受了重伤,左手因此残废。但在这场战役中,土耳其舰队几乎全军覆没,威胁从此解除,塞万提斯以此为豪,多次在作品中提及。当这场卫国战争结束之后,1575年,立下不少战功的青年士兵塞万提斯带着统帅向国王请求把他升为军官的推荐书,与弟弟一起启程回国。但在起航的第二天,兵船"太阳号"在里昂海湾遇到三艘土耳其海盗船的袭击,一场激战后他们全部被俘,被带到阿尔及利亚。由于那封推荐书,塞万提斯被当作重要人物,勒索巨额赎款。而他本来贫寒的家庭根本无法筹措巨款,于是塞万提斯在阿尔及利亚过了 5 年绝望的、非人的生活。他曾 4 次组织出逃却都没成功。

---

① 〔德〕海涅:《精印本〈堂吉诃德〉引言》,载《文学研究集刊》,人民文学出版社 1956 年版。

1580 年 9 月,他终于被亲友赎出,但"英雄"回国后却无人重视。一贫如洗的塞万提斯决心从事创作——因为他拥有的是旺盛的生命力、不安于现状的性格、乐观主义的精神,及饱经沧桑的经历。塞万提斯最初在文学上的尝试是失败的,他"写出了西班牙文学史上一些最拙劣的诗句",继而又写了三四十个剧本,还试作了一部田园传奇,都遭惨败。1584 年,他和一个比他小 18 岁的女子结了婚,但不到一年,他又跟另一个女人生了孩子。为了养家糊口(合法、私生的子女),也由于稿酬菲薄,塞万提斯不得不谋取一个征税员的职位。由于征收教会的财产以解救穷兵黩武的腓力普统治下的饥荒,他又数度(四次)被捕入狱。出狱后,失去职业的塞万提斯再次以卖文为生,尝试了各种题材:从史诗到妇产学论文。1595 年他终于在一次诗歌竞赛中获奖,但奖品不过是三把钥匙。1604 年他曾带着自嘲的辛酸说:"我受挫折的经验比写诗的经验要丰富得多。"

年已 58 岁的塞万提斯用他自己的话来说已是个"银须(虽然几十年前,满脸的络腮胡子还是金黄色的)、小嘴,谈不上有什么牙齿"的人,这时他"只有六个牙,而且还不是好牙,长得也极不整齐,上牙和下牙根本合不上",同时,"皮肤不是褐色的,还相当白,肩膀挺宽,脚底下不怎么灵便"。就是在这样的年岁和境遇中,他大器晚成。1605 年,《堂吉诃德》出版,塞万提斯名声大振。在序言中他说此书是在"狱中"构思的,这是事实,这本书是在失败和挫折中、在生活的磨难和艰辛中酝酿成熟的。

这书的空前成功触怒了当时的封建统治和封建贵族,也遭到骑士小说家们的仇恨和嫉妒。1614 年,一个化名阿维达尼亚的作者写了伪《堂吉诃德》第二部,对塞万提斯进行恶毒辱骂,歪曲了堂吉诃德和桑丘的形象,把他俩写成愚蠢、下流的角色。针对这样的公然挑战,1615 年,年迈体弱的塞万提斯奋笔写出了真正的《堂吉诃德》第二部,它比第一部内容更丰富,思想更成熟,形式更完美。不过作者依然没有得到任何实惠,依然是穷文人,无名无财,在出版第二部后的次年,塞万提斯就因水肿病去世,没有人知道他的坟墓在哪儿。

堂吉诃德的三次出游

堂吉诃德——原是西班牙拉·曼却地区的一个乡绅,叫吉哈诺,"五十来岁,体格很强健。他身材瘦削、面貌清癯,每天很早起身,喜欢打猎"。他闲来无事时就埋头读骑士小说,"他好奇心切,而且入迷很深,竟变卖了好几亩耕地去买书看,把能弄到手的骑士小说全搬回家"。于是终于走火入魔,脑子尽是魔术呀、比武呀、打仗呀、挑战呀、创伤呀、调情呀、恋爱呀、痛苦呀,竟都信以为真。然后他决定也去做个游侠骑士,漫游世界,冒险猎奇,他翻出祖上破旧不堪的盔甲,牵出自己皮包骨头的劣马,用了八天时间给自己取名为"堂吉诃德",用了四天时间为自己的马取名为"驽骍难得"。剩下来美中不足的就是缺乏一个"意中人","因为游侠骑士没有意中人,好比树皮没有叶子和果子,躯壳没有灵魂"。于是他把邻村一个没见过面的农村姑娘的名字改为"杜尔西内娅"(甜蜜或温柔),假想为自己的意中人。

奇情异想的堂吉诃德第一次离乡出行,是在一个炎炎七月的大清早,偷偷从后门出去的。他在一个极为普通的客店里让店主为自己"授封",然后就牵马前行,寻找第一次历险。果不其然,天下不平之事比比皆是,俯首可得。他不久就听见右边树林深处有隐隐的哭喊声,寻声而去,原来是一个15岁左右的男孩,上身被脱得精光,正遭一个粗壮的农夫绑在橡树上用皮鞭抽打,堂吉诃德怒声喝道:"你这骑士不讲理! 怎么虐待一个不能自卫的人啊! 你这样卑劣,我要好好儿教训你呢!"那农夫忽见一个浑身披挂的人举枪在他头上挥舞,直觉得性命难保,赶紧承认这是他的佣人,因放羊丢失一只而在此被惩罚。被松了绑的男孩马上声辩说主人已经欠了他九个月的工钱不给。堂吉诃德要那农夫给钱,农夫却说钱在家里,让男孩与他回家去取,男孩害怕农夫回家报复他,执意不肯。堂吉诃德则对那男孩说:如果那农夫敢对一个骑士发誓说要给,就绝不敢耍赖的! 然后他自认此次冒险中的骑士大任已经完成,踢动驽骍难得,一阵风似的跑了。农夫一见堂吉诃德走远,返身抓住男孩重新绑在树上,开始了更凶狠的抽打,最后满面是泪的男孩哭着要去叫英勇、公正的好骑士堂吉诃德,"他的主人却在那里笑"。

堂吉诃德正想把自己"可喜可傲的第一步"献给意中人杜尔西内娅,就看见一队商人骑马挑担缓缓走来,他提高嗓门,傲然说:"你们大家都得承认,普天下的美女,都比不上拉·曼却的女王,独一无二的杜尔西内娅! 谁不承认,休想过去!"那群商人马上发现这个模样古怪的人是个疯子,于是开玩笑挑逗他,被惹怒的堂吉诃德急欲讨回"正义",托着长枪冲进商队,可惜那驽骍难得半道绊倒,堂吉诃德被摔倒在很远的野地里,由于古董铠甲的重量而爬不起来。一个赶骡的小伙子还冲上来夺过长枪把堂吉诃德一顿好打,堂吉诃德虽然遭了暴雨似的棍打,嘴却没有闭一闭,一直在呼天喝地,恫吓他心目中的这一帮强盗。待商队走后,动弹不得的堂吉诃德浑身疼痛,但还有气无力地躺在地上,背诵着骑士抒情诗。一个运麦子上磨坊的老乡路过这里,发现这个用一派胡言来哼着伤痛的人是自己认识的邻居,于是把他送回了家。

堂吉诃德的第一次出游使得他侄女和管家大吃一惊,当地的神甫和他的朋友理发师也赶来了,大家把堂吉诃德屋中的骑士小说统统搬出来付之一炬,并对醒来的堂吉诃德说是魔鬼掠走了它们。堂吉诃德一听就明白了是哪位魔术师干的好事。他在家里安安静静地待了 15 天后,就开始游说他街坊里的一个老乡桑丘·潘沙。他对桑丘作了种种许诺,包括分给他一半的财产和说不定可以当个"海岛总督"。于是这位厌倦了农活、头脑机灵的老乡就答应跟他出门,做他的"骑士侍从"。这两个人在一个晚上悄然离乡,桑丘骑着一头毛驴,背着一个准备装钱的褡裢和一个皮酒袋,他满怀希望地憧憬着未来的大运,远远地却看见了郊野里的三四十架风车。堂吉诃德一见就认为是一些大得出奇的妖怪巨人,不由桑丘劝说,就冲杀了过去。风车庞大的翅翼正被微风刮动,堂吉诃德的长枪一碰到它就进作了几段,顺便把堂吉诃德也连人带马扫倒在地。桑丘赶驴前来营救时,发现堂吉诃德已不能动弹,不过他还能安慰桑丘说:"打仗的胜败最拿不稳。"

他俩在林中过了一宿后,又遇上了一个车队,车上坐的是一个贵妇人,她丈夫新近获得了美洲的一个要职,正等待她去塞维利亚碰头,然后一同出发。堂吉诃德一看见马车和随行的人员后立即认为是某妖魔师用车劫走了一位公主,为了除暴惩凶,他又直冲过去。说话间,两个修士滚下骡子,一个同车绅士逃得飞快,赶车的侍从想与堂吉诃德对抗,一刀砍掉了堂吉诃德的半边铠甲连带一大块头盔和半只耳朵;堂吉诃德则一箭正砍中他的脑袋,让他鼻、嘴、耳朵里都鲜血直冒。坐在车中连连祈祷的女人一再恳请堂吉诃德宽宏大量、手下留情。堂吉诃德则大咧咧地回答说:"行啊,诸位美女,我愿意遵命,不过有一个条件,一点默契:这位骑士得答应我到托波索林上走一遭,代我拜见那位绝世无双的杜尔西内娅,由她去发落。"几个女人在惊慌中满口答应,于是堂吉诃德饶过那侍从,与桑丘一起重新上路。

他俩继续经历冒险:因冲进羊群砍杀了数只羊而被牧羊人用雨点般的石块攻击;因解救去海上做工的苦役犯而不得不逃进黑山"修炼"(怕被官兵追赶);因在一客店大战满盛红酒的皮袋而被店主诅咒;最后当堂吉诃德派桑丘回村给杜尔西内娅送情书时,遇到了前来寻他俩回家的神甫和理发师。堂吉诃德被关在笼子里带回了家。

在塞万提斯抱病完成的小说第二部,堂吉诃德又开始了第三次出游。

他俩首先去拜访"意中人",堂吉诃德没想到杜尔西内娅竟是一个又蠢又丑的乡下姑娘,身上不仅没有花朵的芬芳,而且有着一股子生蒜味。于是桑丘安慰他说,这完全是由于一群混蛋的妖魔师作怪。之后堂吉诃德与献给国王的狮子决斗,阻止一个财主去夺一个贫苦青年的所爱,巧遇一位外出打猎的贵妇人,被她请回家"解闷"。在这个公爵夫人家,桑丘竟然真获得一次当海岛总督的机会。在堂吉诃德的教导下,他第一天遇到的三个民间纠纷就体现了卓著的断案水平,之后的执政态度也相当廉洁,但由于不知名的"外敌"突然入侵,周围的侍从又不听话,他只好逃奔出海岛来寻找主人。没想到堂吉诃德此时也已遭遇了一系列公爵夫妇游戏花招的肆意玩弄。于是主仆二人一起离开公爵夫人家后不禁赞美自由之可贵。然后堂吉诃德遭遇了生平中最伤心的一件事,即一个自称"白月骑士"的人要与他决斗。两人事先说好谁输谁回家。堂吉诃德不幸输了,为恪守骑士诺言,他回到家中,准备从此当牧羊人去过田野中的生活。其实这"白月骑士"就是他家中的朋友,一个受堂吉诃德家人委托说服堂吉诃德回家的"学士"。

不久,堂吉诃德得了病,临终前他嘱咐家人烧毁一切骑士小说,并说侄女未来要嫁,一定要嫁一个从未读过骑士小说的人,否则不能得到任何遗产。桑丘听到堂吉诃德病重的消息后,热泪夺眶而出,虽然他已经得到了堂吉诃德早先许诺的那笔钱财,但他还是对临死的堂吉诃德大声哭道:杜尔西内娅已经摆脱魔缠,一出门就能见到真身。桑丘充满激情和幻想地鼓动堂吉诃德说:自己以后再也不会出错偷懒让主人总打败仗,还是快起床去第四次出游吧。"照咱们商量好的那样!"但是堂吉诃德则平静回答:"我以前是个疯子,现在头脑灵清了;从前是堂吉诃德,现在只是善人吉哈诺。但愿各位瞧我忏悔真诚,还像从前那样看重我。"堂吉诃德接受了种种宗教仪式,长辞人世。

文学走进了生活

在形式上,《堂吉诃德》对当时流行一时的骑士小说进行了滑稽模仿或称"戏仿",揭露这类小说对人的毒害和给社会可能造成的精神灾难。骑士小说的一大致命弱点就是脱离现实,使人们与生活分离,与真正的社会活动相分离。塞万提斯反过来用现实反衬这类小说的荒诞不经,再现生活的真实状况。比如堂吉诃德看骑士小说入迷后就胡乱凑集破盔甲、旧长枪、瘦劣马,匆匆上路,这表明骑士小说往往带给人不着边际的各种幻想,使人们用虚拟满足替代直面现实的真情实感。堂吉诃德的整个外表和典型装束无不给人以破烂不堪、行将就木的"古董"感觉,实际也暗示这"骑士道"的一套早已经成了历史陈迹,在实际生活中行不通了。在堂吉诃德的出游经历中,塞万提斯又借他的"受封",把邻村姑娘作为理想情人,见到"贵妇人"就献词、鞠躬、吟诗、感叹万端等等,讽刺骑士生活的自以为庄严、自作高雅和自作多情。那些繁琐无聊的礼节、矫揉造作的语言通过堂吉诃德的严肃模仿,统统变得故作姿态、故弄玄虚、语焉不详、多此一举。

在小说的叙述方式及文体上,塞万提斯有意仿造一般骑士小说的模式化写作:由骑士命名、受封仪式、决斗比武、受苦受难、冒险经历、英雄美人、情书投递等现成"公式"构成,但他同时也借用骑士小说喜用的"训诫性"手法,不断夹叙夹议,并让农夫桑丘与贵族气十足的堂吉诃德一起争论是非,使事物的真相和现实的原貌能够在真实与虚构的差异中凸显出来。从堂吉诃德第一次出击拯救一个受屈童工、反而使他遭受更大苦难这一事实,塞万提斯还向人们证明:坚持复古、机械守旧的骑士道做法不仅不能匡扶正义、锄强助弱,反而使社会的弱者处境更糟。而堂吉诃德第一次出游被抬回来,家人焚毁他的书后,他仍执迷不悟、继续出门,则表明骑士文学的不良影响已经十分长久,许多人受毒不浅,失去了对生活的正常嗅觉,消除这种虚假文化的内在影响,也非焚毁书籍、控制肉身这样简单粗略的一日之功所能达到。

讽刺灭亡了的骑士制度和虚张声势的骑士文学,只是塞万提斯的最初动机。实际这部小说在故事和人物的发展中逐渐由简至繁、由线描至彩绘,由随写随编至包罗万象,实现了对16世纪末17世纪初西班牙社会生活的广阔描绘,书中700余个人物、大量的生活细节、生动的风俗刻画,以及妙趣横生的无数民间谚语、俚语,都使这部小说成为帮助人们认识现实、体验人生的有益知识和精神享乐。

例如第二卷第30章当堂吉诃德遇到正在打猎的公爵及夫人时,这一对贵族夫妇已经读过《堂吉诃德》第一部,知道堂吉诃德是疯头疯脑的人,所以急于要认识他。一听桑丘的介绍,他们就"兴高采烈地在那里等着",他们把堂吉诃德主仆请回家,拿成瓶的香水往堂吉诃德身上洒。让堂吉诃德脱了铠甲,换上一件红色大衣,戴上一顶绿色帽子。在饭桌上他们逗引这主仆两人说话,尤其问他们最近向杜尔西内娅"献"上了什么,引出堂吉诃德一番慷慨陈词和疯癫表演。当餐桌上的公爵贵妇们笑够了之后,四个女仆端上银盆和名贵香皂给堂吉诃德洗胡子,堂吉诃德以为是本地风俗,恭敬从命,结果满脸皂沫时却被告知水已经用完了。虽然众人对堂吉诃德那副滑稽的怪相忍不住地想笑,但桑丘却在一旁要求是否给骑士仆人也洗洗胡子。于是厨房里的佣人给桑丘围上粗麻布,端来小木盒,里面装的是油腻腻的洗碗水,桑丘气得直喊要打人,公爵夫人"笑得气都回不来",堂吉诃德看不下去,镇静出言:"别招他,他和我都不懂开玩笑的一套。"公爵夫人这才假意训斥了一下奴仆,请堂吉诃德和桑丘休息。

事实上这对贵族夫妇及家中状况,正反映当时西班牙的宫廷贵族和统治阶层不仅生活奢侈糜烂,而且精神世界极其空虚无聊,他俩一听说堂吉诃德路过,就知道逗乐解闷的机会来了。他们对手下仆人一方面吩咐完全照骑士小说上的古礼"款待"堂吉诃德主仆,另一方面也与家中成员和手下臣民一起对堂吉诃德和桑丘极尽玩弄和侮辱之能事。他们让桑丘成为"大人物"到一个千人居民的小岛"布拉它琉"去当"总督",告诉桑丘这岛名叫"不让他留",这个双关语义也强调了这帮人要和他恶作剧的用意。在这场事先精心策划的活报剧中,假扮的"岛民"们先是倾巢出动,隆重夹道欢迎新总督,然后让桑丘当众判案以服民心。随后他们让一个自称是"忍凶医师"的人掌管桑丘的吃饭。桑丘不仅在他的指导下什么都不能吃,而且在饭桌上就接到"冤家要侵犯海岛"的紧急密信,桑丘只好饥肠辘辘继续"办公"。在做总督的第七天晚上,岛上的钟声人声就突然闹成一片,桑丘想穿盔甲迎敌,结果被周围人脱得只剩一件衬衣,用两个盾牌加绳子一捆,像个乌龟似的被推出了门。他在人群中很快被绊倒,被人在身上踩来踩去。而这时又突然宣布他"英明"的领导击退了敌人,桑丘在惊慌疲劳之余,终于晕了过去。而此刻留在贵妇人府上的堂吉诃德也一样被反复作弄,贵妇人的女仆假装要与他谈情说爱、窗下吟歌,弄得他柔肠寸断,不住地向心中的人儿杜尔西内娅表白自己忠贞不贰。黑夜中突然一切又像是"中了妖术",堂吉诃德不得不与铃铛和猫大战,随后又被"鬼怪"在暗夜里又拧又抓地折磨了半小时,使得堂吉诃德被拧得浑身疼痛,又摸不着头脑。在堂吉诃德与桑丘告别公爵夫妇重上征途时,一个"淘气促狭的"使女突然又假装悲伤之极,用诗句唤天喊地,诅咒情敌杜尔西内娅,并说桑丘拿了她的三块头巾和吊裤带,在主仆二人急欲辩解时又假称吊裤带就在腿上,是"爱情"让她变得颠三倒四;一旁的公爵有意帮腔,公爵夫人则因为这出戏没有事先通知她而又惊又喜。所以,当这主仆二人终于摆脱纠缠之后,只觉得身心舒适、精神抖擞。堂吉诃德转身对桑丘说:

　　桑丘啊,自由是天赐的无价之宝,地下和海底埋藏的一切财富都比不上。自由和体面一样,值得拿性命去拼。不得自由而受奴役是人生最苦的事。咱们在公爵府待过了,你亲眼看见那里的穷奢极欲。我天天吃可口的筵席,喝冰凉的好酒,可是我心里却像又饥又渴那样难熬,因为吃的喝的都不是自己的东西,总不心安理得。(P405)

　　贵族和平民是塞万提斯时代西班牙最重要的两大阶层。关于平民的状况在第一部第 22 章有这样的描写:堂吉诃德和桑丘碰到了一串囚犯正被押往海上去当苦役,他们一个个被一条大铁链扣住脖子,手上还戴着镣铐,押送的兵士则拿着新式火枪、标枪和剑。堂吉诃德上前询问他们“犯罪”的原因,打头的那个罪犯说是因为“恋爱”,这个 24 岁的小伙子并没有生出过“心里的恋爱”,而是爱上了一大筐浆洗好的雪白的衬衣,竟把它们紧紧抱住了,怎么都不肯放松。于是他吃了 100 鞭子,还要做 3 年的海上苦工。第二个因犯满面愁容不肯说话,于是第一个小伙子替他说明:这个人因为吃不消上刑,被迫招供说自己是偷牲口的贼,就被判 6 年划船的苦役,背上还吃了 200 鞭。第三个犯人说自己因为缺少 10 个杜加,只好白为一贵族家做工 5 年,堂吉诃德想给他 20 杜加,让他脱难。这犯人说,若 20 杜加来得早,还有可能贿赂一下法院和律师,而现在就只能“忍耐”,听天由命了。第四个犯人道貌岸然,白胡子垂胸。这是个专门为男欢女爱拉皮条的捐客,他认为自己没有干什么“坏事”,因为他的作用使“世上男女皆大欢喜,没有争吵,也没有烦恼,平安度日”。结果被判 4 年苦工。第五个囚犯是生活太放肆了,因为随意取乐而繁殖了连魔鬼也弄不清楚的各种子女。第六个犯人 30 岁左右,相貌很好,只是两眼斗鸡,他的身上比别人多好几条链条,因为他的罪比别人都重,所以已被判“10 年苦役,相当于终身剥夺公权”,这是个专门描写事实的作家,因大胆直言揭露真相被法官认为是“流氓骗子”。(P172)

　　堂吉诃德听完后说:“你们虽然犯了罪受罚,却不爱吃那苦头。你们到那边去是满心不情愿、非常勉强的。看来你们有的是受刑的时候主意没拿定,有的是短了几个钱,有的是少个靠山,一句话,都是法官执法不当,断送了你们,没有公正裁判。老天爷特意叫我到这个世界上来,实施我信奉的骑士道,履行我扶弱锄强的意愿。”堂吉诃德先礼貌地请求押送者“行个方便”,放了众人。遭拒绝后就手持长枪,朝那拿新式火枪的押送者冲去,这些押送的人因为他的举动出乎意外,一下子惊惶失措,犯人们则趁机脱身,挣脱了铁链,七手八脚投石、夺枪,按倒押差,扒他的外衣。

堂吉诃德见押差们都已溃不成军,就对获得自由的囚犯说:你们既已受恩惠,就该报答,立刻去托波索城见我的杜尔西内娅,替我向她请安。囚犯们早就看出此人头脑不太清楚,互相使了眼色后,就向主仆二人投了雨点似的石子,趁机还抢了他们俩人的外套、披风,桑丘被剥得只剩下一身衬衣裤。

在这一段里,塞万提斯以幽默含讽的笔墨向我们展示了五光十色的平民生活状况,强调当时的西班牙由于君主专制与天主教势力相互配合,对人民实行重税政策和严格的思想控制,因而虽然资本主义因素已经逐渐扩散,比如那个写真实的市民小说家不仅准备把新的囚徒生活写下来,而且已经把在狱中写成的自传"版权"押了 200 杜加,还准备一旦出狱有钱后就把它"赎回来卖大钱"。当时西班牙人民的思想也比中世纪开放,比如那个"拉皮条"的囚犯就敢于否认自己是"犯罪",反过来认为自己是在造善。那个生活太放肆的囚犯因为自己还"年轻",所以只希望早点结束苦役,"留着性命,总有办法"。这都体现了人文主义式的现世生活肯定和个性解放思想。但与此同时,"宗教裁判所"式的残酷思想高压和法官们的贪婪受贿也跃然纸上,百姓的贫困和贫富差异造成的社会心理失衡也通过那个爱上一大筐富人衬衣的穷青年折射出来。堂吉诃德挺身相救,却换来一场石雨和与押差们相似的被抢被夺,也说明当时的西班牙上层社会弥漫着腐败的气象,而西班牙的民间也到处充斥着愚昧和偏见,人们或者在强者的压制下忍气吞声,或者在比自己更弱的人身上公开抢夺,无所顾忌。总之,虽然堂吉诃德式的扶弱锄强不能真正改革这个尚不公正、缺乏善良的社会,但堂吉诃德的所见所闻和亲身经历无不证明这个社会急需改造和恢复正义。

"堂吉诃德精神":诸多理解

堂吉诃德是一个复杂而矛盾的人物,从表面上看,他想入非非、颠三倒四,口吐狂言、执迷不悟,将几次滑稽的意外事故视为骑士的冒险和奇遇,实际上每回历险,他都让自己沦为他人的笑料或恶作剧的对象。但另一方面,堂吉诃德勇敢无畏、忠诚可信、吃苦耐劳、重视荣誉、感情纯洁、信仰坚定,他想做的事情和他想完成的使命不仅是神圣的,而且是人类迄今为止在任何一个文明阶段和文明国度里都没有真正完全实现的事业,即把世界从腐败和愚昧中拯救出来,匡扶正义、锄强扶弱。塞万提斯同时赋予这个形象以令人捧腹的性格和近乎完美的人文主义者的人格,因而所谓"堂吉诃德精神"是由愚蠢滑稽和崇高伟大的双重因素构成的,所以堂吉诃德的被嘲笑、被作弄最终也唤起了我们的同情和哀伤,使我们对这个人物总怀有悲乐交织的双重情感。

从崇高伟大的一面看"堂吉诃德精神",主要体现在三个方面:一是堂吉诃德信仰真理的精神。在这点上,堂吉诃德尚具有中世纪西方文化的基本特点,即相信人类应该依附于某种高于自身的力量,信仰某种永恒的、不可动摇的东西。他的信仰是外在于个别人的、为人所不可轻易获得的最高真理,是既需要人们为之服务和牺牲,又需要考验服务者的恒心和牺牲的力量才可获得的那个真理。堂吉诃德内心的信仰具有压倒一切的重要性,虽然他的命运和遭遇说明心存高洁、信仰至上真理的人已极为稀少,但堂吉诃德试图证明,这才是人类存在的基本价值。

二是理想主义精神。堂吉诃德全心全意地忠实于他的理想,甚至对理想存有一种"痴迷"的精神状态,这种"痴迷"表明他有纯真的思想天地,他的纯真并非指涉世不深或对现实生活思考得不多,相反,堂吉诃德除了谈骑士道是满嘴疯话,谈其他话题则头脑清醒、见解深刻。堂吉诃德的纯真是指他在有了信仰之后,就能在复杂的环境中保持简朴。堂吉诃德的"痴迷"也表明他有崇高的热情和非凡的意志。他崇拜真理、追求理想的心中充盈着向往和热望,他的幻象中燃烧着热情的火焰,他在看到理想之光后就义无反顾、不畏艰难。由于堂吉诃德是真正"倾心"于理想的,所以他总是坚忍不拔,对最菲薄的食物和最破旧的衣服都视为是比一般享乐更珍贵的"真正"的骑士生活。他不顾他人的再三劝阻,不顾风餐露宿的困苦磨难,坚定持久地向着同一个目标前进,从而使得他的思想多少有些单调,他的智慧多少有些偏激,最显而易见的事物他反而视而不见,人们最普遍追求的东西在他夸张的幻想里反而找不到立足的位置。

堂吉诃德精神的第三个方面是毫不利己的精神。堂吉诃德一心一意地生活在自身之外,为抗击社会邪恶和不平可以随时奉献自己的性命。他从没有真正的个人打算,也没有任何虚荣心和占有欲,更无暇在他的"事业"之外投掷任何精力。在物质生活上他以苦为乐,在爱情上他一向是腼腆和清白的,从未从真实的角度想象过"意中人"。他与桑丘只是名义上的主仆,实际是平等的朋友,他也从不为理想的"实现"问题而失望、堕落。他的理想从不在落实、实践的意义上鼓舞他奋斗,他的理想与现实留着"必然"的距离,他的理想永远是理想。毫不利己的精神使堂吉诃德具有温和、善良的心地和崇高纯真的道德素质,这些素质使得他的疯狂和漂泊成为非同寻常的人生之旅,使得他的被耻笑、被玩弄、被攻击、被侮辱变成了人类精神被挫败经验的见证。堂吉诃德这个自以为是强者的弱者，这个自以为力大无比却无力回天的英雄，最终借自己的"终于清醒"反衬"总是清醒"的冷酷社会，借自己的人生之旅和生活方式，为人们确定了理想的位置，即理想高于现实的永恒位置。他所追求的理想以及他所追求的方式，也使他拥有了独特的人格力量和特有的精神威仪。

关于堂吉诃德身上为何会有滑稽和崇高的两面性，为什么这个形象既受到嘲讽又为我们歌颂？长期以来有各种理解：社会学、政治学式的分析认为，堂吉诃德是一个没落贵族阶级的代表，对本阶级日益动荡、衰亡的时代命运深感不安，不由地缅怀过去，不满现实，对骑士小说中的许多细节和情绪产生共鸣，受制于往昔生活秩序的病态幻想。与此同时，由于经济上的困窘使这个没落贵族仅徒有贵族的皮表，实际生活与一般平民相似，因而也能接受新兴资产阶级、市民阶级所信奉的人文主义，所以他穿的是锈迹斑斑的中古骑士甲胄，头脑里装着近代人文主义思想，充满了改革和复古的双重激情。塞万提斯曾在一首诗中说："……两种愿望一样痴愚，或者当前再回到过去，或者未来马上在目前实现。"鲁迅先生也曾说过："堂吉诃德的立志打抱不平，是不能说他错误的，错误是在他的打法。"

哲理和寓意的分析认为：堂吉诃德身上反映了人类历史发展进程中所必然要经历的一些深刻矛盾，如精神与现实的矛盾、主观与客观的矛盾、书本与实践的矛盾、精神与物欲的矛盾、知识分子与工农兵商的矛盾等等。北京大学西语系的董燕生教授在他的译本的译者序中说："堂吉诃德实际是塞万提斯的自况自嘲。他抱负甚高，立志匡扶正义，报国扬名，而且确实从军上阵，失去了只胳膊。但他得到的是显贵们的冷漠和无情，甚至屡次入狱，最后在穷困潦倒中辞别人世。他塑造堂吉诃德，又找桑丘做伴，似乎无意间透露理想与现实相距甚远的人间生存状态的感叹，而且好像不经意中告诉人们：没有理想光环照射的现实猥琐而暗淡，理想主义者即使……也仍是高尚的，令人类肃然起敬的。"美国评论家罗依和拉纳尔德也认为：尽管他行为荒谬，却是全书唯一一个真正高尚的人物。从这一点看来，他的失败确是一种胜利，因为他所到之处都留下了他性格的烙印，而他那个世界的公爵夫人和客栈老板与他比起来却显得十分渺小。所以塞万提斯也许在告诫我们，不要窒息了我们内心的堂吉诃德，而应该去寻求不可知事物的答案，勇于进入神秘的世界。否则，我们就会彻底地失去自己使命的神圣感,庸庸碌碌度过一生。①

从历史和宗教学的角度看,堂吉诃德虽然可敬可爱,但他毕竟是个高贵到了荒谬地步的人。他的处处碰壁,直至最后终于清醒过来,自动放弃骑士幻想,这在逻辑上就建构了各种可能:或者是指他放弃幻想,重新认同现实,重新具有常识;或者是指他所追求的信仰和神圣事业最后不过是些毫无意义的荒诞和无望。由于西班牙当时的社会状况还远没有达到人文主义者所渴望的开明、平等、友善和崇尚正义,因而堂吉诃德所必须面对的邪恶势力和愚昧势力还过于强大和猖獗,这种普遍的腐败、愚昧、物质匮乏和不平等现象不是堂吉诃德单枪匹马能够对付得了的。在这种情况下,堂吉诃德还把自己当作"救世主",把自己个人的力量想象得比环境的力量还大,自愿捐躯受罪来匡扶正义,就多少接近于基督式的宗教英雄。在他身上既体现了骑士道精神中所有的崇高的一面,又代表了骑士精神中可悲的一面,即他们仿佛注定了要与他人区别,承担他本无力承担的历史重责:

> 他做好种种准备,急不可待,就要去实行自己的计划。因为他想到自己该去扫除的暴行、申雪的冤屈、补救的错失、改革的弊端以及履行的义务,觉得迟迟不行对不起世人。……可是他刚到郊外,忽然想起一件非同小可的事,差点儿使他放弃刚开始的事业,原来他想到了自己并没有封授为骑士。……可是他的疯狂压倒了其他一切道理。他打算一碰到个什么人,就请他把自己封为骑士。(第二章)

> 桑丘说:"您得细瞧瞧,那不是巨人,是风车;上面胳膊假装的东西是风车的翅膀,给风吹动了就能推转石磨。"
> 堂吉诃德道:"你真是外行,不懂冒险。他们确是货真价实的巨人。你要是害怕,就走开些,做你的祷告去,我一个人单干,跟他们大伙儿拼命好了。"他一面说,一面踢着坐骑冲出去。他的侍从桑丘大喊说,他前去冲杀的明明是风车,不是巨人;他满不理会,横着念头那是巨人,既没有听见桑丘叫喊,跑近了也没看清是什么东西,只顾往前冲,嘴里嚷道:"你们这伙没胆量的下流东西!不要跑!来跟你们厮杀的只是个单枪匹马的骑士!"(第八章)

---

① 〔美〕G. 罗伊,R. 拉纳尔德:《米格尔·德·塞万提斯的堂吉诃德》,石榴楼译,外语教学与研究出版社 1997 年版。

在这两段摘录中,我们不难看到,堂吉诃德在客栈老板、桑丘和贵妇人眼里是失去理智,把幻觉当作真实的,但对堂吉诃德而言,他生活在一个完全真实的世界中,由于他意识到自己的使命是神圣的,故而他不管别人怎么看,都敢于自己为自己的言行取得"合法性"。他之所以能在屡战屡败的处境中仍坚持信仰、坚持抗争,就是因为他看到了常人看不到的邪恶和地狱之火,看到了平庸价值观缺乏的高贵和天堂之光,只有当他沉湎于自己的骑士追求和骑士感觉里时,他才是快乐的、骄傲的,这就像西西福斯将石头滚上山又滚下来一样,堂吉诃德在攻打风车的战斗中借助精神的力量超越了现实,超越了胜败,实现了他要与一个强大无比的非人格的敌人决一死战的愿望。

黑格尔曾说,堂吉诃德的浪漫情怀与中世纪之后冷酷的社会现实相冲突,而这种冲突形成的混合体正是未来希望之所在。当堂吉诃德的眼睛合上时,一个过去的骑士时代的确消失了,但堂吉诃德却让我们在与中世纪式的性灵意识告别中,看到了未来,看到了中世纪相信绝对价值的信仰与文艺复兴探索外在世界的时代精神,如何在未来生活中帮助人们既充满活力又不丧失应有的深度思想。

桑丘:现实主义者

桑丘与堂吉诃德是这么的不一样,他理智、自私、机灵而又贪婪,这个"庄稼汉"开始之所以被堂吉诃德说服一起出门游历,是因为堂吉诃德答应在遗产里留给他一笔钱。桑丘虽然头脑简单,但却有世俗的野心,他的功利性目的无时无刻不与堂吉诃德的理想主义构成令人发笑的冲突或对照。第一部第11章,堂吉诃德让桑丘与他"平等"相坐,桑丘则说:"多谢您了。不过我告诉您吧,我只要有好吃的,自己一个人站着吃,不输坐在皇帝身边吃,还吃得更香呢。……我的先生啊,我当了侍从为游侠骑士道服务,您不是要给我种种体面吗?我请您折换些更实惠的东西赏我吧。您给的这些体面,我很领情,可是我从现在起直到世界末日也用不着啊。"(P72)

由于桑丘跟堂吉诃德出游主要是想通过冒险摆脱贫困,所以他总是一方面拼命诅咒游侠骑士的疯狂幻想,一方面又希望好歹碰上个发财的机会,尝尝当"总督"的滋味。他为能跟着堂吉诃德住客栈吃客饭不花钱而惊喜;在堂吉诃德误把马车上的贵妇当作被劫的公主,冲上去一阵混打的时候,迫不及待地去剥那两个被打倒在地的同行修士的衣裤,并对他们说是"战利品",结果被狠揍了一顿。在第二部里,堂吉诃德与桑丘一起被公爵夫妇放肆地作弄了一番,尤其是桑丘被弄得好几天没吃上饭、睡好觉,还被人们踩来踩去,遍体疼痛。但由于临走时贵妇人送了他们一些钱,所以当堂吉诃德大为感慨"自由"之可贵时,桑丘则背着钱袋,觉得"这个钱包好比我的止痛药膏、定心丸子","觉得还有点可以留恋的东西,即供咱们白吃白喝的贵府难得碰到"。

桑丘的性格特点是冷静务实,既善良、机智、乐观,又狭隘、自私,小心谨慎。"他有抱负,但仅限于物质方面,受欺骗但又很天真,未受过教育,但又有智慧。"(P188)第一部第25章,堂吉诃德让桑丘传给杜尔西内娅一封情书,内容是:"高贵无比的小姐:一别至今,肝肠寸断。我身不安,心不宁……冷酷的美人啊,亲爱的冤家!……"(P211)这封桑丘一辈子也没听见过的妙文写在堂吉诃德的记事本上,但桑丘走时,堂吉诃德却忘了把本子交给他,结果桑丘只记得:"高贵无皮的小姐:一憋着筋,肝肠撑断。我身不安,心拧了,冷酷的冤家美人。我吻你的手。至死对你忠心的、哭丧着脸的骑士。"(P220)第二部第70章堂吉诃德为解杜尔西内娅所中的"魔法",拼命想让桑丘鞭打自己3000下,还答应增加工资,桑丘不情愿地打了几下后,就躲到堂吉诃德看不到的地方去鞭打树干,还自己哼呀哼呀叫个不停,听得堂吉诃德也觉得心痛,只好让他歇手。

就像堂吉诃德的滑稽、崇高是他的天性,桑丘的幽默和机灵也是他的天性,出于他所代表的民间创造力。堂吉诃德与桑丘的性格从表现上看,是南辕北辙、背道而驰,他俩的关系也好像总是时好时坏,经常拌嘴,相互埋怨或唱对台戏。但是随着小说故事的进展和丰富,他俩之间的谈话越来越深入,他们之间的关系变得越来越相互依赖,而他俩的思想认识方法则出现了奇妙的互换,堂吉诃德变得比他的侍从还现实,桑丘则成了幻觉的享有者。

第一部堂吉诃德与风车大战后,桑丘觉得主人实在可笑。但堂吉诃德却借桑丘喝醉酒后向他猛力灌输骑士道思想,使最具有清醒常识的桑丘在醉意朦胧中看到了骑士世界的魅力,从此他开始把跟着堂吉诃德出游冒险看成一种乐趣,而不再仅仅是工作挣钱。在一次次冒险的经历中桑丘发现,骑士生活其实并不浪漫,而是"一会儿挨揍,一会儿当皇帝"。这时候,他虽还抱怨跟着堂吉诃德就是跟着受罪,但已对骑士冒险生活的严酷性有了进一步认识。在第一部里,堂吉诃德告诉桑丘,杜尔西内娅的"眼睛是太阳,脸颊是玫瑰,嘴唇是珊瑚,牙齿是珍珠",桑丘则老老实实地告诉他自己所亲眼实见的杜尔西内娅:身子又粗又壮,个子又高又大,中气十足,嗓门真大,浑身是劲,一天到晚嘻嘻哈哈,胸口上还长着毛……(P209)但到第二部,桑丘看到堂吉诃德因为发现杜尔西内娅实际是一个粗蠢的乡下姑娘而伤心至极时,他极力安慰堂吉诃德,说那都是魔术师的妖法。这时主仆二人的思想方式已互相替换,桑丘已成为堂吉诃德的真正同类。第一部里堂吉诃德对桑丘说话还有许多傲慢和轻视,尤其是住客栈不付钱后,堂吉诃德独自扬长而去,让桑丘被店主扣下,不仅一顿乱打,还被些市井无赖放在被单上往空中抛。堂吉诃德在围墙外不敢杀回去,还忍不住要笑出声来。事后桑丘大为不满,抗议"殿下一时糊涂,忘了我不是一个骑士吗?"但到第二部公爵要让桑丘当总督时,堂吉诃德已经说:

> 我这个侍从呀,拿谁来对换我都不肯的,贴上一座城市我也不换。送他去做你大赏的官呢,我不知好不好,还拿不定主意。(下,P236)

在桑丘任总督后,他变得更冷静、正直和机智了。而且因懂得骑士生活的荣毁并存而更注意尊严。他牢记堂吉诃德的嘱咐,体贴民间疾苦,明察世事混杂:他坚持不要用"堂桑丘·潘沙"之名,他断的三个案子(裁缝和老乡的五顶帽子,两个老人的竹杖和十个金艾斯古多,猪贩子和风流女人)公正而又赏罚分明,堂吉诃德奋斗一生的愿望在桑丘身上进行了尝试,但面对现实("饥饿疗法"、"侵略"战争等)的桑丘在发现事实真相后,仅做了8天总督就毫不犹豫地辞职了:

> 各位先生,请让开一条路,让我回去还过我逍遥自在的日子。我在这里是死路一条,得让我回去才活得了命……请告诉公爵大人,我光着身子出世,如今还是个光身,我没吃亏,也没占便宜;换句话说,我上任没带来一文钱,卸任也没带走一文钱,这就和别处岛上的各位总督远不相同了。(下,P379、P393)

桑丘的执政,是人文主义法律、正义思想的一次实践、一个范例,它反映了西班牙人民要求变革的民主要求,并预言了在人文主义思想熏陶下的普通人都具有自主自立的品质及才能。在桑丘去当总督时,堂吉诃德一直闷闷不乐;而桑丘一从"总督"的灾难中逃出来就急着去找"主人"。这时主仆之间早已建立了一种真正的默契和眷恋。桑丘发现自己的主人"没一丁点儿狡猾,却是个实心眼儿。他对谁都好,什么坏心眼都没有,小孩子都能哄得他把白天当作黑夜。我为他老实,爱得他像自己心儿肝儿

一样,随他多么疯傻也舍不得和他分手。"(下,P90)

小说结尾处,堂吉诃德命在旦夕,他转向桑丘道:"朋友,我以为世界上古往今来都有游侠骑士,自己错了,还自误误人,把这个见解传给了你,害你成了像我一样的疯子;我现在请您原谅。"桑丘哭道:"啊呀,我的主人,您别死呀!您听我的话,百年长寿地活下去!一个人好好儿的,又没别人害死他,只因为不痛快,就忧忧郁郁地死去,那真是太傻了!……况且骑士打胜打败,您书上是常见的,今天败,明天又会胜。"(下,第74章)从这一段我们可以看到桑丘已经完全被堂吉诃德感染,甚至荒谬的方式超越了堂吉诃德,他也同样在向往骑士的幻想中体验到了那神秘的喜悦,并超越了现实的胜败和尘世的时空观念。

塞万提斯向我们证明:我们每个人的内心实际都潜伏着堂吉诃德和桑丘,隐藏着欢乐和悲哀的孪生因子,堂吉诃德既不是反衬桑丘的平庸,也不只是成为桑丘嘲笑的对象,他们之间在我们的内心深处并不矛盾,并不对立,而是既稳定又灵活,既互相换化又互相抵抗,这种人类普遍具有的内在隐秘,堂吉诃德把它天才地表现出来了。

永远前进的文学形象

俄国评论家别林斯基说:"堂吉诃德是一个永远前进的形象。"《堂吉诃德》在出版后的四年内就几乎传遍了全世界,据说1612年中国(明)皇帝曾托传教士带给西班牙国王一封信,故而塞万提斯在第二部献辞中说:"最急着等堂吉诃德去的是中国的大皇帝,他目前特派专人送来一封中文信,要求我——或者竟可以说是恳求我把堂吉诃德送到中国去,他要建立一所西班牙语文学院,打算用堂吉诃德的故事做课本……"

堂吉诃德的形象不仅在后人心中引起了不可言喻的感动,而且关于对这个形象的认识和接受一直是发展变化的。最初在西班牙,《堂吉诃德》是青少年最喜欢的读者,许多人认为塞万提斯"不学无术",但创作了一部有才气的通俗小说。17世纪初英国首先把这部小说视为"文学经典",一些评论家在这个可笑的疯子身上看到了"正面品质和值得同情、怜悯的东西"。英国小说家菲尔丁还把这个人物融化在自己的作品里,塑造了英国式的堂吉诃德。法国人在评价这部小说时则经过删削和改装,把堂吉诃德变成有理性、讲道德的法国绅士。德国人则把这样的法译本转译到德国。19世纪的浪漫主义文学又把堂吉诃德视为悲剧性人物,在这个人的命运中看到理想的普遍失落和生活的荒谬感。在拜伦、海涅、屠格涅夫的心目中,堂吉诃德已成了令人肃然起敬的理想主义者。20 世纪的西方论坛以更开放、更自由的形式探索了堂吉诃德这个人物的丰富性和他所具有的各种影响。①

关于堂吉诃德在中国的命运,北京大学钱理群教授曾有过精彩的专门论述。他认为堂吉诃德在中国已经经历了四种命运:第一种是堂吉诃德被桑丘化了。在各种各样的政治运动中,中国的"堂吉诃德"们因为出身不好而自觉不自觉地"走与工农相结合"的道路,放弃自己已受的教育向目不识丁的桑丘们学习"实践的知识"。他们中的许多人逐渐丧失独立思考的习惯,变得盲从盲信,他们不再借助思索检验各种必须执行的命令或使命,而是用简单的激情和狂热的亢奋拼命工作,以企望伟大的理想顷刻就降临人间。事实上,这些堂吉诃德已经在身心上都不同程度地奴化了。第二种是胡风式的中国堂吉诃德命运,他们用"主观战斗精神"向眼见的外在现实丑恶进行反抗和揭露,结果他们攻打的"风车"不仅丝毫未损,而且现实的堂吉诃德们与务实的桑丘们一起跑上来把执迷于"理想"的堂吉诃德送进了监狱。第三种是陈寅恪式的中国堂吉诃德,他们主动让自己的理想"非政治化",让自己"非英雄化",让自己的真实情感深自内敛,不作任何正面对抗,苦守文化理想主义,殉道"学术研究",忍受生活清贫和社会角色边缘化,借儒家传统让自己在日常生活小范围内"适情终性"。这类堂吉诃德最终尚有可能过得安全而又"不错"。第四种是顾准式的中国堂吉诃德,他们既坚守理想主义,又反省理想主义,灵魂中有终极关怀,同时又深刻质疑理想主义的负面影响,在彼岸世界被"此岸化",理想探索被"强制"、"统一"的时候,他宣称应"从理想主义走向经验主义"。② 换言之,这类堂吉诃德在今天物欲横流的世界上,也会坚持做大傻瓜和疯子,不当聪明人和机灵鬼,他们仍会骑着瘦马,持着长矛和圆盾,在光华富丽的车流、人潮、别墅群中"出游",向人们显示"理想"的亘古和价值。

---

① 〔西〕塞万提斯:《堂吉诃德》,杨绛译,人民文学出版社 1979 年版,译本序。
② 钱理群:《丰富的痛苦:堂吉诃德与哈姆莱特的东移》,时代文艺出版社 1993 年版。

《哈姆莱特》:忧郁的王子

　　欧洲文艺复兴时期的英国文学成就卓著。从 14 世纪乔叟(Geoffery Chaucer)的《坎特伯雷故事集》(1387—1400)、15 世纪托马斯·莫尔(Thomas Moore)的《乌托邦》(1561),到 16 世纪著名诗人斯宾塞(Edmund Spenser)的长诗《仙后》(1596),英国人文主义文学在内容和形式上都颇有创新。戏剧是英国文艺复兴文学中成就最大的,在莎士比亚之前,已有著名的"大学才子派",如喜剧家约翰·李利(John Lyly,1554—1606)、悲剧家托马斯·基德(Thomas Kyd,1558—1594)等,他们经过大学教育,受到人文主义新思想的激励,在艺术活动中展示自己非凡的才华,在大约 10 年的时间里使英国的戏剧艺术水平大为提高。莎士比亚的创作就受惠于"大学才子派"奠定的戏剧市场和观众基础。不过当作为演员的莎士比亚最初开始动笔创作时,曾引起"大学才子派"中某些人的不安,认为他不过是"用我们的羽毛装饰起来的风头十足的乌鸦",但莎士比亚坚持戏剧创作活动 10 年之后,他的名声就已为世人公认。尤其是当他推出一系列的中期悲剧后,更被出版界和评论界确认为首屈一指的剧作家。

　　威廉·莎士比亚(William Shakespeare,1564—1616)是英国戏剧艺术大师,1564 年 4 月 23 日诞生在英国中部斯特拉福镇一个富裕的市民家庭,祖辈务农,父亲经营手套生意兼营农业。他家中兄妹 8 人,排行老三。他幼年时期,伦敦城一些著名剧团每年要到斯特拉福镇作巡回演出,引发了莎士比亚对戏剧的爱好。少年时代他曾在家乡文法学校学习过拉丁文和希腊文,接触到古罗马的诗歌和戏剧。由于家庭破产,16 岁左右便独自谋生,据说当过屠宰行的学徒和补习教师。莎士比亚与当地农民有交往,熟悉民间故事和传说,18 岁时和一比他大 8 岁的农民女儿结婚,并和她生有 3 个孩子。1585 年前后,莎士比亚来到伦敦,最初在剧院里打杂,看管马匹。约在 1590 年左右参加剧团,扮演过配角,在后台给人提词,并编写剧作,后成为剧团的股东。剧院的门票收入是他的主要财源。

由于他戏剧活动的成功,收入日趋丰富,晚年还在故乡买地置产,并为他的家庭取得了世袭绅士的身份。莎士比亚大约在 1613 年结束了创作活动,离开伦敦回乡。1616 年 4 月 23 日逝世,享年 52 岁。

莎士比亚的创作生活约有 20 余年(1590—1612),他的传世之作里有 37 部戏剧,两首叙事长诗,150 余首十四行诗。他在戏剧创作上的成就最高,其中《哈姆莱特》①是公认的代表莎氏悲剧最高成就的作品,主人公哈姆莱特是世界文学史上最著名的文学典型之一。

这个剧本共分 5 幕 20 场,约 15 个主要人物。第一幕主要写婚丧交加,鬼魂出现,真相大白后哈姆莱特感到重任在肩。剧情取材于 12 世纪的丹麦史,在莎士比亚之前已作为家族历史剧或家庭悲剧被人搬上舞台。莎士比亚在重新创造中强调:丹麦王子哈姆莱特原在德国威登堡大学接受高等教育(指新的人文主义教育),接到父亲暴死的消息后回国奔丧,没想到父亲的死因尚存疑虑,母亲乔特鲁德就改嫁新国王——哈姆莱特的叔父克劳狄斯。夜晚,城楼上出现了模样与老王极为相似、身披战袍的鬼魂。哈姆莱特只身从鬼魂那里得到事实真相,知道是克劳狄斯因妄想王位和贪恋王后美色,用毒药灌入在草地上休息的老王的耳朵,导致他的猝死。克劳狄斯不仅谋害了兄弟,篡夺了他的权力,占有了王后,还让那个死去的冤魂因无临终忏悔而无法进入天堂。

第二幕主要写互相试探,矛盾冲突逐渐高涨。一方面是王子为证实鬼魂的话而有意装疯,以躲避克劳狄斯的满腹狐疑;另一方面是克劳狄斯心怀鬼胎,派哈姆莱特的两个老同学——朝臣罗森格兰兹和吉尔登斯吞前去试探,老臣波洛涅斯也献计让自己的女儿奥菲莉娅(哈姆莱特的恋人)去测试哈姆莱特心情的骤然变化。

第三幕哈姆莱特请一个流动剧团在朝廷中上演了"戏中戏",把叔父杀兄的兽行再现于舞台。当克劳狄斯大惊失色,猛然从椅上站起,全剧的高潮实际已经出现,即冲突的双方在这一瞬间都明白了彼此的底细。哈姆莱特就此在克劳狄斯惊慌失控的表情中获得鬼魂之言的证实,从此必须尽快采取复仇行动;而克劳狄斯也在一刹那间明白哈姆莱特是装疯,实际已猜到真相,必须马上斩除这个心头之祸。这时,哈姆莱特曾有个机会,可以在周围无人的情况下利索杀死正在圣像前下跪祷告的克劳狄斯,完成复仇大任,但是他放弃了。这个"放弃"是全剧最重要的转折,从此戏

① 〔英〕莎士比亚:《哈姆莱特》,载:《莎士比亚全集》(第 9 卷),朱生豪译,人民文学出版社1984 年版。以下文中引用仅注明页码。

剧由高潮转入低潮,甚至悲剧结局。在放弃良机之后哈姆莱特还单独会面母亲,警示她贞操自守,不要再做情欲的奴隶。就在此时,他忽察幕后有人偷听,一箭刺去,杀死了"好管闲事"的大臣波洛涅斯。与此同时,逃过一劫的克劳狄斯则正在下令哈姆莱特的两个老同学陪他去英国执行外交使命,并写密信一封让英王杀死哈姆莱特。

第四幕,哈姆莱特的船只半途遇到海盗,哈姆莱特侥幸逃出并发现密信,他修改了密信内容,让英王见到他的两个老同学时就把他们杀了。脱险归来的哈姆莱特没想到首先会碰上奥菲莉娅的葬礼,这个单纯的女孩因无法承受情人"发疯"、父亲被疯情人杀死的现实而真的发疯了,她在独自出游时不慎落入河水。奥菲莉娅的哥哥雷欧提斯从国外赶回,意欲为父复仇。克劳狄斯不失时机地与他密谋了向哈姆莱特"复仇"的计划。

最后一幕开始于为奥菲莉娅下葬的墓地。悲痛欲绝的哈姆莱特与一心复仇的雷欧提斯发生口角,雷欧提斯随后就提出"决斗",并预先在剑上抹了毒药。克劳狄斯更是备下毒酒,以防万一。决斗时哈姆莱特与雷欧提斯在争夺中彼此手中的剑各为对方夺去,并互相刺中,王后则因饮下为哈姆莱特准备的毒酒,倒地身亡。雷欧提斯受伤后知道自己"用诡计害人,反而害了自己",于是在临死之前大声说出克劳狄斯是真正的元凶。哈姆莱特奋力一剑,击中了国王,然后向好友霍拉旭留下最后的愿望:一定要把事情的始末根由昭告世人,"解除他们的疑惑",并预言来自挪威的福丁布拉斯将被拥护为王,因为丹麦本来就是他父亲所丧失的土地。

不想要"王位"的王子

若从政治学的角度来阅读《哈姆莱特》,"丹麦的王位"就在剧本里占有最中心的位置。第一幕主人公哈姆莱特还没上场之前,他的好友霍拉旭就与站岗的士兵谈论最近城内"森严的戒备",全国军民日夜不得安息,连星期日也不休息,制造枪炮,向国外购买战具,大批制造战船……因为骄矜好胜的挪威国王侄儿福丁布拉斯正在挑战,"要用武力和强迫性的条件夺回他父亲所丧失的土地"(P8)。显然,丹麦的王位此刻正遇外来威胁。福丁布拉斯的父亲和老王哈姆莱特曾在一次"根据法律和骑士精神所制订的协定"中,各以相当的土地作赌注进行决斗,结果老福丁布拉斯战败,丹麦被哈姆莱特的父亲按"协定"没收。

待哈姆莱特上场,遇到鬼魂、听到鬼魂的话之后,我们就在先王驾崩、兄弟篡权的现实中看到"丹麦的王位"刚刚经历了怎样可怕的"造反"。新国王登基后,不仅王后匆匆改嫁,而且满朝旧臣纷纷阿谀奉承,争讨新好,对克劳狄斯的改朝换代表示"诚意的赞助"。(P11)克劳狄斯对哈姆莱特的猜疑迫害,完全是为了保住新王位,虽然他当众宣布哈姆莱特仍是他的唯一合法继承人,但他总害怕哈姆莱特会像他一样渴望早日登基,并且为此不惜一切代价。克劳狄斯一面递信去挪威国王,阻止福丁布提斯的大胆妄为,一面则对哈姆莱特一计不成,再设一计,急欲把这心腹之患清除干净。他对哈姆莱特之所以不直接下令害死他,一是因为王后对哈姆莱特感情深厚,"一天不看见他就不能生活",二是因为哈姆莱特在民众中威信很高,一旦贸然行动,反会引起大祸。(P112)所以克劳狄斯一直试图"借刀杀人",造成哈姆莱特"意外"死亡的结局。接着,雷欧提斯意欲为被哈姆莱特误杀的父亲复仇时,民众因不明波洛涅斯死因,而怀疑克劳狄斯有罪,已经喊出了"让雷欧提斯做国王"的口号(P106),可见"丹麦的王位"不仅国外有人窥视,朝中有人篡夺,朝外也有民众的"反"声。难怪哈姆莱特的脸上"悲哀多于愤怒"(P18),难怪哈姆莱特要觉得丹麦是一所牢狱(P47),到处是"法律的迁延、官吏的横暴和费尽辛勤所换来的小人的鄙视"(P63)。丹麦是"一个荒芜不治的花园,长满了恶毒的莠草"(P14、15)。这个失去了王位继承权的王子对丹麦说了许多恶语狂言。

在第一幕里,观众很难看清母亲乔特鲁德对新王克劳狄斯献上的妩媚和依顺,是因为畏惧、裹有免不了的私欲,还是更多地出于护己和护子之心。她当着克劳狄斯的面对儿子说,哈姆莱特由于对他的父亲过于热爱,一时无法接受老王猝死的打击,所以说话行为都有点神志不清。哈姆莱特的确对他的父亲充满了敬意和怀念。"这样好的国王,比起当前这个来,简直是天神和丑怪。"(P15、88)不过哈姆莱特也当面否定了母亲的猜想,他回答说:不愿脱下的墨色外套丧服和江流一般的眼泪悲哀不过是给人瞧见的外表,"他真实的情绪和郁结的心事却是无法表现出来的"(P13)。他的这一清醒的双关语,自然让新王内心惶恐不安,让母亲乔特鲁德也有口难言。

虽然"天神"一样的老王,曾对妻子充满爱心、对民众充满仁慈的老王,在"丹麦的王位"上更符合这个政治地位的"应有的"形象,但正像美国文学史家鲁宾斯坦所说:丹麦的黑暗和宫廷的腐败并不是从克劳狄斯篡位才开始的,把波洛涅斯提拔为御前大臣的,是老王而不是新王,选择罗森格兰兹和吉尔登斯吞做哈姆莱特童年伙伴的,是老王而不是新王,首先选王后为妻的,是老王而不是新王。① 故而对哈姆莱特来说,"丹麦的王位"是没有任何吸引力的。当老王在位时,这位原来的继承人,就逃避他所应该履行的义务和责任,到德国威登堡去学哲学了。哈姆莱特心中无法说出的"郁结的心事",不是对父亲的哀、对母亲的怨、对叔父的恨、对周围小人的敌视,更不是对丹麦王位的继承欲望,而是他在第一幕结尾,听了鬼魂(父亲)要他"复仇"的使命后说的那句关键台词:

> 这是一个颠倒混乱的时代,唉,倒楣的我却要负起重整乾坤的重任!(P33)

18世纪德国启蒙思想家、文学家歌德首先提出这句台词对全剧是至关重要的,他认为莎士比亚要描写的是:一件伟大的事业担负在一个不能胜任的人身上。一个美丽、纯洁、高贵而道德高尚的人,他没有坚强的精力使他成为英雄,却在一个重担下毁灭了。

那么,为什么哈姆莱特要认为不仅丹麦的王位被篡夺了,而且一个时代都颠倒混乱了?为什么哈姆莱特觉得自己为父复仇实际却应该是重整乾坤,而且他为此而哀叹自己之"倒楣"?

哈姆莱特的"精神分裂"

19世纪俄国评论家别林斯基认为:哈姆莱特天性是个坚强的人,他意志上的软弱是由于分裂的结果。即在《哈姆莱特》剧中,主人公经历了由幼稚的和谐到精神分裂,再最终达到勇敢的自觉的精神和谐。沿这个思路走,我们可以先了解哈姆莱特曾有过的"幼稚的和谐"。在第一幕里,霍拉旭与哈姆莱特久别重逢时,哈姆莱特说:"我很高兴看见你身体健康。你不是霍拉旭吗?绝对没错。"霍拉旭也高兴地说:"正是,殿下,我永远是您的卑微的仆人。"而哈姆莱特马上说:"不,你是我的朋友;我愿意和你朋友相称。"(P15)随后在听了鬼魂的话之后,哈姆莱特欲与霍拉旭和另一个军官告别,他说:"你们可以去照你们自己的意思干你们自己的事——因为各人都有各人的意思和各人的事。这是实际情况。"(P31)从这样的台词里不难看到哈姆莱特在德国威登堡大学接受人文主义教育之后,已不再遵循封建等级观念和传统礼教,而更追求人与人之间的朋友之谊和

---

① 〔美〕鲁宾斯坦:《英国文学的伟大传统》(全三册)上册:《从莎士比亚到奥斯丁》,陈安全译,上海译文出版社1987年版,第65页。

让每个人按自己心愿生活的社会理念。所以在听了鬼魂讲的真相之后，这种"幼稚的和谐"就由于理解中的社会与现实社会的大相径庭而造成哈姆莱特心中的"精神分裂"：

> 哈姆莱特：记得你！是的，我要从我的记忆的碑版上，拭去一切琐碎愚蠢的记录，一切书本上的格言，一切陈言套语，一切过去的印象，我的少年的阅历所画下的痕迹，只让你的命令留在我的脑筋的书卷里，不掺杂一些下贱的废料；是的，上天为我作证！……啊，最恶毒的妇女！啊，奸贼，奸贼，脸上堆着笑的万恶的奸贼！我的记事簿呢？我必须把它记下来：一个人可以满面都是笑，骨子里却是杀人的奸贼；至少我相信在丹麦是这样的。（写字）好，叔父，我把你写下来了。（P30）

在这一段独白里，我们不难看出哈姆莱特的理想幻灭感和严重的挫折感，因为他必须把一个恐怖的罪恶记入脑海，而这个"罪恶"将严重冲撞他与"家族"的情感，冲撞他少年的阅历和他还在就读的书本上的理论。当他学会根据新的时代精神，认可每个人都可以照自己的意愿做自己最想做的事时，他也必须面对有些人照自己恶意或纵欲干下邪恶的勾当。当哈姆莱特答应父亲的亡魂要承担复仇的重任时，他与克劳狄斯之间就产生了不可调和的冲突，但这种冲突不是两代人的新旧观念冲突（如有的评论认为是新人文主义与旧的封建专制统治之争），而主要是同一时期不同人的精神向度的冲突。文艺复兴时期是西欧人解放思想、肯定个性、肯定现世生活的时代，但哈姆莱特代表的是这一时期的新人文主义者，他们崇尚精神文化，追求个性解放，实践新的生活理想和新的道德原则，而克劳狄斯代表的是文艺复兴时期的道德虚无主义者，他们自私、贪婪、腐败，为了利己主义的原则可以在现实世界里残酷地争夺权势、利益。从这个角度看，哈姆莱特所面临的社会罪恶是那个变革时代的产物，这些罪恶究竟属于旧的封建时代还是新的市民阶层是难以确定的，所以这是一个"颠倒混乱"的时代，所以哈姆莱特对他曾信奉的人文主义理想进行了这样的反思：

> 人类是一件多么了不得的杰作！多么高贵的理性！多么伟大的力量！多么优美的代表！多么文雅的举动！在行为上多么像一个天使！在智慧上多么像一个天神！宇宙的精华！万物的灵长！可是在我看来，这一个泥土塑成的生命算得了什么？（P49）

　　文艺复兴的思想解放促使西欧知识分子把"人"的位置提升至原来中世纪宣扬的"神"的高度,正像我们在拉伯雷《巨人传》中看到的那样,人的权力和人的现世欲望得到了前所未有的高度肯定;但莎士比亚则在《哈姆莱特》这样的剧作中将早期人文主义的激情宣泄、口号呼喊(比如拉伯雷号召人们"喝吧!")引向理性的思辨和更严肃务实的现实探讨和人性剖析。莎士比亚借助克劳狄斯的凶险与狡诈、波洛涅斯的谀上和欺下、乔特鲁德的糊涂与逃避、雷欧提斯的狂妄与鲁莽、奥菲莉娅的天真与脆弱、霍拉旭的忠诚与简单、罗森格兰兹和吉尔登斯吞的无知与趋炎附势,向我们展示"人"这个"了不得的杰作",毕竟都寄寓于一个个"泥土塑成的生命"里,在死亡的压力下,现世的欲望常常会超越"高贵的理性",凭借强大却盲目的本能力量,为所欲为或胡作非为。在许多人还没有能够畅饮知识、畅饮爱情、畅饮生活的时候,少数人已经利用时代的进步之便,肆意扩张自身的私欲,抢先将新的强权和新的邪恶建立在现世生活的广阔空间。还有许多头脑简单的思想弱者,像天赋不俗的年轻人雷欧提斯或身处要位的母亲乔特鲁德,也极少听从理智的判断或痛苦的思索,去明察人间的善恶,节制自己的本能,他(她)们简陋的心智和柔弱的神经只会随幻想而激动,或者盲从潮流和现成的劝导,让自己迅速地成为倒行逆施者的帮凶,或者恐惧强权和暴力,借助祈祷和眼泪来自己安慰自己。这些意志软弱的凡夫俗子和看似"好人"总是"把肥料浇在莠草上,使它们格外蔓延起来"(P91)。

　　正是从这个角度看,莎士比亚不仅艺术地再现了文艺复兴时期的西欧实际是一副个性解放与人欲横流混杂交织的"颠倒混乱"的图景,而且他也将人文主义文学的审美方式引向了一个更加深邃而开阔的空间。在莎士比亚的剧中,一切都更加复杂、生动和富有内在意蕴。尤其每一个人的人性都更充分地在"高贵的理性"和"泥土塑成的生命"之间进行心理搏击、矛盾抉择,从而展示"人性"丰富而又混沌、难以确定而又复杂多变的特性。在莎士比亚的剧本里,斗争与和谐、光明与黑暗、人的神圣和人的致命弱点都不再是简单的、壁垒分明的划分,而是质的多重、多层、多面的现象显现,是多元的、变动的统一,是和谐与裂变的交替,是确定与开放的并行。

第三种"复仇"

　　由于莎士比亚超出他之前的戏剧演绎,让他笔下的哈姆莱特不是仅从家庭或皇权的角度理解他所要承担的复仇任务,而是从"重整乾坤"的角度,以时代和历史的高度看待自己的使命,所以我们可以把他的复仇动机与另两个青年的复仇言行在对比中看出各自不同的追求。福丁布拉斯和雷欧提斯是剧中另两个承担"复仇"任务的重要人物,福丁布拉斯虽然仅在全剧结尾处有一个短暂的登场亮相,但在全剧的刚开始,我们就听到了他聚集民间教士,供给他们衣食,驱策他们随自己冒险,去"夺回他父亲所丧失的土地"(P8)。可以说福丁布拉斯是一个追求实利的实干家,他兴兵复仇的目的极为明确:王位。由于他的初衷违背了父辈们曾经遵守的一个"协定",所以他也曾放弃这种打算。而当他从波兰凯旋回挪威,途经丹麦,听到刚刚发生的惨剧之后,他马上感到:"我在这一个国家本来也有继承王位的权利,现在国中无主,正是我要求这一权利的机会;可是我虽然准备接受我的幸运,我的心里却充满了悲哀。"(P144)如果说福丁布拉斯最感兴趣的是"丹麦的王位",那么雷欧提斯最看重的是家族的荣誉和自己的荣誉。在听闻父亲死亡之后,雷欧提斯高叫:"什么良心,什么礼貌,都给我滚下无底的深渊里去!今生怎样,来生怎样,我一概不顾,只要痛痛快快地为我的父亲复仇。"(P107)克劳狄斯则一再称赞雷欧提斯复仇的炎炎欲火"像一个孝顺的儿子和真正的绅士"(P108),雷欧提斯的复仇是简单鲁莽的,也是不择手段和不顾后果的,在他的身上更多地体现传统封建家庭荣誉观对青年人善恶抉择的恶劣影响。

相比之下,哈姆莱特的第三种复仇更鲜明地体现了人文主义的精神原则,体现了为捍卫新时代理想而复仇的,超越个体、超越实利的精神追求。哈姆莱特的复仇重任,既不是为父雪冤,也不是为了夺回王权,而是为了让后人明白一切事情的真相,看到时代演变发展的轨迹和不同人性的本来面目:

> 哈姆莱特:……啊,上帝!霍拉旭,我一死之后,要是世人不明白这一切事情的真相,我的名誉将要永远蒙受着怎样的损伤!你倘然爱我,请你暂牺牲一下天堂的幸福,留在这一个冷酷的人间,替我传述我的故事吧。(P142)

哈姆莱特在复仇的过程中,体现了特有的犹豫、迟疑、彷徨和矛盾,正如黑格尔所说:哈姆莱特所怀疑的,不是他应该做什么,而是他要如何去做好它。虽然哈姆莱特已从"鬼魂"处得知克劳狄斯谋杀了亲兄,篡夺了王位,但哈姆莱特面对的第一个问题是他必须尽可能找到可以公之于众的证据。"鬼魂"只对他一个人开过口,其他人什么都没听见,甚至第三幕哈姆莱特训母时,鬼魂再次出现,哈姆莱特与之对话时,王后却什么也看不见、听不见(P90—91)。所以哈姆莱特在安排"戏中戏"前曾怀疑自己在城楼上见过的幽灵也许是魔鬼的化身,"也许他看准了我的柔弱和忧郁,才来向我作祟,要把我引诱到沉沦的路上。我要先得到一些比这更切实的证据;凭着这一本戏,我可以发掘国王内心的隐秘"(P60)。当克劳狄斯在看戏的时候因真相被揭露而猛烈站起时,虽然哈姆莱特能清清楚楚地"看出"他是一个罪人,但这仍是一个唯有哈姆莱特和克劳狄斯彼此心知肚明的时刻,观众是在用莎士比亚给予的上帝视角看清这一真相的。用现代的术语来形容,仍是"谋杀没有证据"。如果哈姆莱特随后就趁克劳狄斯独自祈祷的机会从背后刺杀了他,其实他无法向世人证明他不是为了夺回原本属于他的继承权而蓄意谋杀。由于丹麦的王位不是哈姆莱特所求,而恰恰是他刻意逃避的东西,他心底里认为福丁布拉斯比他更为胜任,因而剧终前,莎士比亚让雷欧提斯终于"当众"(台上的众角色和台下观众)说出克劳狄斯幕后指使他下毒的罪行,中了毒剑的哈姆莱特也因此终于可以向世人证明他刺出的复仇之剑,不是为了自己,不是为了王位,而是为了正义!为了维护他所信仰的"人文主义理想"!虽然他最后的悲剧性的结局,客观上完成了为父复仇的承诺,但"客观上"却也没有能够起到"重整乾坤"的实际效果,因为他自己已经奉献了年轻的生命,但他的确凭一己之力,证明了这个时代的混乱颠倒,并为他所想承担的历史重任根本不可能完成提交了有目共睹的证据。

哈姆莱特在复仇过程中所必须解决的第二个问题是复仇的目的与复仇方式的矛盾。严酷现实使哈姆莱特产生理想的幻灭感和人生的虚无感,社会改造的重任使他觉得自己力不胜任,复仇目的与手段的冲突则使他左右为难、心力不支,在复仇的道路上反复拖延。第三幕,哈姆莱特在通过"戏中戏"证实了心中的怀疑和鬼魂的话之后,正逢克劳狄斯独自在圣像前祈祷,虽然这哈姆莱特不共戴天的大仇人正上上帝面前祈求"一切转祸为福",但哈姆莱特却有另一番理解:

> 哈姆莱特:他现在正在祈祷,我正好动手了,我决定现在就干,让他上天堂去,我也算报仇了。不,那还要考虑一下,一个恶人杀死我的父亲;我,他的独生子,却把这个恶人送上天堂,啊,这简直是以恩报怨了……我的剑,等候一个更残酷的机会吧。(P85)

第四幕:当克劳狄斯与雷欧提斯谋杀了哈姆莱特时,他们的想法就完全不一样:

雷欧提斯:我要在教堂里割破他(指哈姆莱特)的喉咙。

国王:当然,无论什么所在都不能庇护一个杀人的凶手;复仇应该不受地点的限制。(P116)

显然,哈姆莱特寻找的是一个证明自己与克劳狄斯、雷欧提斯不是一路人的复仇机会,他想取得的不是一个胜利的结果,而是一种胜利的证明。哈姆莱特还不是一个无神论者,他希望在仇敌作恶的时候进行"复仇",以使"恶行"被上帝和世人看见,并让恶人的灵魂从此下地狱。由于哈姆莱特信仰人文主义,忧虑时代的复杂变迁,因而他总是竭尽可能地把自己的复仇重任完成得"好"一点。对如何才能"好",他是茫然的,他不畏惧牺牲,把生命"看得不值一枚针"(P26),他也不刻意避免流血斗争,把幕后偷听谈话的波洛涅斯一剑刺死后,他对尸体的处理迅速而漫不经心;当霍拉旭吃惊地问他:吉尔登斯吞和罗森格兰兹是否将去送死,哈姆莱特也坦然认为这是他们自己追求这样的差使,"我在良心上没有对不起他们的地方……"而哈姆莱特在海上能够顺利脱险也说明他一旦行动起来机智果敢,绝不缺乏实际才干,他的剑法在与雷欧提斯的决斗中也被证明毫不逊色。那么他为什么要一再犹豫、一再拖延呢?哈姆莱特是不是一个性格软弱的王子呢?

他的脸上是永恒的忧郁

哈姆莱特说过:"世上的事情本来没有善恶,都是各人的思想把它们分别出来。对于我,它(指丹麦)是一所牢狱。"(P47)个人思考的力量是不可忽视也难以评估的。哈姆莱特还说:"生存还是毁灭,这是一个值得考虑的问题:默默忍受命运的暴虐的毒箭,或是挺身反抗人世的无涯的苦难,通过斗争把它们扫清,这两种行为,哪一种更高贵?"(P63)想得更多更深和思维超前是让很多个体思想者不能不痛苦的事情。

对哈姆莱特来说,看出时代的真相,并没有让他欣喜或自信,而只是让他感到孤独和悲伤。他之所以对鬼魂的话守口如瓶,连最好的朋友霍拉旭和自己的恋人奥菲莉娅都不透半点,一方面是由于西方文化的个人本位传统,哈姆莱特更倾向于把"复仇"或"重整乾坤"的重任视为自己个人的义务和责任;另一方面也由于哈姆莱特周围的人并没有像他那样运用理性和富有才智,且不说吉尔登斯吞和罗森格兰兹的厚颜无耻、雷欧提斯的鲁莽愚蠢,就是霍拉旭的忠诚简单和奥菲莉娅的善良天真,也都无法真正理解哈姆莱特的思想深度和满腔忧郁,这些青年人的形象既反衬出哈姆莱特与众不同的气质和性情,也表现了时代环境的险恶和复杂。尤其是奥菲莉娅发疯的情节,在剧中十分具有象征意味,这个被父亲严厉管教的单纯女子,长期生活在闭塞而又冷漠的生活氛围中,只有在丧失了理智的情况下,她才享受了随意唱歌和自由吐露心曲的权利,她死去的情景悲怆动人,充满诗意。(P134)她是由于无法理解真相(父亲与情人是敌人)而真的疯了,哈姆莱特却由于知道了太多的真相(世上不仅有善恶,而且善恶颠倒混乱)而不得不装疯,以掩饰自己的悲痛欲狂。这一对情人的命运遥相呼应,展现了不同境遇中的共同命运,既强调了一个时代的是非颠倒、善恶混乱,也有力地暗示了哈姆莱特为什么不在复仇的过程中更关注"有利的时机"和获胜的可能,反而一再思考"生存还是毁灭"这样玄奥的问题。

> 哈姆莱特:生存还是毁灭,这是一个值得考虑的问题;默然忍受命运的暴虐的毒箭,或是挺身反抗人世的无涯的苦难,通过斗争把它们扫清,这两种行为,哪一种更高贵? ……当我们摆脱了这一具朽腐的皮囊之后,在那死的睡眠里,究竟将要做些什么梦,那不能不使我们踌躇顾虑……(P63)

哈姆莱特的两难的确处于生死之间。活着,无论是留在丹麦还是继续出国学习,都表示他将"默然忍受命运的暴虐的毒箭"。挺身反抗、无畏斗争,则或者因势单力薄而不幸丧生,或者就必须活下来承担杀死一个国王的责任及其政治后果。在哈姆莱特心中,即便不贪生怕死,也不一定意味着你能通过斗争解救人们心头的创痛。生命对每个人都只有一次,等待或者斗争,都是最表面、最简单的抉择,关键是在"死亡"的重压下,所有的人都可能因为爱生、惜生或贪生而宁愿忍受眼前的折磨,所有的人也可能因为惧怕不可知的死后而对献身"伟大的事业"产生个体的怀疑或疑虑。从这个角度讲,我们既不能否认哈姆莱特这个人物的"软弱",认为他作为一个人文主义者的代表,对自己的责任义务从不怀疑和犹豫;也不能夸大他的"软弱",认为他的延宕、迟疑是一种本性,而不是一种紧张的、思索的心理状态。哈姆莱特不是一个软弱的王子,但他的确是一个忧郁的王子。他脸上永远笼罩着的忧郁,与塞万提斯笔下"满面愁容的骑士"堂吉诃德一样,是每个时代的一部分社会精英所特有的神情,也是人文知识分子永恒的、特有的精神表情。这种表情既代表了莎士比亚对人性和现世的高度肯定,也代表了他对人性重新提出的"克制"呼吁和对现世人生的重新反思。由于早期人文主义者更多地集中于肯定人的感官享乐和个性自由,使得人文主义理想显得并不丰富和成熟。莎士比亚则把感官的享乐与理性的约束、把个性的自由与社会责任结合在一起,通过哈姆莱特的思考和忧郁,使我们对人性和现实世界有了更准确、完整的理解,也使人类有可能朝人性更本质的方向解放自己和发展自身。

总体而言,哈姆莱特是一个勇敢的战士,他一直在战斗,最初他借装疯与社会恶势力进行"舌战",然后他在自己的内心进行激烈的"心战"。他痛苦的内心混乱,使他具有深厚的人情味,更易获得后人的同情和理解。而他最后在终于等到一个"更残酷的时刻",与社会恶势力进行"决战"时,他用最后的力量杀死了仇敌克劳狄斯。美国评论家鲁宾斯坦认为,"对哈姆莱特来说,死意味着逃脱了对世界承担的责任,——至少,是对丹麦的责任。对于这种逃脱,他以前过分老实,不敢执意追求,现在心力不支,只好由衷接受了。……这位有才智、重理性的王子,竟然为被剥夺继承权的世世代代知识分子奉为知己和正当理由的化身,这也许并不奇怪。因为他们把哈姆莱特的失败,作为证明他们所承担的任务根本不可能完成的证据,从而为他们在现实世界上的碌碌无为辩解。但是,我们不应该忘记,哈姆莱特尽管十分勉强,但他还是采取了行动的。无论是哈姆莱特还是莎士比亚都从不怀疑,在世事混乱之际,无论多么艰难,人生下来就是要重整乾坤的"①。

由于哈姆莱特看到了时代对自己的要求,虽然深感力不胜任,但还是自觉地为改造社会的重任而献身,因而这是一出悲壮的英雄悲剧。这出悲剧的意义在于:它一方面强调了人类反封建专制斗争的尖锐性和艰巨性,强调了西方现代化运动在最初启动时所面对的复杂现实,预言了"现代化"将是一个漫长而繁杂的人性和人类社会改革工作;另一方面也自觉地从时代发展的精神高度,检验和思考了人文主义理想的内涵和价值。他不仅为这一理想的丰实、成熟作出了极大的贡献,而且为这一理想作出了热情的赞美和维护。哈姆莱特是西方文学史上第一个以个人精神反抗社会的典型,他所具有的特殊的审美力量,陶冶的是每个时代最优秀的青年人。

---

① 〔美〕鲁宾斯坦:《英国文学的伟大传统》(全三册)上册:《从莎士比亚到奥斯丁》,陈安全译,上海译文出版社1987年版,第73页。

莫里哀的两部"理性"喜剧

　　人类的历史总是充满革故鼎新的举措,智者也总是推崇顺应时代潮流的人生。这种常规使我们习惯了用"进步"和"落后"的字眼去评判各种朝代的精英,以为逝去的种种"阶级"总是因为他们没有跟上时代的巨变,新的社会代表则会在他们垂死的哀叹里脱颖而出,成为新生活的主人。但是现代语境中的"环保"意念和发展"极限"概念促使我们重新体会文明的失落和变迁,重新审视人性的进化和复归。事实上,每个时代每个地区的生活方式都可能达到最完美的人生感受,阶梯似的人性进化图表不可以用来简单评判文明以及文明的历史;而且每一种完美人生在历史的动态本质上看,都可能同时具有崇高和狭隘的特征:其崇高特征体现于每种文明和相应的生活方式都有旨向永恒的价值追求,因而留下代代传承的火种;而其狭隘的特征则由于每种文化都因其特定的生存环境限定而不能不更多地致力于特定的生存策略。那些从时代和生活中涌现出来的最优秀的人,往往更集中地体现了社会文化的这种特定崇高感和狭隘感,并因其内在矛盾的特别鲜明强烈,因其内心冲突的特别激烈多彩,而成为文学家们无法错过的描绘对象。

《恨世者》:一个法国的哈姆莱特

　　一个时代最优秀的人既可以是文学家笔下被讴歌颂扬的英雄、被理解感慨的新人,也可以是被同情惋惜的失意者、失败者,还可以是被讽刺嘲笑的怪人或俗人。这后一种最为难得,因为它需要更多的勇气和更锐意的进取之心,以及更深入的思考和更耐人寻味的总结。莫里哀(Moliere,1622—1673)的《恨世者》①塑造的就是这么一个供人嘲笑和讥

---

① 〔法〕莫里哀:《恨世者》,赵少候译,作家出版社1955年版。以下文中引用仅注明场次。

讽的优秀青年。在莎士比亚写出了悲剧式的哈姆莱特之后，莫里哀又用喜剧的手法刻画了一个法国哈姆莱特——阿尔赛斯特。这个嘲笑别人也被别人嘲笑的恨世者像英国的哈姆莱特一样，他思考、探索、憎恨这世上的一切虚假和丑恶，追求正义、公正和爱情，但是他并没有像哈姆莱特那样让人逐渐蒙生无比的敬意，而是在旋转的社交舞台上让人逐渐看透他那愤世嫉俗外表下的狭隘和脆弱。

《恨世者》是一个发生在巴黎贵族圈内的故事。主人公阿尔赛斯特是一个愤世嫉俗的青年贵族，他一上场就指责自己的好朋友非兰德有不可原谅的行为，因为他向一个连姓名都说不出的人当面万般殷勤，随之转身就置之脑后，"已经堕落到出卖自己的灵魂……如果我不幸也做了像你那样的事，我便会懊丧得立即去上吊"。阿尔赛斯特对贵族上流社会的虚伪礼节极为憎恶，希望做真诚的人，希望只对自己真正尊敬的人表示自己的敬意和礼貌。非兰德则认为社交就不免顺着习惯的要求用俗套应付别人，不免对一个老而爱俏的贵妇说她怎么美，不免对一个图慕虚荣的男人说他如何显贵等等。非兰德因此也讥讽阿尔赛斯特虽然和整个人类好像决裂得毫无转回的余地，但却也与其他俗人一样，爱上了一个众人追求的青年寡妇色里曼娜。阿尔赛斯特于是诚然"承认自己虽然总是第一个看出她的各种毛病，但还是要爱她，因为她的美丽真是最有力的"，而且"我的爱情是会把她的心灵中的这些时下恶习驱逐干净的"。

色里曼娜的另一个求爱者奥龙特兴冲冲地跑来要阿尔赛斯特欣赏他新做的一首十四行诗，非兰德按常规假意恭维了一番，阿尔赛斯特则忍不住说出实话：一个漂亮的人还是少舞文弄墨，免得让人笑话。气急败坏的奥龙特从此与阿尔赛斯特结下怨仇，诬陷他写了市面上臭名昭著的一本"极丑恶的书"。阿尔赛斯特因此可能要被罚两万法郎。

阿尔赛斯特请求色里曼娜不要向奥龙特等一切人眉目传情，色里曼娜则认为他嫉妒得不讲道理，虽然她心中并没有对那些求爱者动过芳心，但她也不想阻止这些人对她的百般献媚。在一场场争风吃醋、互相背后议论的吵闹之后，色里曼娜的另两位求爱者委拉斯特和格里党特分别把色里曼娜写给他们的书信抖搂出来，让大家发现色里曼娜其实谁也不爱，背地里把每个求爱人都嘲弄得体无完肤。于是众情人纷纷离去，唯有阿尔赛斯特还无法克制心中的千缕柔情，恳求色里曼娜与他一起远离人类，隐居他乡。但出人意料的是色里曼娜坚决地拒绝了他。于是，孤傲自负的阿尔赛斯特准备跳出巴黎"这个人欲横流的深渊，到大地上去寻觅一个偏僻的穷乡！在那里可以自由自在地做个真人君子"。但刚刚觅得意中人的非兰德却与爱丽央特——一个原来爱着阿尔赛斯特的姑娘,决定要"用种种方法打破他心中准备好的这个计划"。

英国评论家多米尼克·赛克里坦说:17 世纪的文学作品"在许多方面教会我们认识我们的热情(纵然我们现在几乎不用这个词),自尊自爱(纵然它是我们所不喜欢的!)就各类重要的人类典型而论,还有哪一个世纪的文学在概括这方面的发现时取得了如此的成功呢?"不仅 17 世纪法国古典主义作品是"令人深为信服的,是美的",而且"莫里哀的喜剧《恨世者》表明了对美的这种探索能够达到何种高度,它使我们何等接近于最现代的为艺术而艺术的观念:一部显而易见的虚构剧作,一场劳而无功的兴奋芭蕾;是那样间接又那样直接,发生在绝对的真实和绝对的幻想之间"①。

两个男人的理性

莫里哀的喜剧总是既描写现实又挑战表面的真实,他的古典主义"理性"原则不仅体现于讥讽和批判,更体现为掌握分寸和辨识功过。在莫里哀笔下,没有粗暴地鞭笞,也无毫无轻重的肯定,每个人都逐渐显现出他们各自的品德和特有的趣味。例如阿尔赛斯特对社会的洞察是深刻尖锐的,他的孤傲不羁和直言不讳出自他不愿与上流社会习俗同流合污的独立思考,但他同时也是过分骄傲和自满自足的,他的独立直行既大胆率性,也有内在的软弱。这种内在软弱表现在他过于要把自己与一切人区别开来,过分夸大自己的崇高清白,结果却在现实生活中成了一个"怪人",一个既想抛弃他人也被众人抛弃的"恨世者"。非兰德相比之下是懂得分寸和灵活性常识之人,他对一切人和事都比较宽容和善解人意,但他同时也是随波逐流的平凡之辈,最终只会做一些符合社会规范的常规之事,所以年轻的非兰德们总是会为阿尔赛斯特这样的独特人格所吸引,为他们身上的创造力所激动,成为追随在他们周围的忠实伙伴。

色里曼娜是个美貌的、年方 25 岁的寡妇,她的言谈举止无不透露出良好的教育、优越的生活条件和出众的自我意识,她既能像非兰德那样在公开的丰富社交生活中左右逢源、应酬自如,又能像阿尔赛斯特那样在内心里傲视群雄,把每个自以为是的求爱人在心里贬得一钱不值。但最终,

---

① 〔英〕多米尼克·赛克里坦:《古典主义》,艾晓明译,昆仑出版社 1989 年版,第 60 页。

她在内心里最爱的人则是她自己，是属于她的自由、独立的特殊地位和优裕生活，所以她一方面向阿尔赛斯特表白唯有对阿尔赛斯特的真情她存有一些同情和自责，另一方面也向阿尔赛斯特直接说明自己不愿把青春抛却在沙漠荒郊，也缺乏伟大坚强的心灵去过离群索居的生活。

莫里哀以大合唱的方式逐渐把全剧的一个基本主题演绎在观众面前，即这个贵族世界里充斥着可鄙又可笑的个人主义，这是一个处处以自我为中心的社会，无论是虚情假意的互相献媚，还是粗俗、恶毒的背地里诽谤，无论是表面繁华、铺张的生活方式，还是内在空虚、无聊的人生感受，都弥漫着自顾不暇的享受成分。从这个角度看，阿尔赛斯特可谓是法国式的哈姆莱特，他在其他人都觉得很正常的生活环境中却感到格格不入，无人可以倾吐心曲。他看到了周围诸种人身上的可鄙可厌之处，看到了他们的虚伪、狂妄、盲目自信、自欺欺人和顺水漂流，但他也无法把自己与其他人真正区别开来。他还必须打起精神与各式各样他所厌恶的人周旋和社交，于是这个内心忧郁的贵族喊出了：

> 我的眼睛实在看不惯，无论在宫廷或是在城里，所见所闻全都是叫我气恼的事；我看见了那些人的处世方式，我就感觉非常悲观，万分痛苦；我到处只看见卑污的谄媚、不公、自私、卖友与奸诈；我真忍受不住了，我要发狂了，我的计划是要和全人类正面地痛痛快快地斗一场。（第一幕第一场）

但是这位法国的哈姆莱特找不到可以决斗的克劳狄斯，找不到什么可以复仇的计划，他也没有必要添加一些机智来"装疯"和寻求更合适的斗争机会，因为周围的人已经把他那哲学家的忧伤看成一种迷狂、一种妄想；而且这个时代已经孕育了另一种不再以隐忧深愁为特征的哲学态度，即非兰德所信奉的"平心静气"。面对同样的现实，非兰德说：

> 对时下的风俗我们不必过于忧伤，对于人类的本性我们应该多加宽恕，不可用太严峻的尺度去观察；对人类的缺点我们的眼光要放宽和一点。人类之间需要一种行得通的道德；讲道德讲过了头也是要受谴责的；完美的理性是不趋极端的，讲道德也必须懂得适可而止。那种在老年间过于生硬死板的道德，与我们这个时代以至于普通习俗实在有点格格不入；那种道德对于人类的要求实在过高，我们应该适应时代的趋向，不可过于固执；如欲挺身做改革世界的工作，那才是无与伦比的疯狂行为。我和你一样，每天都看到许许多多必须改弦易辙方能顺理成章的事物，但是不管我每迈一步会遇见什么

事情,人们总也看不见我像你那样大发雷霆,他们是何等样的人,我就平心静气地把他们当作是何等样的人,我早把我的心灵锻炼得惯于忍受他们的行为。我相信无论在宫里或在城里,我的这种冷静态度与你的愤慨不平是同样有哲学意味的。(第一幕第一场)

莎士比亚曾把人文主义思想从激情的宣泄引向理性的思考,而莫里哀则进一步把这种理性思辨引向启蒙理性式的二分、相对性和辩证理解。阿尔赛斯特式的愤慨不平与非兰德式的冷静务实,共同构成了这个时期激进知识分子的理性追求。阿尔赛斯特的抗辩指出了个人主义私欲的普遍膨胀和人格尊严的普遍降低,非兰德式的争论也力图纠正过分理想化追求所带来的盲目、激进和否定一切。由此,他们二者之间的争吵冲突是引人入胜的理想理性和常识理性之争。不仅如此,莫里哀笔下的人物往往以礼貌有度开始,以公开的粗俗结尾。非兰德最初说自己平心静气、处乱不惊,随后说世上的不公正是为了要考验我们每个人的哲理,最后在爱丽央特终于看破阿尔赛斯特转而主动投入他的怀抱时,他大喜过望、情不自禁,竟也用阿尔赛斯特经常使用的句式说:"哎哟,这个光荣,小姐,正是我的平生夙愿,要我贡献出我的血、我的性命,也是情愿的。"这个最善于说话的人并不是古典主义理性的真正代表,他实际从不独立思考,只求明哲保身,他平心静气的哲学态度实则是无条件默认现实、顺从现实的自我辩解。同样,阿尔赛斯特最初说自己信仰公道、指望正义,随后在生活中以追求色里曼娜为最高"美"的追求。被色里曼娜拒绝后,又转而想向他有意错过的爱丽央特表白心迹,期望因此能激起色里曼娜的嫉妒或悔恨,却不想爱丽央特已经看破他的心路,不再要他为自己安排命运;最终他自以为的勇敢叛逆实际成了羞愧出逃。

阿尔赛斯特虽有一种战士的姿态和讽刺大师的风采,但他并不是17世纪法国进步力量的优秀代表,他的生活圈子局限于贵族圈,他对社会的认识也仅止于书本知识和沙龙谈话等等。他的求知欲和独立思考帮助他冲破了本阶级的沾沾自喜、自鸣得意,但他也只能以一种拼命和绝望的方式对本阶级的极端腐败进行讽刺挖苦和口头斗争。他意识到自己思考的价值,但并不是自觉的;他渴望捍卫这种价值,但也不是完全投入的。一个受着贵族式教育、过着贵族式生活的人很难真正参悟贵族文明向资本主义文明过渡进程中的进步和矛盾,但他首先想到把自己从贵族中叛逆出来、区别出来,首先想到不能因为环境和大多数人天天如此而使自己的良心得到解脱,这就带有强烈的激进色彩和启迪意义。

　　阿尔赛斯特身上虽具有英国哈姆莱特所不具有的喜剧色彩,但同时这个人物的悲剧意味并不亚于莎士比亚笔下的主角。在与恶意诬陷他人的奥龙特较量时,阿尔赛斯特曾对非兰德说:

> 　　不,我宁愿维持原判。不管这样的判决给了我如何显著的损害,我决不愿他们把它撤销。因为在这里我们完全可以看出正当权利如何受到了蹂躏,我愿它世世代代永远存留下去,作为我们这个时代里人心险诈的一个显著的标志、一个突出的凭证。它无非会使我费掉两万法郎,但是破费这两万法郎我便有权声讨人类的不公平,并有权对人类永远怀有一种无穷尽的愤恨。(第五幕第一场)

　　在莎翁的《哈姆莱特》里,丹麦王子也曾为寻找谋杀的证据以便昭告世人真相而苦苦探索,但阿尔赛斯特这个法国式的哈姆莱特的困境在于,他缺乏真正可以成立的对手,他在与一种社会氛围斗争,而不是与什么阶级的代表或社会势力的代表决斗,所以阿尔赛斯特渴望被公开正式的法庭误判,渴望借助一个"凭证"让众人理解他的苦心,但事实上,他总是被人们误解,被认为是怪人。在莫里哀笔下,理性不仅与丑恶的事实很难吻合,而且还与非兰德式的一般生存意识相冲突,所以英雄的悲剧也在于他们可以不怕攻击,不畏陷害,灾难常常使英雄找到用武之地,但是他们经不起冷落和嘲笑,经不起社会对他们的淡忘和遗弃,因为太平盛世和物质文明的建设常使社会的某些精英沦为脆弱者和反常人。

　　阿尔赛斯特和色里曼娜这两个人物的关系也是耐人寻味的,他们都是贵族圈子里的"反常"之人,阿尔赛斯特认为色里曼娜的美最有力量,表明他能赏识色里曼娜内在的某种叛逆精神,赏识她内心对周围一切人的轻蔑;但反过来,一旦我们认识到阿尔赛斯特是正常社会秩序中的一个独特的反常者,他不断地在寻找同伴和挚友而且寻找不到,我们就不难理解这个坚强人物身上随时随地都可能萌发的自我怀疑,以及他最后竟会倒在爱情游戏场上的软弱。阿尔赛斯特在贵族圈子里不是不被尊敬,也不是不被重用,但要人们真正敬佩他的独立不羁和允许他的公开叛逆,则是另一回事。阿尔赛斯特并不想"出污泥而不染",他想"私奔"和逃离到另一个世界,色里曼娜则不认为会有这样一个纯洁的世界确实存在,她更愿意在游戏中等待连她自己也不清楚的结局。生活的可笑之处就在于:一个过于坚定的自信性格中往往隐藏着脆弱的危险,一旦这种自信被推翻,就很难复得;而一个并不单纯的混杂个性却往往能在现实的混浊之中保持包括堕落、清白、不清不白在内的更多可能性。全剧末了,最坚强、自信、离群、高贵的阿尔赛斯特被轻轻地一击就软了,而奔上来扶他的却是最合群、平俗、以谨小慎微体现宽容大度的非兰德。

另一个女人的"理性"

许多作家都巧妙地通过描写一个男人对女人的态度,来衡量评判这个男人本身。许多男人在谈论社会、国家时采用的是理性思考和逻辑推理,而在涉及女人和切身利益时则顿失理念、气度和豪情,变得心胸狭窄和自我中心。《恨世者》一开始,非兰德就向阿尔赛斯特点明两个事实:首先阿尔赛斯特说自己感到了色里曼娜特殊的好感,但他仍对那些情敌"感到不安",其次色里曼娜的表妹爱丽央特对阿尔赛斯特的敬爱之心坚固而又诚恳,"她"才更"合你的性格"。但是阿尔赛斯特认为"一颗发生了真正爱情的心是愿意对方整个儿地属于自己的",理智早就告诉他应该是爱丽央特,"爱情"却不能被这理智"约束"。阿尔赛斯特听到色里曼娜欺骗了他,同时给奥龙特写情书之后,气愤地要求爱丽央特"替他报仇":

> 阿尔赛斯特(对爱丽央特):接受我这颗心。小姐,代替了这个不贞女子接受了这颗心吧。这样我就可以对她报仇;……我愿意这样来惩罚她。

而在对色里曼娜表达自己"最"高级别的爱意时,阿尔赛斯特说:

> 任什么也不能与我的极高度的爱情相比拟的;由于迫切地想要大家都看明白我的爱情,我甚至于祝颂一些与你不利的事。是的,我愿意没有一个人觉得你可爱,愿意你陷在一步很坏的命运里;愿上天生你的时候,什么都没有赐给你;愿意你既没有地位,也没有门第,也没有财产,以便我的心能做出光辉灿烂的牺牲来弥补你这种命运方面的缺陷,以便今日之下你的一切东西都必须仗着我的爱情专门供给,这个时候我该多么快乐、多么荣耀!

> 色里曼娜:用这样的方式来爱护我,可真透着奇怪! 幸亏上帝保佑,没给你这种机会……(第四幕第三场)

在阿尔赛斯特的妇女观和婚姻观里不仅缺乏一种起码的现代民主观念,体现的是封建贵族式的赏赐关系和等级观念,表明他对色里曼娜的基本天性、权利毫无了解和尊敬;而且也说明阿尔赛斯特这个人内心缺乏对自身力量和气概的自信,所以他也无法慷慨大度地承认一个女子或者一个他者的独立及自由。他希望通过"保护"别人来"保护"自己的特权地位,并保持他人对自己的依赖,实际这虽比通过奴役他者来实现强权更文明一些,但仍是对他人的不公正、不平等相待。

阿尔赛斯特自以为洞察社会,却没有洞察一个女人,尤其是一个他自认为最爱的女人。他完全低估了色里曼娜的勇气和智力,也低估了她的另一种理性。色里曼娜也是一个有理性的人,但她是一个实用理性的代表,凡是对自己的生活"有用"的男人她一概不拒,凡是可能欣赏自己的美色青春而让自己愉悦,或是可能奉献自己的社会背景、权势以讨好自己的举动,她都笑而接纳。正像奥龙特埋怨的那样,她的心"披着一件爱情的美丽外衣,竟挨着次序许给了全人类!"色里曼娜的来者不拒当然不是因为她能宽容各种人性,而是因为她能从各种求爱者的身上看到实质性的利害关系,实际也就是能在情场上看到社会实质性的人际关系。

> 色里曼娜:天啊,像他这一类人是万万不能得罪的,不知怎么回事,在宫里偏是这般人能高谈阔论,样样占上风。无论旁人谈什么总看见他们往里插嘴;他们成事不足,但败事有余,无论你在外面有什么得力靠山,跟这种乱说乱吹的人是决裂不得的。(第一幕第三场)

色里曼娜一方面能冷眼看穿世态炎凉,小人更不能得罪,另一方面又能慧眼识破一切求婚者可笑的真面目和无聊本性。不仅如此,她还有能力不让一切人轻易地伤害到自己。自以为正经的贵妇亚勒细诺哀对她的"教训"被她以牙还牙地击退(第三幕第五场),阿尔赛斯特对她的"安排"被她视若奇思怪想,她不仅能将男人区别对待、按需索取,甚至能把自己的婚姻契约与实际的生活分离,单独拿出来与阿尔赛斯特谈判。她曾问阿尔赛斯特如果只缔造婚姻但不与他远走高飞是否可以报答他与众不同的痴情,气得那个自以为"只要心心相印,世上其他的一切还有什么要紧"的阿尔赛斯特大叫:他受到了一种"比一切都厉害的拒绝",其中包含了"尖锐的侮辱"。

从各种角度看,色里曼娜都是一个标准的现代女孩,甚至是一个具有"新新族"特征的高价女孩,她像一朵鲜花在明媚的春光里快乐地展现自己的千娇百媚,希望吸引一切蜂蝶前来以采蜜的名义举行没有时间限制的舞会。她不想当百花之王,也无意在来访的客人中选中一个"最"优秀的归宿,她只希望自己当下快乐,大家也快乐于当下。至于花季过后鲜花衰败后的命运,她也早已有了心理准备和生存计划,正像她对亚勒细诺哀说过的：

> 按照各人的年龄和兴趣，各有各的理由。有一个季节宜于卖弄风流，也有一个季节宜于虔诚向主。等到我们青春的风采已经消磨净尽的时候，就干脆来说，是可以采取虔诚向主的一面，借此可以掩饰那种被人轻视忽略的凄凉。我并不是说将来我没有步你后尘的一天，什么都会是看年龄来到的；但是，太太，你也知道，20岁总还不是讲虔诚的时候吧。（第三幕第五场）

显然，色里曼娜这个女人有知识有头脑，有财产有地位，有信心有计谋。她之所以能吸引各种男人，是因为各种男人都会在她身上发现不同的卖点，与她在一起时总能获得特别强烈的刺激和特别丰富的反馈。虽然真正从她那里有所获得是难上加难，但与此同时，要想结束与她的一段艳遇也是随时随刻，特别容易和方便。所以，像色里曼娜这样的女性，不管人们是否喜欢和欣赏，她都会自行主宰自己的命运，并在任何险恶的现实环境中"开心"度日。与色里曼娜相对比，阿尔赛斯特是脆弱、虚空和可笑的，但也因为与色里曼娜式的现代务实精神相区别，阿尔赛斯特又是传统和激情的、纯真而顽强的，他最终让人从心底里萌生同情和怜意。而对色里曼娜，则只能让明白人抱有一种无奈、不干涉的旁观者心态。色里曼娜在人性物质化追求上的彻底和大胆，可与后几个世纪萨克雷笔下的利蓓加（《名利场》）、德莱赛笔下的"嘉莉妹妹"、《飘》里的女主角斯佳丽相提并论。同样，她的生活中也是只有希望没有结尾（归宿）。莫里哀的理性精神和现实主义精神体现于他对色里曼娜这个人物的解剖和讥讽之中。作家仅以她的未来映照她的现在，暗示她在以后的生活中还有可能借助她自以为坚强的"理性"而真正体味人生的含义。

《恨世者》是莫里哀生前精心构思、反复修改的一部喜剧，虽然当时的演出效果并不理想，但古典主义理论大师布瓦洛则予以这个剧本极高的评价。可惜这个喜剧在中国的许多教科书中缺乏深入的分析，我们对莫里哀的介绍评价还是以《伪君子》为审视重点，赞赏他的阶级意识和批判立场。实际上，无论是论及思想的深刻穿透力、艺术的独特性，还是谈到古典主义"理性"喜剧的代表性，《恨世者》的地位和成就都应该得到我们更多的关注和更高的评价。

莫里哀的喜剧属于法国古典主义喜剧，"古典主义"在我们的一些教科书上被称为"君主专制政治的产物"，其特点是政治上拥护绝对君权，思想上提倡"理性"，题材上模仿古代，艺术上追求严谨。但是英国评论家多米尼克·赛克里坦认为古典主义是一个常用的字眼,表明的是某种生活态度。他认为,我们每个人都具有一些古典和浪漫的因素,看待人类的处境有浪漫主义和古典主义两种方式:第一种(浪漫主义)方式以这样的问题开始:生活究竟是怎么回事?它什么地方吸引我们?我们如何超越已知的事物?生活所能达到的极限何在?我们如何才能表达一种充实的生活的完满性?以这些问题和其他问题为特征的态度我们可称之为前瞻性的、实验性的、想象的、无畏的态度;它们通常是缺乏形式的,因为它们并不停留于某地,它总是寻求着表达新幻想的新形式。第二种古典主义态度以这样的问题开始:过去给我们什么启示?我们与已故的前辈们共有些什么?我们和我们周围的民族共有些什么?我们怎样才能最好地概括过去、现在和未来?什么是永恒的自然真实的面貌?在这里我们有一种更理智、更综合、更稳定的思考方式,它倾向于系统化,倾向于接受那些已被证实是有价值的东西,倾向于利用那些代代相传的形式。浪漫主义成功的标准在于想象一个与众不同的世界,古典主义成功的标准在于创造一个所有人共享的世界。[①]《恨世者》中真正体现古典主义生活态度的不是非兰德或色里曼娜,而是作者莫里哀所表现出来的评判"理性"。他的这种理性特点是追求"适度"、居中、"近情合理",更接近于合适合理的常识理性,并认为一般的生活规则正是建立在这些古老的常识之上。虽然阿尔赛斯特的过分自信,非兰德的谨小慎微,以及色里曼娜的按需索取,都是一种理性的表现,但在莫里哀的常识理性观照下,它们各自的过度和失常就显露无遗:阿尔赛斯特的人文理性一厢情愿,非兰德的世俗理性平庸糊涂,色里曼娜的实用理性自以为是。

莫里哀所处的 17 世纪,正如马克思所说,是"旧封建等级趋于衰亡、中世纪市民等级正在形成的现代资产阶级"时期,但文艺复兴时期新兴资产阶级所信仰的个性解放和乐享现世生活主张,并非是没落封建贵族阶级所完全憎恨或誓不两立的东西;同样,古典主义文艺既是对文艺复兴文艺的一种趣味上的逆动,也是一种精神上的继续。故而 17 世纪在西欧也被称为"巴洛克"时期,其主要特色体现为各种矛盾对比中所呈现的张力,如变革与守旧、华丽和矫饰、夸张与隐晦、纵欲与退隐等。由此对比起来,莎士比亚的哈姆莱特面对的是人性善和恶颠倒混乱的时代,而法国的阿尔赛斯特面对的是"人生如戏"的普遍感叹,他们都用觉醒的个人意识和

---

① 〔英〕多米尼克·赛克里坦:《古典主义》,艾晓明译,昆仑出版社 1989 年版,第 42 页。

独立思维理性对现实进行审视和检测,但前者歌颂的是更具理想色彩的人文理性,后者鼓励的是更为平和、冷静的常识理性。莎士比亚完成的文学思考是对人文精神过分乐观和缺乏必要节制的反省,莫里哀所做的新沉思则是进一步揭示个性解放如何被生活的世俗化进程所瓦解,人文理想如何在复杂现实面前显得单薄而且脆弱、苦苦挣扎而又几乎没辙。英国的哈姆莱特虽有悲剧性的结局,但他自信、乐观、坚强,体现了为新时代理想而复仇、超越个体和现实的精神追求;法国的哈姆莱特脆弱、狭隘、可笑,但他的不被理解和无处容身,体现的是实利主义对英雄主义的无情消解,以及一般人生存策略对社会精英理想追求的无形钳制。因此,阿尔赛斯特不仅可笑可怜,而且这个"法国哈姆莱特"的悲剧性与莎士比亚的著名悲剧一样耐人寻味。

《伪君子》:一种尚可识破的伪善

《伪君子》①是莫里哀的另一出著名喜剧,也是一部谈论"理性"的名剧,它在结构上严守古典主义的"三一律"②,五幕剧剧情单线发展、层次分明,地点始终在巴黎富商奥尔恭家里,时间也未超过 24 小时。从矛盾冲突看,剧中前半部分是(由答尔丢夫引起的)奥尔恭和母亲与家中其余人的矛盾,后半部则是奥尔恭全家与答尔丢夫的正面冲突。从结构上讲,"先声夺人"的开场是一大特点。主要被讽对象答尔丢夫直至第三幕才登场,奥尔恭一家为他发生的争吵却在大幕拉开后就不绝于耳,让我们处处感到他的存在和他的影响。戏一开场,奥尔恭的母亲柏奈尔夫人正在对家里的每一个人大声数落,她说爱插嘴的侍女桃丽娜不懂"规矩",性急的孙子达米斯是"糊涂虫",温柔老实的孙女玛丽雅娜是"坏不过不流的死水",儿媳妇欧米尔"太好花钱",过分打扮,没有给孩子们以好的榜样……只有家中新客答尔丢夫是"道德君子,大家都应该听他的话"。她还希望答尔丢夫能在家里"样样检查",引导大家"走向天堂的大路"。达米斯、桃丽娜和舅爷克雷央特都对此表示强烈反对,在来来回回的家庭争吵中每个

---

① 〔法〕莫里哀:《伪君子》,又译为《达尔杜夫或骗子》。参见李健吾译:《莫里哀喜剧六种》,上海译文出版社 1980 年版。以下文中引用仅注明场次。

② 由法国古典主义理论家布瓦洛在《诗的艺术》一书中提出,要求情节、时间、地点的"三一律",即表现一个完整的行动(里面的事件有紧密的组织,任何增删都会使整体松动),行动的时间不超过一天,行动只在某一地点发生。布瓦洛认为其根据是亚里士多德的《诗学》。

人都自然而然地介绍了答尔丢夫的为人，表明了自己在这场矛盾纠纷中所处的位置和立场。正像歌德所说："像《伪君子》这样的开场，全世界只有一次"，这个单刀直入、一举数得的开场"是现存最伟大最好的开场了"。

环环相扣是该剧结构的第二个特点。从乡下回来的家长奥尔恭进门后，不仅一心只想着答尔丢夫住在自己家里是否满意，而且突发奇想要把前妻的女儿嫁给他，从而使得玛丽雅娜和瓦赖尔的爱情骤然间陷入危机。这第一个突转还使达米斯成了焦急万分的斗士，因为他已经爱上了瓦赖尔的妹妹。第三幕达米斯偷听了答尔丢夫与继母欧米尔的谈话，立即向父亲告发实情，说明答尔丢夫实际看上的是欧米尔，竟在人后无耻地向她求爱，奥尔恭对此将信将疑，答尔丢夫乘机虚伪地高声自我诅咒并请求离去，奥尔恭反为之感动，决定把达米斯逐出家门，把他的财产继承权转给答尔丢夫，并要求妻子经常与答尔丢夫在一起，女儿也必须马上嫁给答尔丢夫。这第二个突转使欧米尔被推上冲突前沿。第四幕欧米尔为让奥尔恭"亲眼看见"事实真相，安排奥尔恭藏在桌下偷听她与答尔丢夫的秘密谈话。在欧米尔的有意挑逗下，答尔丢夫得意忘形、直言不讳，要欧米尔马上给予"实惠"以换取他"拒绝"与玛丽雅娜结婚。第三个突转表现在奥尔恭从桌下钻出正欲大发雷霆时，原形毕露的答尔丢夫却反戈一击，露出凶相，以执行财产"契约"为名要赶走奥尔恭，并事先窃取了奥尔恭朋友存放的文件夹，向国王控告奥尔恭是政治犯。第四个突转是第五幕奥尔恭眼看身败名裂、家破人亡，最善于辨别是非的国王却一眼看穿了伪君子的坏心思，将其逮捕入狱，将财产归还原主，有情人终成眷属。

"奇迹性的结尾"虽有违背现实之感，但莫里哀并没有给偶然性留下过多空间。对封建君主的期望和幻想是古典主义文学的普遍现象，也是那个特定时代环境对作家的特殊要求。但与其说莫里哀歌颂了贤能的君主，不如说他表达了自己对理性的特别信仰，因为君主的公正是出于"他老人家的坚强的理智从不陷入极端。……他尽管热爱真正的善人君子，却不因此就闭塞住自己的心灵而忽略了对虚伪小人应有的憎恶。"所以在答尔丢夫被绳之以法时，克雷央特也告诫奥尔恭不要降低身份去诅咒小人，"顶好"是希望他痛改前非重归正途，同时也应当赶快对王爷的恩典表示"应有"的感激和尊敬。这里对君主的歌颂实际是对理性行为和态度的歌颂。正如在《恨世者》中有阿尔赛斯特的理性和非兰德、色里曼娜理性的对比一样，在《伪君子》里，也有各种理性的对比和较量：达米斯的缺乏理性、桃丽娜的常识理性、克雷央特的思考理性、奥尔恭的盲目理性和答尔丢夫的伪装理性等等。

在观众认识答尔丢夫之前，他的身份主要是由奥尔恭介绍的。这个人在教堂里"和颜悦色地紧挨着"奥尔恭，"双膝着地跪在"奥尔恭旁边。他向天祷告时那种热忱的样子引得整个教堂的人都把目光集中在他身上；他用嘴毕恭毕敬地吻着地，为祷告时捏死了一只跳蚤而捶胸顿足，认为自己"罪孽深重"。有时奥尔恭送他一点钱用，他总要客气地退还一部分，觉得自己"不配"这么多怜悯。如果奥尔恭坚持不肯收回，他就当着奥尔恭的面把钱分给其他穷人。待奥尔恭一把他接回家后，他对这个家的一切都进行督责，尤其是谁对奥尔恭的太太做了媚眼，"那股醋劲比我本人还大六倍"。

如果我们以古典主义理性的"适度"、"近情合理"要求看奥尔恭对答尔丢夫的介绍，就不难看到答尔丢夫的过分和奥尔恭的迷狂，而从艺术手法上讲，这一段铺垫恰好体现了莫里哀借人物台词语义双关。一方面奥尔恭看到的是答尔丢夫的崇高、清正、虔诚、坦白，观众看到的是答尔丢夫的刻意表演、过分的热情和假意推辞；另一方面奥尔恭想表明自己的慧眼识才、乐善好施和慷慨大度，观众则看到了他的糊涂、轻信、自以为是。这正是喜剧与悲剧的不同之处，在悲剧的欣赏中，人物知道的比观众多，故而观众总为紧张的悬念所牵引，充满期待和猜测，而在喜剧的观赏中，观众知道的比剧中人物多，观众更觉得轻松、高明，甚至忍不住要对糊涂的剧中人物棒喝一声！

到第三幕答尔丢夫真人上场后，莫里哀就集中笔墨展现他的伪善伎俩。答尔丢夫首先看到的是女仆桃丽娜，于是马上对仆人大声说："倘使有人来找我，你就说我去给囚犯们分捐款去了。"随后他摸出一块手帕要桃丽娜把胸脯遮起来，因为这东西能够引起不洁的念头，"我不便看见"。没想到桃丽娜先说他刚才的大喊是"装蒜"，再指出他内心不洁，"禁不起诱惑"，于是答尔丢夫准备"躲开"这个难办的仆人，但一听说太太要桃丽娜传话想见见他，马上"温柔"地说"可以，可以"。这一连串娴熟的伎俩和自然的转换，无不显示他混世的圆滑和经验丰富。到达米斯愤怒地向父亲告发他向欧米尔求爱后，这个伪君子立即假装可怜和受到侮辱，自称本来就是一个坏人、一个罪人、一个不讲信义的穷凶极恶之人，"因此无论人们怎样责备我，说我犯了多大的罪恶，我也绝不敢自高自大来替自己辩护"，他不仅让奥尔恭"尽管相信"，而且让达米斯"尽管说"，即使说他是杀人凶犯也绝不反驳，因为他会把这一切看作上帝对他的处罚，这些事件的进程进一步显示答尔丢夫的狡猾奸诈，他继续用他那过分虔诚的伎俩掩饰自己的败露马脚。他的厚颜无耻不是表现为自高自大，而是表现为假意的自轻自贱,甚至是一般人难以置信的自取灭亡,但这口头语言上毫无危险性的自轻自贱,反过来正投中了奥尔恭过分相信他之虔诚的致命弱点,反而让他化险为夷,更加平步青云。最后,当答尔丢夫中了欧米尔的圈套,自己揭下了自己的假面具后,他性格中阴险毒辣卑鄙无耻的一面才不由自主地暴露出来,他不仅反戈一击,陷害恩人,而且急欲置奥尔恭一家人以绝境而后快。

在认识奥尔恭之前,答尔丢夫也许是个什么乡镇上的小贵族,他既没有房子、衣服,也没有本事和手艺,只是反复强调自己是"贵族"。作为没落的贵族阶层,答尔丢夫之流的出路或者是出卖爵位,或者是与富商结亲,或者度日维艰(只在表面上保留一点体面),或者出海当强盗,但答尔丢夫走了一条当信士(骗子)的路。答尔丢夫虽是"伪君子"的代名词,但却不见得是顶尖级的伪君子,因为真正的伪君子总是不露真伪、让人真假难辨,而答尔丢夫这个伪君子的特点是他尚能被识破。他有作假的本性,却没有"冷静"的天赋,缺乏克制的功夫,从语言上讲,答尔丢夫的语言狡猾而又过火,给人以"油滑"浅薄的印象,而且他说得过多;从欲望上讲,答尔丢夫总是控制不了自己的冲动,让自己的贪财贪色、争强好胜被他人一眼看穿。从经验上讲,答尔丢夫总是在机会尚未成熟之际就迫不及待地行动,或打草惊蛇,或鸡飞蛋打。因而这个人物性格显然具有夸张性和针对性,暗示并揭露现实中的许多伪善之徒更老奸巨猾、不动声色、技巧圆熟、泰然自若。

虽然在宫廷侍卫官宣布答尔丢夫要入狱后,答尔丢夫就没有机会再说什么了,但我们可以预想他后来进监狱后,一定会很快成为"模范犯人"。由于莫里哀这出喜剧的重点不是说明伪君子这类"人"会有什么坏下场,而是通过这个形象向我们展示了"伪善"这种行为具有怎样的恶劣影响,所以我们首先可以借这幕人间喜剧看到伪善的欺骗性:任何伪善之人或行为总有一个高尚伟大的旗帜或口号作为他们行骗的借口或手段。在答尔丢夫,这个幌子就是上帝、信仰和国家利益,在他接受奥尔恭转给他的原本属于达米斯的财产继承权时,他说:"一切都是上帝的旨意,应该遵从。"当他意欲与欧米尔偷欢时,他说:"如果您只抬出上帝来反对我的愿望,那么索性拔除这样一个障碍吧,这在我是算不了一回事的,不应该再让这个来管住您的心。"最后,当答尔丢夫要逮捕奥尔恭时,他自称是在捍卫"王爷的利益",承担"神圣的责任"。正像桃丽娜这时所说:"凡是世人尊敬的东西,他都会拿来当作一件美丽的外衣用欺诈的方式装饰在身上。"

其次,我们在这出喜剧里看到了伪善的危害性。由于伪善借用欺人的伪装,故而常让普通人上当,这种被骗被蒙被害的经历可能是尚可恢复或忘却的,但也可能是真正颠倒黑白和无法挽回的。比如奥尔恭一家人在这出剧中经历了从鸡犬不宁→倾家荡产→侥幸逃离的共同劫难。由于最后的大逃亡是建立在一个"奇迹"、一个偶然上的,故而这也是一个建立在悲剧故事上的喜剧。奥尔恭的虚荣和轻信从形象上讲是滑稽可笑的,但从发展情形上看,则是十分恐怖的。奥尔恭说:"自从和他谈话以后,我就完全换了一个人,他教导我对任何东西都不要爱恋;他使我的心灵从种种的情爱里摆脱出来;我现在可以看着我的兄弟、子女、母亲、妻子一个个死去,我也不会有动于衷了。"狭隘虚荣、盲从偏信使奥尔恭不仅变得不辨真伪、专横执拗,而且变得不近人情、丧失起码的生活常识和自然人伦。莫里哀希望人们在笑声中不仅提高自己的辨别能力,而且增强自身的警戒防卫意识。

再次,我们还可在这里看到伪善的普遍性。答尔丢夫的性格不是一个独特的个体或"典型",而是一种类型,一种属于每个时代、每个民族和每个社会的人物类型。答尔丢夫这个人物和他所造成的情境不是孤立的、单独的。在答尔丢夫和奥尔恭一家人之间发生的故事不仅仅是法国某个时代的蠢事,而是可能存在于所有时代各种团体之中的蠢事。通过答尔丢夫,我们可以看到人类的一种普遍精神状态和生活情境:如果说善是人类的共同追求,那么在这种追求中出现"伪善"则是人类的一种普遍弱点。我们在真心善良和虔诚之时,不能不时刻警惕和憎恶伪善的行为和虚假的掩饰,因为它们会遮蔽真正的善,破坏善的美感,阻碍和危害真善的存在。

"扁平的"人物?

英国文评家 E. M. 福斯特在《小说面面观》一书里将文学人物分为扁平的(flat)和圆的(浑实的,round)两类,认为前者是类型化的、象征性的"两度人物"(two dimensional),是围绕着"一个单一的概念或品质"塑造的,在描写中往往没有多少表现其个性的细节。而后者则在气质和动因方面都是复杂的,通过微妙的细节表现,往往如活生生的人一样复杂而又多变。按此分法,莫里哀式的喜剧人物应是扁平的、单纯的。如《恨世者》《伪君子》主要描写的是外在冲突,人与社会或人与人的冲突,很少有个人内在的心理冲突。每个人物的性格基本都是天生的、单一的、相对固定的(反之应是复杂的、多层面多侧面的、发展变化的)。但我们不能因此将扁平类型的人物视为简单的或低层次的人物形象,实际这两类人物各有其不同的价值、特点和功能。生活中本来就同时存在这两类人物,我们每个人也可能在不同环境中变换调整自己的处世方式；个性化的人物因其丰富变化而准确、传神，类型化的人物则因其强化一点而更切中时弊。法国古典主义文学中的扁平人物往往表现为单一普遍的性格，现代西方文学中的类型化人物则常常是单一而又普遍的意象（如波德莱尔的"恶之花"）、情绪感受（如卡夫卡《变形记》中的虫类人）、行为方式或情境（如"二十二条军规"或"城堡"）。所以历代作家都根据体裁、手法、风格和创作心态的不同而进行选择，在鸿篇巨制中往往个性化人物与类型化人物彼此交叉、辉映，在短篇小说或舞台剧中则根据实际需要而定。无论是个性化的人物还是类型化的人物，都可能成为某种"模式"或俗套，同时它们之间还可能相互贯通和相互转化。

莫里哀笔下的人物大都可用一个性格特征加以概括，如答尔丢夫的伪善、奥尔恭的执拗、达米斯的简单鲁莽、玛丽雅娜的柔弱多情、欧米尔的善良贤惠、克雷央特的宽容博学、桃丽娜的勇敢机智等。由于莫里哀在创作思想上明确追求喜剧的怡情悦性而不仅仅是引起笑声，故而他笔下的矛盾冲突都是具有提示社会问题意义的个人恩怨，他笔下的人物性格也更明显地提示了当时社会上的主要"阶级性格"，尤其是各阶层一般的缺点。比如答尔丢夫不仅代表了没落贵族阶级，而且影射整个特权阶级都欺世盗名。奥尔恭则代表资产阶级的上层人物特性，他们出于虚荣而盲目效仿贵族生活，主动向贵族们献媚讨好。这种虚荣不仅导致了他们的轻信愚昧、专制自私，而且使他们变得思想保守、顽固粗暴。桃丽娜代表的"仆人"阶级是莫里哀开创的新的喜剧力量，她在剧中救苦救难，化险为夷，是矛盾冲突转悲为喜的枢纽，也是对未来社会问题解决方式的某种暗示。因为桃丽娜既是最早识破答尔丢夫并与之公开斗争的人，也是与奥尔恭唇枪舌剑、不断提醒和批评奥尔恭的封建专制、偏听偏信的人。这个爽朗泼辣的女仆就像莫里哀一样总是嘲笑比自己大、比自己重要的"大人物"和"贵人"，她使自己的"主人"和"上层人"变成了"滑稽人"，而且帮助玛丽雅娜摆脱了灾难，终结良缘。

剧中克雷央特这个老舅父出语不凡，辩才滔滔，但奥尔恭对他不屑一顾，因为他只会说"空话"，在实际问题面前就一筹莫展。相形之下，桃丽娜足智多谋，注重实际，办事麻利，讲求功效。但换个角度看，莫里哀作为古典主义喜剧大师，他的剧本还是以"理性"为信仰之维的，所以他的社会讽刺和未来展望更多地还是通过克雷央特来传达的：

　　　　我并不是受人人尊敬的博学之士，学识也没有汇聚在我一人身上。不过,简单一句话,我的全部学问就是我知道怎样辨识真假。我认为无论什么样的英雄也比不上全心全意敬奉上帝的人那样值得钦佩,世界上没有任何东西比真正虔诚的美德更高尚更优美。

克雷央特认为"真诚"是明辨是非的准则,真正的虔诚是"近情合理"的,真正的好人也绝不会对他人之事指指点点以避免显得自命不凡,他们只憎恨过失本身,而不痛恨有过失之人,他们只以身作则来纠正社会之风,而不用过分的热情来维护上帝的利益,"以至维护得比上帝自己还厉害"。柏奈尔夫人认为克雷央特"不停地宣讲一些关于生活的格言",这些格言表现的是适度、合理的生活常识,它们听起来就像是老生常谈、陈词滥调。但一般的生活规则正是建立在这些常识之上的,克雷央特能把它们说出来,桃丽娜能把它们做出来,而无论是奥尔恭的怪僻还是答尔丢夫的过失,都不难在这种常识理性的照耀下得以分辨和纠正。从这个角度讲,莫里哀的讽刺是高度控制与丰富表达的统一,尖锐与宽容、深刻与鲜明的统一。莫里哀对奥尔恭的态度是提醒式的,对答尔丢夫的态度也是理解式的,他更多地把伪善、狭隘、虚荣、固执、软弱看成人们普遍存在的弱点,他把这些恶习变成了笑柄,也同时为这些人性的弱点而辩护。如果说"构成古典主义理论基础的一部分是模仿的理论,一部分是对于理性的极度信仰"①,那么莫里哀对理性的信仰体现于:他总是在谈理性,破除理性的迷信和神圣感;他总是用理性的方式谈,把理性作为人人拥有的普遍能力来对待;而且他还总是作用于观众的理性,保护和净化人们的理性。莫里哀常用机械重复手法让观众在人物还没开口之前就知道他要说什么,舞台上人物的观点可能没有参考价值,但观众会感到自己不费什么心思就料事如神,从而为自己的先见之明而洋洋得意,同时也远离了剧中人物的偏听偏信、执迷不悟和古怪执拗。他让观众在看见人类愚蠢的、自命不凡的和别扭的行为时发出理性的笑,这种理性的笑使观众在感情上与被笑的对象保持了距离,而在意识层面又对这些可笑的对象进行了思考。

莫里哀说过:"喜剧的责任即是在娱乐中改正人们的弊病,我认为执行这个任务最好莫过于通过令人发笑的描绘,抨击本世纪的恶习。"他觉得悲剧"利用高尚的情感来维持剧中的气氛,用诗句来戏弄命运以及辱骂神祇,这是比较容易的;更难的是恰如其分地深入到人们可笑之处,把各人的毛病轻松愉快地搬上舞台。描写英雄,可以随作者的方便。……不

---

① 〔英〕多米尼克·赛克里坦:《古典主义》,艾晓明译,昆仑出版社 1989 年版,第 11 页。

过如果你描写的是人,那么就必须按照真人来写"。

莫里哀的喜剧手法夸张,结构巧妙,台词诙谐。在莫里哀之前,喜剧这一舞台样式已十分丰富,如"民间闹剧"用滑稽夸张的手法表现人物,频繁采用粗笨的身体和粗鲁的幽默逗人发笑,常以恶作剧的形式表现一些最不可能在现实生活中发生的事情,许多拥有丰富舞台经验的丑角都能即兴演出,但题材单调、形式化,没有真正的讽刺对象或抒情主题。"传奇喜剧"情节荒诞离奇,常常以男女易装、人物更换、物品调错等手法出奇制胜。"风俗喜剧"轻松、风趣、幽默,表现家庭纠纷、社会风习和传统习惯,有一定的理性和社会分析。"情节喜剧"常以误会法设置剧情,最后则因主人公澄清身份而大团圆,但主要是外在事件的喜剧。"性格喜剧"表现某类人物的典型性格,将人物性格或情绪进行夸张,并予以严肃讽刺,但往往不够幽默轻快。如表现家长反对子女婚姻,既非出于个人或家庭利益,也非滥用家长权威,而是由于思想上有偏见,或性格上有怪癖。莫里哀对这类喜剧很感兴趣,他的喜剧基本上是性格喜剧,但也同时吸取了其他喜剧样式的特点或优点,尤其是古典主义"理性"传统的精华,他的幽默大胆真实而又完美雅致,他的喜剧是内在喜剧因素和外在喜剧形式的有机结合。他反对怪癖偏执,将它们视为对生活常识的无知,对基本常规的触犯,对诚实善良的破坏,他渴望生活的空间能够更为宽松、更为自由,青年人也能在磨炼中变得更为理智和更有适应能力。他提倡真诚,反对一切伪善:伪学者、伪淑女、伪医生、伪信徒、伪绅士、伪病人等等都是他笔下的讽刺对象,但莫里哀的讽刺含蓄而带有揶揄意味,他让那些作假之人大都自食其果,不得不承受欺骗造成的恶果,从而,他也使自己的批评和理性成为一种外在于情节和人物的内在机智,并把悲剧性的严肃成分暗藏在表面的轻松滑稽之下。莫里哀是巴尔扎克以前创造人物形象最多的法国作家。[①] 莫里哀的人物性格因为单一不变而更像漫画,但他塑造人物的基本方法是对比和夸张。其对比手法应用得机智巧妙、丰富多变,或是人物内心与外表相对照,或是同一个人物在不同人心目中的印象相参照,或是人物先前与以后言行的相比照。他描写这一个,而描写的东西却能符合许多人。他创作剧本是为了演出,而不是出版,因而也有些本子来不及仔细推敲,但他的台词生动有趣,能使演员表演自然,他生前在舞台演出上也有诸多形式和技艺的创新。

---

① 柳鸣九等:《法国文学史》,人民文学出版社 1979 年版,第 215—221 页。

《浮士德》:理性的"悲剧"

诗剧《浮士德》(Faust)是德国文学大师歌德(Johann Wolfgang Goethe,1749—1832)的代表作,这部长诗的创作贯穿了作者的整个创作人生,从歌德25岁时写出初稿,到他82岁高龄完成最后的诗行,前后延续了60余年,它既是诗人自身个体思想历程的总结,也是对欧洲知识分子集体思想探索过程的总结,还是对欧洲从文艺复兴开始的现代化历程的一种艺术写照。

浮士德这个名字(Faustus)在拉丁文原义中含有"幸福"的意思,是个民间传说中的人物,传说中的他是中世纪德国的一个漫游哲学家和魔术师。他能点石成金,起死回生。由于他通晓天文地理,因而人们想象他曾在威尼斯与魔鬼打过交道,曾借助魔鬼之力,在空中飞行,但结果从高空坠落受伤……关于浮士德的故事种类众多,尤其是与魔鬼订过契约的故事,很早就在童年看木偶戏的小歌德心中留下深刻印象。英国文艺复兴时期的戏剧家克里斯多夫·马洛曾写过《浮士德博士的悲剧》,首先把浮士德写成是追求知识的巨人,他依靠新知识征服自然,获取财富,并欲改革社会,但最后他的结局却是被魔鬼劫往地狱。马洛的这种写法,给予浮士德很大启发,促使他决定以浮士德的故事为题材,倾毕生心血写一部"哲学的心灵剧"。

《浮士德》[①]共12000余行,分上下两部:第一部25场,不分幕;第二部分5幕25场。在第一部开始前有三个小部分:一是"献诗",是诗人回想此诗的写作几度中断,当年还受德国诗人席勒的鼓励才重新执笔。想到此时听过初稿的诗人或是生离或是死别,旧踪难觅,不禁感叹无限。二是《舞台序幕》,写一个为剧团生机财源而犯愁的剧团团长与一个小丑、一个诗人的对话,从而表达歌德作为一个诗人的艺术见解,因为小丑提出应尽

---

① 〔德〕歌德:《浮士德》,钱春绮译,上海译文出版社1982年版。以下文中引用仅注明页码。

可能娱乐观众,慧眼识时务,而诗人则认为艺术终归有艺术的目的,应该予以人们纯洁的快乐和对永恒的向往。三是《天上序幕》,也是全剧情节的真正开端。在《天上序幕》里,最重要的事件是天帝与魔鬼打了一场赌赛。

上帝为人类打赌

大幕拉开时,一群天使围绕着天主,三位天使长首先开口歌颂天主创造的天界、地界和人间世界,歌颂天主庄严的创世伟业。然后夹在他们中间的魔鬼梅菲斯特插嘴道:"关于太阳和世界,无可奉告,我只看到世人是多么苦恼。"梅菲斯特(Mephistopheles,简称 Mephisto)意指说谎者、否定者、善的破坏者。他在天帝面前自喻为小丑或弄臣,在一片赞美诗的氛围中他却拿上帝创造的人类作"笑柄":

> 这种世界小神,总是本性难改,
> 还像开辟之日那样古里古怪。
> 他们也许会较好地营生,
> 如果你没把天光的影子交给他们;
> 他们称之为"理性",应用起来
> 比任何野兽还要显得粗野。(P18—19)

上帝听了恶魔的这一番大胆嘲笑并不烦恼,只是问他是否认识浮士德博士那个忠实的"仆人",梅菲斯特说他想与天帝打一场赌赛,用自己的魔力把这个非同寻常的人类代表引入魔途,即引向梅菲斯特式的利己主义和寻欢作乐。上帝说:

> 只要他在世间活下去
> 我不阻止,听你安排,
> 人在奋斗时,难免迷误。
> ……
> 善人虽受模糊的冲动驱使,
> 总会意识到正确的道路。(P19)

显然,上帝与魔鬼在这里对人类及其"理性"的看法针锋相对:上帝对人类的前途充满希望和信心,他希望人类作为"真正的神子永远活动长存的生育之力";而梅菲斯特觉得自己下的赌注"万无一失"。就像曾经引诱亚当、夏娃的毒蛇一样,梅菲斯特决定他的此次赌资是为人类提供尘世的最大快乐,从而满足他们那"无限的雄心勃勃",慢慢地他们就走入魔鬼的大道。上帝听了梅菲斯特的话后仍不紧张,他说:

> 我从不憎恶跟你一样的同类……
>
> 人类的活动劲头过于容易放松,
>
> 他们往往喜爱绝对的安闲;
>
> 因此我要给他们弄个同伴,
>
> 刺激之,鼓舞之,干他的恶魔活动。(P22)

上帝既看到人类的动辄耽于安闲的弱点,又看到人的理性终会帮助他们走上正途的必然性;既了解恶的破坏力,又相信这种恶力也会激励人们向善,帮助人类克服慵懒的习性。因而上帝的思想是辩证、肯定现世和富有人情味的,他鼓励人类乐享生命力和创造力,更激励人类要超越尘世,让思想腾越于游移的现象,用理性创建人类的永恒伟业。由此,我们也可以说,上帝与梅菲斯特所作的赌赛,是关于人类能否实现及怎样实现自身理想的赌赛,是关于能否信任人类理性的赌赛。围绕着这两个问题,歌德描写了浮士德的生活历程和理想生活探索。

浮士德人生探索的五个阶段

1. 追求知识(第一部 1—6 场)

在中世纪狭窄的哥特式房间里,绝学多闻的博士生导师浮士德正不安地坐在桌房的靠椅里,他在白发苍苍、垂垂已老之际,反省自己一生的求知生活,虽已对哲学、法学、医学、神学等都彻底钻研,也已能指点那些追求硕士、博士、教士和律师的学子,但自己觉得尚未"有什么真知"。为了了解到更多的事物、最内部的秘密,浮士德又献身"魔术"研究,即早期的科学研究。但毕竟生命有限,知识无涯,在盈盈的月光下,浮士德又一次因烦恼而"午夜不眠",为了克服那郁积心口的难说的苦情,他再次翻开16 世纪法国大预言家诺斯特拉达姆斯(Nostradamces,1503—1566)的魔术书,看到了大宇宙的构成图案,他先觉得宇宙真是一个奇观,是一种伟大的创造,然后觉得自己面对无限自然却又不知从何处去掌握,相形之下,他认为自己作为神的后代,更接近于"地灵",即尘世的生命力和创造力,本身就体现了宇宙奥秘的一部分。谁知地灵随之显形,反驳他的大胆"平辈"自喻,他对浮士德说:"你肖似你所理解的精灵,不像我!"就随即消失。浮士德听了地灵这话竟然"惊倒",因为地灵将人类辛勤积累的学术研究和科学发现都视为自以为是,那么如果人类要准确认识自我又该自喻为什么呢?浮士德的思考正要展开,他的学生瓦格纳叩响了他的房门。瓦格纳是个勤学不辍、目光实际、呆板枯燥的大学生,他崇拜书本、热心研究,"老是纠缠住一些空虚的事物,用贪婪的手将宝藏挖掘,挖到蚯蚓也觉得高兴非常!"(P41)浮士德借口夜深人乏把他打发走后,更觉得书斋生活令人窒息,高高的墙壁、一格格书架将人困住,人在其中求知就像蛀虫在尘土中谋生。想到这里,浮士德准备一试自己研制的灵药,试一试任何人都想过而不入的死亡大门。

就在浮士德准备"饮毒自尽"的时刻,窗外传来了复活节的钟声和歌声,浮士德不由放下酒杯,流下了热泪千行,钟声在他心中唤回了青年时代的向往和游兴,回忆又使他恢复了"往日的童心"。第二场他与瓦格纳一起加入了郊外的散步,更觉得自己在民众的天堂里"能做个人",瓦格纳则满眼看到的都是村民们的粗野举止。村民们向浮士德博士表示感谢,因为他年轻时曾帮助许多人解除瘟疫,浮士德听了赞语后觉得就像是讽刺,因为自己不过是用了些从炼丹师那里弄来的试剂,那些"恐怖的灵丹"的实际效用其实无人知晓。知识常常是"我们不知者,正合我们所用,我们所知者,却没有用处"(P65)。浮士德继续与瓦格纳讨论生活与知识的矛盾和关系,瓦格纳认为森林和田野容易让人看厌,唯有书中不尽的精神快感使自己在人间就能享受到天国的快乐。浮士德则认为:

> 有两个灵魂住在我的胸中,
> 它们总想互相分道扬镳;
> 一个怀着一种强烈的情欲,
> 以它的卷须紧紧攀附着现世;
> 另一个却拼命地要脱离尘俗,
> 高飞到崇高的先辈的居地。(P68)

就在浮士德的灵魂有这样分道扬镳的裂痕时,恶魔乘隙而入。梅菲斯特化为一只狮子狗,尾随师徒俩回到书房。

第三场浮士德在书斋重新研读《圣经新约》,一提笔就对首句"太初有言!"感觉不妥,他细细斟酌一番后,满怀自信地改为"太初有为!"从最初有了圣言或圣道,到最初应有行为和实践,这个修改意味着浮士德已经决定从冥想转向实践,从抽象思维转向能动性现实生活。由于恶魔梅菲斯特最不习惯宗教气氛,因而在浮士德读《圣经》时它不停地乱叫乱跳,于是浮士德用圣十字架使它显出原形,变成了人模人样的梅菲斯特穿得像个"浪荡学生",他请求当浮士德的同伴、仆从或奴隶,"到世间阅历一番",并提出一旦浮士德在各种人间奇迹中感到满足,对某一瞬间说:"停一停吧!你真美丽!"则浮士德反过来做魔鬼的奴隶,梅菲斯特可与浮士德交换灵魂,改上天堂。浮士德自信地答应了,而且说:

> 我如有一天悠然躺在睡椅上面,
>
> 那时我就立刻完蛋!……
>
> 我跟你打赌!(P100)

浮士德与魔鬼定下的赌赛与天帝与梅菲斯特的赌赛有紧密联系,它同样围绕着人的理想和人能否实现理想这两个问题,歌德在此强调不仅上帝对人类有信心,人类自己也极为自信,浮士德相信自己永远不会去奉行魔鬼的利己主义哲学,即便可能会被甜言哄骗、会被享乐迷惑,但人的理性一旦识破假象,就会永远追求真理,在人生追求中永无止境。

浮士德与梅菲斯特定约后,恶魔就用黑外套化为云彩,载浮士德到处漫游,他们首先参与了莱比锡一家地下酒店的聚欢。年过半百的浮士德夹在一群快乐的小伙子中间感觉高兴不起来。于是梅菲斯特将他带到"魔女的丹房",一边让他看镜子里的美女,刺激他的肉欲,一边劝他喝下了"魔酒",结果浮士德返老还童,情不自禁地在镜中欣赏自己,并一瞬间就爱上了在镜子里一闪而过的一位美丽小姐——玛加蕾特。

2.追求爱情(第一部第7—24场)

浮士德在魔镜中看到的情影玛加蕾特是市民的女儿,也是人们常用来与莎翁笔下的奥菲莉娅相媲美的女性形象,她优美、纯朴、可爱,一方面她的家庭教育基本是封建伦理加基督教义,另一方面她又真诚地爱上"高贵的少年"浮士德,觉得他的步态、口才、微笑和亲吻都充满魅力,因而她那种略受压抑而又为热恋燃烧的爱情,那种既柔弱、胆怯,又坚贞不变的爱情,在歌德笔下成为世界文学史最著名的爱情绝唱之一。实际这一段"爱情追求"也是歌德在25岁左右就写成的激情篇,与《浮士德》第二部中的许多中、晚年诗节有明显的不同。浮士德为了和玛加蕾特幽会,听了梅菲斯特的劝告,让玛加蕾特给她母亲喝安眠药,结果她母亲因药量过度而去世。玛加蕾特的兄弟瓦伦廷,一个现役兵士赶回来阻止妹妹大逆不道的幽会,又被浮士德一剑击中。之后玛加蕾特生下一私生子,因畏于流言和自感"耻辱",又被迫自己把孩子溺死。玛加蕾特因杀婴罪入狱。在经历了一系列致命的打击之后,玛加蕾特发疯了,浮士德因杀了瓦伦廷而出逃在外,对玛加蕾特后来的情况不甚清楚,梅菲斯特为了转引浮士德的视线也故意带他到"瓦尔普克斯之夜"去参加魔女的欢宴,浮士德从一魔女嘴中跳出的红老鼠影像中,恍惚看到玛加蕾特;而梅菲斯特又赶紧拉他去观看一场演出。直至22场,浮士德才知道了玛加蕾特的实况,在大为震惊和无比悔恨之中,他欲借魔鬼之力去营救狱中的玛加蕾特,但此刻的玛加蕾特已决心听凭天主安排,服从主的裁决。在玛加蕾特被送上死刑时,同时有三个声音在舞台上回荡:

> 梅菲斯特:她被审判了!
>
> 天上的声音:她获救了!
>
> 玛加蕾特的内心呼唤:亨利!亨利!

梅菲斯特的声音代表现实主义的观念,他在浮士德悲痛欲绝时就说过:"倒霉的不是她第一个",在这种眼光里,每个人都是微不足道的粒子,这一次的爱情失败了,就不妨再来一次。天上的声音既是对梅菲斯特的嘲笑和否定,也是从哲理的角度表明玛加蕾特的肉体虽归于消灭,但她因向往永恒,鄙视偷偷摸摸的负罪潜逃而在灵魂上会获得天主赦免。玛加蕾特的声音实际只有浮士德内心的耳朵才能听见,它表明这个纯洁少女的心始终系在浮士德身上,她的爱情在浮士德心中是永远不会泯灭的。这种爱情不是占有,甚至可能不是现实的拥有,但也因此而超越常情世故,让人的世俗情思获得神的关怀。

3.政治生活(权势、功名及富贵)(第二部第一幕)

经过爱情创伤的浮士德躺在百花如锦的草地上,疲倦、不安、思睡。在大自然的疗治中他终于身心得以复原,再次感到生命的脉搏在清新活跃地跃动,再次燃起继续探求的渴望。梅菲斯特看破他的心思后先在神圣罗马帝国的朝廷里混了个"弄臣",此刻的皇宫因政治腐败、奢侈成风而正面临严重经济拮据,梅菲斯特向皇帝提议挖掘地下宝藏就可解燃眉之急。皇帝听此妙计不禁心花怒放,立即同意梅菲斯特想先狂欢一番的建议。梅菲斯特乘狂欢宴会把浮士德引入皇宫。化装舞会上,古今中外各类人物纷纷登场,梅菲斯特用计让皇帝同意浮士德的建议,发行纸币,并宣称地下的宝藏可以用作抵押。在财政困难终于被浮士德"解除"之后,纸币拥有了金钱的用途,满朝大臣手持纸币,"乐得大汗淋漓",欢喜万分的皇帝也提出要借魔力见一见古希腊美女美男的典型——海伦和帕里斯。浮士德初尝仕途成功,立即答应,谁知梅菲斯特是中世纪人,对古希腊的事无能为力,浮士德只得去梅菲斯特指点的"母亲之国"借海伦和帕里斯的"原型"。

"母亲之国"是个虚无缥缈之处、荒凉寂寞之境,既无时空,也无生命,只有一切造物的形象在其间飘飘荡荡。歌德认为植物的原型及万物的原型就是这"虚无"中的"万有"。浮士德手持梅菲斯特给的钥匙取来了一个"宝鼎"。在皇宫的"骑士大厅",浮士德在等待已久的皇帝和众大臣面前用钥匙触动宝鼎,随着一阵烟雾,海伦和帕里斯的形体出现。在众人的指指点点之间,海伦亲吻着睡着了的帕里斯,帕里斯醒来将她紧紧抱住,她无法反抗,他要把她拐走。这时站在一旁为海伦的美而"思慕、热爱、崇拜和痴情"的浮士德已忘却了一切,他情不自禁地冲上去与帕里斯争夺,但当他手中的钥匙一按触到帕里斯时,就发生了爆炸,男女幽灵重新化为烟雾消失。梅菲斯特一边诅咒浮士德是"傻瓜",扰乱了皇帝的盛会,一边只好把他背出皇宫,逃回远方的书斋。

4.艺术理想(第二部第二、三幕)

浮士德回到古老的书斋时,他当年的学生瓦格纳已经成了博士,他正在采用中世纪的科学方法研究"人造人"。这种方法即用组成人的各种原料、通过蒸馏的化学处理去制造新的人。瓦格纳制成的小人名叫"何蒙古鲁士",因为必须时刻装在曲颈瓶里,所以他实际只具有精神,而追求获得肉体。这个瓶中小人儿一眼看出浮士德的脑海里仍在幻想古希腊,这时作为中世纪产物的梅菲斯特却什么也觉察不到。于是他们三人开始了由何蒙古鲁士引路的古希腊"神游"之旅。在古希腊的天地里,梅菲斯特由于追求肉欲而被一群妖女戏弄。人造人何蒙古鲁士因为追求肉体而四处找寻生命的发祥地,在心急慌忙之中曲颈瓶撞上了女爱神的车座,一片水火交融的蒸腾之后,他回到了古希腊发生之神的怀抱。只有浮士德终于找到古典美的化身海伦,借梅菲斯特之力,浮士德成为古代斯巴达附近的一个北方种族新国家的首领。身着中世纪的服装,他向海伦献上了所有的财产、王位和爱情,海伦为他生了一个儿子叫欧福里翁。这个孩子是歌德用父亲般的情感对当时英国著名浪漫诗人拜伦的一种纪念,歌德认为拜伦是早熟的天才,是不受时空限制的诗的化身,他放荡不羁,精力充沛,渴望参加争取民族自由独立的战斗:

> 欧福里翁:你们梦想着太平?
> 梦想吧,随你们高兴,
> 战争! 这就是口号。
> 胜利! 接连着喊叫。(P607)

　　海伦的丈夫墨涅拉奥斯因为海伦再次被劫,率兵来攻打浮士德的城堡,浮士德的诸侯正与他激战,欧福里翁耳听隆隆鏖战声,不愿袖手旁观,刻意去扶危济国,他纵身跃入空中,头上发光,光尾拖在后面,结果坠落在浮士德和海伦的脚边(象征拜伦 1824 年 9 月为希腊独立战争而捐躯)。合唱队为他唱起了挽歌。海伦则最后拥抱了一下浮士德就悲痛地随之而消失,空留一件衣服和一块面纱。

　　5.社会理想(第二部第四、五幕)

　　浮士德驾着海伦衣衫化成的祥云,在暗天之中飞过陆地和海洋,梅菲斯特踏着德式七里靴追着他,继续用繁华的都市生活来诱惑浮士德。浮士德则觉得现代的、肉感的、颓废的享乐方式不如古代自然健康的生活趣味,于是梅菲斯特问浮士德是否想乘此飞行而一步"登天"? 浮士德说:

　　　　不对! 在这地球之上
　　　　还有干大事的余地……
　　　　我的眼睛被引向汪洋大海;
　　　　看那海水高涨,堆叠如山,
　　　　随即后退,翻滚着波涛澎湃,
　　　　袭击一片辽阔而平坦的海岸……
　　　　我的心中迅速想出了许多计划:
　　　　我要获得这种可贵的享受。
　　　　把那专制的海水从岸边赶走……(P629—630)

　　浮士德要求梅菲斯特帮助他实现征服海水、围海造田、建立理想之邦的社会理想。梅菲斯特提出原来那个神圣罗马帝国在解决了财政问题之后,又出现了内乱,于是浮士德和梅菲斯特一起前去帮助平定叛乱,然后因功受奖,得到海边的一块封地。浮士德招募千百万人来筑堤凿河、填海造陆、开辟良田、新建村庄。此时已过百岁的浮士德突然双目失明,在梦想中他站在高山之巅,耳听熙攘喧闹的人群正从事改造自然的劳动,情不自禁地喊出:"啊,你真美! 请停一停",随即倒地而死。梅菲斯特正欲上前互换灵魂,天使赶来抢救,浮士德的灵魂被送入天堂。

既是个人的经验,也是集体的历史

　　整部《浮士德》情节复杂,枝蔓繁多,时空跨度大、跨速快,需要读者借欧洲历史、文化典故的了解,加想象感悟的介入,才能追上诗人驰骋万里、飞升寰宇的思维。全诗贯穿始终和贯通全局的内在因素,是浮士德对人生理想的探索、追求和精神发展历程,以及在此历程中所体现出来的"浮士德精神"。

浮士德的一生以从海伦至拜伦的欧洲 3000 年历史为大背景,主要记录的是自文艺复兴到 19 世纪初西方知识分子的真理探索和人生理想探索。追求知识、追求爱情、政治生活、艺术理想、社会理想,这个探索的过程既是个人的,也是集体的,同时也是封建制度与资本主义两种体制交替时期各种历史事件、时代矛盾的写照。

追求知识、解放思想是西方现代化进程的第一步。属于封建宗教意识的中世纪学问是新兴资本主义知识分子首先面对的历史遗产和怀疑对象,当浮士德感到经院哲学式的理论和研究繁琐、陈腐、唯心和晦涩时,他觉得知识追求是空耗人生。以"复活节的钟声"为代表的现实生活呼唤,使浮士德获得"复活",一旦走出书斋,融入民大众活生生的生活,对真实生活的发现和认识就使浮士德有了知识的自信和人生认识中的创见。"太初有言"至"太初有为"的修改,体现的是全新的思考理性和实践生活的信念,表现的是西方近代知识分子突破封建意识后获得的精神解放和思维突破。

渴望自由解放的浮士德在大胆追求爱情、乐享现世生活的阶段,虽然没有品尝到理想中的甜蜜,反而经历了一段悲剧,但这个经历是歌德所说的"从天上下来,通过世界,下到地狱"。浮士德从空洞的冥想转向现实生活的实践之后,最初的现世生活品尝是在大世界中造个小世界,让那些难以解悟的纷争大世界暂且抛开,"每个人都如火焰般燃烧着生活的热情,大家跳呀,说呀,煮呀,喝呀,爱呀,仿佛得到了天下的乐事"(P251)。但玛加蕾特的死是这种生活方式的终点,也是浮士德"小世界"梦想的破灭,他的精神由此再次得到发展,即由个人私生活的小圈子转向对社会政治生活的探索。

在新兴资产阶级知识分子尝试社会生活的实践时,封建朝臣的糜烂和腐败早已病入膏肓,这个原有的上层建筑不仅极其难以进入,而且即便浮士德借助魔力混入宫廷,遇到的也只是最为具体、紧迫的国家财政危机。待浮士德凭借自己的知识和才华,为社会或国家作出了一份"贡献",创造出一定的财富或启动了经济的改革和市场的贸易,却发现自己的辛勤服务最终维护的是一个腐朽的朝廷。浮士德的政治生活与悲剧表明封建官场生活毫无意义。从小我走向大我、从个体走向集体、从不劳动走向劳动,虽是一次意义重大的人生转折,但"大世界"或集体生活也有低级和高级、腐朽和健康之分。简单地为封建原有体制服务或为空泛的"国家利益"、"社会利益"效劳,也只会导致痛苦和荒谬感,让人渴望再次逃脱精神的桎梏。

渴望艺术理想的实现是另一种幻想,古代传统的复活和改造,现代精神的转换和重构,是每个民族在现代化进程中所必然面对的重大课题,也更是一个民族美学理想的传承问题。海伦是西方人永恒"美"的化身,是古典艺术的化身,浮士德把江山大地及所有的一切都献给她,表明他在封建恶俗势力的解脱之中,热切向往崇高的、恒久的社会事业。虽然浮士德与海伦生下的孩子欧福里翁(艺术创新)和人造人何蒙古鲁士(科学研究)都在现实生活中缺乏持久的生命力,海伦留下的衣衫也表明:古典美的传承或复活主要是保留一种民族文化的基本范式,但浮士德也由此而领悟:现代生活的实质性内容还需要人们在现代社会的实践中去创造和把握。

浮士德经历的前四个生活阶段,都没有能真正地满足他内心的渴求,他心中始终有一个更高的向往在促使他不断探索前行。在一次次痛苦和失望之后,浮士德的追求越来越高,目标越来越脱离自我、越来越宏伟。社会理想即从事大事业,在一个大场所重新创建理想之邦,创建现代资本主义制度,也即西方启蒙思想家的"理性王国"。虽然这个创建理想的场所最终来自封建国王的恩赐,但现代化的进程无时无刻不反映这样的时代矛盾和复杂性。浮士德在围海造田的社会理想建设中,个体生命已接近终点,双目失明表明他生命力的衰竭,但他的内心仍对未来充满向往,他终于得到了"智慧的最后总结":

> 要每天争取自由和生存的人
> 才有享受两者的权利。
> 因此在这里,幼者、壮者和老者
> 都在危险中度过有为的岁月。
> 我愿看到这样的人群,
> 在自由的土地上跟自由的人民结邻!
> 那时,让我对那一瞬间开口:
> 停一停吧,你真美丽!
> 我的尘世生涯的痕迹就能够
> 永世不劫不会消逝——
> 我抱着这种高度幸福的预感,
> 现在享受这最高的瞬间。

（浮士德向后倒下……）(P705—706)

结合全诗开始的两次赌赛，歌德借浮士德的智慧总结提交了乐观肯定的答案，即人类若能有"每天争取自由和生存"的精神，若能把人生的意义放在不断争取自由的"有为"活动之中，那么人类的前途就会是光明和永恒的了。歌德在自己 60 余年的创作过程中，不断汲取时代先进思想，不断从新的思想高度去回顾西方文明史，尤其是西欧近代现代化的历程，并把这些反思和总结体现在浮士德的形象中，说明：只要人类肯努力实践、敢于斗争、不断追求，就会克服各种矛盾和时代局限，走向光明大道。

"浮士德的精神"

"浮士德的精神"就是歌德总结的西方人的现代精神，这种精神的实质及内容主要有三点：重视实践和现实，永不满足于现实，不断追求真理。理解和评价"浮士德精神"一直是后人阅读《浮士德》的研修重点。

首先看"重视实践和现实"这一点，浮士德的一生，是体验和尝试的一生，他受到过现实的多方面的吸引，并且毫无畏惧地体验了生活的各种可能性：科学、野心、爱情、享乐、梦幻、创造……浮士德不因任何生活的丰足或甜美而变得从此慵懒，也不向任何一类事业的成功或地位的升迁而作出"献身"，他更多地体现了文艺复兴之后西方人在启蒙运动和浪漫主义运动时期的第二次精神解放。浮士德是无所畏惧的，漠视一切陈规的，虽然从传统教会的观点看，他与魔鬼订约应受诅咒，但作为不信教者，他又让自己的灵魂引领自身走着一条不断向上寻求、升华的人生道路，让自己拯救自身。他一方面在无限、宁静和万有的自然中逃避教会束缚，另一方面又在自己的现实生活体验和亲身实践中创建新的具有宗教感的崇高生活。每当他在现实生活中获得某种暗示和诱惑，他的第一步总是先去重新理解一切，然后就是以自身的理性反思一遍，当他最初在反映大宇宙的魔术书中看见"世界的机制"时，曾经感到一阵狂喜，但之后他就感到这不过是一种景观和概念：

好一个奇观！可惜！只是个奇观！

我从何处掌握你，无限的自然？

乳房在何处？……(P32)

宇宙虽是万物的泉源，现成的真理或概念虽是往事万千的概括总结，但对每个饥渴生活的个体而言仍需亲身实践，寻找到吮吸真理的"乳房"，寻找到体验真理的切入口。若想真的掌握"无限的自然",就只能让自己投入真理的探索之途,以个体之真实生命体验,感悟现实之真谛,以具体可行的实践,探索人生不同境界,人应永无精神的饱足。

其次,浮士德之所以"永不满足于现实",并不是指他贪得无厌或见异思迁,而是指他总是渴望超越现实或现成的思想,渴望创造和冒险。第一部他听了地灵的话后曾感震惊、失望,曾想自杀。但死亡对他而言不是简单地结束书斋生活,或逃避精神的痛苦,而是又一次,也许是最后一次的创新和冒险,是走向新生活的一种手段。虽然他此刻人到老年,突然厌倦了自己的毕生事业,想放弃它另择一个,这个选择因为岁月的原因而变得严峻,但浮士德仍要用自己研制的丹药大胆尝试一次推开那"任何人都想过而不入的大门"(P46)。这个举动既表达了他对现存事物的巨大不满,也表达了他对未来的一种巨大期望,因而浮士德的天性是渴望冒险和创造的现代人,是以"不满足于现实"来改造现实的勇敢的人。

浮士德在任何一个理想一旦实现后就会立即再造一个目标出来,他不满于现实的原因之二,是因为他不断地将理想返璞归真,让生活的丰富及变迁去检验已有的真理。第二部神游古希腊时浮士德见到了海伦,浮士德与海伦的爱情结合表明古典美不仅是质朴的古代文明的象征,也是现代人心中活的意念和仍具有活力的情感形式。浮士德对古典艺术理想献上了无限的爱和赞美,但也发现:通过瓦格纳——一点点知识和一点点钻研精神,我们就能接触到古典文明精华,现代人的古代文明修养虽能帮助我们提升趣味和道德水准,但实际最值得爱和有可能获得爱之交流的,不是海伦而是"玛加蕾特"(P620—621)。美在返璞归真中才能再生,如果说有了古斯巴达人和古希腊文明才有了至高无上的美的化身海伦,那么现代人就更应该创建一个崭新的现代文明,才配得上古典传统的完美和理想。对浮士德而言,已有的永不能被满足,应有永远超越于已有。

再次,歌德认为"不断追求真理",永远为理想而努力,人类才能获得拯救或自救。浮士德年轻时追求一切生活体验,老年时追求"最高的体验",他的意志被无数困难和灾难动摇过,玛加蕾特、海伦、欧福里翁、老夫妻……的悲剧,实际都是浮士德的悲剧人生体验,但他的意志从未因此消失,他的生活热情总能在精神的废墟中重新复活,这主要是因为他总能在生活的体验和大自然的怀抱中汲取养分。第二部开头玛加蕾特的悲剧发生后,浮士德悲痛万分地昏睡在草地上,一群形态娇小而优美的小精灵从天而降,这些精灵不问邪恶或是神圣,为一切人歌唱,歌词唱的就是大自然的安抚:首先精灵们召唤和平和遗忘,希望睡眠发挥作用,希望浮士德在忘川水的露珠里恢复疲惫。既然自然没有记忆,人又何必要怜悯和悔恨?然后精灵们召唤不幸的灵魂再次处于自然的无限永存的物质之中,就像那天上的群星有大小、有颤动、有澄清、各有其位又各按着某种秩序布满夜空,湖水在清夜里反映着它们的微光。在这宇宙的循环运动之中,没有私人意愿,没有持久的分裂,痛苦和幸福都将消亡,自然的再生功能会不断发挥作用,幽谷里绿色的新枝和麦浪那摇曳的银色,都是生命的活力在积蓄和传播,每一事物都会在挫败后重新找到一种新鲜的个性,每种生物也都会在时空里重新找到一种生生不息的生命意志:

> 不要迟疑,要敢于冒险,
>
> 众生往往犹豫不定;
>
> 大丈夫事事都能实现,
>
> 因为他能知而即行。(P299)

最后太阳光临,鲜花开放,精灵们躲进花萼,浮士德终于睁开了眼睛。在新的一天他重获生活的力量,重新向往新的生活。浮士德再一次起身去探索真理。歌德先借上帝之口说明人类"用持久的思维使现实世界永驻"(P22),然后再用这样的自然颂歌,透视生命和灵魂的关系。歌德在此强调:不朽的思想会多次开花,不屈的灵魂会不断升华,人类的精神及思想"不朽",不在于它们是否有优点或缺点,人类的不朽思想应像自然的物种一样经得起时间的冲刷和洗礼。被岁月冲刷的是我们普通人的记忆和反悔,留下来的则是深刻中更深刻的东西。浮士德的一生其实是自行其是、五光十色,单独看任何一个阶段,都不是完美的篇章,但作为一个整体却是极为正当!生活对每个平凡的人而言,都不过是一系列失败和错误,但这也可能是我们最好的生活。事物不完美的形式是它们永恒的形式,一时不完美的东西就因其不完美,而所以又是完美的组成部分。真理的得到就是追求真理的过程和体验,浮士德的一生都在追求中体验,在探索中实践,他既反复无常,又不屈不挠,他表面上一无所获,实际他体验了、实践了人生,因而他始终拥有自己的灵魂,魔鬼根本不可能把这样的灵魂夺走。浮士德最后灵魂升天,不是靠上帝的拯救,而主要是他自己实现了精神的升华,上帝派天使来接他的灵魂,一是为了在结构上做到前后响应,二是如歌德自己所言:这样写并无宗教的意义,而是"借助基督教的一些轮廓鲜明的图象和意象,来使我的诗意获得适当的、结实的具体形式"。浮士德对梅菲斯特的胜利是实质性的,是人类自身力量在不断追求真理的过程中所实现的对恶势力的抗争和胜利。

恶魔是谁?

歌德用了一种深刻而又独特的方法来塑造梅菲斯特这个恶魔形象,从特征上讲,他极其老,仿佛比宇宙还老,他从不认可"新",也没有任何幻想,他是麻木和无情,是非人格和无个性,作为一切经验和理智的代言人,他总是尖酸刻薄、深谙世事,面带"清醒"的冷笑,等待着欣赏人类的毁灭。歌德一开始就让我们从三个方面去认识这个"恶"的代表,首先在上帝的眼睛里,他是整个创造中不可或缺的部分,就像为了完美的风味需要有一点酵母和胡椒一样,他是一副重要的调味品。其次就梅菲斯特自己而言,他觉得自己的特点就是总是与他者作对,与受害者想要的相反,他是一个永远存在的否定、不断活动着的否定。再次,在哲学家诗人歌德眼里,他是一切新生希望的破坏者,也是一个伟大的反对者:

> 那种力的一部分
> 常想作恶,反而常将好事做成。(P81—83)

新生的希望若任其独立发展,未必没有错误和灾难,"恶"的反对会使生活更易避免幼稚的乐观和盲目的愚蠢。同时,"恶"的反对从未真正赢得过最后的胜利,破坏总是与新生互相孕育。梅菲斯特每一次都与浮士德对立,并嘲笑他的努力和探索,比如关于书斋生活,梅菲斯特说过:

> 理论全是灰色、敬爱的朋友,
> 生命的金树才是长青。(P118)

关于玛格蕾特,梅菲斯特说过"不是她第一个",从而讽刺生命的金果一旦入口,也会像亚当夏娃吞下的智慧果一样立即变味。无论是个人爱情还是集体事业,无论是艺术理想还是社会改造,梅菲斯特都竭力向浮士德指明那其中的社会习俗惯性和难以解决的复杂矛盾,但每一次梅菲斯特的对立和指点,都更唤起浮士德体验和实践的渴望,每一次挫折和悲剧,都使浮士德更加相信人类自身的理性和能力。即便在"社会理想"的追求中,梅菲斯特竟背着浮士德,将两个不愿搬家的老夫妻和一个旅人活活烧死,同时还烧毁了原有社区的教堂和许多民宅,浮士德也没有被引入魔途。浮士德在得知这一惨剧后,心情沉重。诗人歌德用这个情节表明资本主义社会的建立既是一种进步,也是一种新的残酷,诗人为资本主义发展所带来的新的罪恶而担忧,因而到了午夜时分,四个人格化的幽灵前来叩浮士德的门,他们分别是"匮乏"、"罪孽"、"困隘"和"忧愁"。结果"匮乏""变成了影子","罪孽""变为子虚","困隘""掉转脸去",唯有"忧愁"从钥匙眼钻了进去。

实际浮士德在双目失明之后才"看"见心中理想之景,也说明他在当时的历史条件下看不到真正的未来蓝图,歌德虽对未来怀有浓浓忧愁,但有两个重要原因促使他相信人类自强不息、不断探索,因而理想仍在人间。一个原因是歌德相信"浮士德精神"会长存人世,成为现代西方人的普遍精神;另一个原因就是歌德认为浮士德和梅菲斯特实际是人的一分为二,两者相生相克、相辅相成,他们一人一魔、一主一仆,如影随形、如呼与吸、如问与答,代表着人类将在自身矛盾和困惑中、在对自身生存状态的不满足中,不断提升自身。人的追求不仅是征服外界、改造社会,更是完美人的生存方式和人格完型。所以歌德的《浮士德》既是对"浮士德精神"的颂歌,也是对浮士德式追求的反思;既是对人的自信,也是对人的怀疑;既是对现实生活的肯定,更是对理想生活的呼唤。思辨的精神和实践的精神是歌德思想的精华,是人类"理性"的基本特征,也是西方思想文化的最重要的基石。它们通过浮士德的形象、经历和结局来展示,更显出歌德对时代新思想的诗意描述和细节补充,《浮士德》使我们更能够在感性的体验中看到比现实生活更深更远的东西,更易感到自己灵魂所受到的激励和指引,也更清醒地看到自身"理性"的水准和宿命。

《悲惨世界》:拯救危世的"善"

伟大的浪漫主义运动

　　法国作家维克多·雨果(Victor Hugo,1802—1885)是西欧浪漫主义文学最杰出的代表作家之一。浪漫主义文学主要活跃于 18 世纪末和 19 世纪三四十年代,这一时期欧洲社会在 1789 年法国革命的冲击下发生了剧变,一方面资本主义制度在全面建立、巩固和迅速发展之中,资本主义新秩序为自由主义、个人主义提供了更广泛的社会条件,人们对个体地位的肯定、对普遍致富的期待和对飞来好运的幻想都比以往更加强烈,耽于美梦和创造"奇迹"成为一种普遍的社会心态。另一方面,法国大革命刚爆发时,许多知识分子还相信现代人可以被"启蒙"的理想结果,但革命中的恐怖场面和随后拿破仑时代的一连串败绩,使敏感的知识分子对人类的潜力感到失望,对启蒙"理性王国"的理想感到破灭,他们由此认为文明对人类的腐蚀已经太深,回归自然而高贵的生活状态已十分困难,因而他们中的一部分人用文学作品、绘画和音乐来表达对自然和自然人的崇拜,颂扬异国风光和纯朴的人性,另一部分人则让自己离群索居,逃到远离现代文明的海岛或土著民族中去生活和创作,还有一部分人则带着尚未完全丧失的理想主义情感,满腔热血地投身民族独立的斗争,他们视每个国家的独立解放为每个个体最后自由解放的必要前提。总之,浪漫主义是一个特征极为丰富的概念,也是波及政治、社会、宗教和文学艺术的伟大运动。浪漫主义文学时代最为崇高的观念就是思想自由。浪漫主义时期人们的丰富个性、丰富情感和各式各样的理想追求得以自由宣泄,人们形形色色的反叛热情也得以自由实践,因而这也是欧洲历史上人才辈出的时期和硕果累累的时代。

　　在文学传统上,浪漫主义文学与启蒙主义文学有密切联系,启蒙文学所重视的思想自由、个性解放和返回自然的观念,在浪漫主义文学中有更深的开拓,而浪漫主义文学则开始了对资本主义制度的反思和批判,这种反思和批判的主要思想武器是人道主义思想、空想社会主义思想和德国古典哲学。由于浪漫主义作家试图在启蒙"理性"的照耀之后,进一步用美的理想和人道主义原则来启示人们,解决社会变革中产生的新矛盾,因而他们的创作更注重"理想的真实",生活"应该怎样"的样式,他们笔下的人物也都是些非凡情景中的非凡人物、英雄人物。浪漫主义文学的主要体裁是抒情诗。浪漫主义小说和戏剧也出现诸多杰作,但它们大都是诗意戏剧、诗体长篇小说或诗化戏剧性小说。

雨果是法国浪漫主义文学的领袖式人物,他写于 1827 年的《〈克伦威尔〉序言》被公认为是杰出的浪漫主义文学论文,在这篇向 17 世纪主流文学——古典主义文学宣战的文章里,雨果指出:"浪漫主义就是文学上的自由主义。"古典主义是人工修饰的凡尔赛皇家花园,而浪漫主义文学则是天然壮观的原始森林。在提出破除古典清规戒律之后,他首先提出了著名的"对照原则",因为自然万物常处于一种复合的状态中,对照使一切事物的显现更鲜明更强烈,也使我们在观察了美丑的对照之后灵魂更趋于美和上升的运动。其次,雨果认为浪漫主义文学追求艺术表现的主观色彩和夸张手法,因为诗的真实不同于眼见的真实,诗人心中的道德和美学理想使现实对象具有了更尖锐、更敏感的对照和观照。再次,雨果认为浪漫文学的独特艺术风格是丰富、强烈、奔放和绚烂。浪漫主义文学"具有强者的威严的魅力",能"出其不意地把你的灵魂掏出来"。最后雨果大胆推崇"天才"、"超人"、"自我",坚持文艺应指点心灵,给予读者以精神养分,诗人、剧作家应"负有民族的使命、社会的使命、人类的使命",应让自己的创作"真实之中有伟大,伟大之中有真实"。就这样,雨果的这篇《序言》由于陈述了浪漫主义文学的基本特点和创作追求,总结了浪漫主义文学的主要艺术创新,因而成为法国浪漫主义文学的纲领和宣言,吸引了一大批文学艺术家在浪漫主义的旗帜下从事自己的自由而又热烈的艺术活动。

雨果的第一部浪漫主义小说杰作是《巴黎圣母院》(1831)。发表于 1862 年的《悲惨世界》是他一生中最重要的作品。随后他还写有《海上劳工》(1866)、《笑面人》(1869)、《九三年》(1873)等。在《海上劳工》一书的序言中他写道:"宗教、社会、自然是人类三大斗争,这三大斗争也是人类的三大需要。"可以说《巴黎圣母院》、《悲惨世界》和《海上劳工》就分别反映了雨果理解的人类三大斗争或三大需要。《笑面人》是一部浪漫主义历史小说,而《九三年》则着重体现了雨果晚年对"革命"与"人道主义"关系的思考。除小说外,他的浪漫主义戏剧和诗歌也在文学史上享有盛誉。雨果生前还不遗余力地介入时代斗争和社会变革。路易·波拿巴时期他曾被流放国外 19 年,巴黎公社时期他写下的名言"公社的信条——巴黎的信条,迟早一定会胜利"至今还刻在公社社员墙上。雨果的一生无论是诗品还是人品都极受人尊敬。1885 年享年 83 岁的雨果去世时,法国人民为他举行了隆重的国葬。

《悲惨世界》①描写的是人世的悲哀和苦难,雨果对"受苦的人们"的含义进行了丰富而又深刻的阐述,对人世的哀痛进行了栩栩如生而又感人至深的描写,这些阐述和描写采用了火热的诗句和海涛一般奔涌不息的警句格言,从而使我们这些多少尝过生活之"苦味"的读者在阅读《悲惨世界》之后,对人世之苦却有了许多可贵的新的体验,对文明社会中迄今尚未消除的愚昧和困苦会有更多的思索和生发更多的责任感。

一个人的改变

《悲惨世界》的故事开始于一个老人,这个叫"米里哀主教"的人是司法界贵族的后代,因为父母希望他早日继承"参议"的位置而在 18 岁左右就让他完了婚。这个品貌不凡、谈吐隽永的人与其他普通贵族青年一样,把一生中的最初阶段都消磨在交际场所和与妇女的厮混中。法国大革命中,这个青年的家庭成员因被驱逐、追捕而东奔西散,他出逃到了意大利,他的妻子害肺病死了,他们没有孩子。谁也不知道他是怎样在孤独中经历了生活、财产和思想上的这一系列巨大打击,人们只知道他从意大利回国后已经当了教士。在一个"说话的嘴多而思考的头脑少的小城市里",他深居简出,默默工作了 9 年。虽然大笔大笔的慈善捐款都经过他的手,但他除了生活必需品外没有增添任何东西,"由于社会上层的博爱总敌不过下层的穷苦,……于是他从自己身上搜刮起来"。当他的马车也变成救济款后,他就骑着毛驴或步行去完成他的巡回视察工作。在巡视中,他闲谈的时候多,说教的时候少。他从不把品德问题提到高不可攀的地步,也从不用遥远的事例来说服村民,"他那样谈着,严肃地、父兄似地;在缺少实例的时候,他就创造一些言近而意远的话,用简精的词句和丰富的想象,直达他的目的;那正是耶稣基督的辩才,能自信,又能服人"(P15)。

---

① 〔法〕雨果:《悲惨世界》,李丹译,人民文学出版社 1978 年版。文中引用仅注明页码。

我们认识米里哀主教的时候,他已经 75 岁,这个经历过岁月沧桑、浑身充满坚定信仰、宽厚仁爱和坚毅忍耐精神的老人,正在生活的一切细节中体现他所遵从的教义和博爱思想。是什么促使他发生了如此的精神巨变,是什么帮助他找到了生活的最终目的,我们不知道。他就像是一个神秘的源头,在缄口不提的一段经历之后,成了人们生活中的一个"好汉子"。"如果我们和他接触几小时,只要稍稍望见他运用心思,那个好汉子便慢慢变了样子,会令人莫名其妙地肃然生畏;他那宽广而庄重、原就在白发下面显得尊严的前额,也因潜心思考而倍加尊严了;威神出自慈祥,而慈祥之气仍散布不停;我们受到的感动,正如看见了一个笑容可掬的天使,缓缓展开他的翅膀,而仍不停地露出笑容。"(P69)

就是这么一个神秘的老人,成了一个爱的源泉。这天他遇到了一个中年人,一个刚从监狱里放出来的囚犯,一个谁也不愿搭理他、收留他住宿的流浪汉——冉阿让。冉阿让敲开米里哀主教家门的时候,他的眼睛里是粗鲁、放肆、困惫和强暴的神情,当他听到米里哀主教知道他是来自监狱的囚犯还愿意让他留宿时,他那一向阴沉严肃的面孔,显出了"惊讶、疑惑、欢乐,变成了光怪陆离的样子"。他想感谢主教,但老人说,这不是他的家,而是耶稣基督的房子,任何有"痛苦"的人都可以安心住下,也不必互相介绍名字,因为在家里大家是"兄弟"。冉阿让狼吞虎咽之后,坦言主教家的伙食还不如一般的车夫,当主教让他住在自己的外间屋子时,他还狞笑着问老人会不会怕他半夜杀人。

冉阿让是一个穷人的儿子,很小就失去父母,由姐姐抚养成人。他 25 岁时,姐夫去世,留下 7 个孩子。冉阿让于是代行父职,与姐姐两人拼命干活,来养育孩子。但他专长的修树工作不是每时每刻都有,冉阿让因此做各种零工。一年冬季,失业的他因不愿空手回家而用拳头打破一块面包师家的窗户,想带一块面包回家,结果被判了 5 年苦役。以后他逐渐就与姐姐和孩子们失去了一切联系。由于越狱,他一次又一次被加禁。最终,为了一块玻璃和一块面包,他被关押了 19 年。他进去的时候曾经战栗、痛苦,但他出来的时候,已是无动于衷、老气横秋。当他在狱中终日接受棍棒、鞭笞、镣铐、禁闭、疲乏的折磨时,他用自己的良心审问了自己,也审问了社会,最后他认为社会对于他的遭遇是应当负责的,因为他工作,并且努力,但仍无力养活自己。他下定决心要与这个不公正、不平等的社会算账。他在监狱里参加了由教士们办的囚犯学校,40 岁的他在学会读、写、算之后,他的新知使他更加憎恨这个社会及上帝给他定的罪。在他被释放后,他也发现释放不等于解放,他根本没有得到想要的自由,他仍旧在他人和社会的监视下背负着罪名。所以他在米里哀教主家昏睡了4小时之后，忽然醒了。他在内心里斗争了整整一个钟头之后，还是决定去偷主教家唯一值钱的东西：六副银餐器。当他手持烛插，经过主教的床边时，看到了寂静中老人酣畅的睡眠。那种无比尊严、媲美神明的容颜，使冉阿让感到了某种"卓绝的心怀"，但这时他"不为所屈"，他取出壁橱中的那篮银器，老虎似地跳过墙头逃了。

冉阿让很快就被三个警察抓了回来。主教却说他身上的东西都是自己送他的，并且怪冉阿让走时还忘带了一对银烛台。在警察告辞、冉阿让全身发抖、感觉自己就要昏倒的时候，主教说："我的兄弟，您现在已经不是恶一方面的人了，您是在善的一面了。我赎的是你的灵魂，我把它从黑暗的思想和自暴自弃的精神里救出来，交还给上帝。"（P131）雨果让我们看到的奇迹是：46岁左右的苦役犯冉阿让被改变了，从主教家出来后，他已经完全摆脱了从前的那些思想，他怀着一知半解的心情，醉汉似的走在恍惚迷离之中。他还将多次摇晃，反复经历内心斗争，但"有一点可以肯定，并且是他自己也相信的，那就是他已经不再是从前那个人了，他的心完全变了，他已经没有能力再去做主教不曾和他谈到也不曾触及的那些事情了"（P138）。

米里哀主教对冉阿让，就像他对一切人一样，采用了仁爱的关怀和道德的感化，在整个冉阿让灵魂的"改变"进程中，主教不仅以身作则，不仅语重心长，不仅满怀仁慈之心，他还以言语难以述尽的容颜神情和无人知晓的深远的思考向人们显示"第一种生存"。"主教可以感到有东西从他体中飞散出来，也有东西降落回来。他心灵的幽灵和宇宙的幽灵在神秘交往。"（P69）所以从表面上看，他只要有钱，总去找穷人，钱用完了，便去找富人。但实际上，他在富人和穷人间来回奔走，他在一路上向所有人散布温暖和光明。米里哀主教的精神是博爱精神，也是一种神秘的精神，当雨果有意向我们暗示他的神秘经历和谁也没有设法企及的思考活动时，作者实际也在向我们强调：唯有通过精神活动和展开想象的翅膀，我们才可能看到这种人的与众不同和神奇过人之处。并不是所有的人一下子就能理解他，也不是所有人都想理解他。冉阿让之所以被"改变"，也是因为他是一个尚未泯灭良知、尚有良心、尚有"我们生来就有的那一点知识"的人。（P48）雨果是一个把精神救赎看得至关重要的人道主义作家，他不认为这种行动会被崇拜科学的生理学家理解（P113），也不认为它们会被穷人们理解，因为米里哀主教"门庭冷落"，但雨果相信它们会被下个世纪或者再下个世纪的人理解。在雨果晚年写作《九三年》时曾说：每个世纪都有自己的使命,这个世纪(19 世纪)完成的是公民工作,下个世纪要完成的则是人道工作。不能让前者掩住了后者,不能因眼前的革命而忘记人道主义理想。换言之,在雨果看来,像米里哀主教这样博爱为怀的好人,正在人间默默地做着无数超前的工作,虽然他被漠视,真正能被他救赎的灵魂也不多,但我们"应该"看到,他做的是唯一具有永恒价值的工作。

两次犹豫

作为五卷本的长篇,《悲惨世界》的主要情节集中在冉阿让身上。冉阿让在米里哀主教的感召下获得新生,他来到法国北部的海滨城市蒙特猗,改名马德兰,开办了烧细料工厂。他的贸易借助天时地利,变得十分发达,他获得大宗利润,"在拉斐特银行的个人存款已达 63 万法郎,但是在他为自己留下这笔钱之前,他已经为这城市和穷人用去了 100 多万"(P201)。由于他的才华、贡献、乐善好施和谜一样的身世,5 年后,他被人民选举为市长。而这时,他在报上看到了米里哀主教去世的讣告,他因此穿上了丧服,并告诉那些好奇的市民:他曾是主教家的佣人。

这个城里的警侦沙威曾做过冉阿让那个苦役监狱的看守,在一次目睹马德兰市长以惊人的臂力搭救压在车轮下的割风老头之后,沙威便怀疑这个"市长"就是当年力大无比的苦役犯冉阿让。这一天,沙威逮捕了一个在大街上卖淫的妓女芳汀,他准备运用法律交给他的"全权"去严厉处理这个竟敢殴打绅士的妓女,而这时马德兰市长正好在众人不知不觉时走了进来,听到了芳汀的求饶和可怕身世,他要求沙威"释放了这个妇人"。随后市长雇人把贫病交加的芳汀抬回自己工厂的疗养室,开始悉心照料她。

芳汀生在海滨城市蒙特猗,出身贫寒,谁也不知道她父母是谁,名字也是因为一个路人这样叫了她。10 岁就为庄稼人家做工,15 岁时来到巴黎"碰运气"。雨果这样写道:"芳汀生得美,保持了她的童贞,直到最后一刻。她是一个牙齿洁白、头发浅黄的漂亮姑娘。她有黄金和珍珠作为嫁妆,不过她的黄金在她的头上,珍珠在她的口中。"(P153)"她在两个方面,风韵和举止两个方面,都是美丽的。风韵是理想中的形象,举止是理想中的动静。"(P158)她为了生活而工作,也为了生活而恋爱。她爱上了一个逢场作戏的中年大学生多罗米埃。她不仅受了骗,而且怀了孕,也是为了生活,芳汀把她美丽的小女儿柯赛特寄养在她偶尔遇见的酒店老板德纳第家里,希望小女儿能与这家的两个女儿做伴。她重回家乡时,没有任何人认出她来,唯有马德兰市长的工厂向她开启着大门,她对工作还未熟练,就因为一个嫉妒她美貌的女工抖出了她失足的身世,而被工厂开除了。德纳第夫妇不断地对她敲诈勒索,谎称她的女儿生病,生了大病。芳汀卖掉了自己黄金般的头发和珍珠似的牙齿,还是走投无路,被迫沦为妓女。在冉阿让遇到她、救助她时,她已经病入膏肓。

当芳汀在沙威的办公室里第一次听到"马德兰"的名字时,她向冉阿让的脸上愤怒地吐去一口唾沫,她已经被沙威判了6个月监禁,她已经无法再以出卖肉体的钱去救治她唯一的生活希望:她那可怜的孩子,所以这个处于疯狂边缘的母亲用当年冉阿让同样用过的"黑暗的思想"对沙威说:"我处处都看见许多女人,她们都比我坏,又都比我快乐。"(P240)所以冉阿让在用全副精神听着她的话之后,立即理解了这一切。他与沙威为了这个女人的处置方法进行了面对面的交锋,进行了良心与法律的对峙。冉阿让迫使沙威"服从"他当场释放芳汀的命令。就像当年米里哀主教仇将恩报让他震惊一样,冉阿让也让芳汀"被一种奇怪的缭乱心情控制住了……马德兰先生每说一句话,她都觉得当初的那种仇恨的憧憧黑影在她心里融化、坍塌,并代以融暖的、不可言喻的欢乐、信心和爱。"(P245)

在沙威退出后,马德兰用长者的口气,向芳汀表白自己对她的事一无所知,从今以后,他将替她还债,接回小柯赛特,并且可以让她俩从此过上愉快又诚实的生活。芳汀被突然袭来的幸福和喜悦击垮了,她跪下来吻了冉阿让的手后就昏倒在地。

当芳汀吻了冉阿让的手之后,在他们俩之间发生了什么,有没有发生人们常说的爱情,这一点雨果没有写。这个最善于抒情、最擅长用诗意的散文活生生地描摹出人间情思状态的大师没有写过冉阿让与芳汀的爱情,这是环绕着冉阿让的神秘,也是环绕着生活的神秘。这两个有着相似经历的穷人,在命运终于把他们联结到一起时,却没有权力和机会去追求。芳汀需要人间最大的帮助去救治她在困苦生活中积下的严重肺病,需要冉阿让帮助她首先救出她的孩子,以给她注入渴望活下去的精神。冉阿让有能力做到这一切,也渴望做到这一切,他正在芳汀的事件中体验米里哀当年的喜悦和深思,他正在试图改变芳汀和许多其他穷人的命运。但是他此刻还要放下他想做的急事,经历他生命中的第二件大事,因为沙威不期然走进了他的办公室,告诉他自己要向他怀疑过的市长赔礼致歉,因为他以为市长就是当年的逃犯冉阿让。(冉阿让在被释放之后,由于又偷了一个主教的银器,又抢了一个掏烟囱的孩子,所以警察局一直在力图逮捕他。)但是最近有个叫商马第的流浪汉因为偷苹果被捕,人们发现他长得太像冉阿让,正把他当冉阿让审判。由此沙威认为自己是错怪了马德兰市长,并提出辞呈。

冉阿让生活中的第一次犹豫发生在米里哀主教酣睡的床头,当时"他正面对着两种关口,踟蹰不前,一种是自绝的关口,一种是自救的关口。他仿佛已经准备击碎那头颅,或是吻那只手"(P127)。现在他第二次犹豫了。这次他所面对的也是两个关口:一个是流浪汉商马第,一个是市长马德兰,或者是"留在天堂做魔鬼,或是回到地狱做天使"(P291)。他陷入了左右为难和游移不定的心态。雨果借机让我们去窥视一个人"脑海中的风暴"和这个人的"痛苦在睡眠中的形状":

> 精神的眼睛,除了在人的心里,再没有旁的地方可以见到更多的异彩、更多的黑暗;再没有比那更可怕、更复杂、更神秘、更变化无穷的东西。世间有一种比海洋更大的景象,那便是天空;还有一种比天空更大的景象,那便是内心的活动。
>
> 歌咏人心,纵使只涉及一个人,只涉及人群中最微贱的一个,也得熔冶一切歌颂英雄的诗文于一炉,制成一部优越成熟的英雄赞。人心是妄念、贪欲和阴谋的浴池,梦想的舞台,丑恶意念的渊薮,诡诈的都会,欲望的战场。你在某些时候,不妨对于一个运用心思的人,望穿他那阴沉的面容,深入到皮里,探索他的心情,穷究他的思绪。在那种外表的寂静下面,就有荷马诗中那种巨灵的搏斗,弥尔顿诗中那种龙蛇的混战,但丁诗中那种幻象的萦绕。人心是广漠辽阔的天地,人在面对良心、省察胸中抱负和日常行动的时候,往往黯然神伤!(P272—273)

雨果告诉我们:冉阿让本来只剩两个心愿:埋名、立德;远避人世,皈依上帝。现在这两种愿望竟遭遇了严重的矛盾,他最初的意念是去自首,把那个商马第从牢狱里救出来而自受监禁,但随后,那种英雄主义的念头就过去了,他对自己说:"想想吧! 想想吧!"入夜,他感到自己的良心正在像上帝一样注视着他,他的思想像波涛似的一阵阵冲刷他所有的记忆和他已经器乱的认识。他想听其自然,任凭上帝去安排,但他很快意识到:"让那天定的和人为的乖误进行到底,而不加阻止、毫无表示,那正是积极参加了一切乖误的活动,是卑鄙、怯懦、阴险和罪恶!"他反思自己生在人间的"目的",反思米里哀主教期望他做的唯一重要的事情——重做诚实仁慈的人。他最终星夜兼程,赶到阿拉斯,在法庭上供认了自己的真实名姓,"尽了他的天职,救出了那个人"。

　　当他随后赶回芳汀的床边时,他的女仆发现他的头发全白了,而他则发现那个年仅 25 岁的妇人的头发已经灰白,她已经病到垂危之际,并且以为突然不见了的冉阿让是去接她的柯赛特了,因而在梦幻中她相信冉阿让已经把女儿接回来了,高兴得喜极涕零。医生也不得不说待她病情稍轻一些就能让她见自己的孩子。但是沙威又闯了进来,急欲逮捕冉阿让,冉阿让请求延缓三天,让他去把柯赛特接回来,沙威执意不肯,还大声地向芳汀说出实情。芳汀在极度的惊吓、失望和恐惧中当场死去。于是听到人说"她死了"的冉阿让突然甩开沙威的手掌,从屋子壁角的一张破床上拆下一根大铁条,用一种旁人几乎听不见的声音向沙威说:"我劝您不要在这时候来打搅我。"只见:

　　　　冉阿让的肘倚在床头的圆桌上,手托着额头,望着那躺着不动的芳汀。他这样待着,凝神,静默,他所想的自然不是这人世间的事了。在他的面容和体态上仅仅有一种说不出的痛惜的颜色,这样默念了一会儿过后,他俯身到芳汀的身边,细声向她说话。

　　　　他向她说什么呢? 这个待死的汉子,对这已死的妇人有什么可说呢? 这究竟是些什么话? 世界上没有人听到过他的话。死者是否听见了呢? 有些动人的幻想也许正是最神圣的现实。毫无疑问的是当时唯一的证人散普丽斯嬷嬷时常谈到当时冉阿让在芳汀耳边说话的时候,她看得清清楚楚,死者的灰色嘴唇,曾经微微一笑,她那双惊魂未定的眸子,也略有喜色。(P360)

　　谁也无法言说冉阿让在芳汀的病榻前对她的灵魂轻声述说了什么。雨果是真正的诗人,他知道在诗的极限边停下笔,让感情借着想象的神秘双翼飞升,去感悟那不可言说的精神世界的秘密。

　　冉阿让去法庭自首之前,就有一封信交代本堂神甫:用他所有的财产善待芳汀母女,并把余钱分给穷人。冉阿让走后,芳汀的丧事并没有真正被料理,她被神甫悄悄葬在使穷人千古埋没的公土里。谁也不可能知道冉阿让的余钱会不会发到穷人的手里。雨果在这里强调的或者说关注的,不是社会改造和物质生活的改善问题,他想赞美的是一个人灵魂的自救,是一个人心灵的升华。对冉阿让来说,他不仅放下了弃恶从善后千辛万苦才积累起来的一切:财富、地位、尊严、行善的机会和实力……他还放弃了仅在他眼前朦胧闪过,却萦绕在他最心底深处的他非常不熟悉的爱情。对冉阿让来说,"主教标志他新生命的第一阶段,商马第标志它的第二阶段。严重的危机以后,又继以严重的考验"(P282)。芳汀的死,为他的人生第二阶段添加了难以言说的无尽悲哀,但他已经走过了这个关口,他必须前行。

三代人的传承

在冉阿让经历了商马第事件的考验之后,《悲惨世界》的第二部至第五部都加进了柯赛特的成长,换言之,在米里哀老人救助了冉阿让这个中年人之后,冉阿让对柯赛特的救助就成为如何把博爱精神世代传承下去的一种探索。

冉阿让知道监狱里还有一个位置空着,那是他的,尽管米里哀主教毫不犹豫地信任了他,尽管他已经为海滨蒙特狷的经济繁荣和政治公正作出了很多贡献,但是社会的舆论和法律还是把他视为苦役犯,把芳汀视为娼妓。幸而在认识了米里哀主教后,冉阿让学会了自己拯救自己,因而再次服苦役的冉阿让利用一次搭救海员的机会,故意跌入海中,让别人以为他已经死了。然后他悄然来到了德纳第家,准备把 8 岁的、正在做另一种苦役的小柯赛特接走。他花了 1500 法郎赎出了柯赛特,两人在巴黎郊区的老房子住下。但是沙威此时也调到了巴黎,冉阿让发现了沙威的面影之后,又与柯赛特一起逃到一所修道院,正巧遇上他当年在轮子下救出的割风老头,于是冉阿让作为割风的兄弟,在修道院里与割风一起当园丁。柯赛特则在这个安全而又宁静的园子里渐渐长大。割风死后,冉阿让便沿用割风的名字搬出修道院,他和柯赛特常在卢森堡公园散步,而柯赛特在那里遇到了意中人马吕斯。马吕斯的监护人也即他的外祖父听说柯赛特没有什么财产后,就表示不同意这门婚事。此时的冉阿让依然受到沙威顽强的追捕,但在他发现了柯赛特和马吕斯的感情之后,不禁为马吕斯的安全担心,因为这个热血的青年很快就加入 1832 年 7 月在巴黎发生的激烈巷战,那是巴黎人民因政府镇压共和党活动而发动的起义,马吕斯受了重伤,几乎牺牲。冉阿让在危急关头背起马吕斯,进入城市下水道,摸黑前进,终于找到塞纳河的出口处。但门锁着,门外站着德那第。冉阿让在答应德纳第贪婪的要求,出得门来时,又遇上了追踪德那第的沙威。冉阿让请求沙威允许他把马吕斯送回家,再回自己家一次,就跟他走。这次,沙威一反常态,竟同意了,实际也即把冉阿让放了。

马吕斯从家里醒来后,已经什么也想不起来了。他想找到自己的恩人,但毫无线索。1833 年 2 月,马吕斯与柯赛特举行了婚礼,冉阿让把自己原先在拉斐特银行的 58 万法郎存款都给了柯赛特,自己只留 500 法郎。沉浸在新婚欢乐中的马吕斯和柯赛特应有尽有,这一切都是冉阿让一手给予的,但是他却在热闹的婚礼中悄悄地离开了。他走回自己的空房,悄悄把 10 年前柯赛特穿过的小衣服拿出来,他把他那颗白发苍苍的头埋进柯赛特童年的衣服里,品尝人生的"最后一杯苦酒"。他又到了一个最重要的善恶交叉的路口,他又一次面临抉择:一边是可怕的避风港,一边是诱人的陷阱。对于柯赛特和马吕斯的幸福,他应该怎么办呢? 是硬挤进去,把它看成是属于自己的,继续用割风的名字隐瞒自己的真实身份,还是应该就此"松手",彻底牺牲自己的幸福,落入可怕的"深渊"?

雨果写道:"第一步不算什么,最后一步才是艰巨的。商马第事件与柯赛特婚姻及其后果比起来又算得了什么? 和再进牢房和变得一无所有比起来又算得了什么?"(P1708)的确,此刻的冉阿让面对的可能是连米里哀主教都没有遇到过的抉择,因为米里哀主教对冉阿让的感化改变了他的后半生,他因此感谢他、惦记他、忠诚于他。但是冉阿让若在两个青年人面前说出他的真实身份,他也许不仅要失去柯赛特,失去她原有的对他的依恋和爱慕,而且他在精神上所付出的一切无私的爱和关怀都可能被误解、被忽略、被完全彻底地在后人心目中忘却。如果他的磨难不能被人们认识,他的贡献不能被人们当作贡献接受,那么他通过这种磨难和奉献一切的历程所最终应该得到的那种高尚、那种神圣还存在吗? 还可能吗?

冉阿让自己用同样的姿态在一个隆冬的漫漫长夜里待了 12 个小时,他"看上去像个死人,一动不动",只有他的思绪还在地狱般的黑暗中打滚又腾空。

婚礼的第二天,冉阿让要求与马吕斯单独交谈,他告诉那个准备和柯赛特一起把他当作父亲的青年:"先生,我有一件事要告诉您。我过去是一个苦役犯。目前,我是一个违反放逐令的人。……我是柯赛特的什么人? 一个过路人。关于那 60 万法郎,那是一笔托我保管的钱。我现在归还这笔款了。"当冉阿让终于把心中埋藏的话倾倒出来之后,他感到如释重负,他又一次完成了自我超越。但冉阿让还请求不要把这一切告诉柯赛特,马吕斯先是感到极其意外,然后就被现实所感染,一方面答应"保密",一方面询问冉阿让想在那笔存款里支取多少酬金。在听到冉阿让问是不是以后不要再见面时,马吕斯冷淡地回答:"我想最好不再见面。"总之,在雨果的笔下,青年人是活泼的、骄傲的、自制的,像阳光一样灿烂的,但他们也是简单的、顺势的、沉浸于幸福而并不真正理解人间至爱的程度和欢乐的内涵的。

在冉阿让想到自己的告辞可能就是永别时,"他的面色不是苍白,而是青灰如土,眼中已无泪痕,但有一种悲惨的火光"(P1730)。他在推开门后又转身向马吕斯说:"我不知道您能否理解我,先生,但现在要走开,不再见到她,不再和她谈话,一无所有,这实在太困难了。如果您认为没有什么不恰当,让我偶尔来看看柯赛特。……次数可以少到如您所愿……"正像冉阿让所说的那样,年轻的马吕斯能够准许冉阿让每天傍晚来看柯赛特,但他不一定能"理解"冉阿让的哀愁。纯洁的柯赛特最初还为"父亲"突然变得"古怪"而莫名其妙,用撒娇的语气怪嗔他,但很快,她也就习惯了冉阿让有时来、有时不来,以至于最后,不来了。

再也走不动的冉阿让正处在他"崇高的黎明"前夕,在"最后的黑暗"中蹒跚、滞留。他的心中已经平静,不再有怨有愧。等到马吕斯终于在德纳第的又一次敲诈欺骗行为中得知冉阿让就是自己的救命恩人时,他"喘不过气来,他用手压住心跳",拉住柯赛特奔跑着跳上街车,要去把那个"圣化"的苦役犯,那个"伟大无比的父亲"接回家来。他们三人终于在死神的阴影下达到互相原谅、互相尊敬、彼此相知、彼此相爱。冉阿让幸福地死在两个年轻人的怀中,他最后对下一代人的希望是:

孩子们,你们永远相爱吧。世上除了相爱之外几乎没有别的了。
(P1796)

这句话是全书的中心主题,是雨果心目中最值得人们记取和遵循的思想,他希望用这样的思想去改变人,去促使人们追求真正的欢乐。米里哀主教用这种精神改变了冉阿让,而冉阿让的一生也是致力于改变悲惨世界的一生,他曾拥有财富、权力,曾显示自己经济和政治活动中的才华,也从不缺乏乐善好施之心,但他没有能改变芳汀的命运,没有能改变德纳第的罪恶,也没有能改变沙威的错误,他只是改变了柯赛特和马吕斯这一对年轻人对世界的认识,使他俩看到了生活有一种更高的形式,看到了信仰、奉献、牺牲等崇高精神的存在,他使人道主义精神在第三代人身上有可能得到认可和传承。

四大问题的解剖:罪恶、法律、革命和博爱

在《悲惨世界》的扉页上,作者以序言的形式写道,本世纪有三大问题:"贫穷使男子潦倒,饥饿使妇女堕落,黑暗使儿童羸弱",法律和习俗造成了社会压迫,出于"人为"的原因和"社会的毒害",文明的鼎盛时期却有

许多人遭受灾祸,围绕着这样一个"悲惨世界",雨果解剖了罪恶、法律、革命和博爱这四大问题。

1. 罪恶:现象及根源

关于冉阿让的犯罪,作者不仅指出,冉阿让的第一次偷窃是因为贫穷,因为"有一年的冬季,冉阿让找不到工作。家里没有面包,绝对没有一点面包,却有 7 个孩子"(P106)。而且强调:社会的法律总是与习俗陈见结合在一起,为社会造成罪恶。冉阿让被指控行窃送到法院时,人们发现他家里原有一支枪,他原是一个喜欢私自打猎的好枪手。于是这个社会的成见就是:私自打猎的人,正如走私的人,都和土匪相去不远。而实际上,雨果指出,在森林里打猎和在山中海上走私的人,与城市里那些卑鄙无耻的杀人犯有天壤之别。"山、海和森林使人变得粗野,它们只发展这种野性,却不毁灭人性。"(P106)但是冉阿让被判了罪,法律的条文是死板的,"文明"的制度和陈习使一个有思想的生物被迫远离社会,遭到无可挽救的遗弃,那是何等悲惨的日子!关在监狱中的冉阿让以良心为法庭,审问过自己,他认为自己的错在于当初他如果肯向别人乞讨那块面包,人家也许不会不给,只要没有饿死,还是可以等待的。虽然人类社会真正饿死的事根本是很少见到的,穷人总是既希望脱离贫困,又不希望进入不名誉的地位。但自以为靠偷窃就可以解决困难,这不仅是鲁莽,而且是发疯。随后冉阿让不禁想到:在他这次走上绝路的过程中,他是不是唯一有过失的人呢?"愿意工作,但缺少工作,愿意劳动,而缺少面包,首先这能不能不算为严重的事情呢?到后来,犯了过失,并且招认了,处罚又是否苛刻过分呢?法律在处罚方面所犯的错误,是否比犯人在犯罪方面所犯的错误更严重呢?"(P111)雨果认为,像冉阿让这样"潦倒的男子"以及他们被迫作出的违法行为,社会必须正视,因为是社会地位不平等、分配不公正、审判不公允、处罚不得当造成它的底层的人们永远处于物质和精神的双重苦海之中。

关于芳汀的犯罪,雨果同样也解剖道:芳汀受骗怀孕后,才发现她已经被遗弃了,不仅被那个男人遗弃了,整个社会、过去的所有朋友都觉得没有再做朋友的理由了。当她孑然一身、无亲无故时,她自己也发现自己劳动的习惯减少了,娱乐的嗜好加多了。她隐约感到她不久就将堕入苦难,陷入更加不堪的境地。好在她有毅力,她敢于大胆正视人生,22 岁的她变卖了所有东西,还清了各处的零星债务,背负着孩子回到家乡做工。她把自己的生活开支降到了最低点,为了治柯赛特的"病"和还债,她出卖了头发、牙齿,以及全部,她终于一咬牙做了公娼。雨果为此写道:

芳汀的故事说明什么呢? 说明社会收买了一个奴隶。向谁收买? 向贫穷收买。向饥、寒、孤独、遗弃、贫困收买。令人痛心的收买。一个人的灵魂交换一块面包。贫穷卖出,社会买进。

耶稣基督的神圣法则统治着我们的文明,但是没有渗透到文明那里去。一般人认为在欧洲文明里,已经没有奴隶制度,这是一种误解。奴隶制度始终存在,不过只压迫妇女罢了,那便是娼妓制度。

它压迫妇女,就是说压迫亲情,压迫弱者,压迫美貌,压迫母性。这在男子方面绝不是什么微不足道的耻辱。

当这惨剧发展到了现阶段,芳汀已经完全不是从前那个人了。

(P231)

芳汀的"堕落"与冉阿让的"潦倒"一样,不是由于他们灵魂的堕落或失控,他们都已经用尽全力地去承受、忍受苦难,如果说冉阿让还忍不住反抗了一下社会,那么芳汀则一直忍让到一个人能忍让的极限,她的那种忍让已经类似冷漠,正如死亡类似睡眠。生活和社会秩序已经对她下了结论,她已经是一块浸满了脏水的海绵。芳汀和冉阿让一样,都自认在上帝面前可以发誓,他们没有犯罪,最多有一些人之共有的错误。但是在法律和社会舆论面前,他们却绝对有罪,并且必受惩罚、受重罚。

与他俩相比,小柯赛特经受的苦难则是由于真正的罪恶,德纳第夫妇一直存心作伪、居心敲诈、恶意勒索。在芳汀还没找到稳定的工作时,德纳第夫人已经把看管柯赛特的费用从6法郎加到12法郎,并继续加到15法郎。在芳汀没日没夜地以缝补为生时,德纳第夫妇写信来说柯赛特得了"猩红热",芳汀为此被迫卖掉头发和门牙。柯赛特在德纳第家完全是个童工,每天要做数不尽的累活,她被笑为"小叫花子"、"小贱货"。冉阿让在德纳第家看到她时,8岁的她已经瘦得骨头毕露,在隆冬身上也不过是一件满是窟窿的布衣,她从头到脚的所有神情、说话的声音和语言的迟钝,都只表现和透露一种心情:恐惧。(P481)但当冉阿让提出要带她走时,夫妻俩却争先恐后地表白自己对这个小孤女如何如何好,如何如何爱她,最终敲得1500法郎。待冉阿让带着柯赛特离开魔爪之后,这个客栈老板又后悔了,他想到冉阿让那么痛快地掏出1500法郎,那么他也许还会给15000法郎。于是他追出去,像狐狸一样凭嗅觉赶上他们,假装退还1500法郎也不能不负责任地把小柯赛特交给一个陌生人。当冉阿让把手再次伸进手袋里时,他一瞧见那只盛钞票的皮夹就乐得浑身酸软。但冉阿让掏出的是芳汀生前写下的纸条。于是德纳第知道没有什么可反驳的,"他感到两种强烈的愤恨,恨自己必须放弃原先期望的腐蚀,又恨自己被击败。他在装'羊'的伎俩败露后,就改换豺狼的行动,他用无赖的口吻斩钉截铁地说:'无—名—无—姓—先生,我一定收回柯赛特,除非您再给我 3000 法郎。'"冉阿让心平气和地用左手牵住柯赛特,用右手拾起一根粗壮无比的棍棒,德纳第望着这棍棒、这荒野和冉阿让的两只大拳头,心中无比懊悔:"我既然出来打猎,却又没有把我的那支长枪带来!"这个不肯罢休的贪心鬼又死死跟着冉阿让和柯赛特走了好一段,直至他发现冉阿让的脸色愈来愈阴沉,才认为"不便"再跟了。雨果在介绍德纳第这样的恶人时说:

> 德纳第原是一个那种具有双重性格的人,那种人有时会在我们中间蒙混过去,过去之后,也不至于被发现。有许多人便是那样半明半昧度过他们的一生的。德纳第在安定平凡的环境中,他完全可以当一个——我们不说"是"一个——够得上称为诚实商人、好绅士的那种人。同时,在某种情况下,当某种动力把他的底层性格掀了起来的时候,他也完全可以成为一个暴徒。这是一个具有魔性的小商人。撒旦应当会偶然蹲在德纳第过活的那所破屋的某个角落里,对着这位丑恶的杰出人物做它的好梦的。(P509)

对德纳第这个丑恶的杰出人物而言,丑恶是他的底层性格,他会审时度势,会像数学家一样地计算投机取巧的盈亏,他那种清晰和敏锐的机警,对财富、阴谋的本能爱好,促使他在任何一个偶然的机会中都有可能伺机作恶。芳汀给了他一个机会,冉阿让也是他发现的又一个机会,后来沙威、马吕斯都不断成为他鬼混人世的机会。小说在结尾处还交代,马吕斯因为从他的口中无意得知冉阿让就是自己的救命恩人之后,扔给他4500 法郎,命令他立即离开法国,带着女儿到美洲去,并说只要这个魔鬼启程,他就再给德纳第一两万法郎。结果德纳第用马吕斯给他的汇款去了纽约,成为"第一个贩卖黑奴的商人"(P1784)。雨果通过德纳第歹毒心肠的揭露和解剖,强调这样人的恶毒之心是无可救药的,他们永不满足,永远伺机待发。社会的法律只惩罚了那些表面的犯罪现象,社会的革命也只变更了朝代和个别君主,像德纳第一家人这样的真正的罪恶根源却从来没有得到真正的面对和制止。人类仿佛还没有找到惩治罪恶之心的真正有效的方法,而雨果的希望寄托于善良之心的培育、传承和弘扬。

2.法律、革命和博爱

资本主义启蒙思想家曾把制度的改革视为 18 世纪社会变革的主要

任务,他们以一系列体现资本主义经济利益和基本人权的理论系统,为西方社会逐渐建立起完整的政体和法律机器。《悲惨世界》中的沙威是社会法律体系的一个代表,雨果在介绍他时说:

> 这个人是由两种感情构成的:尊敬官府、仇恨反叛。这两种感情本来很简单,也可以说还相当地好,但是他操之过急,也难免作恶。在他看来,偷盗、杀人,一切罪行,都是反叛的不同形式。凡是在政府有一官半职的人,上自内阁大臣,下至乡村民警,他对于这些人,都有一种盲目的深厚信仰。对于曾经一度触犯法律的人,他一概加以鄙视、嫉恨和厌恶……他用直线式的眼光去理解人世间最曲折的事物;他深信自己的作用,热爱自己的职务;他做暗探,如同别人做神甫一样。落在他手中的人必无幸免! 自己的父亲越狱,他也会逮捕;自己的母亲潜逃,他也会告发。他那样做了,还会自鸣得意,如同行了善事。同时,他一生刻苦、独居、克己、制欲,从来不曾娱乐过。他对于职务是绝对有公无私的……(P212—213)

雨果一方面刻画他对国家机器的"愚忠",他那种"黑暗的正直"、"盲目的信仰",他像影子一样跟踪冉阿让,锲而不舍,他对所有的"游民"都充满仇视、猜疑,并努力把他们绳之以法;另一方面强调这个人对法律的信仰使他变得极为冷漠,冷漠得不是像一块冰冷的石头,而是像一块木头。芳汀曾在他面前哭述苦情,她泪眼昏花,敞开胸,拗着手指,急促地咳嗽,低声下气,形同垂死的人。深沉的痛苦是转变穷苦人容貌的一种威猛的神光。当时芳汀忽然变美了,一颗石心也会被她说软的,但沙威那颗木头做的心是软化不了的。雨果发现,像沙威这样的心不仅对别人冷酷无情,而且对上帝和以宗教为代表的人类精神世界也是视为现实秩序中普通的一部分,毫无信仰之情的,因为他随后对可怜的芳汀说:

> 好! 你说的我已经听见了。你说完了没有? 走吧,现在。你有你的 6 个月监禁,永生的天父亲自到来也没有办法。(P238)

雨果认为:法律的盲目性在于执法的人对法律有着盲目的信仰,沙威是法律的奴隶,对他而言,最理想的社会就是:不去讲人道、伟大和崇高,人人都只求无过。但是冉阿让使他糊涂了,在巴黎的巷战中,沙威被革命者逮住,冉阿让主动服从的不是人间之法,而是指向天国的原则,冉阿让因为沙威不是恶人,而不愿意惩罚他。后来沙威在塞纳河口终于逮住冉阿让时,他也不知不觉地松了手,放了冉阿让:

各种难解的新问题在他眼前闪过,他自问自答,他的答复使他吃惊。他自问:"这个苦役犯,也为了泄恨,同时也为了自身的安全,他都应该复仇,但他却赦免了我,让我活着。他做了什么?尽他的责任?不是这里进了一步。而我,我也饶恕了他,我做的又是什么?尽了我的责任。不是。也更进了一步。这样说,在职责之外还有其他的东西?这使他惊慌失措,他的天平也散了架,一个秤盘掉进深渊,另一个上了天;……他有一个上级,吉斯凯先生,迄今为止他从没有想过另外那个上级:上帝。"(P1631—1632)

一个勇往直前的人迷了路,正在往后退。

被迫来承认这一点:正确无误不是肯定有效的,教条也可能有错,法典并不包括一切,社会不是尽善尽美的,权力也会动摇,永恒不变的也可能发生破裂。法官只是凡人,法律也可能有错,法庭可能错判!(沙威)在无边无际的像碧色玻璃的苍穹上看到了一条裂痕!……上帝永远存在人的心里,这是真正的良心,它不为虚假的良心所左右,它禁止火星熄灭,它命令光要记住太阳,当心灵遇到虚假的绝对时,它指示心灵要认识真正的绝对,人性必胜,人心不灭,这一光辉的现象,可能是我们内心最壮丽的奇迹,沙威能理解它吗?沙威能洞察它吗?沙威有所体会吗?肯定不能。但在这种不容置疑的不理解的压力下,他感到自己的脑袋开裂了。(P1633—1634)

沙威的自杀似乎带有强烈的作家主观色彩,雨果似乎更想证实自己的结论而不是一个人物思想发展的客观逻辑。雨果想突出的观念就是在至高无上的法律之上还有一个至高无上的人道主义。不把人性、人心、人道主义原则置于法律之上,个体就无法抗拒作为国家机器化身的法律,法律不仅可能成为压制民众、摧毁人性的可怕淫威,而且社会成员还可能无法以正当的理由和合法的渠道对之进行监督或反抗。

同样,对雨果的人道主义原则而言,"革命"的道路和流血斗争的方法也是经不起历史回顾和反思的。在《悲惨世界》里,雨果以马吕斯父亲参加的拿破仑战争和马吕斯参加的巴黎巷战,分析和解剖了 19 世纪的两种革命:资产阶级革命和无产阶级革命。

在第二部描写滑铁卢战场的篇章里,雨果不断强调拿破仑率领法国军队奔赴欧洲战场,自以为是去帮助其他国家扫清封建堡垒的,但结果欧洲各国都认为法国人妄想称霸欧洲。滑铁卢拿破仑的惨败是个谜,"它对于胜者和败者都一样是不明不白",在这场战争的诸多不测细节中,人们津津乐道于那些微不足道的人力和机缘,以为英国的军队具有更好的将领,却没有看到上天干预的痕迹,没有看到上帝安排的对偶法和历史的真迹(P416):

> 滑铁卢里面有什么,我们就只应当看见什么。自觉的自由,一点也没有。反革命在无意中成了自由主义者,拿破仑在无意中成了革命者。(P2123)

与这个历史玩笑相似,英勇善战、充满爱国激情的马吕斯父亲彭眉胥上校倒在了血泊里,在战场的死尸中搜寻财物的中士德纳第却看中了他铁甲上的银质功勋十字章。德纳第把这个"断了气"的人从尸山里拖出来,搜出了他身上的表和钱包,正欲离开时,呼吸到流畅空气的上校却因此醒过来感谢他救了自己一命。在雨果看来,以拿破仑为代表的法国资产阶级革命浪潮,其实是"战争少、屠杀多"(P420),"人已经被拿破仑变成伟大的了,同时也被他变成渺小的了。理想在那物质昌明的时代,得了一个奇怪名称:空论。伟大人物的严重疏忽,就是嘲笑未来。人民热爱炮手的炮灰,却还在睁着眼睛寻他"(P425)。彭眉胥的"牺牲"和"感恩"都没有给予应给的对象,历史就像是开玩笑似的把美变成了丑,把恶变成了非恶。革命的结果其实不是衡量革命的尺度。

关于人民的战争,雨果在第三、四卷里进行了波澜壮阔的描写。雨果认为"巴黎的人民,即使是成人,也还是野孩;刻画这孩子,便是刻画这城市"(P721)。为此,他写了一个流浪儿小伽弗洛什,他的特点就像巴黎人民的特点一样,是吃苦和劳动,是乐观和勇敢,他有父母,却又是孤儿,穿着大人的长裤,却不是他父亲的,披着妇女的裙子,却不是他母亲的。"他去去,来来,唱唱,丢铜板、掏水沟,偶尔偷点小东西,不过只是和小猫小雀那样,偷着玩了,人家叫他小淘气,他便笑,叫他流氓,便生气。他没有住处,没有面包,没有火,没有温暖,但是他快乐,因为他自由。"(P723)

这个酷爱自由的孤儿在1832年6月的巴黎巷战中,一直英勇无畏地战斗到最后,为了搜集子弹,他走出街头,冒着密集的弹雨,唱起了乐观的战歌,最后饮弹牺牲。雨果把他作为"巴黎的原子"、人民的原子,歌颂他的天真、有趣、轻捷、机警和他与生俱有的勇敢。雨果认为"那些赤着的脚、光着的胳膊、破烂的衣服、蒙昧狠贱的黑暗状态是可以用来达到理想的。你深入细察人民,就能发现真理"(P722)。但同时,雨果也认为人民革命的冲动,既是伟大的,也是野蛮的:

> 野蛮。让我们来把这词儿说明一下。这些毛发直竖的人们,在

那革命破天荒第一次爆发的混乱中,衣服破烂,吼声震天,横眉怒目地抢着铁锤,高举长矛,一齐向着丧魂失魄的老巴黎涌上去,他们要的是什么呢?他们要的是压迫的终止、暴政的终止、刑戮的终止,成人有工作、儿童有教育、妇女有社会的温暖,要自由,要平等,要博爱,人人有面包,人人有思想,世界乐园化,进步……这是一些野蛮人,是的,但是是文明的野蛮人。……假使一定要我们在那些文明的野蛮人和野蛮的文明人之间有所选择的话,我们便宁肯选择那些野蛮人。

但是,谢谢皇天,另一种选择也是可能的。无论朝前和朝后,陡直的下坠总是不必要的。既不要专政主义,也不要恐怖主义。我们要的是舒徐上升的进步。(P1050)

在雨果看来,偷窃、卖淫、贫穷、抗争,都是特定时期的暂时之恶,法律和革命是人们控制罪恶的暂时手段,我们永远不应该为了眼前的、暂时的秩序而忘了永恒的人道的法则、正义的法则,因为表面的罪恶并不难处理,唯有罪恶之心永远无法在法律和革命中被真正埋葬。在我们进行忠于职守的辛勤劳作的同时,在我们毫不犹豫地勇敢投入各种各样的"巷战"的同时,我们还要进行我们心灵的革命,让我们对"善"的不自觉的被吸引,逐渐变为自觉的、高尚的信仰。雨果在剖析罪恶、法律和革命的内涵与外延之后,同时也就进一步地突出了"博爱"的主题和用"善"拯救危世人心的主张。

对雨果而言,艺术家的职责不是描述或记录生活,而是像上帝一样去创造这个世界,让这个活着的世界洋溢着清新、自由、高尚、圣洁的空气和阳光,所以他不是用笔去模仿现实,而是用想象力、用激情和理想,在梦幻般的情境中创造一切。也许雨果笔下的米里哀、冉阿让是世界上几乎找不到的人,也许德纳第的骗术和诡计帮助他更充分地享受着现代世界的物质昌明,也许柯赛特和马吕斯在现实的强大趋势下又一次情不自禁地顺势成长,消融在现代文明舒适安逸的生活方式之中,也许现代人更相信拯救危世的法宝不是"善",而是物质文明、精神文明或制度文明这些更为确切、更可以分工操作的概念,但正像雨果在序言中所坚信的那样,只要这世上还有不尽如人意之处,还有恶的魔影,像《悲惨世界》这样的浪漫主义小说就不会是无用的。

《呼啸山庄》：神秘的自然伟力

　　文学的永久魅力，常常不仅体现于那些最广阔的生活场景描写、那些最深刻的鸿篇巨制，而且体现于那些最为独特、最令人感到不可思议的杰作、那些使尘世人生竟然显出强烈神秘异彩的文学单本。许多作家的非凡就在于他们用自己的玄想奇思为人类生活提供了新的价值意义和理解评判，比如英国的作家艾米莉·勃朗特（Emily Bronte，1818—1848）的《呼啸山庄》①（Wuthering Heights，1847）之所以被认为是伟大的传世之作，就是因为它是一部"最奇特的作品"。作家本人仅活了30岁，一生也仅完成了这一部长篇小说和一些诗章，但却已经被证明是世界文学史上最有分量的作家之一。

　　这部小说的故事原型，是西方文学史上常见的"复仇故事"。在哈姆莱特、奥赛罗、麦克白、李尔王、力士参孙、基度山伯爵等一系列人物画廊中，复仇的故事一直以人性最隐秘的内在行为动机为轴心，以最难以驯服的个体意志为经纬，演绎着西方人对压迫、凌辱、野心、爱情、亲情、阶级、种族歧视、财产纠纷等一系列社会人生难题的探索和反思。艾米莉的《呼啸山庄》围绕着男主角希刺克利夫的"复仇"，写了欺辱、压抑、凶残，也写了爱情、善良和忠诚。她把一切都写得异乎寻常的强烈，充满激情和疯狂，如果我们把这个故事与我们的现实世界相比，我们会说：没有人会像希刺克利夫那样生活和行为，也没有人会像凯瑟琳母女那样说话和那样任性。艾米莉的确冲破我们一般人对生活表象的习惯和认可，她一边撕破社会现象的外部标记，一边用她自己特有的方式去描出生活内在的潜流，去超越我们对现实的常规体验。艾米莉的写法在精神上与雨果相通，她也是文学上的"自由主义"，她也崇尚主观、创造和强烈效果。但与雨果极为鲜明的善恶对照原则不同，艾米莉是不作道德扬抑和善恶评判的，她

---

　　① 〔英〕艾米莉·勃朗特：《呼啸山庄》，杨苡译，江苏人民出版社1980年版。文中引用仅注明页码。

在爱情、善良和忠诚之中，看到了难以挣脱的心灵羁绊、无法逾越的生活界限和因为无法两全其美而造成的性格分裂。对艾米莉而言，善和恶是互相纠缠和不断转换的，爱的激情被践踏后就成了憎恨和奸恶，刻骨的思恋被封杀后就成了最顽固的复仇和最为深谋远虑的背信弃义。与雨果不同，艾米莉既不相信社会的道德和法律，也不相信博爱和宽恕。由于宽恕就必须确定人或物的"善"，惩治就必须确定罪行背后的"恶"，因而宽恕和惩罚一样，在艾米莉的世界里只意味着对事物理解了一半：只理解了对立，没理解相关和转换。

在《呼啸山庄》的结尾，希刺克利夫最终放弃了复仇，选择了自杀，也就是选择通过死去实现与凯瑟琳的和解与重聚。但他的这种决定不是因为宽恕和顿悟，而是因为他在复仇的对象的脸上，看到了心中至爱恋人的表情。他在小哈里顿和小凯瑟琳的神情里，看到的都是自己当年与凯瑟琳的身影，于是恶成了搞错了的善，美无法在脱离了丑的纯净中单独地存在。于是希刺克利夫看到他在凯瑟琳垂危之际曾看到过的一种力量，一种比人的力量更博大、顽强、神奇、雄浑的自然伟力，一种真正主宰着人间的一切的宇宙规则，因而他终止了复仇，转向接纳这种力量和回归自己的自然本性。

决定一切的伟力

《呼啸山庄》的故事是奇特的，但更是精心构思和严谨布局的，故事中每个人物的地位、身份、性格、经历及命运变化都貌似离奇，实际逻辑严密。呼啸山庄和画眉山庄是两个隔着山谷的极不相同的英国庄园家族。弃儿希刺克利夫被呼啸山庄的主人老恩萧偶然带回，因无家可归而被收养。恩萧之子辛德雷生性粗野、自负、贪婪而又愚蠢，对希刺克利夫极为歧视和百般虐待，恩萧之女凯瑟琳虽然一天到晚任性撒野，但却与希刺克利夫性情相投，成了最要好的童年伙伴。希刺克利夫为"配"得上凯瑟琳而努力学习，忍受辛德雷的虐待，凯瑟琳则为了改变希刺克利夫在自家的奴仆地位而想嫁给画眉山庄的男主人林惇少爷，以使希刺克利夫从此摆脱辛德雷的欺压。希刺克利夫在听了凯瑟琳的婚姻计划后悄然出走。三年后希刺克利夫回到呼啸山庄，开始他蓄谋已久的"复仇"。在希刺克利夫看来，自己的幸福或未来就是与凯瑟琳永远在一起。但是这个愿望由于两个人的存在而永远不能实现：一是辛德雷在老恩萧去世后成了呼啸山庄的家长，个人的嫉恨、猜疑，加上阶级和等级的观念促使他永远不会同意凯瑟琳与希刺克利夫的爱情及友谊。二是林谆的地位和家产,使得这个浅色头发、洁白皮肤的男人在凯瑟琳看来更漂亮、更合适、更体面。于是,社会地位的悬殊和贫富差异的矛盾就在希刺克利夫的心中具体地化为两个复仇对象。

回家的希刺克利夫一边用钱财迫使已经酗酒堕落的辛德雷逐渐把呼啸山庄出卖给他,一边利用林谆妹妹伊莎贝拉的幼稚携其私奔,并在呼啸山庄里使这个画眉山庄的小姐事实上成了"女佣人"。与此同时,在希刺克利夫的行为引起凯瑟琳极度惊恐、悔恨和悲伤之后,希刺克利夫又让林谆少爷强烈地感到凯瑟琳已经离他而去,无可挽留。凯瑟琳重病后因早产而死,留下小凯瑟琳。伊莎贝拉逃跑到外地后生下了体弱多病的小林谆·希刺克利夫,并在他13岁时也撒手而去。之后,希刺克利夫见林谆先生病重就强迫小凯瑟琳与表弟小林谆结婚,而把辛德雷的后代哈里顿留在家中,用当年辛德雷的方法使他成为一个没有教养、满口粗话的野小子。小林谆婚后两个月就去世了。希刺克利夫眼看就要完成他的整个复仇计划:他成了两个庄园的主人,并使两个仇人的后代受到命运的作弄,"一个是金子却当铺路的石头用了,另一个是锡擦亮了来仿制银器"。希刺克利夫说:"我的儿子没有什么价值。可是我有本事使这类的草包尽量振作起来。他的儿子有头等的天赋,却荒废了,变得比没用还糟。我没有什么可惋惜的;辛德雷可会有很多,可是除了我,谁也不曾留意到。最妙的是,哈里顿非常喜欢我,你可以承认在这一点上我胜过了辛德雷。"对希刺克利夫来说,林谆一家是柔弱苍白的、不堪一击的,辛德雷则是代表了另一种野蛮和强壮,因而战胜辛德雷是更值得高兴的。每当想到辛德雷和哈里顿的命运,希刺克利夫就会"格格格地发出一种魔鬼的笑声"(P216—217)。但这个"魔鬼"突然放弃了一切,因为他发现自己最终面对的"是一个很糟糕的结局"、一个"滑稽的结局"。哈里顿的眼睛与凯瑟琳十分相像,小凯瑟琳的宽额和翘鼻子也像凯瑟琳·恩萧,她开始教哈里顿读书,开始重新发现生活的支点。哈里顿由于小凯瑟琳的到来而摆脱自小养成的愚昧和退化,开始显露出他诚实、温和、懂事的天性。他成了希刺克利夫青春的再现,成了他那不朽爱情的幻影,连希刺克利夫也承认他是自己"堕落、骄傲、幸福和悲痛的化身"。总之,当希刺克利夫看到自己的故事正在又一次重新开始时,他妥协了、放弃了。他渴望那个"长长的搏斗"快点结束。(P318—320)他看到了一种比自己和比所有人都更有力的力量。他看到了奇迹,也看到了报应,看到了未来也重新理解了过去。希刺克利夫不是哲学家,不是那种在生活的发现面前知道怎样深思或反思的人，所以他并没有表达很多，他只说这是一个"很糟"的、"很滑稽"的结局，然后他就迅速转身，折回到自己生活的起点，折回到自己真正的天性里去了。

希刺克利夫对呼啸山庄和画眉山庄的情感体验一直是爱恨交织的，他在呼啸山庄认识了凯瑟琳并对她发生了维系生命中一切的挚爱；他在画眉山庄终于拥抱了凯瑟琳，公开表达了心中的爱，并证实这种爱是双向的，是任何人任何东西都不能破坏的。但是他在呼啸山庄和画眉山庄都受到男主人的蔑视和拒绝，因而他认为是辛德雷和林谆挡住了他的幸福。但最后，他发现这两个男人早已不是可以搏斗的对手，他心中的爱和恨出现了缓和，他的骄傲和屈辱、憎恨和热望达到了和解，他通过绝食寻死重新品味了只有爱和诚、没有恨和怨的巅峰体验。希刺克利夫内心矛盾的缓和及和解，不是由于阶级反抗斗争的胜败，不是因为雨果式宽恕的感化，更不是简·奥斯丁式的偶然消解，而是由于岁月、时间和光阴流逝，由于时辰在自然运动中带来的新生和死亡，使希刺克利夫终于发现：一切都是徒劳的，要消逝的，一切都会在自然和死亡中得到平息。美是脆弱的、零碎的，而恶也是虚弱的、无能为力的，邪恶和仇恨只在生活的某种特殊形式上取得一种胜利的假象，人们总为这些假象所控制，在人与人之间设置仇恨和歧视，延续搏杀和复仇，但当岁月把一切都销蚀之后，人们既失去了复仇的对象，也失去可宽恕的对象。希刺克利夫既无法喜欢已经"实现"的复仇结果，也没法离开已经完成的复仇计划，事实上是一切完成和实现都毫无意义，新的一代人早已经开始了自己的超越。希刺克利夫最后选择放弃或自杀，既是对凯瑟琳灵魂的一种追寻和团聚，也是对小哈里顿和小凯瑟琳未来幸福的一种准许和承认。这种行为既不表示宿命，希刺克利夫所做的一切复仇努力，都加速了新生代的成长；也不是反抗命运，希刺克利夫最后回到的是他生活和命运的起点：渴望与凯瑟琳永远在一起。艾米莉·勃朗特认为：最终每个人都会在时光的流逝中体会到真正主宰人生的力量——自然的神秘伟力。当人力违抗和破坏这种自然力时，灾难和仇恨就成倍地生发和疯长，而最终能够真正消除这种灾难和人际间疯狂仇恨的，虽有人的悔悟和努力，但更重要的，还是那个同时催生和毁灭的时光岁月，是那个借着岁月和时间流逝抚平我们创痛、淡化我们记忆、给我们人生教训和经验的神秘自然的力量。

每个人都是自然力的一个重要代表

《呼啸山庄》中的世界是相对与世隔绝的，这里的人比起"城里那些形形色色的居民来说，……确实更认真、更自顾自地过着日子，不太顾及那些表面变化的和琐碎的外界事物"（P58）。换句话说，这里的人们因为封闭，也更自然、直接地生活在自己的秩序里。首先，我们来看一下希刺克利夫这个"外来者"如何打破了原来的生活规律和自然宁静，使得一个很少变化的山谷出现了最初的不和谐音。

画眉山庄的老主人林谆先生在第一次见到希刺克利夫时，希刺克利夫正用一块大石头塞进一条大狗的嘴巴，因为它刚刚咬过凯瑟琳的脚。林谆先生说："这一定是我那已故的邻人去利物浦旅行时带回来的那个奇怪的收获——一个东印度小水手，或是一个美洲人或西班牙人的弃儿。……不管是什么，反正是个坏孩子。"老林谆太太接着说："而且对于一个体面人家相当不合适。"（P47）希刺克利夫对呼啸山庄和画眉山庄来说都是不速之客、不受欢迎之人。他没名没姓，不知何来，不知何往，不知是谁的后代，什么样的民族和血统。在希刺克利夫这个外来者闯入呼啸山庄之前，呼啸山庄和画眉山庄是两个处于隔绝状态中的庄园，它们原本在习性、特质和家庭传统上完全不同，呼啸山庄是"风暴之乡"，它处于贫瘠的荒野上，暴露在大自然各种元素的撞击之中，它是一个天然的、野性的、倔强的物体。这个家族的人虽然贫寒，但充满活力、激情、粗犷、强壮。与它相比，画眉山庄地处山下树木葱葱的峡谷，它的周遭环境是宁静、安详和舒适的。这个家族的人虽然文雅、富有，但也胆怯、柔弱、顺从和自私。就像所有的家族各有其特点和弱点一样，呼啸山庄和画眉山庄在希刺克利夫闯入之前，都是自成一体、内部和谐的。如果没有希刺克利夫，这两个家族本不会来往，更不会联姻，凯瑟琳嫁给林谆少爷是为了改变希刺克利夫的命运，虽然她本性中确实有虚荣和轻佻的一面，但如果不加上帮助希刺克利夫的欲望，她是不会与林谆结婚的；而林谆之所以"爱"上凯瑟琳也是因为虚荣，因为凯瑟琳"迷人"和希刺克利夫对她"有意"，刺激了林谆的绅士和"救美"之心。

凯瑟琳见到林谆少爷是因为她想与希刺克利夫逃避辛德雷的管束和压制，到外面"自由自在地溜达溜达"（P44）。他俩在山坡望见了画眉山庄的灯光，于是这两个十几岁的孩子就好奇地去看别的孩子是否也要受罚，结果他们看到了林谆和伊莎贝拉正为争抢一只小狗而大吵，差点把那只小狗"拉成两半"。希剌克利夫因此发现自己比这两个宝贝高尚得多，因为自己从不与凯瑟琳争吵甚至又哭又闹，在地上打滚，各分东西，希剌克利夫想："这样子玩法？就是再让我活一千次，我也不要拿我在这儿的地位和埃德加在画眉山庄的地位交替——就是让我有特权把约瑟夫从最高的屋顶扔下来，而且在房子前面涂上辛德雷的血，我也不干！"(P45)

艾米莉最善于在简洁的人物言行中写出人的血性、本性和灵魂真相。希剌克利夫的话里虽有血腥味和对辛德雷、约瑟夫管教方式的极度憎恨，但他竟轻蔑林谆一家的生活方式和玩耍习惯，竟不愿拿自己的奴隶地位去换取林谆家的"漂亮辉煌"，可见，想把一条小狗"拉成两半"在希剌克利夫心中激起怎样的道德义愤，更可见希剌克利夫和凯瑟琳是怎样本能地感到自己与林谆家是完全不同的两类人。但是接下来，由于凯瑟琳是"小姐"，希剌克利夫是"仆人"，所以他们在画眉山庄受到了截然不同的待遇。凯瑟琳被隆重接待，希剌克利夫被肆意辱骂，这个"外来者"虽然已在呼啸山庄生活了 6 年，但在林谆家的遭遇让他清楚地看到：没有人，除了凯瑟琳，真正接纳他。

希剌克利夫来到呼啸山庄，介入这个山谷的生活，这在艾米莉的笔下既是必然，也是偶然。老恩萧因为看见一个又黑又脏的孩子在利物浦的大街上快要饿死了，无家可归，又像哑巴一样，所以"就把他带着，打听是谁的孩子"。他原本希望把这可怜的孩子送回"家"，但因为钱和时间都有限，只好先把他带回自己家。恩萧夫人跳着要把他"丢出门外"，女佣人在遵从主人吩咐给他洗了澡换了衣服后，就把他"放在楼梯上，希望他明天会走掉"。但是这个孩子竟爬到恩萧先生的门前，使主人在开门时就发现了他。希剌克利夫就像是大自然的一阵风或一场雨一样，任何一个微小的变化都可能使之改变方向，但当这阵风或这场雨最终落到某个区域时，它们就无可挽回地渗入河水和土地，成为那里生态环境力量的一部分，使原有的一切都在这种外来者的"闯入"之后变得不同于以往了。

希剌克利夫表面上是微不足道、卑贱低下的，恩萧夫人从未因为他受委屈而替他说过一句话，辛德雷的拳头时不时地砸向他，小凯瑟琳起初也用口水啐他的脸，但是希剌克利夫"看来是一个忧郁的、能忍耐的孩子，也许是由于受尽虐待而变得顽强了"(P35)。老恩萧由于他的逆来顺受而"特别喜欢"他，视他为另一个亲生儿子，相信他所说的一切，因为通过希剌克利夫，老恩萧看出自己为什么不喜欢自己的儿子和女儿，他也许想借希剌克利夫这个"外来者"提醒一下自己的后代，他也许因为希剌克利夫孤独而怜惜他，但希剌克利夫不完全是被动的、逆来顺受的，他因为同时得到恩萧父子的疼爱和嫉恨,而学会了过一种暂不记仇,也暂不感恩的生活,他知道自己已经扰乱了恩萧家的原有生活秩序,因而他本能地希望减少摩擦,希望成为秩序中的一部分。在无比憎恨辛德雷和无比爱慕凯瑟琳的生活中,他获得了不公的待遇和暂时的补偿。

在艾米莉的笔下,所有的人都是自然力的一个主要代表,"外来者"希刺克利夫也一样。在希刺克利夫和凯瑟琳"闯祸"于画眉山庄之前,希刺克利夫的生活主旋律是忍耐和沉默,他自身已尽可能地与新环境和谐相处,他的忍耐沉默既表明他非同寻常的生存努力,也表明凯瑟琳在这个"外来者"心中的神圣位置在怎样地起着一种自然的平衡作用。但是这种最初的天然和谐很快就被打破了。

凯瑟琳在画眉山庄住了五个星期,她回来时已不再是一个小野人,她已经变成骑在漂亮小黑马上的"一个非常端庄的人"、一个"贵妇人"。于是,希刺克利夫突然找不到了,他配得上的是一个披头散发的凯瑟琳,而不是这个漂亮而又文雅的小姐。辛德雷对他的"狼狈相"很高兴,"看着他不得不以一个可憎厌的小流氓模样出场而心满意足"(P50)。凯瑟琳找到他后冲上去吻了他七八下,但这时"羞耻和自尊心在他脸上投下双重的阴影,使他动弹不得":

> "握手吧,希刺克利夫,"恩萧先生大模大样地说,"偶尔一次,是允许的。"
> "我不,"这男孩终于开口了,"我不能给人笑话。我受不了!"

希刺克利夫可以忍受辛德雷的毒打、辱骂和肮脏的生活方式,但他不能忍受被人耻笑的羞辱和在凯瑟琳面前显得根本"配不上"的愚蠢。随后当保姆丁·耐莉希望他在圣诞节的日子里也打扮一下自己时,希刺克利夫趁主人一家去教堂而萌生了某种幻想,他鼓起勇气,突然高声说:

> 耐莉,把我弄体面些吧,我要学好啦!

希刺克利夫虽然羡慕林惇的浅色头发、洁白皮肤、文雅举止和"有钱",但在本性上,他有勇气和尊严,他有更强健的体魄和宽阔的肩,他懂"顽强",但不懂"宽厚"。这个必定要成为高大男子的弃儿是不会屈服于一个小农场主的欺压的,这是希刺克利夫的自然成长规律,是他作为自然力一个代表的必然。但是,看上去又干净又愉快的希刺克利夫首先与辛德雷和林惇打上了照面,辛德雷命令他立即去阁楼上不准出来,林惇也讥刺他的梳理过的卷发,"耷拉到他的眼睛上面像马鬃似的",于是极度失望的希剌克利夫向他傲慢的"情敌"投去了一瓶苹果酱,使得林谆少爷"哭喊起来"。辛德雷立即"抓起那个罪犯",给他一顿凶狠的鞭打。众人们在这一阵忙乱后就开始了圣诞大餐和热闹的舞会。凯瑟琳偷偷爬上阁楼劝希剌克利夫出来吃饭,但这个 15 岁的男孩在凯瑟琳走后陷入沉思,他的思想里出现了一个从未有过的、惊人的、不自然的计划:

> 我正在打算怎样报复辛德雷。我不在乎要等多久,只要最后能报复就行,希望他不要在我报复之前就死掉。(P57)

正像丁·耐莉所感到的那样,辛德雷"对希剌克利夫的待遇足以使得圣徒变成魔鬼",然后这个孩子就好像是"魔鬼附体了"。(P62)他一方面只有在想复仇计划时才不觉得痛苦,另一方面在亲眼目睹辛德雷的道德败坏时他感到幸灾乐祸。他开始背叛自己的过去,背叛人群,开始"苦中作乐":

> 那时他十六岁了,相貌不丑,智力也不差,他却偏要想法表现出里里外外都让人讨厌的印象。首先,他早年所受的教育,到那时已不再对他起作用了,连续不断的苦工,早起晚睡,已经扑灭了他在追求知识方面所一度有过的好奇心,以及对书本或学问的喜爱。他童年时由于老恩萧先生的宠爱而注入他心里的优越感,这时已经消失了。他长久努力想要跟凯瑟琳在她的求学上保持平等的地位,却带着沉默的而又痛切的遗憾,终于舍弃了,而且他是完全舍弃了。……他学会了一套萎靡不振的走路样子和一种不体面的神气;他天生的沉默寡言的性情扩大成为一种几乎是痴呆的、过分不通人情的坏脾气。而他在使他的极少数的几个熟人对他反感而不是对他尊敬时,却显然是得到了一种苦中作乐的乐趣。(P64)

在希剌克利夫的第一天性或自然本性被践踏和破坏后,他就不再有清醒的、正常的理性生活。他虽然像一阵没有来由的狂风暴雨,打进了呼啸山庄原有的和谐生活,但这阵风雨本来已经自然地汇入当地的河流,成为河水的一部分。自然的破坏力虽然强劲,但总是有限度的,它们不可能撕裂一个人的灵魂。而人为的破坏力量却可能是无边无际的,呼啸山庄和画眉山庄的主人用"文明"的暴力摧毁了希剌克利夫的心理防线,他就像汹涌的河水被突然阻挡住一样,咆哮的河水不能不借自然的体力和惯性拓宽河床、冲上堤岸,冲破原已确定的秩序,一直冲进附近的良田,淹没周围的村庄。

两种安排,但只有一种和谐

"自然"是一个宽泛的词、含糊的词,也是一个肯定我们生活中所有尚不被重视事物时常用的词。自然的伟力既是指自然环境、地理地貌,也指人的自然本性、原始欲望、基本需求,更指事实的真相、事物的本质。

就自然本性而言,凯瑟琳与希刺克利夫虽然地位悬殊,但灵魂相似、性情相投,如果说强悍的希刺克利夫与凶狠的辛德雷是天敌的话,激情的希刺克利夫与自由任性的凯瑟琳则是天生的一对。每个人虽然无法单独地确证自己的"本性",但一旦与人交往,与人比较就不难看出彼此的真实关系和性情差异。凯瑟琳与林惇少爷的关系从表面看,一切顺心如意,但凯瑟琳却在自己的"灵魂"里、自己的"心里",感到自己是"错了":

> 我的最大的悲痛就是希刺克利夫的悲痛,而且我从一开始就注意并且互相感受到了。在我的生活中,他是我思想的中心。如果别的一切都毁灭了,而他还留下来,我就能继续活下去;如果我的一切都留下来,而他却给消失了,这个世界对于我将成为一个极陌生的地方。我就不像是它的一部分。我对林惇的爱像是树林中的叶子:我完全晓得,在冬天变化树木的时候,时光会变化叶子。我对希刺克利夫的爱恰似下面的恒久不变的岩石:虽然看起来它给你的愉快并不多,可是这点愉快却是必需的。耐莉,我就是希刺克利夫!他永远永远地在我心里。他并不是作为一种乐趣,并不见得比我对我自己还更有趣些,却是作为我自己本身而存在。(P79)

凯瑟琳和希刺克利夫是"自然"的同一类别,凯瑟琳与林惇却是"人为"的门当户对。"自然"安排了凯瑟琳和希刺克利夫的相爱,辛德雷和林惇却作了另一种安排:用人力破坏自然力,让月光与闪电在同一晚出现,把霜与火放进同一个情感的容器。人力总是生硬的、短暂的,林惇对凯瑟琳的殷勤周到使她忘却了自己的本愿,但由于她更本能的渴望是:"如果希刺克利夫和我结婚了,我们就得做乞丐,而如果我嫁给林惇,我就能帮助希刺克利夫高升,并且帮助他安放在我哥哥无权过问的地方。"(P79)所以她很快就发现了自己的错误:希刺克利夫回来后,林惇立即想到的是让他到"厨房"里去吃饭。凶狠的辛德雷和温柔的林惇少爷并没有本质的区别,林惇也同样不会同意凯瑟琳有希刺克利夫这样的朋友或情人。凯瑟琳在这事发生后的极度绝望和后悔,只有在丁·耐莉这个"向上流社会看齐"的女仆看来,才是为了希刺克利夫的疯狂而悲痛;凯瑟琳实际是因为犯了致命的错误而一切又都无法挽回在撕心裂肺,在承受违背天性所带来的真正剧痛。

凯瑟琳心中确有一定的虚荣心,这种与挚爱相交织的虚荣可能使她迷误,但不会永远迷误。这就像伊莎贝拉"爱"上希刺克利夫的成熟、刚毅一样,幻想与幼稚的成分只是暂时的,她在一种"错觉"中离开了画眉山庄的优雅舒适,投奔希刺克利夫的怀抱,把希刺克利夫"想象"成一个传奇式的英雄,希望从一个豪侠那里得到无尽的娇宠。这种错觉和想象全出自脱离现实的贵族教育,以至她无法相信希刺克利夫对她说他根本不爱她是"真实"的、诚恳的。(P149)她很快就在这次爱情追求中显露了自己的本性:自私和虚荣。她一直习惯于被照顾、呵护、侍候,她习惯了虚伪的温柔和真正的狭隘,只要她本人的安全有保障,她就不厌恶残忍,甚至从内心赞赏残忍。在幻想破灭、真相显露时,她本可以停止冒险,重新开始。但她的虚荣心不能受到一点的伤害,自私和残忍的本性使她不由自主地固持着"复仇"和"决斗"的傲慢心态。在硬与希刺克利夫"较量"的抗衡中,她执迷不悟、饮下自制的人生苦酒,与失常的希刺克利夫构成错误的一对,两个自然本性完全互不相容的人却硬被"人力"安排成了仇恨的夫妻。

小哈里顿是另一个被人力硬性改变了命运的角色。辛德雷虽然愚蠢凶残,但他与自己的妻子却是同一类人,是相互和谐的自然安排,所以哈里顿是一个正常的孩子。就像当年的希刺克利夫一样,他不会永远被他人安排。只要有一线自然的空间,他就可能被发现,就自然会显露自己的本性。他见过父亲生前的生活和人品,见过父亲对希刺克利夫的恶劣态度,所以当希刺克利夫反过来用同样的恶行施压到他的头上时,他能够理解这是为什么,他还能因此同情希刺克利夫,敬仰他内心的骄傲和鲜为人知的被压抑的本性。在希刺克利夫死后,哈里顿这个最受委屈的孩子,却成了"唯一真正难受的人。他整夜坐在尸体旁边,真挚地苦苦悲泣。他握住他的手,亲那张人人都不敢注视的讥讽的、残暴的脸"(P330—331)。

人力的安排和自然的安排虽然在《呼啸山庄》里总是互相冲突、彼此破坏,但真正的和谐在《呼啸山庄》中却只有一种:自然的和谐。这种和谐使人们最内在的欲望得到满足,使人间最可怕的心理障碍得以克服,也使拥有它的人得以超越生死的界限,获得永恒,获得"生命的无限延续、爱情的无限和谐和欢乐的无限美满"(P164)。

就希刺克利夫这个自然力的代表而言,自从他欲复仇、欲置仇人于物质与精神的双重死地时,他真正的愿望:爱凯瑟琳、做体面人、读书、挣钱、让她和自己快乐等等,就都被舍弃了、阻碍了。他这股生命的能量在被压迫的环境中开始了违反本性的躁动、进涌和宣泄,他一连串地影响和扰乱了他人的生活。但是这股强壮的自然破坏力同时也破坏了他自己的命运,他从来没有在复仇的任何一个过程中得到过满足和快乐。他只是在竭力克制自己的本性、努力作恶。辛德雷曾试图谋杀他,但却不留神刺伤了自己,面对临死前的辛德雷,希刺克利夫的脸变成了"石头":

> 他那露出怪物的凶光的眼睛由于缺乏睡眠都快熄灭了,也许还由于哭泣,因为睫毛是湿的;他的嘴唇失去了凶恶的讥嘲表情,却被一种难以名状的悲哀的表情封住了。(P177)

艾米莉笔下的自然和谐,常常在与人力的和谐对比中显得并不那么温柔动人。对于重病中的凯瑟琳,林谆显然更体贴入微、关怀备至,但在希刺克利夫看来,那不过是出于责任和仁爱,出于怜悯和善心,他那种"肤浅的照料"根本不可能使凯瑟琳恢复精力,因为他已经"把一棵橡树种在了一个花盆里"。(P152)所以,生前任性、急躁,总是处于极度的激动之中的凯瑟琳,在死后,却有了"真正的宁静",她的容貌显得柔和、嘴唇带着微笑的表情,正像她在临死前几小时说出的话:"无可比拟地超越我,而且在我们所有的人之上!"(P163)凯瑟琳是归顺了那个神秘的自然伟力之后,才进入了"美满的超脱"。连仆人丁·耐莉都看出:凯瑟琳是希刺克利夫一生的欢乐,希刺克利夫也是凯瑟琳的真正所爱。林谆的悲痛虽也有不尽的酸楚和无奈,但在事实的"真相"面前,他的痛苦里仍带有夺人之爱的自私。希刺克利夫曾说:林谆"以他那软弱的身心的整个力量爱她8年,也抵不上我一天的爱"(P148)。希刺克利夫临死前伸向窗外的充满血迹的手,以及那骇人的微笑(P230),表明他和凯瑟琳是真正相互般配、和谐的灵魂,他们都通过死亡摆脱了人为的安排,获得真正的满足、和谐和欢乐。这是自然力的最后胜利,是生命法则在最后断案。

人与人的争斗,没有胜者

艾米莉·勃朗特不愿意用善恶、是非的鲜明判断来影响自己对生活的观察,她更愿意把人间世事当作一种不被特定时空规定的整体,去做全部的了解和接受。

她首先发现人们太容易陷入互相歧视、仇恨和无休止的争斗,交战的双方虽有各自的社会现实成为迫使他们交战的充分理由，但真正交战的原因却是彼此假想出来的。比如辛德雷是希刺克利夫的一个"天敌"，但在希刺克利夫出走之前，他就看出了辛德雷在道德败坏的堕落道路上愈陷愈深。辛德雷早已经先"垮"了。希刺克利夫回家后对他的一步步紧逼反而使得这个恶毒的人以为自己在以阴谋和暴力对付希刺克利夫带来的阴谋和暴力。(P173)如果希刺克利夫真能如他一般直接对仇人开枪，"对于他那是多么大的一个幸福"(P174)，辛德雷最后在年仅 27 岁的时候就酗酒而死。虽然希刺克利夫曾一再地与活着的辛德雷互相扭打、互相踢踩，还想用牙咬碎他，但对他最后的死却只有变态的"狂喜"和"只有在顺利完成一件艰难工作时，所具有的一种感到满足的冷酷表情"。由于辛德雷一直活得既凶残又糟糕，所以他的一生是彻底的失败，他个人不可能成为希刺克利夫另类生活的真正障碍。而林惇更是从来没有打算与希刺克利夫决斗。他富有但软弱，文雅而又胆怯，从本性上讲，他从一开始就不准备与希刺克利夫争夺什么，这种不争的态度不是由于宽容和善良，而是出于无奈和妥协，因而林惇也不是希刺克利夫真正的敌人。艾米莉似乎对现实文明社会的许多习俗和规划极为憎恨，但她并不把具体个体作为这种人间势力的"代表"来加以"批判"或仇恨，她把人类共同的命运突出地指出来，把生活的自然法则对每个个体命运的主宰力量，通过想象和故事展现出来，强调人类社会已经因为各种欲望的任意释放而四分五裂、各自为政，人类在过分的自信和权势的滥用中已经因为过多的社会竞争和人际抗争而忘却了我们无法摆脱的共同宿命。

其次，艾米莉·勃朗特也认为自然的和谐会使人产生亲缘感或亲和力，人为的安排则可能破坏这种亲缘感，使人们貌合神离，最后造成人的性格、本性的分裂或变态。在《呼啸山庄》里，凯瑟琳和希刺克利夫互相感到对方就是自己、就是一体，感到他们是用同一种"精神元素"构成的，他们这一类人与另一类人的冲突代替了其他小说中常见的善恶冲突，而同时，同一类人因为外在的强力压迫而不得不分开后，彼此就开始扮演双重的角色。如凯瑟琳既全心全意地爱希刺克利夫，迷恋他的狂野天性，同时又因为他残忍的复仇心理而感到他是不祥之物；她既为能暂时控制他、征服他而欢心喜悦，又为能永远保护他、拥有他而充满幻想。希刺克利夫也一样，他既憎恨凯瑟琳曾经有过的"狠毒的自私心"(P158)，憎恨她也曾瞧不起自己，又在这同时渴求得到她和她的一切，热切地追求与她永远在一起。在他们火山爆发般的激情和充满力量的克制彼此交错在一起时，我们不仅看到他俩彼此互相饶恕，但却无法饶恕别人(P160)，同时看到他俩互相在无谓的争斗中,伤害的不仅是对方,而且是自己的破碎了的心。

最后,艾米莉·勃朗特还强调,人力斗不过自然力,人力包容于自然力。希刺克利夫式的复仇扰乱了原有的社会生活秩序,使许多人的生活在脱轨后滑向难以避免的悲剧,但他所代表的那种破坏性的自然力也愈演愈"弱",愈往前就愈失去其最初的威力。希刺克利夫的疯狂到了第二代人身上就不再是那么汹涌澎湃和不可逆转了的。被他虐待的哈里顿反而同情可怜他,崇敬他的内心世界;被他管制的小凯瑟琳也认为:"你没有一个人爱你;你无论把我们搞得多惨,我们一想到你的残忍是从你更大的悲哀中产生出来的,我们还是等于报了仇了。你是悲惨的,你不是么? 没有人爱你——你死了,没有人哭你! 我可不愿意做你!"(P283)小凯瑟琳和哈里顿的童年生活虽然因为希刺克利夫的"努力作恶"而变得像历史的重演,但是他们在相同的场景中很自然地超越了上一代人,他们之间还实现了彼此的沟通和解,也实现了对他人的理解和关怀。"敌人从今以后成了盟友了"(P310),他们不仅彼此相爱,而且彼此尊重,他们的心开始朝一个目标努力。

希刺克利夫终于发现,自己没有复仇对象,自己加入的一场长长的搏斗不是人与人的搏斗,而是人与自然力、与生活本身的搏斗。这场搏斗在他以为的对手和"人为"方式中被整个儿地理解错了,因而他在尚且强壮的时候,精神却已提前耗尽,他在突然失去"复仇"——那个"无所不在的思想"之后,只有渴望"快点结束吧!"

艾米莉向我们证明:人与人的争斗中没有胜者。生活在特殊形式中虽分出强弱胜负,但最终总敌不过生活在永恒方式中的宁静肃穆。(P164 和全书结尾)人们在生活中不断地行动和表白自己,自然也同时在生活中运动但却从不言语。我们不能只关注人的理解而冷落自然的沉默,我们不能只清楚事实而不清楚事实后的真相或本质。我们往往有各自的同情心、好恶感及道德判断,但对大自然寂然无语的神力却浑然不觉。

艾米莉是最奇特的艺术家之一,她要说明人间那些极度彷徨和痛苦的真相,她要说明一种几乎可能存在的终生的爱的情状,她还要说明一种比雨果的"博爱"还要宽广的人生信念……正像弗吉尼亚·伍尔芙所说:"艾米莉受到某种更具普遍性的观念的启发。推动她进行创作的动力不是她自己的苦难或她自己身受的创伤。她展望世界,看到这个世界分崩离析、杂乱无章,感到她内心里有一股力量,要在一本书里把它统一起来……那不仅仅是'我爱'或'我恨',而是'我们,全人类'和'你们,永恒的势力……'这句话没有说完,……令人惊奇的是她能够使我们感到她内心毕竟有话要说。"①

由于艾米莉已经意识到希刺克利夫其实没有真正的"对手",他误解了环绕人间的文明秩序,以及这个秩序的地位,所以她把这个人物作为"丑"的代表来讲述。希刺克利夫作为一个人,他是惨败的,连他最后的微笑都给人以狰狞的印象,但他作为一个"恶魔",却是有血有肉、震撼人心的。艾米莉不像雨果那样,用鲜明的道德感去化丑为美,她用自己创造的惊诧感去化腐朽为神奇。她用自己的洞察去消解美与丑的分野和冲突。她歌颂大自然的鬼斧神工、歌颂生活的伟岸奇异,而她冲撞的是空虚、无聊、虚无、冷漠、淡然的人生。

希刺克利夫没有"对手"并不说明人间没有真正的格斗,不说明正义与邪恶不会在现实广阔的战场上生死决战。如果我们了解了希刺克利夫的过去和命运,我们就更会像哈里顿那样为他的内在的激情和不驯服所感染,为他的执著追求和骄傲天性所震撼,我们就会像哈里顿一样把希刺克利夫的尊严视为与自己一致的尊严,我们就会像希刺克利夫一样在应奋起抗争的时候毅然奋起,在应该放弃搏斗的时刻决然舍弃。

---

① 杨静远:《勃朗特姐妹评论集》,中国社会科学出版社 1983 年版,第 295 页。

《傲慢与偏见》:一般人的通病

英国 18 世纪末的现实主义小说家简·奥斯丁(Jane Austen 1775—1871)的创作原来给中国读者的印象是略逊于 19 世纪的"批判现实主义"作家群,如萨克雷、狄更斯、勃朗特姐妹等。但后来介绍进来的许多欧洲小说史稿和英国文学研究文章都指出:简·奥斯丁的艺术在英国六大古典文学大师里榜上有名,而且在"小说"上仅次于狄更斯或与他齐名。最近的评论调子则更加上扬,表明她还是欧洲小说史必选作家、英国最具世界影响的女作家,及 20 世纪最受读者欢迎的小说名家。

奥斯丁小说的声名日隆和市场旺销主要是因为她的作品愈来愈具有全球性和普遍意义,因为她写的是相对富有、稳定、和平、忙碌的日常生活和家居生活。奥斯丁生前过的是英国维多利亚时代"最后"的乡村贵族生活,撇开"阶级"和"时代"的简单划分,她看到的也是普遍的"有钱有闲阶级"的生活情趣和娱乐方式。展望今日世界的各种空间和国度,无论是发达国家自认为基本兑现的"民主、自由"准则,还是发展中国家渴望经济腾飞、后来居上的不懈努力,都不约而同地实现了"中产阶级"队伍的迅速扩容。无论人们在信息高科技社会里的"事业"和专业有着怎样的成败差别或上下之分,他们在家居生活水平和日常饮食标准上的根本差异都在日益缩小。全球各地的国家民族矛盾虽远没有得到解决,但对合理分配有限资源,分享人类共同财富的"环保"、"人权"问题却有了许多共识。从这个角度看,今天的读者群中关心"劳资矛盾"和"新历史人物"的热情已经让位给对众多平凡个体、民间群落、交流沟通问题的关心。所以,简·奥斯丁与我们有了越来越多的亲近,对我们产生了越来越直接的影响。

小镇婚姻规律

奥斯丁的小说往往只写乡村小镇上的三四户人家,写他们的闲聊、家宴、打牌和串门,写偶然才有的几场舞会和舞会后人们不厌其烦的议论和回味,写熟识的邻居们终于等到了期待已久的婚礼或分离,写乡镇青年人在简单生活中的自然成长和自然衰老。奥斯丁笔下的"中产阶级"大都只能生活在一个狭隘的社会圈子里,在没有电视也没有广播的情况下,他们还只能有限地认识一些周边的邻人和路过的亲戚,以及偶尔路过的邻人的亲戚们。但他们家常的生活里却不会只有"杯水风波",他们的小生活圈子里也不会只有呆板和无聊,《傲慢与偏见》(Pride and Prejudice)①中的男主角达西曾经对喜欢研究他人性格的女主角伊丽莎白说:"一般说来,乡下人可以作为这种研究对象的很少,因为在乡下,你四周围的人都是非常不开通、非常单调的。"伊丽莎白答道:"可是人们本身的变动很多,他们身上永远有新的东西值得你去留意。"正是因为奥斯丁能够敏锐地看到人们身上的这些细微变化和新的东西在不断生成,正因为她能够感到这些细微变迁的丰富内涵和重要性,所以她能够在写琐琐碎碎、平平淡淡的日常生活时始终显得兴致勃勃,并乐此不疲。

在奥斯丁的笔下,所有的人都有些可笑,但也还算可爱;难免有几个特别俗不可耐或自以为是的人,但因为"大家"都不同程度地讨厌他们(她们),所以日子也不算一片灰暗。奥斯丁看到了许多"好人"的生活,碰到了一大堆麻烦,处境其实很可怜,但最终的故事结局都不算太坏。所以阅读奥斯丁的小说,从不会让人感到扫兴、恐惧或无望,她最能让我们从平凡琐屑的生活中提起兴致,为自己的尚且清醒、得体、达观、自信、大度和稳定而暗暗自喜。

《傲慢与偏见》中的"三四户人家"是班纳特一家、彬格莱一家、达西一家和夏绿蒂一家。由于小说的中心事件是婚姻,所以全书讨论的中心议题则是婚姻与金钱、婚姻与地位和婚姻与爱情。小说开头用警句式语调说出:"凡是有钱的单身汉,总想娶位太太,这已经成了一条举世公认的真理。……既然这样的一条真理早已在人们心目中根深蒂固,因此人们总是把他(指这样的单身汉)看作自己某一个女儿理所应得的一笔财产。"(P1)所以与当代生活一模一样,"数字化"的金钱问题与生活的每一环节都紧密相关。班纳特先生有 5 个女儿,但每年收入是 2000 镑,班纳特太太当年的陪嫁是 4000 镑。因为没有儿子,只能把遗产留给远房侄儿柯林斯先生,故班纳特一家的 5 个女儿每人都只能从母亲处得到"年息四厘的1000 镑"作嫁妆。班纳特太太之所以"生平的大事就是嫁女儿,生平的安

---

① 〔英〕简·奥斯丁:《傲慢与偏见》,王科一译,上海译文出版社 1980 年版。以下文中引用仅注明页码。

慰就是访友拜客和打听新闻",因为她必须通过灵通消息来注意有没有"有钱的单身汉"路过家门口,而小说的故事就开始于有钱的彬格莱先生"终于"将在这个叫浪博恩村的地方作短暂停留,班纳特太太希望他能尽早看到自己的所有女儿并从中挑选任何一个。

彬格莱先生有 10 万遗产,每年进款也在四五千镑,他的妹妹彬格莱小姐有 2 万镑陪嫁,不过他俩的身价仍抵不上他们的朋友——达西先生,因为达西每年就有 1 万镑收入。正是因为这个缘故,当班纳特太太听说自己的漂亮女儿伊丽莎白拒绝了达西的求婚时,她差点昏了过去。而柯林斯先生在有权继承班家财产后觉得自己有必要表示愿意"补偿",即娶班家的一个女儿。由于大女儿吉英在舞会上被彬格莱先生一眼看中,所以柯林斯觉得顺序择取老二伊丽莎白就在情理之中。在他怎么也想不通怎么竟遭拒绝时,伊丽莎白的好友夏绿蒂·卢卡斯立即逗引他向自己求婚。于是柯林斯很高兴自己体面地摆脱了困境。

当婚姻这么赤裸裸地与金钱联系在一起时,金钱就不仅仅是经济问题,而是社会地位问题及生活保障问题了。伊丽莎白最初听说好友夏绿蒂竟答应嫁给柯林斯这个"既不通情达理,又不讨人喜爱"的人时,心里认为她做了天下最丢人的事!放弃了高尚的情操来屈就一些世俗的利益。但事实却证明她还是低估了金钱的杠杆作用和社会地位、家族门面、社交名声这些事情的重要性。伊丽莎白很快发现彬格莱小组和达西想拆开姐姐和彬格莱先生,因为他们认为班家的家长有"乡下人"的轻狂、不懂礼貌,还有做生意和当律师的"下流亲戚",与班家结亲一定会有辱彬格莱家的名声。后来达西姨妈咖苔琳夫人竭力阻挠达西和伊丽莎白的婚事,也是因为嫌班家社会地位太低,不仅如此,她还想让自己的女儿德·包尔小姐与达西结婚,以维护双方的地位和财产。彬格莱小姐又极力想把达西小姐配给哥哥彬格莱先生,两家亲上加亲可以更有钱有势,可是德·包尔小姐又总是从中作梗,所以都未能如意。这个小镇上大多数人的婚姻观念遵循的是家庭经济的规律。

在婚姻的本义被财产和地位侵蚀了之后,爱情是否能解救青年人的幸福呢?《傲慢与偏见》描写了四桩完成了的婚姻,两对有情人终成了眷属:吉英与彬格莱先生,伊丽莎白与达西先生;两对虚情人也成了眷属:夏绿蒂与柯林斯,丽迪娅与韦翰。在这四件婚姻里,爱情战胜的只是"傲慢与偏见",而不是金钱和地位的主宰力量。夏绿蒂小组与伊丽莎白要好时,自然也谈论高尚的情操和真正的爱情,但心底里她却明白自己的做小生意发迹、买到爵位就不再经商的父母是不会给自己什么嫁妆的,所以她

首先放弃了自己没有根基的"傲慢与偏见",她对伊丽莎白说:

> 我明白你的心思,你一定会感到奇怪,而且感到非常奇怪,因为在不久以前,柯林斯先生还在想跟你结婚。可是,只要你定下来把这件事细细地想一下,你就会赞成我的做法。你知道我不是一个罗曼蒂克的人,我绝不是那样的人。我只希望有一个舒舒服服的家。论柯林斯先生的性格、社会关系和身份地位,我觉得跟他结了婚,也能够获得幸福,并不下于一般人结婚时所夸耀的那种幸福。(P145)

夏绿蒂向柯林斯的身份、地位及收入"低头",不能简单地说她庸俗或堕落,因为她只是想获得起码的生活基础,即便这种未来生活的基调是定在"舒舒服服"的基准上的,我们也无法用"不劳而获的剥削阶级思想"去解释她朴素卑微的动机。西方社会发展到资本主义阶段之后,经济原因更直接露骨地成为人们日常行为的主要动因。简·奥斯丁用犀利的笔墨刻画了这种变化,让我们看到了现代婚姻现实背后赤裸裸的金钱交易、利益结合和实利交换。但另一方面,奥斯丁也没有把这种现代婚姻的铜臭与具体社会个体的处境截然分开,她不是以阶级的义愤控诉制度的罪恶,而是借伊丽莎白的传统教育观念、贵族式修养和知情达理来对夏绿蒂的选择作出内外两种朋友式的反应:当着夏绿蒂的面,伊丽莎白"竭力克制着自己,用相当肯定的语气预祝他们俩将来良缘美满,幸福无疆"。而夏绿蒂走后,伊丽莎白则为这样一门不合适的亲事,难受了好久,"她不仅为这样一个朋友的自取其辱、自贬身价而感到难受,而且她还十分痛心地断定,她朋友拈的这一个阄儿,决不会给她自己带来多大的幸福"。伊丽莎白的这两种反应在阅读效果上使我们对夏绿蒂和伊丽莎白两人都生出了许多嘲讽:对夏绿蒂来说,她的选择冷静务实,让人理解;但她把自己的一生系在一个俗不可耐的男人身上,的确是把自己的幸福当作了赌注;对伊丽莎白来说,她能够不像夏绿蒂那样卑俗地对待婚姻,不仅是因为她更为心智健全、深明事理,也是因为她在容貌才学和家庭经济背景上都胜夏绿蒂一筹,更有资格和本钱去蔑视金钱和习俗。她为夏绿蒂真心难过很久,说明她的大度,对友谊的珍惜和对朋友的关心,但社会的习俗势力和普遍的占有欲却要嘲笑她的这一番友情和同情,因为卢卡斯一家听了夏绿蒂的选择之后,"全家人都快活透顶",他们全家的社会地位和经济地位因此大幅度升级,小妹妹们不再愁嫁,弟弟们也不再愁大姐是个"老处女"会影响自己的社会名声和社交形象。金钱虽不能像伊丽莎白想的那样给人们带来幸福,但它却可能给许多人带来快乐和牢固的婚姻。在社会尚不能保证普遍的幸福美满时,总应该允许个人去追求快乐和稳定。又比如伊丽莎白的小妹妹丽迪娅毫无头脑,青春早熟,任性放纵,整天就想着在舞会上出风头,与漂亮的男伴嬉笑欢闹,最后终于与"伪君子"韦翰军官"私奔"。若不是韦翰从达西处"敲"到了1万镑,他是决不"肯"与丽迪娅结婚的,但有了这1万镑,则两人也暂时地你亲我爱、万事不愁,急忙去享受新婚的旅行。

普通人的欢乐

如果说婚姻是《傲慢与偏见》的中心事件,那么"欢乐"则是奥斯丁真正关心的生活重点。在她的笔下,尽管大多数人都十分可笑,但生活仍因社会的繁荣稳定而呈现出一种欢乐的情调,尽管欢乐的情态各有不同,比如班家那种"稀奇古怪的家庭幸福",班纳特太太嫁出两个女儿后的得意、骄傲,柯林斯见到上层人士就极尽巴结阿谀的忘情姿态,彬格莱小姐特别看重的"做客的权利"等等,每个人物的癖好习性虽极不相同,但每个人都极为自然地追求自己的快乐。快乐并不等同于享乐,但也不会排斥享乐的成分。简·奥斯丁虽明显更喜欢达西与伊丽莎白这一对青年人,但她也似乎表明,如果其他年轻人能够在生活中找到他们"真正"感觉是快乐的东西,为什么不为此而高兴呢? 简·奥斯丁与她以后被冠之以"批判现实主义"的作家不同,她对社会的严重弊端虽也进行无情揭露,却相信当时的社会生活自身有一种免疫能力,就连最普通的人也会在寻找"快乐"的日常生活的努力中化险为夷,努力把社会弊端控制在无伤大雅的范围之内。正像鲁宾斯坦所说:"简·奥斯丁从没有成为叛逆者,自不待言。我们发现在她的讽刺中,最尖锐最深刻的社会批评和社会福利的基本保证同合理的个人幸福的可能性奇妙地结合在一起。"①

如果说"批判现实主义"作家,尤其男性作家,都非常重视时代本质的揭露和"必然性"、"规律性"的作用的话,简·奥斯丁则十分在意"偶然"对普通人日常生活的重要性。"偶然"是普通人的机会,也是每个人的希望。《傲慢与偏见》开头是以彬格莱先生的"偶然"出现来打破小村镇原有的单调节奏,小说的结尾则仍要着意提到这么多快乐和幸福都来自那些来来往往中的偶然和机缘。班纳特太太一开始就懂得要马上抓住这个"机遇"

---

① 〔美〕鲁宾斯坦:《英国文学的伟大传统》(全三册)上册:《从莎士比亚到奥斯丁》,陈安全等译,上海译文出版社1998年版,第458页。

嫁出自己的一个女儿,因为偶然会带来其他偶然的机会,比如彬格莱先生还引来了达西先生,达西则间接导致了柯林斯向伊丽莎白求婚的必然失败,于是为夏绿蒂送去了一个改变生活的偶遇良机……彬格莱小姐、咖苔琳夫人必然要阻止班纳特家姐妹的"高攀"努力,但她们也为这两对年轻人的最终真正相互了解、结为秦晋之好提供了必要的机会,尤其是最后咖苔琳夫人欲强行干涉伊丽莎白与达西的关系,没想到反而促使这对岌岌可危的情人终于听到对方真正的肺腑之言,所以不管咖苔琳夫人多么恼怒,伊丽莎白都不怪她,因为还是她才使得这个幸福的婚姻最终实现。在简·奥斯丁看来,政治制度、经济体系固然有其对人们生活的决定作用,但日常交谈、普通社交和亲情友情,也会在人们的日常生活起到举足轻重的影响。如果一个社会群体的主要成员基本是健康的,有健康常识理性的,则他们彼此交流的生活里就会生发出对社会问题的调解力量,从而对社会弊端起到调整和惩治的作用。无论是柯林斯和夏绿蒂的"如愿以偿",咖苔琳夫人的弄巧成拙、为蛇画足,还是韦翰的虚假配上了丽迪娅的轻狂,抑或是幼稚的乔治·安娜终于得到伊丽莎白的才情"启蒙",都在小说中体现为"家鸡野鹊,各有殊音"的自然区分和各行其是、各得其所的生活自身规律,就连脾气好得不得了的彬格莱先生与极其温柔的吉英终于走到一起之后,我们也逐渐受伊丽莎白的活泼调皮的风格影响,感到了脾气太好是沉闷和没劲的。没有完美,只有各种各样的美;没有最好,只有各式各样的快乐。这正是简·奥斯丁女性视野的独特之处和"现代"之处,她写的是她真正熟悉和了解的东西,也是按照自己的方式去写的,所以她写出了没有强烈"外力"干涉下人类生活群体的自然秩序。这个秩序中有微妙的自然平衡,各种人的生活相互支撑,在不断的摩擦中多元共存。她写的这种自然平衡力量与艾米莉·勃朗特笔下的"自然伟力"异曲同工,与亚当·斯密所说的那只调节市场秩序的"看不见的手"也有许多暗合。在现代结构主义思潮"解构"了许多"原则"、"规律"、"政体"的神话之后,简·奥斯丁的朴素体验和诚实感情反而显现出特殊的思想光彩。

傲慢是一般人的通病

"傲慢"与"偏见"是这部小说的中心词,也是简·奥斯丁刻意嘲讽的某些社会陈见和陋习。对奥斯丁来说,傲慢与偏见不是咖苔琳夫人、达西这样的上层社会头面人物或社会地位优越人物的痼疾,而是"一般人的通病"。小说在第五章结尾就曾借总是喜欢发表"高明之见"的班家三女儿曼丽之口说：

> 我以为骄傲是一般人的通病，从我所读过的许多书看来，我相信
> 那的确是非常普遍的一种通病，人性特别容易趋向于这方面，简直谁
> 都不免因为自己具有了某些品质，或是自以为具有了某种品质而自
> 命不凡。（P22）

正因为如此，这部小说为我们刻画了形形色色的"傲慢"与"偏见"，咖苔琳夫人的专横表现在她一贯喜欢自以为社交首领，从不放过任何一个教训和指点他人的机会。彬格莱小姐的高傲表现在她喜欢在背后违背实际地说别人坏话，拿人家的贫穷、微贱当笑料，以贬低他人的语气表现自己的眼界很高，处事更得体。柯林斯的骄傲在于他结交了咖苔琳夫人这样的女施主后，就自以为身价大为提高，私下认为像伊丽莎白那样的姑娘，尽管有许多吸引人的地方，不幸财产太少，把许多优美的条件都抵消了，自己若向她求婚，她不可能不感激万分。小说主人公达西先生第一次向伊丽莎白求婚时，虽是因为看上了伊丽莎白的活泼坦诚、超凡脱俗，但心里却觉得自己这么做是对她的一种"恩赐"，对她卑微家庭背景的一种"低就"，虽然口里说自己又怕又急，脸上的表情却是一副万无一失的样子。

奥斯丁聪明地将达西的骄傲与其他的骄傲对比起来，让我们惊讶不仅咖苔琳夫人、彬格莱小姐会傲慢无理、仗势欺人，而且连愚不可及的柯林斯、俗不可耐的班纳特夫人也都处处体现了令人啼笑皆非的傲慢与偏见。柯林斯既谄媚拍马又目中无人，自以为是小镇上的大人物。班纳特太太既势利庸俗又喜欢显派、出风头，总是爱说夏绿蒂的长相平平，"什么人也不会对她有意思"。曼丽呆板无味，智力一般，但处处想要证明自己博学多才，常常做力不胜任的钢琴弹唱表演……与这些没有资格骄傲却非要自以为具有某些资本傲慢的人比起来，达西的傲慢仿佛与众不同，在第一次"盛大"舞会上，达西根本不邀请本地姑娘跳舞，并大声说自己一个都看不上眼，伊丽莎白虽然"还可以，但还没有漂亮到能够打动我心"。这事使班纳特太太极为气恼，诅咒他是"最讨厌、最可恶的人"。但夏绿蒂却对伊丽莎白说：

> 他虽骄傲，可不像一般人的骄傲那样使我生气，因为他的骄傲还
> 勉强说得过去。这么优秀的一个青年，门第好，又有钱，样样都比人
> 家强，也难怪他要自以为了不起。照我的说法，他有权利骄傲。

"这倒是真话，"伊丽莎白回答道："要是他没有触犯我的骄傲，我

也很容易原谅他的骄傲。"(P21)

正像伊丽莎白所说,达西并非没有可骄傲的资本,也不是不可以自信和骄傲,因为骄傲并不一定是指虚荣,达西的骄傲也是他的魅力的重要组成部分。但是达西的傲慢体现在他有意无意地伤害了他人,虽然他本性上也许并不想这样,但总是不由自主地感到自己特殊的优越性。而我们之所以尚能感到他"本性"上不想随便伤人,在于他高人一等的态度里尚有可爱之处,那就是他并不掩饰自己的骄傲,并不假装谦虚和富有所谓的贵族涵养。在听到伊丽莎白指责他破坏了吉英的幸福时,他并不否认自己做过那件事,而当伊丽莎白以韦翰"不幸的遭遇"来指责达西的"品质"时,达西忍不住大叫起来:

> 你原本把我看成这样的一个人!……要是我要一点儿手段,把我内心的矛盾掩盖起来,一味恭维你,叫你相信我无论在理智方面、思想方面,以及种种方面,都是对你怀着无条件的、纯洁的爱,那么,你也许就不会有这些苛刻的责骂了。可惜无论是什么样的假装,我都痛恨……难道你指望我会为你那些微贱的亲戚而欢欣鼓舞吗?难道你以为,我要是攀上了这么些社会地位远不如我的亲戚,倒反而会为自己庆幸吗?(P218—219)

达西的话语里充满傲慢,但也都是坦率得惊人的真心话和大实话,所以伊丽莎白听了之后,最初的反应是恨得咬牙切齿、深恶痛绝,但一旦达西走后,又感到软弱无力,回肠百转。小说中的达西最终改正了自己过分的傲慢,因为这傲慢引发了伊丽莎白对他的一连串偏见,使他惊讶和气恼地发现:自己的骄傲阻碍了自己的幸福和敏锐的直觉。同时,达西的改正,也由于伊丽莎白一直在达西和整个高层社会代表面前坚持自己的"傲慢"态度,执意维护自己神圣不可侵犯的自尊。在小说中,伊丽莎白一直在"故意跟达西做冤家"(P214),虽然她从一开始就对达西有"另一种感觉",但却与达西一样,不愿或不敢承认自己的这种感觉,在达西第一次向她求婚时,她实际是又惊又喜,但表现得却是又恼又怒,这些恼怒虽有吉英和韦翰的事做借口,但也同时真实地表达了伊丽莎白此时对达西既恋又恨的矛盾心情。相比之下,伊丽莎白拒绝柯林斯的时候,才只有一种单纯的恼怒,尤其在柯林斯以为她假意推辞的时候她说:

> 请你别把我当作一个故意作弄你的高贵女子,而要把我看作一个说真心话的平凡人。(P127)

由于达西和伊丽莎白从天性和本愿上讲都是渴望做"说真心话"的人，故而他俩也都对社会的流行习俗具有一种反叛意识，他俩都能看出对方的超凡脱俗，是小说中最出众、最和谐的一对恋人。追求真实，也使他俩能在婚姻日益被金钱、地位等外在因素腐蚀的情况下依然保持一份真情、一份融爱心和激情为一体的充满活力的真情。与吉英那一对"好人的爱情"相比，伊丽莎白与达西不仅是一对好人，而且是一对既善良又聪明的更有趣的人，他俩的魅力不在好品德、好脾气或具有修养，而在于他俩有特别高的生活"品味"，更能够品出生活的雅俗和情趣。

伊丽莎白是奥斯丁生前最喜欢的主角。奥斯丁最喜爱的人物总是既聪明、又善良的年轻女性，"聪明＋善良"指一个人不仅心智健全、深明事理，而且思想活跃，性格开朗，既不会因广泛的同情心而失去清醒的判断，又不会为了思考复杂问题而失去敏感的直觉和丰富的感觉。最集中体现奥斯丁这种审美趣味的写作手法就是她特有的幽默感。奥斯丁总能把自己的人道主义同情心与对世态炎凉的洞悉结合在一起，对社会陋习和可笑可悲之处不用"猛烈的攻击"，而用有控制的嘲笑和有分寸的讥讽，其"控制"常常体现为能设身处地为他人着想。如对夏绿蒂有意逗引柯林斯与她成婚之事，作家就分析道：这是"家境不好而又受过相当教育的青年女子"的"仅有"选择，并借伊丽莎白的态度表明：尽管夏绿蒂的选择堪称势利和软弱，但就连伊丽莎白这么聪明细心的女孩也未必能真正体谅到她内心的苦楚。简·奥斯丁的讽刺"分寸"也表现在她的讥嘲从不至于伤害到一个人最低限度的自尊心或破坏他(她)的自我认可。无论是班纳特先生对班纳特太太的容忍，还是伊丽莎白对柯林斯的鄙视，对达西的恼怒，对彬格莱小姐们的轻蔑，都没有完全违背上流社会社交礼仪规范，而是内在地表现出自己的不同价值取向。所以简·奥斯丁的小说总是既讽刺英国"上流社会"的各种传统"仪式"、"教养"，讽刺这些规矩是怎样培育了人际关系中的虚荣心和虚假做派，引导许多人生活在自以为是、自欺欺人的空虚形式中，但同时，奥斯丁也把英国社会"一切向上流社会看齐"的风气视为一种客观存在和民族的传统，她心目中最出色的青年人和最可爱的家庭都不是对这种传统和现实的彻底叛逆，而是更优秀的代表。

这种清醒的现实主义态度也使得奥斯丁能够让自己与伊丽莎白这个最心爱的角色之间始终保持一定的审美距离。在小说前 15 章，伊丽莎白的意识基本体现了作者的评判尺度，这个人物的自尊自爱、自重自持都别具一格，引人注目。但 16 章以后，她就从聪明变得糊涂，她身上的轻信、固执、盲目和偏见也逐渐暴露，到 36 章时连她自己都发现自己一直自以为有本领、虚荣心十足,缺乏"自知之明"(P235—236)。达西的逐步"改正"傲慢也促使伊丽莎白进行了一番从未有过的深自反省,发现自己并不见得就比别人高雅脱俗多少。奥斯丁在最后不仅让伊丽莎白与达西消解一切前怨旧恨,结成公开的情人,还进一步暗示伊丽莎白已经不由自主地转换了自己的身份,她开始恐惧母亲的丑态、家人和旧友的妨碍,只希望早日随达西而去,"和他一家人在一起,舒舒服服地过一辈子风雅有趣的生活"。

由于伊丽莎白始终在她的生活中内在地有一种精神优越感,因为她总能看到旁人不自觉的浅薄和粗俗,所以我们读者能够分享她内心的一种喜悦和自信;而又由于作家简·奥斯丁始终让自己的评判高于伊丽莎白这个人物的主体意识,所以我们又同时对伊丽莎白还保持着一种更优越的超然态度,我们可以既欣赏她又看到她的弱点和失误。从这个角度讲,简·奥斯丁是更聪明和善良的,她既通过自己敏锐的洞察让我们对生活保持理性和清醒的态度,又同时善意地提醒我们每个自认为不错的文学爱好者:不要因为自己身上的各种资本而产生不应有的"傲慢"或"偏见",否则只会成为他人心中的笑柄。

如前所述,简·奥斯丁对社会弊端的讽刺主要基于她对个人幸福的关怀和对社会福利的关注。她一方面揭示了经济活动在人们日常生活的重要性,另一方面也强调每个个体更要注意的是自己品性和德性发展。通过简·奥斯丁对"傲慢"与"偏见"这对人性的普遍弱点的洞察,我们已经看到了整个当时的英国中产阶级生活中充满了装腔作势、冒充风雅、自欺欺人的习气,作者的描述虽有点夸张,虽具有强烈的喜剧效果,但这种夸张和戏剧化手法不仅使得平凡的人和事变得比平时更绚丽多彩,而且比实际看上去的更严峻和残酷。班纳特夫妻毫无共同语言,却"和谐"地生活在一起,夏绿蒂婚姻的悲剧只会在未来才愈来愈显出其残酷,达西和伊丽莎白的结合其实完全是一种"偶然",傲慢和偏见已经使这天造地设的一对情人几乎与幸福失之交臂,他俩的美满一直系于悲剧的大幕之后,仅仅由于咖苔琳夫人的"好管闲事"才力挽狂澜。可见,人类的许多陈见和旧习常常严重影响他们的"正事"或"幸福",傲慢与偏见并不仅仅是特定时期、国家、民族、一群人的婚姻之障碍,它们也可能是普遍的、更严重的、人类团体彼此间的歧视和偏执,想想今天世界上存在的各种国家间、民族间、信仰间、地域间、实力间的歧视和仇恨吧,它们难道不是我们普遍存在的"傲慢与偏见"吗? 傲慢与偏见不仅是外在的、可笑的,而且也是内在的、可悲的,甚至可能让人联想开去时感到战栗和恐惧的。

女作家的独特视野

简·奥斯丁的小说体现了鲜明的女性特色,这种女性视角虽不像20世纪女权主义作家那么自觉,却因为简·奥斯丁忠实于自己的本能感觉而更显自然和难得。首先在描写对象上,一般男性作家都力图表现广阔的生活画面,刻画众多的各阶层人物,无论是荣华富贵,还是艰难时世,无论是喧哗闹市,还是穷乡僻静之地,男作家往往将重大题材、民族命运和个人抱负联系在一起,或者表现时代精神、触摸历史脉搏,或者追踪英雄业绩及枭雄足迹,总体是追求深刻和卓绝。而简·奥斯丁的小说场景仅仅局限于家乡小镇、日常生活,局限于中产阶级悠闲自在、谈笑风生的特殊生活方式。在这种生活圈子里,话题和问题可以简单到仅围绕婚姻和社会交往,仿佛所有人的希望都大同小异,即娶(嫁)一个好妻子(丈夫),做一个体面的人。简·奥斯丁的小说几乎不涉及时代风云,战争、政治、事业甚至爱情都处于生活的"边缘",人物和场面也更明显地带有个人偏爱;但她的婚姻问题却触及近代社会的一个基本主题:爱和金钱的关系。英国18世纪后期出现的个体意识普遍拥有和爱的启蒙式体验,使人们也普遍地开始追求尊严、独立性和相互理解;金钱的重要性体现在人们变得更加重视的体面、地位、财产和由此产生的各种偏见之中。爱和金钱的关系成了每个人实实在在的爱和生存的关系,在这样的问题上真正起作用的只能是冷冰冰的理性。简·奥斯丁对生活中最基本角落的诚实考查,却也重新评估了整个社会的基本价值观。

其次,从作家的主观倾向上讲,男性作家一般具有广博的知识和不屈的勇气,在面对世态炎凉时有强烈的正义感和广泛的同情心,在关怀国家社稷大业时也特别关注年轻人的前途和命运,相比之下他们对青年人的期待比其他人更高一些。男作家在揭露社会真相时,一旦切中时弊,随后的批判讽刺就极为大胆直露,几乎不给偶然性留出任何空间。而简·奥斯丁的小说更依赖简单而敏锐的直觉和对人情世故的熟诣,对每一种人物的人生选择和说话心态,她都予以尽可能多的理解,而不是哀叹或抨击,她的讽刺总不危及他人起码的人格尊严或社会颜面,她的幽默也总是落实于人们合理的有保障的日常生活。对于年轻人或年长者、富人或穷人、位尊者或位卑者,简·奥斯丁的基本态度是希望他们各得其所、相安无事。她的故事中心大都是年轻人,但青年人并不一定是未来的希望或灾难,社会各阶层和团体更多地体现为相互影响和相互支撑。相对于时代精神或阶级力量抗争这些重大的"必然性",她更相信正常生活自身的逻辑和反馈,相信生活自有其调解、作弄甚至惩治的内在潜力;所以对普通人来说,"必然"可能只是你力不从心、无所作为的大环境,"偶然"才是每个小人物能够抓住的机遇和希望。

最后,奥斯丁既关注人们平时行为中的道德问题,更鼓励和欣赏那些心智健全、深明事理的年轻女性。如果说巴尔扎克欣赏的是强者和能人,简·奥斯丁最喜欢的就是聪明而又善良的女性,因为后者能在和平忙碌的家庭生活中独立自由地生活,掌握自己的命运。真正的聪明和真正的善良会帮助女性过更有趣味的聪明而又善良的生活,聪明而又善良的女性又会在日常生活中善解人意、促成好事,并快乐地为未来做好各种准备。

《高老头》:强者和能人的天下

    法国作家巴尔扎克（Honoré Balzac,1799—1850）的创作不仅在数量和规模上气势恢宏,而且在场面铺陈和人物命运展示上气度非凡,令后人为之惊叹和折服。正像法国评论家阿尔贝·蒂博代所说:他的《人间喜剧》是"模仿天父上帝的作品"。在巴尔扎克之前,英国小说家瓦尔特·司各特已经把小说提到了历史的高度,但巴尔扎克还用"人物再现法"把他的 90 多部作品连为一体,把不同社会等级和不同职业的人物组成一个彼此命运相关的社会,于是他不仅再现了 19 世纪法国的风俗和完整的历史画面,而且使他笔下的文学世界就像现实真实事件一样,自身具有发展的走势和繁衍的活力。巴尔扎克的创作不仅具有辽阔的地域和包罗万象的生活画卷,而且他笔下的虚构人物还具有"第四维度的深度——时间的深度"。①

个人的生命与民族的寿命

    巴尔扎克像上帝一样的创作活动方式,不仅使他显得无所不知,贵族和资产阶级、政府的军队、银行和商业、新闻和社交、司法和警察、城市和乡村无一不被他以"内行"的眼光一一打量、拆卸、重装,而且他还能在各种人物的命运中看到内在的原因。由于在巴尔扎克看来,"真实的生活都是有因可循"的,所以时代环境和社会风气的力量在他的笔下得到了深刻的剖析。这种由环境和风习组成的势力在巴尔扎克看来不仅主宰了一个又一个凡夫俗子的人生命运,而且也构成了一个民族的命运和国民集体的性格。正像他在《驴皮记》中借主人公拉法埃尔的奇特经历总结了他对法国社会和德国民族的基本看法,即每个民族如同每个人一样,都有那么

---

① 〔法〕安德烈·莫洛亚:《巴尔扎克传》,艾珉、俞芷倩译,浙江文艺出版社 1998 年版,第488 页。

一张驴皮:要想延长民众的寿命,必须减少他们的生命运动。

《驴皮记》①本是一个东方神话,巴尔扎克把这个神话移到了他所处的时代。1830 年,拉法埃尔在巴黎赌博输光了钱,他想自杀。这时他走进了一家古董店,一个瘦骨嶙峋的老古董商给了他一张灵符,也即一张驴皮:它能实现主人的全部心愿,但满足每一愿望,它就要缩小一点,同时缩短一点所有者的生命。老古董商对拉法埃尔说:"我打算用很简单的几句话给您揭露人生的一大秘密。人类因他的两种本能的行为而自行衰萎,这两种本能的作用吸干了他生命的源泉。有两个动词可以概括这两种致死原因的一切形式,那就是欲和能……"老古董商此刻已经百岁,其长生不老的原因就是克制自己的需求和欲望。

但拉法埃尔和当时的所有青年人一样充满了无处宣泄的热情和活力。他们受拜伦影响,受拿破仑影响,留恋革命时期的狂风暴雨和摧枯拉朽,厌恶资产阶级新贵的保守和贪财,同时他们自己也放荡不羁,渴望一切荣誉、财富和女人。从今天的角度看,我们可以说他们追求太多、期望过高,但他们手中的"驴皮"不是父母的遗产或皇上的恩赐,而是他们自身的才华和热情,所以又仿佛无可指责。拉法埃尔得到驴皮后的第一个愿望,就是一次狂欢、盛宴和女人。于是他走出古董店后就遇到了朋友勃龙代和拉斯蒂涅,他们拉他去参加了一个不知如何支配自己金钱的退休银行家的盛宴,社交能人拉斯蒂涅看出他既是一个天才,也是一个傻瓜。于是把他介绍给了巴黎头号美人……在一个又一个愿望实现之后,驴皮变得愈来愈小。无论他如何求教于科学家、学者,还是干脆抛弃它,驴皮还是小到了能放进他的小表袋里。这时的拉法埃尔已经像那个老古董商一样,只能靠苟延残喘来维系生命了,但当他看到半裸的情人时,不由地又产生了占有她的欲念,于是他主动对自己作出了死亡的判决。

《驴皮记》写的是一个强烈的预感,一个衰败中的文明社会画面,巴尔扎克的朋友菲拉雷特·夏斯勒写道:"巴尔扎克清楚地看到这千疮百孔的社会依旧为其表面的繁荣所陶醉。与虚假的喧闹和日落西山的华彩相对照的是这个社会机体内部的空虚。他认为……在这对照中包含着一种魔力,在由如此绚丽的外表所掩盖的尔虞我诈的人生游戏之中,还存在一种值得关注的东西……"②这个东西就是巴尔扎克看到了环境的力量和人

---

① 〔法〕巴尔扎克:《驴皮记》,梁均译,人民文学出版社 1982 年版。

② 〔法〕安德烈·莫洛亚:《巴尔扎克传》,艾珉、俞芷倩译,浙江文艺出版社 1998 年版,第206 页。

的本能力量之后,希望或者说同时还看到了制约环境和本能的力量,即法国的政治权威和宗教传统。

法国评论家皮埃尔·西特龙认为《驴皮记》这部奇特的、浪漫主义手法的、哲理性的小说"是《人间喜剧》的中央门厅"①。因为巴尔扎克笔下的社会环境正值法国七月王朝和大资本主义兴起时期,金钱万能和不择手段谋取财产是巴尔扎克提示的法国社会最普遍特征,但尽管如此,对巴尔扎克而言,环境虽具有毁灭人性的毒害力,但一切毁灭因素中最强烈的还是人类自身存在的毁灭性成分。所以《驴皮记》的悖论是双向的,每个人的生命既是民族寿命的根基,也是它的危机,生命力的枯竭是死亡,生命力的无限制运动也是死亡,因而必须有某种东西使每个人的生命活动彼此保持和谐与平衡,从而使民族的正面精神得以保持,这种东西在巴尔扎克看来,就是上帝的力量或以上帝的名义实现在现实中的世俗政治权威。当巴尔扎克说,"我在两条永恒真理的照耀下写作,即宗教和君主政体",他所说的这两条真理并不像雨果所坚信的"人道主义原则"那样,体现了"善"或"美"的原则,而是某种更为一般的普遍存在的现实能量,是像歌德所说的"作恶造善的力之一体",简言之,是力量的原则。

《高老头》:四种人的意志力量

从力量的原则看巴尔扎克的《高老头》②,就会看到小说中的四个主人公分别代表了人类意志的四种基本力量。高老头代表了宗教信仰的力量,伏脱冷代表了权力意志的力量,拉斯蒂涅代表了本能和欲望的力量,鲍赛昂夫人则代表了现实中美的力量。

《高老头》是公认的《人间喜剧》的顶梁柱般的作品,巴尔扎克自己也称之为"主干作品"。这不仅是因为这部小说是他"人物再现法"的开山之作,他借伏盖公寓和鲍赛昂府把日后的许多主要人物都作了精心安排和一一介绍,而且这部小说在思想观念、情节建构、写作技巧和人物刻画上都极为成熟圆满,小说的戏剧性情节早已为评论家们分析得十分清楚,即以退休商人高老头的被女儿遗弃和青年大学生拉斯蒂涅的社会化成长为

---

① 〔法〕皮埃尔·布吕奈尔:《19 世纪法国文学史》,郑克鲁等译,上海人民出版社 1997 年版,第 143 页。

② 〔法〕巴尔扎克:《高老头》,傅雷译,人民文学出版社 1978 年版。以下文中引用仅注明页码。

线索,将一个老人生命价值的衰退与一个青年人社会人格的成型并行叠加叙说,中间则穿插了在逃囚犯伏脱冷和巴黎贵妇鲍赛昂夫人分别给拉斯蒂涅上的两堂人生课程。最后,拉斯蒂涅由纯洁青年变成个人野心家的新人生起点,开始于高老头悲惨的人生终点之上。

高老头是小说中父爱的代表,而且他的没头没脑的父爱是神话中的父性象征。巴尔扎克用感人肺腑的词语写出他内心深藏的骨肉之情,他的那种父爱集中了他对上帝、法律的敬畏,更融入了他对亡妻未尽的爱情和感激之情,所以他敢于说自己"比上帝爱人类还爱自己的女儿,因为人类不如上帝美好,而我的女儿却比我美好得多"。这种高老头认为的下一代的"美好",在于他的两个女儿都因为母亲美貌而生来就长得很美,都因为父亲的生意兴隆而从没有尝过生活的苦楚,还因为父亲的慷慨而从小接受正式的贵族教育,并因为父亲的献身精神而拥有大笔的嫁妆……高老头虽然从客观现实上讲是他自己培养了两个女儿的自私自利、见财忘义、忘恩负义、贪图享乐和极度虚荣,但从社会风气上讲他其实也找不到其他疼爱孩子、表达父爱的途径。巴尔扎克的现实主义精神体现在他写出了高老头的养育原则不可能不受社会环境势力的支配,即唯有钱财取悦青年人,而巴尔扎克的浪漫主义精神则体现在高老头始终不想承认这一点(其实他临死在病床上已经说出他知道女儿只想要他的钱,他可以用不同的用钱方式来保持亲情),这个没有头脑的老头竟一直坚持让一种理想化的家庭亲情去支配自己的余生。

最初看下来,高老头的性格中有极为矛盾的一面,因为他是一个地道的商人,而不是什么有教养的上流社会人士,就他在生意上的投机本事而言,他本应是个不讲任何情意的商场高手。在 1789 年大革命前,他不过是个普通的面粉司务,因为大革命使东家"遭劫"破产,他就乘机盘下了东家的铺子并在动荡的日子当上了区长,借一次"有名的饥荒"把面粉的售价卖出了比进价高出 10 倍的价格,"他从此发了财"(P68)。这个信奉拜金主义,又用拜金主义教育了女儿的父亲,何以会是个中产阶级的"李尔王"呢?巴尔扎克在写高老头的发家背景和现实惨剧时是恪守写实态度的,但在写到他的父爱时却显得极为夸张。高老头为了爱女儿,可以帮助大女儿的脸面而"牺牲"自己与女儿见面的权力,"哪怕他们要挖掉我的眼睛,我也会说:'挖吧!'"显然这个能干的老商人在溺爱女儿的时候只有一片"痴情",根本没有理性和判断力。那么这是否是一种畸形的、动物式的感情呢?在社会的"父爱的轴心"被"金钱轴心"替换之后,高老头式的痴情父爱意味着什么?特·朗日公爵夫人在鲍赛昂夫人粉红的客厅里对拉斯蒂涅说，高老头这样被女婿赶出来的悲惨"天天有"……"一个人把情感统统拿了出来，就像把钱统统花光了一样得不到人家原谅。这个父亲把什么都给了。20年间他给了他的心血、他的慈爱；又在一天之间给了他的财产。柠檬榨干了，那些女儿把剩下的皮扔在街上。"（P69）高老头是巴尔扎克从"天天有"的各种家庭悲剧中总结出来的一个典型、一个因性格特征极端鲜明而更具有代表性的人物。巴尔扎克认为，他的父爱"是一种充满巨大力量的情感，无论是灾难、痛苦和不义，任何东西都不足以破坏这种感情"。从这个角度讲，高老头式的父爱因其极端和痴狂而具有宗教情感意义，这种宗教意义不是精神上的，而是怪僻的偏执。

巴尔扎克曾经说过：神秘主义就是纯原则意义上的基督教。他在20多岁的写作尝试阶段就曾为关于上帝的两难推理而进行过哲学探索。他发现如果承认上帝与物质同在，那么上帝就与另一个不同于他的强者并存而不再是全能的主宰；如果承认上帝是先于一切的存在，他取自身精华创造了世界，那么人类社会或整个世界就不该有罪恶。所以，正像莫洛亚说的那样："巴尔扎克既是物质论者，又是广义的精神论者。他认为精神渗透于物质之中，物质有不同的等级，从不大像有思想的石头到灵魂附于肉体的人，再上升到只有灵魂的天使。巴尔扎克模模糊糊地相信石头可以成灵，人也可以转化为天使。他知道世界蕴藏着一个巨大的奥秘，在生命里还有一个比生命更强有力的本原。他同意把这个奥秘、这个本原称为上帝。……如果上帝保持缄默，那么生命与物体就永远载负着神秘的信息。"[①]所以巴尔扎克会不厌其烦地写那些神秘的物体：家具、上衣、街市、房屋、饰物、银盘，并不厌其烦地写那些神秘的生命，如高老头痴狂的父爱，他每一次外表变化的原因和他每一种溺爱女儿行为的动机。

巴尔扎克一方面认为现实中的"天主教教义是一套自欺欺人的假话"，另一方面则相信高老头式的父爱感人至深，正像拉斯蒂涅第一次听到高老头的身世后说"高老头真伟大"一样，巴尔扎克认为伟大的东西并不是单纯和一点点善意，而是一种神秘而复杂的内在力量。高老头临死的呼号表明他清楚自己是个"糊涂蛋"，"遭了报应"，但他仍然坚信"法律是支持我的"，最终将是他的女儿们受到报应。因为她们"犯了这桩罪，等于犯了世上所有的罪"。巴尔扎克在开篇时就写道："有些东零西碎的痛苦，因为罪恶与德行混在一起而变得伟大庄严。"（P1）高老头的所有父爱

---

① 〔法〕安德烈·莫洛亚：《巴尔扎克传》，艾珉、俞芷倩译，浙江文艺出版社1998年版，第494页。

言语和行为都充满谬误和自食其果的愚笨,但他的特殊父爱之心也因此而得以显现。我们既通过他的惨剧看到世间的罪恶,也通过他的痛苦看到人类固有的善良。在巴尔扎克看来,善良和善良之源是两种真正能够彼此抗衡、制约并构成伟大景观的神秘力量。

有人说巴尔扎克说自己信奉天主教是"出于策略和实用主义的考虑"(P493),实际头脑清醒的巴尔扎克并不认为天主教教义具有绝对的价值,而是看中了天主教那些崇高而丰实的神话故事。因为人类除去神话之外还能接受什么呢?"要全民族都去研究康德是不可能的。"对民众来说,信仰和习俗要比研究和论证更有实际意义。(P493)高老头的父爱,代表的就是这种民间的、广泛的、民族性的信仰和习俗,它们具有神秘而又强大的力量,巴尔扎克认为应该让这种力量凝聚成真正向善的潜流,激荡在人们心中。不过巴尔扎克同时又担心中产阶级的读者们在读完了高老头隐秘的痛史之后,"依旧胃口很好地用晚餐",把自己的无动于衷推给作者负责,说作者夸张,渲染过分。(P2)所以他还要写另一种力量,伏脱冷所代表的权力意志。

伏脱冷是整部《人间喜剧》中极为引人注目的主角,他实名高冷,绰号鬼上当,虽然在《高老头》中的地位是被警察追捕的苦役犯,但他实际却深谙社会内情,了解人间真相,这种深谙和了解使他仿佛掌握着征服世界的力量,这股力量与高老头的父爱情感相反,是没有情感却有头脑的人类意志力量,驱使他势必要成为这个大资本主义社会的当权者和主宰者。在《高老头》里他已经策划了许多阴谋,但尚未真正得势,到《交际花盛衰记》中他则成了警察厅的高级密探,到《贝姨》里他更是成了公安处长。与高老头的父爱一样,巴尔扎克也把伏脱冷的洞察力视为由德行与罪行混合而成的伟力,他赤裸裸地挖苦法律,揭露上流社会的假仁假义,对各种腐败和邪恶的现象,以及各种人心的堕落和不测,他都仿佛能一眼看穿、一语道破,但他的所有观察都是为了更好地利用和适应这种垂直下降的社会风习,获取自身渴望的权力及合法性。这个人物与欧洲文学史上那些海上大盗、绿林好汉和亡命之徒之间有着精神的联系,巴尔扎克明显赏识他的胆识和能干、他的敏锐和气魄。与虚情假意的上流社会相比,他是豪侠之士,与高老头的痴狂和拉斯蒂涅的纯洁相比,他又是邪恶的魔鬼式人物。在伏脱冷说"一桩大罪行,有时就是一首诗"、"没有人会盘问我的出身,我就是四百万先生"时,他已不仅仅是掠夺者、极端利己者、犯罪教唆者,而是集一切可能于一身的"强者"或"权力"的化身。

巴尔扎克所认可的"君主制"也是一个集权力和合法性为一体的政治

制度,甚至可以说是君主专制。正像《驴皮记》中拉法埃尔与拉斯蒂涅喝得烂醉时所说的那样:"我们很快就要变成一群大坏蛋了。""至少拿破仑还给我们留下了光荣!""我喜欢专制政体,它对人类显示出某种蔑视。"……对巴尔扎克来说,人欲横流、金钱至上的社会若再加上没有爱国主义、没有良心和政权软弱无力和政局动荡的话,就是法兰西民族的最大灾难。所以他并不憎恨伏脱冷这样的强者、"强盗",他自己就是文学界中的这么一个强者和"强盗",他试图像上帝一样摧毁和创造,所以他既要权威,又要合法性,既要宗教、家庭、传统,又要君主制和拿破仑、马拉式的领袖。这些对巴尔扎克来说都蕴藏着法兰西民族的生命力。虽然从信仰的绝对意义上讲,巴尔扎克对君主制和宗教都是不相信的,但是他相信它们的实用价值。"好的国王可以来自下层,也可以来自上层。巴尔扎克最讨厌的是不稳定的庸人政府。"①

巴尔扎克对合法君主专制的拥护虽曾遭到福楼拜和左拉的强烈批评,但其实我们无法让一个作家在写作上是忠实于现实的,在政治上却是完全理想化的。巴尔扎克批判那个糜烂的社会,但更希望法兰西能兴存。他这个天主教、保王派、产业主和伟大作家的集合体内部虽有矛盾纷争,但总体是和谐的、不分裂的。从这个角度讲,伏脱冷是巴尔扎克的一部分,拉斯蒂涅也是他的一部分。

拉斯蒂涅与斯丹达尔《红与黑》中的于连不同,拉斯蒂涅是变化的、前进中的 1830 年法国热血青年,他的内心也有良心与野心的冲突,但他没有像于连那样出现内心分裂,没有竭力去做自己内心极度厌恶的社会角色,也没有因为野心膨胀,而完全"按时代的规律去行动"。拉斯蒂涅一直坚持自己的本能和感觉,他起初作为一个刚从乡下来巴黎的大学生是极其纯真和富有同情心的,是具有道德感和是非感的,也是不完全自私、不十分狭隘的。他为自己"亲爱的妈妈"和可爱的妹妹们的牺牲精神而真心感动,他决意要通过改变自己来改变全家的命运。

在听了高老头的身世后他对"伟大的父爱"肃然起敬,在听了伏脱冷教他的娶泰伊番小姐、去掉其兄长的计划后,他毛骨悚然、不寒而栗。相比之下鲍赛昂夫人教他去追求纽约根太太的计划,仍是合法的和不流血的,所以拉斯蒂涅欣然从命,不遗余力,学步神速。与高老头、伏脱冷一样,拉斯蒂涅也是一种意志力量的代表,他在《高老头》中的人生主课是学

---

① 〔法〕安德烈·莫洛亚:《巴尔扎克传》,艾珉、俞芷倩译,浙江文艺出版社 1998 年版,第491 页。

习社会和进入社会,他从最初的单纯,到随后一连串的瞠目结舌、心灵撞击,再到在高老头的坟上埋葬了自己青年人的最后一滴眼泪,拉斯蒂涅都表明他不可能走他的朋友皮安训式的人生道路,不可能在冰冷的感情和严谨的科学实验中实现自己。

> 皮安训,我疯了,你把我治一治吧。我有两个妹妹,又美又纯洁的天使,我要她们幸福。从今起5年之间,哪儿去弄20万法郎给她们做陪嫁?你瞧,人生有些关口非大手大脚赌一下不可,不能为了混口苦饭吃而蹉跎了幸福。
>
> 每个人踏进社会的时候都遇到这种问题。而你想快刀斩乱麻,马上成功。朋友,要这样干,除非有亚历山大那样的雄才大略,要不然你会坐牢。我么,我情愿将来在内地过平凡的生活,老老实实接替父亲的位置。在最小的圈子里,跟在最大的环境里,感情同样可以得到满足。拿破仑吃不了两顿晚饭,他的情妇也不能比加波桑医院的实习医生多几个。咱们的幸福,朋友,离不了我们的肉体;幸福的代价每年100万也罢、2000法郎也罢,实际的感觉总是那么回事。
>
> 谢谢你,皮安训,我听了你的话怪舒服。咱们永远是好朋友。
>
> (P120)

拉斯蒂涅与皮安训走着两条现实的道路,拉斯蒂涅投身于他日益看破的丑陋社会法则,皮安训则俯首他认可的一般社会戒律。《驴皮记》中拉法埃尔面对的选择是要么扼杀情感而长寿,要么成为情欲的牺牲品;《高老头》中拉斯蒂涅的选择则是要么以生命为赌注,让自己的欲和能化为堕落人生的快乐和放纵享乐的丰富,要么本本分分地像皮安训一样度过踏实有为(不是清静无为)的平凡一生。另一个不同在于,这后两种选择并不发生激烈的冲突,相反还能相安无事。正像拉斯蒂涅不欣赏皮安训眼里只有病而没有病人的医生式无情,皮安训也不赞成拉斯蒂涅有了一点借口就铤而走险的误解人生,但他们还是会成为终身的朋友。虽然拉斯蒂涅在《驴皮记》中已经成了一个"由于处世有方而安享豪华生活"的政客,他什么都行却没有一样内行,懒得像大龙虾,但事事成功(P113);虽然拉斯蒂涅一般被定评为"个人野心家"的代表,但在《高老头》里,拉斯蒂涅代表的是他这一类积极个性青年的各种可能性。他的意志力量体现在他对常规而言"过剩"的热情和激情,他有纯洁无瑕而又野心勃勃的双重性,他没有人格分裂,他只有转变。当他在准备与灯红酒绿的巴黎上流社会"拼一拼"的时候,巴尔扎克依然为他留下未来的多重可能。应该说,在《高老头》里巴尔扎克对拉斯蒂涅所代表的力量持有较客观的旁观者态度，相比之下，《驴皮记》中的拉法埃尔"本来可以无所不为，他却什么都没有做"（P282）。拉斯蒂涅则做了些事，后来在《纽沁根银行》和《幻灭》里，我们会看到他已成为内阁副部长，而他的两个乡下妹妹也因为他的成功而嫁给了两个有钱有势的男人。关于拉斯蒂涅究竟做了什么，要看我们后人从什么角度去看他，我们也许可以说"后来"的拉斯蒂涅成了得意的小人、无耻的政客，但在他的家和家乡，他也许被家人和其他人们视为"英雄"或"成功者"。对拉斯蒂涅这样的人，憎恨他、轻视他或羡慕他、追随他的态度，在每个时代和国度都不同比例地存在着，野心和雄心常常难以简单区分，正像本分和平庸、老实和无聊常常也会混淆一样。

鲍赛昂夫人不仅是当时"贵族社会的一个领袖"，而且是女性世界的一个"强者"。《人间喜剧》中的大多数女性不是追求财富，就是追求能满足虚荣心的幸福，当时的女性地位就是法国女作家乔治·桑所说："我们把女儿像圣女般地抚养大，却又像雌马般地出卖给人家。""我们把菜肴盛在金、银、瓷器中呈上饭桌，这和把爱情装饰打扮起来是出于同样心理。"妇女们无论是出身、教育、自身追求有怎样的差异，最终都难逃"金钱的轴心"控制。女儿们或是被永久卖出（嫁人），或是被暂时租借（卖淫），而合法的卖淫就是没有爱情的婚姻。从这个角度讲，鲍赛昂夫人作为最后的名门贵妇，虽然态度高傲、生活奢侈，对资产阶级妇女及社会下层不屑一顾，但她同时也代表着传统、理想和古典美的当代命运，即她虽然气质高贵，具有倾城美貌和荣耀门庭，但却已失去往日的经济来源和社会认可，在这种荣华绝顶，终不过衰败入泥的历史命运面前，这个巴黎的贵妇始终不愿放下自己的身价，非得要在众人面前显得镇静自若、安闲静穆。《高老头》十分微妙地写了她内心世界与高老头两个女儿的最大不同，即鲍赛昂夫人始终对他人有恻隐之心和怜惜之情，对拉斯蒂涅的愿望和未来，她始终抱有既感动又惋惜的双重心态。与《幽谷百合》中的梦幻般的女主人公不同，鲍赛昂夫人是一个现实中品德高尚的女人，她不得不面对"生存"这个新的严峻问题。她在人前人后的不同表演和她最后诀别巴黎、移居乡下的选择，都既是被迫无奈的，也是极具克制力和坚韧意志的。巴尔扎克之所以用"希腊女神"和"西班牙斗牛士"来形容她最后的告别舞会，用"好似群众挤到葛兰佛广场去看死刑一样"的态度来形容资产阶级新贵的矛盾看客心态，是因为他认为鲍赛昂夫人所代表的"美"是一种神秘的威力、精神的威力，新兴资产阶级和旧贵族们对这个上流社会"母后"的告别既是幸灾乐祸的，又是多少有些触动的，虽然这些矛盾心态和一点点同情心不过是一刹那的事情,"像匆匆忙忙吞下的一颗美果"。鲍赛昂夫人所代表的现实生活中"美的力量"也就不过是文明脚步下匆匆而过的惊讶和叹息而已,但是这种美的震撼力无论是在其辉煌时期还是衰亡时期都一样地指向崇高和永恒。

他欣赏强者和能人

波德莱尔说得好:"我常常奇怪人们把巴尔扎克的伟大归结为他是个观察家,我总认为他的主要长处在于他是一个梦幻家、一个充满激情的梦幻家。他笔下的人物都富有生命的活力。正如他自己一样,他构思出来的故事都同梦境般有声有色。《人间喜剧》中的人物,上至豪门显贵,下至庶民百姓,无不比现实喜剧中的人物更渴求生活,在斗争中更活跃、机智,享受时更加贪婪,忍受苦难时更加坚忍,奉献时也更为伟大崇高。总之,巴尔扎克塑造的每一个人,哪怕是普通的看门人,都有非凡的才智,每一颗心灵都充溢着坚强的意志……"[①]巴尔扎克自己是充满意志力量的人,也是一个特别欣赏意志力量的人,他从不在等级、职业和出身上有歧视性的目光,但在他自己的文学世界里却有明显的偏好,即他写的大都是强者和能人,他的"人间"是一个由强权、强烈的宗教意识和强者能人充当主角和占据舞台中心的世界,是一个工业社会式的充满竞争和抗争的世界。这个世界虽然触目都是人心败坏和堕落,女儿不认父亲,妻子愚弄丈夫,恋人冷酷无情,但另一方面很少有人听天由命、安于平庸,所有的人都以自己的方式奋勇地生活,就连伏盖太太和米诺旭小姐这样的配角也无时无刻不在追寻继续奋斗的财路和幸运。

巴尔扎克的主要魅力的确不在于他是一个观察家和分析家,在这一点上,他以前的拉伯雷、莫里哀,他以后的福楼拜、左拉都是大家,而是在于巴尔扎克还是个先知(夏斯勒语),他预言了工业社会的一个根本转变。如果说前工业社会的基本结构是少数专制者和多数臣民的话,巴尔扎克则看到了工业社会已变成了强者和能人的天下,一个崇尚能力和毅力的新世界。在这个世界里,真正成为社会轴心的力量,不仅是"金钱"这个神秘的物质和日益物质化的社会环境,而且还有隐藏在所有人心中的欲和能,这是一个更加神秘的、正在被不断释放出来的能源。能力或力量在巴

---

① 〔法〕安德烈·莫洛亚:《巴尔扎克传》,艾珉、俞芷倩译,浙江文艺出版社 1998 年版,第512 页。

尔扎克看来,是中性的(尽管在巴尔扎克生前更多地被视为洪水猛兽),每个人的生命力都不可抗拒而只能转化,正如热能可以转化为光与电一样,被抑制的情欲、物欲、权欲也可以转化为痴狂的父爱、顽强的道德力量和不绝的善行。巴尔扎克认为每个人的生命力构成了民族的生命力,这种巨大的生命力量、意志力量既可以用来犯罪,也可以用来干一番事业,既可以被自己浪费,也可以用来做真正伟大的善业。

巴尔扎克的梦想是什么?他试图集合人心中的这股意志力,使之转化为一种神奇的乃至神圣的力量。这是从乐观、积极的一面去想,但即便从消极、缓和的角度看,巴尔扎克也希望我们看到这种力量世界的存在,探究这种人类意志力量的神秘,防止人类这个普罗米修斯的后代会依靠自己的力量毁灭自己和宇宙,或把自己变得只能在一小块驴皮面前苟延残喘。从这个命题的非凡和深透上讲,他的确是与但丁、拉伯雷和莎士比亚并肩而立的大作家。

《德伯家的苔丝》:灰色的悲剧诗

英国作家哈代(Thomas Hardy,1840—1928)的名作《德伯家的苔丝》[1]在今天家喻户晓,主要归因于一部由美貌绝伦的女演员金斯姬出演的同名电影。哈代生前在小说上曾遭遇舆论众多攻击,他对社会的批判态度和对未来的悲剧主义情绪与英国维多利亚时代的"舒适"生活很不协调。即便在今天,喜爱看这部小说的读者可能还是不如喜爱这部电影的观众多,因为这部原著从语调和色调上讲,都比电影来得沉重、灰暗和悲观。现代人都讨厌悲剧性太浓的作品,尤其是那种悲剧感一点点积累、变浓,直至使人透不过气来时仍毫无希望毫无出路的作品,是很难传世的。不过哈代又是一个多情的作家,一个无论爱、恨还是失望都极为严肃、真诚、坦率的作家。所以除非你真的从不认识他,否则读过他的故事的人总要为其中深沉的情感、险峻的思路、细密的布局而心灵震动,难以释怀。

志向当诗人,却先写了小说

哈代 57 岁时终于因小说写作而获得名望和财产,在近 30 年小说创作中,他完成了 14 部小说。之后他宣布不再写小说,并用余下的 30 年写作诗歌。他是英国维多利亚时代最后的一位大诗人,也是英国 20 世纪的第一位大诗人。他原来的志向就是当诗人,在屡屡被退稿之后,他先写了这么多小说,并在小说被社会舆论攻击后,重返诗园。将哈代的诗与小说参照起来阅读,用其小说作诗的背景,用其诗歌作小说的旨意,是读哈代时的特别享受,比如这首《偶然》与《德伯家的苔丝》就有特别密切的联系:

但求有个复仇之神从天上喊我

---

① 〔英〕哈代:《德伯家的苔丝》,张若谷译,人民文学出版社 1980 年版。文中引用仅注明页码。

并且大笑着说:"受苦受难的东西!
要明白你的哀戚正是我的娱乐,
你的受污损正是我的恨的盈利!"

那时啊,我将默然忍受,坚持至死,
在不公正的神谴之下心如铁石;
同时又因我所流的全部眼泪
均由比我更强者判定,而稍感宽慰。

可惜并无此事,为什么欢乐遭杀戮,
为什么播下的美好希望从未实现?
——是纯粹的偶然遮住了阳光雨露,
掷骰子的时运不掷欢欣却掷出悲叹……

这些盲目的裁判本来能在我的旅途
播撒幸福,并不比播撒痛苦更难。①

命运变成了"偶然性"

哈代的小说大都有"命运"主题,小说主人公的一生总是被一股无名力量所左右,最终无可避免地走向悲剧性结局。不仅如此,哈代频繁地运用盲目的"偶然"来描述人物命运的转折,用有可能避免的偶然来讽刺不可能避免的偶然。如小说开端一牧师告诉杰克·德北他家可能是名门贵族后裔时,牧师心中还颇感疑惑,但被贫困缠绕的德北已经冲动起来。牧师的偶然之念不敌德北的必然所想。与此同时,他16岁的女儿苔丝正在参加"妇女游行会"活动,碰巧与路过的来自上层社会的安吉尔互相看了一眼。苔丝的引人注目和对他人目光的敏感既是偶然也是必然。之后,苔丝与弟弟替酒醉的父亲送货,不料马车撞上了邮车,老马死了,全家唯一的小贩生意也断了。撞车也许只是偶然,但苔丝内心要承担责任却是必然。因为觉得马车事故自己有责任,所以苔丝同意去拜访附近的一个

---

① 〔英〕哈代:《偶然》,飞白译,载:飞白:《世界名诗鉴赏辞典》,漓江出版社1989年版,第481页。

"本家",并寻找新工作。在那个有钱的老太太家遇见了有貌无品的亚历克,从此一生竟无法摆脱他……

英国教授韦伯斯先生认为"命运"在这部小说里有四种基本运作方式。首先是苔丝无法拒绝的"遗传"。苔丝继承了母亲的美貌和早熟的身体,也继承了父亲身上的幻想冲动和不谨慎,这在她以后的遭遇中产生很大作用。其次,苔丝无法不具有人类普遍的对异性的特有兴趣和在被异性吸引时的难以自制。她的特有魅力既要被亚历克这样的异性迷恋,也会被安吉尔这样的男性向往——而苔丝无论是第一次被诱奸,还是以后的诸多磨难,都无法脱离特定时期女子的普遍地位的自然法则。再次,"生存的艰辛"也使苔丝无时无刻不承受着外在压力。家庭的贫困,父亲已被查出的严重心脏病及 6 个无助的弟妹都迫使苔丝不得不忍辱含冤地接受亚历克的物质援助。最后,也是韦伯斯认为最不重要的一条,是机遇的作用,运气仿佛永远不与苔丝为伴,——她碰巧因为疲劳而极度困倦,才使亚历克得手,否则这次奸污永远也不会发生;她给安吉尔的信碰巧塞到了地毯底下,否则他的内心很可能充满了对苔丝的感激;当她终于决定去爱敏斯特时,碰巧遇到了安吉尔冷漠无情的哥哥,而不是她慷慨仁慈的父亲。① 从表面上看,遗传、异性吸引和物质条件限制都是先天的、客观的、外在的决定因素,唯有第四种"机遇"作用属于"偶然",但事实上这四种力量都带有极大的偶然性和不可知性,故而也具有不可反抗性。

与古希腊时期的命运悲剧不同,19 世纪后半叶的欧洲人已经借助现代科技和资本主义生产力的发展,对世界和对人自身有了更多更深的了解,哈代感到的不是神定悬命,而是极为现实的、谁都难以完全摆脱的"存在"或者说"无所不在"。飞白先生在解释《偶然》一诗时说:"哈代认为命运是非理性的偶然,它不知善恶为何物,冷酷无情,深不可测,人受命运作弄而无能为力……如果真的有神作弄,不论他如何不公正,人也只能默默认命了。可惜神是没有的,控制着命运的只是盲目的偶然。哈代否定了古代神话的宿命论,而代之以现代的概率论,结果比古代更为严酷:人就连把罪过批到命运之神头上的这点宽慰也不可得。"② 所以在哈代的笔下,苔丝面对的是一个关于命运的悖论:如果你不反抗命运,你就会成为命运之奴,如苔丝只能因为自己的意外失身和迫于家庭压力违心嫁给她

---

① 〔美〕R. 阿克曼:《托马斯·哈代的〈德伯家的苔丝〉》,外语教学与研究出版社 1996 年版,第 278—279 页。

② 飞白:《诗海》,漓江出版社 1989 年版,第 1284 页。

内心极度厌恶的亚历克;但苔丝若是反抗,则抗拒了无心无肺、无目的无意图的存在,差不多等于自戕。如苔丝的反抗主要体现于坚决不嫁亚历克和后来坚持要向安吉尔说出实情,如果我们承认一切对命运的反抗都是为了改变,尤其是改善自己的前途,那么苔丝的反抗则使她的生活变得愈来愈糟,无论是物质的困隘还是精神的屈辱都变得愈来愈严重。反而是在她走投无路、几近绝望,终于低头向命运屈服,回到亚历克控制之中时,她和她的家在物质生活中总算得到了唯一的一次保障。苔丝的命运仿佛就是愈反抗愈倒霉、愈悲惨之命,从这个意义上讲,苔丝并不是一个单纯无思的农村姑娘,她更是一个充满理想和幻想的贫家女子。哈代在写到她的祖上可能是名门显赫的贵族时,也无意中说明她绝不是一个新式的"资产阶级"女孩,苔丝在反抗命运的作弄时,她不畏生活压力和艰苦物质环境的主要原因,是因为她珍惜自己的纯洁、真诚和自尊,而她能够抵御亚历克的异性诱惑和经济胁迫的主要力量,也来自她对完满未来生活的一种构想。由此而言,苔丝捍卫的确实是自己的尊严,体现的确实是穷人的骨气,但这些自尊和骨气并不是简·爱式的小资产阶级妇女的自尊自信,也不是郝思嘉式的自傲自强和生存第一,而是贵族文化式的理想女性境界:纯真无瑕的美、宁折不弯的尊严和坚毅勇敢的意志等等。苔丝想捍卫的理想原则与她想反抗的世俗法则是一个体系的东西。在这一点上,哈代与列夫·托尔斯泰相似,他们都对现存的社会秩序不满,但对即将完成的资产阶级新秩序更不满,面对行将消失的未被工业文明污染的"大自然"和与之相依为命的"自然人性",他们击节感叹,深情哀挽,问题是这样的大自然和这样的自然人性又往往饱含他们艺术家式的想象和崇拜,而非现实生活的广泛"存在"。英国评论界一直有一种声音认为哈代小说具有浓郁的"非现实主义"倾向,评论家阿诺德·凯特就认为《苔丝》根本算不上是一部讲述个人悲剧的现实主义小说,而其思想就是:"农民阶层的瓦解——早在过去已经开始——现在到了最后的灾难性阶段。"①也就是说,作者明确的主题追求要比人物性格发展的内在逻辑更重要。

苔丝不仅是一个受无情命运和偶然作弄的"纯洁的女人",还是一个受哈代的时代理解和明确"哲理"控制的勇敢的女孩。当哈代写她的美和大自然的美时,这部小说是神奇、绝妙、深情感人的,但当哈代要解释苔丝的悲剧和大自然的悲剧时,这部小说也是超常的、夸张的、令人不可思议

---

① 〔美〕R.阿克曼:《托马斯·哈代的〈德伯家的苔丝〉》,外语教学与研究出版社 1998 年版,第 280 页。

或给人以误导的。在这一点上,哈代与列夫·托尔斯泰也有相似之处,他们都把"生命力"当作社会灾变和个体灾难的审判依据,托尔斯泰虽然对安娜的婚外恋情抱有"破坏家庭生活"的疑惑,但从生命力的被压抑角度赞美了她的爱情追求和背叛行为,并讽刺了以卡列宁为代表的旧生活秩序的死板和冷漠。相比之下,哈代更集中地批判毫无人性的新型资产阶级农场管理,认为这种变迁不仅使原有的农民沦为雇佣苦役,而且使普遍的人类命运都走向非宗教、非道德的毁灭性灾难。安娜的美和苔丝的美一样,都是一种不能被完全压抑住的生命力和活力:安娜是更大胆冲动和追求个性解放的,是背叛式的、歇斯底里的;苔丝则是更古典、圣洁的贞女形象,她是隐忍的也是宽恕的。哈代要证明这个具有古典美基因的女子在现代的生活环境中被无情地摧毁了,从外在形态到内部构成都被彻底摧毁了。苔丝的一生是一系列不断被挫伤的对美的向往,是一场无休止的挣扎中的生存,是一个无法摆脱也无法改变的悲剧宿命。她或是死在亚历克的精神折磨之中,或是死在利剑般的舆论和谣言之中,或是死在折磨人意志和体力的繁重劳动之中,或是死在安吉尔温柔而又绝情的抛弃之中,反正不管她怎样逃避或反抗命运,她都是死路一条,这是哈代给我们读者暗示的一条铁律,一条让人极不愉快的现实潜在逻辑。

　　哈姆莱特在思考他的处境时曾说过:"世上的事本没有差别,都是人的思想把它们区别开来。"现代"存在"的悲剧性和逼迫感也无法撇开承受者自身的理解或感受来谈。英国评论家安德鲁·兰认为哈代与这一时期的其他一些欧洲作家如陀思妥耶夫斯基、左拉、莫泊桑一样,有着"对世界苦难的强烈意识"①。这种强烈的苦难意识作为一种前瞻性的对资本主义新罪恶的怀疑和警惕,是极有价值的、令人敬佩的思考,但作为一种对具体生活方式的抉择和评判,则可能并不感人。与这个时期的其他欧洲作家比起来,哈代的思考既是处于时代前沿的,也是纯粹个人化的。如果"批判现实主义"这个潮流名称还能有效地帮助我们理解 19 世纪末的文学变迁的话,那么哈代作为批判现实主义的最后一批作家,他与创作早于他的巴尔扎克一样仍是有信念有理想的,他仍认为这个客观世界需有一种价值意义存在,并且深信这种正确的价值是自己理解的那一种。另一方面,哈代又与左拉、德莱塞那样的创作和思想跨越 19 至 20 世纪的作家一样,对现实存在是不正面"批判",而是正面"接受"的。美国评论家鲁宾

---

① 〔美〕鲁宾斯坦:《英国文学的伟大传统》(全三册)下册:《从司各特到肖伯纳》,陈安全译,上海译文出版社 1998 年版,第 313 页。

斯坦认为,哈代有"甘于淡泊的悲剧主义和对韦塞克斯荒凉乡野的深深爱恋","他太绝望,以至于看不出批评社会有什么用处。"他晚年的诗作也愈来愈表现出一种日益清晰和持续消极的态度。"①

苔丝:纯美、至善和勇气的化身

我们可以先来看一看哈代心中的正确价值和生活意义。苔丝是一个从内心到外表都近乎完美的自然杰作,在这种美刚刚成形、露出其绝色征兆时,安吉尔敏感到了她的不俗,亚历克看到了她的"漂亮",苔丝的父母也在估价这美丽的长女应该为这个家带来什么福音。对哈代而言,苔丝代表的是海伦式的至上的美、绝对的美,所有的人都会为此而怦然心动,无论是好人、坏人、亲人、友人……四个挤奶女工在同时爱上安吉尔之后,另三个女孩都一致认为苔丝更应该得到这种幸福,因为她更美所以也更好。美,必定会吸引所有人并影响所有人的想法,是带有残存浪漫热情的上一个世纪的作家想法,并且这种绝美还必定与全真、与至善合为一体。苔丝身上至纯的德性表现为她在任何时候、任何情况下都不为自己着想。她为了家境困顿而勉强自己去了德伯家,她因为自己早夭的孩子才怀疑和违抗了教会的守则,她为了安吉尔的未来而坚持婚前说出身世,她还为了母亲和弟妹再次作为交换的筹码把自己送回到亚历克身边。在她最后终于忍不住杀死了魔鬼般的亚历克时,她仍不是为了自己,而是想告别自己的过去和结束自己的未来。这个完全忘我的殉道式的姑娘最后还恳求安吉尔娶了自己的妹妹,因为在她心中,唯有安吉尔是这个世上她能看到的至上至善的纯洁之人。然而安吉尔在小说中虽有优秀的素质和教养,却没能像苔丝那样保留自己自然的资质,他的罪无论被认为是一种可怕的、难以弥补的错误,还是一种与亚历克同样残酷的罪恶②,他都是苔丝的唯一希望和唯一依靠。苔丝与后来的一些小资产阶级妇女形象不同,她既不为自己着想,也从不把未来的希望只放在自己身上。她虽不相信社会会有公正和公平,但她却寄希望于这个社会的优秀个人能帮助她脱

---

① 〔美〕鲁宾斯坦:《英国文学的伟大传统》(全三册)下册:《从司各特到肖伯纳》,陈安全译,上海译文出版社1998年版,第312—315页。

② 英国评论家范·罕特认为实际上安吉尔与亚历克没有多大区别,他们都深受自我主义的侵害,一个是空想自我主义,另一个是情欲自我主义,"安吉尔那种过分的克制同恶魔是一样残酷的"。〔美〕R.阿克曼:《托马斯·哈代的〈德伯家的苔丝〉》,外语教学与研究出版社1996年版,第282页。

离苦海。最让人感慨和哀叹的,莫过于苔丝赴刑场前想到安吉尔将会娶自己的妹妹时,她竟是满意的,她一生对自己的存在和价值都是不完全自觉的,是彻底不清醒的。在她没有达到理想中的生活目标前,她永远是内在地自卑自谦和忍辱负重的。这是一种很传统的美德。她的确像一朵自然之花,如果没有真正的欣赏者和艺术家的记录,她自己是无意识的,她是纯天然的状态下存活着的美。她可能被人们真正地欣赏,也可能被他者随意地挪用。

苔丝不仅是美、是善,还是勇气的化身。她在命运的作弄面前始终具有穷人的自尊心、坚忍的克制力和勇敢的意志。在骇人的生存折磨中她忧郁哀伤,但从不过分犹豫和轻易妥协。与以后的现代主义文学中的人物不同,苔丝的性格一点也没有分裂的迹象,她的美、善和真诚勇敢都恒定、明确,始终如初。所以她的美并不是弱不禁风、娇小玲珑的,苔丝的美还体现为她的生命力之强盛、健康和顽强,她负隅抵御一切自然环境的勇气和力量使她那天生丽质的容貌和形体都更撩拨人心。但是,这样一个近乎完美的形象和坚强无比的性格,就其自身的潜力和性格逻辑而言,完全可能走另一条道路,而哈代的"主题"和他对时代的理解,促使这个秀外慧中、坚贞不屈的姑娘义无反顾地走向黄泉。1901 年,诺贝尔文学奖评委会曾就哈代的作品能否得奖展开了激烈的讨论,虽然他的小说在形式高雅、文笔清新上具有优势,但最后人们对他作出的判决是"刻薄的宿命论"和"很少对上帝怀有尊敬"。正像他的一个崇拜者说的那样:"哈代带有宿命论色彩的作品从根本上讲是非美学的,因为他没有把艺术作品应该提供给灵魂的奋进力量给予被同情者,对于受盲目冲动控制的生灵,他缺乏兴趣。此外,对世界主宰的反抗不仅是对神不敬,而且是一种暴行,如果人们认真思索的话。"①

他恨工业文明摧毁了田野世界

由于人毕竟不可能是纯自然状态中的花卉或动物,人除了有天性、有成长的历程之外,还从小到大地吸纳和接受了特定的社会法则和生活常识。所以苔丝的故事作为一个普通人的命运会得到几乎所有人的同情关爱,但作为哈代所想的美的偶像或美德的代表,则肯定要引发各种莫衷一

---

① 〔瑞典〕谢尔·埃斯普马克:《诺贝尔文学奖内幕》,李之义译,漓江出版社 1996 年版,第43 页。

是的评价和喜好。与安吉尔一样,苔丝也深受当时庸俗观念的奴役。在被亚历克诱奸后她自认为是罪人,面对周围人的非难和轻蔑,她虽在心底里认为那是出于一些毫无道理的法律,但事实上她还是在身心上俱受伤害。在安吉尔远走南美洲之后,苔丝从理性上讲知道应该回到"奶牛场"那个相对富饶和富有人情味的地方,但畏于流言和被人讥笑,她却去了只能种麦子和萝卜的穷乡僻壤。美国评论家阿克曼说:

> 我们可能要问,为什么苔丝不设法在镇上找份工作,免得干农活受季节的限制。哈代给予的回答是,她惧怕城镇,惧怕城镇生活和礼仪,因为她只有乡村生活的经历,而且她所受的苦难,都来源于那些"彬彬有礼"的人,那些受过教育、得到了现代文明的全部"好处"的人,与她憎恶城市生活是相一致的,是她对"她的"世界的无畏,即田野世界。①

哈代对工业文明以及农村的农场化经营走向是深恶痛绝的,他在小说第 47 章里把一台红色的打麦机和一台提供动力的发动机形容成一个吃人的恶魔,因为操纵机器的人"目中无人",只关心机器,租机器的农场主只希望借助它尽快把活干完,而围绕着这个红色厉害东西必须以流水线方式工作的农场工人则必须像这台机器一样不停地转动,并忍受它的噪音、震动和难闻的热气。到了下午三点钟,苔丝的胳膊已经完全失去知觉,不仅肉体在机械地重复着动作,而且麻木的大脑也失去了控制作用。而这个时候,假意仁慈的亚历克又出现了……就像亚历克这个形象太接近动画片中的恶棍一样,哈代对工业文明、城市化倾向和机器化生产的理解都是过于简单偏激的。这种偏激影响了他作品的深度,也多少影响了苔丝这个形象的感染力,因为她仿佛执意要借用肉体的折磨来帮助自己忘却心灵的创痛,而且作者还要暗示这种选择背后的标准和意图是圣洁的、崇高的,希望我们因此更同情她,这就有许多不必要的残酷和对人物命运的硬性安排:

> "奥密莉亚,亲爱的,这可真希奇!
> 谁料得到我会在城里碰见你?
> 而且哪来这么多漂亮的衣裳,这么阔?"
> "哦,你不知道我已经堕落?"她说。

---

① 〔美〕R.阿克曼:《托马斯·哈代的〈德伯家的苔丝〉》,外语教学与研究出版社 1998 年版,第 227 页。

> "你厌倦了锄草,也不想再把土豆挖,
> 你一身破烂离了家,没鞋也没袜;
> 而如今,你有华丽的羽毛和手镯!"
> "是的,堕落的人这么打扮。"她说。
>
> "在家乡,在农场,你说的是'你'和'咱',
> 还有'啥家伙'和'咋个办',可是今天,
> 你的谈话在上流社会完全合格!"
> "堕落能换得高雅的表面。"她说。
> ……
> "我真想有羽毛,华丽的拖地长袍,
> 还有漂亮的脸蛋,能在城里炫耀!"
> "一个新来的乡下姑娘,我亲爱的,
> 别指望这一切,你没有堕落。"她说。①

《堕落的姑娘》是哈代写的一首戏剧对白诗,新到城里的乡下姑娘还满口方言土语,而"堕落的姑娘"已经学会了上等人的谈吐,堕落的姑娘对自己现在的衣着谈吐并不看重,而且希望她新来的姐妹"别指望这一切"。与苔丝的命运一样,哈代既希望纯朴的农村姑娘不要被肮脏的城市污染,又无奈地看到这种污染的势头锐不可当。但另一方面,哈代也在这样的诗里把美德与富有对立起来,把人与自然的抗争与人类自我的内部斗争割裂开来。哈代曾经说过:"不论生活固有的善或恶是什么,人们肯定不必要把它弄得更糟了。"②哈代渴望美和自然不要被破坏或摧毁的痛苦之心是令人感动的,他看到了人之残酷超过了自然,但他没有看到这两种残酷之间的有机联系。人类不可能为了保护自然而完全停止开发或利用自然资源。不断发展生产力是人类生存之需,也是有代价的向自然索取之策。在这个过程中,人类有许多历史教训要汲取,其一就是工业文明初期的血腥剥削和无人性管理。由于哈代总是化身为那些绝不应该被毁灭的田野生活和乡村美景,化身为那些绝不应该被毁灭的美丽和善良,所以他

---

① 〔英〕哈代:《堕落的姑娘》,飞白译,载:飞白:《世界名诗鉴赏辞典》,漓江出版社 1989 年版,第 485 页。

② 〔美〕鲁宾斯坦:《英国文学的伟大传统》(全三册)下册:《从司各特到肖伯纳》,陈安全译,上海译文出版社 1998 年版,第 314 页。

也痛苦地分享了这些悲剧性人物和场景的绝望和凄凉。不仅如此,哈代的诗和小说还都充满了仇恨和怨恨的情绪,是一首首灰色的悲剧诗。

毕竟,仇恨和怨恨都是破坏性的情感,我们不能仅仅在自己的历史上寻找一些倾泻仇恨的对象,并渴望"彻底"摧毁它们。摧毁和重建是应该同步进行的工作,现代的读者会更希望各种破坏性的情感能尽早地化为建设性的热情和环保的意识,现代的乡村姑娘也大都已经看到了另一种"都市化"的理想。不过哈代用他深情的笔墨警告我们:人所处的环境(无论是自然的还是人为的),充满了各式各样的"偶然"和机遇的作弄,丑恶或邪恶总是会利用这些"偶然"和机会疯狂作恶,而美和善良却往往无力还手,因为她们信奉的原则和立场不能容忍自己"堕落"。这是一个深刻而又感人的哲理,也是哈代这部小说最具魅力的主题之一。

《叶夫根尼·奥涅金》:拒绝与被拒绝

　　俄国作家普希金名著《叶夫根尼·奥涅金》①的结尾处,女主人公达吉雅娜为什么要拒绝奥涅金的爱情?这个问题既是理解这部诗体长篇小说主题寓意的关键,也是理解这部小说男女主人公性格、命运的关键点,这个问题虽曾在俄国评论界引起不休的争论,但在我国的教科书和评论中曾有过比较一致的结论。由杨周翰等主编的《欧洲文学史》上称达吉雅娜"精神世界相当狭隘",她"后来违反了自己的心愿,嫁给一个年老的将军,成为彼得堡贵族沙龙的红人",当奥涅金追求她时,"遭到拒绝"。宇甫、伯衡主撰的《俄苏文学名家》认为:"达吉雅娜迫于母命,已嫁给莫斯科的一位将军,因而理智地拒绝了奥涅金。"事实上,达吉雅娜对奥涅金的断然拒绝是全书的压轴之笔,寄托着诗人的全部玄机和创作苦心。理解奥涅金的被"拒绝"不仅是我们今天重读这部名著的一个起点,也是我们重新评价"多余人"形象和重新审视俄国批判现实主义文学的一道起跑线。

　　正如普希金在诗中直述的那样,达吉雅娜是诗人的"忠实理想",奥涅金则是他"奇怪的伴侣"。高尔基认为奥涅金是"普希金的肖像",另一些评论家也认为连斯基在一定程度上代表了普希金的某些特征,但普希金自己却竭力否认这种自传式的阐释,更愿意也更直接地在诗中将达吉雅娜视为自己理想的结晶。② 因而从普希金的创作意图来说,达吉雅娜的思想感情应该高于"多余人"的第一位代表奥涅金,这个女性形象虽然在普希金的生活圈子里有许多生活原型,但她在诗中是更完美、神圣和纯洁的民族精神化身。其次从奥涅金和达吉雅娜这两个主人公的关系而言,达吉雅娜是更为主动和稳定的轴心,在构思上她也首先出现在普希金的梦里,"跟她在一起"的奥涅金虽然在全书中贯穿主要情节线索,生活场景

---

　　① 〔俄〕普希金:《叶夫根尼·奥涅金》,王士燮译,黑龙江人民出版社1981年版。文中引用仅注明页码。

　　② 可参见普希金:《普希金论文学》,张铁夫等译,漓江出版社1983年版。

出现诸多变化,但与达吉雅娜始终明确的生活位置相比,奥涅金就像一颗不安分的英魂,在每一次变化和游移中都没能确定自己的合适位置。再从全诗的结构和戏剧性转折来看,达吉雅娜对奥涅金的拒绝是全诗最重要的诗眼,也是全诗历经甘苦,终于达到的一个艺术险峰。诗人说自己及读者"跟着他长途跋涉、走遍天涯、路途漫漫",却"在主人公倒运的刹那之间,从此跟他长久分手⋯⋯也许永远不会见面"。这个"倒运"的瞬间不仅是"梦里寻她千百度,蓦然回首,却在灯火阑珊处"的找到和顿悟,也是阅尽人生后曾经沧海难为水的幡然悔悟和寻找不到。无论是作出拒绝的达吉雅娜还是被拒绝的奥涅金,在这一瞬间里都体验了他们一生中从未有过的思想和感情的历险,并在这一瞬间后都将进入一种不同于以往的人生。

"拒绝"是《叶夫根尼·奥涅金》全书中的中心行为。在达吉雅娜最后断然拒绝奥涅金的爱情之前,诗里已经出现了一系列值得我们回味的拒绝和有关拒绝的故事。

奥涅金不喜欢这个社会

奥涅金首先拒绝了上流社会的传统规范。这个诞生在涅瓦河之滨的贵族青年一出场,就坐在一辆为垂死叔父奔丧的马车上,心中想着上流人士陪伴病人时的那些"无聊的把戏"和"卑劣的心机",同时又让他自己的马车急驰而去,为可以继承的财产跑得黄尘滚滚。正像普希金在一开篇用30余段诗句所介绍的那样,这个出身名门、受过良好教育、自小聪明伶俐的可爱青年,虽然"学识渊博,可惜是异端"。他的"异端"色彩不仅表现在他无师自通于各种社交场合的风流和周旋,有能力和胆量不断用别出心裁、标新立异的爱情游戏和圆通狡猾的作弄手段,在上流圈子里翻江倒海、兴风作浪;而且他的"异端"更突出地表现在他于声色犬马、寻欢作乐的过程中"心不在焉,流露出一副清醒的模样"。正像诗人所说:"奥涅金患上了不治之症,⋯⋯对人生早已是心灰意冷。"

普希金对奥涅金这种从内心深处对上流社会的拒绝充满赞语,在45节诗里他称奥涅金"性格超群","头脑清静,智慧过人"。他说自己之所以与奥涅金情投意合,结为至交,是因为两人都在"我们一生的早晨",体会了厌倦人生、失去热情的滋味。屠格涅夫在对比巴札罗夫和奥涅金两个人物形象被读者接受的不同情况时,曾经感叹当年普希金与莱蒙托夫能够赋予一类新的人物以理想主义的光泽,而他笔下的巴札罗夫这个新人则不能不在其一出现就受到作者毁誉参半的评价。普希金对奥涅金的评价主要是正面的，奥涅金身上的这种正面性格力量为他对达吉雅娜爱情的拒绝铺就了道德和理性的基础。

奥涅金对达吉雅娜的拒绝是书中的重要篇章。由朱维之、赵澧主编的《外国文学简编》里认为奥涅金"以玩世不恭的态度拒绝了达吉雅娜的诚挚爱情，把她大胆的表白误以为是社交界仕女们的情场作戏"。这种解释是不准确的。在这个篇章里，普希金实际上为奥涅金的叛逆性格中注入了俄罗斯的灵魂。在达吉雅娜出现之前，普希金的所有行为和感受都没有跳出英国诗人拜伦笔下的"恰尔德·哈洛尔德"模式。相比之下，当年"拜伦式的英雄"尚能游历四方、傲世独立，公开表述自己强烈的反抗意图，而奥涅金式的俄国"多余人"只能在"专制的废墟上"和"隆冬的季节里"消磨无聊的岁月，与一两个亲近的友人，把"古老的风俗习惯"一一加以讨论，在固定的生活轨道上，眼见着一幕幕旧戏不断重演。连斯基与奥尔迦的"青梅竹马"之情，在奥涅金看来，不过是千篇一律的少男少女之春情，那个甜蜜可爱、毫无头脑的奥尔迦虽然使连斯基充满青春欢乐的初梦，但却不过是随处唾手可得的粉黛，而且"俗不可耐"。在一脸无神的憨相的奥尔迦映衬下，达吉雅娜默默不语地坐在窗前，"把沉思冥想当作伴侣"，使奥涅金因此对她的与众不同留下了印象，虽然他只是立即将达吉雅娜作为与连斯基逗趣的一个玩笑话题，但随后他就不得不面对这个神情忧郁的姑娘对自己的爱情。

看了达吉雅娜的书信后，奥涅金深受感动，但只有在一瞬间里，他体味了往日的激情，随后就想到了自己不应该"欺骗"一个天真而又易于信赖的心灵。奥涅金的拒绝虽然斟酌字句，尽量委婉，但实际效果却是绝对推诿，摆脱得一干二净。值得注意的是奥涅金并没有细说他拒绝的真正原因，他说自己"生来不该享受幸福"，"天长日久就会渐渐冷淡"，心灵不会再得到"新生"，仿佛把拒绝的理由全部归因于自己的不是和苦命。这个回答对达吉雅娜来说，是一种客气的冷淡和有礼貌的疏远，也因此更令她感到羞愧、刺心和极度的伤心。正像别林斯基分析得那样："奥涅金是太聪明、太细致，经验那么丰富，对人性洞察入微，他不能不从达吉雅娜的信中看出这可怜的姑娘天生一颗火热的心，渴望着致命的滋养情感的食物，他不能不看出这姑娘的灵魂如婴儿般纯净，她的情感明朗得近乎稚气。"这时的达吉雅娜虽然有强烈和真挚的爱情，但并未真正启动过内在深沉的心智，而这时的奥涅金已看破人生，热情燃烧殆尽，他们一深一浅、一冷一热，一个因空虚而企冀、一个因纯洁而渴望，两人在思想和感情上都有很大的差距。

  奥涅金作为社会上的一个"多余人",虽然处处显得孤傲不逊和与众不同,但他心中的企冀不过是些朦胧而又冲动的向往,他并不具有真正的追求目的和明确的反叛策略,他在自己的庄园里曾尝试过一次管理制度的改革,但农民的怀疑和其他地主的恼怒令他气馁,在周围的"邻居们"前来"拜访"之际,他赶紧跨上备好的马车从后门溜走,"好似一溜烟"。因而此刻的奥涅金对单纯而富有幻想的达吉雅娜来说,是无法提供她渴望的激情和精神需求的,也无法维护和延伸她刚刚被唤起的对新生活的追求,他的"拒绝"是理所当然和具有悲剧意味的。奥涅金此刻的拒绝,恰恰表明他是有道德感和同情心的,在思想和感情上是远远高于他周围的其他贵族青年的。他虽然熟识贵族上流社会的"爱情的科学",常常在各式各样的爱情游戏里"故作多情"、如鱼得水,但出于对达吉雅娜的尊敬,奥涅金才拒绝了她强烈而朦胧的感情,这一拒绝同时表明奥涅金是有自知之明的。他知道自己的内心里虽有着与达吉雅娜相通的天性和爱情,但他也知道自己在达吉雅娜的心中只是一个幻影,作为一个完整而真实的自己,此刻不配做达吉雅娜追求的偶像。奥涅金对自己的致命弱点有着清醒的自我意识。由此而言,达吉雅娜在她的平静生活里突然为与众不同的奥涅金而点燃初恋的激情,是符合这个人物的性格逻辑的,因为她凭借自己的直觉和心灵发现了奥涅金是比那些社会上"不多余"的人更具有思想和德性的人;而奥涅金拒绝了达吉雅娜此刻的爱情,也符合一条相似的人物性格逻辑,因为他的确对达吉雅娜产生了一种从未有过的真情,而就是因为这份真情,他才毅然地拒绝了她,为他自己对整个人生和别人的幸福作了一次严肃而负责的对待。

  "多余人"①是俄国批判现实主义文学史上由诸位文学大师通力合作完成的一组"系列形象"。"多余人"对真挚爱情的拒绝,是俄国批判现实主义文学的一种历史现象。在奥涅金之后,赫尔岑《谁之罪?》中的别里托夫、屠格涅夫《罗亭》中的罗亭等都"无情"地回绝了他们自己用火热的谈吐和不俗的气质唤起的爱情,到冈察洛夫创作《奥勃洛莫夫》时,他们不仅拒绝爱情,而且依然无法被爱情唤起,只是忧郁乃至麻木地走向生命的结束。这之中的主要原因就在于多余人自身的饥渴和经验中,从未能激发

---

  ①   "多余人"的问题在几乎每一部涉及俄罗斯文学的文学史里都有论述。张伟所写《"多余人"论纲:一种世界性文学现象探讨》是近期出版的关于"多余人"问题的专著,谈到了大量的有关论点,可参考阅读;此书由东方出版社1998年出版。

出可以为他们自己认可的生活意义和奋斗目标,他们只是一些敏感的评判者、没有希望的叛逆者和一些心灰意懒的志士。

社会更拒绝"异端"

奥涅金对上流社会的拒绝不是单向度的,普希金在长诗中还强调了社会对奥涅金这类"异端"的拒绝。在第八章第十三节诗里,普希金用简短的叙述,描绘了长达 9 年奥涅金"游记"的飞逝和惨败:

> 他任凭兴之所至,
> 漫无目的,踏上旅程;
> 然而,跟世上的一切事一样,
> 旅行也终于令他扫兴;
> 他像恰茨基一样,翩然归来,
> 一下轮船,就闯进舞厅。(P256)

与拜伦笔下的恰尔德欧洲漫游不同,奥涅金无处可走,无环境可换,他乘兴而去,扫兴而归,其原因不仅因为他像我们一些教科书所说的"多余人""至死也跳不出自己的贵族生活圈子",或者普希金所说的奥涅金"做什么事他也不入门路",而且说明 19 世纪初叶的俄国与西欧浪漫主义文学的背景并不相似,陈腐的农奴制度和沙皇的高压政策使它们的叛逆者不能不在痛苦中沉默,在无所事事中沉沦。奥涅金在社会生活里既没有家室,也没有职务;既不愿同流合污,又无法洁身自好、甘于寂寞,最终只是在一系列无谓的变迁里虚度自己年岁,既违背社会的常规,也被社会所拒绝。

像奥涅金这样的"多余人",虽然意识到自己是社会上不受欢迎的"异端",虽然处处显示出自身思想感情对现实生活的超越,但事实上,他们是无法脱离客观现实而存在的,任何人都每时每刻地与社会保持着密切的联系。因而,"多余"并非客体存在意义上的多余,而是主观体验中的"多余感",是一种建立在主体意识上的主动态度。奥涅金身上这种有意超越社会的主观态度,一是表现为他对社会责任的游离,二是表现为他对爱情和婚姻的拒绝,三也表现为他对死亡的无所谓态度。在奥涅金与连斯基拔枪决斗的时候,他表面是一个清醒的行动者,实际是一个消极的接受者。对这样一个主动与社会对抗的"多余人"而言,社会对他的拒绝和仇视是必然和坚固的,但他对社会的拒绝是否能坚持到底呢?

爱情与"多余人"

显然,在达吉雅娜拒绝奥涅金的求爱这一全诗的险峰出现之前,普希金还对两个主人公的性格变化作了精心的铺垫。首先是奥涅金的重大变化。在写到奥涅金"出去了"又回来,"一下了轮船,就闯进舞厅"时,诗人对自己男主角的反叛意志进行了一次直露的讽刺,暗示奥涅金已经在更多更广的人生阅历中不再长进,近乎自暴自弃,甚至准备自甘堕落,与上流社会重归于好。这种对男主人公低调的处理实际为达吉雅娜的重现和奥涅金平生的又一次灵魂触动奠定了契机。

其次是达吉雅娜的重大变化。这个变化使她在与奥涅金重逢之前也已经不再是"精神世界相当狭隘"的普通乡村姑娘。在达吉雅娜的成长历程里,善良的奶娘和欧洲浪漫主义文学铸就了她最初的思绪和冥想中的梦境。第一次爱情被奥涅金冷漠拒绝虽令她泪水涟涟,但也因此打碎了她的许多朦胧幻想和不切实际的狂热。最值得注意的是,普希金安排了一次奥涅金缺席时达吉雅娜的拜访,让漫步在乡间小路的达吉雅娜无意中来到奥涅金的庄园,并走进了奥涅金的书房,探寻她梦中情人的真实世界。达吉雅娜用深受感动的目光仔细打量着周围的陈设,那一堆凌乱的书和那一盏灭了的灯,那一尊拿破仑塑像和墙上拜伦的肖像,都使她好像着了迷似的,停了许久。诗人写道:达吉雅娜第二天一清早又来到被遗弃的奥涅金的房舍,她在一片寂静的书斋里拿起了奥涅金留下的书籍:

> 一开头,还没心思细阅,
> 只觉得这些书与众不同,
> 主人的选择堪称奇绝。
> 达吉雅娜如饥似渴地读起来,
> 在她眼前展现出另一世界。(P222)

普希金十分巧妙地借达吉雅娜的目光刻画奥涅金的另一面,刻画奥涅金在夜深人静、厌倦了交际玩乐而秉灯夜读时的内在心绪,诗人强调奥涅金选择的书籍里"反映了整个时代,对当代人物的刻画描摹,也相当真实,须发毕见"。奥涅金在这些书上保留了许多清晰的指甲痕迹,和用铅笔写下的字迹。顺着这些手迹,达吉雅娜不无战栗地发现了奥涅金对什么感到惊奇,对什么样的思想和情感表示欣赏,对什么表示默默同意。她在这些书上看到了奥涅金"赤裸裸的心",和他那一类人的共同命运。

在走进奥涅金的书房之前,达吉雅娜只为自己的情感和孤寂而伤心落泪,但在奥涅金书斋里的细心阅读为她展示了纷繁复杂的外面的世界,她因此而走进了一个全新的认识视野和精神领域,对人生的痛苦和理想的追求有了更深层的理解。当她将往日梦中那个既朦胧又神秘的奥涅金与她眼前这个赤裸的奥涅金的灵魂融为一体的时候,她饥渴的心灵因此获得特有的养分,她与奥涅金的这段恋情也因此成为她感情世界的一次洗礼、理智活动的一次愉悦,以及她珍藏心中的一份精神的财富。

正是有过这样经历的达吉雅娜才能够在后来上流社会的圈子里表现得那样仪态大方、眉清目慧,浑身上下找不到一点儿粗俗的踪影。这时的达吉雅娜不仅征服了出去又回来的奥涅金,而且也让宫廷里的其他女士们、老夫们笑脸相迎,男人们鞠躬垂青,因而普希金在发掘奥涅金为什么又追求自己曾经拒绝的往日情人的时候说:

> 在那冰冷、怠惰的心灵深处,
> 是什么感情蠢蠢欲动?
> 究竟是懊悔? 是虚荣心?
> 还是年轻的心事——爱情? (P262)

依照诗人的猜测,奥涅金之所以重新向达吉雅娜狂热地求爱,一是因为出污泥而不染的达吉雅娜使奥涅金绝望的心灵废墟上燃起了新的企冀。二是由于他往日对达吉雅娜的真爱也因此复苏,他当初的拒绝出于无奈,他此刻的追求则源于自觉。三也是由于此刻的奥涅金内心空虚,追求高贵的贵妇人符合他熟悉的虚荣心追求。

面对意外重逢的奥涅金,达吉雅娜的拒绝是长诗中的一段绝唱。达吉雅娜把奥涅金当年刺心的责骂与今日无礼的热情相比,谴责奥涅金此刻的卑微和堕落:"怎么以您的心和理智,也做了渺小的感情的奴隶?"在一段咏叹调式的独白里,达吉雅娜表达了自己对跻身于上流社会的极度痛苦和厌恶。对奥涅金又回来追求这虚荣的口碑和沉溺于私人情感的软弱,达吉雅娜表示了自己的极度失望和憎恨。她毫不留情面地揭穿了奥涅金爱情中的虚荣成分和放弃社会理想、甘愿向卑微无聊生活投降的内心软弱,她的话使奥涅金"像被雷击了一般",百感交集,心头翻滚起暴风骤雨。虽然我们在奥涅金幡然悔悟的时刻离开了他,但正如文学史料向我们显示的,普希金原计划奥涅金将随后参加十二月党人起义,并为祖国和民族的解放捐躯。以奥涅金在达吉雅娜的拒绝中所得到的心灵深处的理解、思想和生活态度上的警醒,以及精神和意志上的鞭策,这个未写出的结局才是可能和合理的。

当然，在达吉雅娜拒绝了奥涅金之后，他们两个人的生活都出现了转折和突变。对达吉雅娜来说，奥涅金的到来唤起了她对往日生活和情怀的追忆，这种追忆也促使她进一步审视了自己的处境和未来的命运。她哀痛自己的"可怜"和已经被安排了的前景："我既然嫁了别人，就要对他忠贞。"这句曾让许多评论家惊叹的压卷台词，在我国一些外国文学教材上被认为是表现了这个人物的"局限性"，表现了与她高尚心灵相冲突的麻木的世俗道德观。但从人物性格的逻辑和完整性来看，这句台词表现了普希金对人生世态的成熟理解和准确传达。这句话表现了达吉雅娜这个人物性格中坚定的一面，虽然奥涅金与达吉雅娜在天性和对社会的批判上是共同和相通的，但在许多方面也是相对立的，比如达吉雅娜与人民和普通生活方式的联系更为密切，与奥涅金式的"多余人"相比，她不仅显得更为纯洁和圣洁，而且也更为深沉和执著。她对待生活的态度更接近于一个普通俄罗斯妇女对人生的坦然、质朴和忍辱负重的坚毅。与其说达吉雅娜忠实于她所不爱的丈夫，不如说她忠实于自己对生活的认识和对苦难的态度，而这，实际也即忠实于奥涅金曾对她起过的启蒙作用，忠实于她对奥涅金的深挚友情和爱情。因而这句表示"忠实"的台词并不影响达吉雅娜这个形象的美学高度，相反也因此更鲜明地体现了俄罗斯民族气质及这种气质的复杂性和内在力量。

有评论说，达吉雅娜这个人物也具有"多余人"的色彩，她的悲剧意义并不亚于奥涅金，如果说奥涅金可能在被达吉雅娜拒绝的痛苦中更生，那么达吉雅娜在告别了奥涅金后只可能在她深恶痛绝的上流社会里逐渐被窒息，或者她心中的痛苦也可能逐渐化为无生命的冰冷的麻痹。总之，达吉雅娜与奥涅金一样，只有觉醒，没有真正的反抗。虽然这种评论在理论上是成立的，但也是不够深入的。对"多余人"形象的"进步性"、"局限性"两分，使得读者以为他们的价值和意义因此是有限的，以为"多余人"虽在思想感情上代表了时代的进步之声，但在"平民知识分子"或"革命民主主义者"出现之后，他们就只有被历史无情地淘汰。

重新评价思想的力量

"多余人"的形象在我国一直被认为是"语言的巨人，行动的矮子"，是

"不结籽的花"。这个读解沿革的是以别、车、杜①为代表的俄国革命民主主义者的观点和苏联的通行解析。这个读解同时也反映了我们较长一个时期来,对"多余人"形象在欣赏和理解中的批判倾向和"拒绝"态度。在时光流逝又近100年之后,当我们把视野从俄国转向世界文坛,会发现"多余人"不仅是俄罗斯一代青年的肖像,也不像赫尔岑所说的"靠了那一代多余的人,下一代没有成为多余的人"。"多余人"的形象与20世纪世界文坛上的"局外人"、"晃来晃去的人"和"虫类人"之间都有着深刻的内在联系,他们都表现了世界范围内现代化进程中的一种典型的社会心理,表现了一些敏感的思想者在社会变革过程中的焦虑、探索,表现了他们因看破红尘而"无所事事"的痛苦,展示了这类人既对人生无所谓又不甘沉沦的内心矛盾。因而,"多余人"形象的分析和理解不应该仅仅局限于19世纪上半叶的俄罗斯历史背景和1917年十月革命以前的时代要求,应该看到"多余人"形象中体现的生命价值和探索精神,是具有超越时空和国界的普遍意义的。这类形象在我们今天及今后的生活中都仍是存在和仍在发展的。

其次,以往我们在理解"多余人"的过程中,比较多地强调了他们的生活中缺乏实际行动,他们的性格力量没有充分发挥。对从普希金到契诃夫的整个俄罗斯文学家们的评论,也都集中于他们对"谁之罪?"和"怎么办?"这两个经典性革命问题的探索②,强调他们不断地从生活中寻找能够从语言进入到行动的改造社会之路,以及能够彻底变革现实世界的"新人"或英雄人物。这种对名著的理解接受方法一方面反映了我们对俄罗斯文学的革命传统发掘,使得一些教科书简单地以"革命家"的标准评价文学人物,用社会实践的具体要求批评文学作品的创作思路;这种接受方式另一方面也体现了俄国和中国在上个世纪初都渴望的,摆脱亚洲式凝固状态、尽早融入世界性现代化潮流的追求,体现了18世纪启蒙思想家提倡理性、崇尚行动的文学批评传统。但这后一个传统,已经在20世纪受到了新的冲击和诸多思想家的"反思"。J·M.凯恩斯在其名著《通论》中写道:

> 经济学家和政治哲学家的思想,不管是对的还是错的,其力量之大,往往出乎常人预料。事实上统治世界者,就只是这些思想而已。

---

① 指别林斯基、车尔尼雪夫斯基和杜波罗留波夫。

② 如赫尔岑的《谁之罪?》和车尔尼雪夫斯基的《怎么办?》不仅是以文学宣传革命思想的代表性作品,而且分别点明了贵族革命时期和革命民主主义时期的焦点问题。

　　经济学家凯恩斯的这种不够完整的论述,从一个侧面反映了20世纪知识界对思想与行动关系的重新认识和重新定位的努力。事实上,马克思主义在全球范围内的广泛传播和深远影响也充分说明了思想的力量在人类历史的发展过程中起着举足轻重的作用。马克思的许多基本思想观点不仅直接指导了社会主义国家的建立和建设进程,而且也在实际结果上一直影响着资本主义国家的演变轨迹。在一种重新探索思想与行动关系的大背景下重新审视"多余人"现象和我们以往对俄罗斯文学的评述思路,我们因此也有必要对这类人物的历史地位和他们所具有的思想力量作出更高的评价,并对从普希金到契诃夫的19世纪俄罗斯文学家们不同的思想探索历程予以更为细分的评析,因为他们为我们展示了一段极为丰富的人类思想生活历程。

　　最后,随着大众传媒的迅速普及,我们今天的人与人、国与国、民族与民族之间出现了前所未有的频繁交往与交流,"传播"的概念及意义也为我们原有的文化交流增添了新的思路和评价标准。从"传播"的地位和意义角度看,"多余人"曾起过的传扬先进思想作用和启蒙青年人的业绩也应得到特别的重视。屠格涅夫在谈到"罗亭"这个"多余人"形象时曾说:"谁有权力说他无用,说他的话不曾在青年……的心中播下良好的种子?"[1]"多余人"不单纯是一种文学现象,而且也是一种客观存在的历史事实。美国学者罗德·W.霍尔顿在《欧洲文学的背景》[2]一书中写道:在1825—1855年的俄国,尼古拉一世实行了铁腕统治,"尽管这样,到处都可以听到社会改革的呼唤,特别是中产阶级中。……欧洲社会哲学家,包括马克思的作品被译成俄文而加以阅读和讨论。普希金、屠格涅夫、陀思妥耶夫斯基和托尔泰这样的作家出现表明了这种思想和探索暗流的无限活力"。从这个意义上讲,"多余人"式的思想生活既是19世纪俄罗斯批判现实主义文学的一种契机,又是这种文学创作的一种成果。普希金及以后的俄罗斯作家正是通过"多余人"和他们的命运为当时的俄罗斯进行着启蒙工作,为俄国的几代人传播着新的思想、新的名词、新的表述手法和新生活的元始现象。卢那察尔斯基曾经说过:"以普希金为首的一大批人奋起从事启蒙工作,并且可以说是为了贵族——说得更狭隘、更准确些,是为了贵族中间有文化的一部分人——而对整个世界进行艺术加

---

① 〔俄〕屠格涅夫:《回忆录》,蒋路译,人民文学出版社1983年版。
② 〔美〕罗德·W.霍尔顿等:《欧洲文学的背景》,重庆出版社1991年版。

工。"①尽管在达吉雅娜拒绝了奥涅金之后,奥涅金的激情也许在新的痛苦中更生,也许还是这激情窒杀了他灵魂中的全部力量,使他再次走入麻木或妥协,但我们不仅因此知道"多余人"大都逃不了悲剧的命运,我们还由于理解和关注了他们的命运,而得到思想的启蒙和感情的触动,我们这些读者的精神会因为阅读而得到"艺术的加工"。

---

① 〔苏〕卢那察尔斯基:《论文学》,人民文学出版社 1978 年版。

《当代英雄》:一代人的肖像

在《当代英雄》①的序言中,年轻的俄国作家莱蒙托夫(1814—1841)写道:"当代英雄的确是一幅肖像,但不是一个人的,这是幅整整由我们这一代人的充分发展的缺点构成的肖像。"因而,虽然这本薄薄的名著一直被定位为"塑造了继奥涅金之后的又一个独特的'多余人'形象",但事实上,皮巧林不能代表"这一代人"的"缺点",相反,通过皮巧林这个优缺点都特别鲜明的"多余人",作者让我们看到他周围19世纪初俄罗斯青年群体——一群"不多余人"的精神面貌。这是一幅让皮巧林和莱蒙托夫都皱眉、忧伤和羞于为伍的青年群像。作者对那些"不多余人"内心世界的揭示,尤其是对渴望精神恋爱的俄罗斯女性的解剖,使得我们看到主人公皮巧林何以成了俄罗斯启蒙思想的先驱者、传播者和"当代英雄"。

这是一部陆续发表的中短篇全集。由于每个故事都有同一个主人公皮巧林,因而成为描写他一生经历的"长篇小说"。故事的时序是有意打乱的,主人公在我们认识他时实际已经变成了路边的一把尘土,唯有几个旧相识的转述、回忆,和几本皮巧林的日记是后人尚可记起他短暂一生的凭证。皮巧林原是彼得堡的青年军官,为寻求生活意义来到了高加索,在塔曼误入走私犯的领地。侥幸逃到了矿泉疗养地后,遇到了旧情人维拉和一个新结识的贵族小姐梅丽。皮巧林一边与维拉重谈旧情,一边因为反感士官生葛鲁式尼茨基的丑态而故意向他的追求对象梅丽奉献"爱情",在梅丽真的爱上他后他又说自己本不爱她,并在决斗中打死了士官生,为此他被发落到要塞服役。在那里他一时迷上了寨主女儿贝拉,但仅四个月后,他又厌倦了这朵土著的野花。贝拉死后,他在哥萨克山村徒手抓住了一个杀人犯。随后他成了一个在枪林弹雨中都不觉得刺激的"预言家"。后来他死在从波斯回家的路上。

---

① 〔俄〕莱蒙托夫:《当代英雄》,翟松年译,人民文学出版社1994年版(繁体字版)。文中引用仅注明页码。

皮巧林的故事是在两种"反思"中同时进行的,一种反思是皮巧林自己在日记中对自己内心世界的反思和忏悔,一种反思则是读者在阅读中势必会对这个损人但不利己的人物进行的批判和惋惜。

莱蒙托夫最后完成的一部长诗《恶魔》是他在中学期间就写出初稿,后陆续修改了五稿后定下的。长诗描写一个恶魔被流放后,爱上并诱惑了高加索的美女埃玛拉公主。可是,当恶魔吻公主时,娇弱的公主却被它的毒液杀死了。于是,傲慢、孤独的恶魔又孑然一身,没有期望,也没有爱情,只是在宇宙间独来独往。诗人死后 15 年,1856 年别林斯基整理发表了这首诗,并认为"《恶魔》是我一生中的一件大事,我把它背诵给别人听,也背诵给自己听,我觉得它里面有真理、情感和美的世界"。《恶魔》就像一个寓言故事一样讲着莱蒙托夫一生最关心的问题:俄国优秀青年的生命在无聊中空耗,热情在无目的中销蚀,男性们口含毒液四下里寻衅,女性们由于他们高傲而又忧郁的眼神而不由自主地被吸引,爱情既是真诚也是游戏,既是唯一可以追求的现实,也是肯定没有结局的虚无。最后死水般的生活似乎在他们好斗的挑衅中被搅起了几圈波澜,但除了几个卑微小人的恼羞成怒和几次催人泪下的情人告别,几位年迈父母的牵肠挂肚和几个高傲军官的颐指气使,生活并没有真正改变。

莱蒙托夫还曾为纪念 1812 年俄国卫国战争而写过一首诗叫《波罗金诺》,诗中一位老兵用朴实无华的生动口语,向年轻人讲述了那场伟大战役,并向年轻人责问道:"我们那个时代的人们,全不是如今这个样子,我们是武士——绝不像你们。"《当代英雄》仿佛就是对这位"老兵"代表的一种回答:我们是当代的"英雄",令人憎恨也令人同情的"恶魔"型人物。"我们这一代人的未来不是黑暗就是空虚,同时我们在认识与怀疑的重压下,早已经在无为中一天天地衰老下去……"(别林斯基)

"英雄"必须整天面对的卑俗凡人

皮巧林这个"当代英雄"之所以还可被称为"英雄",并不是因为他与古代的英雄一样,立下过什么业绩或具有怎样过人的能力,而主要是由于与这个不像英雄的怪人皮巧林比起来,他周围的各种俗人更显得卑微凡胎。在《当代英雄》一书中,皮巧林主要与五个男人有过值得记录的交往,他们分别是二级上尉马克西姆·马克西米奇、走私海盗杨柯、士官候补生葛鲁式尼茨基、医生魏涅金和中尉乌里奇。

马克西姆是我们见到的第一个皮巧林的旧朋,也是贝拉故事的叙述者。在我们还没有对他有熟悉感之前,我们先与书中的"我"一起,看到了这个五十来岁的老兵的世故的一面。他一眼就看出"我"是新到高加索,从而以一种"尊贵"的态度告诉"我"他最近连升了两级。在他终于在"我"的央求下慢条斯理地讲述皮巧林与贝拉的故事时,他谈到自己曾极为羡慕皮巧林征服贝拉这个鞑靼姑娘之心的本事,他一方面说自己像贝拉父亲一样地爱她,另一方面也轻声埋怨贝拉死前竟没有说一声谢谢;他一方面对皮巧林式的"变心"和"忧郁"感到不能理解,另一方面曾"为了礼节的缘故"不断试图安慰因贝拉之死而哀痛之极的皮巧林。他对皮巧林走后一直没主动给他音讯感到"很不快活",但同时又情不自禁地讲述皮巧林的故事,为了"掩饰悲伤的回忆"。总之,我们在最初很可能对书中"我"的这个问题感到突然:"你们承认吗? 马克西姆·马克西米奇是个值得尊敬的人?"

第二个短篇以马克西姆的名字为题,讲的是皮巧林与马克西姆再度相遇。马克西姆在听说皮巧林要经过时,惊喜过望,不仅焦急等待,而且让皮巧林的听差马上去找他。但是听差一去不回,马克西姆也因为公务在身,不得不离开。在马克西姆走后,"我"终于见到了皮巧林,而马克西姆也突然折回,极为激动地想以拥抱表示自己遇到旧友时的狂喜,但没想到皮巧林只是很冷淡地伸出了手,并极为敷衍地与他说了几句套话,然后就急于赶路。情急中马克西姆说出了贝拉的名字,但皮巧林仅在瞬间就脸色变得更苍白,然后也就若无其事地客套辞别。为了皮巧林而"第一次"延误了公务的老马克西姆显得十分伤心和恼怒,他抱怨自己这个"没有受过教育的老头子不配追随高贵而骄傲的年轻人"。我们在这一段重逢里充分领教了皮巧林式的极端冷酷无情和傲慢无礼,并对老马克西姆被拒绝的老朋友深情而感到十分同情。

不过《当代英雄》结尾,在皮巧林记录了自己与赌徒乌里奇的交往后,他回忆道:他亲眼目睹了写在乌里奇脸上的死状,然后他果真被一个喝醉了的哥萨克差点砍成两半,这个"凶手"实际已失去理性,把自己锁在一个屋子里。皮巧林为了阻止事态进一步恶化,只身从窗户里猛冲进去,使没有料到会从这方面攻击的罪犯当场被擒。经过了这样的一些事后,皮巧林回到要塞,他试图与马克西姆聊聊自己的经历和目睹的一切,但是马克西姆不仅不懂什么是"定数",而且在皮巧林的尽力解释之后,也只能含糊地说些不着边际的话,并认为乌里奇虽然倒霉和可怜,但也是"命该如此"。对皮巧林这个喜爱怀疑一切的人来说,马克西姆式的"宿命论者"与乌里奇式的嗜钱如命者一样,喜欢把一切人间悲喜都视为"命该如此",他们已不再有信念和高傲，不再有欢欣和恐怖，除了在想到死的时候有一点不由自主的畏惧，他们就不再有任何真正的精神生活，因而皮巧林放弃了谈话。虽然马克西姆是个值得同情或尊敬的人，但他永远不可能在精神上与皮巧林进行正常的对话。

如果说马克西姆没有受过什么教育，在心智上缺乏基本的水准，那么士官生葛鲁式尼茨基却是个在教养上符合上流社会习俗，在品性却远不如生性有些愚钝的马克西姆的卑俗小人。尽管《当代英雄》对这个人物着墨较多，但主要也是通过一些典型性格特征加以揭露。比如葛鲁式尼茨基最初一直向玛丽公主掩饰自己低微的地位，然后在被提升为军官后变得得意忘形，为等那第一套新军官服而忘乎所以，仿佛一旦穿上这崭新的军服，自己与玛丽公主的美貌和富有就从此门当户对；比如他在听玛丽公主极为一般水准的唱歌时目不转睛，一副忘情的神态，但随后他那一串"像赞美大自然"一样的讨好话听得玛丽连连打哈欠。在社交场合，他每次都自以为是地暗示玛丽的谈话伙伴或舞伴快点"让开"，让他这个"第一情人"登场，但因此反而使得追求"公正大方"的玛丽感到他实在是自私自利。在发现皮巧林的魅力胜过自己之后，葛鲁式尼茨基狭隘的嫉妒心大发，盯梢、"捉奸"、散布谣言，直至决斗中的一副凶狠模样，都充分显示了这个卑鄙灵魂中虚荣、愚蠢、狭窄、狂妄的本质。虽然他在最终不得不面对皮巧林的枪口时也有一副极度恐惧畏死的胆怯面孔，虽然他最后成为皮巧林枪下一具鲜血淋漓的尸首时也多少唤起我们这些读者对一个卑微灵魂的基本同情心，但像葛鲁式尼茨基这样的青年的确在任何社会都是令人厌恶的小人。

与一副小人嘴脸的葛鲁式尼茨基相比，医生魏涅金显得与皮巧林最为投机，为人处世的风格上也绝没有小家子气。他们的私下交谈中也常出现一些颇为深刻的话题，比如"信仰"，魏涅金说他只相信一件事，就是"迟早我要在一个美好的早晨死去"。于是皮巧林告诉他，除此之外，他还有一个信念，"就是在一个极龌龊的夜晚我有过诞生的不幸"。虽然皮巧林发现他与魏涅金之间可以进行比别人更聪明的谈话，但两人"常常聚在一起，非常严肃地谈论抽象的题目，直到彼此都觉察到互相在欺骗为止"（P82）。如果说葛鲁式尼茨基之流喜欢上流社会惯有的感情游戏，那么魏涅金擅长的是智力游戏，由于研习医学、了解科学，所以他的言谈举止都更实际，唯物和平和，但他的主要生活乐趣无非是借上流社会的各种社交机会，与一些聪明人进行一些令人愉快的谈话而已。

当皮巧林与葛鲁式尼茨基的矛盾越来越深，围绕着皮巧林的各种流言蜚语越来越多的时候,魏涅金在每一个关键的场合和机会都对皮巧林进行过必要的询问和提醒。但总体而言,他是整个决斗场上自始至终的"看客",他既希望事态继续向前发展,是什么就接受什么,又希望事态不要朝可怕的方向发展,到最危险处每个人都有足够的理性踏住。但当葛鲁式尼茨基在决斗场上首先举起枪射击时,他已经怕得脸色苍白;在皮巧林被击中膝关节,回手也击中葛鲁式尼茨基时,医生不再愿意与皮巧林说话,"而且怀着恐怖转过身去"。皮巧林为此耸了耸肩膀,并在日记中写道:

> 这就是人类啊!他们都是这样;他们就知道一挡行为的种种卑劣方面,可是没有别的出路时,他们却帮助、怂恿,甚至赞许它,但随后则洗净两手并且义愤填膺地离开那个有勇气自己负起全部责任的人。他们都是这样,就连那最善良的、最聪明的……(P156)

皮巧林的这段分析,可谓对魏涅金这类"好人"的深刻解剖,虽然这些人举止得体、有道德感、心脑清醒、思维敏捷,但他们在社会生活实际所起的作用是值得审视的,由于识时务和追求自身清白,这些所谓传统社会精英也往往在并不光彩的事件中推波助澜,充当一个个重要角色,事后则又绝不承担责任,而是冷冷淡淡地离开。

除马克西姆、葛鲁式尼茨基和魏涅金之外,杨柯是一个介入走私的海盗,他为了与心上的女友私奔,一边设计害死皮巧林,一边盗得他余下的财物,而中尉乌里奇则是在战争的枪林弹雨中还与皮巧林讨论赌局的赌徒。在这些人中间,不仅皮巧林的精神优势和目光敏锐十分明显,而且他明显地以自己独特人格和风格影响着周围人,引起他们的羡慕、嫉妒、叹息或难忘的人生回忆。当然,皮巧林最成功的影响,可能还在于他被女性们所特别吸引。

渴望精神恋爱的俄国妇女

"英雄"往往更渴望"爱情"。在《当代英雄》里,皮巧林爱上或者说诱惑了三个不同的女性:贝拉、维拉和玛丽公主。这三位女性心中唯一的至爱都是皮巧林,但皮巧林并没有因为她们任何一个人的挚爱而尝到爱情的甜蜜。

贝拉是一个鞑靼老土司的小女儿。皮巧林在她姐姐的婚礼上遇到了她,这个十六七岁的姑娘身材苗条,眼睛像一只山羊那样黑,照彻人的心灵。当她主动为皮巧林唱起民歌时,不仅皮巧林听出了神,另一个名叫卡比基的商人也直勾勾地凝视着她。卡比基有一匹上等好马,一直引得贝拉的弟弟,一个放荡少年亚沙玛特的极其羡慕。亚沙玛特主动提出用自己的姐姐贝拉与卡比基交换他心爱的马,卡比基犹豫了很久,慑于土司的报复没敢答应。这事被皮巧林知道后,引起了他猎奇冒险的兴趣,于是他设计用偷到的卡比基的马与亚沙玛特换得了"手脚都被捆着,头蒙在一副面网里的"贝拉。被绑架的贝拉起初"怯生生地就像是一只野羚羊",她虽没有马上就范,但也没有因为想家而日渐憔悴,而且逐渐学会了俄语。皮巧林不断地向她送去各种各样的礼物,"起初她一言不发,傲慢地把礼物全推开去",然后"依然郁郁不乐,低声地唱着自己的歌曲"。当皮巧林问她是不是爱上了自己部落的人,一定要想回家的时候,她摇头、叹气,用像炭火般的眼睛久久凝视着皮巧林。她听皮巧林说"预备牺牲一切来使你欢乐"时,脸上就出现妩媚的微笑,但当皮巧林要动手吻她时,她又"娇弱地防御自己",颤抖地承认自己是俘虏,是奴隶,"当然,你能够强迫我"。于是皮巧林又一次派人给她买了一大批各式各样的波斯料子,然后"决定了最后一计"。他吩咐手下人备马,整好行装并带上武器,走进了她的房间,告诉她自己因为爱她而不顾一切地把她弄出来,本以为……既然一切都错了,那么再见吧,你留下来做一切财产的主人,或者回家,我皮巧林只能惩罚自己,从此浪迹天涯。如果哪天皮巧林被砍或被击,希望你能想起我并饶恕我的一切。于是,"贝拉突然跳起来,痛哭着,搂住他的脖子"。后来她还承认自己从认识皮巧林的第一天起就经常梦见他,从来没有一个男人在她心里留下那样的印象。

虽然皮巧林在赢得贝拉真爱的过程中还是颇费了一番工夫,但一切看起来还是太容易和简单,不仅出远门回家的贝拉的父亲被四下追逐马贼亚沙玛特的卡比基杀死,而且贝拉也很快就失去了她原有的野性难驯和思乡情结,变成了一个任皮巧林打扮的"玩物"。她在事隔很久后才听说父亲的死讯,"她差不多连着哭了两天,过后也就忘了"。于是皮巧林的热情也随着贝拉的被驯服而迅速消退,他开始整天整天地出门打猎,对贝拉的态度也愈来愈冷淡。就在这时,卡比基无法抑制自己占有贝拉的旧念,趁皮巧林出门打猎而来劫持贝拉,皮巧林发现后马上策马追赶,马腿被皮巧林击中的卡比基一看劫持不成,就用刀刺中贝拉的背部,自己像野猫一般钻进森林。负了重伤的贝拉经过两天的痛苦煎熬,终于被死神夺走。皮巧林一边在她的床前给予她最后的安抚和热吻,一边在心里想她若是被卡比基抢去再被他玩腻了抛弃,还不如这样死去。在这整个凄惨悲痛的告别过程中,皮巧林的睫毛上没有出现过一滴泪珠。但是在埋葬了贝拉之后,他却病了很久。正像他在贝拉没有被卡比基劫持之前就说过的那样,他最初是因为厌倦贵族上流社会的虚伪造作而向往鞑靼人的野性及自由,他初见贝拉时以为她是"同情的命运所送给我的一位天使",但最终却发现"这蛮女的无知和单纯,跟那贵妇人的妖媚同样使人厌倦"。贝拉对皮巧林的爱情是爱情至上主义式的热恋或狂恋,她临死前心里只有对皮巧林的无数昵称和对他变心的埋怨,但她的灵魂对过早看破红尘,早已心灰意懒的皮巧林而言,的确是太无知和单纯。她不谙世事也不愿多想,喜欢快乐而又简单的生活,无论皮巧林在心里是如何地感激她的痴情,爱怜她的诚挚,他也无法在这个"玩物"上停留过久,因为他的心必须摆脱空虚。

维拉是皮巧林的旧情人。皮巧林在一个矿泉浴场再一次邂逅了她。她虽然也是个痴情的女性,但更聪明、勇敢,意志坚强,而且冷静务实。虽然她一直以来全心全意地爱过的男人只有一个,也可能永远只有皮巧林这一个,但在皮巧林再次遇到她时,她已经嫁给了"一个跛脚的小老头子","她是为了她儿子的缘故才嫁给他的。他很富有而且患着风湿病"。皮巧林由此想到"她尊敬他,像尊敬父亲一样——但是将来却会欺骗他,像欺骗丈夫一样"。维拉虽然在皮巧林看来有一颗奇怪的女人心,但他同时又极为欣赏她特有的明智和宽容:维拉从不勉强皮巧林发誓对她忠实,也不问皮巧林自离别以来是否爱过别人。她的爱情带有更多的宿命和悲痛。相对而言,她对皮巧林的内心也有着更多一点的了解和同情。

为了能在婚后与自己的心上人不失时机地相会,维拉告诉皮巧林必须经常光临高夫斯基公爵夫人的客厅,因为只有在那里,他们才能"合法"地、不引人注意地公开相见和交谈。但维拉很快就知道皮巧林开始与公爵夫人的女儿玛丽公主调情,于是她的嫉妒和失望、她的无奈和期盼使得她陷于极度矛盾的精神状态之中。她对皮巧林说:

> 你知道我是你的奴隶,我从来不能违抗你……而且我将因此受到惩罚,你会不再爱我了!至少我要珍惜自己的名誉……并不是为了我自己,这你一定知道得很清楚!……啊,我求你,不要像从前那样用毫无根据的怀疑和假装的冷漠来折磨我吧,我也许很快就要死了,我觉得我一天比一天衰弱起来……并且,虽然如此,我也不能想来世生活,我只想到你……你们男人不懂得眼波一瞬和手儿挟握的快乐……可是,我向你发誓,当我听见你的声音,我便感到那么深深

的、异样的幸福,就连最热烈的接吻都不能代替它。(P105)

在这段独白里,不难看出维拉的感情世界是极为敏感、多思、纤细、深挚的,她对皮巧林的爱情极为专注和真诚,但她同时也希望珍惜名誉,不破坏已有的家庭格局。她一方面因为身得重病而自感死期不远,声音中带着撕心裂肺的焦虑,另一方面借着几个瞬间的眼波交流和幻想中的异样幸福为自己排忧解难,在枯燥乏味的婚姻牢笼里开启两扇望风的窗口。她一方面由衷地嫉妒玛丽公主的年轻未婚,被众星捧月,另一方面也在皮巧林左右开弓的周旋中满足于或尽量让自己满意于皮巧林的旧情难忘,依旧蜜意绵绵。与其说她是皮巧林的"奴隶",不如说她也是上流社会传统习俗的驯服"奴隶"。维拉最后的举止多少有些让我们出乎意外,因为她给皮巧林留下了一封言辞恳切、坚定而又情感迷乱的长信。信上说她已经向老丈夫坦白了自己对皮巧林的爱情,并打算与皮巧林从此诀别。这段信里的确充满着高雅、深沉的维拉特点,也使皮巧林看后像发了疯似的策马向她飞去,但是马在路上突然因过度劳累而摔倒,皮巧林也因此被留在旷野里毫无抑制地开怀痛哭,从而使得夜露和山风有机会让他发烧的脑袋清醒过来,让他"认识到要追求已经毁灭了的幸福不仅无益而且愚蠢"。皮巧林心想:

> 我还需要什么呢?——去看她么?——为什么呢?在我们中间不是一切都完了吗?一个痛苦的诀别的亲吻并不会丰富我的回忆,而且过后只有使我们更加难舍难分。(P155)

显然,当皮巧林的思想恢复常态后,他就不再为维拉那封催人泪下的信而癫癫欲狂。如果说皮巧林熟谙维拉式的珍贵品质和致命弱点,那么维拉也十分懂得用怎样的表达才最能打动皮巧林那颗心灰意懒却又特具同情心的浪子情怀。正像皮巧林所说,他们之间的恋情既不能真正实现,又不能长久偷情,那么彼此的难舍难分就不过为生活添加了些虚假的意义,同时又空耗了彼此的青春。

玛丽公主一开始出场,也是一个不可征服的美人,像许多漂亮未婚的贵族小姐一样,她的生活内容及乐趣主要是被许多人追求,但自己却一再犹豫。在许许多多的社交闲聊和选择舞伴过程中,她一方面要细细分辨周围无数艳羡眼神中的真实含义,一方面又要处处体现自己的教育和修养。通过皮巧林的眼睛我们看到:

> 她的小脸蛋儿光彩焕发;她非常妩媚地说笑;她的谈话很俏皮,

没有装腔作势,听起来既生动又自然;她的体会有时很深刻……我对她说了一句非常含蓄的话,想使她了解我早就爱上了她。她垂下头,并且微微地羞红了。

"您是个怪人?"她稍停了一下说。向我抬起了自己的天鹅绒般的眼睛,勉强地笑了起来。

"过去我不想跟您认识",我接着说,"因为您被一群极其稠密的倾慕者包围着,我担心在那里面会完全消失了踪影。"

"您真瞎担心! 他们都是非常惹人讨厌的……"

"全都是! 不见得吧?"

她凝视着我,好像在竭力回想什么,稍后她的脸又微微地红起来,最后肯定地说:"全都是!"

"连我的朋友葛鲁式尼茨基也是?"

"他是您的朋友?"她说,现出有点疑惑的样子。

"是的。"

"他,自然,并不归入那惹人讨厌的一类……"

"而是归入那不幸的一类?"我笑着说。

"当然! 您为什么觉得好笑呀? 我真愿意您处在他的地位……"

"什么? 我自己也曾当过一次士官候补生,而且老实讲,那是我一生中最好的时间呢!"

"难道他是个候补生? ……"她很快地说,稍候又添上去,"而我从前以为……"

"您从前以为什么? ……"

"没什么! ……那位太太是谁?"

于是谈话改换了方向,再也回不到这题目上来了。(P102—103)

在这一段皮巧林与玛丽公主的第一次对话中,不难看出皮巧林自然是社交高手,谈话的目的是说出葛鲁式尼茨基的候补生身份,离间他与玛丽公主刚刚有了些影子的恋意,并诱使玛丽公主把注意力转到自己身上来,好引起葛鲁式尼茨基的醋意大发。反过来参与对话的玛丽小姐也非社交新手,她显然依仗自己的背景、出身、教育和素养能够随时随地显得出语不凡、大方得体,该笑时笑,该羞时羞,笑时仪态万象,羞时千媚百娇,但与此同时,她也是极有心计的姑娘,尤其在谈到追逐者和意中人的话题时,她不由地透露了对葛鲁式尼茨基低下身份的大吃一惊和故作镇静,显然她也是很在意情人的身份的,但在表面上她又不愿露出自己的入俗之见,所以她及时扭转了话题。

在玛丽公主逐渐落入皮巧林的陷阱,开始真心爱上他的时候,她还是一个十分可爱的俄国贵族小姐,尤其当她爱得满含热泪央求皮巧林表白爱情,当她没有得到答复而风驰电掣般奔回家,当她在众人面前显得异常欢乐,想让所有人都以为她获得了理想中的爱情……时,她有一个年轻姑娘的正常热情、幻想式追求和抑制不住的虚荣心。等到她最后在皮巧林摊牌正式说他不爱她时,这个已经被异常爱情弄出了一场大病的大家闺秀,还是能十分坚强地说出:"我恨你……"从而使得皮巧林能够"谢了谢她,恭恭敬敬地鞠了个躬就走了出来"。试想她若是这时突然尖叫一声昏过去或放声痛哭,那么皮巧林最害怕的"难舍难分"又会持续一段,等待彼此都有台阶下场。但是玛丽的内心是同样骄傲的,她有那种自信,她的生活远远没有结束。因而,贝拉会因为对皮巧林的爱而丧命,维拉会因此而出走,而玛丽会在一场大病后痊愈,并决定重新开始。

这三个女性与普希金《叶甫盖尼·奥涅金》中的达吉雅娜一样,十分光彩夺目,但莱蒙托夫延续了普希金式的浪漫热情和直抒胸臆,同时也创立了自己更具阴郁悲剧色彩的写作风格。在《当代英雄》里,莱蒙托夫更多地运用皮巧林的独白,对他所见到的世态进行直露而又内带嘲讽式的批判。比如关于贝拉、维拉和玛丽这三个女性的共同特点,皮巧林曾反省道:

> 一件事情总使我觉得奇怪:我从来不曾做过我所恋爱的女人的奴隶;相反,我却永远对她们的意志和内心具有一种无敌的威势,虽然绝没有存心那样做。这是什么道理呢?……(P93)

皮巧林认为原因可能有三个:女人们总是怕失去,男女之间有相互的吸引,或"压根就没碰到过一个性格顽强的女人"。对此,皮巧林在其他场合也一再通过自白,强调自己的与众不同之处在于自己"很久以来就不是用心,而是用头生活着"(P143),强调自己喜欢"嘲笑世界上的一切,特别是情感"(P107)。这个上流社会的浪子之所以对他所诱惑的女子总是到手了就不再有兴趣,除了满足自我虚荣的陋习恶念,也由于这些女子们总想当情感的奴隶,在感情的游戏或在激情的漩涡中动不动就昏迷了自己,并希望心上人与自己一起昏迷,一起为"爱"而不顾一切地投入自己。

> 大部分俄国姑娘所憧憬的只是精神恋爱,其中并不掺杂结婚的念头;而且精神恋爱是最令人烦恼的。公主似乎属于那种想使别人娱悦自己的女人;如果她在你身旁只待了两分钟便感到厌烦,你就要

无可救药地毁灭了;你的沉默应该引起她的好奇心,你的谈话应该永远不使她的好奇心得到充分满足;你要每分钟都激动她;她会公然为你轻视别人的意见十来次,而且把这称为牺牲,同时为了在这件事上报偿自己,她会开始折磨你——随后她将言简意赅地说她不能忍受你。如果你在她身上占不到优势,那么就连她的第一次接吻都不会给你再吻一次的权利;她会恣意向你撒娇卖俏,但是过不了两年,她便服从母亲的旨意而嫁给一个丑八怪,并且开始使你相信她是不幸的,她只爱过一个人,那就是你,然而老天却不愿意她跟他结合,因为他身上穿的是一件士兵外套,尽管在这件厚的灰外套下跳动着一颗热情而高贵的心……(P90)

皮巧林对葛鲁式尼茨基的这番话除其故意激怒对方,从中取乐的恶作剧意图外,也可算是皮巧林用"头"生活,用大脑思考和剖析俄国姑娘通病的精彩表述,俄国姑娘们所憧憬的"精神恋爱"是与她们的真实婚姻相区别的,她们一方面在终身大事上屈服于家长们"门当户对"的安排,另一方面在恋爱的感情生活里充分利用上流社会的所谓"教养"而寻求精神刺激。她们在借助口语和身体语言的精神恋爱中随意挥霍自己的教育和修养,但她们特别上心或用心的并不是明辨打情斗俏中的虚情和假意,而是征服或被征服、控制与反控制的权力游戏。因此,当皮巧林用"头"去反思那些斗智斗勇的社交、热泪滚滚的情书和情意缠绵的交谈时,他看到的只是高雅、端庄掩饰下的矫揉造作和自以为有趣。也正由于这种无情的解剖,使得皮巧林在埋葬单纯的贝拉时没有流出一滴眼泪,反而现出奇怪的笑容;使得皮巧林在追赶绝望的维拉时忽然醒悟其实并没有追赶的必要;也使得皮巧林在玛丽公主面色苍白、恼羞成愤的"我恨你"面前赶忙答谢,弓腰退回自由之身。

如果说皮巧林这个"多余人"代表了一种新的社会意识的觉醒的话,那么他周围的女性在品性和气质上并不亚于他的天性,但在思想和追求境界上却实在是不能与之并驾齐驱。在这个问题的解剖上,莱蒙托夫超越了普希金,并很可能影响了后来契诃夫的创作。

成熟理性的自我观察

皮巧林的忧郁和孤独仿佛是注定了的。他周围的男子或卑屑狭隘,如葛鲁式尼茨基;或粗野蛮横,如卡比基;或忠厚愚钝,如马克西姆。而他周围的女性虽然比男性更具有纯真和坚定的品性,但大都也脱不了历史造成的幼稚和入俗。皮巧林与他们比起来,的确有思想深度和广度上的优势,有勇于承担和勇于创造的积极,也有敏感同情、洞察世态的清醒。但另一方面,他也是先天不足和囿于己见的,他也有着洗不净脱不掉的上流社会恶习和好高骛远的青年通病。不过皮巧林与一般青年的最大不同,是他对自己有更为严酷的解剖和更为清醒的体识。《当代英雄》通过他与马克西姆、与葛鲁式尼茨基和与医生魏涅金进行的三次对话,向我们描述了这个灵魂的主要经络。

在与马克西姆谈自己为什么对贝拉失去往日情意时皮巧林说:

> 我有一种不幸的性格:是教育把我养成这样,还是老天把我造成这样,我不知道;我只知道,如果我是别人不幸的原因,那么我自己也仍旧不幸福……我是一个傻瓜,还是一个流氓,我不知道;只有一件事却是千真万确的,就是我也十分值得怜悯,或许更甚于她;我的灵魂已被尘世所毁,思想混乱,内心没有满足;一切在我都平淡无味;我对忧郁就像对欢乐那么容易地混熟了,我的生活一天比一天地空虚;我只剩下一个方法:去游历。……我也许会在路上什么地方死去!不过我总相信借着风雨和险恶路途的帮助,这最后的慰藉不会很快就消灭掉的。(P36)

正像皮巧林在这段独白中还记忆过的,他从小就凭借上流人家的背景纵情享用金钱所能买到的各种快乐,在厌倦这种金钱之乐后,就改而周旋于交际场中的美人,享受爱与被爱的快乐,然后就发现心灵空虚,于是开始读书学习,却发现"科学"与名誉和幸福毫无关系,幸福的人是无知的人,成名的人是圆滑的人。之后他投身社会,到高加索服兵役,没想到很快又习惯了枪弹对击中的"死亡的威胁",贝拉这个"蛮女"就像又一段令人生厌的生活插曲一样,剩下的只有更深的孤独和更强的厌倦。

在反思自己在玛丽与葛鲁式尼茨基之间设置障碍时,皮巧林在日记中写道:

> 我看别人的痛苦和快乐只基于它们对我的关系,把它们当作维持我精神力量的食粮而已。我自己再不能在情欲的势力下胡作非为了;我的虚荣心为环境所压制,但是它又以别的形式出现了,因为虚荣心并不是什么别的,只不过是渴望权力,而且我最大的快乐——就是要使我周围的样样东西都服从我的意旨;唤起人们的爱恋、信任和恐惧的感觉——这不是权力的重要的标识和最大的胜利么? 作为别

人痛苦和快乐的原因,而没有一点这样做的确切权利——这不是给
我们的骄傲准备的美好的食粮么?而且幸福是什么?得到满足的骄
傲罢了。如果我以为自己比世上所有人都好,更有权有势,我一定会
幸福的;如果所有人都爱我,我一定会在自己心里找到永不枯竭的爱
的泉源……(P109)

　　在这一段里,皮巧林认为自己时不时出现的一些卑污的、情不自禁的
冲动,都出自于渴望权力的虚荣,自己所做的一切,都是为了让别人爱恋、
信任或畏惧自己。那么这是否是一种罪恶、堕落、不道德或丑呢?皮巧林
自认,这也是一种拥有青春的、含苞未放的灵魂的饥渴,这种饥渴在不被
发现或被漠然处之的时候就会以别的形式出现,它们时而是激情的宣泄,
给自己或他人带来快乐或痛苦,时而是静谧中的思想,对自己和他人进行
无情的解剖和分析,无论是受苦还是享乐,这些激情和思想都因此亲身体
验了生活,并从中获得对自己的高度自知。因而年轻人的虚荣和骄傲、年
轻人的野心勃勃或权力向往,是他们变得成熟深沉前的奔腾,是河流汇入
大海前的喧嚣。皮巧林在这里既为自己为什么是"更值得怜悯"的作出辩
解,也为一个社会的优秀青年描绘了真实的肖像:他们心中郁闷,渴望被
理解,同时他们真诚认识自身,渴望超越现实。
　　在皮巧林准备与葛鲁式尼茨基决斗的时候,这次决斗在葛鲁式尼茨
基看来是为了争夺玛丽的爱情,在皮巧林看来却是为了再一次试探某种
生活"使命"。他想到:

　　　　所有我的过去生活都从我的记忆中流过,我不由得问自己:"我
　　活着是为什么呢?我生来是为什么呢?……"啊,真的,目的一定有
　　过,并且真的,命运留给我的一定是一种崇高的使命,因为我在我的
　　心灵感到无穷无尽的力量……(P140)

　　　　他想到自己在无情的生活熔炉里已被炼得像铁一样又硬又冷,
　　原是想为自己带来快乐,给别人带去痛苦,却结果使自己加倍饥饿和
　　失望。如果现在马上就死去,世上也许没有人理解,无论这些活着的
　　人说好说坏,"都将是错误的",唯一理解他的只有他自己,因为他有
　　双重人格,一个生活在现实,另一个则在思考并裁判它,第一个自己
　　逼近死亡时,另一个也在想着这个自己。(P143)

　　在这些连魏涅金医生这个习惯玄学谈话方式的人都听得糊里糊涂的
话里,皮巧林想保持自己评价自己的权利。他一方面确认自己的生命应
该为了某个崇高的使命,不想庸庸碌碌地虚度人生,故而不得不在一连串

的无谓生活事件中向一切人挑战,另一方面又带着极大的好奇心关注自己,审视自己的这许多荒谬言行究竟会把自身送往何处。许多评论都指出皮巧林是极端自私和冷酷的,因为他一再用别人的痛苦、悲剧甚至死亡来使自己获得片刻的快慰。但另一方面,由于皮巧林周围的人大都在皮巧林的挑战下显出了这样或那样的致命弱点,所以反而是"自私"的皮巧林使他们各自的生活越出了常规,生发出各种各样令人咀嚼的人生意味。皮巧林就像是带着毒液的恶魔,给生活注入了诱惑和毒素;皮巧林也像是生活的激素,扰翻了一团死水,激活了许多人的生活激情,而自己却要被自己掀起的狂澜打入深深的渊底,而且在不被理解的时候生命就要归入沉寂。应该说皮巧林对自己的这种命运有敏锐的预感,因而《当代英雄》用一个早已死在去波斯路上的青年人的旧日记来证明的,就是皮巧林式的成熟理性和他们极可能被误解、被遗忘、被抛弃他乡的宿命。

皮巧林陷入了一种矛盾的困境之中,这个困境还要通过《塔满》篇加以解释。在这一短篇里,喜欢冒险的皮巧林遇到了一个"女妖",她故意勾引皮巧林去海边并试图淹死他,同时一个让皮巧林动过恻隐之心的瞎孩子偷走了他的全部值钱的东西,受的是女妖情人杨柯的指使。当死里逃生的皮巧林碰巧看到女妖与杨柯准备私奔,抛下了瞎孩子和年迈的"女妖"的母亲,即皮巧林刚认识的房主,他突然感到自己无意中"被投进了正直的走私者的安宁生活",因为杨柯正准备与他的上司一刀两断,与"女妖"远走高飞去过自己的生活。而对他们遗下不顾的孤儿寡母,刚从死里逃生的皮巧林也觉得"人类的欢乐、悲哀关我什么事呢……"在这个困境中,一方面皮巧林对平凡的个人幸福和原始的个人背叛方式都感到毫无兴致,认为自己不是为这种个人目标所吸引的凡人,另一方面,他想做的大事又做不到、找不到。因而他的性格矛盾在于,我们既可以指责他这样的"多余人"大事做不了,小事又不想做、不愿做,也可以发现一旦皮巧林与海盗杨柯一样为爱情私奔,或与医生魏涅金一样执著于某一专业,那么他就不会有如此强烈的激情和绝望,不会有如此深的孤独感和冷漠,那么他对社会、他人和自己的认识及解剖也就不会这样尖锐和深刻,他还是皮巧林吗?

在最后一篇《宿命论者》里,皮巧林与一个嗜赌如命的赌徒乌里奇中尉有过两次较量,皮巧林不幸言中了乌里奇的死期将至,使得这个坚信"定数"的赌徒临死前只有一句"他对!"的感叹。的确,皮巧林的所有独白,所有对社会、他人的评述都像他对乌里奇的预言那样,不幸言中! 皮巧林的性格两重性是俄国一代青年人的"定数",也是很多时代青年人相

通的命运，即他们无法像古代英雄或前辈英雄那样在真实的改造或创建
活动中流血牺牲，但他们却比前辈看得更多、思考得更多、成熟得更早，他
们不得不在一轮轮怀疑和幻想中度过自己并不快乐但是积极的青春，因
为他们能做的事在没有做之前就已经在想象中厌倦了，而他们真正渴望
做的事却仿佛太难出现或根本不可能实现，所以他们只能在既鼓励自己
又批判自身的孤独行为中证明自己这类人的存在，并以损人不利己的恶
魔般行为向社会发起挑战。

不怕风暴的"水手"

作为"多余人"系列形象中的又一员，皮巧林所处的是比奥涅金更严
酷的 19 世纪 30 年代，在这个几乎一切都不可能期待的政治高压年代，莱
蒙托夫的这首《帆》表白的是皮巧林渴望而又焦灼的"水手"内心：

> 在大海的蒙蒙青雾中
> 一叶孤帆闪着白光……
> 它在远方寻求什么！
> 它把什么遗弃在故乡？……
>
> 风声急急，浪花涌起，
> 桅杆弯着腰声声喘息……
> 啊——它既不是寻求幸福，
> 也不是在把幸福逃避！
>
> 帆下，水流比蓝天清凉，
> 帆上，一线金色的阳光……
> 而叛逆的帆呼唤着风暴，
> 仿佛唯有风暴中才有安详！（飞白译）

对皮巧林这类人物的阶级分析或道德评价都是既可以成立又不切中
要害的。皮巧林反映的是奥涅金这类"多余人"的未来走势，而且这种走
势是开放的、自由的；思想或选择的自由，既可以是思想的偏激，也可能是
选择了思想的自由"堕落"。他或者会愈来愈激进，像《帆》所暗示的，渴望
在风暴中获得新生或者壮丽牺牲，这个不怕风暴的水手与高尔基《海燕》
中搏击海浪、预告革命风暴信号的海燕是会重叠的，并且也可能在苏维埃

的真实革命实践中继续进行"不合时宜的思想";他或者会愈来愈消沉、颓
废,不仅像奥勃洛莫夫一样躺卧不起,而且像伊戈尔一样成为"没有生活
能力的寄生虫";他还可能变得愈来愈超脱,像"局外人"一样完全生活在
自己的想象世界,连希特勒的屠杀也无法让他恐惧;或者像"守望者"一样
在繁华现代都市里存在,却遁世和隐形。不管"多余人"的未来走势怎样,
莱蒙托夫的功绩还在于他不仅写了皮巧林,而且写了皮巧林周围的一大
批被社会认为"不多余"的人,写出了他们身上"充分发展了的缺点"和连
他们自己都木然无知的普遍无意义的人生命运。与皮巧林相比,这一代
青年人最致命的弱点就是缺乏真正的独立思考和自我反省,并因此缺乏
真正的激情和愤怒、真正的抱负和成就。

　　通过皮巧林和他周围的青年人生活对照,我们还看到了一个与"多余
人"命运同样跨越时空和国界的命题,即在任何一个时代、任何国度里,在
代表未来的青年团体里,总会出现类似的由"本分"的"优秀青年"和皮巧
林这样的"激进"的"热血青年"之间的矛盾和内在紧张。如果我们把现代
意义上的知识青年分为三类,他们就分别是科学技术型专家、当前政策决
策的谋略家和永远站在远处反思现实的批评家。任何国家的社会发展都
不断在革命和改良之间进行谨慎的选择,而多数的权力掌握者只有在推
托不掉的"革命"危险逼迫下才会同意做一些迫不得已的局部"改良"。批
判家们"激进"的言辞和冲击性的反叛观念,总是最早预言社会急需改进
的弊端和症结,但在技术专家和谋略家具体操作了改良方法并受到嘉奖
或领取大奖之后,批评家的命运往往是被人憎恨或被人遗忘。尽管渴望
浪漫的美丽少女曾经向他们送去真挚的敬意和爱情,尽管空虚无聊中的
"纯朴"青年也曾向他们投以仰慕甚至嫉妒的目光,但最终,"思想的力量"
总不如现实的力量来得坚实和稳妥,社会的舆论也总是更多地关注数字
指标和大众心态,而很少真正关心民族精神生活的质量和水准。从这个
意义上讲,皮巧林虽然死得如灰如烟,但他也死在看不见的硝烟和枪击之
中,他的生命价值和人生意义无法用常规标准衡量和评价,他的"英雄"称
号虽含有讽刺意味,虽不会被所有人认可,但总会被一些后继的"批判家"
铭记,这些人会像缅怀倒在战场上的"先烈"一样,在内心向他和他所代表
的人类思想探险者、先驱者脱帽致敬。

《安娜·卡列尼娜》：寻找生活的意义

　　《安娜·卡列尼娜》①的故事在中国早已广为知晓，但真正同情和欣赏安娜的读者并不多，这一方面是因为一些改编电视剧中的女主角并不符合原著的描写或读者心目中的印象，另一方面也是铅印文字化为银幕表演后，细腻的内心活动难以再现屏幕，而安娜后一阶段的歇斯底里心态却被镜头放大得让人难以忍受。实际我们还需从列夫·托尔斯泰极具分寸感的现实主义描写手法中去理解安娜的追求和她的悲剧。

　　如果安娜没有成为"不贞的妻子"，她会一直是俄国19世纪上流社会里一个令人尊敬、爱慕的贵妇，一个名人之妻，一个同声相应、众口一词的美人；但是这位美丽贵妇的与众不同之处，在渥伦斯基见到她的第一眼就看出来的东西，就是"有一股被压抑的生气在她的脸上流露，仿佛有一种过剩的生命力洋溢在她的全身心，违反她的意志，时而在她的眼睛的闪光里，时而在她的微笑中显现出来"（P90）。安娜的美主要不在于她的外表，而在于她青春的生命力、她的真诚和热情。不仅渥伦斯基这个彼得堡的年轻军官在一见到她后就"感到他非得再看她一眼不可"，而且渥伦斯基的母亲老伯爵夫人也在第一次同车旅行的交往中感到安娜是"那样一个惹人喜欢的女人"，和她在一起，"谈话愉快，沉默也愉快"。

安娜的痛苦是精神之苦

　　安娜虽然在众人面前总是面带微笑，但她的心里并不十分愉快，这种不愉快和不满足感她自己一直是无意识的，而且仿佛也是不应该有的。比如安娜第一次在车站与渥伦斯基见面后就遇到一个人卧轨自杀，这个"养活一大家人"的自杀者显然是因为贫困和无望而走绝路的，安娜在极

　　① 〔俄〕列夫·托尔斯泰：《安娜·卡列尼娜》，周杨等译，人民文学出版社1978年版（直排版）。文中引用仅注明页码。

度恐惧中忍不住指着扑到他身上痛哭的妻子说:"不能替她想点办法吗?"于是渥伦斯基到车站长那里扔出了"200卢布"。与这个贫困无助的自杀男子相比,安娜的最后"自杀"应该是"贵族的痛苦",是吃饱了饭之后的精神痛苦。她的自杀不是因为无法生活下去,而是因为无法忍受没有真情真爱的生活。这种精神痛苦对许多人来说是奢侈的、过分的。安娜17岁由姑妈做主嫁给比自己大20岁的官员卡列宁,在婚姻生活中没有工作、事业,没有爱情、温暖,虽能从丈夫那里得到可靠的经济来源和得体的夫妻礼貌,并且已经生了一个男孩,但实际上她无论在家庭中还是社会上都没有真正属于她的地位、自由和希望。认识渥伦斯基并强烈地感到他不可阻挡的爱恋之后,安娜不仅是首次品尝了长久以来被压抑的热情,而且第一次真正面对了卡列宁,明白了自己地位之可悲:

> 到彼得堡,火车一停,她就下来,第一个引起她注意的面孔就是她丈夫的面孔。"呵哟!他的耳朵怎么那种样子呢?"她想,望着他冷淡的威风凛凛的神采,特别是现在使她那么惊异的那双撑住他的圆帽边缘的耳朵。(P151)

卡列宁的这双招风耳在小说中不断地经过安娜的意识被提及,它们的刺眼、难看,象征着安娜自偶遇渥伦斯基之后就不由地发现自己在生理和心理上都对卡列宁产生了前所未有的反感,这种反感一是由于他情感世界的冷漠,二是由于他浑身上下透露着的虚饰:

> 一看见她,他就走上来迎接她。他的嘴唇挂着他那素常的讥刺微笑,他那双大大的疲倦的眼睛瞪着她。当她遇到他那执拗的疲惫的眼光时,一种不愉快的感觉扼住了她的心,好像她期望看到的并不是这样一个人。特别使她惊异的就是她会见他的时候所体会到的那种对于自己不满的感觉。那种感觉,她在和她丈夫的关系中是经常体会到的、习惯了的,那就是一种好像觉到自己虚伪的感觉,但是她从前一直没有注意到这个,现在她才明白地痛苦地意识到了。(P151)

从这个意义上讲,安娜的爱情追求是一种个体意识的觉醒、一种个性解放的追求(虽然也带有一定的情欲),她在这种追求中以自我存在的主体意识冲破了往日的封建蒙昧和道德羁绊;她身上不可抑制的青春生命力与卡列宁自觉恪守的呆板僵硬形成了鲜明的对比,同时她的这种追求也是时代变迁的一种象征,是反封建束缚的新思想的一种萌生方式。

安娜的追求:得罪了上流社会

安娜的爱情追求之所以与上流社会发生了冲突,并不是因为安娜感情冲动有了"外遇"或对丈夫"不贞",相反,"外遇"和"风流韵事"是封建上层社会的普遍风习。安娜身边最常出现的两位太太:莉蒂亚夫人和培脱西夫人都有"外遇"。渥伦斯基的母亲年轻时也有过几次著名的"艳遇",当这位老伯爵夫人起初听说自己的儿子正在"追求"卡列宁夫人时,她"很高兴,因为没有什么事情比在上流社会的风流韵事,更能为一个翩翩少年生色的了"(P254)。渥伦斯基也这样认为:在俄国上流社会"一个少女或任何未婚妇人的不成功的恋爱者地位也许是可笑的,但是一个男子追求一个已婚的妇人,而且,不顾一切,冒着生命危险去引诱她到手,这个男子的地位就很有几分优美和伟大……"(P187)对于安娜来说,渥伦斯基也不是第一个向她献媚的男人。在邂逅渥伦斯基之后,安娜想起:"在彼得堡有一个青年,是她丈夫的部下,差一点向她求了爱,以及卡列宁怎样回答她说凡是在社交界生活的女人总难免要遇到这种事,他完全信赖她的老练,决不会以嫉妒来降低她和他自己。"(P158)

所以,本来安娜与渥伦斯基的外遇关系,如果只是贵族社会能够接纳的爱情游戏或培脱西夫人式的逢场作戏,则不过给他们周围的人增添了新的谈资而已。但安娜的爱情追求从一开始就不是出于空虚、无聊,也没有很多的轻浮和虚荣。安娜一直以来洁身自好,没有任何被人背后议论的把柄,现在终于堕入情网却又直奔可以让她失足的"维特式"热情真爱。不仅如此,与上流社会风行的"一时风流"规则相反,安娜从一开始就既追求人权,也追求人格,既争取自主的自由恋爱,又不愿遮遮掩掩。她很快就向嫂子杜丽吐露真心,向丈夫卡列宁坦白真情,并向整个上流社会公开承认自己已经"越轨"。安娜在赛马场上昏倒这一段故事,表明安娜已经什么都不在乎,只希望与卡列宁公开"离婚",另起一段婚姻了。

卡列宁在一开始就想不断提醒安娜:无论怎样都不要在公开场合无所顾忌,正像安娜感到的那样,卡列宁本人对这件事本不在乎,但发现周围的人都"注意"了这事之后,"这使他不安了",在他的眼里,不仅爱情是"无益甚至有害的",而且"有些礼法,谁要是违犯了就一定要受到惩罚的"(P214)。所以卡列宁不仅用"良心"、"理性"、"儿子"、"职责"来劝说安娜"不要在世人眼中犯了过失",而且冷淡而又镇静地说:"我们的生活,不是凭人,而是凭上帝结合起来的。这种结合只有犯罪才能破坏,而那种性质

的犯罪是会受到惩罚的。"(P215)

虽然卡列宁希望安娜暗地偷情,表面则尽可能维持"原状",但是安娜对这种暗示和提醒,对迎面而来的各种议论和异样的目光都无法接受也毫不在意,她相信这只是三个个体之间的私事,也相信唯有面对真实才能真正解决。但淫乱合法、爱情有罪、荒淫无耻、真言招祸,这本是贵族阶级的"礼法"和规则(与中国《红楼梦》中描写的吃人礼教法则一样),安娜的做法则把这个千年的伪善规则和吃人礼法颠倒了。因而安娜的追求在表面上是遭到卡列宁的拒绝,他以"维护家庭"为借口拒绝"离婚",但实际上这也是整个上流社会在向安娜表示怒不可遏的报复之心,因为安娜的爱情追求使上流社会其他人自以为体面的偷情、荒淫和苟合,暴露出淫秽、伪善和凶残的真面目。整个上流社会对安娜的人言啧啧和拒绝交往,实际也是那个社会对异端个体最凶狠的扼杀方法。安娜的爱情不仅具有反抗虚伪贵族社会的进步意义,而且反映了那个变革时期俄国资产阶级民主主义思想与没落封建道德规范的激烈冲突。

不过安娜的反抗既是大胆的,也是软弱的,她一方面变得愈来愈不顾一切,索性放弃正式离婚和儿子的抚养权,与渥伦斯基远走他乡,企图从头开始另一种生活;另一方面又始终自认为是"罪人",用一颗笼罩着贵族传统观念阴影的心去迎接爱情和新生活的降临,所以她更多感到的不是爱情的幸福而是爱情的痛苦。她从人性的觉醒开始自己的大胆反抗,但又只能以勇敢返回原来"社交圈"让大家"看看"的言行表示自己对个人权力的捍卫。在渥伦斯基身边她虽然物质丰厚、生活宁静,但失去了"上流社会"的原有规则他俩又都觉得无所适从。在渥伦斯基准备待"风波"逐渐平息后重归"事业"之途时,安娜则变得因他的"变心"而怀疑他"另有了一个女人",甚至变得愈来愈歇斯底里,不能自控。在安娜身上明显有两个女人,她们相互噬咬、抗争。一个女人代表"申冤在我",另一个女人则代表"我必报应"。而这种性格上的二分和悖论不仅表明安娜内心的矛盾和犹豫,也是出自列夫·托尔斯泰创作思想的一种主观安排。

列夫·托尔斯泰思考和烦恼的问题是迄今为止俄国仍在激烈讨论的问题,即俄国旧式农奴制和腐朽封建体制已经在全球性的现代化进程中面临瓦解了,但接替它的应该是怎样的一个新制呢?是西方式的资本主义、东方式的传统村社、超越东西方的俄国东正教主持的"第三条路"还是其他?托尔斯泰的创作是充满"批判"的现实主义,但他的批判是双向的,他一方面深刻揭露腐败伪善的封建道德和旧秩序,另一方面也对迅速发展的西方资本主义社会深感不安和恐惧,他用资本主义启蒙思想、民主思想,批判虚伪顽固的封建制度,同时又用俄式宗法制传统伦理观来批判资本主义式的个性膨胀。所以他既认为安娜是无罪的、反抗旧制的,又认为她是有罪的,即是道德不贞和放弃妻母之"神圣"职责的。在托尔斯泰的心目中,安娜是生命之花,也是罪恶之花。"申冤在我",但"我"必因"我"之行为而遭某种更高的原则"报应"。

如上所述,托尔斯泰把安娜的美和爱情追求描写成一种生命的现象,一种特别的抑制不了的活力,当他写到安娜的真情实感时,他认为安娜是勇敢和诚实的,她不仅因此而比过去更美,而且她重新焕发出来的青春魅力不可抵挡,无论是渥伦斯基、画家、列文,还是杜丽、吉提和上流社会的其他妇女,都为安娜恋爱后的神采而倾倒。但托尔斯泰也强调这种生命感会随着时间而变迁。如安娜生女儿时得了产褥热,在生命突然仿佛要离她而去时,她产生了后悔和反省,她的美和她的情都在这时发生了变化,她希望丈夫和情人在她的病床前和解并彼此宽容,并为两个男人的握手而感动。但在病愈之后,她的情、她的欲和她的希望又都复活,她放弃离婚与渥伦斯基一直奔了欧洲。生命现象在托尔斯泰看来,既是一种情感活动也是一种"欲望"冲动。感情可以因真诚而无邪,但纯粹的感情生活是无法长久的,渥伦斯基和安娜的两人世界很快就窒息了原有爱情的甜美和反叛的刺激感,从而说明传统家庭如果不再是情感的栖息地,那么新的出路也不可能在个人情感本身中找到。另一方面,托尔斯泰也认为情和欲总是难分彼此和相互制约,人的欲念在一时冲动中往往不顾一切地率性而至,常常超过人应有的"需求",变成自私自利或危及他人,由此,安娜的内心会充满矛盾和自我折磨,她无法证明自己的爱情是无私的、不伤害他人的"合理追求",尤其是在想到儿子及他以后的处境时,她充满负罪感,她的心中经常出现"死"的梦境和幻象。不过安娜这个形象也与后来成为列文妻子的吉提形成某种特殊的对比,吉提温柔、平和、行为谨慎节制,对人对事都充满善意,但她因为极少世俗之欲而一方面没有安娜式的光彩照人,列文与她婚后发现家庭生活不是他曾预想的那种心心相印的感情生活,另一方面她也代表的是列文探索中的一种典型感觉,即一种为家庭生活提供基础的平静的宗教情感。故而托尔斯泰清楚这是两个不同价值的女性,她们有两种在当时情况下不能重合的人生。与卡列宁、奥布朗斯基式的现实人生相比,她们都是美和超越的,也都是留有遗憾的。托尔斯泰对安娜的态度始终是双重的:安娜若能抑制住她的情和欲,则她可以避免死,但没有她个体的美和幸福;反之,安娜若在追求中获得个人的幸福感,则又不能获得可以容忍这种追求的社会环境。当托尔斯泰写到安娜由健康、充满活力到动摇焦虑直至精神失控时,实际他也想证明不仅这个社会是充满痼疾的,而且许多个人也显示了新的病症,传统的家庭缺乏真爱,个人真爱又无法单独地建立稳固的家庭,托尔斯泰必然想要突破这个困境,寻求更上一层的思想和出路,即列文的宗教探索。

托尔斯泰在塑造安娜这个人物时,用动态的、多面的手法表现她性格中的复杂成分和矛盾心态。如爱情觉醒后的安娜是热烈而又难以驾驭的,为生活权利而抗争的安娜是果断而又坚定的,母性的安娜则既是温柔多情的,更是深自收敛、抑制、痛苦和忧郁的。安娜最后对渥伦斯基的"怀疑"和无法安宁的心绪是一种愈来愈失去控制的状态,但其中又可以清醒地看出渥伦斯基对她日益蒙生同情而不再是爱情。安娜的明智和她的热情使她的命运充满潜在的没有完全说出来但又能让人感觉得到的意味。在最终走向死亡时,她内心突然涌起对童年生活的回忆和对生的无限依恋……然而一切都在仿佛还有可能之时已不可逆转。安娜动人的外表依托于她丰富多变的精神世界,托尔斯泰的"巨匠"手笔就在于他能从容地运用文学的各种可能性,让情节的渐进、人物的心理发展、时代的变迁,以及作家的评判和思考,水乳交融般地结合在一起,使读者最终不是面对一个故事、一个人物或一个观点,而更像是面对纷至沓来的现实生活本身。托尔斯泰对安娜的主观态度,从阅读效果上讲,应是以同情为主、谴责为辅,但读者对安娜的评价和欣赏则完全是开放的、自由的,因为托尔斯泰的创作大都不是简单的、静态的、自圆其说的,对安娜的欣赏或反感之所以都可以成立,都具有一定的合理性,是因为它们都拥有(作者提供的)生活的依据。《安娜·卡列尼娜》是一部充满悖论和允许歧义的杰作,是一部希望人们看生活更深、更广、更宽容、更从容的杰作。在安娜的悲剧里,社会舆论、法律制度,卡列宁、渥伦斯基,安娜自己的负罪感,偶然、命运都联手介入了谋杀行为。她的追求最终没有出路,但不管是因为社会原因还是个人原因,或二者兼有,她的追求都是一种生活意义的探求,成败和得失最多只是这种探求的一个评判方法。安娜对解放的体验,对个体自身解放的幸福和痛苦的丰富体验,是后人记得她的主要原因。

卡列宁:制度性的冷酷

在安娜的悲剧中,卡列宁所代表的是一种制度性的扼杀一切生机的力量,是虚伪旧道德和陈腐规范的代表。正如安娜所看到的,卡列宁的虚伪是"骨子"里的:

她看见他时而屈尊地回答着诌媚的鞠躬,时而和他的同辈们交换着亲切的漫不经心的问候,时而殷勤地等着权贵的一盼,并脱下他那压到耳边的大圆帽。她知道他的这一套。而且在她看来是很讨厌的。"想得到功名,想升官,这就是他灵魂里所有的东西",她想,至于高尚理想,对文化、对宗教的爱好,这些都不过是为了升官的许多敲门砖罢了。(P302)

他的食粮——就是虚伪。(P303)

对卡列宁而言,虚伪和冷酷是他的一种习惯、一种心理和举止的"常规",这种常态使他早已失去人性、血性,"理性"到了"冰冷"。无论是在明争暗斗的官场,还是在维持体面的家庭生活中,他的信条都是"别人不应当幸福,自己不应当痛苦"。在思想和感情上替别人着想,是卡列宁"格格不入"的精神活动。他认为这样的精神活动"是有害的、危险的思想"(P210)。在发现社交界已经"注意"到安娜特别的"外遇"活动时,他决心要与妻子正式谈一次话。在谈话前他冷静地想到那些应该说的法律条文、宗教戒律、社会舆论习俗"一、二、三、四"。他一边思索着他的话,一边惋惜着他必须为了家事不知不觉地耗费掉自己的时间和心血(P211—215)。在安娜病危时,他也是一边答应宽恕安娜,一边希望她快点死掉。在安娜与渥伦斯基出走之后,他又断然拒绝把儿子给她,坚决不同意离婚,他的目的不是维护家庭,而是折磨安娜,迫害安娜。

但另一方面,卡列宁也不是漫画式的反面人物,相反,这个上层官僚在社交界的口碑有好有坏,好的说他是"出色的人物","就是在欧洲也少有的政治家",坏的则说他是"一个傻瓜",一个让人尤其是妇女"不喜欢"的人。(P198)托尔斯泰非常善于借人物之眼来观察他人,如在安娜与渥伦斯基第一次相遇的火车站,当我们通过安娜的眼看卡列宁时,他显得特别虚伪、冷酷和装腔作势,然后当我们通过渥伦斯来看卡列宁时,他衣着得体、表情自信、微微驼背、神色傲慢,"这个丈夫露出私有的神情,平静地挽着她的手臂"(P153)。换言之,卡列宁在渥伦斯基眼中"配"不上青春美丽的安娜,但在"事业"上,他还得承认他的得势、得体、得意和自己需礼让三分。

卡列宁的无情绝义与他的常年政治生涯是连为一体的:

亚历克赛·亚历山特罗维奇一生都只在和生活的反映发生关系的官场中过日子,做工作。而每一次他碰到了生活本身的时候,他都是避开去。现在他体验到这样一种感觉,仿佛一个人在安心地度过深渊上的桥梁时,突然发觉桥断了,下面是深渊。那深渊就是生活本身,而桥梁就是亚历克赛·亚历山特罗维奇所过的那种人为的生活。他的妻子有爱上别人的可能,这问题第一次浮上他的心头,他毛骨悚然了。(P209)

从这个角度讲,我们可以憎恶卡列宁这样的人,但我们无法让他们在生活中绝迹,在任何一个国家机器和官场、商战、成败竞争之中都会成批地培养和繁衍像卡列宁这样的冷血动物,甚至还会有很多实际的女人因羡慕他的成功和稳定收入而渴望嫁给这样的"名人"。如果没有安娜的悲剧,卡列宁则不过是我们生活中一个普通人,他即使不是"好丈夫",也是"好干部"、能人或成功者。他的周围,还有脾气好但对工作漠不关心的奥布朗斯基,负债 30 万但仍过着排场生活的伊凡霍夫,到了穷途末路还养着两个情妇的克里夫索夫伯爵,挥霍了 500 万家业仍挥金如土的财政部负责人彼得罗夫斯基……(P1046)卡列宁自私、狭隘、色厉内荏,但他也不是我们中间最"坏"的人,他报复安娜的一个主要动机就是她破坏了他的仕途,这一点对他而言是过于致命了。卡列宁的无情不仅表现了他个人的品德习性,也是他这一类人的必然生活逻辑。对这样一个人物的简单憎恨不应遮蔽我们对一种制度性冷漠的清醒认识。

托尔斯泰让他和安娜最后都在宗教的气氛中与我们分手,从而与另一条线索中列文的找回宗教信仰也暗中对比。安娜在跪入车轮的最后一刻情不自禁地说出:"上帝,饶恕我的一切!"她无论是生还是去死都保持着她的真诚。(P1100)而卡列宁则与莉蒂亚夫人在令人作呕的宗教游戏中使得前来为妹妹求情的奥布朗斯基"踮着脚尖,像从一幢染上了瘟疫的房子里逃出来一样飞奔到大街上"(P1058)。卡列宁的道貌岸然和冷漠无情也是一贯的,没有什么真正的宗教会让他改变,但他却可能在某种虚假的宗教活动中变得自我满足。这个形象在托尔斯泰的笔下是以全面的描述、微妙的笔法、深刻的心理剖析而呈现出来的,是充满独特的讽刺意味的。

渥伦斯基虽被评论界称为"彼得堡花花公子的最好标本",但他对安娜的追求中并不乏真正的爱恋,虽然我们不难在这个贵族子弟身上看到他的虚荣和自负,但说他自私自利或有"寻花问柳"的本质却也不符合托尔斯泰的艺术分寸。这个青年人曾经与安娜一起大胆地作出与上流社会背叛的行为,并且在相当程度上体验了安娜的痛苦和矛盾:

是的,她以前是不幸的,但却自负和安心;而现在她是不能够安心和保持她的尊严了，虽然她还没有表露出来。是的，我们一定要了结这个。……这种虚伪的处境必须了结，而且愈快愈好。（P269）

但渥伦斯基最致命的弱点是他的浅薄。托尔斯泰重点写了他与吉提、安娜、卡列宁和为安娜画像的画家的交往，但渥伦斯基对他们的认识都是不完全的、不深的，就是在爱情上他自以为全力以赴，但实际还是小心翼翼地追求恋爱和仕途的双赢、私奔和经济保障的两全。后来他还开始追悔自己因恋爱而失去的地位和声望，对安娜的心理失衡不再有足够的耐心和关心。渥伦斯基总是清楚他"失去"了什么，但对他"得到"的价值却不能真正珍惜。虽然最后他在主观上还没有打算"抛弃"安娜，但客观上还是与整个社会势力一起把安娜推入绝望，因为安娜很容易想到渥伦斯基还是可以回上流社会的，唯有她舍弃了一切，并且失去了一切。在安娜卧轨自杀后，渥伦斯基也受到了生活的重罚，他在精神几乎崩溃后认为自己的精神生活已经结束，丝毫也不再看重自己的生命："作为一种工具我还有些用处。但是作为一个人——我是一个废物了！"（P1120）

作为后人，我们无法说安娜的悲剧在于她无法找到一个真正值得爱的、比渥伦斯基更好的人，或者说她应在 17 岁时就能反抗姑母让她嫁给卡列宁的决定，对托尔斯泰来说，家庭的矛盾和婚姻的破裂，反映的是一个社会的越轨和一个时代普遍的内在不安。为此，他在《安娜·卡列尼娜》中有意安排安娜和列文的两条并行探求线索，强调安娜的悲剧必须有更持久有效的药方才能真正避免。

列文的探索是否找到了出路？

列文常被认为是托尔斯泰自身的一种艺术写照，他表面上有些怪僻，喜孤独，但实际真诚、敏感，富有责任心。与安娜这条线不同。列文在与吉提结婚三年后也出现了思想的困顿，但这种困顿不是关于道德或家庭的，而是关于宗教、人生和命运的。

列文首先因为厌倦贵族圈里的寄生生活而在内心萌生了对农业劳动的崇敬。在与其哥哥赛吉尔·伊凡诺维奇的一次政论争吵之后，他发现自己敬重的哥哥是一个愤世嫉俗的改革派，而他自己希望寻找的是另一种说不清楚但应该是更重要的方法。他为他们互相不能被说服而恼怒，并用与农民一起割草来让自己平息怒火，结果他发现自己是这么地喜欢割草，喜欢在大自然、在农民中间，与他们一起流淌厚重的汗水和大踏步

地在夕阳中并排走回家。(第三部第 4—5 章)

但随后,他又对他的农业经营失去了一切兴趣。虽然这年他获得丰收,但他与农民之间发生了许多争吵,他发现这之间的"敌意"是由于"他所经营的这种农业不过是他和劳动者之间的一场残酷的、顽强的斗争"。在这场斗争中,他渴望一切达到理想,农民则渴望一切都"听其自然";他渴望投诸一切努力,农民一方则是任何努力和目的都没有,"他们只是为了要轻松愉快地工作",既不会珍惜粮食,也不会心疼牛马,更不会在意农机的毁坏。农民们承认他是一位难得的、朴实的老爷,但这并不意味着农民因此就与他有了共同的利益,而是"注定了"与他有相反的想法。(P468)

在这其间,他的哥哥一直劝说他投身"议会"工作:

> 我以前也对你说过,我现在还要对你说,不出席议会,完全不管县议会的事,是不对的。假如公正的人都退到一边,当然一切都会弄得很糟糕。我们出了钱,通通做了薪水,但是没有学校,没有助理医生,没有产婆,也没有药房——什么都没有。……
>
> "不!"康斯坦丁·列文更激昂地说,"农奴的解放是另外一回事。我们都渴望摆脱压迫所有我们这些善良人的那种束缚。但是做市议员,讨论需要多少垃圾夫,以及在我所不居住的城市里应该如何做下水道;做陪审官,审讯一个偷了一块腌肉的农民……——我可不明白,而且也做不来。"(P350—360)

这兄弟间的一次比一次激烈的争论实际反映就是托尔斯泰心中俄罗斯应该如何"改革"的问题。赛吉尔·伊凡诺维奇的意见反映了西方式的制度建设和实践理性观念,而列文则认为这种具体琐碎的"议会"体系不能从"根本上"解决俄罗斯的出路问题。

这场没有答案的争论在伊凡诺维奇死后仍在列文思想的征程上继续。他阅读了大量的书籍,既阅读唯物主义,也阅读柏拉图、斯宾诺莎、康德、谢林、黑格尔和叔本华……还阅读"他亲爱的垂死的哥哥"曾推荐的神学作品(P1132)。在生活中和在书本中,他发现自己原以为早已不存在的,或者不过是虚假的"宗教"并没有过时,他最亲近的人都信教,所有的妇女都信教,"百分之九十九的俄国人民,所有那些博得了他最大尊敬的人,也都信教"(P1130)。但现有的神学著作却让他只看见教派之争和解释的虚无。这种状况,即这种让人"不知道为什么而活着"的状况让列文悲观失望到几乎想自杀。(P1133)

但就在这样的绝望之中,在这种与安娜一样绝望到想自尽的时候,列文听到了一段这样的谈话:他听说一个叫普拉东的老农把欠他债的人放走了,自己反倒困难和租不起明年的地了。他问为什么,另一个农民说:

> 哦,可见人跟人不同啊! 有一种人只为了自己的欲望而活着……但他为了灵魂而活着。他记着上帝。(P1140)

列文听了这朴素的解答后,激动得透不过气来。一些模糊的,但是意义重大的思想涌上他的心头,好像从封锁着它们的地方挣脱出来一样,全都朝着一个目标冲去,在他的脑海里回旋着,以它们的光彩弄得他头昏目眩。(P1140)"活着不是为了自己的欲望,而是为了上帝!"(P1141)……列文沉浸在"有了信仰"的极度幸福之中,他相信这种领悟不完全来自于理智,也不仅局限于基督教。他相信基督教、佛教、儒教、回教有相通的善义,他希望今后能不断地把这种"善的意义"加到生活中去。(P1122)

关于列宁曾经批判过的"托尔斯泰主义说教"已经有过大量的引用和详细阐述,但笔者在这里感到的是托尔斯泰希望对"西方议会式"道路、对局部改革道路提出的不同意见,也就是说,他认为应该还要寻找或建立起一种民族精神的根基,一种在任何改革或革命中都不会把俄国改变掉的精神支柱——即绝大多数俄国人民信仰的宗教。这个东西超越现实、超越改革,也超越国境和民族隔阂,是真正永恒的普世的东西。

托尔斯泰是这样一个努力真诚探索的作家,这样一个关心俄国命运乃至整个人类命运(起码在他看来)的作家,他认为爱情和夫妻不忠的故事里有最基本最深刻的内涵,即现存的一切必将要被改变,但正在改变的东西并不见得更为合理或更为牢固,这是他作为一个艺术家对整个世界性的现代化进程所作的评阅。在托翁看来,安娜的悲剧不仅因为她不爱谁或爱上了谁,而且在于另一种超越现实得失的真爱精神,没有在她那充满热情的心中获得应有的位置。双线结构的《安娜·卡列尼娜》向世人表明:托尔斯泰热爱生活和生命,也因此而竭力维护人们内心的信仰。他借安娜和列文的两条道路,探索着俄国的未来前景,也探索整个人类的现代化远景,他让他们一个用心灵的智慧,一个用大脑的智慧,并且让他们殊途同归,同归他心中最神圣的"生活的意义"。无论我们对安娜的爱情追求是尊敬还是不同情,我们对列文最后找到的"真理"是理解还是不同意,我们的尊敬和理解是托尔斯泰笔下的生活让我们产生的,而我们可能的反感和反对也是他的艺术允许我们萌发的。他的艺术是一种开放的现实主义艺术,是一种没有开局也没有结束的生活之流;就像面对生活本身一样,我们每个人都在努力不断地求解,但是开放的生活和流动的生活历史没有定评。

马克·吐温的两部"历险记"

文化的冲撞与小说的互文

"文明冲突"、"文化差异"、"殖民文化"是目前思想文化研究中的热点问题,维护传统和传统的创造性转换也是各民族人民在国际文化交流中反复探索的课题。关于文化和传统的定义众说纷纭,威廉士(Raymond Williams)在他归纳的《关键词》一书中指出"关于文化的(当代)用法常见的大概有三个":第一,用来"描述知识、精神与美学发展的一般过程";第二,用于指涉"一个民族、一个时期、一个团体或整体人类的特定生活方式";第三,用作象征"知识尤其是艺术活动的实践及其成品"。① 这三个定义中的第一个说法就强调要注意文化过程的动态本质,看到任何传统都是在各地区文化的不断交流和吸取中逐渐建构起来的。文化的差异和冲突、文化的"殖民"和反抗思想强制、集体的认同和部分的游离是人类文明发展史上的常态。从这个意义上看"传统",就不难发现传统文化不可能只是一些固有的文本和习惯了的生活方式,各民族的传统都有一个不断开创和建构的过程,在这个繁复的文化建构过程中,不仅有作为整体的文化传播和认同,而且有无数作为"他者"的接受个体的读解和修改。

对仅有200多年历史的美国文化而言,欧洲文明不仅曾是它的"源头文化",而且也是它的"外来文化"以及"殖民文化",今天人们所说的美国传统实际是本土印第安人文化、欧洲文化与美国本土文化在冲撞和磨合中逐渐建构起来的民族文化,这数种文化在美国土地上的交流和在美国历史上的演变,是耐人寻味的。美国学者之所以认为自己的种族结构和文化结构具有杂异性和派生性,就是由于他们已经看到了美国文化的成

① 〔英〕汤林森:《文化帝国主义》,冯建三译,上海人民出版社1999版,第10页。

熟既仰赖于各民族文化的互动,又有其自身的渊源。当欧洲文化在早期美国移民中占强势的时候,虽有大量的模仿和亦步亦趋之举,但辩论、怀疑和游离也同步出现。以美国文学开创者之一马克·吐温的两部小说为切入点,从这两部小说的互文性参照①,可以观察和审思马克·吐温对欧洲文明的反思和对民族独立精神的开拓,从而考察文化互动中的影响与接受、冲撞与磨合。

在美国文学史上,马克·吐温(1835—1910)是最主要的民族风格开创者和美国文化开拓者。他的两部"历险记":《汤姆·索耶历险记》(1876)和《哈克贝利·费恩历险记》(1884),(以下分别简称为《汤》和《哈》)被誉为是"19世纪美国无可争辩的、最重要的文学遗产"。长期以来,美国及世界各国的评论家已经对马克·吐温的文学成就及重大影响作出了极为广泛深入的研究,马克·吐温在千百万读者的心中已不再有"独一无二的标准像"。② 在美国,有的文学批评认为他是一位永远不长大的孩子,有的则说他是完美无缺的天才。罗伯特·斯皮勒的《美国文学周期》一书认为美国文学史有着一些周期性的盛衰节奏,这一节奏的基本主题是成熟、发达的欧洲文明在美国新大陆的移植,以及新近形成的美国文明反过来对其发祥地的影响。③ 换言之,这部著作通过文学史的研究也探索了美国文化传统的形成过程,以及在这个过程中欧洲文明与美国文明的交流与冲撞。从这么一种文化比较和影响研究的角度,罗伯特·斯皮勒认为马克·吐温是一个"民族的讲故事专家",他的创作"象征着美国精神的多样性、广泛性与力量所在"。④

不过马克·吐温的创作并不总是得到这么高的评价的,在19世纪初他也被认为是美国文化发展初级阶段的代表或荒诞的怪物,他身上的美国成分使他在相当一段时间里被认为是二流作家,比如他的两部历险的"互文性"就曾在相当一段时间里受到了许多批评。

---

① 小说的互文性(Intertexture)最早由法国学者 Julia Kristeva 提出,指一文本与其他文本的关系。但随后也指文学对以往文本的有意修改、互相利用,作家对读者知识的巧妙调动,评论家对文学进行广义的文化研究等。可参见殷企平:《小说艺术管窥》第九章《小说的互文空间》,百花文艺出版社1995年版。

② 关于马克·吐温的诸多评论及阅读历史请参考上海文艺出版社1991年版《马克·吐温画像》一书中董衡巽先生的"前言"。

③ 〔美〕罗伯特·斯皮勒:《美国文学的周期》,王长荣译,上海外语教学出版社1990年版,初版前言。

④ 〔美〕罗伯特·斯皮勒:《美国文学的周期》,王长荣译,上海外语教学出版社1990年版,第120页。

马克·吐温的两部"历险记"必须作互文性参照才能很好地阅读,为了强调这两部小说之间的密切联系,马克·吐温不仅在《哈》的开头就让"哈克"明确声明自己是一个来自《汤姆·索耶历险记》的"家伙",而且在小说结尾部分特意让汤姆·索耶又重新出现。对于马克·吐温的这一安排,许多评论家曾难以认可或褒贬不同,所以不妨从对这些争论的回顾,来开始讨论。

《哈》的"结尾"怎么样?

关于占了《哈》的四分之一篇幅的小说结尾部分,大致有过三类有代表性的批评。一是认为它从内容上讲是一种"蛇足"。如美国作家海明威认为小说的结尾过于冗长,菲立普农庄的描写是赘笔,小说应写哈克去顺水漂流,以不可避免的悲剧结局告终。美国学者罗伯特·E. 斯皮勒也认为:"后来汤姆·索耶掺和进来,小说便失去了深度,而又回到《汤》的水平。小说的最后三分之一走的是老路子,没有什么新鲜感。"①罗伯特先生在这里所说的"深度",自然是指《哈》的前四分之三在主题内容上远比《汤》要深刻,更集中地描写了吉木的命运和解放黑奴的主题。比较起来,《汤》的主题是更为单纯的,它通过一群专与"大人"要求和学校、社区规定捣蛋的"坏孩子"的描写,表现了南北战争前美国西部小镇的基本风俗人情,嘲讽了这些风俗人情中处处存在着的呆板禁锢。与此不同,《哈》的中心事件不是孩子们的恶作剧,而是哈克和一个黑奴的逃离、漂泊和最终获得自由。在主旨内涵上,《哈》反映了作者否定蓄奴制和讽刺美国"镀金时代"社会弊端的深邃思想,但这种深刻思想在汤姆·索耶"掺和进来"以后,似乎就被截断了,汤姆在"营救吉木计划"中玩弄的复杂游戏,使得哈克和吉木都逐渐失去"主角"原有的待遇。尽管这样,由此认为不应该"画蛇添足"的说法实际表明了传统和现代对小说的不同阐释。

如果我们依照传统的认识把小说艺术作为我们理解社会历史人生的一种方法,并把小说的内涵指向小说的外部空间,通过它与特定历史背景及作家思想的某种联系来说明小说中的"怎样"和"为什么",那么,我们就应该承认,汤姆在《哈》的结尾再度出现是多余的,它的幽默无关宏旨。他的一系列"营救计划"因为都在已知吉木获得自由之后,故反而影响了吉

---

① 赖干坚:《西方文学批评方法评介》,厦门大学出版社 1986 年版,第 116、126 页。

木的早日解放,因而是小说主题的游离部分。但是如果我们把小说艺术作为一种自足的文本和被读者同时创作的半成品,那么我们又必须在传统镜面反映式的主题图解之外,关注小说本身的行文、语调、结构、视角和人物设置方法,在汤姆重新走入哈克的生活、并把哈克和吉木变为他的控制对象时,我们就不能不想到那个反蓄奴制、追求自由的主旨之外还有许多内容的空间,在批判和写实的笔墨之下,我们还需从暗喻、象征、互文、潜意识等其他视角去挖掘或创造这部作品的丰富内涵。

第二种批评则认为这个"结尾"在技巧上存在着"败笔"。比如另一位美国学者詹姆士·M.考克斯说:"任何有识之士都会认为汤姆的登场不仅是重要的,而且是必然的。结尾的平庸在于让汤姆统治了行为与风格。他一出现,他那种咄咄逼人的精神便锋芒毕露,虽然马克·吐温企图让哈克来利用这一富有讽刺意味的场面,但是汤姆独霸了风格,从而破坏了小说的情调。与其说这是结构错误,不如说是风格错误。"①这里所说的"平庸"显然不是指内容上的欠缺,相反,包括 T.S.艾略特在内的许多评论家都看到,马克·吐温为了证实哈克是一个与汤姆有巨大差别的孩子,才让汤姆又"掺和进来",他在《哈》的创作中表达了自己对美国现实人生的更深一层的理解。不过对考克斯先生所说的"风格错误",其实也不尽然。因为汤姆的重现,虽然带入了他一贯的幽默和活泼,虽然他的幽默风格咄咄逼人,使哈克骤然遁入了一种被控制的境地,但汤姆的一切活动都是通过哈克的观察传达给读者的,我们对汤姆没完没了的冒险念头和恶作剧计划的不耐烦和反感,无一不是哈克内心情绪的一种同步反应。哈克身上有着另一种幽默,在他和汤姆两种幽默的内在冲撞和对比里,我们才能清楚地看出马克·吐温对这两个少年的不同喜爱和在哈克身上发掘出来的新主题内涵。如上所述,马克·吐温正是从这两个孩子的不同引出了欧洲文化和美国文化的日常冲撞,以及这种频繁冲撞之中所流露的不同价值观和不同生活向往。

第三种批评意见旨在发现作者在这个"结尾"中流露出来的"软弱",而且这种"软弱",在具体表现形式上体现为"神话"和"妥协"两种矛盾的特征。美国评论家列奥·马克思认为:《哈》的结尾的"软弱性"一方面表现在哈克虽然心中不甚愿意,但还是接受了汤姆玩的复杂游戏;另一方面则表现在马克·吐温出于道德理想而渴望奴隶自由,但又无法撇开他的

---

① 〔美〕詹姆士·M.考克斯《论哈克·贝利芬的悲哀成年礼》,载:〔美〕约翰·维克雷:《神话与文学》,潘国庆等译,上海文艺出版社1995年版,第317页。

环境力量,因而给了吉木一个偶然而牵强的自由。另一位评论家查德维克·汉森指出,吉木的主动逃跑是一种"神话般的行为",由于马克·吐温也感到吉木的自由是一种"神话",所以在小说结尾让哈克和吉木决定离开阿肯色州,"从最低层次的美国文化逃向'自然的'最后一个庇护所:印第安人地区"①。这类批评很有成效地揭示了马克·吐温创作中的两难处境,即他心中的道德理想始终与他笔下的现实环境相互作用并且难分胜负。作为一个美国批判现实主义文学的代表,马克·吐温的"批判"既是客观的,也是妥协的,就像他的现实主义风格既是纪实性的,也是带有现代象征色彩的。但另一方面,第三种意见也表明文化的冲撞并不意味两种文化及价值观念的彼此颠覆或破坏,而是更多地体现为相互的交流、竞争,以及在此基础上的开拓和建设性工作。

"我们都是风俗的奴仆"

哈克与汤姆的不同,在《汤》中已有清楚表现。汤姆虽然是个孤儿,但有亲戚的悉心照管,由于淘气贪玩,向往绿林好汉式的生活,所以他总是随时准备逃学,到外面去游玩或打闹。比较起来,哈克是个弃儿,父亲嗜酒如命,已失踪一年多,他没有别的亲人,也根本就不上学,更不向往什么罗宾汉,因为他已经过上了绿林豪杰式的生活。汤姆暗自羡慕哈克的自由自在、独来独往,哈克也暗自欣赏汤姆的聪明灵活和奇思怪想。

考克斯先生的研究文章认为,《汤》的情节和节奏都体现了一种无所不在的"决定论",②即汤姆在对发生的一连串事件所作的决定中,虽然始终是为了迎合自己的口味和兴趣,但在掌握主动性方面他永远是个弱者。汤姆始终在捍卫自己心理上的胜利,而现实却总是在难以预料的时刻突降险情。比如汤姆和哈克在坟场里竟目睹了一场凶杀案,杰克逊岛上那场吓人的风暴,在洞穴里汤姆和贝克差点临近死亡等等,虽然最终汤姆都以胜利者的姿态走出危险,但汤姆和其他孩子生活的那个世界和背景,在力量上是远远强过逃避者的童心的。这正像马克·吐温在自传中所说的

---

① 参见《马克·吐温的"哈克贝利·芬历险记"及相关作品》,田庆轩译,外语教学与研究出版社 1996 年版,第 246、243 页。又:关于《哈》的"结尾"及"结构"有诸多讨论,在此仅列举几种。还可参见《马克·吐温画像》一书中〔美〕莱昂内尔·特里林的《论〈哈克贝利·费恩〉》,〔美〕肖克莱的《〈哈克贝利·费恩〉的结构》等文。

② 〔美〕詹姆士·M.考克斯《论哈克·贝利芬的悲哀成年礼》,载:〔美〕约翰·维克雷:《神话与文学》,潘国庆等译,上海文艺出版社 1995 年版,第 305 页。

一句话:"我们都是风俗的奴仆。"①在《汤》里,自然的伟力总是在风俗的权威中充当配角;在《哈》里,村民们的愚昧无知和自以为是、目光短浅和褊狭粗鲁也总使哈克感到无能为力和渴望逃离:

> 达格丝寡妇收我做她的干儿子,说是要教我怎样做人;可是整天待在家里,实在叫人受不了,因为那个寡妇的举止动作,总是那么正经,那么规矩得可怕! 所以到了我再也不能忍受的时候,我就溜之大吉了。我又穿上我从前那套破衣裳,钻到那个盛糖用的大木桶里去,立即觉得逍遥自在,心满意足。可是汤姆·索耶把我找着了,他说他打算组织一伙强盗;他说如果我先回寡妇那里,做一个体面人的话,那么我也可以加入。于是我又回去了。②(P1)

由此可见,马克·吐温最想讽刺,也是哈克和汤姆最想逃避的风俗,就是哈克上述的这些令人厌烦的教育和体面的生活方式,英国评论家奥登在马克·吐温的《哈》里读出了"美国与欧洲在文化上的巨大区别"。他认为哈克的决定"往往是没有任何约束的灵机一动",而所有欧洲人都相信"天然法则的存在",更关注各种场合中"应该怎样做"的约束性规则。③但这些欧式"法则"、"规矩"在汤姆和哈克这样的"美国儿童"看来,总是与虚假、欺诈、暴力、暴风、凶杀、死亡和各种各样的难受感觉及恐惧幻觉搅和在一起,使得顽皮的孩子们忍不住地想逃学和离家出走。

只不过汤姆和哈克的逃离方式是不同的。汤姆精心"组织"的海盗团是模仿他所囫囵吞枣的那些欧洲浪漫历史小说,而哈克成为"逍遥自在的流浪儿"是因为"全凭自己高兴"。汤姆在审判印江·乔的法庭上呈现"良心"后,他再一次成了令了瞩目的"英雄",他的良心是应合风俗、适合规范的,这里面更多地体现了社会良心和责任感;而哈克后来在与吉木的友情中逐渐显露良心,则主要是来自丰富的思想和体验,更多地体现了个人良知的恢复和自然天性的成长,更多地体现了美国的本土文化和西部民俗。哈克对这个社会的公认风俗规矩一概置之不理,无论是汤姆憎恨的教育秩序和日常行为规范,还是汤姆在心中依旧认可的道德原则和法律公正,对哈克来说,他都没有真正的认同。从表面上看汤姆更聪明,更具号召力,但实际上哈克才是更坚定的社会风俗的叛逆者,他对那个"正常"的生

---

① 〔美〕马克·吐温:《马克·吐温传》,许汝祉译,译林出版社 1994 年版,第 430 页。

② 〔美〕马克·吐温:《哈克贝利·芬历险记》,张万里译,上海译文出版社 1982 年版。文中引用仅注明页码。

③ 董衡巽:《马克·吐温画像》,上海文艺出版社 1991 年版,第 250 页。

活圈子缺乏兴趣并拒绝介入,无论是以"坏孩子"的身份,还是以"英雄"的身份。

马克·吐温在回忆哈克的原型汤姆·布莱肯希普时说:

> 他愚笨,不梳洗,经常吃不饱,但是他的心肠跟别的孩子一样好。他自由放任是毫无限制的。他是那个村社里唯一真正独立不羁的人——不论是小孩也好,大人也好,——结果,他平平稳稳、自始至终是个幸福的人,谁都羡慕他。我们喜欢他,喜欢跟他来往。而当我们的父母禁止和他来往的时候,这项禁令便使得和他来往的价值提高了三四倍……①

问题是在《哈》的开场,马克·吐温就抛出了他的中心悬念:这个"唯一真正独立不羁的人"也为了加入汤姆·索耶强盗团,而违心当了"风俗的奴仆"。那么他将会变成又一个汤姆吗?

做欧洲文化的"逃奴"

如果不发生一些事,哈克可能会与汤姆一样,逐渐被那个社会强有力的欧式规矩最终"教化",成为一个"体面的人"。虽然哈克和汤姆都生活在蓄奴制时期的美国西部小镇,每天都可能看到人类无数不公正的残酷劣迹,但不合理的制度本身并不会暴露出它可怕的实质。关于这一点,马克·吐温曾说:

> 即使以她(马克·吐温的母亲)那样仁慈和善于怜悯的心,我怕她也没有意识到,奴隶制是赤裸裸的离奇怪诞、不正当的强取豪夺。她从未在教堂里听到有人攻击它,反而倒是千百次听到人家为之辩护的话,把它神圣化的话。很明显,教育与社会环境能够完成奇迹。②

当每个人都是"风俗的奴仆"时,不仅黑奴是信服的、满足的,白人们和主人们也是心安理得的。美国评论家肖克莱发现,哈克经常故意用"传统的态度"与人对话。"莎莉姨妈问:'伤了人吗?''没伤人。只炸死了一个黑奴。'"肖克莱认为哈克"知道他这种说法容易被这位好心的、拥有奴

---

① 〔美〕马克·吐温:《马克·吐温传》,许汝祉译,译林出版社1994年版,第83页。
② 〔美〕马克·吐温:《马克·吐温传》,许汝祉译,译林出版社1994年版,第35—36页。

隶的、可爱的老妇人接受"①。不过,马克·吐温认为,有些东西能够刺激起人们在"瞌睡状态中的本能",那就是一些并不常见、非同寻常的,特别严酷的东西。② 从这个角度讲,汤姆的性格魅力和价值就在于他总是在平静、死寂的生活中幻想和制造出一些非同寻常的事件来,在这个人物身上,马克·吐温着力表现少年幻想与成人现实之间的冲突和对峙,汤姆随时准备逃学和无时无刻不想当"强盗"的冲动,对许多终于社会化到被风俗认可的成年人而言,总是一种难以忘怀的经历和未能付诸实践的美妙心灵体验。不过哈克的幻想里虽然总有类似汤姆的一半,但他还遇到了一些更为严酷的现实,迫使他逃到了这个风俗的外面,在他的身上,越来越体现出两种成人现实之间的冲突和对峙。哈克遇到的严酷事实一是他醉汉父亲的突然回家,二是他在漂泊中遇到了一个逃跑的黑奴吉木。

首先,哈克父亲的归来使哈克与主宰"风俗"的金钱力量发生了正面冲突,因为他嗜酒如命的父亲是听说儿子"发了财"才回来的,在与年轻法官的一番争执之后,他就将儿子拖到僻远的树林子里去囚禁起来。起初哈克除了挨父亲鞭子的那一部分外,还"很喜欢这种游游荡荡、抽抽烟、钓钓鱼,不必念书,不做功课"的生活,但不久他就由于两个可能的前景而决意逃走,一是他父亲打算把他作为自己挣钱的工具,二是法庭既用拒绝手法阻止他父亲的财欲,又想方设法让他重新获得达格丝寡妇的"监护"。对哈克来说,成为父亲价格暴涨的"财产"与成为正常风俗中的一个"好孩子"一样无法忍受。于是他借父亲去镇上卖木头的机会,精心布置了一个自己被强盗杀死了的"死亡"场面,实际却驾着一只小划子逃走了。他这一逃,就与汤姆和他的生活圈子(欧洲文化)完全脱离了。

哈克的"死亡"在书中是一个重要的转折,在一些无效的寻找活动之后,哈克就从汤姆所在的那个社会里消失了。他在大河上是一个活人,但一上岸就成了"死人"。他每次上岸都要用假名冒充另一个人,甚至男扮女装时被朱荻·罗芙特太太看破。如果我们关注"死亡"的象征意义的话,就不难想到汤姆也曾在洞穴中险些丧生,但他最终是死里逃生并成为远近闻名的英雄。死亡对汤姆而言,是一种冒险和游戏,是一个可以不断玩下去的系列计划和任意变奏。但对哈克而言,死亡则是一个被自己实现了的事实,是一种与往日生活的断裂,也是一种成功的自我再生。在佯装被人杀害后,哈克就以死亡换取了自身的自由。他从此属于大河和森

---

① 董衡巽:《马克·吐温画像》,上海文艺出版社 1991 年版,第 275 页。

② 〔美〕马克·吐温:《马克·吐温传》,许汝祉译,译林出版社 1994 年版,第 36 页。

林,而大河与岸上的世界也从此成为小说中的两个社会和两种生活方式。在河上的漂泊生活中哈克是自己的主人,除了大河的自然法则外,他不再有任何人间法则必须遵循。他解救吉木的行为在这条大河上是一种天经地义的举止,而一旦上岸,他就可能因为没有身份和帮助黑奴而被"罚入第十八层地狱"。因此,哈克总是在岸上停留些日子后就急急忙忙地返回到河上。即便在小说结尾,他也没有任何走回岸上社会的意愿,而只打算到土人居住的印金地区"去走走"。

其次,吉木的出现对哈克"瞌睡中的本能"也是一个警醒,使得他不得不面对"风俗"中被掩饰了的残酷奴隶制法则。哈克先是把熟识的、在逃的吉木视为一个解闷逗乐的随从,他模仿汤姆的做法对他搞了多次恶作剧。在听到吉木说要到自由洲去拼命挣钱赎回自己的家人时,他一下子涌出了许多复杂而又矛盾的本能反应。他一方面"心里也替他难受",另一方面却想起了一句老话"黑奴不知足,得寸又进尺";他决定"一看见灯火,就划到岸上去告他",但一旦听到上了岸的吉木连声称赞他做的"好事",称他是一辈子也忘不了的唯一朋友时,又不得不"慢慢地往前划,并不清楚我是高兴还是不高兴"(P102)。哈克最终还是"本能"地从几个追赶逃奴的枪手手中用谎言掩护了藏在木筏下的吉木。哈克的心理活动中总是存在着表面的规范意识与内在的本能体验之间的冲突,风俗和常规总是在表面上占了上风,而一旦危险降临,本能又总是更容易更方便地找到了论证自己合法性的借口。于是哈克最后认为做好事和做坏事都一样要难过,一样要付出代价,"干脆就看当时的情形,怎么方便就怎么做吧"。

事实上,汤姆是与风俗玩耍的游戏者,但哈克不是。哈克和吉木都是这个社会的逃奴,也是欧洲文化的逃奴。哈克最初以为自己可以与汤姆为伍,与吉木却不是朋友,但最后这个角色的内在底蕴和叛逆色彩体现在:他一旦加入汤姆强盗团,就瓦解了自己的性格,违背了自己的意愿,并否定了自己的价值;而他在与吉木一步步缓慢形成的友谊和默契中,则逐渐唤醒了"瞌睡状态中的本能",逐渐拥有"健全的心灵",并逐渐弄明白自己的处境和命运。

从"恶作剧"游戏到真的"犯规"

与"死亡"的丰富象征意义一样,"身份"也是《哈》中的一个表现主旨的关节。正像考克斯先生所说:"掩饰身份、弄错身份是马克·吐温最喜欢采用的技巧之一。"马克·吐温在写作《哈》的中途曾停笔写出另一部名

为《王子与贫儿》的小说,表现的就是两个身份换错了的孩子的错位了的
遭遇。《哈》第一章汤姆·索耶强盗团在汤姆精心策划下起草了誓约,准
备正式宣誓成立。由于誓约上有"要把泄露秘密的孩子的全家也都杀死"
一条,使得负责登记入册的孩子突然发现:

> 这儿有个哈克·芬,他根本就没有家——你们怎么处置他呢?"
> 孩子们讨论了一会儿,先想把哈克撇开,后由于哈克提出了达格丝寡
> 妇的姐姐瓦岑小姐可以作为"家人"来杀,于是大家都说:"啊,有她就
> 行了,有她就行了。没问题了,哈克可以加入。(P9)

在这段描写孩子们一本正经做傻事的情节里,马克·吐温一方面不
经意地点出儿童的游戏里也有着令人瞠目结舌的残酷成分,儿童的想象
更直接也更无意地体现了欧洲文化中的残酷成分;另一方面也强调哈克
的独特"身份",即他是这群孩子中唯一没有"家"、没有外在羁绊和牵连的
自由人,这使得他在相同的欧洲文化氛围里却没有产生内心的文化认同。

不过在小说结尾处,哈克却与汤姆换错了身份。哈克在汤姆的姨父
家被当作了汤姆大受欢迎,而行至半途的汤姆一听说这个情况马上就决
定将错就错,改称自己是细弟·索耶。这的确是马克·吐温在《哈》这部
小说中精心设置的一个奇妙替换。因为在《汤》中,汤姆和细弟是一对相
互形成鲜明对照的孩子,细弟是汤姆同父异母的兄弟,是清教徒主日学校
的宠儿,也是家中守规矩的"好孩子"。汤姆由于细弟没完没了的恶意告
状和秘密监视,而时不时地"提前"惩罚他。两兄弟的诸多争端在没有哈
克出现的场景里,表现了两类少年之间完全不同的行为模式。可是一旦
有了哈克,汤姆就与细弟发生了耐人寻味的重合。汤姆虽然浪漫和捣蛋,
虽然拥有许多细弟永远不会产生的幻想和冲动,但在价值观和责任感上
却无疑是细弟的兄弟。汤姆和细弟都是欧洲文化的传承者和实践人。在
《汤》里,汤姆在"道德"上高于细弟,汤姆在法庭上的挺身作证差不多是
"见义勇为",与细弟惯用的"恶人先告状"的卑琐比起来,显得更具英雄的
大气。但在《哈》里,马克·吐温显然已经在原有社会道德标准之上,确定
起一种更高的道德与理想,在这个道德理想的领域里,汤姆的形象出现了
深刻的变化,他所特别擅长的"恶作剧"里有了越来越多的自私自利和冷
漠无情。

在汤姆决定与哈克一起营救吉木"出狱"的时候,他俩各自有一套计
划。哈克的方案是简单明了的,大约只需两三个小时,但汤姆觉得"这也
未免太简单了——真是像下五子棋一样的容易——这比逃学也难不了多

少。哈克·芬,我倒希望咱们能够找个稍微复杂的办法才好。你那个办法也太泄气了。"为了找个"十全十美"的计划,找个"又麻烦、又够味"的计划,小说花费了 10 章左右的篇幅表现了汤姆怎样组织安排在墙上留下苦役犯的伤感诗句,在餐盘底下刻上用密码写成的文字,在床上放上人们应该找到的贵族徽章,在窗口留下为下一个囚犯越狱的绳索,不同时期用来打草惊蛇、添加危险性和神秘感的匿名信,每天只能挖出一点点土块的小匕首等等。马克·吐温不仅强调汤姆在做这一切计划的时候,都是在模仿他所读过的那些现成欧洲文本,而且指出他为了模仿古人,想过挖 37 年地道让吉木从中获得自由,想过吉木可以找一把大锯,锯掉自己的床腿以便把脚链退下来,想过让吉木与他最害怕的响尾蛇共度一些夜晚……总之,他只想在这个社会已有的"冒险"记录上添上自己的经历和业绩,却根本不想别人的处境和感受。在解救吉木的过程中,哈克知道自己是在干即便"下地狱"也要完成的事情,汤姆也同样知道自己在做没有任何真正危险性的游戏,所以他的目的在消遣和娱乐自己,他没完没了地"恶作剧"在哈克眼里变得越来越毫无必要和不可思议。等到哈克问汤姆为什么已知吉木自由了还要费那么多力气去"救"他时,汤姆说:"我只是想过一过冒险的瘾",而这时的汤姆形象已经一落千丈,差不多成了一个恶习难改的坏孩子了。

哈克和汤姆是各具性格魅力的少年。但是哈克的幽默比汤姆的幽默更伟大和深邃。在马克·吐温认识到这一点时,他对汤姆的喜爱和肯定就发生了巨变。他把汤姆式的幽默和游戏方式定位在特别的年龄段上,这正像他后来自我反省时所说的:

> 在我很小的时候,我并不懂得,恶作剧不光是极愚蠢的,而且是下流、不光彩的消遣。在那些年代,我没有想到这些,只是随便闹着玩,并没有从道德方面好好想一想。在我一生的四分之三的时间里,我一直对恶作剧者无比蔑视和厌恶,我瞧不起他,就像我瞧不起别的罪犯一样。①

马克·吐温的后期创作,明显地体现出认真检点和真诚反思的特点。事实上,哈克和汤姆的最大区别也在于哈克是更真诚更认真的孩子,汤姆不仅只会做社会料想他会干的事,而且即便在"犯规"的时候,也总想着成名、发财,和如何移交"权力",他总是从心里感到自己实际是一个可敬的

---

① 〔美〕马克·吐温:《马克·吐温传》,许汝祉译,译林出版社 1994 年版,第 59 页。

了不起的大人物,一个必然得到众人崇拜的英雄;而哈克准备"犯规"时,一切的法规都是虚构的,名利财权也是微不足道的,在哈克的心灵里,会出现一些"非常、非常真诚的懊悔";马克·吐温认为有这种经历的孩子"纯洁如雪"。① 与哈克的这种认真思考和真诚懊悔相比,汤姆在让吉木受够惊吓和磨难、终于获得早已成文的自由后,似乎也有过一点歉意。正如哈克看到的,汤姆"因为吉木为我们那么耐心地当囚徒,还送给他 40 块钱"。汤姆的歉意是用 40 元表示的,他不会从心底里产生出歉疚或深自反省,他做的永远是体面人的一切:公平、施舍和礼貌的告别。他那张简单的心床上放不下更沉重的思想和情感。

在哈克与汤姆相似和相通的那一半性情里,马克·吐温表现的是美国民族特有的"少年"心理特征,即一个新兴国家人民所特有的简单、乐观、满怀希望、锲而不舍的天性;而在哈克不同于汤姆的那更深沉更宽广的另一半里,马克·吐温发掘了伟大而雄浑的美国西部精神境界,探索了美国人建国和立国的重要精神支撑。他展示了美国人更开放、更自由也更无拘无束的民族精神,也思考了人的命运和人所应该追求的自然生活方式。汤姆和哈克性格的有分有合,正表现了欧洲文化与美国文化在这一时期的若即若离,欧洲文化在美国文化中的影响并不总是强势的、压倒一切的,而是表面处于强势,实则与本土文化经常发生交融、冲撞、摩擦和引出新的创造。这种新的创造热情既来自哈克、吉木所代表的普通个体,也来自马克·吐温自己所代表的知识精英。如果马克·吐温只写了《汤》,他只能是美国最有趣的作家之一,但由于他还写了《哈》,还在自己的幽默风格里加入了极为严肃的成分,所以他的笔墨由少年幻想转向对成人世界的深入观察,并一直延伸到了象征意义中的西部世界和美国文化的特性探讨。

建设性的文化批判和冲撞中的文化磨合

马克·吐温在谈到自己的主要写作特色"幽默"风格时说:"幽默只是一种香味、一种装饰,往往只是说话或写拼音时的一种花枪……幽默绝不可以教训人自居,以布道者自居,可是如果它要永远流传下来,必然两者兼而有之。……我总是在布道。"②马克·吐温显然把"幽默"和"布道"作为自己写作中的一种张力和一种对位,当我们为他的幽默文体所吸引时,

---

① 〔美〕马克·吐温:《马克·吐温传》,许汝祉译,译林出版社 1994 年版,第 52 页。
② 〔美〕马克·吐温:《马克·吐温传》,许汝祉译,译林出版社 1994 年版,第 330 页。

我们也同时为他的"布道"所感动,我们能够感到的那种理想境界与我们正在阅读的现实世界之间竟无法截然分开。马克·吐温布的"道",就是对少年世界和西部世界的赞美,就是对"人间法则"的自嘲、对自然法则的开掘,也是对美国民族精神范畴的开拓。马克·吐温对岸上欧式文明世界的讽刺是尖锐的,他对欧洲文化尤其是现代商业文化的嘲笑是无情的。

岸上的世界在哈克看来是这么地冷酷,父亲企图诈骗孩子的财产,"文明"人用滑稽表演骗取乡下人的钱财,假牧师利用野营布道会来欺骗具有宗教狂热精神的边区居民,乌合之众可以对坏蛋处以涂沥青、沾羽毛的私刑。由于岸上的统治是带有欧洲式"贵族"色彩的,所以马克不断讽刺美国的"南方贵族"和他们所敬奉的欧洲传统。马克·吐温强调美国"南方贵族"貌似勇敢尚武矜持待人,骨子里则故步自封、极为虚荣、傲慢霸道和肆虐成性。比如在甘洁佛的客厅里表现的就不是真正的文化,而是市侩习气和尖刻残忍。他们的家装饰得很豪华,但也因此陈腐不堪、毫无趣味。这一家人庄重勇武、文质彬彬,但同时又与另一贵族雪富生家之间为了一点点说不清楚的宿仇,就进行长期的野蛮无谓的互相屠杀。他们既忠诚于原则也拘泥于礼仪,在全副武装去教堂听了关于友爱的布道后就去伏击对方。最后这家人中仅存的两个男性成员都死于激烈的枪战。除甘洁佛这类传统贵族的典范之外,佘奔上校体现了传统贵族的另一面,他冷酷地在众目睽睽之下枪杀了喜欢多嘴而又无辜的老头鲍哥,然后以骑士风度把枪扔到地上,以严厉的眼光慑服民众。这种封建贵族的习俗不仅在现实生活中被视为"优越",而且在司各特式的浪漫主义小说里也被理想化为英雄和高贵,所以汤姆在组织强盗帮时,孩子们都认为拦路抢劫的"帮"更有"派头",杀人帮更为"体面"。

在种族主义问题上,贵族使自己虐待奴隶的卑鄙行为合法化,制造种族优越性的神话,拆散黑人的家庭,用铁链把他们拴住,像追猎野兽一般地追捕他们、驱赶鞭打他们;剥削他们的劳动力后还说黑人受到了白人文明的教化。朱荻·罗芙特太太对一个受虐待学徒的平凡故事会十分伤感和同情,但对一个逃跑的奴隶却毫无怜悯之心,只知道抓到这个逃奴后,自己和丈夫就可以得到一笔可观的赏钱。瓦岑小姐虽然最后给了吉木以自由,但实际她也缺乏同情心,她相信的是解放奴隶的许可证,而不是宗教律令和"卑贱的废奴主义"。瓦岑小姐还与哈克的父亲在表面上有惊人的差异,泼普·芬邋遢、贫困、无知卑劣、偷窃,这个毫无羞耻感的人却妄自尊大,以所谓白人的优越感而对自由黑奴可以参加选举之事破口大骂;达格丝寡妇和瓦岑小姐好像对哈克有类似母爱的关怀,但却主要是希望他不要丢自己的面子,所以实际上,瓦岑小姐对吉木和哈克父亲对哈克的态度一样,都体现了欧洲式社会和法律规范的一种特性,即渴望借助对他人的监护权来掌握对他人的生死大权。

在小说中除了哈克之外,所有的人都是"扁形人物"或类型人物,他们自喻长辈、公爵、皇帝、艺人、律师、牧师……实际都是"老一套"和程式化的社会角色。为说明这是一个反个性的禁锢社会,马克·吐温有意将哈克的个性放在被贬的位置上,如哈克总是设想社会是对的,他却在撒谎或偷窃。在虚伪的社会面前他总是诚实地觉得自己在堕落、不可原谅,但实际读者眼中的他却是从不说假话,只在迫不得已之时才撒谎、在解救他人时才偷窃。他那敏感而善于思考的心灵是对封闭虚伪的世俗社会的谴责。我们依赖着他,才能对社会作出正确的评判,就像我们只能在美国本土文化的参照中才能对欧洲文化作出新的理解。

马克·吐温的文化批判不是颠覆性的,而是建设性的、探索性的,当他说"我们都是风俗的奴仆"时,他也同时认为:环境既在毁灭我们,也在帮助我们成长。当他表现吉木是一个纯朴善良的"自然人"时,他也表现吉木还是个未经任何"开化"的黑奴,他所代表的美国原始文明和西部精神既是天真的,也是无知的,而且是极易被伤害、被忽视的。哈克和吉木的关系是西部精神世界,也即美国本土文化的象征。在吉木身上,不仅有反抗蓄奴制的勇气和真诚朴实的性格,而且有一种原始神话色彩;因为他的反抗和他的真诚都是出自天性本能的,所以他的反抗里夹杂着迷信,他的真诚里掺杂着轻信。应该看到,没有哈克的思考和体验,吉木的价值是无法建立的,就像没有哈克和吉木的漂流,大河的意义和自由形式不过是一种不被人介意的自然存在。吉木最让我们感到特殊的方面是他面对"文明"、"开化"的无知态度和毫无戒备的面对姿态。他从不怀疑哈克会出卖自己,他不相信瓦岑小姐"出卖"自己之后,自己是"不能"逃跑的,他总是在做最"自然"的事情。他对哈克的信任就像他对自由的向往一样坚定,而他对自由的向往又像他对各种兆头的坚信不疑,充满迷信色彩。他对自己痛打女儿的沉痛忏悔和在承受哈克恶作剧后的极度伤心,都使哈克感到无比震惊和无法轻视、无法回避,因为吉木身上所有的质朴人性和基本良知,是在一种不平等的屈辱地位中顽强保持着的,因而是"更为撩人心意,更为罕见的"(T. S. 艾略特语)。与那些代表风俗的"人间法则"比起来,吉木更多地代表了西部世界的"自然法则"和人们心中的"上帝法则"。这是不受岸上社会制度影响的带有原始神秘色彩的法则。在吉木对哈克一如既往、无怨无悔的友情里,不仅有着蓄奴制和社会丑恶面的批判,更有对人的命运和人所应有生活方式的触摸。正是吉木所代表美国本土文化和原始神秘力量帮助哈克找到了精神依托和新的生活——回归本土文化和民族特性。

由于"大河"在世界文化史上总是充满丰富的寓意,它们往往象征着某种古文化的"源头"和神秘"伟力",就像黄河之于中国文化,恒河之于印度文化,尼罗河之于埃及文化,幼发拉底河之于古巴比伦文化一样,马克·吐温也把密西西比河的特征和美国本土文化的特性融为一体,通过写河与岸的对比和冲突,写出欧洲文明与美国本土文化、西部文化的冲撞和对峙,暗示欧洲文明带来的"污染"和"僵硬"规则破坏了美国原有生活的方式。同时通过哈克、吉木的"河"上冒险求生历程,表现美国人民独立不羁、勇于探险的民族本性,并预言这种民族精神终将寻求一个自身的乐园。哈克的流浪和寻求是美国本土文化的创始象征,他由天真无邪到成熟的经历象征着美国自身历史的创始。

马克·吐温笔下的大河生活是美国特有的生活画面,这条大河不仅是与岸上的社会对峙的,也是与欧洲文化传统中的"自然景物"迥异的。① 与自由的大河漂泊生活相比,岸上的社会是被"风俗"牢牢控制的,是诸多荒唐和违反人性的法则,岸上的人大都是目光短浅、褊狭粗鲁和追逐功名的;但另一方面,与可知的人类自建的岸上文明规矩相比,大河也是不可知的、无情无义的和荡涤一切的原始力量,它不是欧洲浪漫文学中的清纯和温柔的田园风光。正像 T. S. 艾略特所说:"它是险恶的反复无常的独裁者","作者反复提醒我们这条河的存在和威力……以及人的孤立和软弱"。② 大河既寄托了哈克和吉木的希望和信仰,也是他俩必须随时与之抗争的对象。大河及大河象征的美国西部生活不是理想世界,不是彼岸世界,不是舒适美满的生活方式,而是荒蛮之地和未知世界,是美国人未完全开垦的文化新疆界,是最具"新"意也最具挑战性的生活。哈克的理想既不是逃避,也不是超脱,他所自由漂泊的大河是此岸,是另一种现实——美国的现实,一种并不为人类自信所把持,却为人类自信所面对的生存现实。

马克·吐温在《哈》的写作中,始终保留一个既看懂,又看不太懂的独特视点,即哈克的眼睛和哈克的心灵。哈克的幽默是沟通少年世界、西部

---

① 比如奥登先生认为:以狄更斯为代表的欧洲作家笔下,大自然"充满人情味,令人宽慰"。而马克·吐温笔下的密西西比河"很大,很有威慑力,不通人性"。参见董衡巽:《马克·吐温画像》,上海文艺出版社 1991 年版,第 248 页。

② 董衡巽:《马克·吐温画像》,上海文艺出版社 1991 年版,第 241—243 页。

世界和现实世界的关键。哈克的生存方式和观察方法既是稚气的,又是自觉的;既是坚定的,又是未定型的。哈克是一个正在慢慢成长的少年,也是一个正在途中的探索者,他代表的是整个美国文化的探索者,他的未来走向使我们从小说悲剧性趋浓的结尾里"跳"出来,重归马克·吐温式的喜剧性超脱角度,评判和观察美国生活,探索美国文化的未来。

哈克不是一个具有普适意义的道德榜样,他是一个具有原型意义的美国英雄。他的成长经历是令人激动和充满阻碍的。这种阻碍不仅来自外来文化的阴影,也来自美国本土文化自身。在哈克身上,也体现了美国人性格中的矛盾和复杂特点:他既具有道德上的理想主义精神,又是一个坦率的实用主义者,他简单朴实、大胆敏锐、天真活泼、聪明灵活,但他也是一个在公共场合十分懂得讨好他人、避免激动、冷静务实、敏锐而又油滑的美国人。他特有的幽默感既体现了卓越的活力,也暗藏着无所顾忌和新的优越感。他代表了新的文化力量,但也是一个不反对社会整体的个人主义者。总体来说,马克·吐温笔下的哈克是具有美国民族象征意义的小英雄,他的自我道德形成和未来新生活探险,寓言式地象征美国民族文化的独立和自由进程。正是通过哈克仔细而又认真的观察和思考,我们才看到了吉木和汤姆这两个相对简单的人的生活;通过哈克深邃而又未完成的体验,我们才看到了马克·吐温心中两个成人世界之间的分野和两种文明(欧洲文明与美国本土文明)之间的冲撞、磨合过程。当我们仔细观看了哈克眼中的汤姆和吉木之后,心中会不由地产生许多惊讶和警觉,因为我们会不由地思忖自己已经和正在作出的诸多人生抉择。

《约伯记》:质询上帝的"义人"

一般认为《圣经·旧约》是犹太教的经典,《圣经·新约》则是基督教的经典。《圣经·旧约》不仅汇集了内容丰富的古代希伯来民族古文献和各种作品,而且集中了古希伯来文学的精华和主要成就,她在世界文学史上占有特殊重要的地位。

古代犹太人的特殊历史

希伯来是生活在古代巴勒斯坦的古代犹太人,他们的祖先约在公元前2000年时由幼发拉底河流域游牧到了迦南地区(即今巴勒斯坦),希伯来(Hebrew)意指从大河那边来的人。公元前1000年左右,以雅各为族祖的希伯来人开始称自己是"以色列"(Israel),他们的后代又在巴勒斯坦分与南北两个部落联盟,北方为以色列,南方为犹太。犹太部落的大卫王及儿子所罗门曾征服各部落,建立了希伯来人的统一王国(前1013—前933,这时大约是中国古代的周文王时期)这一时期是希伯来文化的黄金时期,不仅有精美的建筑和庞大的乐队,还有辉煌的史记和大量的诗篇、神话、传说、歌谣、谚语等,它们分别记录了希伯来人的民族历史和精神发展。

古代希伯来人也被认为是"历史上多灾多难的民族",他们的祖先在定居迦南之前,曾经历了"三次大北征",并最终在与其他文化的交流和融合中,酿成了自己的文化。希伯来人原是阿拉伯沙漠地区逐水草而居的游牧民——闪族的一支,公元前3000年左右,首次迁移到美索不达米亚,和苏美尔人接触,产生了古巴比伦文化。公元前2000年左右,第二次沿幼发拉底河北上,绕哈兰再向西又向南,来到迦南这个中东新月形肥沃地带的西端。这个地方虽然人畜两旺,但也气候常变、雨量不足。在一次特大灾荒中,雅各一家逃荒到埃及,在尼罗河三角洲附近的歌珊地区定居下来,约三四百年后(前17世纪—前13世纪),希伯来人的兴盛引起埃及人的嫉妒,同时埃及人的残酷奴役也引起希伯来人的愤怒,最后在摩西的领导下,他们逃出埃及,在沙漠中苦战 40 多年,终于回归迦南。这第三次北征(前 13 世纪中叶)后,又经过 100 多年的斗争,希伯来人才与迦南当地的农民达成和谐共存的局面。这时的迦南因地处中东各大国之间,充满了各种文化的来往。希伯来人吸收了四邻如埃及文化、腓尼基文化、叙利亚文化、巴比伦文化的养分,后来还接触了从地中海克里特岛屿进入的希腊系统的非力士文化,最终在斗争和融合中形成了自己的拼音文字和希伯来文化。①

所罗门王去世后,希伯来王国再次分裂,北方的以色列和南方的犹太自相残害,国势日衰。面对邻国威胁和亡国危险,许多希伯来"先知"——社会改革家挺身而出,以神明和人民代言人姿态抨击时弊,启发民心,总结民族生存和发展的基本法规,他们的著作富有才智和洞察,也充满诗意和义愤。但是这些睿智的先知之言并没能挽救犹太王国的最终灭亡(前586 年),希伯来国的国人或被巴比伦人俘虏,或流亡异乡。人们把流离在外的希伯来人称为犹太人(Jews),意指亡国之遗民,最初带有贬义,日后则约定俗成,相沿下来。从犹太国灭亡到最后一次反抗罗马人失败(135 年),希伯来虽在死亡线上挣扎了 700 多年,最终结束"希伯来人"历史,转入"犹太人"历史,但是他们的文化却没有在战乱中毁灭,而且在苦难中不断发展。希伯来圣经就是在犹太国被巴比伦俘囚之后的 500 年中整编而成的。在这部巨著里,希伯来人收集了他们的历史文化遗产,完善了由他们首创的宇宙一神教理论,并把他们总结的教义教规奉为"圣经"。他们在世界古代各民族中最早从多神到一神,从低级宗教进入高级宗教。故而马克思也称犹太民族是"早熟的民族"。

从文学的角度看《圣经·旧约》,它既是先知文学,更是启示文学。"启示文学是希伯来人的一大创举。它们是希伯来志士炽热情感和冷静思索相结合的产物,是在民族灾难深重之时,在先知文学基础上发展起来的一种神学的文学形式。与先知文学相比,它们在创作上更多地采用了象征、异象、幻觉等艺术手法。"②《约伯记》是启示文学的一个代表性篇章,也是希伯来智慧的一次集中体现。它既是一首著名的哲理长诗,也是反复被人们引用和解释的一个戏剧故事。它是《旧约》中最富有戏剧性的一个哲理故事:

---

① 参见顾晓鸣:《犹太充满"悖论"的文化》,浙江人民出版社 1996 年版。

② 朱维之:《希伯来文化》,浙江人民出版社 1996 年版,第 22 页。

乌斯地方的一个人叫约伯，他正直、敬神、远离恶事。他有 7 个儿子 3 个女儿，有 7000 只羊、3000 头骆驼、500 头牛、500 头母驴和许多仆婢。他是远近闻名的大户人家、富裕人家，也是最仔细对待一切祭神之事的善人。

这一天上帝耶和华与众天神聚首，恶神撒旦自称刚从地上人间返来，上帝便问他是否看到了"我的仆人"约伯的虔信正直，撒旦说："约伯的敬神是因为你赐福于他家乡和暗中保护他的富足，你若毁了他的一切所有，他必当面弃掉你。"耶和华说："只要不害死他，其他你都可以拿去。"于是约伯骤然间失去了所有的儿女、牲畜、仆婢、家产。约伯在一连串的致命打击之后撕裂外袍、剃去头发，伏在地上对心中的上帝说："我赤身来到世上，也将赤身归回。赏赐的是耶和华，收取的也是耶和华。"约伯并不因此而不继续称赞耶和华。

于是天神的又一次聚会中，耶和华问撒旦："用心察看我的仆人约伯没有？"因为他虽遭无故的毁灭，但也没有放弃敬神和纯洁。撒旦则答："人以皮代皮，情愿舍去一切所有保全性命。你且伸手伤他的骨头和他的肉，他必当面弃掉你。"耶和华再次让撒旦去试，于是约伯从头到脚长满了毒疮，他只能坐在炉灰中，拿瓦片刮奇痒无比的溃烂身体。他的妻子劝他弃神，他执意不肯"以口犯罪"。他的三个朋友听说他遭此大难，相约而来，为他悲伤也试图安慰他。由于亲眼看到约伯已被折磨得面目全非，他们也剃发脱衣，伏地长拜，把地上的尘土扬起来落到自己头上，表示与约伯分享那极度的痛苦，并一直与他一起在地上坐了七天七夜。

七天后，约伯终于忍不住开始诅咒自己之出生，并乞望自己去死。三个朋友则轮番以各种理由劝说他、指点他，希望他承认有"罪"，承认神的智力，承认自己不可能完全认识神，并指责他过于多言，会引出被彻底毁灭的结局……约伯则认为自己的智力并不亚于三位友人，认为友人的劝责不仅没有安慰他心，反而加重他的痛苦。他希望友人们不要为神辩护，因为他会去亲自询问。约伯问上帝："为何既创造人类又毁灭人类？为什么在现实中让恶人比好人生活得更好？为什么让好人和恶人一样要死？为什么赐予人类以智慧让人明白身受的痛苦？"三个朋友都觉得约伯"自以为是"，不再与他对话，这时有个布西人蔺族巴拉迦的儿子以利户来到他们中间，他对约伯和三个友人都表示了自己的愤怒，并说自己被"内心的灵"所激动，要说出"心中所存的正直"。

以利户说：神的苦难给人以惩罚是为了要从深坑救回人的灵魂，否则人就会一味地为自己谋算，为自己骄傲，贪享各种食物和美味。神既不作恶,也不作孽,只是公正地让各人得到各自的报应。也不会在惩罚人类的行为中获得任何好处,以利户劝约伯"仔细听,站立地思神的作为",这时耶和华在风中出现,他问约伯当初造世时他在哪里,他如何知道地的根基安在何处,谁又把准绳拉在其上,哪个凡人能用自己的智慧言尽造物之妙、禽兽之性,强辩者如何能与全能者争辩。于是约伯回答说:"我是卑贱的,我用什么回答你呢?只好用口来一遍遍地问你,希望得到你的启示,结果我也用无知的言语,使你的旨意隐藏。""我所说的,是我不明白的,这些事太奇妙,是我不知道的。"约伯向耶和华表示自己的无知和懊悔。耶和华于是又怒向约伯的三个友人,认为他们的话都不如约伯说得是,并责令他们带 7 头公牛、7 只公牛到约伯处为自己献上燔祭,约伯因此为他们祈祷。耶和华借此仪式让约伯从苦境转回,赐给他比以前加倍的财物。约伯在这以后活到了 140 岁,财产极为丰厚,还见到了自己的第四代子孙。

上帝:万能之主或无能之主

在这个故事里,上帝最终使人不得不信服和敬畏的原因,不是因为约伯和他的朋友们认为的判决公正或主持公道,而首先是因为上帝创造了一切,他是万能的。这种万能或全能表现为整个宇宙的万千奥秘和内在平衡都来自上帝的创造。但是这种万能在希伯来《圣经》里不仅是用行为完成的,而且是用言词完成的。换言之,上帝造了人类,人类也造了上帝。《创世记》在叙述上帝始创世界时说:"起初上帝创造天地……创世第一天,上帝说:'要有光!'于是就有了光。第二天,上帝又造太空,称之为'天',并分开上水与下水。第三天,上帝使下水聚积在一起,露出了旱地,称之为'陆',并把聚水处称之为'海'……"原本空虚混沌的宇宙,由上帝用言语和行为创造了新的秩序和万事万物。实际这里面"上帝"的言语是古希伯来人赋予"他"的,上帝的创造实际就是人的发现和言语命名,是人类自身从愚昧混沌中创造了理性的光明,照亮虚无晦暗的原始生活。这是希伯来人在理解世界和自身上的一次重大突破。这个突破就是他们看到了言语的力量和智慧之光,悟到了言语可以为生活带来光明,为宇宙解说秘密,让不可见的东西被人们看见,让暂时的东西变成永恒。人会死亡,事物会变化,宇宙在永恒的运动之中,但言语会流传下去,智慧会让我们看到永恒、掌握命运和预测未来。所以在犹太民族的"上帝"形象里,同时有着上帝造人和人造上帝这么一个内在的张力以及内部矛盾。

　　首先,希伯来人既让先知的言语具有了神的威力,也用宗教的形式表露自己对语言威力的感悟。由于犹太民族在历史上经常遭受"囚徒"和"失国散亡"的苦难,所以他们更有意识地强化自己"言语的自由",使本民族的文化经验积淀下来,汇聚成书,稳定地传下去,让自己的后代通过教育,识字读经,学习律法、礼仪,并继承民族的基本精神和最高智慧。从这个角度看《约伯记》,就不难看到这个故事的外在目的是宣传上帝的万能和绝对至上,但同时,讲故事的人因为自己首先"看到"了这个故事的丰富意义而会在讲故事(或讲经)的过程中获得极大满足和自我享乐感。这里面有一种"理性主义和功利主义的结合"[①]。有一种客观命定和主观意志的结合。这也就是为什么在希伯来圣经里,上帝创造人类始祖与亚当、夏娃偷吃禁果会必然、永远是同一个故事的原因。

　　其次,希伯来圣经中的上帝既是外在于自己的统治者,又是自我形象和力量的夸大。由于希伯来《圣经》必须解说自己既是上帝的选民,又要遭受流亡之苦的内在原因,所以他们所说的耶和华既代表外族人惩罚希伯来人,也代表希伯来人惩罚外族人。表现在《约伯记》这个故事里就是约伯有理由怀疑上帝、责问上帝,因为敬畏上帝的人本不该受到攻击,而让约伯遭难的恶魔撒旦也是受上帝管辖的天神,因此约伯的受攻击既说明上帝决定的一切,他可以赐予也可以随时收回;但也说明上帝的不义或无能,因为他明知约伯是完全正直纯洁的虔信之仆,还要同意撒旦去"考验"他的忠诚。在约伯的感受中,上帝岂不是与作恶的撒旦合为一体了吗?如果说上帝用泥土造人是为了给予人类以生命的肉体,上帝以自身为原型造人是为了给予人类以智慧和灵魂,那么上帝又为什么要折磨人的肉体来考验他灵魂的向善呢?上帝为什么要赋予人智慧从而让人更清楚自己的受苦而不是像动物一样无论苦乐哀喜都不知不觉呢?上帝这样做的目的何在呢?

　　再次,《约伯记》中耶和华有真实和虚幻两个形体,是有形和无形、可见与不可见、可知与不可知的双重身份,以利户是上帝的一种代表,后来在云中显现的、唯有约伯"看见"的耶和华是另一种代表,但他们都是耶和华,耶和华既自己说话,也借人间"先知"说话,这一方面表现希伯来最早的社会改革家——先知们为加强自身知识力量而借用神力加强言语威力,另一方面也表明希伯来人首先从多神教即偶像崇拜、鬼神崇拜发展到

　　① 参见顾晓鸣:《犹太充满"悖论"的文化》,浙江人民出版社1996年版。

一神教之后,神的唯一性也导致了个人与之直接沟通的可能性,以及这种沟通的普遍意义。由于希伯来《圣经》中说所有人类的身体中都有上帝吹入的灵气,所以"神人同形"是人可以与上帝平等对话、彼此沟通的根本原因,也是上帝既可以是具人格、人形、人言的权威,也可以是无形、无法言说的存在的原因。

如上所述,《约伯记》中的"上帝"具有命定和人定、万能与无能、无形和有形的双重性,所以这个形象的含义是十分丰富的。虽然从现代科学的角度看,这个形象带有宗教迷信色彩,是违反科学常识的、虚妄的观念,但同时这个形象也反映了犹太民族的历史经验和文化实践,"耶和华"这个抽象的、无形的、与一切偶像崇拜相对立的独特意象,是犹太民族为世界提供的一个特殊的文化文本。首先在上帝造物的故事里,犹太民族寄"意"于"象",确立了一种创造的精神,这种创造精神即人的理性的精神和独立、自由的意志。其次,在与上帝"立约"、在上帝指引下"出埃及"的故事里,他们又借上帝之"象"传播犹太民族精神在实践中积累起来的道德规范、优良风习和各种自我约束式的日常礼仪,从而建立了一种信守法律和法规的民族意识。圣经作为犹太民族的一种生活教科书,其严格明确的道德规范强有力地推行了民族内部的自觉、严肃的奉法精神。最后,希伯来圣经中的上帝总是根据人们在此生的道德情况而奖惩人类,故而耶和华也体现了犹太民族特有的强烈现世精神。对上帝永远不变的服务态度从不影响犹太民族冷静务实,并在现实世界里辛勤劳作和努力发财的个人意愿。马克思曾经说过:犹太人的世俗上帝是金钱。马克思·韦伯也认为近代资本主义社会的胚芽在于"犹太精神"之中。上帝对犹太民族而言,既是必须敬畏的,也是可以随时接近和亲近的,既是抽象和至上的观念,也是具体和可以在此生实现的某种生活状态。

三个友人的劝说

约伯是犹太民族中少数精英和"先知"的代表,他们通过讲故事的方式,既激烈地批判现实和普遍的不公正现象,又引导人民牢记传统,走向"上帝"这个集体认同和集体力量的精神源泉。约伯的经历是犹太民族普遍经历的浓缩和夸大,是犹太人现实存在的概括和感性再现,而约伯的性格也鲜明地体现了犹太民族既骄傲又怀疑这种自傲,既认为自己是上帝的"选民",又自认一切人在上帝面前都是"罪人"的矛盾而又极富有活力的民族性格。

虔诚的约伯和怀疑的约伯是一个人矛盾内心的两极,《约伯记》的作者把犹太民族内心的这种普遍矛盾进行了"角色化"和"戏剧化"安排,他(他们)把这种矛盾的内涵外化为上帝—撒旦—约伯之间的戏剧冲突,上帝和撒旦在天上的谈话和"安排"是一种戏剧性假设,假设这个安排是有目的的,而且最后还一定要检验这个目的是否完成。约伯生活的由盛而衰只是极为快捷的一场序幕,撒旦第二次伤了约伯骨头和他的肉之后,最刺激人感官的戏剧性场面已经出现。在受难的约伯与三个友人的长篇对话中,我们无时无刻不对约伯用瓦片刮自己全身溃烂皮肤的痛苦感同身受,应该说约伯与三个友人一层层激烈的讨论虽然云遮雾罩,同义反复处甚多,但我们都能感到他们每个人都渴望通过讨论,减轻外在和内在的痛苦。

提幔人以利法的想法主要是:神的行为不可能是不公正的,大自然里就充满了公正。在神的公正面前所有的恶必难逃惩罚,因而受神惩罚的人必定有罪。他劝约伯不要追究自己的"罪"在何处,应该先想到向神求饶,求此后平安,善人受神惩罚反而是有福的,因为这惩罚可以阻止你继续你的罪。

书亚人比勒达也认为神永远不会偏离公平,他希望约伯想到可能是他的儿女得罪了神而遭报应,他若是"完人"就要相信自己最终会重新发达。因而在神面前,人就不可能是洁净的,所以也就不可能是完人。比勒达还认为若想想逝去的各位祖先,就会发现"我们在世的日子好像影儿",他因此劝约伯不要说得太多,引出新的恶恨,而恶人最终总被神惩罚。

拿码人琐法认为约伯对上帝的怀疑是自以为是,一来人根本不可能完全认识神,二来不信神的人虽然在现世会有短暂的欢乐,但最终必有灭局。所以还是赶快改错,坚持相信上帝。

以利法既是一位有教养的神学家,又是一位宗教学者,比勒达显得像一位"自鸣得意的系统神学家",琐法则像一位"学稚气的年轻神学家"。[①]约伯的三个友人都像约伯一样,自认为虔信上帝,理解教理,但上帝为何最后认为他们都不如约伯的理解更准确呢?上帝为什么要接受约伯挑战性的怀疑并出面解释自己呢?这正是《约伯记》作为"启示文学"所追求的东西,即"故事"是使生活"泛戏剧化"的一种手法,通过对实际生活的戏剧化处理主要要实现对生活的哲理解说。与约伯相比,他的三个友人都以

---

① 刘小枫:《〈约伯记〉与古代智慧观的危机》,载:刘小枫:《个体信仰与文化理论》,四川人民出版社 1997 年版,第 383 页。

自己似是而非的认识解说上帝,他们的理解都缺乏真正的深思和辨别,如他们的想法充满简单化的"原罪"理解,即人一生来就因为亚当、夏娃之过而带有"原罪",一旦生活受挫,就把这种可能的个人错误推诿到他人或集体之罪上去。他们都认为约伯是"自食其果",并给他罗列罪名,如不敬神、不道德、遗忘上帝,与上帝作对等等,甚至于把他人或子女之罪也归罪于约伯,使一个人根本无法在上帝或上帝的"奖惩"面前为自己作任何辩解。二是都具有宿命色彩,即人命天定,无可奈何。既然上帝安排了尘世的一切,人的生活就不仅依赖于自己的言行,也依赖于上帝的安排,所以人在遭灾受难后的祈祷认罪,为的是早日摆脱厄运,这样做的原因又是因为渺小的人类没有别的可做。三是具有机械的律法思想,把上帝等同于奖惩制度和监督者,以为主动的服从和自愿的受罚就是信仰上帝。最后还有隐约的来世思想和厌世情绪,即现世短暂即逝,得失不必计较,死前自有最终审判,相信公正比怀疑上帝更符合教义真理。

约伯的三个质疑

与这些"自以为是"的理解不同,约伯的发问体现了一种怀疑的精神和为自己申述的要求,他的发问既是出于个体思考的质疑,也是基于个人经历的询问,并主要集中在三个问题上:一是上帝的公正体现在哪里?善良的人为何受苦或蒙受不幸?"善恶无分,都是一样……善良和恶人,他都灭绝。""他必杀我,我虽无望,但在他面前还要辩白我的善行。"这个疑问否定了简单的因果报应观和上帝之道就是现世之法律法规的解说,否认上帝的管理就是现世人类肉眼可见的奖惩结果。许多传教士把自然灾难,如风暴、瘟疫、疾病、死亡说成是上帝惩恶扬善的"工具",宣称人间的善行与幸福、恶行与灾祸都有因果关系,体现的是上帝对人类的公正奖惩。这一方面没有真正解释许多罪恶的根源和被罚的道理,另一方面还引起人们对不测之事的妄加猜测和对偶然事故的肆意推断、莫名恐惧。这些主观推测和莫名恐惧正是人类被假象蒙昧、被专制强权奴役的心理基础。约伯虽不能提出新的与因果报应思想相对应的理论,但他已经建立了怀疑的公正性。

约伯的第二个疑问是:上帝为何既创造又毁灭?上帝的可信性何在?"上帝发怒撕残我、逼迫我,向我切齿;……他折断我,掐住我的颈项,把我摔碎,又立我为他的箭靶子。"这样的责问怀疑上帝既早就知道许多东西要最终毁灭,为何最初还要去造;既已经开始毁灭,为何还要留出一口活气来看人是否会敬畏自己。这个责问主要挑战的是简单的目的论,即把宇宙的起源简单地想象成上帝为了善的目的而创造了一个完美的秩序和原本完善的人类,……这个"目的"的设定,虽然是人类以往共同生活伦理的正当性基础,但也是人对整个宇宙生命体系的自私自利的臆想,是人对"上帝"的自以为是。在这里,约伯的质询还说明,对上帝的信仰并不等于对上帝的屈服或在上帝面前放弃自己的利益、放弃自己的思考,对上帝的信仰必然要基于个体的生存体验,上帝对约伯来说既是伦理秩序的设定者,也是可以在个体生存中相遇的一个神圣个体,这样,"约伯从智慧思想的上帝走向了活的上帝"(刘小枫),他指出了上帝的自相矛盾,又让上帝在自己心上拥有不止一种存在形式。

约伯的第三个主要疑问是:人能否完全认识上帝及上帝之道?约伯说:"魔人得与神辩白,如同人与朋友辩白一样。"既然神人同形同性,人是上帝按自己的样子造的,人的智慧又是上帝赐予的,那么人为什么不能与上帝平等为友呢?但是耶和华从旋风中回答约伯,任何寻找受难原因的企图都是徒劳的,因为上帝的意志是人类永远无法完全把握的。"你岂可废弃我所拟定的,岂可定我有罪好显自己为义呢?"在这之后耶和华又以造物之妙启示约伯,以禽兽之性教育约伯,于是约伯终于承认"这些事太奇妙,是我不知道的"。这个疑问似乎与上两个质询有冲突,但它说明上帝的"管理"也许不难认识,但上帝的"智慧"是人不可把握的,因为那已经超出了人的智慧范畴。所以最后约伯仍对上帝和他所不可能完全理解的一切表示最高的敬畏之情。希伯来的先知们不希望以肤浅的人类智慧简单解释上帝,他们设计了约伯的形象来展示集体信仰和个人信仰的复杂关系,展示信仰和智慧的复杂关系,展示神智和人智的复杂关系。宿命论和来世、厌世思想并不符合希伯来先知者们心中的教义,所以以利户"怒"斥约伯的怀疑中仍有自以为是和贪恋俗利的成分,约伯自以为可以作依据与上帝争辩的善恶,都是外在的,约伯自以为上帝的奖惩不公正,也是外在的,但是上帝不等于外在的律令和狭隘的律法主义。[①] 上帝之道存在于人类实存的全部方面。

① 裘奎利:《基督教神学原理》,何光沪译,香港汉语基督教义文化研究所 1998 年版,第650 页。

通过见面和对话实现理解

《圣经》是古希伯来人对自己民族历史经验的总结,更是对历史的创造性运用。《约伯记》的主题已有过数不清的解释,由于《约伯记》也是一个逐渐完形的文本、一个非统一的文本,所以约伯的问题以及由此引发的问题已经形成了"约伯问题"史。[①] 其中涉及的神学理论问题虽然太多,但从文学的角度读一点这样的古代思想文本还是会给我们以丰富的启示和别样的感受。尤其是约伯的质询采用了"诉歌"式的诗体,表达个体的激情、怀疑、希望和信赖,体现了别具一格的情感与思想的结合方式。约伯以生命为赌注,临死还要找上帝把公道说清,这整个过程包含独白、对白、陈述、描述、祈求、吁请和最后的感恩——赞美,表现手法丰富多变,尤其是当约伯的无辜申辩愈来愈强烈地聚合为亲见上帝的愿望时,与上帝的见面和对话就被预设成了文本的戏剧性高潮。由于上帝在诗中始终既是约伯朋友心中的"他",也是约伯垂死意念中的"你",既是可见的法则,也是不可见的"活"人,故而在上帝真正出现之前,答案已经蓄积在每种问答之中,待上帝真的显形时反没有特别的强烈渲染,只有水到渠成似的自然流水和峰回路转。约伯最终实现的不是解答,而是直接面见、直接对话和实现理解。伟大的作品总是给人们留下不断思索、继续求解的酵素,而不是留下一劳永逸的答案。

如前所述,希伯来的先知们把上帝创造成命定与人定、万能与无能、无形和有形的双重形象,使民族观念的统一与生活现实的律令结合为一个统一体,所以这个上帝对普通人而言,也应是可知与不可全知的特别文化意象。如果上帝完全是肉身人形,就不再有令人崇拜的神性,如果上帝完全是抽象化的理性,则不再可能对世事人间产生直接的影响。所以希伯来的先知们既让上帝显形也让上帝隐形,目的是强调上帝即"道",即"圣经",阅读圣经故事就是见到上帝的途径:不断进行形而上的神学理性思考和不断从事形而下的现实活动都是遵守上帝之道。出自理性思索的怀疑不是背叛,对上帝的形象的妄加理解才是亵渎。上帝予人以理性和智慧不是为了让人明白受苦的原因,而是为了让人努力了解世界、了解自己,做真正的约伯式的"义人"。由此,《约伯记》从怀疑开始,以回归上帝

---

① 刘小枫:《〈约伯记〉与古代智慧观的危机》,载:刘小枫:《个体信仰与文化理论》,四川人民出版社1997年版,第369页。

结束,最后约伯子孙满堂、牲畜满场,表现正义的个人享乐与虔信的宗教生活绝不会互相抵偿,上帝赐予的智慧定会保全智者幸福的生活。约伯的故事像寓言一样,告诉人们不要在上帝和一切权威面前心存畏惧,"埋藏"自己的才干,相反,这个故事鼓励人们勇敢地运用自己的才智,通过怀疑和思考获得更大的力量和更美满的人生。

古代希伯来人很早就看到一般的学习只是模仿,真正的学习则基于思考。思考由怀疑和答案组成,学习得越多怀疑越多,而问题也越多,所以怀疑和质询使人进步,怀疑和解疑同样重要。犹太民族的确是哲学的民族,他们高度重视智慧和学问,出色地把自己历史文化的经验记录成故事和箴言,也就是把自己最初的理性,化为具有感性特征的人物形象和人物命运,在这些故事里既充满优美动人的想象语言,又充满哲理意味的含义解说,既鼓励人们过正常的充满爱欲的现世生活,又激励人用智慧之光沐浴和净化世俗的愉悦感,在理性的精神活动中把现世生活的爱欲升华为对上帝之爱和对真理的追求。

希伯来文化的这种深层次理性追求后来与泛希腊文化中的逻辑思维和阿拉伯的科学精神相交流和磨合,就构成了西方文明的两大源流:"两希源头",她们共同促成了西方近代的理性传统和科技传统。

《源氏物语》:自然的悲剧

日本文学的固有特点

日本文学虽在古典时期深受中国文化影响,近现代又受西方及俄罗斯文化影响,但在中国汉字尚未传入日本之前,日本早期的口承文化就已显现自己的固有特征,直至当代日本文坛的名家名篇,也都强烈地弥漫着这种自身民族文化的特性。这种特征就是:以个人感觉世界为主要题材,以自然情感的坦诚展露为主要追求,以古朴、清丽、纯真的自然美为至上的美。与中国古典文学传统相比,日本古典文学更重文学的抒情写意功能,而不重其实用功能,也缺乏对社会政治重大题材的关心。比如《源氏物语》虽是一个日记物语,采用传记和故事的形式写光源氏这个政界名流的一生,但社会政治发展只是背景中的远景,他个人的情愫和男女恩怨才是全书的主要内容。光源氏虽也深受儒家思想和中国文化感染,在琴棋书画的生活艺术中培养得趣味高雅、极有修养,但他却很少用儒家的道德理性去评价人生,也不习惯把个人命运与社会命运统于一身,而是在日式建筑的屋檐下和月色清高的夜幕里不断地沉湎于自己的性情习性,体验各种情态中的风花雪月和各种形态中的男女私情。中国古典诗词虽也极重古朴自然的文学风格,但技巧和追求上都比日本的俳句、散文更注重立意深邃、风格多样和炉火纯青的圆熟。相形中,《源氏物语》中男女互赠的情诗俳句和抒情写意的手法都更显简明单纯,甚至许多未成年女性的试笔或应付之作里还明显有许多稚嫩和平白对话。但日本古典文学仿佛就更喜好以这类不成熟的浅表辞章和情急中的才华窘迫来强调自然美的动人之感和撩人之态。

在中国的儒学传入日本之前,日本自己的固有习俗中并无忠、孝、信、节等儒家道德观,也不强调深自反省的自我修身。罪和恶的评价更接近现代法律思维,且法律意义上的罪、秽又与感觉上的"脏"、"黑"感交融,故而美、善就指向清、明、丽、洁。柔美和女性美占据审美的中心位置。奈良时期(710—794)虽是日中古代文化相交流、相结合的时期,但由于日本社会等级分封制度的特点和奈良时期日本人的婚姻形态是"妻访婚"和母系继承,女子结婚后并不离家,男子隔一段时间后到妻家住宿一段,女性仍保持自己的经济地位,故而男女之间比较平等,不能朝朝暮暮在一起生活的男女就借助诗歌表达离愁别绪或互诉恋情。从奈良时期最著名的日本诗集《万叶集》中,我们不难看到,当时的男女恋爱很自由,家庭关系也较为开放,男人可与他人之妻恋爱,为人之妻也可与丈夫以外的男人恋爱。《万叶集》的主歌手之一大伴家持不仅与其妻子(坂上家大郎的女儿)赠答恋情诗,而且与笠女郎、山口女王、大神女郎、纪女郎、中臣女郎、河内百枝娘子、栗田娘子等互赠情诗,显然当时的人们对这种"婚外恋"并无非议,中国儒道中的父子、夫妻、尊卑关系,尊长的义务和女子贞洁观念等等都十分罕见。

到了紫式部写作《源氏物语》①的平安时期(794—1192),中国儒学思想已广泛传播,但各种类型的异性恋仍得到普遍肯定,从贵族到平民皆有此共误。比如《源氏物语》中夕雾大将对其正妻云居雁说:

> 一个身份高贵的人,斜目也不看一眼,守定一个妻子,好像惧怕雌鹰的雄鹰一样,多么惹人耻笑!被这样顽固的丈夫死守着,在你也不是光荣的。须得在许多妇人之中,特别受丈夫爱怜,地位与众不同,这才教别人美慕,自己心里也常愉快,于是快乐之情、可爱之事,源源不绝而来。(P828—829)

夕雾的话自然是"花言巧语",为自己最近一段追求落叶公主的经历寻找托词借口,但也表明当时社会一般男子对这类事情的想法。又比如,浮舟不仅与薰君交往,而且与匀亲王传情递信,薰知情后,并无不满,仍与她交往。甚至连日本当时的天皇都不强求皇后从一而终,朱雀院曾对与源氏有染的皇后胧月夜说:"你以前爱我不及爱别人之深。但我的爱情向来专一,钟情只在你一人身上。我死之后,自有比我优秀的人依照你的愿望再来爱你。然而他的爱情绝不及我的深……你怎么不给我生个皇子呢?真是遗憾了!恐你将来会替与你宿缘深厚的那个人生吧!"

平安时期是日本历史上皇室统治的时期,尤其是858年清和天皇即

---

① 〔日〕紫式部:《源氏物语》,丰子恺译,人民文学出版社1995年版。文中引用仅注明页码。

位后，太政大臣藤原良房就任摄政，因为年幼的清和是藤源女儿与文德天皇所生的第四个儿子，所以实际是外公代为理政。之后的日本政治实权就落入大贵族藤原家族手中，在大约 200 年的"摄政关白时代"，皇室与大贵族的势力明争暗斗，藤原家族为维护特权，或随意废立天皇或把自己的儿女或亲属的女儿送至宫中做皇后、皇妃及待从女官。其他贵族也纷纷效仿。于是女子在这一时期就成了政治争斗的有效工具，为了使女儿能嫁得天皇或送入皇宫延续家庭势力或改变家庭处境，各种略有希望的贵族女子都因此受高等教育，课程包括音乐、和歌、汉诗、书法等等。由于女子需由女子教授，因而平安时期日本女才子辈出，物语、随笔、诗歌等文学繁荣一时，紫式部生前就曾是皇后的女教师，她本姓藤原，原名不详，因其兄弟任式部丞，故与当时其他女子一样，借父兄官衔为名，以示身份，被当时人称呼为藤式部。由于《源氏物语》一书中紫姬的形象甚为后人传诵，遂又被后人称为"紫式部"。①

人间情事种种

《源氏物语》的故事涉及三代，经历 70 年余，写到了宫内、宫外、贵族、平民 400 余人，作者开篇说："话说某一朝天皇时代"，强调自己并不打算记录某个特定时期的特定生活，而是模糊社会背景，将歌物语的抒怀与日记物语的写实融为一体，将历史传奇与宫廷实况谐为一曲。由于紫式部自称"女流之辈，不敢侈谈天下大事。略举一端，亦不免越俎之嫌"（P409），故而《源氏物语》的情节主要是人间"情事"，家常琐事，虽主人公都是天皇、皇后、大臣、太妃，但他们所思所想的却都是婚丧嫁娶、生儿育女。虽然上层宫廷贵族拥有诸多特权，男人一夫多妻，女子仆人成群，但在感情生活中却也因此更多恩怨纠葛和遗憾残怨。

话说某朝天皇桐壶院，特别宠爱一嫔妃桐壶更衣。更衣因亲家已家

---

① 她大约生于 978 年，死时年仅 33 岁左右。除《源氏物语》外，还留有《紫式部日记》、《紫式部家集》。她出身虽属中层贵族，但祖辈父兄都是当时著名歌人，故自幼熟习汉诗、和歌，学研音乐和佛经。由于家道中落，她嫁给了一个比她年长 20 多岁的地方官藤原宣孝，生女贤子。但不久丈夫就去世，孤寂中的她后被召入宫内做一条彰子皇后的女官，为她讲解《日本书记》和白居易的诗作，也因此了解了许多宫中生活和朝廷内幕。一般认为紫式部寡居时就开始创作《源氏物语》，故有人认为其父藤原已为之创作了大纲，由她补写细节，也有人认为全书末尾"宇治十贴"是其女贤子续成。还有人认为此书在紫式部之前早已有之，由她修订而成。事实真相因年代久远而无法考实。

道中落，无政治靠山，因此招来皇后和众妃的嫉妒，郁郁寡欢的更衣生下一皇子后就死去了。这个小皇子光源氏虽得天皇宠爱，但因母亲无背景而被降为臣籍。光源氏玉貌双全，才华盖世，12岁举行成人礼后，就与左大臣之女葵姬成婚。14岁左右当上近卫中将，常留宿禁中，于是与父亲最年轻的妃子藤壶有染，生下冷泉帝。17岁光源氏遇到一位老地方官的妾空蝉，获得一夜风流。当他利用空蝉小弟引导再入空蝉内室时，先看到两女子正在下棋，空蝉虽就五官一一品评容貌不美，但整体姿态则异常端庄。另一青年女子艳丽、丰满、落拓不羁，光源氏心中又惊又喜，当夜入室后，空蝉察觉悄然遁去，光源氏上床后也觉得床上女子"身材较大"，但想到"若是刚才窥见的美人"又不免心动，"那么势不得已，将就了吧。"这"轻薄少年"第二天温语相慰老地方官前妻之女轩端荻后，仍不能忘情于空蝉，但空蝉坚持不肯再续旧情。于是光源氏想到了头中将曾介绍的贵族女子夕颜。两人偶然相遇时，光源氏发现夕颜果然美貌而又温顺，于是故意不报真实姓名，只悄悄相恋，彼此谈情诉怨，推心置腹。为维护这难得之情，光源氏将她带到荒郊住下，没想当晚暴死。那晚光源氏梦见自己久已不去相见的六条妃子面色恐惧地立在面前，不禁想到自己近期因溺爱这宫外女子，忘记了前期相处过密的各位宫中女子，如年长许多的源典侍、出身皇族但身世凄凉的丑女末摘花、前皇太子妃六条妃子等，由于光源氏觉得葵姬、六条妃子等娇吟成性，城府甚深，丝毫不让人，故而总要寻找夕颜似的温良驯善之人。四下寻找中，他看中了一个出身皇族的美貌10岁女童紫上，于是接入家中，亲自教养，若干年后果然成为理想完美的女性。在葵上死后娶为正妻。但风流不断的光源氏还引诱了右大臣之女胧月夜，这个女子不仅是已进宫准备侍奉皇上的人选，而且是光源氏生母仇人的妹妹，于是右大臣开始在政治上折台。正遇桐壶院驾崩，朱雀院即位，光源氏只好隐退须磨海滨。

失意中的光源氏一边与紫上通信，一边遇到贵族后代明石道人及其女儿明石上。为改变家族命运，明石道人坚持把女儿送给光源氏。不久，朱雀院因眼疾让位给冷泉院。于是光源氏在40岁前被尊为"准太上天皇"，不仅子女因此显贵，明石上及其他过去被光源氏爱过的女子也都被接进华丽的宅邸共享荣华。由于朱雀院的恳求，光源氏迫不得已娶了他的三女儿三公主，没想到三公主与内大臣之子柏本私通，三公主生下薰君后，光源氏心中十分不悦，加上此时紫上在郁闷中病故，光源氏见人见物都触景思人，无法慰解，尤其见到少男少女们无忧无虑、尽情嬉闹，心中更觉得人生"轮回"、诸事"无常"，最后在哀痛无限中消然"云隐"。

三种读法

关于《源氏物语》一直有三种基本读法。一是将之称为"社会小说",从中看出日本平安时代的社会画面和尖锐复杂的政治斗争,用这种社会学角度看,小说前半部是在写摄政关白时代的荣华和渐显衰败。光源氏可谓作者心目中的"理想人物",既具有济世救国的才华,又有雍容大度的政治家风度,他关心民间疾苦,秉性仁慈,虽拈花惹草,但多情善感,顾念旧情,一生"善举不可胜数"。同时他淡泊名位和权势,在宫廷斗争中往往表现出容忍和退让,他对皇上的忠诚和辅助应是朝廷的荣幸和希望所在。可惜他一生仕途不顺,桐壶帝在位时,虽很得宠爱,青云直上,但弘微殿所生第一皇太子朱雀帝即位后就处境不妙,被流放到须磨。他与继母藤壶所生之子冷泉帝当政后,重新得到礼遇,甚至礼上加亲情,升至准太上天皇的荣华绝顶,但此时情场失意与官运亨通出现了分裂,紫上去逝,新夫人三公主与原配夫人葵上之子柏本有染,光源氏苦恼、刺激、哀痛而又无奈,从中参悟人生浮华虚荣,在万般苦恼中蒙生退隐出家之心,最后无声无息地逝去。

由此回顾光源氏一生,他实际在政治上软弱无能、无所作为,不过借妇女面前的温文尔雅、体贴入微而充填内心世界,虚度人生。不管其主观意图如何,他带给妇女更多的是满怀心酸和终身痛苦,所以光源氏自己虽相貌出众,才华超群,但徒有一"光华公子"堂皇名字,当时就已遭世人讥评甚多,对后世更是只留下轻佻浮薄之名。(P20)

第二种读法是视之为"宗教小说",从中看出各种佛教教义的具体阐发和扬善惩恶的苦心劝谏。借用佛学思想的参照,不难看到光源氏在政治生活和爱情生活上都经历了从追求到彷徨,从悲观厌世到精神破灭的过程,不仅在他的心中反复出现"宿命"、"超脱",向往"净土"的思维,而且《源氏物语》里有众多主角最后遁入空门:紫夫人一直有出家之心,空蝉、三公主、浮舟等相继出家,连朱雀帝后来也做了每日修行的祈祷僧,薰君更是在人生初涉时就内心惶恐不安,渴望获准遁入另一净界。在这一系列人物的内心,都出现了哀叹人生的"悲剧感",这些悲剧感并非从西方古希腊式"命运悲剧"出发,而是从东方佛教"万事皆定"、"人生如梦"的教义中得到启示,尤其光源氏在荣华绝顶之时,俯首回味往昔旧人旧情旧景,感到恩恩怨怨、得得失失实在是"无常"、"无情",无论是空蝉的消极回避、六条妃子的复仇嫉恨、葵上的闭守清白、轩端荻的多情善忘,还是紫上的深自收敛、明石姬的心平气和……一切都无非是人间徒劳,各种人及各种选择都会在某一时刻恍然大悟,看破尘世,从而向往"终生净土"。

佛教的思想虽然深浸其中,无常观和净土极乐思想也在《源氏物语》中表现得甚为突出,但佛教对日本当时的社会生活而言,毕竟是一种正在理解中的外来文化,是背景中的近景。正像用社会分析剖析《源氏物语》一样,时代背景和社会心态虽因此可被理性描述,但对人物言行的儒家道德评判和对时代的变迁的阶级分析都来自中国和西方这样的外来文化思路,很可能因此误解或忽略了《源氏物语》这部日本古典文学名著的原有精华。

第三种读法把《源氏物语》看作一部"纯情小说",这种视野更重日本古代文学的固有特征,把小说的感觉世界和情感世界作为重点进行阅读体验。江户时期日本的文学家本居宣长(1730—1801)曾提出:《源氏物语》表现的是"人世的哀愁","在人的种种感情中,只有苦闷、忧愁、悲哀,即一切不如愿的事,才是使人感受最深的"。如上所述,日本古代奈良和平安时期,男女恋情尚比较自由,社会舆论和道德观念中并没有对多情多欲的男女私情表示过多的指责针砭,相反,由于经济和政治的原因,男女相对有一种特殊的"平等",彼此牵连和结合的原因虽各有不同,但一旦相识、相交,感情相谐、性情相投,依然是被彼此特别珍惜的一种私人生活。虽《源氏物语》中众人的流言蜚语也既多又可畏(P20),但毕竟在贵族的私生活里还是拥有较大的个人自主权,经济和政治的考虑一般也需经过本人同意才能结合进来,并不存在极为严酷、普遍的父母包办或硬娶强嫁,马克思所说的"脉脉温情面纱"仍是冠冕堂皇地装饰在宫廷生活内部的,因而光源氏的"哀感"不是由于父母阻隔或社会干涉,也不是迫于人言或道德谴责,他一生的情场追逐可谓欲得皆可能得、欲罢皆难以罢,几乎没有一个被他爱过的女人不思恋他的容貌和仁慈之心,也几乎没有一个见过他的妇女不惊叹他的容貌才学;但即使如此,光源氏一生仍充满悲欢离合,不尽遂人意,令他无限哀伤感叹,竟因此于壮年早逝。光源氏的悲剧不是典型的社会悲剧,他更多地给人们以超特定时空的生活本身的悲剧感,即追求愈多,哀愁愈多,怜花惜玉愈多,看到的残花落叶也愈多,人生对光源氏来说,虽有种种甜蜜情感的品尝体验,但最终留下的感受最深的却是本居宣长所说的"人世的哀愁"。

自然的哀愁

　　光源氏幼时尚不知亲生父母经历了生离又品尝了死别,母亲在世时"万人讥诮怨恨",父亲在母亲去世后的连日愁叹,也被人议论为"荒唐"。由于光源氏聪明颖悟,绝世无双,小小年纪就有风韵娴雅、妩媚含羞的姿态,故而使得哀伤的天皇和嫉恨的皇妃们"都不得不面露笑容",当桐壶帝觉得这小皇子没有高贵的亲戚作后援,不便将之立为皇太子,还是让他做个臣下辅佐朝臣时,朝鲜派来的一位高明相士在看了光源氏相貌后"大为吃惊,几度侧首仔细端相,不胜诧异"。他认为"照这位公子的相貌看来,应该当一国之王,登至尊王位。然而若果如此,深恐国家发生战乱,已身遭逢忧患。若是当朝廷柱石、辅佐天下政治呢,则又与相貌不合。"紫式部在此时也已经从"背景"和"才貌"两方面预言了光源氏与众不同的地位和命运,即仕途开初就有所缺陷,但内在潜质却风光无限。接下来就是12岁的光源氏与比他大四岁的葵上成亲,小皇子与娇艳可爱的左大臣之女葵姬"性情总不投合",但由此也对父亲最近娶的小妾藤壶情有独钟,因为听人说藤壶女御相貌酷似母亲。于是光源氏成人的第一步就这样开始:在不能爱的烦恼中学会了偷偷恋慕的欢乐。对光源氏的涉世之初,我们读者比他自己更清楚他未来生活中的幸运和阴影:他在感情生活上的获益,会弥补他官场的坎坷失意,但是他的过分灵敏和天然风姿又会使他的情场得意充满非同寻常的经历和感受。

　　葵姬和藤壶是光源氏的"童年迷离",空蝉则是他17岁时的真正动情和他的"初恋之虚"。空蝉出身卑下,也不很美,但整体看来却端庄、娴雅,有日后紫上的神韵。光源氏见她之前已内心倾慕多年,一朝倾吐衷曲后,未想到空蝉虽有万般痛苦之心,却是始终不肯再涉爱河,引出了一番思恋之苦和无法继续之难。光源氏虽在第二次接空蝉时"不得已"与轩端荻共眠,但事后仍不能忘情于空蝉这个"无情人",时常投书试探。空蝉此时"虽然心如古井之水,亦深知源氏公子对她的爱绝非一时色情冲动可比。倘是当年未嫁之身,又当如何?但今已一去不返,追悔莫及了。"(P60)因而每次回答时总是措词婉转,或用些风雅词句,或加些美妙文字,使源公子觉得虽恨她却仍不能忘记她。空蝉与源氏后来的诸多女子比,的确是一个深谙世事的深情女子,懂得在不能实现真情的现实中如何将恋情尽可能滞留于精神境界,但她虽用心底和笔尖的努力,让光源氏感到她并未真断的思恋情怀,但光源氏却不愿长守那生离的残酷,转而移情另一平民家女子夕颜。光源氏对空蝉的"初恋之虚",一是虚在与空蝉即使相识于未嫁时,两人恐也难成双,更何况相识空蝉时她已归属他人,早已不能再自己做主,此恋无论多深,迟早要绝情分手。二是虚在光源氏此刻尚是"浮薄少年",对"初恋"之情并不真的珍惜,只有日后才愈来愈觉得当年对空蝉之心,始终萦绕心间,虽是少年时长久期盼后的一瞬如意,但却留下了一生回忆的痛苦源泉。第十六回光源氏29岁时途径空蝉隐居的常陆,又思往事,感慨无穷,两人互赠俳句诗后,光源氏觉得空蝉之可爱与可恨都不能忘怀,仍时常去试探她心,但空蝉在老夫病故后,发现其子河内守存心不良,只好悄悄自伤薄命,削发为尼。(P362—365)

紫上是光源氏的"理想"之妻,也是他最终的"千年遗念"。紫上不仅由他亲自挑选、亲自培养,而且在葵上之后成为"正妻"。作者写到紫上时,不惜笔墨和场景变幻,写尽她的绝色、至情和亲善人品。紫上不仅青春时美艳惊人,而且中年后容颜更绝,所见之人无不赞叹其"十全十美",甚至紫上死后的容颜也"光彩艳艳,美不可言"(P866)。紫上用情专一,含而不露,在眼见光源氏风流韵事不断时,有怨无悔,深敛心中怒意,尤其在临终前从容面对世事无常,婉言谈论无限情恩,使光源氏哀痛欲绝,"悲伤得如醉如梦"。紫上的多情善感不仅表现在对光源氏的恋情和忠诚,而且绵延至她所接触的全体人,最终使得她仙逝后,众人对她的无比思恋就像是她的形象必定永存人间。紫式部不仅刻意写她的"十全无缺",写她的贤惠、才华、知礼和无限高贵优雅之相,而且借别人眼中的她,描画其与源氏的天然匹配,借源氏心中的她,写源氏的自惭形秽和自叹弗如,从而使得紫上几乎成了不能被破坏、被违背、被拥有的美,成了源氏和众人心中永远铭刻的人世悲愁:

> 以前青春时代,相貌过分娇艳,光彩四溢,有似春花之浓香,反而浅显。今则但见无限清丽之相,幽艳动人。似此美质,而不能久留于世,教人想起来伤心之极,悲痛无已。(P863)

> 她的一举一动,无论何等些微,都受世人赞誉。应付各种场面,都很诚恳周到。因此她死之后,对她并无深缘的一般人,听见风啸虫鸣,无不潸然泪下。何况对她有一面之缘的人,更是悲伤得无以慰情了。多年来伺候、亲睦驯熟的侍女,都悲叹自己苟延残喘,何其命苦。竟有痛下决心,削发为尼,遁世入山者。(P869)

紫上虽作为女子、妻子、伴侣,可谓冰清玉洁、完美无瑕,但在得到紫上后，光源氏从未能控制住自己怜花惜玉、寻芳问柳的本然性情，唯等到紫上过世，才痛切地感到"生生世世长相契，共作莲间玉荷珠"的生前誓言里仍隐含三心二意的俗人杂念和未能真正领悟人生的侥幸之心。紫上去后，光源氏尽可能谢绝来访，离疏侍女，但孤眠独寝时，不禁想到"从前干了许多有头无尾之事"，或是对胧月夜的逢场作戏，或是对三公主的迫不得已，特别想到某日清晨风雪交加，气象惨烈，紫夫人起身迎他，神色非常和悦，却把满是泪痕的衣袖隐藏起来，不由抱歉之至，后悔莫及，只觉胸中难以容纳。（P872）最初光源氏还想出家遁世，但整理物件时，却看到昔年恋人寄来的许多情书，尤其是自己在须磨流放时紫上的一束情书，还是当年自己亲手结集的，现在看来笔墨犹新，可作"千年遗念"。但实际当年两人同生在此世，书信中已如此哀伤，今日再看，自比当时更哀伤，不如让侍女拿去都火化了。正如源氏的这首俳句："明知浮世如春雪，怎奈蹉跎岁月迁。"（P872）源氏在拥有生之紫上时，虽有万般情怀让他珍惜紫上十全十美的美，但只有在真正失去后方知自己的一切也随之带走，莫说尘俗之爱、繁花春光，就是岁月光阴也不想再挽留。光源氏最后并未出家而悄然云隐，也表现紫上这"千年遗念"最终成了光源氏心中抹不去的"千年遗哀"。

　　光源氏的一生的确是晚境极为凄惨的悲剧，与古希腊的命运悲剧比起来，光源氏并无控制其宿命的神谕缠身；与各种社会悲剧相比，《源氏物语》中的美丑并不发生激烈的冲突抗争。善恶之分不是出于品德，也非他人迫害导致。比如光源氏诱使弘微殿妹妹胧月夜坠入情网后，遭流放须磨，这是光源氏自己的行为导致。《源氏物语》更多地表现人物的多情、多欲，对自然美不由自主的爱恋和贪恋之情。光源氏是多情人类的一种代表，他引起别人对美的爱慕，他也对各种各样的女性美和自然美难以释怀，少年时他把女子之美与对母亲之思恋一起追求，初恋时，他对空蝉既爱又恋，中年时对理想之美又怀疑又麻木，岁月流逝，他不断地被不同女性的魅力所吸引，无法参透人生，壮年时终发现自己与其他普通人在本质上并无真正区别，不过是更晚、更多、更深地体会了人生的哀愁。

　　紫式部笔下，光源氏"对于女人，一经接近，爱情就会油然而生"（P311），每次"意外圆缘"后，他也会觉得自己"疏狂成性"，常作"不端之事"、"无聊消遣"，但平时一旦听诗、看画、弹琴、观景，总不免情思缠绵。相比之下，他对女性的评价标准虽有程式化的一套贵族标准，但同时却也反映了平安时期日本早期美学的基本特征，即重视自己对自然美的敏感善悟，对美的每一细微变化和转瞬即逝都有自动的感情反应。源氏的爱情程式大都是相似的:男女见面时彼此交换写在扇面上的俳句,仔细欣赏对方是否选择合适的衣着款式和色彩纹样;特定的花枝、特定的花香和高超的琴艺,加上善解诗意、混合香气和柔和夜色等等,都会使相爱的人不由自主地燃情冲动。相反,文笔欠佳、未解诗意或衣着过于随便,甚至略带"乡气",都会使求爱者心怀失望而自然不悦。源氏对女性和爱情的敏感,使他的一生始终陷于没完没了的情感牵连之中,这种以抒情写意为基准的人生方式,也许在紫式部看来是对政治倾轧、社会矛盾纷争的一种超脱,故而光源氏即使无缘成为理想的君主,他也已是受平安时期日本女性崇拜的男性代表。紫式部笔下的女性大都是男性中心权威的附属品和陪衬品,但她们的幸福或向往,却仿佛是希望被源氏这样的男子赏识、倾心。从现代的角度看,我们似乎可对《源氏物语》中的女性命运表示同情和批判,因为她们不由自主地在男性面前表示卑下和柔顺,她们还只是一种性的存在,而非人的存在,她们借男人和婚姻作为自己生活的感情支点和思想起点,但在这种特定的历史阶段和生活状态中,紫式部通过光源氏不同时期的不同心态,实际也集中赞美了男女爱情和个人追求,尤其是健康的性爱和自然的举止,在《源氏物语》中都是审美的对象。这些不排斥色情、欲念的爱情描写,与道德的壁垒和悲剧的结局比起来,也是对个体私情的一种崇拜和对个体地位的大胆肯定。

光源氏去世后,薰君仿佛把他的一生又重新演示一遍,虽然薰君比光源氏在容貌才学上都不能企及,心中也更早地萌发出家的欲念,但无论是他对八亲王的长女大女公子的爱慕,还是对移情二女公子未果的后悔,及后来对浮舟的深加宠爱,都还没有真正达到对人间情感的真正感悟。尤其小说结尾,浮舟在小野草庵收到薰君派浮舟幼弟小君送来的信时说:"你过去犯了不可言喻的种种过失,我都看僧面上,一概原宥。现在我只想和你谈噩梦一般的旧事,心甚焦急。自觉愚痴可悯,不知他人更将如何非笑。"浮舟看后,"念此身已变装,不复是从前的人",情海纷乱,愁闷忧郁,俯伏而泣,无法回信。薰君见小君垂头丧气回来,甚觉扫兴,左想右思,不禁猜测是另有男子把浮舟在此小庵"藏娇"吧?此一情节与光源氏与空蝉的"初恋之虚"又似又不似,浮舟之心与空蝉十分神似,但薰君之心则远不如光源氏对女性的怜爱和敏感多情。薰君自以为浮舟表面端庄,实则水性杨花,故因其与大女公子酷似,又是自己亲自安顿在宇治而失事的人,所以主动"原谅"其"过失"并以为浮舟坚持不见是因为又有他人介入。与薰君、匀亲王等下一代相比,《源氏物语》更进一步渲染唯有光源氏是人世情缘的真正典范。光源氏一生在情场上不是没有迷离,不是没有始乱终离,也不是没有虚伪做作,如对刚出生的薰君,光源氏就曾"在人前掩饰得很好看,但又全然无意进去看看这讨厌的新生儿"。听说三公主想出家,也觉正中下怀。(P773—774)只是他每在绝处都能最后"软了心肠",尽可能关爱他人,故这个形象身上多少有着朴素的人文理想和博爱情怀,由于他的才貌双全和特有的仁爱,可以获得近乎于一切他所真想得到的情感回报,所以当他最终仍不满足,仍在近乎得到"一切"中感到近乎于"无"的彻悟,也就写到了人间情感的终极境界,写出了感情世界之绝顶处的哀愁。

人间情事也是一切世间常事的缩影

人间情场在《源氏物语》中并非只是情场,它与政治、艺术、工作休闲等人间一切常事都是一体的。关于这一点,《源氏物语》中第二节《帚木》堪称全书的纲领篇目,这一节中源氏公子、左马头、头中将等四人的"雨夜品评",实际已把日后将要发生的种种男女恩怨作了一次梳理和总结。他们先谈了世间种种女子。

头中将首先说:"我到现在才知道:世间的女子,尽善尽美,没有缺点可指摘的,实在不易多得!"(P22)因而世间男人恋情总受环境、心境的影响变幻不定,如有的女子,父母双全,爱如珍宝,娇养深闺,期望甚大,容美、性温,有一技之长……但一旦终于相处,结果很少让人不失望。又比如:上层之女缺点多被隐饰;中等女子,长短多人议论;下等人家女子,没人注意。谈到等级,左马头说:有人本来门第高贵,然后家道中落……有人生于平常人家,父亲升官发财后,成为自命不凡的"名媛"……所以说,其实上中下等级难分。右马头接着说:有的人,家世高贵,现在也声望隆重,如其女子教养不良、貌丑,别人就怪……反之,如相才双全,人们又觉不足为怪……总之,没有"最上品"的女子。若默默无闻、凄凉家境中出一个秀慧可喜的女儿,使人非常珍奇,久久难以忘怀。若是父亲年迈肥蠢,兄长面目可憎,闺女却绰约娇姿,虽只小有才艺,与绝色佳人不能及,但却特别让人舍不得。

谈到此,左马头引出政治事业与家庭生活的一番比较:作为世间一般女子看待,固然无甚缺隐;但倘要选择自己的终身伴侣,则世间女子虽多,实在也不容易选中。就男子而论,辅相朝廷,能为天下柱石而安民治国的人虽然很多,但要选择真能称职之人才,实在难乎其难。(P24)男人为官,尚有左右辅助,政通即人和;狭小家庭,主妇只有一人,如果细想其资格,必具的条件甚多,一般主妇就往往"长于此,短于彼,优于此,劣于彼"。可见政事、国事尚可笼而统之地将之作为整体,人作为这整体中一员,只实现一己责任义务即可。家事则起于两人世界,若果不合,又须终身相守,不免令人犹豫再三。这里的女性视点很鲜明,即认为家事难于政事,情感的世界更是一番奥秘天地。

左头马说:有的女子婚前相貌不美,年方青春,洁身自好,一尘不染,写信措词温雅,墨色浓淡适度……男子一意钟情后,才发现是轻薄女子。有的主妇认为做贤内助,不须过分风雅,但若整个蓬首垢面,毫无风趣,只知柴米油盐杂物杂务,则无法容忍。男子朝出晚归,所闻所见,若与妻子谈不起来,只好独自笑叹,还被木妻问:"您怎么啦!"有的驯良之妻,夫让她做的事却总办不到、办不好;……有的冥顽不灵妻,毫无可爱之相,偶值时机,却会显示高明手段。

左头马详谈纵论终无定见,实际谈的是矛盾何以产生又如何解决,他感慨道:世间更有一些女子,娇艳羞涩,遭可恨可怨之事只隐忍在心,外表依旧冷静,到了悲愤之极时就留下哀伤欲绝的诗,令人怀念的遗物,逃往荒郊、天涯去隐遁。"我儿时听到这样的故事,总觉异常悲伤,可歌可泣,可是现在回想,这种人也太过轻率,不免矫揉造作。抛撇了深恩重爱的丈夫,不体谅他的真心实意而逃遁远方,令人困惑莫解。借此试探人心,这行为正是一失足成千古恨,也可谓无聊之极了。……无论后来是否悔恨收足,今后夫妇双方,不免相互顾忌,心有隔阂。"(P26—27)

头中将由此也谈起了夫妻间隙:丈夫有外遇时,有的女人怀恨离居,从此情凉断绝;有的女人听其放恣,又过于轻率。应在言语中隐约表示而勿伤感情,丈夫之情便可挽回来了。还有的妻子自己清白,对不贞丈夫唯有忍声吞气,别无办法。头中将说到此想到妹妹葵姬与源氏的婚姻,心中好不快快。这四人在谈了人间种种女子和婚姻矛盾后,引出一个更重要的话题,即人间之事都可分为两大类,女子、婚姻如此,细木匠、画家、书法皆然,人间俗物俗人总有两种类别:玩赏之作,生动灵气;高尚正品则追求尽善尽美,外表反不触目,其气质却使俗作望尘莫及。

这一夜谈论的虽都是"世间种种女子",但实际谈的也就是天下之事。在紫式部笔下,男女私情与人生内涵、婚姻之愁与宫廷之争、日常修行与理想之维都不见得有什么天然界限。这四人或谈或论,左头马和头中将是馨吐肺腑之言,毫不隐讳,源公子则因触动了与葵姬两情不悦的难言之隐,而闭目假寐、不常作声。这"两夜品评"的人物场景,对当时尚且17岁的光源氏而言不一定真的听了进去,但日后他却实在是一一亲历,感受甚深。整部《源氏物语》的特点就是畅谈人生之细理柔情，详说感情中的人间生活。而这种感觉生活的悲剧感，就是人自身的悖论显现：人追求的是各式各样的美感，高贵的朴素的什么都不想错过，什么都不想放弃，最终得到的却是各式各样的痛苦和不幸之感。感情生活如此，理性生活又何尝不是？

由于是描写人生细理柔情的巨作，故《源氏物语》的文笔也长在优美抒情，柔软典雅。全书结构庞大却用编年史方法清楚串连，人物描写大都先简明定位，再不断借他人评述或场景变迁来反复渲染，仿佛是人物水墨画，浅勾轮廓后再用透明的不同墨色逐渐点染、细部传神。紫式部对人物内心世界的描写文墨较多，绵密细腻而又温情似水，时而是借物咏叹，自然坦诚，时而是借景抒怀，含蓄委婉。由于作者将人间俗物、俗人皆分为两大类，故而生动者写其多情多态、不期而遇，高贵者写其圣洁无瑕、深藏若虚；虽两类人物彼此交错、辉映时，甚是迷离人眼，让人有两难之怨，但回首追忆人生往事时，又都是“无常”生命的随时消逝，令人扼腕而又无可奈何。最终，也就写尽了美和美的哀愁。

泰戈尔:来自东方的希望

　　印度与中国一样,是人类文明最早的发源地之一,也是东方文明最杰出的代表之一。印度与中国的古典文化都历经数千年而辉煌灿烂,但也都在近几百年的西方文明冲击中显得松散迟缓而具衰微迹象。近代西方人在复兴古希腊罗马文化的运动中重新认识了自己和世界,率先开始了全面的现代化建设事业,他们在每一次革故鼎新的思想开拓和内在矛盾的触发激化中,往往将古老东方文明作为自己的"他者"和反衬,用来激活西方人的生活热情,反思西方的文明资源和现代进程。近代西方列强的世界性经济扩张和殖民地掠夺,以及西方知识界有意无意中的"西方中心"视点,都使得东方古老文明和文化一方面成为现代人文化考古的对象和游访者乐于参观的"古董",另一方面也成为亚洲各国民族奋进、复兴本国文化的新地平线。对传统的不断反思和创造性转换,是近代印度思想界、文学界的关注焦点,而泰戈尔(Rabindranath Tagore,1861—1941)是这场民族文化复兴运动中的最具有创造性和突出贡献的学者和诗人之一。1913 年,他的著名诗集《吉檀伽利》在英国诗人叶芝、穆尔(T. S. Moore)、哈代等的推荐下,在瑞典诗人、后来也成为诺贝尔奖得主的海登斯塔姆(Herdenstam Verner von)的极力赞赏和支持下,获得了诺贝尔文学奖。作为第一个得到这项西方奖项的东方作家,泰戈尔的思想和成就都是突破性的,他的成功有力地促进了现代东西方文明的平等交流和相互促进,并且由于泰戈尔是一个从小就在东西方两种文化的熏陶中成长起来的印度文学家代表,故而他的创作不仅体现了以东方文化人为主体的"理解西方",而且使得西方知识界通过泰戈尔也可能重新认识东方,尤其是重新认识这种古老东方文化的现代价值,认识她的智慧形态、美学追求和未来憧憬。

　　泰戈尔 1861 年 5 月 7 日出生于加尔各答的一个富裕农庄家庭,父亲是当地著名的哲学家和宗教改革者,也是一个极为虔诚的宗教信徒。他的家是这个地区知识界的中心,父亲经常在家中与友人谈论社会政治经济问题,诵读最新的文艺创作,并演出戏剧。泰戈尔 16 岁发表第一首长诗《诗人的故事》。1878 年他按父兄的意愿赴英国学习法律,但他很快就把专业改为英国文学和西方音乐。两年后,他未待毕业就回到祖国,1881年出版第一部诗集《黄昏之歌》,立足文坛。回国的六七年里,他住在父亲的庄园,对英国的殖民统治和农民的真实生活有了许多认识,他写了很多以反封建、改革传统为主题的故事诗和短篇小说,如小说《摩诃摩耶》、《献祭》等。这一时期,泰戈尔还与列夫·托尔斯泰一样广泛深入民间,收集民歌民谣,为印度近代的"文艺复兴"而努力。正像冰心女士所说:"他排除了他周围纷乱窒息的、多少含有殖民地奴化的、从英国传来的西方文化,而深入研究印度自己的悠久优秀的文化。他进到乡村,从农夫、村妇、瓦匠、石工那里,听取神话、歌谣和民间故事,然后用孟加拉文字写出最素朴最美丽的散文和诗歌。"[①]1905 年,英国驻印度总督决定对孟加拉省采取分割政策,激起广大印度人民的愤怒,由此掀起民族解放运动的高潮。这时泰戈尔来到加尔各答,以谱写歌曲、发表演讲、参加游行的方式参加斗争。但与此同时,他在社会政治问题上持"改良"、"启蒙"的观点,反对用暴力革命去对付殖民者,主张用宗教、哲学、道德的教育去改造民心、拯救印度。1909 年他回到乡间,专心从事创作和教育工作,致力于把他在1901 年创办的一所学校发展成具有国际知名度的国际大学(1922)。也就在这一时期,他完成了长篇小说《沉船》(1906)、《戈拉》(1910)[②]、诗集《吉檀迦利》(1913)等。他还把因这部诗集获得的诺贝尔奖金全部捐赠给了国际大学。为了获得国际声援和影响,他曾多次出访英、法、丹麦、瑞典、奥地利、捷克、美国、中国等,发表演说并撰写了大量政论散文和文学艺术作品。泰戈尔 1941 年 8 月 7 日在加尔各答逝世。他一生著作甚丰,在 60 多年的写作生涯中运用多种文学体裁,反映近代印度社会的诸多重大而又迫切的社会问题,比如"种姓制"(等级)问题和妇女地位问题,他的作品都具有反帝反封建的民主思想、爱国思想和人道主义精神,同时也充满印度传统文化的精髓和印度古典哲学的丰富智慧。

---

① 〔印〕泰戈尔:《吉檀迦利》,冰心译,人民文学出版社 1984 年第 2 版,译者前记。文中引用仅注明页码。

② 〔印〕泰戈尔:《戈拉》,刘寿康译,人民文学出版社 1995 年版。文中引用仅注明页码。

《吉檀迦利》:新的生命哲学

《吉檀迦利》的题名是印度语"献诗"的意思,即献给印度人的上帝——梵的颂诗。全集共 103 首诗,是泰戈尔在 50 岁时从他自己已经完成的三部诗集及其他诗作中择选出来,自己译成英文后发表的。诗集的第一篇说:

> 你已经使我永生,这样做是你的欢乐。这脆薄的杯儿,你不断地把它倒空,又不断地以新生命来充满。
>
> 这小小的苇笛,你携带着它逾山越谷,从笛管里吹出永新的音乐。
>
> 在你双手的不朽安抚下,我的小小的心,消融在无边快乐之中,发出不可言说的词调。
>
> 你的无穷的赐予只倾入我小小的手里。时代过去了,你还在倾注,而我的手里还有余量待充满。

这一段诗句就直接体现了印度古代哲学名著《奥义书》的基本观念:梵是宇宙的本源、宇宙的精神,梵与"我"既是二又是一,梵是泛神,也是泛爱,梵不同于其他宗教中有人格的神,不是偶像,而是"存在"本身。梵是绝对、无限、无所不在,也是创造、流动、变化、现实本身。因为梵在自然和人间无处不在,所以在有限中又无限存在。人的生命与自然的生命是统一的,无限的生命与有限生命是统一的。人、神与自然因为爱和理解而统一是泰戈尔最主要的思想之一。在第二首诗里,诗人称梵是主人,也是朋友:

> 当你命令我歌唱的时候,我的心似乎要因着骄傲而炸裂;我仰望着你的脸,眼泪涌上我的眶里。
>
> 我生命中一切的凝涩与矛盾融化成一片甜柔的谐音——我的赞颂像一只欢乐的鸟,振翼飞越海洋。
>
> 我知道你欢喜我的歌唱。我知道只因为我是个歌者,才能走到你的面前。
>
> 我用我的歌曲的远伸的翅梢,触到了你的双脚,那是我从来不敢想望触到的。
>
> 在歌唱中陶醉,我忘了自己,你本是我的主人,我却称你为朋友。

在整部诗集里，诗人不断称"你"是自己的朋友、亲人、爱人、兄弟，强调梵与我之间不是服从或遵守的关系，也不是理解基础上的"恪守"关系，而是彼此有一种天然的亲和力，人自然地为之吸引、向之企望。人在这种被吸引和不由自主的企望中就会发现"你"会听见每个人的说话和学唱，每一支忧虑的小调，都能和世界的伟大音乐融合，"你"会带着花朵作奖赏，下了宝座站在每一个"草舍"的门前（P49、50），站在每一个渴望见到神的人的梦中，在最贫最贱最流离失所的人群中歇息。（P10）在飞扬的尘土中、在浓密的雨点中、在浓郁的花香里，以及在妇女、工人、艺术家、农民孩子的脸上、脚下、汗里、劳动里，梵无所不在，无一遗漏地把我们与自然、与他人、与一切联系在一起：

> 在那里，心是无畏的，头也抬得高昂；
> 在那里，知识是自由的；
> 在那里，世界还没有被狭小的家国的墙隔成片断；
> 在那里，话是从真理的深处说出；
> 在那里，不懈的努力向着"完美"伸臂；
> 在那里，理智的清泉没有沉没在积雪的荒漠之中；
> 在那里，心灵是受你的指引，走向那不断放宽的思想与行为——
> 进入那自由的天国，我的父呵，让我的国家觉醒起来罢。（P35）

在这首诗中，泰戈尔认为人与神的统一，既是和谐，更是自由，这种自由使我们的心胸宽广、无惧无畏，这种自由使我们向往真理、追求知识，这种自由促使我们每个人自我努力，趋向人格完美，同时这种自我的自由与祖国的自由，与每个民族的解放息息相通，这种自由感将帮助我们摆脱贫困和奴颜，超越凡俗和淫威，去"轻闲"地承受欢乐忧伤，去"满怀爱意"地在工作中收获果实。

《吉檀迦利》1912 年在英国发表后立即引起了欧洲文坛的高度重视，泰戈尔将一种新的神的象征——荷花带进了竖满十字架的欧洲，英国诗人叶芝在序言中说："这些诗的感情显示了我毕生梦寐以求的世界，这是一个比我们中间任何一个诗人都伟大的诗人。"著名诗人庞德也说："我们发现了我们的新希腊，在泰戈尔面前，我好像是一个手持石棒、身披兽皮的野人。"就在西方人狂热地把泰戈尔当作一个激发自身创作灵魂的新源泉，推崇其诗中万物一体的"泛神论"和神秘主义精神时，泰戈尔则很冷静地说："神学家可以追随学者，认为我写的一切都是泛神论。但是我不会崇拜这个术语，不会为保护它而抛弃活生生的真理。"显然，泰戈尔的思想里有比泛神论更高更广的内涵。事实上,他的《吉檀迦利》已经将印度古代哲学的精髓作了现代的诠释:一方面,"梵我合一,神性在我"的古代思想已经与西方近代自由民主思想融为一体,在梵我一体、神我两分的新注释中变得更关注个体现实命运和个体与整体的终极统一;另一方面,完整、欢乐的生命世界又与现代科技成果发生暗合,强调了整个生命界是一个统一体,人类与大自然具有统一的命运。人类世界的分裂、竞争、摩擦乃至互相倾轧已经破坏了生态的统一体、违背了生命的自然法,必须让各民族、国家的社会文化多元并存、和谐发展,才是未来人类全球一体、共同前进的合理走向。总之,泰戈尔提出了一种崭新的生命哲学,提醒人们用生命的历史超越人类的历史,用大自然的包罗万象、海纳一切超越各式各样的人造栅栏,并号召实现国际主义与爱国主义、民主精神与独立精神、西方理性主义与东方自然主义和谐并存的未来理想。

> 就是这股生命的泉水,日夜流穿我的血管,也流穿过世界,又应节地跳舞。
>
> 就是这同一的生命,从大地的尘土里快乐地伸放出无数片的芳草,迸发出繁花密集的波纹。
>
> 我就是这同一的生命,在潮汐里摇动着生和死的大海的摇篮。
>
> 我觉得我的四肢因受着生命世界的爱抚而光荣。我的骄傲,是因为时代的脉搏,此刻在我血液中跳动。
>
> 这欢欣的音律不能使你欢欣吗? 不能使你回旋激荡,消失碎裂在这可怖的快乐旋转之中吗?
>
> 万物急遽地前奔,它们不停留也不回顾,任何力量都不能挽住它们,它们急遽地前奔。
>
> 季候应和着这急速不宁的音乐,跳舞着来了又去——颜色、声音、香味在这充溢的快乐里,汇注成奔流无尽的瀑泉,时时刻刻地在散灭、退落而死亡。(P69—70)

泰戈尔在这里描述了梵我合一的境界即完整的生命境界,蕴含着无限生命力。生命来源于梵,也即来源于物质。但物质生命的真实不在于物质之内,而存在于"韵律"之中,生命依赖于表现自己的韵律。自然元素之间最本质的区别就是韵律,而韵律就是运动,韵律就像创造和欢乐的河流。运动既由和谐与限制造成,也被和谐与限制制约,善恶、生死、哀乐等一切现象都在飞升和弹落中不断变换,从而我们每个人都能够感到宇宙的韵律,都能够加入或创造出生命的舞蹈。在这里,泰戈尔实际也强调每个生命个体都可能是完美的,因为每个生命都能在生命的历程中体验或享受到整个生命界的奥秘和内在欢乐。

泰戈尔曾说:"发现欢乐就是看见完整。这个道理是我们国家独创的。《奥义书》的至理名言是:从欢乐中产生一切,由此一切都生气勃勃,一切都朝着欢乐前进。"①所以整部《吉檀迦利》从头到尾充满了一种惊喜、感激、欢乐、着迷的情绪,充满了所有感官自由开放、感悟世界人生时的快乐:

> 在断念摒欲之中,我不需要拯救。在万千欢愉的约束里我感到了自由的拥抱。
>
> 你不断地在我的瓦罐里满满地斟上不同颜色不同芬芳的新酒。
>
> 我的世界,将以你的火焰点上他的万盏不同的明灯,安放在你庙宇的坛前。
>
> 不,我永不会关上我感觉的门户。视、听、触的快乐会含带着你的快乐。
>
> 是的,我的一切幻想会燃烧成快乐的光明,我的一切愿望将结成爱的果实。(P73)

泰戈尔认为:人的无限可能性与人对神的追求感悟相统一时,就达到和谐和完满,就会在一切愿望中把自己交给爱。爱的境界即完美的境界,它既充满苦痛又充满快乐,既能用感官感到,又无法用言语述说(P101、102)。"当我们只承认痛苦,那就抛弃了欢乐,但承认欢乐是不能抛弃痛苦的。……正因为有欢乐,一切都存在、都滞留,这就是完整的真实。"②泰戈尔认为西方人把生活称为"搏斗",使工作、学习、战斗都越来越成为现代生活中的职责和规章,人人都在强迫自己像"其他某个人"或与"其他人"一样生活。但这既不是完整的真实,也不是人们最终的意愿。西方人以及西方式"科学"从完整的生活中分割出一部分,"抛开歌曲观察声音",如西方式教育是让生命与学识斗争,西方式工作是让生命服从职责的道德,西方式日常生活是让生命成为"平等"的奴仆,结果"创造的完整水流来到人间就被切断了"。由于人没有按照世界游戏的节奏走,至今人们还没有完全根据自己的方式取得世界节奏,反而在许多事上破坏自然本身

---

① 〔印〕泰戈尔:《泰戈尔论文学》,倪培耕等译,上海译文出版社1988年版,第184页。

② 〔印〕泰戈尔:《泰戈尔论文学》,倪培耕等译,上海译文出版社1988年版,第184—185页。

的节奏,因而完善的曲调就被支离破碎的创作所取代,应有的和谐和限制就被冲突和斗争所替代。而改造这一切的关键就是让"所有的一切都朝着完善的享乐前进,而不是气喘吁吁地奔波在大道上,朝着死亡的方向前进"①。泰戈尔的诗句努力把生命和人生推进到哲理的境界,也即是一个和平、和谐、仁慈的整体境界,并试图消除或抵制西方式现代化的片面追求和科学精神的负面影响。

泰戈尔的思想不仅对西方人而言是充满启示和新意的,对同是东方的中国读者来说,也是十分迥异和富有启迪的。泰戈尔曾在《人生的亲证》一书中说:印度的文明诞生于森林,并一直被庞大自然的偌大生命所包围。印度人不仅从自然中获取食物和衣服,而且在各方面都与大自然保持着最密切最经常的交流。"我们发现这种森林生活的环境并没有压抑人的思想,没有减弱人的活力,而只是赋予人们一种特殊的倾向,使他们的思想在与生气勃勃的大自然产物的不断接触中,摆脱了想在他的占有物周围建起界墙以扩展统治的欲望,他的目的不再是去获得而是去亲证,去扩展他的意识,与他周围的事物契合。"②泰戈尔所说的这种亲证人类精神与宇宙精神之和谐的印度思想,也即他诗中反复强调的"梵我合一"精神,与中国的"天人合一"观念相比,体现的是一种具有内在超越性的主体人格,这种主体由于将自己视为宇宙的一部分,消融自我于万物,故而意识得到伸展,精神获得完全自由。而中国的文明发源于大河流域的内陆地区,较稳定的农耕生活方式使聚族而居的家庭血缘关系成为古代中国人生活的重要轴心。承继传统和长幼秩序及观察天象审时度势的生活方式不仅使中国传统文化充满伦理色彩,而且使中国式的"天人合一"具有极浓的现实和务实精神。中国古代诗人们也表现人与大自然的亲密交流和融洽无间,但彼此其实是有合有分、主客相望,中国诗人以人与大自然的相安无事、和谐共存为理想境界,虽然中印文学都重视直觉、感悟和亲近自然,但印度文学更崇敬超越现世的宗教精神,中国文学更推崇能与大自然和睦相处的人格修养,这也许是印度文学比中国文学更易受到富有超越思维和宗教传统的西方人欣赏的原因之一。

另外,泰戈尔的诗还有意包容印度文化的内在矛盾和复杂性,并展示其内在的张力和活力。如泰戈尔既希望人们感到欢乐,又说欢乐离不开

---

① 〔印〕泰戈尔:《诗人的辩白》,载:《泰戈尔论文学》,倪培耕等译,上海译文出版社 1988 年版。

② 〔印〕泰戈尔:《人生的亲证》,商务印书馆 1992 年版,第 3 页。

痛苦；既让人们看到梵的无所不在和泛神的泛爱，又渴望印度早期觉醒和自身解放；他的诗中既有科学的唯物思想，又有印度传统哲学的神秘色彩，这之间似乎有明显的矛盾。再比如他的诗充满了寓意和启蒙，但他认为文学既不承担"教育人民的责任"，大众将根据自己的意向阅读文学，文学也不以反映现实为己任，因为现实是无限多样的。他认为文学的现实与科学的现实不同，文学的现实是"情味"，文学的"依托"是人们内心的感受和仁慈，故而文学在不被理解时就是"幻想"，作家以"非世俗的方式"表达自己内心真诚的理想，但这种真诚理想对一切人都是真实的。理想是没有国界的，"情味"具有永恒性。[①]　许多评论家认为复杂和矛盾构成了活的泰戈尔，泰戈尔对此也表示承认，当被问到他最大的优点是什么时他答："是自相矛盾。"当被问到他最大的缺点是什么时，他说："还是自相矛盾。"

　　实际泰戈尔的思想在现代哲学的背景下会被看得十分清楚，也会被人们愈来愈容易接受，因为他提倡的是完整，是打破一切陈规界限的完整，既打破东方世界的封闭停滞，又打破西方世界的自我优越感。他提倡完整的生命运动和完整的宇宙韵律，他不是从"人是思考一切的中心"这类西方近代文化的认识角度去谈民主、自由和博爱，而是从每个人是"存在"的一个具体分享者，即从更本源的生命源头的角度提出泛神和泛爱，提出所有的宇宙生命、所有的生命韵律和所有人的命运都是统一的、相互依存和相互影响的。所以他的自相矛盾也就是承认矛盾、认识限制并寻求超越，而超越的起点就是看到整体与个体的彼此联系。他认为每个个体不应被分裂被扭曲，每个国家、民族也不应被歧视或去歧视其他人，他提倡在一切形式的创造中，世界与个人统一，自然与人类同命运。每个有限的自然生命无论是人、动物、植物、空气，都可以表达共同和无限，这就是人的最大秘密，就是世界的最大秘密。他相信文学的任务和意义是使人与世界"接近"，人与自然互相了解，人与人心灵结合，"这种结合就是最终目的"。

《戈拉》：探求印度的现代化之路

　　泰戈尔虽以抒情诗闻名世界文坛，但他的小说则更广泛深刻地表现了他的思想创新和他对重大社会问题的探索。在他所写的 12 部中长篇

---

① 〔印〕泰戈尔：《泰戈尔论文学》，倪培耕等译，上海译文出版社 1988 年版，第 179、176 页。

小说中,一般认为最具代表性的作品是《戈拉》。这部小说也是泰戈尔小说中最具有写实色彩的小说,其社会背景主要是 19 世纪七八十年代的印度,一方面是整个印度人民都渴望自由,反抗自己祖国政治和经济地位处于被殖民、被奴役的地位,另一方面是印度知识分子在寻求民族独立解放道路时,不得不面对传统文化的改造课题和承当现代启蒙的重任。关于这后一个方面,泰戈尔主要通过"印度梵社"和"新印度教"这两个意见分歧的教派斗争,展示印度近代知识分子的积极探索和他们自身的思想观念更新。

小说主人公戈拉是个身材高大的白种人,是虔诚的印度教教徒,性格刚毅倔强。他的朋友毕诺业性情柔和、才智敏锐。在一次偶然的机会里毕诺业认识了梵教徒帕瑞什先生一家,帕瑞什先生的养女苏查丽姐和二女儿洛丽姐对戈拉、毕诺业经常热烈讨论的社会问题也极为感兴趣。美丽温柔的苏查丽姐因为戈拉的偏激而对他又反感又敬畏;性格大胆外向的洛丽姐则因为毕诺业的过分谦恭而喜欢用言辞去讥讽他。毕诺业的不亢不卑又让洛丽姐不由地爱上了他。毕诺业的爱情使戈拉十分不满,认为他不仅违反印度教规,而且会因此让儿女私情影响他们曾经立志要做的解放祖国大业。为了了解社会,戈拉开始到乡村各地漫游,一路见到诸多不平之事,他总是挺身而出,为弱者说话,结果被捕入狱。毕诺业要为他聘请律师,戈拉却坚持自己为自己辩护,最后被判了一个月监禁。帕瑞什承受巨大的社会压力,同意洛丽姐按印度教礼仪与毕诺业结婚。戈拉听说毕诺业决定要娶洛丽姐后,陷入极大矛盾,一方面他坚决不同意朋友的这个决定,另一方面他也看到这对恋人之间有超越尘俗的真情,不仅如此,他已再也无法否认自己一直热恋着苏查丽姐,渴望着相似的心灵结合。为了控制自己,献身于祖国,他决定举行忏悔礼做苦行者。而就在忏悔礼即将开始时,戈拉父亲病重,病床前父亲告诉戈拉:他是一对爱尔兰人的儿子,他不是印度人,也不是正统婆罗门。这个事实使戈拉猛醒过来,感到自己"获得了解放",从此可以做一个不为种姓、教派、性别、国别约束的真正的印度人了!

泰戈尔的小说与西欧同时期的批判现实主义小说追求不同,反映时代本质、揭露社会矛盾不是泰戈尔的主要追求,与之相对比,泰戈尔的《戈拉》更多地表现了作者对印度近代"文艺复兴"、解放思想、启迪民心运动的推动,体现了泰戈尔对印度现代化以及这个现代化中印度传统文化的作用及地位的特别关注。

小说中的帕瑞什一家所信奉的梵教在当时的特点是提倡大胆吸收西

方先进文化,改革传统的印度文化,鼓励印度人民为争取自身的政治权利而抗争。而戈拉、毕诺业所信奉的新印度教则认为梵社的人轻视本国文化,强调要防止崇洋媚外,就必须复兴民族文化,自觉严格遵守印度的一切传统教规。实际这两派知识分子都表达了渴望独立、自由的爱国主义热情,以及对英国殖民统治的不满,所以泰戈尔借这两个印度"西欧派"和"民族派"之争,实际也就反映了印度近代民族解放运动的焦点问题和基本特征,尤其是对种族制、复古主义和歧视妇女这三大印度现代化的社会障碍进行了深刻的揭示和探讨。

泰戈尔对印度传统文化的现代阐释和理解耐人咀嚼。古印度文化与中国古典文化一样,丰富而又多彩,但与"独尊儒术"的中国"大一统"文化特征不同,印度古代的各类思想流派众多,长期共存,并行发展,如印度古代哲学思想在《奥义书》时期(2世纪—4世纪)之后,就形成了正统婆罗门教的六派(教论派、瑜伽派、胜论派、正理派、弥曼差派、吠檀多派)和异流三派(佛教、耆那教、顺世论)。公元9世纪左右,婆罗门教逐步演化为印度教,其六种教派继续被后继者发展,佛教和耆那教也有重要发展。近代欧洲(英国)人来到印度之后,印西文化的强烈对比和"强弱"实力较量的刺激,促进了印度宗教和社会改革运动,罗姆·摩罕·罗易(Ram Moham Roy,1772—1833)创立了"梵社",泰戈尔的祖父是当时的成员,亨利·维维恩·狄洛吉奥(Henry Vivian Derojio,1809—1831)等成立了"青年孟加拉派",达耶难陀·婆罗室伐底(Dayananda Sarasvati,1824—1833)创立"雅利安社"等等。这些新老教派都志在改革印度传统社会的弊端,寻求摆脱贫困和屈辱地位的方法。在改革中,崇古(偶像崇拜)、歧视妇女和种姓制是各派共同看到的问题,也是各派争论的焦点。

就种姓制而言,虔信印度教的戈拉认为:"目前,为了使印度教社会不受各种各样公开和隐蔽的攻击,就有必要对饮食和种姓的问题经常保持警惕。"(P20)戈拉认为他母亲让一个信基督教的女仆做饭,所以自己和毕诺业就不该吃,既然印度教古代圣典说,每个人生下来就有种姓,那么自己这个印度教徒的后代,婆罗门的子孙,就必须"作许多牺牲,刻苦修行,才能不辜负他的光荣出身"。他认为毕诺业在偶然认识了苏查丽妲之后就想去那个梵教徒家,实际就是"顺水漂流",忘记了婆罗门后代的责任就是节制和保持纯洁。(P10)泰戈尔还借毕诺业之口指出种姓制是"印度的创造",是"必要的阶梯",不能轻易违背和放弃。

毕诺业说:"楼梯好比社会,它的作用在于使人能够从低处爬到高处——一直爬到人生的终点。如果我们把社会或世界本身作为终点,那

么就没有必要承认这些差别,那么,欧洲那种不断地互相争夺、扩大地盘的社会环境,对我们来说,也就挺合适了。"(P111)

泰戈尔总是不仅能从现代西方新思想的层面看出印度社会的弊端和现代化障碍,而且能从印度传统文化圣典的原理出发看出西方人思想上的片面和现代化的危机所在。由此,泰戈尔像列夫·托尔斯泰一样,借青年人的思想探讨和激烈争论,寻求超越的道路。苏查丽姐听毕诺业的话后表示怀疑:如果印度的种姓制建立是有目的的,那么这个"目的"是否达到了呢? 种姓给印度带来了什么果实呢?

毕诺业回答说:"印度对社会问题提供了一个伟大的解决办法,那就是种姓制——它现在仍然在全世界的注视下实现着,欧洲还没有能提出更满意的办法,因为那边的社会一直是充满了矛盾和斗争的。人类社会还在等待着印度的办法最后获得成功呢。"至于苏查丽姐谈的关于现实印度社会种姓制的"结果",毕诺业引用戈拉的话说:如果我们只注意伟大事物的琐碎细微之处,我们就会怀疑,就会把枯叶残枝当作大树。目前印度种姓制的果实不仅仅是种姓制的果实,而是整个国家各种情况结合起来产生的结果,不能用松动的牙去咬东西,也不能用病的躯体去实现这个人健康的意图。在这里,泰戈尔实际是把他在《吉檀伽利》中强调的"整体"思想应用于他对印度社会问题的具体理解。在谈到种姓制中最上等的婆罗门是否是"神人"时,泰戈尔又借毕诺业之口说:

"在我们自己创造的这个世界里,我们尊重的东西反正是很多的,不是吗? 如果我们能创造一些真正的婆罗门,这对我们的社会来说是一件小事吗? 我们需要神人——超人,……(他们)存在过,他们存在于印度的内在需要和意志之中,就像树木隐藏在种子里一样。别的国家需要像威灵顿那样的将军,牛顿那样的科学家,罗斯柴尔德那样的百万富翁,但是我们的国家需要婆罗门,无所畏惧、憎恨贪婪、战胜忧虑、不计得失的婆罗门——身心和上帝连在一起的婆罗门。印度需要坚定、宁静、思想解放的婆罗门,一旦得到它,印度就会得到自由。我们不向帝王低头,不受压迫者奴役。不,只是由于自己感到恐惧,我们才低头,我们陷在自己贪婪的罗网里,成为自己愚昧的奴隶。但愿真正的婆罗门用他艰苦的修行把我们从恐惧、贪婪和愚昧中拯救出来——我们不需要他们为我们战斗,替我们做生意或为我们谋求任何别的尘世利益。"(P113)

显然,泰戈尔在这里表达的思想,或者说他所代表的印度近代知识精英的思想,与尼采、易卜生、罗曼·罗兰所代表的西方现代精神反叛思想是相通的,但泰戈尔提倡的精神反叛和英雄主义又是根植于印度的传统和婆罗门创建意图之中的。所以婆罗门、妇女问题及印度的各种宗教并存等等"问题"在泰戈尔看来,是无法简单批判和丢弃的,印度的传统不能在西方的强大实力影响下死亡或消失,"过去永远与未来连在一起,确实存在过的东西永远不会消失"(P114)。从这个意义讲,泰戈尔认为印度在西方的挑战面前不应只想着暴力革命或赶快做贸易、谋实利,印度更需要自己的民族精英,需要他们像古代的英雄一样,承担起拯救民族灵魂和革命的重任。为此他选择了戈拉和毕诺业作为一对理想人物,戈拉高大英俊、坚强无畏,是一个孤独的、骄傲的、伟大的、神一样的民族精英,毕诺业则忠厚纯朴,善于理解、吸纳和协助戈拉的雄心壮举。当他们俩争吵时,戈拉的偏激和毕诺业的优柔寡断就会显露出来,而当他们通过争执和消除分歧达到一致时,戈拉的英勇、刚毅、深刻和毕诺业的谨慎、细密、感性就会相互吸引、相互结合。而当他们彼此沟通一致时,就会出现完整的印度青年形象,戈拉式的深刻理性思索和毕诺业式的真诚感性体验就会使他们感到相互弥补、相互提醒,并充满希望及力量。

戈拉的爱国热情是既充满虔诚和智慧,也充斥印度是"无可指责和无比优越的"这样的偏见。比如关于妇女的地位和印度传统中对妇女的歧视问题,戈拉就在很长一段时间里视而不见,他说:"古圣梵典告诉我们,妇女受到尊敬,因为她给家庭带来光明,——但照英国人的习惯,妇女受到赞美,却是由于她在男人心里点燃了情火,这种赞美最好不要称之为尊敬。"(P11)泰戈尔在此也借戈拉之口指出:印度妇女地位的问题不仅是"贫穷落后"或"观念愚昧"的问题,而且是东方价值观与西方价值观产生分歧的一个焦点,东方传统文化强调"社会第一,个人第二",西方现代价值则以个人主义为核心,推崇自由、民主、平等、人权等价值。由此,泰戈尔既借西方民主思想揭示印度妇女的不平等地位,又借印度传统经典肯定东方文化的合理成分。

戈拉最初认为个人私情不应该任其自然发展,否则会对自己的爱国热情和改革抱负造成妨碍,在看到毕诺业试图违背教规与异教派别的家庭人员来往,而且欲放弃印度教与信梵教的姑娘结婚时,戈拉感到极度失望,多次劝毕诺业一早作决断,以便自己尽早决定何时与他断绝友情。在他自己也很快就在被苏查丽姐强烈吸引而难以自拔时,他努力把对方看作"集体"的代表和"祖国"的化身,而不愿承认自己内心真实的爱情。妇女问题一直是印度传统社会的一个重大问题,无论是童婚、一夫多妻、繁琐的妇女贞洁守则,还是残酷的妇女殉葬制,都是印度妇女身上的枷锁或内心的束缚。但是泰戈尔在《戈拉》里不是简单地批判这些传统习俗中的愚昧和黑暗,而是力图用超越的目光和启蒙的理想去呼唤改革。泰戈尔写道:戈拉在忙于工作和长途旅行时,很少想到"印度也有女人这个事实",但当他身陷囹圄时,他的眼前却总是萦绕着苏查丽妲的身影,他终于发现妇女是"祖国千千万万个家庭一切美丽、纯洁、可爱、善良的象征","祖国的种种灾难都是对她的侮辱……我们越排除妇女,在生活中越不重视她们,我们男人就变得越虚弱"(P353),而且他也终于在毕诺业和罗丽妲的个人恋情中看到了赤诚和卓绝。在戈拉重新理解了妇女、毕诺业的爱情和苏查丽妲在自己心灵中的地位后,他也重新理解了印度传统和印度的未来。泰戈尔通过戈拉的理性探索和毕诺业的感情体验,从宏观和微观两个角度相互呼应地表达了自己对印度妇女解放问题的认识,即不仅要从西方式"民主、平等"的价值观出发让妇女尽早获得观念和实际的解放,不仅要去讨论妇女是否应走出家庭和应走出多远这样的具体问题(P108),而且还要从"整体"和"同一"的印度传统思想出发,看到妇女是"印度的一半",也是世界的一半。泰戈尔希望印度男性要能感觉到女性的存在,并思考她们在社会中的力量,但他同时也坚守印度式的最"崇高"的妇女地位理解,即把妇女的美主要看成是伟大的、奉献的、无私的,而不是看成美貌的、个体的、独特的。这种理解还主要通过戈拉的养母安楠达摩依体现,她没有偏见、宽容慈善,充满生活的智慧而又不苛求任何人的承认或服从,最后戈拉感到她就是"幸福的象征","就是印度",因为她"没有种姓,不分贵贱,没有仇恨"——安楠达摩依代表的是超越,是摆脱一切人为和自然束缚后的一种精神境界,在这个境界里,戈拉心目中最高的女性形象——母亲——依旧是东方式集体主义的价值象征。

在崇古主义问题上,泰戈尔也是一再将印度传统与西方思想置于对话和互相争辩的位置。戈拉最初认为"不服从社会就是毁灭社会",尽管印度自身有诸多弊端和旧俗陋习,但在外国殖民者面前应该首先捍卫自身的价值和利益。梵教徒哈兰认为印度教派林立,民心涣散,是因为这个国家到处存在着教规和习惯,所以才团结不起来。戈拉反驳说:

> 如果你认为必须先根除一切陋规恶习,国家才能团结,那么,每次你想渡过大海,就得先舀干海水。把你那骄傲和轻视别人的心理统统扔掉,真正谦虚地在精神上和大家结成一体,这样,即使有成千的缺点和罪恶,你的爱心都能克服。每一个社会都有过失和弱点,但只要人民互相友爱,团结一致,他们就可以抵消一切毒素。空气中总是存在着致腐的因素的,不过只要你不死,它就起不了作用,只有死

尸才会腐烂。(P66—67)

显然，戈拉的这番话里既带有合理性又充满偏激，难怪苏查丽妲听后既感到"整个心灵都起了共鸣"，又感到戈拉不过是个"傲慢和迷信的年轻人"。西方民族凭借近代的科技进步和经济实力往往在东方国家的"落后"面前充满自我优越感和文化优胜感，而东方古老文明古国则往往在这些歧视和傲慢面前不由地产生屈辱或被侮辱的感受，从而也被刺激出另一种骄傲和偏激。

在小说里，主人公戈拉始终是一个最勇敢热忱的爱国主义者，尤其是在面对来自西方的攻击时，他总是毫不犹豫地为印度辩护。当一个英国传教士在报上撰文攻击印度宗教和印度社会，并且欢迎别人和他辩论时，"戈拉心中立刻燃起熊熊怒火"。为了应战，他开始用英文赶写论印度教的书，他说："我们绝不允许我们的祖国站在外国法庭的被告席上受外国法律的审判。我们对羞耻或荣誉的概念绝不能用外国的标准来逐点衡量。无论是祖国的传统、信仰还是古圣梵典，我们对别人，甚至对自己都不能说它不好。我们必须拿出全部力量，充满自豪感，勇敢地担负起祖国的重担，使祖国和自己免受屈辱。"(P31)

小说结尾，当戈拉发现自己的真实身份之后，他本能地向一位前来为养父摩希姆看病的英国大夫投去"特别亲切"的目光，他的印度骄傲和他原来最为憎恨的西方傲慢在一瞬间都变样了："我一直用整个生命来了解印度——可是我到处碰壁——我不分昼夜地想把这些障碍变成我的信仰对象……今天，我创造的这座堡垒，刹那间便梦幻般消失了，而我，在获得了完全的自由之后，却突然发现自己站在一片无边的真实之中，印度的一切善与恶、悲与欢、智与愚都使我感到十分亲切。现在我真的有权为她服务了……今天，我真正是一个印度人了！在我身上，不再有印度教徒、穆斯林和基督徒之间的对立了。今天，印度的每一个种姓都是我的种姓，所有人的食物都是我的食物！"(P514)戈拉反省自己曾因为爱印度胜过自己的生命，所以任何人对他所知道印度进行的批评，都让他受不了，而现在他可以把那些"无用的装饰品"，把那些虚假和不洁东西扔掉，仅"怀着一颗赤诚的心"，匍匐在印度母亲的怀抱里。实际这个结尾也意味着他可以从此对印度的一切都坦然地面对，既面对她的丰富、悠久、伟大，也面对她的丑陋、苦难和愚昧。

反思印度的国民精神状况

对国民现有精神状况的沉思是《戈拉》的又一鲜明特色。主人公戈拉在出访穷人、了解真实生活的过程中曾碰到过一个名叫南达的青年,这个木匠的儿子既是当地板球队最好的投球手,也是戈拉的崇拜者。但在一次做工时南达的脚被凿刀凿伤了,因为不懂科学,他得了破伤风。他的父亲要去请医生,但他的母亲硬说他中了邪,请来了驱邪的人。这个人整夜念咒语,用烧红的铁丝烙南达的身体,结果健康、强壮、善良、朝气蓬勃的南达就这么死了。得知这件事后,戈拉激动得大吼:

> 毕诺业,我不能让这件事这样轻易地过去。那个骗子给我的南达带来的种种苦难,也在折磨着我,折磨着整个国家,我不能把它当作一件小事或一件孤立的事件。……毕诺业,我知道你心里在想什么,你在想,这是毫无办法的事,即使有办法,也是在遥远的将来。可是这种想法我接受不了,要是我接受,我就活不下去了。不管祖国受到什么创伤,不管它有多么严重,都有医治的办法;而且办法就操在我自己的手里。(P103)

戈拉不仅憎恨国民的普遍迷信和极端愚昧,而且痛恨他们内心的软弱和麻木,就在从南达家回城的路上,戈拉看到一个年老体衰的穆斯林厨子,头顶一篮给英国人的食物横穿马路,另一位服装华丽的孟加拉绅士驾车而过,不仅差点压死这位耳朵不灵的老汉,而且在老汉头上的东西撒落一地后高声呵斥他是"该死的猪猡!"还在他身上狠抽了一鞭。戈拉远远看见后就紧握双拳,拼命地追过来,而那位老汉却只是一边叹气,一边温顺地收拾地上的食品,并对弯下腰来帮他拾东西的戈拉说:"先生,何必麻烦您呢? 这些东西已经没有什么用了。"戈拉在帮他重新装好篮子后说:

> 损失太大了,恐怕你负担不起。你到我家去,我赔偿你的损失。不过让我跟你说一句话:你受到这样的侮辱,连句抗议的话都没有,安拉是不会原谅你的。(P104)

戈拉还发现,麻木软弱不仅是没有受过教育的、地位低下的印度底层人民的特点,就连那些有着高等学历或颇有身份的印度知识分子也往往在骨子里透着一股子"奴才"气。在一个雨天,戈拉乘船去特里比尼参加沐浴礼。沿途的码头上有许多女香客,因为人多和船板滑,在拥挤着上船的过程中她们或失足落水,或浑身泥水,眼睛里还流露着可怜的忧虑神色或绝望的苦恼表情。看着这些香客陷入困境,头等舱甲板上的一个英国人和一个欧化的孟加拉绅士一边看热闹,一边还不停地哈哈大笑。他们这样放肆的嘲笑使戈拉大为不满,他跑到上甲板用雷鸣般的声音吼道:"够了!你们不害臊吗?"那个英国人只是凶狠地打量了他一番,但孟加拉人却轻蔑地回答说:"害臊?看到这畜生蠢到如此地步,我当然感到害臊!""世上如有比无知的人更加不如的畜生,"戈拉涨红了脸大声骂道,"那就是没有心肝的人。"

"滚开!"孟加拉人生气地反骂道,"你没资格到头等舱来。"(P52)

这事发生之后,英国人开始躺下来埋头看小说,而他的孟加拉伙伴却大声抱怨饮食太差,不断试图与自己的旅伴拾起话头。英国老板一直没再理他,反在下船前走到戈拉面前举帽致歉,表示自己的内心惭愧。"不过戈拉还是止不住怒火中烧:一个受过教育的印度人居然能和外国人一起欣赏自己同胞悲惨的处境,并且自以为高人一等,站在旁边嘲笑他们。而他的同胞却任人欺压凌辱,竟然认为替比较幸运的同胞做牛做马是不可避免的,是理所当然的。戈拉知道这一切的根源,在于全国人民长期以来普遍存在着愚昧无知,想到这一点,他的心几乎要碎了。但最让他伤心的是受过教育的人不但不肯担负起这副无比耻辱的重担,反而因为自己的处境好一些,感到沾沾自喜。"(P53)

戈拉一直生活在知识分子圈子里,自觉地把自己的生命与印度的命运联系在一起,他写文章、争论和发表演说,都是试图影响别人,引导民众。但是在死气沉沉的印度乡村生活中,他却看到了"祖国赤裸裸的恬不知耻的软弱形象"。他不但看不到外来打击对印度底层生活的立即影响,而且看不到书本上所描述的优秀传统和神圣宗教,他看到的是等级制隔离了人民,偏见使守寡的妇女和贫穷男子都无法建立正常生活,在每个人的家里,不论白天还是黑夜,不论是吃、喝、接触或礼节,全都在社会的监视之下。每一个人都对社会的风俗习惯抱有一种纯朴的信仰——从来没有对它们发生过任何怀疑。不过对风俗习惯和社会束缚的这种盲信,并没有使他们产生一点点应付日常生活的能力。"全世界能否找出一种像人类这样软弱、这样胆小,无能到分辨不出什么对自己有益的动物,实在是值得怀疑的。"(P466)正是在这样的实际现实面前,戈拉发现自己的志向是高调和肤浅的,自己的"爱国"理想是虚空和幻想式的。

"印度不是问题,而是印度遇到了新的问题"

《戈拉》一书实际也是泰戈尔对印度知识分子命运的一种探索和关注,通过戈拉、毕诺业和苏查丽姐、罗丽姐这两对人物,泰戈尔实际提出了自己对复兴印度的看法:首先,要把对印度的爱培植于对现实的完整了解和理解之中,看到印度的伟大和阴影,看到完整的印度。其次,要把爱国之心培植于每个个体的内心之爱之中,戈拉是在与毕诺业的友谊、对苏查丽姐的爱情和对其他普通人的关怀之中理解了"真正的印度"。再次,泰戈尔希望用国际主义精神超越对印度的狭隘的爱,戈拉是白人,但他可以像爱生命一样爱印度,安楠达摩依可以是一切人的母亲,帕瑞什可以是一切人的导师,因为他们都超越了出身、血统、族缘、种姓。最后,泰戈尔还把印度的苦难与世界的苦难连成一体,期待"全世界的意志力量和思想力量,都朝着它的内部和外部同时开火"(P103),泰戈尔借帕瑞什先生的口对准备冲破教规结为夫妻的毕诺业和罗丽姐说:

> 如果你想超越教社的限制,就必须使自己比任何教社都伟大。你们的爱情和共同生活不仅要意味着一股毁灭力量的开始,还要表示出创造性的与坚定的原则。你们只有一时的冲动劲儿是不行的,以后你们还得天天以英雄气概去对付共同生活中遇到的一切问题。——否则你们就会腐化堕落。社会不会再带着你们往前走,让你们过一般人的生活了,如果你们不努力上进,超过一般人,那么你们只有落在别人后边。……世界上使社会变得伟大的人正是那些有勇气在生活中尝试和解决人生新问题的人!(P411—412)

显然,这段话里有泰戈尔的一个重要立论,那就是在现代化运动中,印度不是问题,而是印度遇到了新问题,她需要自己的儿女勇敢地抗争,而且勇敢地面对。印度青年人应该坦然地承认矛盾并创造性地使自己的传统继续前进。印度不需要青年一代为之"牺牲"、为之"奉献",她只需要新一代真正地生活,并且欢乐!

泰戈尔的作品之所以被许多西方学者视为"新宗教",就是因为泰戈尔已经看到:宗教既可以是信仰的支柱,也可以是信仰的束缚。实际任何一种古老宗教的出路都与现代人的命运连为一体,无法分离,任何国家的文化传统和风俗习惯也都与人们的日常生活无法分离,与具体个体的存在方式无法分离。因而泰戈尔把自己的思想深深扎根在传统之中,同时又向往现代文明,他没有让两者分裂自己,而是努力让自己包含、包容它们二者。他所说的"天天以英雄的姿态"面对生活的想法,是适应于现代生活的"新宗教",也是东方人忍耐、静冥、平易的特有生活方式。与"竞争"、"搏击"、"奋斗"、"成才"这样的观点比起来,泰戈尔所说的"面对"也许不是最"积极"的,但他的思想是更注重超越和脱俗的,是强调精神境界的独立、顽强和真诚信仰的。

印度的现代化与中国的现代化有许多相似的背景和相似的问题,这既可能使我们在阅读泰戈尔时感到特别亲切,也可能使我们因此感到《戈拉》不是特别"新奇"和"刺激"。阅读泰戈尔,我们首先必须放下的大约是西方文学在近 100 年来给我们的重大影响。这种影响会使我们觉得泰戈尔的《戈拉》在情节上有过多的巧合和不由分说的大团圆结局,我们会不习惯泰戈尔过于明显的主观干预、对比方法和过多的夹叙夹议。事实上,《戈拉》的确是印度式的小说,是浪漫主义式的小说。德国是西方近代浪漫主义文学的发源地,印度则是古代浪漫主义小说的圣地。泰戈尔的小说以"情味"为中心,以人们内心的感受和仁慈为依托,以沟通心灵、使心灵结合为最终目的,所以他在情节结构上总是让事理逻辑让位或"服从"感情逻辑,略写事实变化过程和具体细节,详写人物情思的演化进程,展示诗意的思想和充满韵律美的意念。他写的是印度式的浪漫小说。

《戈拉》也是一部印度式的"学者文学",泰戈尔努力在故事里说出他的哲学沉思和宗教思辨,这些思绪主要围绕着"痛苦"和"欢乐"这两个最基本的生活概念和宗教概念,通过写印度的痛苦、问题、困难,写印度知识分子的忧虑、感伤、同情,写大自然的美和无声无息,最后写出一种极具哲理意味的"欢乐",即写出"发现"、"领悟"、"理解"。正像《奥义书》所说:"谁折磨身体? 谁折磨生命? 如果欢乐如影随形,谁同意劳动?"泰戈尔写出的"欢乐"是发现欢乐,也就是看见完整,领悟有限与无限的统一关系,理解"欢乐"是生命的最大秘密。当泰戈尔把印度的痛苦与世界的痛苦视为一体时,他就使得自己的小说不仅超越了一切痛苦,使得一切苦难成为"完整"中的一部分,而不是全部,而且他也由此确定了生命的欢乐本质。正是泰戈尔的这一表现,使得西方人看到了"亚洲精神",并感到亚洲精神不仅充满了爱和魅力,并且生气勃勃。从这意义上讲,《戈拉》也是一部印度式启蒙小说。

《戈拉》还是一部诗韵小说。泰戈尔式的文字永远是韵味的散文,诗体与散文体的杂糅。他在大自然的描写上不仅经常采用拟人化的情景互融手法,而且意象丰富生动,语句本身充满旋律感,清新而又至为优美。

为加强韵律的变化幅度,也为刻画人物的内心矛盾,泰戈尔还广泛地采用了浪漫主义文学常见的对比手法,如两对青年人的性格设置是对位式的,两对人的爱情心理轨迹是逆反式的,两位长者的晚年生活是通过情节的颠倒实现的:帕瑞什在准备离开一切人时得到了戈拉的拜师,安楠达摩依在以为要永远失去自己的养子时却成了最伟大的母亲。通过这些鲜明的性格对比和主观安排色彩颇浓的交相辉映,泰戈尔也在用一种富有辩证色彩的思维解释人生,引导人们拨开阻挡认知的烟雾,去发现生活的真谛。

推荐参考书目

相关书籍海量,仅推荐个人喜爱的十几本,请留意前面多本已经包括了推荐阅读的具体文学名著书单和如何阅读的方法指导:

〔英〕约翰·坎尼.最有价值的阅读:西方视野中的经典(100部伟大作品).天津:天津教育出版社,2006.

〔美〕克利夫顿·费迪曼.一生的读书计划.海口:海南出版社,2002.

〔美〕哈罗德·布鲁姆.西方正典.南京:译林出版社,2005.

〔美〕哈罗德·布鲁姆.如何读,为什么读.南京:译林出版社,2011.

〔美〕莱昂内尔·特里林.文学体验导引.南京:译林出版社,2011.

〔美〕大卫·丹比.伟大的书.南京:江苏人民出版社,1998.

〔意〕卡尔维诺.为什么读经典.南京:译林出版社,2006.

〔加〕阿尔维托·曼古埃尔.阅读日记:重温十二部文学经典.上海:华东师范大学出版社,2006.

〔英〕柯林·威尔逊.我生命中的书.重庆:重庆出版社,2006.

〔美〕迈克·德达.悦读经典.北京:三联书店,2011.

〔美〕约翰·维克雷.神话与文学.上海:上海文艺出版社,1995.

〔美〕约瑟夫·坎贝尔,比尔·莫耶斯.神话的力量.沈阳:万卷出版公司,2011.

〔美〕伊安·瓦特.小说的兴起.高原、董红均译.北京:三联书店,1992.

〔美〕W·布斯.小说修辞学.华明等译.北京:北京大学出版社,1987.

〔德〕奥尔巴赫.摹仿论:西方文学中所描写的现实.上海:上海外语教育与研究出版社,2009.

梁坤.新编外国文学史:外国文学史名著批评经典.北京:中国人民大学出版社,2009.

唐建清.欧美文学研究导引.南京:南京大学出版社,2006.

王安忆.小说家的十三堂课.上海:上海文艺出版社,2005.

马原.阅读大师.上海:上海文艺出版社,2002.

马原.细读经典.上海:复旦大学出版社,2007.

潘一禾老师的其他相关著作:

阅读经典:世界文化名著导读.上海:学林出版社,2000.

裸体的诱惑:论文学中的性与情.深圳:海天出版社,2002.

西方文学中的政治.杭州:浙江大学出版社,2006.

西方文学中的跨文化交流.杭州:浙江大学出版社,2007.

修订版后记

本着尊重历史和不悔少作的想法,这次修订主要是修改错误和做一些精简。当然,关于这本完成于 1999 年年底的首本个人专著,许多自我反思和批评会在我上课时不断"与时俱进"。写作这本书稿时,个人计算机还未这么普及,查阅参考资料的方式也与今日发达的资讯和全球信息同步远不能比;手写的文稿、早期的编排软件、邮寄的不便和多数人还没有富起来的现实,都使得一本书的出版仿佛显得更难,也更神圣。所以迄今仍想感谢金联照、金乐琦、金联桢三兄弟对当年浙大人文学院的慷慨资助,也怀念当年人们在学术研究和课堂教学上也许更多一点的虔诚之心。

从 2009 年起,浙江大学竺可桢学院开创了"荣誉课程",我开始承担荣誉课《西方文学经典》的教学,并用这本书稿作为古典部分的参考教材。尊重我的愿望,竺可桢学院教务科老师为我安排的是小班。这是一个讲课不用话筒的课堂,更是一个师生可以频繁讨论互动和教学相长的课堂。班上同学的专业以理工科方向的占多,也有外语、社科、商科和艺术类同学,年级不限。

竺可桢学院建设荣誉课程的理由应该是培养精英。以追求卓越为宗旨的一流大学,其教育理念与方法必须坚持任何社会都需要的培育精英意识。这个"精英"群体不是在社会中挣得更多、升得更快、各种排位更高、更吸引眼球的人群,而是精神境界更高、面对问题更严肃和理性的群体,他们对社会贡献更大、思考集体和个人发展问题时价值立场站得更高,是更具有公共观念、人类意识和宇宙情怀的人群。不管一个社会发展到什么阶段,采用的是什么社会制度,选择的是什么管理模式,这个精英群体都是不可或缺的。

浙大竺可桢学院的兴办和历年来的不断改革尝试,应该说都是想在优秀人才的培养上,加上竞争和激励机制,加上特殊政策和奖惩方法,营造一定"门槛"的特殊氛围,以引导有志学生成为真正的时代先行者。虽然浙大已经有核心通识课和许多国家级、省级和校级精品课程,但荣誉课程坚持只在竺可桢学院开,只在学生最欢迎的课程选择基础上开(我这门课也是早就已经在浙江大学开设,但若入荣誉课程,则需要全面提升各项要求),应该说也是需要勇气和魄力的。因为也许会被认为是多此一举,被认为是有违教育公平原则;被认为是追求政绩思路……但具体是什么,需要真正投入理想和热情地去做、去接受各种怀疑和检验、去进行不断的修正和调整,才能真正得到期望的结果和有客观依据的结论。

由此我认为自己能做的,首先就是真正投入理想和热情地去做。《西方文学经典》开课多年来,一直得到竺可桢学院领导和同学们的认可和好评,我想主要是由于三个基本原因:一是文学的文本,对于开启人的智门和慧根、培育人的人生价值观有独特的作用。以语言文字为媒介的文学文本,传递的是悠悠文明发展历程中不同文化群体的智慧和发现、思想和情感。就像人们需要丰富的技术传递科学原理一样,阅读多种多样的经典文学文本可以让学生在阅读中一方面获得百科全书式的各种知识,另一方面则同时拓展着思维和情感的广度和深度。文学的广博内容和感性体现方式,总能有效拉伸和延展学生的社会人生视野、扩宽他们的生命和精神情感空间,阅读优秀的文本和大师的思考总能让学生从狭隘的自我意识中走出来,走进别有乾坤的人生天地,体会到社会人生的各种可能,从而走向更具公共意识和共享理念的道德境界。好的文学之所以有净化心灵、提升境界的功能,就是源于这种经典与现实之间的、有价值意义的联系方式。

二是因为中国文学对"道"的描述主要是通过诗体或抒情体,修道的方式主要求道、论道、闻道、悟道等;西方的文学更早和更多地运用史诗和叙事体,理解的方法主要通过事实描述和逻辑理解的方式。所以无论是考虑思维内容还是科研方法论,无论是讨论文理互通还是理性与感性相协调,对一个中国大学生而言,东西方文学的功能都是不能重此轻彼的,而西方文学的善讲故事之"道"尤其应该重视和汲取。

三是因为经典的阅读其实是一次次"我"与各种"他者"的交流、是"主体"与"主体"的直接或间接交流。解读文本和阐述自己的欣赏体会,与其他人争论和分享自己的体会、发现、见解和感悟,其实也是学生跨文化人际交流能力的切实培养,尤其是情感体悟能力、逻辑思维能力、语言表达能力和人际沟通能力。

还有一点,我在自己的课上也总是强调:文学的世界很大,经典并非一成不变,每个阅读者和评论者都应该努力同时成为拥有者和创新者,因为只有根据人们新的生活需求而不断建设,文学经典的地位和影响力才能真正维护和强化。文学经典提供了美学价值上的标准,它们可作为典范供人学习,或据此衡量其他作品。但同时,任何经典都不是一成不变的整体,而是变动不居的;选择什么样的文本放入经典的行列,依据的是"是什么东西使得文学伟大"的一套套不同假设。所以文化和文明的伟大传统在根本上不是一种"自然的"传承,而是后人们主动参与、积极建设、创意保存、精心维护的结果。文学经典的形构过程,就是对传统不断进行新的选择、重建和维护的过程。传统并不是单一封闭的一个实体,传统是复数,是多种多样的。所以我鼓励学生们将一次次文学经典的阅读和讨论,将最后的课程论文看成是自己对经典传承的贡献,而不是膜拜。也由此激励他们创新、创造的意识和逐渐建立自身学术个性的意识。

正是基于这些理解,所以我的课程也着力于鼓励文本阅读、强化内涵分析和促进讨论和交流。我个人不太赞同"一本书主义"的经典阅读教育,更倾向高效宽广的文本阅读与亲身经历的多种形式的意义诠释。我听说有的老师的经典课是逐句逐段地原文细读和潜在意蕴与微言大意发现,但这个需要专心致志的过程也可能让相当多的学生"人"在"神"不在。因为今天的相当一些学生本来已经对黑压压的文字失去兴趣,更习惯图像阅读和网络流览,除非确有亲身体验的文字魅力,加上同龄人水平直接比试时的竞争压力、相互促进和情感刺激,他们才可能踏上"重回原典"之途,并在学习乐趣中真正培养起阅读的习惯和爱好。同时我的课堂也很愿意选择音像资料和经典改编的电影作为辅助手段,当然在选择上会有意避开好莱坞大片的一般口味,突出文化经典与经典电影及音画的互动与借鉴。

另外,我也同意这个比较,即与美国不断发展和变化的"通识教育"相比,目前我国面临的更多的是独生子女的成人和成才问题。独生子女作为一代人同样也是竺可桢学院优秀生的主体,他们一方面个个才华出众,领悟和汲取能力极强,个人志向和追求也更高远,另一方面也比其他院系的同学在心理上更紧张、自觉承担更重的课业,同时也对可能的分数排名"落后"和考试失利更在意和更焦虑,他们内心可能沾染的精神空虚和某种心理、认识和行为模式上的偏执也更为隐蔽。这本身也是一种需要教育去帮助发现、启蒙和校正的"育人"需求。

虽然我们知道,与图像的一目了然相比、与电影的惊心动魄相比、与网络的随意流览相比,书本影响我们的方式其实是非常精致、微妙和个人的,它不会那么直接地产生效果。但是在一个非阅读时代,各国的知识分子都在担忧文字文本资源正在受到威胁,阅读的人群正在日益减少,图书和阅读的未来充满了普遍存在的危机,所以我们也应该看到,高校的文学经典课和许多人文课程一样,是在与我们尚难预测的网络空间和电子交往方式进行一场争夺战,是在为那些纸质承载的全部有价值的东西保留一席之地,因为许多中外学者都认为:在文字阅读和文本记录的方式里,保存着人类对"人之所以为人"的更谨慎、冷静、深邃的理性思考。

正因此,在反思经典文本的选择和重点引导时,我在教学实践中感到:自己需要更重视一些世界经典文学与浙大竺可桢学院学生的契合性,而不是重点强调文学领域学术思考的前沿性。需要首先认真地启动文学经典对学生意志、品质、人格等方面的正面引导作用,然后才是方法论和知识面的充实。在人们担心纸质媒介传递的信息可能被边缘化的时候,更应该看到无论是国家还是个人,都更可能借助信息时代科技和教育能量的飞速传播,实现让人惊叹的"跨越式发展"。

当然,我的体会和思考仍是初步和进行时态的,在此仅希望通过类似的交流和分享,能与更多课程的优秀老师一起总结经验、获得启示和不断提高教学质量。

最后也是最重要的,我想真诚地感谢这么多年来,一批又一批可爱可敬的浙江大学竺可桢学院学生给予我的"荣誉"感、信任感和鼎力支持!

潘一禾

2013 年 12 月于杭州求是社区